记忆坊出品

# 肖洱的船

上

ROLLING IN THE DEEP

粥小九 著

江苏凤凰文艺出版社
JIANGSU PHOENIX LITERATURE AND
ART PUBLISHING, LTD

# 目录
CONTENTS

001 | 楔 子　肖洱的船

003 | 第一章　广袤的大地，也只是隔绝的孤岛

023 | 第二章　我可以不是英雄，但要做一名勇士

043 | 第三章　你给我的最爱，永远在盛开

062 | 第四章　有生之年狭路相逢，终不能幸免

087 | 第五章　手心突然长出，纠缠的曲线

111 | 第六章 动情是容易的，因为不会太久

131 | 第七章 笔下画不完的圆，眉头结不开的结

156 | 第八章 人类的心是个无底洞，大多数人都相同

177 | 第九章 为什么我连分开，都迁就着你

201 | 第十章 当错过了失去了，忏悔的你

227 | 第十一章 你知道天总会黑，人总要离别

# 楔子
肖洱的船

你为什么憎恨。

那个声音在质问，又是那个声音。

不！我没有。

因为经年累月的恐惧，如同海上的浪，一层叠着一层，不断累加。而你是浪潮里颠沛流离的一只空船。

你是谁？你在说什么！

肖洱，你无力抗拒，无从抗拒。

别说了！

可憎恨是经验丰富的掌舵手，他使你勇敢，可以乘风破浪。

"闭嘴！"

肖洱从梦魇中挣脱。

凌晨3点，四下一片死寂。宿舍中，其他三位室友都睡得沉，能听见微微的鼾声。

肖洱打开床头充电式台灯，起来给自己倒了一杯水，却发觉压根拿不稳杯子。她转过头去摸索床头的手机。心灵感应似的，手机在她回过头的那一刹那亮了起来。

来电显示的是一串数字，没有备注名。

可那串数字烂熟心底，她太清楚，那会是谁。

"喂。"

对方像是没想到，在这个点，肖洱会这么快接起电话。他顿了一秒钟才开口，声音低沉喑哑。

"我妈不见了。"

早晨7点，南京长途汽车站的候车室空空荡荡，肖洱坐在座位上发怔。顶灯打下惨白的光，肖洱年轻的脸庞被照得毫无血色，像解剖台上了无生气的尸体。

她坐上第一班回县城的长途汽车，可辗转到家，已经是中午。

父母都在上班，姥姥拿了新套好的被子送过来，看见肖洱在家里诧异极了。老人家在意的不是她对突然归家的解释，仅仅只是担心她没吃午饭会饿着。

肖洱坐在客厅，手里攥着手机，目光直勾勾地钉在地板上。

很快，姥姥端来热腾腾的面条。

"怎么还傻坐着？快快，来吃面，家里菜不多，我给你打了只溏心蛋。"

姥姥一贯心细话多，擦擦围裙又念叨起来："这么冷的天，怎么穿这么一点就回来了？"

说着，去拉她的手，继续絮絮叨叨地说着："你晓得不，有人昨夜里跳海死了，今早才被打鱼的人发现，救援队刚刚正赶过去，听说就住在隔壁那条街。作孽哟。"

肖洱猝然睁大双眼，心狠狠一坠。

当她打了车飞速赶去海边，那里已经被警方用封锁线隔离开。

围观的人很多，肖洱笔直地站着，她一眼就看见封锁线里面，一个毫无生机的女人静静躺在沙滩上。

海浪声滔天震地，裹挟着人们的议论声汹涌进肖洱的脑中。

"妈！"

隐约间，肖洱听见一个熟悉的声音。模糊的余光里，少年翻越封锁线，飞快地奔跑至女人身边。

肖洱耳中一阵轰鸣，虚空里似乎响起昨夜梦中的那个声音。

没有人，能逃得过惩罚。

那一天，肖洱的船，沉了。

# 第一章
广袤的大地，也只是隔绝的孤岛

盛夏，蝉鸣。

小马市天宁高中二年级三班。

阮唐把垒在课桌上的两摞书往中间一合，头缩下去，对身边的人说："帮我看着点啊，我睡会儿。"

她的同桌肖洱没吭声，也没有偏头看她，连正在记笔记的动作都没有半点停顿。

可阮唐知道她听见了，于是放心地合眼。

脑袋垫在手臂上，没一会儿阮唐就入了梦，左胳膊肘从书堆边露出一截。

肖洱的余光瞥见，不动声色地把手边原本放在桌角的水杯移过去挡住。

阳光炽烈，直射向金属外壳的水杯，反射的光斑落在雪白的墙壁上，像一道明媚的伤口。

空气里好似掺了胶水，沾黏着人的五感六识，高温蒸腾着脆弱的意志力。

渐渐地，趴下去的人越来越多。

讲台上物理老师仍旧声嘶力竭。

"真空中两个静止点电荷间的相互作用力，跟它们所带电荷量的乘积成正比，跟它们之间距离的二次方成反比，作用力的方向在它们的连线上……"

三班班主任姓方，毛发生长状况堪忧，人送外号"光明顶"。他一向神出鬼没。比如这个燥热的午后，光明顶突然造访，惊起"哇"声一片。

肖洱在桌子底下踢阮唐的脚，后者好不容易迷瞪着抬起眼皮，在瞅着门口一尊佛似的光明顶时，瞬间一个激灵，坐直了身子。

她的嘴巴掀开一条小缝，上下两片唇纹丝不动，声音就从喉咙里溢出来："完了完了，光明顶怎么突然来查岗了？千万不要看见我啊……"

肖洱没有回答阮唐。她的目光落在光明顶身后多出来的那道黑色阴影上，若有所思。

果然，光明顶不是过来抓打瞌睡的，他带来了一个少年。

新面孔，难得的是长得很好看。要知道天宁高中是这座城市最好的中学，省示范高中，按照"成绩与长相往往成反比"定律，样貌标致的男孩子不多。

顾忌着还在上课，光明顶没有多做介绍，给少年指了一个空座位让他先坐下。

那是最后一排靠窗的位置，旁边坐着班里最让老师头疼的学生陈世骐。

少年个子高，步子也大，走路带着风。路过肖洱和阮唐的座位时，肖洱闻到浅淡的茶香，干净清新，能让人想起山间雨后新绿的茶园。

少年落座，阮唐忍不住又回头看了一眼，然后从笔袋夹层抽出N次贴，写了字推到肖洱跟前。

"颜值中上，身材不错。"

新学生的到来，像是往一潭死水里投入一块鹅卵石，瞬间打破原本的平静。

不只是阮唐，所有学生都瞬间清醒过来，目光灼灼地探头张望。就连一向事不关己、高高挂起的学习委员杨成恭，也停笔投过去一个淡漠的眼神。

光明顶还没走，在门口招呼："班长，出来一下。"

班长肖洱在众人的目光中走出去。

陈世骐趁此机会，自来熟地找新同学搭讪："知道这是谁吗？"不等对方说话，他又抢答道，"这是我们的肖大班长！我告诉你啊，咱班人都知道，得罪谁都可以，唯独这位，绝对不行。"

新同学弯弯嘴角，抛出一个不屑的笑容："为什么？"

"说起我们班长的光荣事迹，那多了去了！"陈世骐得到了回应，兴致勃勃道，"我就这么跟你说吧，班长的眼神，能杀人。"

教室外面的走廊上，光明顶递给肖洱一份文件："我马上有个会，今天的班会课你来主持。这里面是班会细则，要交代的事情我都写在里面了。还有，让新同学跟大家打个招呼。"

"好。"

肖洱话不多，但是做事认真牢靠，光明顶放心地走了。

过了一会儿，肖洱站在门口喊"报告"，然后安静地回到座位上坐定。

新同学半靠在教室最后的墙壁上，歪着头看她的脸，似乎想要看清陈世骐所说的"能杀人的眼神"。偏偏肖洱半垂眼睑，鼻梁上还架着一副简单的无框眼镜，他什么也看不见。

肖洱整个人不声不响的，因为瘦弱，深蓝色的校服套在她身上显得异常宽大。步子也极轻，像是飘回了座位。怎么看都不像是陈世骐口中那个"大杀四方"的班长。

陈世骐掩耳盗铃地捂着嘴巴在聂铠耳边嘀嘀咕咕："知道我们管她叫什么吗？"照例是个设问句，陈世骐接着回答，"幽——灵——修——罗。"

"陈世骐你是不是觉得把嘴捂住我就看不见你在讲话啦？"物理老师把手里剩的一截白粉笔头丢回粉笔盒里，没好气道，"你们噢，争分夺秒地讲小话，好像能长块肉。要把这劲头用在学习上，也不会学成这副鬼样子。"

新同学男生缘很好，班会前那节课的课间，肖洱去教室后头找他，打算让他一会儿跟同学简单做个自我介绍。走近了，发现他的座位边已经聚集了三两个男生，正聊得热火朝天。

肖洱隐约听见"NBA""火箭""麦迪"这类的字眼。

篮球、足球、游戏……高中男生之间能拉近彼此距离的共同话题，无非就是那么几个。

看见肖洱，新同学身边的几个男生本能地退散到一边，倒不是嫌恶，更多的是敬而远之。惹不起，大家都躲得起。

肖洱视若无睹，目标明确，站在新同学面前："怎么称呼？"

聂铠终于看清了肖洱的眸子，黝黑，明亮。目光安静而笔直，像深海，像古井，像没有边际的黑洞。

因为这个认知，他心里一滞，回答落了半拍。

新同学的不买账让边上的陈世骐几人一阵暗爽，以为他是故意刁难。

肖洱语气淡静，没有受到任何影响："一会儿的班会，你有五分钟可以自我介绍。"语毕，转身就要走。

他突然开了口："聂铠。"

因他的回答，肖洱的身子微微一顿，在那一刹那，不起波澜的眼里突然波涛汹涌。可也只是一瞬间，又重归于寂。

片刻后，她问："凯旋的凯？"

"铠甲的铠。"

肖洱暗暗吸了一口气，快步走回座位，面上仍是平静，心跳却如擂鼓。

阮唐趴在桌上叽叽咕咕地说着什么，肖洱一个字也没听进去。她盯着桌面上的课本，兀自出神，直到上课铃响起。

班会，肖洱条分缕析，把光明顶交代的事项逐一通告周知、落实到位。新学期的学习任务安排、实践活动报名情况、黑板报责任人调整等等，不疾不徐，时间把握得刚刚好，所有任务布置下去，距离下课还有五分钟。

"修罗虽然人很冷酷，但是成绩跟工作真是没话说。"陈世骐无不感慨，语气中隐有羡慕，"我们班老师不要太喜欢她……哼，老师的应声虫，没有感情的学习机器。"

讲台上的肖洱低头把资料整理好，别在耳后的头发落出一绺，她抬手抚回去，露出白皙小巧的耳朵和一截嫩生生的脖颈。

聂铠手里转着笔，目光却没有从她身上挪开一秒。

"下面请新来的同学上来给大家简单做自我介绍，大家欢迎。"肖洱从讲台上下来，让出位置给聂铠。

掌声中，聂铠往讲台上走，在过道与肖洱擦身而过。

他足足比她高一个头，垂眼就能看见她头顶小小的、白白的发旋。

她现在留着短发，不是当初的马尾，所以他一开始竟然没有认出来。聂铠在心里说。

直到看清她的眉眼，那些快要被遗忘的记忆才翻腾而出。

聂铠对肖洱最初的印象，停留在13岁初遇时那双明亮的眼眸上。

匆匆一面，却记忆深刻。

短暂相遇，却念念不忘。

聂铠的父亲聂秋同是商人，成功的商人。和很多成功人士一样，他世界各地乱飞，指点江山，却很少光顾自己的小家。母亲白雅洁文静软弱，从来不曾因为此事与聂秋同翻脸，甚至默认聂秋同在外面的风流韵事。

她全部的生活重心只有两个——舞蹈和她的儿子聂铠。聂铠打小性子随母亲，以至儿时随白雅洁搬回她的娘家小马市之后，那几年除了上学，连家门都很少出。

可那一天，聂铠随母亲去拜访她的一个朋友，这一切发生了改变。

母亲朋友家门外有一个院子，路过的时候，聂铠看见几个男孩子趴在地上弹玻璃弹珠。可能是看出他眼里的好奇和跃跃欲试，母亲给他口袋里塞了20块钱，让他跟小朋友们一起玩。

聂铠不知道该怎么跟陌生人搭讪，远远地站着看。好像看见他们笑闹着，就已经觉得挺开心。

后来不知怎么的，几个人打起来，其中一个格外矮小的被一下子推搡在地。

"赖皮！你赖皮！"

其他几个孩子叫嚷着："还给我们，快点！都还给我们！"

想来是那个孩子把其他人的弹珠都赢走了，招来了不满。

"我……没、没、没赖！"跌倒在地的孩子口齿不清，一句话说了老半天。

聂铠听得出来，他有严重的口吃。

这样的孩子，往往安静、胆怯，总是一个团体里的弱者，充当了受气包的角色。聂铠暗暗捏着拳头，希望那个孩子能够站起来，站起来同他们打一架也好。

可是没有。那孩子瘪了瘪嘴想哭，又忍住了。他把手伸进口袋里，将刚刚赢来的几个弹珠掏出来。

聂铠心里很难受，他觉得自己不能就这么看着，他应该做些什么。或许他可以为那个孩子出头，让那几个坏小子知道欺负人是不对的。可是他不敢。他狠狠踢开脚边的石子，因为自己的懦弱而感到愤怒。

就在这个时候，伴随着清亮的一声断喝，一个扎马尾辫的女孩子冲进他的视野里。

"好啊！你们又在欺负小结巴！"

女孩子非常瘦弱矮小，甚至还没有那个叫"小结巴"的男孩子高，绯红色的书包在背后一颠一颠的。可她的拳头很硬，气势很足，一下子就攥住为首的男孩子的衣服领子。

"你是不是忘记了，我昨天才告诉你，要带小结巴玩！他是我的人，你们谁也不准欺负他！"

不知道为什么，其他人都有一点怕她，看见她冲过来，马上放开了小结巴。小结巴看见了自己的庇护者，终于委委屈屈地"哇"一声哭了出来。女孩子听见了，回头拍拍他的肩膀，口气义薄云天："别怕！有我在他们不敢拿你怎么样。"

在她回头的瞬间，聂铠清楚地看见她的眼睛。

他发誓自己一辈子也不会忘记那双眼睛，黝黑，明亮，能一下子就看进人心里。

女孩子也同时看见了聂铠，大喊道："喂，你是哪家的？我怎么没见过你？"

聂铠一下子脸红，手足无措地望着她，连逃跑的勇气都没有。

女孩子几步跑过来，仰头看着他，表情骄傲无畏："这里是我的地盘，你要是想让我带你玩，就先报上名来。"

她黑葡萄似的大眼睛直勾勾地盯着他，聂铠却在那一霎，连话都不会说。

半晌，没等到聂铠的回应，女孩子兀自思索了片刻："你是不是不会说话呀？"

聂铠："……"

"那我就叫你小哑巴好了。小结巴你过来，给你认识新朋友。"女孩子招呼道。她说起小哑巴、小结巴这样的外号，却没有任何看不起的意思。

那天，聂铠跟他们玩了一整个下午。

他插不上话，但总是认认真真地听。男孩子们都叫女孩子"小耳朵"，她妈妈是老师，她从小就是这一带的小霸王。谁要是不跟她做好朋友，就没有人带他玩。

一直到了傍晚，母亲来叫自己回家，聂铠才惊觉时间竟然过去得这么快。他不舍得走，可是显然，没有人不舍得他走。因为跟他道别之后，小耳朵和他们又兴高采烈地商量着去海边捡小螃蟹。

那天之后，聂铠期待着母亲再一次带他去那个院子里拜访好友。

可是一次都没有。

再后来，他们又一次搬家去了南京，聂铠没有再见过那个女孩子。

她勇敢，热情，像从天而降的小太阳。她大声说话，放肆欢笑，眼里藏着小星星。

她住进他的心里。

在全新的城市，聂铠发誓自己要有一些改变。他逼着自己参加学校里各种各样的活动，打篮球、玩滑板、交朋友，他打开自己，为着心里种下的那一份隐秘的期许。

渐渐地，他开始遗忘，遗忘曾经那个胆小怯懦的自己，遗忘那年初夏大院里的一场邂逅。全部的记忆，就剩下一双干净清亮的眼睛，没有杂质，熠熠生辉。

他再也没有见过那么漂亮的一双眼睛，能给人希望和勇气。

直到因为学区问题，他随母亲又一次搬回小马市，插班来到这里。他与那双眼睛重逢，他知道小耳朵原来是叫肖洱。

那一刻，命运的音符在五线谱上跳跃起来。


肖洱的父亲肖长业是本地一家采矿公司的矿长，母亲沈珺如是小学教师，家境殷实。两年前她们家还换了套房子，如今住在全市房价最高的地段，十八楼，站在阳台就能看见大海。

放了学，肖洱背着书包回家。

小马市没有设立住宿制高中，可能是因为城市太小，大家从学校到家最多也不会超过半个小时。肖洱家离学校也不远，坐14路公交车，三站就能到。

刷卡进小区，坐电梯上楼。钥匙在锁孔里转到第三转才打开门，肖洱知道家里没有人。

果然，屋里一片冷清。

肖长业工作一直很忙，每天晚上8、9点钟才能到家；母亲好一些，但她今年当上了班主任，杂事不断，也常常要到7点以后才能回家。

肖洱去厨房里淘米煮上饭，就直接去了卧室，关上房门，反锁。她没有什么特别的事情要做，但是反锁房门令她安心。

打开台灯，肖洱按照记在作业本上的顺序一项项完成作业。

她的字不像一般女孩子小巧娟秀，相反的，间架结构非常大气。干净利落的字，像她这个人。

8点整，肖洱做完了所有的作业。

高二学业繁重，天宁高中更是以老师严厉、作业繁多著称。常常有学生家长抱怨自家孩子每天做作业做到12点以后。可是肖洱效率极高，正常情况下，9点以前就能完成当天的全部作业。

做完功课，父母也没有回来。肖洱打开右手边的抽屉，拿出放在最上面的第一本练习册——练习册的前后都有二十多页空白，她从中间靠前的某一页开始使用。

这是她的日记本。

夜深人静，肖洱"睡着"以后，母亲有翻她东西的习惯。母亲总担心肖洱会被男孩子惦记上，担心她本该放在学习上的心思被打扰，所以要时时监控。

肖洱从不拆穿，甚至，她有那么一本带锁的精装版"日记"，藏在抽屉最里头，偶尔写一些能给母亲看的文字。

但她真正的日记本，其实就放在抽屉的最上头，一本其貌不扬的练习册。

事实上，她不喜欢记日记，不论怎么不显眼，她都害怕留下把柄。可是有些事情闷在心里，随着年月的累积，越来越让她觉得透不过气。

肖洱打开日记本，上一次写日记还是半年前，大年三十那天。

只有两行字——

　　　"亲爱的雅洁，新年快乐。

　　　新年快乐，吾爱长业。"

肖洱抽出一支笔，写上今天的日期：2012年9月6日。

　　　"今天，我看见了聂铠。她应该也回来了。"

肖洱合上日记，重新放回抽屉里。

8点半，沈珺如先回了家，手里提着几个熟菜。

肖洱听见声音，走出卧室："妈。"

"小洱啊，作业写完了？"

"写完了。"

肖洱上前接过沈珺如手上的拎包和塑料袋。

"饿了吧？爸爸还没回来？"

"嗯，还没回来。"

肖洱拿出几个碟子，把熟菜放进去，说："我爸打电话给你了吗？吃过再回来还是回来吃？"

"没打，应该是吃过再回。别管他，咱们先吃就成。"

肖洱的动作迟疑了一瞬，才说："嗯。"

吃饭的时候，沈珺如察觉到她的心不在焉，状若无意地问："学校里有什么新鲜事情呀，说给妈妈听听。"

"刚开学，学校方面的事情有点多，没什么新鲜的。"肖洱面不改色，回答道。

"不要耽误学习知道吗？"

"嗯。"

饭后，沈珺如去书房备课。她一贯干练强势，对待工作一丝不苟。

肖洱在厨房洗碗的时候肖长业进了家门。

"洱洱，在洗碗呀？"父亲探头进来，跟她打招呼，"妈妈呢？"

肖洱觉察出他今天心情很好。

"在备课。"

肖长业点点头，把外套外裤一脱，丢在客厅沙发上，一边解领带一边往卫生间走。

他每天回家第一件事情就是洗澡，要是沈珺如出来看见他随手丢外衣，免不了要埋怨几句。肖洱擦擦手，把他的衣服挂好。

然后，她听见父亲在浴室放水的声音。

下一秒，肖洱的手探进父亲长裤的右口袋里，拿出一只手机。

是最新的款式，触屏的智能手机，有屏幕锁定的密码，四位数。肖洱熟练地输入"1224"，进入主页面，调出短信功能，查找垃圾箱，点击"恢复"。

肖洱自己没有手机，可是有一些手机上的小功能，父亲甚至不如她清楚。

恢复的短信里果然有那个号码发来的，肖长业没有存她的姓名，可是肖洱早就背熟了那个号码。

"长业，处理完手头的琐事，我就要搬去小马市了。"

"几年过去，小马市和原来大有不同，你呢，还一如当初吗？"

"什么时候可以再见到你？"

最后一条短信是今天发来的，父亲的回信是：明天下班后，我联系你！

肖洱重新删除那些短信，退回主页面，将手机锁屏，放回肖长业的右口袋里。做完这一切，肖洱回到卧室，从书包里抽出物理课本，预习明天的功课。

几分钟后，客厅的座机响起来。

肖长业擦着头发上的水去接了电话，片刻后扬声道："洱洱，同学的电话。"

肖洱不猜也知道是谁。

走到客厅，肖洱接过电话，余光瞥见父亲从口袋里掏手机出来。

"小洱是我呀。"阮唐欢快的声音从电话那头传来，"今天晚上的数学作业是什么？我忘记记下来了！"

肖洱看一眼墙上的钟："怎么这么迟才打电话问，快10点了，你做完都到几点了。"

"没有办法啊……刚刚在做其他作业嘛，我又不是你，唰唰几下子就做好了。"

肖洱无奈，跟她细细说了作业内容，可是阮唐没有挂电话的意思。

"唉，你觉不觉得今天新转来的那个聂铠，人看上去劲劲的？"

"没注意。"

"怎么会呢！大家可都在讨论他……听说他爸爸是上市公司的老总，妈妈以前是学舞蹈的，长得可漂亮了！"

"很晚了，没有别的事的话，快点去写作业吧。"

"好吧……那我明天再跟你说噢。"

挂了电话，肖长业的声音传来。

"跟同学说话这么冷淡啊，是不是关系不怎么好？"

肖洱平静地说："没有啊，我一直是这样，她习惯了。"

肖长业被她说得一怔，细细回想，好像这几年肖洱确实一直都是这样，乖乖巧巧，不愠不火的样子。

可是，他怎么记得，小时候这丫头天天在外面不着家地玩，全院的男孩子都听她的话。她跟人说话的时候，也总是笑眯眯的。

从什么时候开始变得这么文静了呢？肖爸爸想不起来了。

可能是女孩子长大了，总会有变化，也可能是搬了家，和以前的小伙伴没有了来往的原因吧。肖长业在心里揣测，没有细想，摸摸肖洱的脑袋："早点睡吧，晚安。"

"晚安。"

肖洱一直没有睡着。

她想了一会儿刚刚看到的短信，心里无端觉得烦躁，只得翻身起来，把看到的内容全部写进日记里。目光扫到之前写下的名字，有片刻定格。

聂铠。

这个名字她不陌生。自从第一次出现在她的日记本里，她就记得很牢。

是那个叫作白雅洁的女人的儿子。


肖洱13岁的初夏，撞见一桩事，让她永生难忘。

那天下午，她们学校临时通知不上课，她提前回了家。2点多钟，听见父亲的车子停在院里的声音，肖洱想要给他一个惊喜，就躲进他房间的大衣柜里。

可没有料到，父亲带回一个女人。

更没有料到，他们会在卧室里做出那样的事情。

13岁的肖洱对这种事情懵懵懂懂，只知道这很恶劣，比她过年的时候偷偷往姥姥家鸡窝里丢爆竹更恶劣一百倍。

这件事情已经超出了她的承受范围，她躲在柜子里听着外面的声响，大气也不敢出一声。

后来爸爸送那个女人离开，她从衣柜里滚出来的时候，已经憋得满脸通红。

她觉得自己应该把这件事告诉妈妈，可是晚上妈妈回家以后，说自己脖子疼。正在沙发上看报纸的父亲听了，体贴地过去给她揉捏。

家里常见的场景，此时在肖洱眼中显得格外讽刺。可是看见妈妈脸上安逸幸福的表情，肖洱满肚子话却一个字也说不出来。

她恨透了父亲，又心疼极了被欺骗蒙蔽的母亲。

她决定保守这个秘密，决定一个人搞清事情的真相，捍卫母亲的爱情和这个家！

年少的肖洱心里充满了一往无前的勇气。

她千方百计地偷看父亲的手机，想查出一些蛛丝马迹。

那时候父亲用的还是诺基亚，没有密码，只是他的警惕性很高，每次发完短信或打完电话就会立刻删除记录。

可是百密一疏，肖洱还是发现了一些端倪。

女人叫白雅洁，是父亲的初恋。和父亲分开后，她嫁给了富商聂秋同，生下儿子聂铠。丈夫常年在外工作，她在家当家庭主妇，婚姻不幸福。

除此之外，她还偶然得知，白雅洁和父亲在一起的时候，就曾经许下誓言。

说以后的孩子要起名叫作"肖洱"，因为他们的定情之地就在大理洱海。

看到那条他们怀念过去的短信之后，肖洱躲在被子里哭了一整个晚上。

她从来不知道，自己的名字由来，竟是因为父亲和他前女友之间的约定！他给自己起名的时候，竟然想着的是他的初恋！

他怎么能那么欺骗妈妈？

那天之后，肖洱开始变得沉默。

不再一放了学就跟小伙伴们出去玩，而是第一时间回到家里，就端坐在客厅中央写作业，一边紧张兮兮地紧盯着院门口，以防父亲再带什么人回来。

直到后来，从父亲的短信里得知，那个女人带着儿子搬走了，肖洱才松下一口气。

可心里的芥蒂，再也不可能除去。

肖洱躺在床上，久久没能入睡。

不知什么时候，她听见门把手的声音，立刻闭上眼睛。

沈珺如轻手轻脚地走进来，察看肖洱是否已经入睡，又给她的肚子上搭好毛毯。这才走到肖洱的书桌边，打开台灯，轻轻拉开抽屉，轻车熟路地找到日记本。

她随手取了笔筒里的裁纸刀，在日记本的锁孔里上下一戳，就轻松地打开了。

2012年9月6日

"今天物理课，阮唐睡觉差一点被方老师发现，虚惊一场。"

沈珺如放心了，把日记本放回原处，悄无声息地离开女儿的房间。

天宁高中早读课的开始时间是7点30分。光明顶规定，在那之前每一科的课代表要把作业全部收齐送去老师办公室。这就意味着，三班的学生必须在7点20分之前到达教室。

肖洱没有贪睡的习惯，早上5点准时起床，在阳台背单词和古诗文。6点钟吃早餐，6点半准时下楼。

高一光明顶家访以后，知道了她每天的作息，都忍不住感叹："这个女孩子，有着可怕的自控能力。"她会严格地按照自己指定的计划，一丝不苟地逐项完成。这是连很多成年人都做不到的自我管理。

这天肖洱也和平时一样，6点半准时下楼，步行至家附近的公交车站。

14路车摇摇晃晃地停在面前，肖洱上车刷卡，却在下一秒钟看见聂铠背着书包站在空荡荡的车厢里。

这个时间就算是上学的学生也不多，车里还有不少空座位。可是和很多男生一样，聂铠偏偏不愿坐着，单手插在口袋里，黑色双肩包瘪瘪的，挂在他的肩头。

他才转学过来，所以也没有校服。穿着自己的T恤和牛仔裤，脑袋上扣着大大的耳机，一根长长的耳机线绕过手臂延伸到裤子口袋。

在天宁高中，肖洱平时看见的高中生大约能分为三大类：

以杨成恭为代表的学霸，穿干净整洁的校服和运动鞋，脖子以上除了眼镜没有其他装饰物，不管站在哪里都像在沉思数学题。

以陈世骅为代表的学渣，穿邋里邋遢的校服和灰蒙蒙的运动鞋，说话吵吵嚷嚷，走路蹦蹦跳跳，仿佛前方永远有一个篮筐等着他三步上篮，没个正形。

当然还有人数更多的一类，介于前两者之间，有一点自己的小心思，但是仍旧遵循正常的轨迹，按部就班地来去。

那么，聂铠属于哪一种呢？

肖洱想起她为了练习口语而看的美剧，街头少年往往是这样的打扮。

大多不甘安于现状，不想走普通人走的那条路，但是对未来没有规划和明确的目标，迷茫而无措。

聂铠显然也看见了肖洱，她在他上车的后一站上车，这说明两人的家离得很近。

他因为这个认知而感到欣喜，可面上什么也没有表现出来，只是看了肖洱一眼，就又默默地转过头去。

肖洱自然不会主动与他打招呼，径直走到她常坐的座位——距离后门最近的那一排靠窗的位置，坐下。

车子很快到站，肖洱在聂铠前边下了车。

聂铠的手插在口袋里，在她身后闲庭信步地走，没有超过她的意思。肖洱的步子很小，走起来也不快，但是非常稳。

聂铠忍不住在心里嘀咕，就算在她脑袋顶上放一碗水恐怕也不会洒吧。

7点钟，两人先后到达教室。

聂铠以为自己来早了，要知道在原来的学校，不踏着铃声他是绝对不会进教室的。

可毕竟这是他正式来到天宁高中的第一天，而且……因为一个奇怪而隐秘的原因，他破天荒地定了6点钟的闹铃。

没有想到进了教室，竟发现几乎来了一半的学生，包括他的同桌陈世骐。走回座位，聂铠看着正奋笔疾书的陈世骐："这么早就来用功？"

"毛线！昨天的作业变态得要死，我才没工夫做。"

陈世骐说着，踹一脚前排同样埋头苦干的少年："柯基你抄好没？快拿来给爷看看！"

聂铠落座，看见肖洱取下书包的时候，早有几个人等在她的座位边。

"数学！"

"我要生物。"

"我要物理！"

没一会儿，肖洱拿出的作业就被瓜分一空。

聂铠大悟，原来来这么早，都是来抄作业的。

"聂铠你可能不知道，这是我们学校的传统。"手上在抄，嘴巴也停不下来，陈世骐愤愤地说，"每科老师每天收作业上去，还要认真批改，谁要是错得多，就会单独被请去办公室喝茶。这不是要人命吗？我们只能起早来抄或者对答案了！"

"给你哈士奇！这本抄完了。"前排被称作"柯基"的少年把手头的作业本丢给陈世骐，又补充道，"我们班其实算好的了，大家团结一心，没有人告小状。隔壁四班那个班长跟老师说了早上有人抄作业，结果他们班主任每天6点50分就到教室，搬个小板凳坐门口，进来一个人收一个人的作业，可怕吧？"

"但上有政策下有对策，他们班学生早有其他根据地，都把作业抄好了才来上学。"陈世骐说着脚下也没停，又踹了"柯基"一脚，"不许叫老子哈士奇！"

聂铠这下总算是领教了天宁高中所谓的"严格"，只可惜道高一尺魔高一丈，不管老师想出什么样的邪招对付学生，下头总有对策。

就像弱小生物在面对强大劲敌的时候，随之进化出的自保本领。

"这什么玩意啊？拿这个给爷抄？"陈世骐突然皱眉，嫌弃道，"我要抄班长的，这本正确率看着就很低。"

"柯基"已经处理完自己的全部作业，呛他："班长的在别人那里，有的抄就不错了！就你那水平，全对的话老师也不信啊。"

话糙理不糙，陈世骐没有反驳。

"其实班长人不错了，别老说人家这儿不好那儿不好的。你看她从来不在背后捅咱们刀子，作业也随便咱们抄。""柯基"显然对肖洱颇有好感，趁机说。

聂铠下意识看向"柯基"，后者接收到他的目光，突然意识到什么似的，指着自己说："我叫柯岳明，柯南的柯，岳飞的岳，明星的明。"

说完之后，因为自己这个别出心裁的介绍方式而颇感自得。

"可惜腿短，你叫他柯基就行。"陈世骐补刀道。

"他脑子有泡，我们都叫他哈士奇。"柯基急了，报复道。

每个班里可能都有那么一对活宝，以打压彼此为乐趣，却又形影不离，亲密得跟穿着一条裤子似的。即便很多年以后，你忘了他们的名字，忘了他们的样貌，也总是忘不了他们给你带来的欢笑。

一天下来，拜哈士奇和柯基这对活宝所赐，聂铠基本已经把班里的情况了解了个大概：三班是天宁高中的理科实验班，简言之就是综合实力最强的班级，配备最敬业口碑最好的老师。

除了几个找关系进来的学生，其他人都是凭着真才实学考进来的。

聂铠、陈世骐、柯岳明之流，自然属于走后门进来的那一类。聂铠父亲跟校长相熟，插班的事，打个电话就办妥了。

班里插科打诨的人不少，踏实学习的人更多，金字塔顶上的两尊大神是班长肖洱和学习委员杨成恭。

说起这个，柯基满面笑容。

"虽说杨成恭和肖洱的成绩差不多，但是在这场年级第一宝座的长期攻坚战里，杨成恭从来也没有赢过一次。"

哈士奇"哼"一声，对聂铠说："你不觉得这家伙一说到班长，那双钛合金狗眼直放光啊！"

柯基圆眼一瞪，扑上去扭打之。

下午最后一节课的下课铃声打响，两人拉着聂铠去打台球，俨然已经把他当成小团体中的一分子。

聂铠的新书还没到，处于适应阶段，老师特批今晚不用做作业。聂铠又想起妈妈早上跟他说今天要去拜访老朋友，吃过晚饭才会回去，让他自己在外面吃，也就随他们去了。

"小洱，今天我跟你一起走吧，我租的书看完了，想去你家那边的书屋还书。"

正在收拾书包的阮唐对肖洱说。

阮唐最大的爱好就是看言情小说。每天晚上打着手电筒窝在被子里看，一个礼拜能看十本书。

肖洱在心里默算过，照她这个速度，在高二下半学期，就能看完租书屋里面现有的所有言情小说。

肖洱也在她的极力推荐下看过几本。差不多的套路，笨拙善良的女孩子在各种机缘巧合下邂逅十项全能的高大少年，分分合合拉拉扯扯，说一些情深义重的华丽辞藻，就能把彼此感动得稀里哗啦，发誓矢志不渝。

可是然后呢？结婚以后，还是会变心，还是会怀念最初的爱人，还是会欺骗与背叛。

肖洱真是不喜欢这些从封面到内在都华丽得失真的小说。

平时阮唐这么说了，肖洱总是欣然应允。今天，她却一反常态。

"我帮你还吧，反正老板也认识我。"

阮唐完全没有察觉出她的异常，摸着鼻子说："可是我还想再借几本呢……"

"中午你不是还跟我说，你姥姥最近身体不太好，要早点回去照顾她。"肖洱说，"我帮你借，第三排从左往右数第四本开始，借三本是不是？"

"哇，你怎么知道？"

"你都是挨着借的，这几本原来就摆在第三排的最头上。"

"好厉害！"阮唐把要还的书递给她，"那就拜托你啦，小洱你最好了！"

阮唐蹦蹦跳跳地离开了，肖洱收拾好书包也走出教室。

她知道父亲今天跟白雅洁见面会约在哪里。那是他们曾经常常幽会的地方，隐蔽安全。

之所以会被肖洱发现，也完全是一次巧合。

那次，阮唐跟她说好像在她家附近的一家茶室门口看到一个很像她爸爸的人。不等肖洱开口又自我否定，说怎么可能，一定是她看花了眼，她家住得那么偏，肖叔叔不可能会去那里，而且那个叔叔身边的阿姨一看就不是沈阿姨。

肖洱瞬间就冷了眉眼。那时候她初三，原以为白雅洁搬走了不会回来，没想到竟然还会跟父亲见面，她果然不能这么掉以轻心。

可肖洱嘴上还是说："你看错了，我爸爸那回来得很早，那时候在家里。"

不知出于一种什么心理，肖洱不愿意让任何人知道父亲的秘密，包括从小跟她一起玩到大的阮唐。

这些年，她独自保守着那个秘密，不是不觉得孤独。

可是孤独让她更加清醒。

在这个世界上，没有人能依靠别人过一辈子，所有的个体都是孤独的。就连这片广袤的大地，也只是隔绝的孤岛；这颗璀璨的星球，也只是宇宙中的一粟。

所以在某种情况下，肖洱甚至享受着这份孤独，这让她觉得自己更有勇气。


借由一次去阮唐家的机会，肖洱去那间茶室实地考察过。

面积不大，只有一层楼，陈设是仿日式的。大堂有十几张藤编座椅，内有一条走廊，两边卡座若干，两间独立的包间在走廊尽头。

包间边上有洗手间，三个蹲位，洗手池边开着一扇窗户，窗户外面是老板自家内院。

傍晚6点40左右，肖洱到达阮唐家附近的茶室，看见父亲的车子就停在茶室外的公用停车位上。

她背着书包推门走进去，被服务员叫住："小姑娘来找人？"

她讨喜地仰头冲她微笑："姐姐，我能借用一下洗手间吗？"

"去吧。"服务员没当一回事。

茶室很小，只有一个服务员忙里忙外，就算一会儿没看到她出去也不会心生疑惑。

肖洱熟门熟路，直奔洗手间。确定三个蹲位都没有人以后，快速拉开洗手间的窗户，脚踩着旁边的洗手池爬上去。

窗台不算高，她很轻盈地跳下去。

顺着洗手间往西数第一、二间屋子是包间，这里最隐蔽，肖洱笃定父亲和白雅洁在其中一间。

包间与内院隔着巨大的落地窗，但是窗边有等高的屏风遮挡，肖洱透过折叠式屏风的中缝朝里头探看，果然看见隐约的人影。

肖洱附耳去听，虽只隔着一层玻璃，却收效甚微。只能听见父亲非常模糊的字句，而白雅洁的声音完全难以捕捉。肖洱站直身子，从书包里取出一本大书，卷成圆锥状，尖端留出一个小口子贴在耳边，另一端贴在玻璃上。

人耳听的距离是有限的，耳扩的接受力却可以用物体辅助扩大。

肖洱屏息凝神，闭上眼睛。

耳中传来的声音果然清晰了一些，却仍然随着说话人的语态，时强时弱。肖洱听见女人低声哭泣的声音，和父亲宽慰她的声音。

"……过来……我们……常常……"

"我……的很……找你……"

"不知道……在住……地方？"

肖洱心里一紧，更加聚精会神。

"肖洱，你在这里做什么？"

突然，肖洱身后传来一个清冷的声音。

## 第二章
### 我可以不是英雄，但要做一名勇士

周五临放学前，光明顶重新调整了座位。

换座位在三班是家常便饭，因为光明顶担心坐在一起时间长了的同学彼此熟悉之后上课会讲小话，所以每隔两个月就会重新打乱一次。

对此，大家喜忧参半。

新学期，光明顶早就排好了新的座次表，把它贴在黑板旁边的"公告栏"上，让大家下周一按照新的座位表坐。

他前脚一走，阮唐就跑到前头打探最新消息，看见自己仍然和肖洱同桌才放下心来。

围观的同学很多，阮唐从人群里挤出来，跑回座位欣喜地说："真是万幸，咱们没有分开，而且还坐在这儿！"又说，"不过咱们前后左右的人都换了。你知道吗？光明顶把那个新来的聂铠和杨成恭调到了咱们后头。肯定是照顾他呢，想让他有最好的学习氛围。不过，便宜我了！我也被咱们班两大学霸包围了啊，哈哈哈。"

听见那个名字，肖洱目光微滞。

这时候杨成恭已经抱着他的大堆课本从隔壁组走过来，从容地把书本摆在了阮唐正后方的桌面上。

高中生课本、辅导资料多，不可能都带回家，所以有很多垒在桌面上。

站在讲台一眼望去，每张桌上都有两座小山，或整洁或杂乱，配合着教室最后五彩斑斓的板报，那是非常有代表性的一幅画面。

阮唐回头跟杨成恭搭讪："杨大神,你以前从没跟肖洱坐得这么近吧?"

杨成恭一怔,目光穿过厚厚的眼镜片,却落在肖洱的背影上。

"是啊,从没。"

"嘿嘿,以后你们就要近距离地进行巅峰对决了,你紧不紧张啊?"

杨成恭是出了名的不善交际,肖洱没听见他再回答。

肖洱每周五晚上7点钟要去市少年宫上书法课,今天耽误了些时间,于是放学后很快收拾完书包,匆匆往外走。

她在公交车站等车的时候看见杨成恭背着书包走过来。

周围有很多学生,他没有靠近。

肖洱的手在宽大的校服袖子里握了握。

三天前,发现肖洱躲在茶室包间外偷听的人,正是杨成恭。肖洱怎么都没有想到,那里竟然就是杨成恭家的内院,她从不知道他家开了一间茶室。

杨成恭自然不会声张,虽然疑惑,但是良好的教养使他选择尊重肖洱。

她什么也没有跟他说,而他也没有在那个尴尬的时刻提出内心的疑问。甚至,杨成恭给她开了后院的门,说:"别原路返回了,太危险。"

后来在学校再碰面,他表情坦荡得像是什么都没有发生过。可是肖洱知道,杨成恭一定能猜出来是怎么回事,他只需要向店员打听一下那间房里的人是谁,就会一清二楚。

只一眼,他就发现了她的秘密。

去市少年宫要坐2路车,肖洱走到车厢的后半截,余光看见杨成恭也跟着人群上车了。

杨成恭回家的话,不需要坐2路车。

车上人很多,杨成恭没有机会接近肖洱,十分钟后,他和肖洱在同一站下了车。

杨成恭白净斯文，一看就是乖巧的好学生模样，这一点和肖洱非常像。他安静地走在肖洱身后，一点也没有尾随的意思。

距离少年宫越来越近，身边穿着天宁高中校服的人也越来越少。杨成恭看见最后一个同校的学生转弯消失后，才快步走到肖洱身边。

"肖洱，这个给你。"

杨成恭把手里捏着的一张纸条递给肖洱。

他从不多说废话，目标明确，效率极高。

做完这一切，杨成恭转身就走，过马路再坐车返回。

肖洱站在马路边，公交车驶过，扬起尘土，她手里的字条轻轻颤动。

上面是杨成恭工整的字迹。

"白雅洁是茶室的会员，这是她登记在会员联系册上的电话号码。"

下面是一行数字。除此之外再无其他，没有解释他发现了什么，也没有解释为什么要这么做。

肖洱把字条收进书包内侧的口袋里，继续向少年宫走去。

上完课已经是晚上9点，少年宫距离肖洱家不远，顺着一条步行街走到头便是小区的侧门。

华灯已上，步行街边零星点缀着小吃摊，塑料桌椅铺了一地，坐满了年轻人。

啤酒、香烟、烤串，是夏末最后的狂欢。

肖洱在烟火中穿行。

步行街有很多岔路口，往往一片漆黑，和摆满了灯箱、灯牌的主干道大相径庭。

光明背后是更深的黑暗，从小到大，肖洱不止一次听人说起这座城市的巷角街头发生过怎样惨烈的违法犯罪案件。

她没有遇上过，但心里早有预感，她总会遇上。

所以当肖洱看见前一个路口，几个打扮前卫的青年堵着另一个女孩子的嘴，将她拖进一边的小巷里时，她并没有觉得太意外。

让她感到意外的是，那个被拖进去的女孩穿着天宁高中的校服。

每个人都会为自己做出的决定付出代价。

肖洱想走开，却发现自己的脚像是黏在地上，没有挪动半步。校服上的缩写"T·N"在她眼前来回晃荡。小巷深处传来隐约的叫喊，不仔细听，会被嘈杂的人声淹没。

她终于转身，打算去街边的书报亭打电话报警。

一回头，却看见邻近烧烤摊上坐着聂铠和他在班里新交的两个朋友，陈世骐和柯岳明。

他们像是刚来，才找了个座位坐下。

柯岳明先发现了肖洱，可能是觉得新奇，脱口喊道："嘿！班长！"

聂铠和陈世骐随后看过来。

肖洱心里的念头立刻就转了个弯。

"班长怎么会在这里呀？要跟我们一起吃点吗？"柯岳明挠着后脑一阵傻笑。他不敢直视肖洱的眼睛，目光四下乱瞟。

"瞧他那奴颜婢膝的样子……"陈世骐小声嘀咕，采取不主动打招呼也不挑衅的态度。

肖洱走过去。

"我去上书法课，才回来。"她说，"我看见我们学校的学生被几个人拖进了那边的巷子里。她在呼救。"

她伸手一指，目光淡淡地在他们三个人的脸上逐一飘过。

"太过分了！这还有没有王法！"

柯岳明第一个跳起来，却被陈世骐拉住。

他低声警告："你想跟着一起挨揍？那帮人可是这几条街的老大，常事了，不是咱能管得了的！"

柯岳明被他一棒子敲醒，愣了愣，气势弱下去一些："不然，不然我们报警吧。"

肖洱望着一直没表态的聂铠，说："最近的派出所距离这里超过三公里，假设他们接到电话愿意出警、立刻出警，那也需要……"

话没说完，聂铠已经站了起来，从地上捡了两个啤酒瓶，对身边的哈士奇和柯基说："害怕就别跟过来。"

说完，他深深地看了肖洱一眼，眼里有很多肖洱没看明白的意味。她来不及细细琢磨，聂铠已经大步跑了过去。

"妈呀！这要出大事！"陈世骐急了，踹正在发呆的柯岳明一脚，"看什么看，干！"

两人也学着聂铠，捡了酒瓶冲出去。

肖洱给派出所的人打过电话以后，站在巷口。里面传来打斗声、辱骂声、哭叫声，这一回声音非常大，吸引了不少路人围聚在巷口往里头张望。

"小混混在打群架呢。"

"唉，这治安问题，是时候管管了。"

"啧啧，要不要报警啊？"

"少管闲事，万一外面有他们的同伙，当心报复你。"

几人说说笑笑，看了一会儿，就走远了。

肖洱低头看手表，目光一错，看见脚边的墙根处石灰脱落了大半，斑驳的痕迹丑陋狰狞。

这是一家美容美发厅的外墙，美发厅门面很大，也窗明几净、光鲜亮丽，路过的人很少会注意到这破败的墙根。

像这座城市。


聂铠他们在警察到来之前出来了。

陈世骐扶着一个嘤嘤哭泣的女孩子，柯岳明扶着聂铠。聂铠身上有酒瓶的碎玻璃碴子，步伐不稳。肖洱没有看见明显的伤口，不过刚挨了打，他脸上的青紫一时半会儿也显不出来。

他比柯岳明高很多，柯岳明扶着他有些吃力。肖洱看了一会儿，上前去搀住聂铠的另一边胳膊。聂铠低头看着她，说："我没事，我家就在附近。"顿了顿，又说，"陈世骐，你和柯岳明送那姑娘回去吧。"

肖洱有片刻走神，他说他家就在附近，怪不得早上能看见他，原来是在自己前一站上的车。

这么说，那个女人也住在附近了。

"很晚了，你也回吧。"聂铠对肖洱说。

肖洱仰头看聂铠，突然说："你为什么帮她？"

肖洱的脸上映着灯光，一双沉静的眸子里头有细碎的星子。聂铠的眼睛突然有些花，他看见面前的这张脸和四年前的那张重合交叠起来。

四年过去，他终于不再是那个胆小怕事的"小哑巴"了，他终于光明正大，坦坦荡荡地站在了肖洱面前。

聂铠说："想帮就帮了。"

肖洱说："你不害怕他们会报复你吗？"

"肖洱，我可以不是英雄。"聂铠低声说，"但总要做一名勇士。"

说话间，一辆警车停在了路边，从里面走出两个穿制服的协警。看见肖洱和聂铠，他们小跑过来："谁报的警？"

肖洱将刚才发生的事情极简要地叙述了一遍。

两个年轻的协警面面相觑，看着聂铠："你和你朋友把那帮人打跑了？"

"嗯。"

聂铠不想跟他们啰唆，可是肖洱还站在这里，他也不能扭头就走。

"胡闹！你们也太莽撞了，这附近可都是他们的人，万一……"

其中一个小平头急了，脱口说道，却被另一个拉住。

"同学，以后再碰到这样的事情不要急着出头英雄救美。"那人戴着眼镜，和蔼一些，用谆谆教导的口气说，"及时报警，等待我们处理，才能免去不必要的损伤。"

肖洱抬眸看过去，眼神凉薄，里面隐有厌恶之色："从接到电话到出现在这里，七分钟都绰绰有余的车程，你们用了将近二十分钟。如果不是他，你们现在赶过来，要处理的就是一起高中女生被猥亵甚至轮奸的案子。"

两个协警一愣，像是不相信这样的话会从面前这个柔柔弱弱的小姑娘嘴里说出来。

"当然，这里治安混乱，这样的案子不少，怪不到你们头上。"肖洱慢条斯理地说下去，"可是你们谁来跟我解释一下，既然对这一带的治安情况早有了解，为什么不早一点管理？还是你们从来只做事后诸葛亮，其实根本一点办法也没有。"

小平头没有扛住肖洱凌厉的眼风，叉腰扭过头去。眼镜男不自然地摸摸脸，说："小姑娘，有些事情，你长大了才会明白，不是我们不管……是……"

"这帮人的头头，跟你们队长交情不浅。"肖洱淡声说，迎着那人羞愧更甚的目光，"不要惊讶，这里人尽皆知。"

聂铠看着身材瘦弱单薄的肖洱立在两个协警面前，突然就想起第一天在学校，陈世骐跟他说的话。他说肖洱的眼神，能杀人。

可聂铠觉得，她的眼神，能救人。

最后眼镜男给了肖洱一张名片，说如果以后再出什么事情直接给他打电话，他一定会尽快赶过来。

肖洱收起名片，面上没有明确的表情。


肖洱比以往迟了近一个小时才到家，肖长业和沈珺如着急了，差点就要出门去找她。

"你跑去哪里了？"

看见肖洱好端端地进了门，松下一口气的同时，沈珺如气愤道："有事情耽误的话为什么不立刻打电话跟我们说一声？！"

肖洱没有把刚才发生的事情说出来，只说："碰到以前的同学，聊了一会儿天。那附近没有电话亭。"

"那你也应该……"沈珺如还在气头上。

"好了好了，也没有迟太久。"肖长业安抚道，又严肃地说，"不过你也是不应该，什么话白天不能说？都这么晚了还不回来，又联系不到你，不知道爸爸妈妈会担心吗？"

"知道了。"

"我看应该给你配个手机才行。"肖长业想了想，说，"这样联系也方便。"

"不行，有手机会耽误孩子……"沈珺如皱眉，想要反驳。

"洱洱都多大了，而且她是会被手机影响的那种孩子吗？"肖长业说，"你别把洱洱跟你们班里那些毫无自控力的小孩子相比较。"

"你懂什么？她要是有了手机，这万一总有人跟她聊天，或者下载了乱七八糟的软件怎么办？青春期的小姑娘多容易受影响啊！"

"你这个人太极端了。"

"我怎么极端了，这例子满大街都是！"

肖洱不想听他们两个人争辩，关上门进了卧室。

她把杨成恭给她的纸条和眼镜男给她的名片都夹进日记本里，然后抽出一支笔。

2012年9月9日

"他说，我可以不是英雄，但要做一名勇士。"

沈珺如与肖长业争吵的结果是各退一步，给肖洱买手机，但是不买市面上卖得正火热的智能手机，最好只能打电话和收发短信。

于是那个周末，沈珺如带着肖洱去买了一块直板诺基亚，办了新的手机卡。

"等你考上大学了，妈妈再给你换。换iPhone好不好？听说卖得很火。"回去的路上，沈珺如说。

"等你考上大学……"是一个句式，就像小时候的"长大以后我要……"，在这个前缀之下，可以添加色彩斑斓的绚丽想象。

在阮唐眼里，等她考上了大学，就可以每天睡到自然醒，光明正大地借上一百本小说堆在床头，一睁眼就开始看；就可以邂逅小说里才会有的白马王子，谈一场轰轰烈烈至死不渝的校园恋爱。

可对于肖洱而言，考上大学意味着这个家将要面临重大的失衡。

是的，失衡。

最稳定的三角结构被破坏，一切都将脱离她的掌控。她仿佛可以预见父母平时顾忌着她而没有进行到最后的争吵，会以一种怎样激烈的形式一次性爆发。

尤其是，白雅洁回来了。

新的手机号肖洱只告诉了阮唐一个人。

阮唐自己早就有了手机，因为家离学校远，她妈妈怕她有急事联系不到家里。她喜滋滋地把肖洱的手机号存进自己的手机里，又给她拨过去。

"太好啦，这样我晚上就可以给你发短信问作业啦！嘿嘿，要是你能把选择题的答案一起发给我就好了。"

肖洱在联系人一栏里输入阮唐的名字，说："我不会给你答案的，自己做。"

阮唐鼓着嘴巴说："为什么你给他们抄不给我抄，你就是欺负我家住得远早上不能早早来抄作业！"

肖洱伸出手指把她鼓起的嘴巴戳漏气，说："是啊。"

阮唐瞪大了眼睛，没想到肖洱就这么承认了。

"这是对你好。"

说这句话的是杨成恭。这时候是午休时间，他面前摊着一本书，书名是《中国大百科全书——地理卷》。

阮唐刚看见他的书的时候，眼里清楚明白地写着：这个人一定是有病吧。

没有想到杨成恭会插入她们的对话，阮唐觉得挺新鲜，更没有想到杨成恭下一秒钟转向肖洱，说："我可以知道你的手机号吗？"

哎哟！

阮唐觉得自己就差一蹦三尺高了，她双眼放出八卦之光，看看肖洱，又看看杨成恭。

可惜两个当事人都比她淡定得多。

肖洱什么时候跟杨成恭这么熟了啊？啧啧，有一句话真是没有说错，班长和学习委员一直都是狼狈为奸的……

就在阮唐独自兴奋着的时候，肖洱报出一长串数字，语气平平。

杨成恭只听了一遍就记下了，说了一声"谢谢"，也没有交换自己的号码，继续低头看书。

啊？就这么完啦？

阮唐神色复杂地盯了杨成恭许久，敲敲他的桌子，说："杨学委，你知不知道有一个词叫作礼尚往来呀？"

杨成恭抬起头，半点不打磕巴地说："礼尚往来，即在礼节上注重有来有往，借指用对方对待自己的态度和方式去对待对方。《礼记·曲礼上》有云：'太上贵德，其次务施报，礼尚往来，往而不来，非礼也；来而不住，亦非礼也。'"

阮唐的下巴都快要掉到地上去了。

美好的午休总是过得特别快，阮唐只看了两个章节的小说，下午第一节课的上课铃就打响了。

还好是体育课。

升到高二以后，光明顶已经自作主张帮他们取缔了"音乐""美术""实践"这样的课程，但考虑到学生的身体健康不容忽视，勉强保留了一周两节的体育课。

阮唐把小说插进裤腰里，又用上衣遮住。因为体育课有近半个小时的自由活动时间，比起会让人满身臭汗的球类运动，阮唐更喜欢躲在器材室后面的石阶上看小说。

整队集合的时候，照例是女生在前，男生在后。

做准备活动"体转运动"的时候，肖洱看见只穿着纯黑色背心的聂铠。

因为聂铠午休的时候一直在和陈世骐、柯岳明他们打篮球，所以没有回教室就接着上了第一节课。

他的背心完全汗湿，贴在劲瘦精壮的上身，头发像是在水里洗过，裸露出的皮肤是健康的小麦色，上面有青紫红肿的伤痕。

是那天晚上留下的痕迹。

聂铠的身体自然不只是吸引了肖洱一个人的目光。

体育老师宣布解散自由活动之后，肖洱走在女生中间往羽毛球场移动，听见她们都在谈论聂铠。

她们对他的身材和样貌发表不同的评价，有褒有贬。年轻的女孩子各怀心思，当着大家面说出口的话，常常和心里所想相去甚远。

但有一点毋庸置疑，聂铠成了三班女生私下谈论的热点话题。

常跟肖洱搭伴打羽毛球的梦薇说："小洱，你跟聂铠说过话吗？"

肖洱看了梦薇一眼，说："说过。"

"他态度怎么样？是不是不太搭理女生呀？她们都说聂铠挺不好接近的，好像因为家里有钱，所以为人很狂傲。"

其实聂铠没有做什么。只不过他初来乍到，引起了不少女生的关注，可是个女生都会有一定程度上的矜持，尤其是处在思想状态最敏感时期的高中生。就算想要接近，想要了解，没有一个好的契机，也不会有什么人主动找话题跟他聊天。

偏偏聂铠也不会像一般男孩子，主动跟女孩子搭讪聊天，况且，他每天都跟陈世骐和柯岳明打得火热……

所以得了这么一个女生内部的评价，好像，也有一点冤枉。

肖洱说："我不清楚。"

梦薇本来也没打算能从班长这里套问出什么来，要说全班谁对异性最爱搭不理的，肖洱排第二，还真没人能排第一。虽然她的座位离聂铠很近，可是梦薇也从没见他们有什么交集。

梦薇继续说："对了，小洱。昨天的作业发下来了，有一道错题我不太明白，一会儿可以去请教你吗？"

她从来不会主动向肖洱请教问题。事实上，很多人都不愿意找她问问题，因为她不苟言笑的性子。

说这些话的时候，梦薇不敢直视肖洱清明的双眼，她笑嘻嘻解释说："你知道的，刚换了座位，我跟身边的人都不太熟……"

"可以。"肖洱说。

梦薇放下心来，目光不由自主地飘去篮球场那边。

她是班里公认的班花。理科班漂亮的女孩子不多，她算是一个异类，连年级里其他班的男孩子都慕名打听她。

她的骄傲容不下聂铠的视若无睹。

体育课下课，梦薇真的拿了练习册过来。

彼时，聂铠正坐在座位上咕咚咕咚灌凉水。

在午后金色的阳光下，他的汗珠晶莹剔透，顺着修长的脖颈滑下，滑过小小的、迷人的、上下耸动的喉结。

这样的他跟身边的杨成恭形成了鲜明的对比，梦薇从他身上看见了普通学生所不具备的气质。

年轻的、充满了蓬勃朝气的。

这个认知让她觉得心慌意乱，像无意窥探到一个陌生的世界。但无可否认的是，这对她产生了巨大的吸引力。

梦薇心不在焉地站在肖洱身边，听她给自己讲解题目。

"懂了吗？"讲完一遍，肖洱问。

梦薇回过神来，一阵摇头，大眼睛眨呀眨的，表情无辜。

肖洱只得又讲了一遍。

一直讲完三遍，梦薇还是似懂非懂，说："唔，那我再回去想想好了。"

拿起作业本，鬼使神差地，梦薇面向肖洱身后，说："你呢，你会吗？"

说完这句话，她有一点后悔。聂铠也有一点愣，反应了片刻，推推身边的杨成恭："有人问你题。"

梦薇因为这个插曲，羞得耳朵通红，也只好顺着他的台阶下："学委再给我说一遍吧。"

杨成恭目光淡淡地瞥了她一眼，说："我认为我已经不能比肖洱讲得更好，如果你听不懂她说的解法，我无能为力。"

梦薇窘迫得快要哭出来了。

好在聂铠察觉到她的尴尬，说："这题我也不会，不过，第三节课老师还会讲的。"

梦薇感激地看了他一眼，心里比感激更多了一分喜悦，她顺势问他："新同学，你喜欢打篮球啊？"

聂铠说："我叫聂铠。"

"唔，聂铠同学。你打篮球这么拼，身上怎么都青一块紫一块的。"

练习册在梦薇手里卷成卷，她有一点紧张。

聂铠余光往前头的肖洱身上瞟，只是肖洱正在和阮唐说着什么，完全没有注意到后面似的。他耸耸肩，算是默认。

男孩子酷酷的表情让梦薇心里一动，她不由自主地又进一步问："我家里有云南白药，要不明天我给你带一点？"

"不用。"

可梦薇心里已经决定了。

那天放学后，聂铠和陈世骐他们几个去学校边上的台球室打台球。

陈世骐是资深台球迷，用他的话说，每天不打上一杆，浑身都不舒服。聂铠也很会玩，他俩棋逢对手，每天都要较量一局，累积一周，谁输得多谁请客。

肖洱照常坐14路车回家，可这一天，她没有在自家那一站下车，而是多坐了一站，在下一站下了车。

一局台球大约要打半个小时。

差不多的时间以后，肖洱站在那个站台附近的报亭边，远远看见聂铠从公交车上下来。

时过黄昏，天边像被火灼红的晚霞渐渐退去。

肖洱不远不近地跟在聂铠身后。他们之间还有不少下班放学的人，神色皆匆匆，谁都不会多注意谁一秒。聂铠在主干道边走了几百米远，拐进一个岔路里。

肖洱知道那里有一个小区，叫作盛庭佳苑。

但她想知道的，还有更多。

随着他进了小区，身边的人陡然减少。可聂铠毫无察觉，步伐轻快。

聂铠家住得靠里，肖洱跟着他在楼栋之间穿梭，他步幅大，她必须加快步子才能保证自己不跟丢。

天色渐暗，远离车流穿梭的主干道后，四下里也越来越安静。

突然，肖洱听见书包里手机振动的声音。

"呜——呜——呜——"

空旷的楼栋之间，振动声显得格外突兀！

前头的聂铠突然站住，回头张望——后面什么人也没有，手机振动声也在一瞬间消失。

匆忙挂上电话躲进一旁楼栋里的肖洱皱眉看着手机，是阮唐打来的。她不打算回过去，让手机彻底静音后，肖洱探身往外看，聂铠的身影已经不见——他可能是又拐弯了。

她朝他方才行走的方向快步追去，可快要到达下一个转角时，面前人影一闪，她想要躲开已经来不及。

肖洱撞上一个结实的胸膛，鼻息间有淡淡的汗味和聂铠外衣上浅浅的茶香。

"肖洱，你竟然在跟踪我？"

一个戏谑的声音自头顶响起。

聂铠怎么也不会想到，尾随在自己身后的人会是肖洱。可在识破了她的把戏之后，聂铠并没有从她眼睛里看见慌张与无措。

相反的，看见肖洱望向自己的眼神，沉寂安宁，让他陡然生出一种是自己被当场抓包的疑惑来。

结果还是他先放软了语调，反倒有一些不知所措："你……你干吗跟着我？"

肖洱早有准备，她的手伸进书包里，拿出一盒三七活血膏递过去。

聂铠愣怔。

肖洱淡声开口："洗完澡后简单消毒创口，膏药直接外敷，一贴可以贴三天。"顿了顿，"使用期间，不要剧烈运动。"

聂铠不敢相信地辨别她的神情，说："给我的？"

"嗯。"

"你怎么，对我这么好……"

肖洱说："我对你没怎么好，这药只要17块钱。"

她这么说，他倒不知道该怎么接话了。接过药膏后，眼看着肖洱转身就要走，他终于还是忍不住扬声问她："你，怎么不在学校的时候给我？"

肖洱立直了身子，慢慢开口道："我不想让别人觉得我们之间有什么，尤其是班主任。"

聂铠释然，这是非常正常的心理状态，女孩子大多害羞，不愿意在班里被别人指指点点，更不愿意被老师误认为"早恋"，引来不必要的麻烦。

聂铠心里升腾出一种秘密的欣喜，他觉察到她对自己隐秘的关心，尽管她现在变得沉默寡言，尽管她似乎不善表达感情，但他能感觉得到她的情意。

聂铠忍不住开口，真诚地说："你放心，我不会让别人知道的！还有，谢谢你。"

肖洱没再接话，背着书包离开。


第二天午休，聂铠竟然乖乖趴在课桌上休息，陈世骐找他来打球也被他回绝了。

"我现在不能剧烈运动。"

少年说得理直气壮，脸上有神秘的笑意，看得陈世骐莫名其妙。

陈世骐还想追问下去，看见梦薇从另一组跑过来。

她今天格外漂亮，头发上系着娇嫩的黄色蝴蝶结，嘻了笑，背着手，像是藏了什么东西。

"聂铠，猜猜我给你带了什么？"

陈世骐想歪了，碰一碰聂铠的肩："行啊你，人缘不错啊。离你生日还有一礼拜吧，这礼物都送上门了！"

梦薇一愣，说："聂铠，你生日快到了呀？"接着她拿出藏在身后的云南白药膏，一边递给他一边说，"我还不知道你就要过生日了，那作为补偿，到时候我再补给你生日礼物好啦。"

聂铠没收她的东西，说："我对云南白药过敏。"

梦薇讪讪地缩回手，说："这样啊，对不起我不知道……"

"多大点事！聂铠，你不是说要在家办生日party吗？要不……"陈世骐一个劲地给聂铠使眼色，示意他邀请梦薇一起去。

只有男孩子的狂欢多不带劲，要是有像梦薇这样的美女在，一定会更有意思的。

"再说吧。"聂铠打了个呵欠，说，"我困了。"

这是逐客令。

梦薇有点委屈。她不笨，看得出来聂铠在刻意与她拉远距离，他甚至都不拿正眼看自己。

一定是有什么原因的吧，梦薇想，还从来没有人对她这么不客气。所以，聂铠用这种态度对待她的好意，一定是有原因的。

语文课，老师让大家分四人小组讨论文章的结构和传递的思想感情，然后回答问题。

教语文的老师姓奚，是一个拥有丰富教龄的老教师，和蔼慈祥，最喜欢和同学们互动。

阮唐和肖洱转过身去和后面两人讨论。

文章名字叫《祝福》，主人公是大家耳熟能详的祥林嫂。

杨成恭先说，他的答案中规中矩，从鲁迅先生创作文章的时代背景入手，挖掘以祥林嫂为代表的受封建礼教残害的普罗大众。

然后是阮唐，她观点奇诡，想要挖掘祥林嫂被送到贺家墺，被迫与贺老六成亲的内情。她兴致勃勃地说："你们猜，祥林嫂和贺老六有没有可能先婚后恋？其实他们之间有一段不为人知的爱情？"

杨成恭："不想猜。"

聂铠："下一个。"

肖洱："我打算从配角入手，柳妈的善良，其实暴露出她的自私。"她说，"我们不该忽略人性中自私的一面对别人的伤害。祥林嫂的悲剧可能更多地来自柳妈这样的人，祥林嫂沉重的精神压力，很大一部分源自于'善良的'柳妈。"

杨成恭若有所思。

随后三个人一齐看向没发言的聂铠。

这时候奚老师在讲台上说时间到，请每个小组派选代表回答问题。

聂铠松了口气，他从小最讨厌的就是语文阅读分析。他从本质上质疑这种考题存在的意义，作者想要表达什么思想感情跟他有什么关系啊！

就算是想让同学分析，为什么又要给出标准答案呢？他不能要求每一个学生都能揣测得出设置答案的人的思想感情吧。

"肖洱，你们组推选谁？"

肖洱说："聂铠。"

正胡思乱想的聂铠一个激灵："啊？"

奚老师跟新学生打交道不多，也有兴趣听听看他的想法："聂铠，你来说说。"

聂铠拼命回忆刚才杨成恭和肖洱的答案，无果——他压根没怎么听，只好硬着头皮一本正经地开口，把他记得最清楚的阮唐的答案抛出来："这里面，可能有一个隐藏的感情线索……"

等到他在全班同学惊诧的目光里把阮唐的话复述了一遍以后，奚老师温柔的眼中写满了：很好，这位同学，你让我成功地记住了你。

聂铠坐下的时候，阮唐斜着身子给他看自己的笔记本，上面画了一个大大的大拇指，用黑色马克笔写了一句话：聂铠，你就是一个大写的不怕死啊。我敬你是条汉子！

"聂铠同学，这个想法很超前啊，我还有一点细节想跟你继续探讨一下，下了课到我办公室来一趟。"奚老师说。

大家都忍着笑，知道聂铠这回摊上事了。奚老师虽然喜欢鼓励学生多问多想，其实本质上是个古板的老太太。谁要是与她的想法相悖，她会毫不吝啬地花大把时间帮你矫正过来……

果然，在办公室被剥了一层精神外皮的聂铠回班后第一件事就是找肖洱算账。

"讨论的时候，只有你没有发言。我给你机会，有错吗？"

不等聂铠发难，肖洱就开口说。

"你站起来，在我们三个的答案里挑选了最不靠谱的一个来作答，是你自己的选择。现在你为自己的选择承担后果，能怨怪别人吗？"

聂铠无言以对！

阮唐在一边笑："聂铠，你该不会是想找小洱理论吧？她可是代表我们学校拿了全省辩论赛冠军的那支团队的一辩啊。"

聂铠愣了愣神，也不知道自己在想什么，蓦然一笑，雪白的牙齿整齐地排了两排，没说什么就坐回座位去了。

阮唐被他笑得有点毛骨悚然，偷偷在肖洱耳边说："他笑什么啊？怎么看上去还心情不错的样子！"

肖洱道："下节课老师要提问的，预习了吗？"

"啊啊啊啊！我忘了！"


打那以后，聂铠成了奚老师的重点"调教"对象，凡是奚老师的课，总要叫聂铠起来回答问题。

而聂铠随意惯了，骨子里就没有好学生乖巧的血液，即便知道标准答案是什么，也不愿意好好回答。更何况，大多时候，他确实无从回答那些刁钻的问题。

"聂铠，你来赏析一下，'画在荷叶上'这个'画'字。"

"这个字，他用得好，特别好。"

"好在哪里？表达了作者什么样的情感状态呢？"

"奚老师，题干没问这些。"

"聂铠，你来评价一下王熙凤这个人物。"

"活泼开朗。"

"聂铠，你怎么判断出文章表现了作者怀才不遇的……"

"从字里行间判断。"

……

聂铠给死气沉沉的语文课带来了无穷无尽的欢乐，每当奚老师点到他的名字，其他人的脸上就自动浮现出欢快的表情。

总之，聂铠转到三班不过短短两个礼拜，已经迅速占据了三班日常的头版头条。

或许高中时期每一个班级都会有那么一个或几个"人物"，因为不惮老师权威，因为皮相姣好，或其他各种原因，致使他们的一举一动总叫人不能忽视，明里暗里都牵动着许多人的目光和心。

比如这周三是聂铠的生日，而他将于本周六在家里办一场生日party。于是女生早就已经私底下讨论开了，聂铠会邀请哪些人去，会不会邀请女生。

最后得出的答案是，他只会邀请关系要好的男生朋友。因为就连最漂亮的梦薇也没能在聂铠那里讨得什么欢心，恐怕他是真的不喜欢和女生交往。

可就在这个时候，聂铠向肖洱主动发出了邀请。

那是周五放学后，学校统一安排各个班级进行大扫除，聂铠和肖洱都被分去擦玻璃。

聂铠是男生，个子高，站在窗台上擦比较高的那一扇窗玻璃。肖洱站在教室外的走廊里，拿着干抹布擦下面的玻璃。

"肖洱。"聂铠叫她。

肖洱停下手头的活，仰头看他。

聂铠在心里酝酿了整整两天的话，可临到嘴边还是有一点磕巴。

他无意识地拨弄着手里的抹布："我想问，你这周六有没有时间……"

聂铠手中的抹布上满是灰尘污垢，被他这么一弄，灰尘簌簌直往下掉，刚好掉进正抬头的肖洱眼中。

肖洱躲闪不及，眼中一阵刺痛，立刻低了头后退一步。

聂铠吓了一跳，连忙丢开抹布，跳下来，站在肖洱身边手足无措："没、没事吧？"

因为应激，肖洱的眼睛红通通的，流下一行眼泪。

聂铠心里一紧。

肖洱闭了闭眼，发现用处不大，眼睛里进了灰，一闭眼就有异物感，她说："带我去水房。"

陈世骐正扛着拖把路过，刚好看见这一幕，阴阳怪气地叫道："聂铠！你怎么把肖大班长弄哭了！"

这一声叫唤里的隐藏信息太精彩，不少人循声望过去。聂铠正心急，一脚踹开陈世骐，拉着肖洱往水房走。

水房里有三个水龙头，都被人占着洗拖把。

"让开！"

他一声断喝，识趣的人一看这架势，乖乖让到了一边。聂铠引着肖洱到一个水龙头前，紧盯着她接水洗眼睛。

"怎么样？"

过了一会儿，肖洱满脸是水，闭着眼从自己的口袋里摸出手帕纸。聂铠夺过去给她抽出一张来，想给她擦，却被肖洱拦住。

"我自己来。没事。"

肖洱擦干眼睛边上沾到的水渍，眼底虽还有一些发红，但已经不难受了。

肖洱刚被水洗过的眼睛格外清澈透亮，聂铠的心一磕，突然就忘记自己应该跟她说些什么了。

越来越多的人进来洗拖把，肖洱于是往外走，聂铠跟在她身后，小心翼翼地看着她。

梦薇刚刚一直在往水房的方向偷瞄，刚好看见他们一前一后走过来。

肖洱眼圈红红的，没有什么表情。聂铠却好像很紧张，像个做错了事的孩子。

然后，她听见肖洱对聂铠说："你刚刚想跟我说什么。"

"我想请你来参加我的生日party，明天，在我家里。"聂铠的表情沮丧极了，声音也低下去。

他已经做好了被拒绝的准备。

"明天？你家里没有大人吗？"肖洱问。

聂铠没料到她会这么问，如实回答："只有同学，都是班里的。我妈妈那天回姥姥家，到晚上才会回来。"

"明天几点？"

"啊？"聂铠的眼睛在一瞬间亮起来，嘴角不自觉地往上扬起，"早上9点！我去接你。"

"不用了，快到的时候我给你打电话。"

聂铠眼中的光更亮，马上就掏出手机："你的手机号是多少……"

梦薇极力维持的平静神情出现了一丝裂痕。

聂铠只邀请了一位女生去参加他的生日聚会，可是那个人，竟然是肖洱！

# 第三章
你给我的最爱，永远在盛开

聂铠邀请肖洱周六参加他的生日party，不只是梦薇难以置信，就连陈世骐和柯岳明都觉得不可思议。

"兄弟，你怎么想的？叫肖大班长来这不是扫兴呢吗？"陈世骐满脸苦色，"你为什么不叫梦薇女神？就算你叫小阮唐也好啊！"

聂铠正俯下身子看角度，手里的球杆轻轻一推，目标球干净利索地滚进了网袋中。

"想请就请了。"

进了一球，聂铠继续瞄准下一个目标。

陈世骐夸张地睁大了眼睛："聂铠！你该不会……"

聂铠打偏了，没好气地瞥了陈世骐一眼："别瞎想。"

陈世骐也觉得自己在瞎想，这聂铠、肖洱，完全就不是一类人嘛。

周六一早，聂铠家里就热闹起来。

聂铠家在顶层，还配有一个小阁楼，总面积大约有两百平方米，只住他们母子俩确实显得格外宽敞了些。

客厅里有最新款的Xbox，里屋有一间专门装修的家庭影院。白雅洁走之前把家里布置好了，冰箱里有充足的饮料和食物，桌子上摆着巨大的巧克力蛋糕，上面写着"祝小铠17岁生日快乐"。

每一个人都对眼前所看见的一切表示惊叹。

聂铠让他们随意，一边从冰箱里把吃食都拖出来放在茶几上。都是差不多大的少年，又都跟陈世骐他们玩得近，大家很快就真的随意起来。有的人在里屋看电影，有的组队打起扑克，有的玩起了游戏。

"往左往左！哎哟！你这个脑残……"

"死柯基，老子在玩的时候你能不能小点声！"

平时冷清得连自来水龙头没关紧都能立刻发觉的屋子，如今吵闹得连天花板都要被掀掉。聂铠坐在沙发边拆礼物，他不反感这样的场合，只是……不知道肖洱会不会觉得吵。

他的目光一遍遍往手机上瞟。

"寿星，你不玩吗？"柯岳明一偏头，看见聂铠盯着手机的黑屏出神。

聂铠摇头，完全没有兴趣的样子："你们玩吧。"

话音刚落，手机突然亮起来，柯岳明眼尖，看见肖洱的名字。

聂铠一把捞过手机，跳下沙发："我下去接个人！"

几分钟后，聂铠带着肖洱上来了。

她穿一件浅青色的上衣，普通的娃娃领，样式简单休闲；下面是休闲中裤，裤腿收在膝盖处，露出一截藕段似的小腿。

整个人看着格外乖巧柔弱。

看惯了班长穿校服的样子，大家对眼前人表现出了不同程度的不适应，在看到肖洱的前几秒都产生了短暂的眼花了的质疑。

可再看过去，无框眼镜后那双与年龄不符的漆黑双眸和起伏过小的面部表情打消了大家的疑虑。

没错，尽管换了身打扮，可这就是他们熟悉的那个幽灵修罗啊。

"萝莉身，女王心……"陈世骐喃喃道。

不过不论是否真心欢迎，所有人都知道要给寿星公面子，尤其是柯岳明，亲切地邀请她来跟他们玩扑克。肖洱从善如流，坐在大家主动空出来的沙发正中央，看着柯岳明灵巧的双手左右倒牌洗牌。

"会打'八十分'吗？"柯岳明问她。

"我可以现学。"肖洱说。

陈世骐有一点不乐意，但还是被赶鸭子上架，跟柯岳明凑成一组打对门，聂铠和肖洱顺理成章地成了一家。

柯岳明尽量简洁地跟肖洱传授八十分的出牌规则、得分规则以及入门技巧。

"哎呀废话那么多，多打几牌不就会了。肖大班长可不比咱们笨。"陈世骐打断道，内心却是不屑：一个学习机器，教再多遍也不见得能打得好。在"赌场"上，考场那一套可行不通。

"会了吗？"聂铠坐在肖洱对面，问她。

"试试吧。"

第一牌肖洱刚上手，还不太熟练，但她悟性高，加上聂铠的助攻，两人也没有输得太惨。

从第二牌开始，情况就慢慢变得不一样了，肖洱开始算牌，和聂铠天衣无缝地打配合。他们跑分的时候，陈世骐和柯岳明很少能扣得住。相反的，轮到他们逮分时，除非牌运特别背，否则陈、柯桌面上的分总是少得可怜。

"新手定律！再来！"

陈世骐不服气，在学习上比不过肖洱他认了，那是因为他不努力。可是在打扑克牌上再输给她，简直太丢人！

斗志被激起，他收起初时想要"让一让她毕竟只是个女孩子"的心情，全身心投入战局。

四人战局吸引了原本在打游戏的几个人围观。

每个人的大脑都在全速运作，计算自己人手里的牌，推测对手手牌牌形。不断在脑中推演最容易跑分或是逮分的策略，战况越来越激烈，双方你追我赶一时不相上下。

到了决胜时刻，四人屏息凝视。陈世骐脸颊憋得通红，柯岳明抱着手里的牌警惕地看着正在斟酌着出牌的肖洱。

肖洱抬眼看了看聂铠，后者给她一个平静的微笑。

"你俩少眉来眼去，好好打牌。"陈世骐急了。

肖洱终于出了牌。

其实胜局已定，肖洱和聂铠都清楚。

"靠！"陈世骐对柯岳明吼，"真是猪队友啊！"

旁边有人说："班长，你打牌也厉害成这样，我们可怎么办。"

"就是，你才学就能打成这样，简直是神迹。哈士奇他可是从小打到大的，哈哈哈！"

肖洱余光看见陈世骐一张脸铁青，很不爽的样子。她垂着头洗牌，说："我也从小就玩扑克，只不过规矩和这个不太一样，而且今天手气不错。"

"怪不得！"柯岳明从她手里主动接过牌去洗。

陈世骐心里好受一点，语气有一点别扭，对肖洱说："班长，我对你刮目相看。"

聂铠心里明镜似的，从肖洱第一牌那个打法来看，根本不像是从小打牌的。她不过是给陈世骐一个面子，才会说自己是个老手。

陈世骐在玩的方面贼精，不会不知道，他这么说，是真的心服口服了。

大家又闹腾了一会儿，肖洱有点累，让给观战的人来打。她坐了一会儿，起身去找洗手间，却发现已经有人在用。

"楼上我妈的书房边上还有一个，你可以去那里。"聂铠虽然握着牌，却眼观四路，耳听八方。

肖洱顺着扶梯上楼，阁楼面积不大，一个简易的小主厅加一间书房，书房旁边是洗手间。

没有人上楼来。

肖洱从洗手间出来，目光落在书房里，书房墙上挂着结婚照，和客厅那张穿的是同一套婚纱。照片里，白雅洁依偎在一个男人怀中。

肖洱不由自主地走进去。

书房装修典雅，角落置着全套的烹茶器具，肖洱终于明白聂铠身上若有若无的茶香从何而来。

书桌上摆着电子相框，里面定时滚动的照片大多是她和聂铠的。

肖洱的手指轻轻滑动，翻看照片。

她看得出白雅洁有多爱这个儿子，聂铠从出生到现在，每一年的照片都有一个合集保存在电子相册里。

肖洱也不得不承认，白雅洁很美。聂铠之所以长得如此招人，也是因为继承了母亲的样貌吧。

白雅洁曾是一位舞蹈演员，出嫁之后虽然不再跳舞，却也非常注重保养。尽管年过四十，仍然腰肢纤细，容光焕发。

而沈珺如，因为长期伏案工作，下肢浮肿，腰腹部也堆积了大量脂肪。

可是，色衰而爱驰，这就是原因吗？

聂铠觉得肖洱从楼上下来之后变得安静许多。

虽然，她一直都很安静，可聂铠还是察觉出她与之前有一些差别——她更加低气压了。

他把牌给了身边的人，抽身出来。

"累了吧。"聂铠站在她身侧，低声问。

肖洱收回游离的神思，眼神还有一点失焦："我不累。"

如果她嫌累了，妈妈要怎么办呢？

"不如我先送你回去。或者，你到里面休息一会儿？"

"聂铠，你爸爸也回来给你庆生吗？"肖洱突然问。

没有想到这个问题却让聂铠一时间陷入沉默。

肖洱低声说："你不想说也没有关系。"

"谢谢。"

肖洱没有再问，她看得出这个问题上，聂铠显得异常敏感。或者说，异常脆弱。

可是没有关系，她总会知道。

"聂铠，这是你的吗？"

有人从里屋提出一把单板吉他，古典镂文镀金，乌木的指板，看上去精致贵气。

"嗬！你玩吉他？"柯岳明蹿上去，眼睛都在放光。

柯岳明从小练打击乐器，据和他同一个小学的陈世骐所说，只要学校一有大型节庆事宜，老师们总要找他去敲个锣打个鼓来讨个好彩头。

聂铠点点头，立刻就被起哄，大家一起叫着"来一个来一个"。

他倒不怯场，接过吉他简单调试，随便找了个凳子坐着。

吉他是很深的香槟色，像后半场黄昏的天空，那是带着颓靡色彩的末日辉煌。他自弹自唱，是李健的《为你而来》。

聂铠的嗓音低沉却清冽，有少年的温柔与明朗，也有少年的青涩与迷惘。

> "不停地追赶／理想忽隐又忽现／为生活来不及疲倦／阳光下世界多鲜艳／怎么能视而不见／我是为你而来／不在乎穿越绵绵山脉……"

和很多喜爱摇滚的少年不同，聂铠偏爱民谣。唱歌的时候，他全情投入，有一种置身其中的忘我。

其实认真听他唱歌的人不多，倒是有不少人关注那把价值不菲的国外进口纯手工吉他。一曲终了，却都同时反应过来，鼓掌附和："好听！"

只有柯岳明凑上去跟他继续探讨着什么，肖洱听见"乐队""鼓手"之类的字眼。

那天的最后，以大家一同唱生日快乐歌，让聂铠许愿吹蜡烛，切蛋糕分食以及合影留念为终结。

热闹了一整天，包括肖洱，所有人都离开了，只剩下聂铠和满屋狼藉。他自然不用去管那一大堆垃圾，明天自会有小时工来打扫清理。

华席已散，人走茶凉。

聂铠半靠在沙发上，目光落在墙角一堆礼物上。

里面最大的那个箱子是父亲快递来的，最新款的苹果电脑，或者说是父亲的秘书快递来的吧。

他连拆都懒得。

不过，看见礼物，聂铠突然想起什么似的一下子弹起来。

去接肖洱上楼的时候，她曾递给自己一个信封。

她说："等我走了，你再拆开。"

聂铠的手伸进口袋里，取出被他折叠了一道仔细放进去的信封。

普通的牛皮纸信封，封皮上她干净利索的字迹像神奇的咒语，能拨动他的心弦——生日快乐。

聂铠深深吸气，将信封拆开，却从里面抽出两片薄薄的纸张。

除此之外，再没有其他。

待他看明白了那两张纸是什么，心突然不可抑制地狂跳起来。

两场车票，长途汽车票。

一张是9月30日早晨8点整，小马市发车前往南京的长途汽车票。

另一张则是返程车票，10月1日早晨9点整。

聂铠想起一件事情，那天肖洱将代表学校前往南京参加省里的数学竞赛。

仿佛掐准了时间，聂铠的手机进来一条短信：

"那天你还有课，聂铠，你敢来吗？"

你敢来吗？

聂铠的心从没像今天跳得这么快，盯着手机屏幕，他慢慢地伸出舌头舔了舔自己的上唇，眸子深而沉。

"乐意奉陪。"他快速回复道。

肖洱在看过聂铠的回信之后点击删除，再清空垃圾箱。手机扣在桌面上，设置了静音。

沈珺如进屋的时候肖洱正在做作业。

她坐在肖洱床边，说："今天是哪个同学过生日啊？"

"陈青。"肖洱的声音不起波澜。

陈青的生日确实是今天。

沈珺如说："没听你说起过这个人，你们关系怎么样？女孩子还是男孩子呀？给人家送了什么礼物？"

"还好。女孩子。送了一只玩偶。"

沈珺如点点头，她跟人说话的时候总有一种刻意的亲近。肖洱能听得出，即便她使用再和蔼温柔的语气，也不能阻挡语气下隐藏的试探。

她希望能通过谈话，获得自己想要的信息，这使得她很难跟别人真正地亲近。

毕竟，客套与亲近是不同的。

沈珺如又问："下周去南京的车票买过了吗？真的不用妈妈请一

天假陪你去？"

"不用，反正也不是第一次去了，只是考试而已。再说，南京也不算很远。"她说，"而且当天去，当天就能回来。"

说着，她把车票拿出来给她看。

9月30日当日往返的两张车票，与她给聂铠的不完全相同。

"晚上我让你爸爸去车站接你。"沈珺如摸摸她的头，欣慰地说，"真乖，洱洱，你会是妈妈的骄傲。"

她没有说，你是妈妈的骄傲。

而说，你会是。

可是肖洱已经习惯了她这样的说法。


小马市的初秋，大街小巷弥漫着糖炒栗子和烤地瓜的香味。

9月30日，早晨7点多，肖洱提前了近一个小时到达长途汽车站，远远就看见聂铠站在车站入口处。

清晨还有些许凉意，他穿一件深栗色的薄风衣，剪裁得体，衬得他身正腿长。他的手还插在口袋里，戴着入耳式耳机，目光无意识地在前方逡巡。

他很快也看见肖洱，摘下耳机塞进衣兜里，大步朝她走过来。

"怎么这么早？"聂铠走到肖洱身边。

"你也很早。"

"啊……我睡不着。"这是实话。

聂铠去摘肖洱肩上的书包，肖洱不动声色地让开："不重的。"

聂铠的手顿了顿，不自然地摸摸了鼻尖："吃过早饭了吗？"

肖洱其实吃过了，一个鸡蛋两片面包一杯牛奶，但是鬼使神差地，她摇摇头。

"我也没吃，你等一会儿，我去买。"聂铠立刻说，又环顾一周，问她，"想吃什么？蒸饭、糍粑、麻球还是鸡蛋灌饼？"

肖洱指一指不远处的那个大铁炉子，说："烤地瓜吧。"

二十分钟后，肖洱和聂铠坐在车站的候车室里吃早餐。

聂铠也给自己买了烤地瓜，选了最大的两个，胖嘟嘟地挤在塑料袋里。一掰开来，露出金黄色的瓤，热乎乎的一捧，香气顿时溢满了整个候车室。

可是掰开了，却不好下嘴。聂铠性子急，伸手去扯烤得半焦的地瓜皮，连着不少地瓜肉一起被撕去，一不小心烫了手。

肖洱从他手里接过一只烤地瓜，一点一点地剥皮，细白的手指像是带着魔力，只把最外层的皮除去，一点也不会浪费。她专注而耐心，聂铠看着她手指的动作，莫名地安静下来。

肖洱料理了两只烤地瓜，自己只吃了小半只，还是被聂铠残害过的那半只。

食量小得像只猫，聂铠在心里嘀咕，怪不得这么瘦。

小马市到南京南站，坐长途汽车要三个多小时才能到。两人检票上车，坐在靠近后门的座位上。是老式的大巴，因为管理不当，座椅上连消毒的坐垫也没有，灰色椅背脏兮兮地泛着可疑的黑。

聂铠站在过道上，盯着座位皱了眉，最后脱下外套铺在座位上。肖洱站在他身后，看着他这么一番动作，想起他的生日日期。

原来是处女座。

可没想到，聂铠布置好了座位后，往旁边一让："坐吧。"

肖洱很小一只，坐下以后几乎被他的风衣包裹。聂铠在她身边落座，只有三分之一的屁股挨着座位，上半身挺得很直，不往后靠。

"我们换过来吧，我不介意。"肖洱说。她没有这么严重的洁癖，回去洗洗衣服就好了。

聂铠摇头，没什么所谓的样子："你还要考试，要休息好。"顿了顿，加上一句，"毕竟是代表学校。"

肖洱没再拒绝，说："你怎么出来的？"

"十一"国庆节调休，今天学校补课，肖洱因为有竞赛所以请了假，可是聂铠属于无故翘课。

聂铠耸耸肩："就这么出来的，我妈以为我去上学了。"

肖洱说："噢，旷课。"

聂铠说："也不是没干过。"

"你妈妈问起来的话，你怎么说？"

聂铠扯扯唇角："她最近自己的事都忙不过来，管不到我。"

"你妈妈不是没有工作吗？忙什么？"

聂铠一顿，多看了肖洱一眼，似是在疑惑她怎么会知道白雅洁没有工作一事。

肖洱垂眼，声音淡淡的："班里关于你的小道消息不少。"

"你也听小道消息？"聂铠有一些诧异。

"为什么不呢？不听，怎么知道那些奇奇怪怪的外号。"肖洱说，表情没有任何嫌恶的意思，自言自语，"幽灵修罗，其实……还蛮贴切。"

聂铠有点尴尬，适时地岔开话题："我妈想在这里定居下来，方便照顾姥姥，所以也想找一点事情做。她原来是学舞蹈的，就想开一间舞蹈教室，带带学生。"

肖洱的眸子沉下去："噢，那挺好的。"

车子启动，聂铠从口袋里取出耳机来，递一个给肖洱："听歌吗？"

肖洱把耳机塞进耳朵，音乐舒缓悠扬，歌手的声音低沉温柔。

"谁的歌？"

"李健。"

肖洱想起那天的《为你而来》，不禁问："你很喜欢他？"

"嗯。"聂铠说起他，话多一些，"很久以前就喜欢，从他还在水木年华的时候，从《一生有你》开始。"

肖洱对音乐没有研究，也不太听，知道的歌手也就是所有高中生耳熟能详的那几个：周杰伦、许嵩、梁静茹……李健这个名字，她第二次听，上一次是在他的家里。

所以她重复："《一生有你》？"

"嗯，《一生有你》。"

聂铠取出手机，调出那首歌。是现场版，肖洱听见背景音，很多观众跟着打拍子，还有尖叫的声音，很嘈杂。

听完一遍，肖洱点评："一般。"

聂铠不服气，反驳她："你不懂那种感情。"

肖洱瞥他一眼："你懂？"

聂铠被她堵得半天没吭声，闷声说："反正你也不懂，你不能这么评价。"

"也对，我收回。"肖洱坦荡道。

聂铠被她几句话拨弄得心绪起伏，肇事者本人却平平静静，完全是闲聊的口气。他有一点气不过，还想说一点什么挽回，却发现肖洱已经在闭目养神。

她的皮肤白得透亮，眼角有一小颗泪痣，头发软软地垂在耳边。偏巧这时大巴途经一处，因路况不佳上下颠簸，肖洱的身子一晃，下意识睁开双眼。

聂铠匆忙移开目光，动作幅度有一点大，扯掉了肖洱耳中的耳机。

他低头不看她，又从腿上捡起耳机，重新给她塞回耳朵里去。手指触到肖洱小小的耳垂，像是被烫了一下，又急急缩回来。

聂铠岔开话题，说："晚上住在哪里？"

肖洱定定地看了聂铠一眼："快捷酒店。"

"为什么不坐下午的车回去？"

聂铠一直有疑问，为什么明明时间绰绰有余，肖洱还会选择在南京停留一晚。

"我们会因为没有赶上那一班回程的车而不得不在这里停留。"肖洱说。

"为什……"聂铠刚说了个开头，就急急刹住，惊疑不定地看着肖洱。

肖洱眼里波澜不惊，继续解释："明天是国庆，今天的车次一定都会客满，我错过那一班车，就一定回不去了。"

聂铠的目光微变，是她计划好的！

"有时候，我也想给自己放一个假。"肖洱像是知道他在想些什么，说，"这个理由，够不够？"

聂铠神色复杂地看着肖洱，这样的事情他做来太平常，可是她做来太疯狂。

明明是这么一个淡静如水的人，聂铠却总能在她身上体会到一种惊心动魄。

就像初遇。

"所以你选了我陪你？"片刻后，聂铠明白过来，"因为我曾在南京定居，对这里非常熟悉？"

这个认知令他沮丧，却又隐隐庆幸。

肖洱没有否认。


肖洱下午1点钟考试，在南京外国语中学北京东路校区。

这是聂铠的母校，他在这里念的高一。

3点钟，监考老师收上卷子，肖洱随着人流走出报告厅。

"阿铠！"

突然传来一个洪亮的声音，肖洱看见和她同一个考场的少年奋力地从人群中挤出去，一下子揽住报告厅外等她的聂铠的肩。

"你怎么来了？该不会是来找我的吧！"

少年笑得阳光灿烂，显然是和聂铠关系很好。

肖洱不再向前移动，找了一个角落停留。她等了一会儿，可是少年完全没有离开的意思，甚至频频踮脚朝里头张望，肖洱只好往外走。

"肖洱。"聂铠扬声道，招呼她过去。

少年愣了一瞬："女的？"又打量了聂铠一通，不怀好意地笑，用肩头撞了撞他的肩，"好啦，不打扰你们，我先回去了。下次记得来找我玩！"

少年风一样刮走了。

肖洱和聂铠并肩走在出校门的路上，聂铠解释道："他叫程阳，是我高一时候的同学……"

"嗯。"

"考得怎么样？"

"正常发挥。"

快要走到校门口，聂铠停下来，像是酝酿许久，终于开口说：

"要不，今晚你去我家住吧。酒店……不干净，而且我家里也没有人。"

肖洱抬头看他。

聂铠有一点窘，马上补充："你不要想歪了啊……我们家有好几个房间。"

"我能怎么想歪？"

聂铠："……"

他的耳朵在一瞬间就红起来，目光闪躲，第一次恨自己语文没学好，不知道该怎么清楚地表达心里的意思。

肖洱看够了，继续往前走，说："可以啊。"

不知是不是错觉，聂铠看见肖洱从他身边走过时，嘴角上扬起一个可疑的弧度。

聂铠在南京的家离南外挺近，肖洱看着他掏出家门钥匙，不咸不淡地问："你早就打算好了吧，晚上在你家里住。"

因为他随身带着这里的钥匙，肖洱看见，是单独的一把。

聂铠身子一僵："嗯……"

肖洱点评："早有预谋。"

聂铠打开房门，面上挂不住："我……"

肖洱走进去，礼貌地说："打扰了。"

聂铠："……"

他突然意识到，自己才是被戏弄的那一个。

放下书包，聂铠带肖洱出去玩，只有小半天时间，可是聂铠推荐的去处能玩一个月。

"秦淮河夫子庙好了。"肖洱听完他报了一分钟的地名，随口道。

"也行……那里夜景不错，小吃也多。"

肖洱此前没来过南京，但怎么也听说过南京夫子庙和十里秦淮的大名。

可去了才知道，其实就是商业街，主要出售各色小吃以及种类繁多的手工艺品。这样的地方很多城市都有，譬如北京的南锣鼓巷，上海的城隍庙，西安的回民街，成都的锦里等等。

　　建筑外观倒是古色古香，人气也旺，似乎没有淡旺季之分，街道上总是人来人往。闲逛的人不少，主要构成还是朋友与情侣。肖洱与聂铠却显得格外疏远，隔半臂的距离，常有路人从两人中间穿过。

　　"请你吃汤包吧。"两人走了一会儿，聂铠说。

　　"好。"

　　路边有卖蟹黄汤包的，一只纸碗里头装一整个汤包，店家发一根吸管，戳破薄薄的皮，吸取浓稠的汤汁。然后顺着小孔，倒入秘制的酱料，再用筷子吃掉剩下的包子。

　　聂铠兴致勃勃，示范给肖洱看，却发觉自己远远没有她吃起来秀气斯文……有一点不爽，又忍不住多看她几眼。

　　边吃边走，他们路过一家静吧，有人坐在中央的小台子上，抱着吉他唱安静的歌。聂铠带着肖洱进去，给自己点了一杯特基拉日出，却点了伯爵奶茶给她。聂铠终于找到机会反击肖洱："小孩子还是喝奶茶比较好。"

　　面对聂铠幼稚的叫嚣，肖洱不予置评。

　　快到6点，肖洱给沈珺如打了一通电话，说她错过了回程的班车，只能买到明天最早一班的车票。

　　沈珺如非常着急，责备她不会把握时间，又问："那现在怎么办？晚上住在哪里？你一个小女孩，多危险！我让你爸过去。"

　　"不用了，一个同考场的同学家也在小马市，她也没回去。我跟她去她在南京的朋友家里住。"

　　"那把电话号码给我啊，那个同学靠不靠谱？我还是不放心。"

　　"怀疑人家多不好。你不放心的话，每隔一小时打电话给我就好。"

　　沈珺如顿了顿，说："那这样，你每隔一小时给我发个短信报平安。"

　　"嗯。"

　　挂了电话，聂铠若有所思地看着她："你说谎的时候，一向这么镇定吗？"

肖洱说："我做什么都是如此。"

这是实话。

说谎的时候，她心里也不好过，可是为了最后的结果，肖洱觉得可以忍受。这个女孩子的世界里有一套行事准则，为了达到预设的目标，其他的很多事情都可以为之让路。

聂铠没有说话。

肖洱抬眼看看他，说："怎么，觉得我很可怕？"

聂铠半靠在座椅上，目色沉沉地凝视着她，似乎想要看穿什么。

"我在想，怎么样的遭遇会让你变成这样。"他说，声音有一些沉，"很难接受的事情吧？"

"你不要摆出一副很了解我的样子。"她说，"聂铠，你什么都不知道。"

肖洱的目光突然冷下来，声音也带了刺。

她不想从任何人眼里看见怜悯。

尤其这个人，是她的儿子。

聂铠因她的眼神，心里一滞。

肖洱意识到自己的失态，不再说话，她不声不响地喝着奶茶。

没一会儿，对面坐着的少年离开了座位。片刻后，少年的声音通过话筒传遍整个酒吧。

肖洱抬眸，发现聂铠不知什么时候已经坐在了酒吧正中央的小台子上，也抱着吉他。

"刚刚我不小心让一个女孩子生气了。"聂铠说，"可惜我嘴笨，不知道应该怎么向她道歉。所以给她唱一首歌，希望她能原谅我的无心之失。"

他说这些话的时候，目光真诚而专注。他身后是海蓝色的背景墙，上面有立体的波浪镂花，浮动的灯光打在上面，仿若波涛暗涌。聂铠随意坐下，简单拨了几个音调节。

"因为梦见你离开/我从哭泣中醒来/看夜风吹过窗台/你能否感受我的爱/等到老去那一天/你是否还在我身边/看那些

是《一生有你》，聂铠的演绎不同于肖洱之前听到的版本。

她无法判别哪一版的更好听，但他为她而唱，这让一切变得不同。

肖洱像往常那样，克制而冷淡。

那时候她不知道，这首歌，将伴她一生。

等到一曲终了，整个酒吧的客人都站起身来鼓掌，甚至老板都饶有趣味地走过去询问聂铠，有没有在酒吧驻唱兼职的兴趣。

肖洱才终于认识到，聂铠的歌声，是能够获得大多数人的认可的。

回去的路上，肖洱从聂铠那里得知，他从小就学习各类乐器。先是钢琴，考级全部通过以后，又开始学吉他。可能是遗传母亲优良的乐感，聂铠在这方面有得天独厚的触觉。

"现在还在学吗？"肖洱问他。

"不学了。"聂铠低声说。

"为什么？"

聂铠不再回答了。

肖洱有隐约的直觉，聂铠同她说话时，几次的欲言又止，可能都与他的父亲有关。

他还不够信任她，自然不会将所有的心事全部说予她听。


去了聂铠家，聂铠把电闸拉开，又打开客厅的大灯，屋里一下子亮堂起来。肖洱一眼就看见沙发背靠的那面墙壁上，挂着白雅洁和聂秋同的大幅结婚照。

那个年代的结婚照几乎都差不多，大红色的背景，女人穿着曳地的白纱裙，男人西装笔挺，胸前别着花。

注意到肖洱的目光，聂铠只笑笑，说："这是我妈。"

肖洱说："她长得挺好看。"

"所有人都这么说，这么多年了，她几乎没有变。"

肖洱不再接话了。

聂铠随手打开客厅的电视机，把遥控器丢给肖洱："你先看看电视，我去洗个澡。"

肖洱点点头，安静地坐在沙发上。

聂铠抱着衣服往浴室走，探出头来随口问她："对了，你洗不洗？"

肖洱幽幽地睐了他一眼。

聂铠自知失言，忙解释："我不是说要一起……我的意思是……"

"不用解释了，越说越错。我不习惯在外面洗澡，你去吧。"

肖洱截断他的话头，没当一回事的样子，自顾自地换着台。

聂铠洗得很快，出来的时候，身上还蒸腾着热气，头发湿漉漉的。他穿着简单的家居服，一条雪白的浴巾搭在肩头。

肖洱坐在沙发上，聂铠看见电视里卡通频道正在播《名侦探柯南》。

聂铠："……"

肖洱正在聚精会神地看。

"你喜欢看这个？"

"随便看看。"

聂铠落座，一边胡乱地擦着头发，嘀咕："吹风机找不着了，可能是被我妈带走了。"

肖洱偏头看他，突然伸出手来，把他手里的浴巾拿过来。

聂铠微愣，肖洱半跪在沙发上，用宽大的浴巾包裹住他的脑袋，五指张开，隔着浴巾在他的头皮上抓揉。

她的手很小，力道也不大，按在他头顶上的动作轻柔，像对待一只宠物。

屋里明明开着空调，聂铠却无端觉得燥热。

电视机里，小兰正对着电话担忧地说："新一，又不能回来吗……"

电话那头的柯南满脸无奈与心疼，却对着变声器，一遍又一遍地重复同样的谎言："是啊，手头还有案子要忙。"

小兰从来都是体贴的，宁可自己难过，也不愿意让他担心，只是说："新一啊，你要注意安全。"

聂铠的心变得柔软。

这个时候，肖洱凉薄的声音却从他的头顶传来："他们不会有好结果的。"

"什么？"

聂铠回过神来，才意识到肖洱说的"他们"是指新一和小兰。

"建立在谎言之上的感情，总有一天会走向覆灭。"

聂铠不置可否，说："他是为了她好。"

"假设她把生命安全看得比他重要，那么他确实是为她好。"

聂铠一愣。

肖洱拿开已经湿润的浴巾，放在他手里："已经干了。"

聂铠摸了摸自己的头发，不好意思地笑笑："谢谢。"

"不用谢，在姥姥家，我常常给小妞这么擦。"

"小妞？"

"姥姥家养的金毛。"

"……"

聂铠家的房间很多，他很快给肖洱收拾出了一间客房。

肖洱很早就回房睡觉，聂铠在自己卧室里玩了一会儿游戏，眼看快到12点，却没有一点睡意。

几个小时前，光明顶联系了白雅洁，白雅洁这才发现了他没去上课，也没回家，打了电话给他。

那时候他刚洗完澡，站在浴室里。他说自己回了南京的家，来取吉他弦。

聂铠自从进入叛逆期，就越来越难管教，上了高中以后更甚。白雅洁没怀疑什么，虽然有点不高兴，口气却依然温柔："小铠，妈妈知道你聪明，平时不那么努力，考试前突击一下也能考个不错的成绩。但是，毕竟是个高中生了，学业也比初中紧张很多，妈妈希望这两年你能把音乐放一放，把心思往学习上转一转。"

"我知道了。"聂铠胡乱地答应下来，没有当一回事。

白雅洁又说："虽然以后你肯定会进你爸的公司，但是如果你能带着一份漂漂亮亮的简历进去，别人的闲言碎语也会少很多……"

"我从没答应过！"聂铠有些烦躁，声音也很不耐烦。

白雅洁深谙以退为进的道理，不与他多做纠缠，安抚道："好好好，这件事咱们先不谈，还早呢。明天就回来吧？"

　　"嗯。"

　　而在挂了电话之后，聂铠一出去便看见坐在沙发上看电视的肖洱，他突然就觉得平静。

　　夜已深，聂铠枕着自己的手仰躺在床上。

　　他闭了闭眼，换了个姿势侧卧，又掏出手机来浏览体育新闻，翻着翻着，合上手机，重新平躺。

　　可惜还是不能入睡。聂铠索性睁大了眼，盯着天花板。

　　他想起方才肖洱的手按在自己头皮上的触觉，像一把小刷子，在心尖尖上轻轻扫刮。

　　痒，但是出乎意料的舒服。

　　夜风吹拂，静谧的空间里，只听得见纱窗因为松动而轻微作响的声音。

　　不知道肖洱睡得好不好。

　　聂铠突然一个翻身坐起来，跳下床拉开窗边书桌下的抽屉，取出纸笔来。因为急切，所以连鞋子也没顾得上穿。聂铠赤着脚蹲在椅子上，拉开台灯，嘴里叼着笔帽，在纸上奋笔疾书。

　　他在写一首歌。尽管此刻笔走龙蛇字迹凌乱，但他心里是从未有过的平静笃定。聂铠脑中神思翻飞，笔下一气呵成，最后，在那张纸的左上角写上这首歌的名字——《钥匙》。

　　他想，或许每一个人都藏在一扇上锁的门后，等待着一把解救自己的钥匙。


　　很久以后，当他站在万人中央，主持人问他，是在什么样的心境之下创作的这首歌。

　　他的记忆里就只剩下那个夜晚。

　　少年的心绪纷乱，不得安睡，只能将一番心事诉诸笔下。

　　于是，平生不懂牵挂，终于也懂牵挂。

# 第四章
有生之年狭路相逢，终不能幸免

12月初，冷空气入侵，染黄校园里随处可见的梧桐树叶。

"时间过得真快啊。"午休时候，阮唐发出感叹，她手里拿着上个月的月考成绩单，脑袋磕在桌面上，犯愁地说，"距离期末考试只剩不到两个月的时间了，小洱，我现在很难过……"

肖洱正在帮她看物理试卷上的错题，用红笔在题目边上标出错因，以及需要着重练习的知识点，听了她生无可恋的哭诉，说："那就把小说停一停啊。"

"不行！"阮唐一下子弹坐起来，"头可断，血可流，小说不能停！"

肖洱不再规劝，每个人都有自己的选择，她极少干预。

这时候，杨成恭拿着试卷走过来找肖洱："肖洱，方便请教你一道数学题吗？"

肖洱停下手头的动作，看向他："方便。"

杨成恭这一次月考又是第二，他的语文、理综成绩与肖洱不相上下，英语、数学却逊色于她。

几乎所有老师都在说，肖洱在数学这门学科上有得天独厚的悟性，她的逻辑思维强大，有严谨的解题能力和清晰的知识构架。所以她的数学成绩每次都接近满分，所以她能代表学校参加数学竞赛。

肖洱讲题的时候很认真，杨成恭听得更是仔细。从阮唐那个角度看过去，只觉得两个人和谐得不得了。

末了，阮唐星星眼地转过头对聂铠说："聂铠，你有没有觉得小洱跟杨学委简直就是天造地设的一对啊！"

这话杨成恭和肖洱听了都没什么反应，只当是被言情小说荼毒已久的花痴少女的日常发病。可聂铠听了，倒是多看了杨成恭几眼，说："没觉得。"

随后他把桌面上的成绩单胡乱塞进桌洞里，起身去了陈世骐座位上。

阮唐看着聂铠离开，小声嘀咕："小洱，聂铠是不是对我有什么意见啊？冷冰冰的，他平时不这样啊。"

肖洱偏头看了看聂铠，说："我不清楚。"

阮唐的声音更小了，几乎是凑在肖洱眼前，神秘兮兮地说："对了，你知不知道一个超级大八卦？"

"什么？"

"她们说，梦薇'那个'聂铠。"

说喜欢会觉得不好意思的年纪，常用"那个"来代替说不出口的字眼。可谁都明了，含糊的话语间藏着怎么样的小心思。

肖洱说："看得出来。"

"对吧，我也觉得挺明显的。之前聂铠生日的时候不是只请了你吗？听她们说梦薇有点不高兴，那时候我就猜出来了。"

何止是不高兴，梦薇再也没有在体育课找肖洱打羽毛球，平时见了面，也只当作没有看见。

"还有一件事。这不是快到圣诞节了吗？对了，我跟你说的这些，你不可以告诉别人噢。"

阮唐四下里看看，说："不过我最相信你了，你肯定不会告诉别人的。梦薇好像在偷偷织围巾呢，要给聂铠当作圣诞节礼物。"说到这里，声音蚊子哼似的，"唉，她是真的很'那个'他啊……"

那一声"唉"，像叹息，又像感慨，蕴含的意味却昭然若揭。

肖洱辨别着阮唐的神色，没有说话。

"你说，梦薇那么好看，为什么聂铠对她没有感觉似的？"阮唐的眼睛又亮了亮，"聂铠会不会不喜欢那样的女子？可是，他会喜欢什么样的女孩子呢……"

真是个未解之谜啊，阮唐觉得好伤脑筋。

聂铠的成绩中等偏上，他无心向学，但是考试前仍然会突击两天，凭借一点小聪明，考下来往往还不错。

陈世骐就不行了，他常年稳居全班倒数第一的宝座，任尔东西南北风，就是不肯退位。不过他也不在乎这些，成绩单发下来，看也不会多看一眼。

"聂铠，今年圣诞节，我们跟二中打比赛，怎么样，正面来一场？"看见聂铠过来，陈世骐兴趣盎然，说，"在二中那个体育馆打，二中那地方绝了，妹子特别多，质量还高。"

"什么规格的比赛，怎么能去体育馆？"

"选拔赛啊！你来小马市不久，可能不知道。每年这时候，市篮球队都要在几个学校之间搞比赛，主要是看看咱们资质怎么样，要是看中了，没准就吸收进篮球队了！"陈世骐说，"你打球打得这么牛掰，没准就被看上了。"

聂铠的余光落在自己座位上，杨成恭拿着试卷似乎又在跟肖洱说着什么，两个人虽然都没有笑，但气氛好似很愉悦。

这让他觉得，肖洱和杨成恭才是同一个世界的人。

他言不对心地问："报名就行吗？参加选拔赛有什么要求？"

"你有兴趣？太棒了！"陈世骐激动起来，一拍桌子，"没什么特别的要求，组个队打进决赛就行。"

陈世骐和聂铠很快就凑齐了一个球队的人数。

这不算正规比赛，天宁高中的篮球校队不会整队出征，倒有不少人因为跟陈世骐关系要好，所以加入了他们的队伍。陈世骐还给队伍起了一个颇为响亮的名字，叫作"无冕"。

"无冕之王？"

又过了两周，肖洱才在课间听聂铠谈论起这个名字。

"没错，就是无冕之王的意思。"

陈世骐扬眉，用大拇指指一指自己和聂铠："我们队连替补都是校队后卫，现在已经顺利杀进四强了。圣诞节那天，记得来二中捧场啊！"

阮唐挺兴奋，整个人都转过去趴在聂铠的桌子边沿，说："哈士奇呀，赢了比赛的话，有什么好处没有？"

"啧，俗！"陈世骐一扬下巴，说，"我们是为了天宁高中的名誉而战！二中那帮熊孩子狂了好几年了，我还在念初中的时候就想好了，要好好收拾他们一顿。"

阮唐被陈世骐一顿忽悠，眼睛亮晶晶的："哇，听上去很厉害啊。"

"那必须的。"

这厢还在热火朝天地讨论，杨成恭却什么都没有听见似的，自顾自地看着书。

聂铠手里转着笔，突然碰一碰前面肖洱的肩："班长，你去看吗？圣诞节那天。"

肖洱顿了顿，说："看情况啊，没有什么事的话，可以去看看。"

"会有什么事？那天是礼拜六。"聂铠坚持，又看向她身边的阮唐，"你们一起。比赛结束了，我请你们吃饭，怎么样？"

阮唐一声欢呼："真的？"

聂铠笑起来，有少年人惯有的张扬："君子一言，驷马难追！"

杨成恭知道肖洱一定不会去，她从来不会为这种无意义的比赛浪费自己的时间。

他和她是一类人，他很明白，在有限的时间里完成尽可能多的事情，对于他们这样的人而言，才是高效而有意义的。他一点也不担心肖洱会答应。

至于他为什么会分出心神来思考"自己会不会担心"这件同样无意义的事，杨成恭没有细想。

"可以啊。"肖洱淡淡地回应他，状若无意地说，"那你可要尽力拿到冠军啊。"

杨成恭的目光一滞，诧异地看向肖洱。

肖洱被杨成恭带着探寻与审视的目光刺了一下，等她看回去，杨成恭已经重新低下了头。

"你来看的话，我就会拿到冠军的。"

聂铠面上表情不多，声音里却透着满满的欣喜。

"'你来看的话，我就会拿到冠军的'，小洱，你说聂铠这话是不是有什么深意？"放学一起回家的路上，阮唐还在琢磨聂铠今天的话，似有所悟地看向肖洱，"他会不会是喜……"

"你小说看多了吧。"肖洱截住她的话头，说，"尽会瞎想。"

"嘿嘿，那没办法啊。聂铠这种人，长得帅，家里有钱，跟小说里写的似的，很难不让人遐想联翩啊。"阮唐振振有词，一把挽上肖洱的胳膊，"对了小洱，今天我跟你坐同一辆车。"

"怎么？"

"我奶奶身体不好，我妈今天带她去查，说是要住两天医院观察观察。所以我一会儿要去人民医院。"

人民医院就在肖洱家附近，五分钟的脚程。

肖洱点点头："在哪个病房，我吃过饭去找你。"

晚上，肖洱把阮唐奶奶住院的事跟沈珺如说了，得到首肯后带着钱就下楼去。

肖长业最近加班频繁，这个点还没回来，肖洱虽然心生怀疑，却一直没有发现他和白雅洁的蛛丝马迹。这时候她下了楼去，先在小区外的水果摊上买了点当季的新鲜水果，才往医院的方向走。

远远看见肖长业迎面走过来的时候，肖洱是有些讶异的，比她更诧异的是肖长业。有那么一秒，肖洱几乎觉得肖长业想要立刻转身。

"爸。"

肖洱的脸色非常难看，但隆冬腊月，天黑得极早，没人能看清楚她的表情。

肖长业有车，他却在这个时候，在他本应在"加班"的时候，从白雅洁家的方向走过来。

发生了什么，不言而喻。

"你怎么往这儿走？"肖长业看见肖洱手上提着的水果，惊讶地问。

肖洱简明扼要地说了自己的去意，目光审度地望着他："爸，你的车呢？"

肖长业一愣，连忙说："车啊，我停在巷口了。刚刚才下班，想顺路过来理个发，结果一去发现人满为患。"

说这些话的时候，他的手不自觉地相互搓揉着，似乎是因为这天太冷。

"那你快回去吧，我妈温着饭菜呢，一会儿该凉了。"肖洱低声说。

"你也早点回来，这天太冷了。"肖长业跺跺脚，不自然地笑笑。

"嗯。"

两人相背而去。

天可真冷啊，往日积极摆摊的小贩们也大多倦怠了，寥落的街道上只有零星几家冰糖葫芦铺子和烤地瓜摊铺。

肖洱站在这条街唯一的那家理发店门口。

门可罗雀，里头只有一个客人。

肖洱心下一片荒凉。


聂铠大汗淋漓地从篮球场出来，跟陈世骐他们几个约了下次练球的时间之后，跑去小店里买饮料。

付钱的时候，手机响了。他一只手掏出手机，另一只手将一张面值为50元的钞票放在柜台上。

"喂？"

隔着手机，肖洱几乎都能听出聂铠热气腾腾的声音。

"是我。"

聂铠听出来了，他心里一顿，不自觉地放软语调："肖洱……"

"你不在家？"这是个问句，聂铠却听出笃定的意味。

他不明所以："我这段时间每天都在练球呢，怎么了？"突然，心里一跳，"你去找我了？"

"没有。"得到聂铠的回复，肖洱更加确定，眼神也更冷凝。

"那……你为什么……"

"我刚刚看见烤地瓜，想起你了。"

"……"

聂铠明确地听见了自己的心跳声，比刚才打球的时候更加清晰可闻。

咚、咚、咚。

泵出几乎沸腾的血液，快要跳出胸膛。

"你现在在哪里？"回过神来，他立刻问。

肖洱报上自己的位置，说："我一会儿要去医院看望阮唐的奶奶。"

聂铠立刻往公交车站大步跑去："我去医院找你！"

他也不知道为什么，就觉得，这个时候，他应该去见她一面。

他想去见她一面。

于是，饮料和50块钱，还留在柜台上。老板喊了又喊，他也完全听不见。

那个时候，少年热血冲动，多么盲目。

肖洱从医院出来，看见聂铠站在街边的路灯下等她。

他穿得真少，运动背心外只有一件冬款的棒球衫外套，手插在宽松的运动裤裤兜里，脚边放着一只篮球。

看见肖洱，他拾起球，朝她大步走过来。影子越拉越长，将她笼罩。

冬夜寒风凛冽，他站在风口，给她挡了个完全。

"你为什么过来找我？"

肖洱仰头，漆黑的眼珠盯着他。

"你不想我来找你，下次我就不去找你。"

他低声说，无意识地吸了吸鼻子。刚打完球出的汗，已经被冷风吹干，他感冒了。

肖洱抿了抿唇，说："先走吧。"

肖洱和他在附近找了一家奶茶店喝热饮。店面很小，也很精致，装潢得青春逼人，柜台正对着的那面墙上照例贴满了花花绿绿的便利贴。

除了聂铠和肖洱，里面还有两对情侣，社会青年打扮。

两人往里走的时候，肖洱余光看见其中一个朋克装的女人，目光直往聂铠身上飘。

两人落座，肖洱正面对着那个朋克装女人，看见她低头跟身边的男人窃窃私语。后者听罢，有意无意地也往他们这里瞥。

聂铠背对他们，毫不知情。

"下个礼拜六就要比赛了，哈士奇最近找了几个朋友组了啦啦队，还有模有样的。肖洱，到时候，你会给我们加油吗？"

其实聂铠难以想象肖洱站在看台上大喊加油的场景，问出这个问题之后，自己也觉得有点不可思议，于是自觉带过这个话题："下周五哈士奇还打算搞啦啦队彩排，挺逗的，你去不去看？"

"我要去上书法课，没有时间。"

"也对。那天我也有事。"聂铠点点头，"我妈那天生日，我还要早一点回去陪她庆生。"

肖洱心里一紧："她的生日，在平安夜？"

她想起肖长业手机的密码：1224。

12月24日，白雅洁的生日。

她曾经猜测过这个密码的意义，可是没有想到，肖长业竟然真的这么堂而皇之地使用另一个女人的生日，作为自己的手机密码。

"是啊。"聂铠笑笑，看向肖洱，"你呢，你的生日是哪天？"

一抬头，却发现肖洱在兀自出神。他伸手，在她面前挥了挥："想什么呢？"

肖洱回神，下意识往后让了让，聂铠这才注意到她眼里有隐约的水光。可水光转瞬即逝，肖洱在下一秒站起身。

"时间不早了，我回家了。"

"肖洱！"他不明所以，急急追着她出去。

她走得快，聂铠伸手去拉，她的手一片冰凉，聂铠掌心火热，像能直接烫进心里。

"有什么话不能说出来吗？你为什么总是不开心？"

肖洱想挣开他，却撞上他炽热的一双眸子。她停了下来，神情有片刻迷惘。

"聂铠，你会跟不喜欢的人在一起吗？"她的声音轻得像是一碰就会碎。

聂铠一头雾水。

"为什么明明不喜欢，还要在一起？"她喃喃，很难过的样子。

"谁和谁在一起了？"聂铠愣愣地看着她。

肖洱用手遮住眼睛，深深吸气，低声自语："我猜，他们就快要离婚了。"

离婚？聂铠似乎明白了什么，收紧手掌，说出口的安慰却笨拙："他们就算离婚了，可是对你的感情不会变……"

"不可以！"她赤红着眼，一字一句道，"他们曾经是所有人都羡慕的一对，没有人能拆开他们，没有。"

她身边的所有人，无一不夸赞她的家庭和睦。从她懂事的那一天起，听到的所有，都是对他父母感情的溢美之词。

她不能允许任何人来威胁这个家的稳定，谁也不可以。

所以她从13岁开始，战战兢兢、谨小慎微地扮演一个乖女儿的角色，认真念书，练习书法，察言观色，讨好父母。

这一切，怎么能因为白雅洁的重新出现就毁于一旦，这太可笑了！

聂铠不知道今天发生了什么，致使肖洱一直平静的外表濒临破裂。他轻轻抬手，想摸她的头发。

肖洱让开了。

"我失态了，抱歉。"她语气克制，从他手里抽出自己的手，"别送了，你的篮球还在店里。"

她疾步而去。

家里灯火通明，沈珺如在书房改作业，肖长业在卧室看电影，枪战片。

肖长业感觉到一些动静，偏头看去，是肖洱站在门边。她正注视着自己，目光一动也不动。肖长业移开视线，说："回来了？作业写完了吗？"

"写完了。"肖洱低声说。

屋里气氛尴尬，只剩电脑音箱里传来的打斗声。

肖洱脸上慢慢露出一个笑来，看着肖长业："对了，爸，下个周五你能早一点回家吗？"

"下周五？"

"那天刚好是平安夜，不如咱们一家去外边吃？"肖洱提议道，"去吃火锅吧！我知道新南路那儿新开了一家火锅店，听说很不错。"

"我那天可能加班……还不知道什么时候回来呢。"

肖洱执着地问："不能提前一些吗？"

"平安夜是外国人的节日，我们有什么好过的。"肖长业微微皱眉，看向肖洱，"你现在少把心思放在这些事情上面，还有一年多就要高考了，你怎么还有心情去管这些乱七八糟的事情！"

肖长业一向惯她，很少用这种口气说这样的话。

像是在心虚。

肖洱面上的笑意散去，轻声说："我知道了。"

从卧室离开，肖洱去了书房。书桌上的作业被批改了一大半，作业边还摊着一本记事簿，上面记着学生们常犯的错误。肖洱进去的时候，沈珺如正对着镜子滴眼药水，角度没对准，有一部分顺着眼角流下来，像是眼泪。

肖洱抽出纸巾给她擦拭："早点休息吧。"

沈珺如接过纸巾，摇摇头："明天要讲评的。"

"迟一天发下去也没什么。"

"后天就是周六了，再拖到下个礼拜发呀，那帮小崽子早该忘了做过什么题，评讲效果差。"

肖洱不再劝了，轻咬下唇，垂眸看着沈珺如。

"妈，下个礼拜五能不能早一点回来？"

"有什么事吗？"沈珺如有些诧异地抬头，"下个礼拜五，我要去南京参加教学研讨会啊。噢，我忘了跟你说了，要到周日下午我才能回来。"

肖洱一愣，脱口问："我爸知道吗？"

"知道啊，我刚刚才跟他说的，让他尽量早点回来给你做晚饭。"沈珺如打量肖洱，说，"怎么了？"

"没什么，平安夜嘛，想一起吃个饭……"

"什么平安夜，都是外国玩意。"不出意外，沈珺如说了肖长业方才说的那番话。

最后肖洱回到自己房间，脸色很差。


　　2012年12月16日
　　肖洱，粉饰太平、坐以待毙不是办法。


她合上日记本。

那一夜，肖洱没有睡好。

同样没睡好的，还有一个人。


平安夜那天，下了雨，气温降到零下。

上学路上，肖洱在公交车上看见聂铠。

她其实很少能看见他，因为她走得太早，而聂铠很少能那么早起床。可是这一个礼拜，几乎每一天，肖洱都能遇见他。

即便是遇见了，她也不愿意跟他多说话，只当作没有看见这个人。聂铠几次想跟她搭讪，都被她五米之内人畜莫近的眼神逼退。

车子很快到站，两人一前一后下了车。

外头风雨淋漓。

肖洱注意到聂铠没有带伞，甚至只穿了棒球服外套。拉链拉到顶，大概就算是这个玩世不恭的少年对这场冬雨最大的敬意。

肖洱缓步走着，聂铠与她保持同样的频率在后面跟着。

这么冷的天，他一定要这么跟着吗？肖洱微微蹙眉，不由得加快步子。

一阵狂风刮过，肖洱一个不稳，死死抓住伞把手，努力将伞面与风保持垂直，才没有被吹翻。露在伞外的部分，尽管穿了厚厚的衣服，也冻得快要没有知觉。

冬天的雨，仗着风势，能渗进骨血里。

聂铠看见肖洱在前头走着走着，突然停下来，转过身望着自己，纷乱的额发扑在她脸上，看不清表情。

她说："聂铠，你过来。"

两人共撑一把伞，而且是她发出的邀请，聂铠的心情好得不得了，几次三番地哼起歌。

肖洱黑着脸不说话。

到了教室门口，聂铠站在走廊收伞的时候，肖洱才看见他一半身子几乎完全湿透。

她顿了顿，开口："今晚，你要和你妈妈一起庆祝生日是吗？"

聂铠点头："嗯，她晚上还要去见一个老朋友，我得早点回去才行。"

"老朋友？"

"我小时候在这里住过几年，我妈也有一些朋友在小马市。"聂铠把伞套进肖洱递过来的塑料袋里，说，"怎么这么问？"

"没什么。平安夜快乐。"肖洱说。

"你……也是。"聂铠勾了勾唇角，说，"明天你会来吧。"

"嗯。"

两人说话的时候，还有学生陆续到了。肖洱抬眼看去，梦薇和嘉琦站在离他们俩不过五米的地方。

梦薇怀里抱着一只大纸袋子，看见聂铠把套好的雨伞递给肖洱，有些发怔，大眼睛一眨不眨地望着两人。

肖洱敛了神色，预备进教室。

嘉琦在后头推了梦薇一把，扬声道："聂铠，梦薇有话跟你说！"

肖洱没有理会，自顾自关上教室门。

教室里开了空调，一片暖意。

落座的时候，肖洱看见聂铠拿着方才梦薇手里的那个大纸袋子进来了，而梦薇和嘉琦两个人有说有笑地跟在后头。肖洱打开书包，柯岳明已经黏了过来："班长，物理作业借看一下呗！"

肖洱把作业拿出来给他。后者眼尖，看见聂铠手上的东西："哟，这是啥？"

不等聂铠做出反应，他探头过去，打开来："嗬！围巾！该不是你买的吧？"

聂铠大剌剌坐下去，也不顾柯岳明把围巾掏出来翻来覆去地看。他把书包撂下，脱去外套，将外套上的雨水抖开。

倒是另一组梦薇的同桌嘉琦，跺着脚喊道："死柯基！你别把我们梦薇的心血弄坏了！"

柯岳明心领神会，笑开了："原来是梦薇亲手织的啊！"

梦薇被他说得害羞，拍了嘉琦一下，急急地说："哎呀，你快放回去吧！"

一唱一和，于是没人不知道梦薇给聂铠织了一条围巾。

柯岳明拿到物理作业，也不再浪费时间八卦，把围巾往回一放，回座位抄作业去了。

这个插曲，聂铠看在眼里，却当没发生。

不发言不表态，收拾好自己的衣服以后，把纸袋子往抽屉里一塞，趴在桌面上，没一会儿就睡着了。天知道这几天为了跟肖洱赶上同一辆车，他得定多早的闹铃。

肖洱听着后方很快传来均匀而规律的呼吸声，没留意就弯了唇角。

下午5点半准时放了学，聂铠赶着回去，没跟陈世骐他们废话，背了书包就迈开大步出去了，连桌洞里梦薇给他的圣诞节礼物也忘了带。

阮唐要去医院给奶奶送饭，也走得急。

肖洱看着表，在心里计算：聂铠到家后，差不多6点，这样一来，白雅洁起码要到7点之后才会有时间出门。

她回忆起肖长业今天早晨的穿着，加绒夹克，休闲长裤，半旧的皮鞋——肖长业绝对不会穿这样的衣服与白雅洁见面，所以他一定会先回家一趟。

肖洱放学后飞快地打了车回家，果然看见肖长业的车子停在小区里。肖洱站在车边，看见后座上放着一只精美的纸袋子，但看不清是什么。

开锁进门，肖洱闻到男士香水的气味。

肖长业正站在洗手间，对着镜子打领带。看见肖洱这么早就回来了，面上是不加掩饰的诧异："小洱，你怎么回来了？"

肖洱说："书法课老师临时有事，本周的书法课取消了。"

她沉静的眸子睇着肖长业："爸，你怎么回来得这么早？一会儿还要出去吗？"

肖长业继续对着镜子，不看她。

"是啊……一会儿还要下去跟人吃个饭，工作上的事情。"

"我跟你一起吧，我妈去南京了，晚上也没有吃的。"

"小孩子捣什么乱？自己去买点，等爸爸下次有时间了，带你去吃好的。"

肖长业瞪她，又走出来，从口袋里取出钱包。钱包带出一张白色的发票，落在地上，他没留意，打开钱包抽出两张一百的钞票递给肖洱。

肖洱走过去，不动声色地踩住那张发票。

她接过钱，说："那好吧，可是你要记得，带我跟妈妈去吃，不能食言。"

"放心吧！"

肖长业笑笑，又摸摸她的头，回到洗手间继续系领带。

肖洱移开右脚，捡起那张发票。

抬头写着老凤祥铂金项链，价格是8680元。

肖洱攥紧拳头，胃里像是灌了一杯碎冰，寒意刺骨，她忍不住打了个寒战，大口地呼吸，觉得自己要是再不做一点什么，五脏六腑可能都会被冻僵。

肖洱走进厨房，拿出玻璃杯，伸手去够开水瓶。家里常年都会有热开水，妈妈每天早上去上班之前都会备下两壶热开水，今天也不外如是。

开水瓶很重，肖洱的手有一些不稳。

在洗手间整理头发的肖长业突然听见一声巨响，似乎是什么碎裂的声音，心里一惊，他立刻循声赶去。

"小洱！怎么了！"

待他赶去厨房，却看见肖洱站在满地水瓶胆碎片里，被开水湿透的拖鞋里流淌出股红的鲜血，在地板上缓慢爬行。


平安夜，肖洱在人民医院度过。

她告诉肖长业，自己没拿稳水瓶。开水倒出来，烫了脚，应激之下，整个水瓶也摔在地上，碎片四溅，割伤了脚。

肖长业气愤之余，更多的是心疼，立刻开车将她送去医院。

她的脚上烫出一连串水泡，被割伤的地方缝了四针。担心感染，值班医生还给她打了破伤风针，因为肖洱坚持说创口疼痛难忍，医生只好让她留院观察。

看着肖长业忙上忙下，排队挂号、等待开单子交钱、陪她缝针、抱她去病房、给她买晚饭……肖洱也只是一径沉默。

等到肖长业给她盖上被子，叮嘱她好好休息的时候，已经是晚上9点。

肖洱这才问他："爸，晚上你会陪我吧？"

肖长业摸摸她的额头："当然，我就在边上，有什么事，想上厕所了，叫我一声。"

肖洱乖觉地点头，说："我以后会小心的。"

肖长业虎着脸，说："当然要小心！你看看，倒个水都能伤成这样，真不知道该怎么说你才好，越过越回去了，你当自己还小？你这样，以后考上大学了，爸妈怎么能放心你一个人在外面生活？"

肖洱一声不吭地听训，她知道肖长业比沈珺如心软得多，顶多教训她两句就会饶过了。

果然，肖长业叹口气，说："行了，你也应该知道错了。早点睡吧，明天爸爸请一天假陪你。"

肖洱眨巴着眼，攥着被子角，看着他："你今天晚上的那个会，不去的话会怎么样？"

肖长业的神色看不出端倪，说："不会怎么样。"

肖洱"噢"了一声，安静地闭上眼睛。


第二天，肖洱没能去二中给聂铠加油。

看台上坐满了人，梦薇和嘉琦坐在非常显眼的位置。她们都是啦啦队的成员，在陈世骐的"突击培训"下，有模有样地喊着加油的口号。

可是阮唐身边的座位一直是空的。

陈世骐看着聂铠心不在焉的模样，撞了撞他："一会儿可别掉链子啊。"

聂铠不耐地说："开什么玩笑。"

柯岳明是编外人员，过来送水，闻言笑道："今儿咱十拿九稳地赢，听说二中队长练习的时候韧带拉伤，不成气候！"

陈世骐一听，斗志昂扬："靠！他们搞什么，我可不想躺赢！一点挑战都没有。"

"少来，嫌没挑战，你多来几个三分啊，哈士奇！"

"好啊柯基，一会儿你等着看！"

临上场时，柯岳明环顾一圈，说："咦，班长没来啊。"

陈世骐瞄着聂铠的神情，说："谁说没来？我刚还看到了，可能是去上厕所了吧。"

聂铠偏头看他："你看见了？"

"啊！"陈世骐正儿八经地点头，一面把柯岳明往外赶，"去去，你去找小软糖跟班长，别跟这儿碍眼。"又搭上聂铠的肩，大摇大摆地往场内走，"等我们凯旋吧！"

可一直到比赛结束，聂铠也没有看见肖洱的身影。

天宁高中对抗二中的这场比赛，以天宁高中险胜两分为最终结果。

裁判吹响结束哨声，全场沸腾。天宁高中这边欢欣鼓舞，啦啦队疯了似的欢呼，二中的亲友团则垂头丧气，偶有不忿。

陈世骐一身臭汗，跟其他几个人勾着肩，齐齐咆哮。

聂铠发挥得很好，是这场的"得分王"，比赛一结束，立刻有人过来找他，说篮球队的郭老师想见见他。

"我天，牛啊！"

陈世骐在一边听见了，两眼直放光，跟着就去捶他的肩。

"兄弟！你要是飞黄腾达了，一定要记着我！"

聂铠有一点走神，没注意陈世骐的话，大步走向看台。

"啊啊啊！"

看台上有很多人原先不认识聂铠，只是被篮球赛吸引过来，或是天宁高中其他班级慕名而来的亲友团，因为这场比赛，齐齐被聂铠圈粉。

球赛后的激动，会湮灭平日的矜持。看见聂铠往这里走，看台上的大多数女生都尖声叫起来。

"聂铠你好厉害！"

"男神男神！"

梦薇奋力跨过几个台阶，挤到过道这边来，将手里早已准备好的毛巾和水递过去："擦擦汗吧。"

她眼波盈盈，顾盼生辉。

聂铠接过去，目光没在她脸上逗留，直接朝阮唐所在的方向走去。后者正低头看手机，感觉到人影晃动，一抬头有些呆。

"聂铠……恭喜你们……"

"她怎么没来？"

他语气不悦，几乎是气呼呼地说。

阮唐晃晃手机："她的手机之前留在家里没带，我也才联系到洱洱爸爸……"吞了口口水，又说，"洱洱不小心打碎了开水瓶，现在在医院里。"


市人民医院院区内有一条人工河，河边植柳树，光秃秃的纸条在猎猎寒风中战栗。

在风的尽头／有一颗星球

沉默的／是你上锁了／不肯赐予温柔的眼眸……

——聂铠 《钥匙》

ROLLING IN
THE DEEP

医院里看不出圣诞节到来的半点光影。

色调单一，萧索冷寂。门窗紧闭，每一处都泛着医院特有的消毒水气味。

束缚而禁欲。

肖长业在下午2点，以"我回家一趟，洗个澡收拾收拾东西，给你买点晚饭带过来"为由，离开了医院。

肖洱在3点钟，用医院的公用电话给家里的座机打了一通电话。

没有人接。

她惶惶然站在医院走廊里，脚下生疼。比开水刚刚泼在脚上的时候，痛感还要强烈万分。她为了阻止肖长业和白雅洁见面，做出的这一切，看起来像一个彻头彻尾的笑话。

以她对父亲的了解，他不是一个轻言放弃的人。

或许，她打从一开始，就不应该奢望肖长业能意识到他所做的一切会毁掉这个家。

就像解一道数学题，切入点找错了，难免会做很多无用功。

这个时候，要回到原点，重新找寻其他切入点，问题才能迎刃而解。

聂铠跑上住院部三楼，一眼就看见肖洱站在走廊中部的电话机边发呆。她没穿医院的病服，套着一件宽松的珊瑚绒睡衣，头发蓬松，像刚睡醒的某种小动物。

聂铠上下打量她，很快看见肖洱被纱布包裹的两只脚。

与此同时，肖洱也看见聂铠，可又像是没有，她的目光笔直地钉过去，几乎能穿透他。

他还喘着粗气，大步朝她走过去，高大的身影很快将她整个人都笼罩。下了计程车后，一路跑来，他身上的汗水被寒风吹得冰冷，湿润的头发冻住，刺拉拉的，像个刺猬。

肖洱仰头看他。

她真小，皮肤雪白，瞳仁漆黑，像精致的瓷娃娃。

聂铠不由分说，一弯腰将她抱起来，眉峰皱起，声音低沉压抑："就你一个人？"

肖洱没躲没挣："嗯。"

"哪间病房？"

"327。"

他抱她进房间。

肖洱抬眼看去，视线里是他的下颌。棱角分明线条利落，绷得极紧，看得出来，他心情不太好。

"出了一些事情，所以我没有去看你们比赛。"她淡淡地解释，"阮唐打电话过来，说你们赢了。恭喜。"

他没顾得上接她的话，小心翼翼地将她放在床上，慢慢脱去她的拖鞋，看见左脚纱布上沁出殷红的鲜血，醒目而刺眼。

"你这个样子还自己跑出去？"他没控制住自己的怒气，手里还捏着她的拖鞋，就气势汹汹地冲她吼，"就没人管管你？"

声音真大，突如其来的暴躁让肖洱也有一些怔愣。相对无言，聂铠"啪"的一声丢下拖鞋，摔门出去。

没过一分钟，聂铠带着值班医生进来。

伤口崩开了，揭开纱布，医生重新给她擦药消毒，语气不悦："不是告诉过你，不要下地乱跑吗？"

冰冷的酒精涂在创口上，她本能地一缩。

"不要躲。"女医生口气严厉，对站在一边的聂铠说，"你按一下。"

聂铠坐过去，帮忙握住她的小腿。他的手掌宽厚温热，刚好能一把握过她的脚踝，肤质细软，手间的触感令他心头一磕。

肖洱一张小脸疼得煞白，别过头，手指攥着枕头角，一声不吭。

聂铠的目光落在她因为用力而青筋尽显的手背上，只觉得像是握在自己心上。

自从与肖洱再次重逢，他能明显感觉到，自己正在被一种莫名的情绪缠绕。而与她同处的时候，那情绪变得更加不可控，密密匝匝地包裹着他，一举一动都没了章法。

"别碰水，别乱动。"

处理完，医生重新给肖洱裹上纱布，端着医用盘子走了。

房间里只剩下他们两个人。

"怎么会伤成这样？"片刻后，聂铠皱着眉头问她。

肖洱钻进被窝里，不想搭理他。

"肖洱！"

感觉自己的问题像是打在棉花上的拳头，完全得不到回应，聂铠急了。

伤口还在疼，肖洱心里头一拱一拱地冒着火，闷声说："我故意的。"

"你说什么？"

因为太过惊讶，他脱口的诘问都有些变调。

肖洱背对着他，语气寡淡："拿开水瓶倒水的时候，故意松了手。"

"为什么啊？为什么要这么糟践自己！"

聂铠一头雾水，单膝跪上病床，将肖洱的身子强行扳过来对着自己。意外地，看见她通红的两只眼睛，却倔强地，睁得大大的。

"因为幼稚。"她平静地对他说，"以为这样做，能让家人寸步不离地陪着我。"

她的声音狠狠撞进他心里。

聂铠终于在那一瞬间，触摸到了连日来仿佛不可捉摸的情绪。

心疼。

这世上有很多姑娘，有一些像玫瑰那样娇艳，有一些像百合那样纯洁。也有一些，譬如他最早认识的肖洱，像向日葵，灿烂耀眼。

可眼前的姑娘，已经在他毫无所知的年岁里，变成暗夜里悄然绽放的苍白蔷薇。

带着刺，寂寞冷淡。

她独行于世，看起来高傲不可侵犯，可事实上，脆弱敏感得不堪一击。

渴望陪伴，渴望被关注，甚至用了这样极端的法子。战战兢兢，谨小慎微，是长时间被忽视的孩子，不得不做出的改变。

这样的肖洱，让他格外心疼。

聂铠从她身上，隐隐约约地看见了自己的影子。他不也一直想要那个人，能够多一点时间了解自己、正视自己吗？

"我陪你。"

聂铠突然这么说，脸上是郑重其事的表情。

肖洱听在耳中，却突然笑起来，那是一抹讥笑："你？"

她很明白聂铠听了自己的话会产生什么样的误解，她懒得解释，也不能解释。可这个家伙，却不自量力至此。

这个世界上，他是最没有资格说要陪伴她的人吧。

任谁都可以，只有你不行，聂铠。这句话在她的舌尖转了一圈，却没有说出口。

因为聂铠突然把她揽进了自己怀里。

毫无预兆的拥抱。

他强有力的心跳声，在肖洱的耳边骤然响起。他的姿势笨拙，动作粗鲁，甚至弄疼了她。仿若从胸腔里传来的声音，闷闷的："我会永远陪着你，会保护你，以后你不用一个人担惊受怕。"

真幼稚。

肖洱因他的话而蹙眉，忍不住反唇相讥："永远？永远指哪一天？到这学期期末，到高中毕业，还是到大学？"

许诺的时候，"一直""永远"，总是会有期限，不是吗？

聂铠被她问得愣神，他没有想过这么多。

肖洱推开他去，说："你快成年了，怎么还像个小孩子。"

他忍不住辩驳："我说的都是真的！你为什么不相信？"

呵，承诺的时候，谁都会以为那是真的。

"可能你理解的陪伴，和我不同。"

"好！你说，你理解的是怎样？"

他像被人冤枉的孩子，不服气地反问她，并迫不及待地想要证明自己。

肖洱想说出叫他死心的话，可心念一转，只沉默了片刻，就开口道："我想见你的时候，你都能出现吗？"

"那是自然。"

"如果……不能呢？"

"不可能。"

"好啊，拭目以待。"

少年，总有飞扬跋扈的自信和脱口而出的承诺，也都有一股子死磕到底的狠劲。


聂铠走了没多久，阮唐匆匆赶来。

她是坐公交车来的，所以慢了一拍，也没有看见聂铠。一进门，紧张兮兮地问东问西，肖洱只告诉她是自己不小心，没有多说一句其他。

"没出大事就好，吓死我了。"阮唐拍拍心口，说，"不过我还以为会在这里碰到聂铠呢，他没来吗？"

肖洱正在喝水，闻言，动作慢了一拍："聂铠？"

"我告诉他你在医院之后，他马上就走了。市体校的篮球队郭教练还想找他呢，结果比赛一结束，人跑得没影，连个招呼都不打。郭教练可生气了，说这样的孩子，目中无人，资质再好他都不会考虑接洽的，气呼呼地坐车走了。陈世骐急得要死，给他打了十几个电话都没有人接。"

肖洱不语，沉默了一会儿，抬头问她："今晚你留在医院吗？"

阮唐的奶奶和肖洱在同一家医院，她晚上会在这里陪床。

阮唐坐在她床边，随手拣了个苹果对着垃圾筐削皮，闻言点头："对啊，反正明天不上课，不用急着写作业。"

肖洱想了想："对了，拜托你一件事……"

阮唐听她说完，不觉有异，把削好的苹果分成两半，大的递给肖洱："可以啊。"

肖长业到5点多才来了医院，给肖洱带来了晚餐、干净的衣物和她的手机。

到了病房，就看见阮唐在里面和肖洱说笑。

肖洱看了一眼肖长业，说："爸，阮唐来看我了。"

"叔叔好！"阮唐立刻乖巧地跟肖长业打招呼，转头就羡慕地对肖洱说，"小洱，你爸爸又变帅了！"

她嘴巴甜，很讨人喜欢。

肖长业见过阮唐，笑容满面，说："早说你也在这儿，我多买点吃的。这样，你等会儿，叔叔下去再买些上来。想吃什么？"

"我刚刚下去吃过了。"阮唐说，按照刚刚肖洱交代自己的话，"叔叔，晚上我能留在这里陪小洱吗？"

肖长业微愣："这……"

"你明天不是还要一早去上班吗？在医院不方便。"肖洱说，"我没什么事了，医生说明天就能回去。"

"我刚好还有很多题目想请教小洱呢。"阮唐又帮衬道。

肖长业没有多做坚持，留到6点多，又交代了几句注意安全，有什么事要记得打电话，就回家去了。

肖长业前脚一走，阮唐就笑得眯起眼睛："小洱，看来咱们都一样，不喜欢跟大人在一起。他们唠唠叨叨的，还管东管西，真讨厌。"

肖洱笑笑。她手里握着手机，开机，有几个聂铠的未接来电，时间是篮球赛之前。

除此之外，还有一条短信，时间是下午4点。

一串数字，是陌生的号码。

短信内容是：肖洱，他们来了茶室。

肖洱的目光滞了片刻，把号码保存，备注姓名：杨成恭。

"不过我真的好羡慕你啊，你爸爸好帅好帅！"

阮唐捧着脸趴在床边，小鹿似的大眼睛眨巴眨巴。

肖洱放下手机，看着她说："我也很羡慕你。"

"咦？"阮唐诧异地指着自己，"我有什么好羡慕的？"

"你叫阮唐啊。"

肖洱没头没脑听起来毫无逻辑的话让阮唐一愣，懵懵懂懂地问："我叫阮唐怎么了？"

肖洱不答。

她想起阮唐第一次自我介绍，她说，因为我爸爸姓阮，妈妈姓唐，所以我叫阮唐。

因为爸爸姓阮，妈妈姓唐啊。

好让人妒忌的名字。

阮唐从来就不是一个打破砂锅问到底的孩子，何况她一直觉得肖洱整个人神秘莫测，她说一些奇奇怪怪的话也很正常。所以她马上放弃了追问，自动转移了话题。

"今天是圣诞节啊，却要待在医院里……不过小洱你更惨，连球赛也没有看成。"

她自言自语的时候，能自动生成联想功能，越说话题越多。

"说起球赛，二中那帮女生也太能咋呼啦。我坐在看台这头，都能听到那一头传来的尖叫声，不过会叫也没有什么用，他们还不是输了……"

"你知道吗？聂铠简直是一战成名！比赛结束他先走了没看到，后面不知道多少人在问他，说是从前都不知道天宁高中有这号人物。二中一个小太妹都要疯了，转头就在咱学校贴吧上发帖子，说是重金悬赏，要通缉聂铠。"

"通缉？"

肖洱终于有了一点反应。

"是啊，用这种猎奇的词，还不是脑残花痴呗。"阮唐满脸不屑，"现在不是流行非主流吗？她就是。还发自拍，就是那种头发遮住大半张脸的，十个手指甲涂得漆黑。偏偏好多人就吃那一套，那帖子火得不得了，唉，礼拜一学校估计要出事。"

肖洱不由得出神。聂铠那样的形象，确实……很招人。


晚上9点，阮唐要回去伺候奶奶洗漱睡觉，跟肖洱互道晚安后，给她带上房门出去了。

夜深人静，透过窗户，可以看见遥远的街道上有点点灯光，装点着圣诞夜。

聂铠在家里跟白雅洁一起看电视节目。

白雅洁爱看韩剧，常常跟着剧情又哭又笑，像个少不更事的小姑娘。

她很早就嫁给聂秋同，这么多年，除了一直在家里相夫教子，没有工作过，也不曾接触社会上的尔虞我诈，还保存着一颗天真的少女心。

聂铠心不在焉地抱着笔记本看体育新闻，时不时听见白雅洁笑出声，不由得多看了几眼电视。

明明不是喜剧片啊……今天她的心情似乎格外好。

聂铠注意到，白雅洁脖子上多了一条精致的铂金项链，随口问："生日礼物？"

他默认是聂秋同送的，但因为不想提起那个男人，没有多说什么。

白雅洁心虚地"啊"了一声，欲盖弥彰地扯开话题，问他篮球比赛的事。

聂铠对于没有见到郭教练这件事没有半点遗憾，满脑子都是其他事情，嗯嗯啊啊地配合白雅洁答了几句，就继续低头看新闻去了。

白雅洁摸不清他的情绪，见他偶尔兀自出神，有些许后怕。

最近是不是跟肖长业联系得太过频繁？万一被儿子发现了什么，一切都完了。

想来，她胆子实在是太大了。小马市就这么一点大，她还屡次跟他见面，万一哪天被聂铠或是他的同学认出来……越往下想，越觉得不妥，白雅洁后脊梁出了一层密密匝匝的冷汗。

这时，聂铠的手机一亮，进来一条短信。

几乎在同时，聂铠立刻拿起来看。

手心滚烫，握着冰冷的手机，很快就将它捂热。

"聂铠，现在你能来陪我吗？"

我想见你的时候，你都能出现吗？

# 第五章
手心突然长出，纠缠的曲线

晚些时候，下雪了。

雨夹雪。也是小马市的初雪。

在2012年的圣诞夜，肖洱将永远记得这一天。

她坐在病房的飘窗边，看雪落人间。

可惜小马市气候湿润，雨比雪多。昏黄的街边路灯光晕里，密密匝匝都是雨丝和零星的雪花，落到地面上便消失无踪。这注定是一场不留痕迹的降雪。

透过窗，能看见医院外的马路，来往车辆渐稀，行人也慢慢减少。

最后，隔很久才能看见活动的事物。

肖洱神色冷寂，冰冷的雨雪，像是落进了她的眼里。

在做数学题的时候，肖洱从来不会古板行事——如果一种解法不妥，那么她会立刻掉头回到原点，换用其他方法。

做事也是如此。

她算是看透了肖长业的心思，是打算和白雅洁长期发展这段地下恋情了。就连她这出苦肉计，也不能阻止他给那个女人奉上生日礼物。

肖洱嗤笑一声。

玻璃的倒影里，她的笑容寡淡而苦涩。

不能用这个法子呢，得不偿失。

肖洱微微凝眉，似乎想到什么。

她的手指在满是雾气的玻璃表面轻轻划动——聂，铠。

再画一个圈。

女孩若有所思。

突然间，四周暗下去。

原来是到了医院熄灯的时间。

黑暗的突然袭击，令肖洱产生一种自己已堕入地狱的错觉。

偏偏还凝望人间。

遥远的地方，巨大的圣诞树亮起彩灯，大概会有人聚集在那里，庆祝这个近几年突然在中国火爆起来的节日。

圣诞，基督弥撒，耶稣诞临人间。

怎么样的出生，能让世人为之庆贺百年。

飘窗上很凉，她光裸的脚一点一点失去知觉。微微动弹，又疼得钻心。

很晚了，肖洱在心里说。

她拿起放在身边的手机，准备离去，余光却捕捉到一个动点——有人正朝着医院走来。

肖洱看过去。

少年的身子在视野中不过是一个黑影，站在马路的那一头。四下看了，没有车辆，便罔顾红灯，往对面走。

仗着腿长，不过是几迈，便来到这一头。

穿过风雨，遵循诺言，朝她走来。

一时间，仿佛只剩天与地，雨雪与灯。

还有他。

肖洱像是被这一幕魔住，久久不能移开目光。她的心，突然变得安静，落针可闻。

等他走近了，肖洱慢慢看清楚，发现他还穿着那件单薄的棒球衫，双手拢在怀里，护着什么。

少年乌黑的脑袋上落了雨雪，在灯下亮晶晶地闪着光。

肖洱看不见他的表情，却仿佛看到了他那双清澈明亮的眼睛。不久前，他就是眨着那双眼，笃定地说，他会陪着她。

肖洱微微垂眸，轻哂。

谁稀罕呢。


聂铠绕过护士站打瞌睡的护士，偷偷潜入病房。

门一开，肖洱就感觉到铺天盖地的凉意。

他真像一根行走的冰棍。

聂铠脱下湿漉漉的外套，借着窗外微弱的光亮，把怀里的东西放在床头柜上。

肖洱皱着眉头，从洗手间拿了干毛巾给他。

他却先一步参毛："谁让你站在地上了？"

他上前一步，抬手一抄，竟然把她提起来。肖洱还没来得及反抗，已经被塞进被子里。

聂铠却像是被硌着了，嘀咕："怎么这么瘦，你以后多吃点。"

说罢，他把床头柜上的东西递过去："热的。"

是一杯奶茶，和上次两人去那家奶茶店时肖洱点的一模一样。

真的很热，甚至有一点烫手。可能是因为，他一直捂在怀里。

肖洱戳开奶茶封口，慢吞吞地啜饮。

聂铠坐在一边，用毛巾擦头发。毛巾柔软，上面有淡淡的清甜香味，他的心情突然很好。

两人在黑暗里坐了一会儿。

聂铠率先打破沉默，靠过去坐在床边，问她："你的脚还疼不疼？"

肖洱摇了摇头，想起他看不见，于是说："不疼。"

"骗人呢。"

"……"

"你为什么要这么做？伤害自己，只会让每个关心你的人难过。"

即便看不清他的神情，肖洱也能从他的语气里听出他此时别扭地皱起脸的模样。

"我以后不这么做了。"

聂铠一愣，没料到白天还很倔强的肖洱，现在却这么温顺，于是声音也就软下来："你跟你家里人，是不是有什么误会？"

肖洱说："没有误会。"

雨势渐渐小了，雪却越来越大，窗外一片耀目的白。

肖洱的脸迎着窗户，聂铠借着光，看见她淡静无波的脸庞。她面色苍白，眸中有显而易见的柔弱。

聂铠的心陷入沼泽。

"其实，我很能体会你的心情。"聂铠开口道，"我很小的时候，我爸就离开家了。一年到头也不过回来一两次，后来生意做大，他的秘书来给我和我妈送东西的次数都比他回来的次数多。"

他的声音很低，在安静的夜里，仿佛指尖轻缓摩挲过心头。

这个年纪的少年变声期已过，聂铠的声线初具雏形，肖洱虽是外行，也能明显听得出，音色动听与否。

他这把嗓子，能醉进人心里去。

肖洱想，这个世界，人们各司其职，有的生来就要好好学习建设祖国，有的却注定一身风尘醉生梦死。

"我也想过要吸引他的注意，做了很多出格的事情。"聂铠嘴角挂着苦笑，继续说，"可是一点用都没有。他对我的全部要求，竟然只是不要违法乱纪。"

他叹了口气，声音低下去："我妈也是这么想的。她觉得只要我能混个大学上，有了文凭，就能去继承我父亲的公司——一辈子就这么定下来了。"

肖洱淡声说："多少人羡慕你呢。"

"我稀罕吗？"他的声音陡然扬起。

"甲之蜜糖，乙之砒霜。如果你想做歌手，就不该每天这样浑浑噩噩。"停了好一会儿，肖洱轻声说，"假设——你真的想的话。"

聂铠微怔："我自然是想的，可是我妈……"

他一想到白雅洁因为他玩音乐而荒废学业的难过模样，就觉得狠不下心来。

"你妈妈不同意？"肖洱问。

聂铠点点头："她说过，她最大的心愿就是看见我好好学习、考上理想中的大学。可是我真的很喜欢唱歌，唱我自己写的歌。"

肖洱的眸子微微闪烁，片刻后，才说："聂铠，人生一旦有了可是，就会停滞不前。或者，干脆偏离原本的方向。"

肖洱说："除非，你目标明确、心无杂念，否则，你做的一切努力都会变成令人心酸的笑话。"她顿了顿，声音几不可闻，"至少——我是这么想的。"

"你呢，你未来想做什么？"聂铠问她。

"我只希望，家庭和睦，事事顺遂。"肖洱答非所问。

聂铠一愣，说："工作呢？难不成你想做家庭主妇吗？"

肖洱摇头："我会成为一名外科医生。"

聂铠因为她明确的回答而感到心头微震。

相比之下，自己那不甘不愿挣扎着的梦想，更像是一个缥缈的梦。

他忍不住问："你很喜欢治病救人？"

肖洱说："与治病救人无关，是信仰。"

肖洱在心里说，这世上还有什么职业，能比外科医生更会弥补残缺呢？

修复裂痕，还原本貌。

她想做的，她一直以来谨小慎微做着的，不过如此。

她有自己的国，所有的规则都由她来制定，所有破碎飘摇的土地都由她来修复。她这些年，做这一切，不过是不希望……自己的领土被人侵占。

聂铠从没有见过这样的肖洱，或者说，他也从没见过一个人流露出这样的神情。

那是近乎虔诚的笃定目光。

一往无前，不畏艰险。

他隐约猜得出，是家庭原因造就了现在的肖洱。

在外人看来，她沉默而古怪，自律得可怕。可是他，有幸见过肖洱明媚得如同彩虹一般的过往，明白她每一点转变都是外物驱使。

他意外窥见她干净澄澈的信仰，和她与外界对抗时被碰得支离破碎的壳。在这个深夜，他的心被没有姓名的丝线缠绕，一点点收紧。

疼痛，喜悦，敬畏，无措。

他知道一切都不一样了。

最后，肖洱说："聂铠，谢谢你今晚来陪我。"

聂铠说："我说的话，每一个字都算数。"

肖洱隐在阴影里，勾了勾唇角，是一个没有含义的冷笑。

"你以后，也会陪我吗？"

看到她开始相信自己，聂铠心头一阵喜悦："那是自然！"

"你怎么保证？"她微微歪头，打量他。

怎么保证？

聂铠挠了挠头，下意识地摸遍全身的口袋，也没有找到能当作信物的东西，只好伸出手去："拉钩。"

"你还能再幼稚一点。"

聂铠嘟囔："承诺是不会拘泥于形式的。"

他仍旧固执地伸着手，目光灼灼。

肖洱终于也伸出手，钩住他的小指。

"拉钩——"

一大一小两只拇指轻轻压在一起。

"盖章——"


第二天，雪消雨霁。

肖洱起了个大早，问护士借了个拐杖，踱步去医院食堂吃早餐。回来的时候，想着去看看阮唐，于是坐电梯多上了几层楼。

谁知刚出电梯，就听见一声暴喝。

"你这个白眼狼！我儿子怎么会找上你这样的女人，你给我滚出去！"

声音有些耳熟。肖洱站在走廊与电梯门口的过道间，看见一个面色疲惫的女人，拿着一张单子从声音传出的病房里走出来。她没认出肖洱来，从肖洱身边走过，急匆匆进了电梯。

可肖洱认识她，每次都是她来给阮唐开家长会——她是阮唐的妈妈。

刚刚那个怒喝声，可能是阮唐奶奶的。

肖洱微微敛了神色，没有直接进病房。

阮唐现在在哪里？

从以往阮唐的描述来看，她妈妈是一个很注重她的心理健康成长的女人。理论上，不会让女儿直面这样的不睦场面。

要么是支去食堂了，可是她刚刚一路过来，没有看见阮唐。

要么……

肖洱的目光落在走廊尽头的卫生间指示牌上。

她慢慢挪去卫生间，还没到门口，就听见里面传出低低的啜泣声——这声音肖洱再熟悉不过。

她没有进去，只是挂着拐杖站在外边，静静地等着。

没过一会儿，哭泣声渐渐小了，阮唐从里面慢吞吞地走出来。她眼睛有一点肿，眼袋很重，一看就是昨晚没有睡好。

看见肖洱，阮唐先是一愣，继而瘪了嘴巴，小跑两步黏过来，头往肖洱脖颈处直拱。

"呜呜"的哭声再一次响起。

"怎么了？"

阮唐哭得没法说出完整字句。肖洱锁骨处一片冰凉，只好等着。

过了十多分钟，小泪罐子好容易止歇了，肖洱也不再追问，只是说："吃过早饭了吗？"

阮唐摇头。

肖洱带她去医院边上吃小笼灌汤包。她知道阮唐最喜欢吃鲜虾灌汤包，把菜单推给她先点。

阮唐肿肿的眼睛上下扫视，在28元一笼的灌汤包那一栏停了会儿，最后却选了最便宜的2元一碗的白粥。

肖洱心里有了点谱。

肖洱点了鲜虾灌汤包，她们各自付钱。店员端上来两人的餐食以后，肖洱突然皱眉。

"我忘了。"

"怎么了？"

"我身上有伤，不能吃这种发物。"她转头对店员说，"能退吗？"

店员露出为难的神色。

"算了。"

肖洱把汤包推给阮唐，把她面前的白粥端过来。

"我们换吧，看来我只能吃粥了。"

阮唐看着面前的汤包，小声说："那我给你钱。"

"你不吃的话这包子也是浪费了。我还白吃你一碗粥，谁给谁钱？"肖洱面不改色地说，"难道你会收我那两块钱吗？"

好像是这么回事。

"当然不收。"阮唐只好默默地埋头吃早餐。

已经吃饱了的肖洱，生生又咽下半碗粥，撑得有点难受。

"你胃口不好啊？"

对面已经吃完了的阮唐心情明显好了一些，关切地问她。

"嗯，伤口疼。"肖洱的手按着胃，不露痕迹地轻轻揉着，"现在说说吧，出了什么事？"

阮唐叹了口气。

她很少叹气，肖洱的记忆里，阮唐总是乐乐呵呵的。有一点迷糊，却非常乐天，像个小傻瓜，相信童话，相信梦幻的白马王子这类故事。

可现在这个姑娘，居然叹起气来。

肖洱的心里起了涟漪。

"检查报告出来了，我奶奶得了很难治的肿瘤。"阮唐的头低垂着，"她的脾气越来越不好了。昨天晚上我妈妈加班，来医院迟了，她就说我妈妈不关心她，说得很凶。"

"可是，我妈妈对她真的很好。肖洱，你不知道，我妈妈她打两份工……每天改稿子改到很晚，就为了能让奶奶住好一点的病房，用好一点的药。"

她的脑袋垂得更低："可今天早上，妈妈让我去打水，我在门外偷偷听到，医生跟我妈妈说，奶奶还要做化疗。做化疗，要很多钱，可家里已经没有钱了……我妈去跟奶奶商量，先把我爸爸名下的房子卖掉给她治病。奶奶不同意，竟然说……说我妈妈想要贪他们家的钱。"

"那，你爸爸呢？"肖洱记得阮唐跟自己说过，她爸爸常年在外地上班，家里出了这样大的事情，他总要回来的。

阮唐咬着唇，很小声地说："小洱，我从来没有告诉任何人这件事的。"

她伸出手来，去握肖洱的手，深深吸了口气："我爸爸已经去世好多年了。而且，我也不是爸爸妈妈的亲生孩子。"

肖洱心里一沉，紧接着，些许酸楚自心底翻涌上来，她也回握住阮唐的手。

阮唐说："我妈妈她不能生育，嫁给我爸爸以后，奶奶一直很不喜欢她。后来她和爸爸去孤儿院领养了我……给了我这个名字，给了我这个家。"

她说着，唇角扯动，挤出一个笑来："他们都是特别好的好人，对我很好很好。只可惜，好人没有好报，我爸爸在我上六年级的时候，就生病去世了。那个时候，为了给爸爸治病，家里已经负债。现在好不容易靠着妈妈，一点一点挣钱还清，奶奶又病倒了。"

肖洱静静地听着，见阮唐说到这里停住，便轻声问："做化疗的话，还差多少钱？"

"妈妈借了一些，可是不够。可能还差一两万吧。而且这只是个开始，以后肯定还会有其他花费的。只能把房子卖掉了……"

肖洱说："治病要紧，先不急着卖房子。我明天拿两万块钱借给你，好不好？"

阮唐的眼睛睁得大大的："你怎么有那么多钱？"

肖洱从小到大的红包都是自己保管，她很少有用到的机会，这么攒下来，加上利息有小三万。

"我可以问我爸妈借。"肖洱这么告诉她。

阮唐点了点头，又担忧道："叔叔阿姨会同意吗？"

"放心吧。"

阮唐隐约知道肖洱的家境，信任地摇了摇她的手，强调道："我给你写借条，一定会尽快还给你的。"

肖洱嘴边的话在舌尖滚了一圈又咽了回去，说："行，不过……"

"怎么？"

"我不需要你现在还，等你工作以后再说。"

"不行！那还要等六年！"

肖洱寸步不让："阮唐，为了我的稳定收益，我要求你获得一个像样的大学文凭。否则我对这笔钱回到我手里的可能性缺少信心。"

阮唐愣了："我知道你是为了我好。但，你是我最好的朋友，我不能这样欠你……"

"那就加利息。"肖洱一副公事公办的模样，说，"现在我借两万给你，到时候，按照银行利息还我相应数额。"

阮唐望着肖洱，突然笑了，眼泪也同时泛出来："小洱，你对我真好。"

"傻不傻。"肖洱抽了几张纸巾给她擦，"多大的事，还没到头呢。"

还没到绝望的时候呢，不要哭啊，傻瓜。

"好奇怪，小洱，好像不管什么事，到了你这里就都能迎刃而解。以后你一定能成为特别厉害的人，真的！"

从包子店出来，阮唐和肖洱一起往医院走。阮唐心情舒畅不少，话也多起来。

"我觉得，你一定是老天派给我的小天使。"说着，她在肖洱背上瞅了又瞅，"你的翅膀呢？"

肖洱淡淡地搭腔："落在家里了。"

阮唐傻兮兮地笑个不停："小洱，原来你还有讲冷笑话的天赋。"

回到医院才8点。

肖长业去上班了，给肖洱打了电话询问情况，接着说，今天晚上沈珺如就该回来了，她会来医院陪床。还让她自己在医院乖乖看书，不要着急。

这边刚放下电话，沈珺如掐着点似的，又打过来一通。

两人说的内容差不多，不外乎"你自己看看书"之类的话。家长的世界里，学生唯一需要做的，可能只有读书吧。

等她终于结束全部通话，又有人造访了。

肖洱听见病房门被人轻叩三声。

"进来吧。"

有人推门而入。

肖洱抬头，目光微愕。

来人是杨成恭。他的手里拎着一篮水果，而且是那种医院附近水果店包装好的一篮。

规规矩矩，有礼有节。

不像聂铠……肖洱下意识地看了床头柜上那个空奶茶杯一眼。

"听说你被烫伤了，我来看看你。"杨成恭说，"医生怎么说？有没有忌口或是需要注意的事情？"

听说？杨成恭什么时候关心这种事情了？

"没什么大事，一点小伤。"肖洱对着杨成恭，也不自觉地客气起来。

杨成恭点点头："那我就放心了。"

肖洱抬眼看他。

杨成恭接着说："如果你担心因为这个耽误学习，我可以帮你抄写笔记。"

"不会耽误课程，我明天会去上课。"

"你的腿……"

"有人送我。"

杨成恭张了张嘴，似乎想问什么，最后却只是说："那，就好。"

相对无言。

"我一会儿还有数学辅导课，先走了。"他从进来到现在，连坐都没坐，似乎很匆忙的样子，说，"明天见。"

"再见。"

他走了，说了几句客套话，就留下一篮水果。真是个怪人。肖洱暗想。

巧的是，前脚杨成恭刚走，后脚聂铠就脸色臭臭地走了进来。

他手里提着一只保温桶，往床头一放，闷声说："早安。"

听声音，似乎是感冒了。

肖洱见他套着一件敞怀的藏青色羽绒服，里面是一件白卫衣，脖子连着一大片锁骨都露在外头。

她说："外面不冷吗？"

他闷声闷气地回答："还好。"

"这是什么？"

"给你带的早饭。"

"我不饿。"

"噢。"

少年闷不作声，像霜打了的茄子。

这大早上的，事情真是一波接一波。

肖洱耐着性子问聂铠："里头是什么？"

聂铠道："你又不吃。"

肖洱说："好吃的话，我就吃。"

聂铠吸了吸鼻子，站起来拧开保温桶，一股浓稠的咸腻肉香飘了出来。

"这是我一大早起来，对着食谱，足足熬了……"少年带着一点骄矜的声音别别扭扭地传来。

肖洱被这股极其突然的猛烈味道一阵刺激，一时受不住，忽地弯腰，伏在床边吐了出来。

聂铠："……"

帮她收拾好屋里的污渍，少年的脸又黑了一层，把保温桶发配到墙角去了。可回过身，看到面色泛白的肖洱难受地按着胃靠在床上，他又心疼，于是倒了温水递过去："我不知道你对那个味道过敏。"

不是过敏，是吃撑积食了……肖洱吐得没力气说话，就着聂铠的手喝了几口水。她嘴里难受，指了指果篮："帮我拿一个苹果。"

聂铠眼里的不爽更甚。他刚刚来的时候看见杨成恭了，这篮水果肯定是那家伙送的！聂铠不情不愿地拿出苹果，肖洱从抽屉取出水果刀来削。

"我来吧。"他接过去，一声不响地对着垃圾篓削苹果。

于是，肖洱眼睁睁看着鹅蛋大小的苹果，在他手里过了一圈后，变成了鸡蛋大小。

简直惨不忍睹。

尽管是这样，肖洱还是分了一半给他，到手的苹果又变成鹌鹑蛋大小了。

聂铠嫌弃地瞅两眼，一口塞进嘴里。

"有点酸。"他评价道。

"是有点酸。"

听她这么说，聂铠心里好受一点。

一番折腾，肖洱昏昏欲睡。

聂铠说："我新创作了一首歌，你想不想听？"

肖洱说："你唱吧。"

聂铠问："你不问歌名吗？"

"嗯？"

"《钥匙》。"他勾了勾唇，露出一个温柔的笑，"保证好听。"

说完，他调出一个手机软件，钢琴琴键跃然于屏幕之上。他按了几下，手机发出流畅的钢琴音。

"条件简陋，效果不太好。"他说，"不过我能唱得很好听。"

聂铠对待自己有把握的事物，总是自信而快乐。比如音乐，比如篮球。可对待自己毫无把握的事物，却谨慎而敏感。比如，肖洱。

冬日的阳光懒洋洋地落进屋里，雪后初晴，天空干净分明。

少年坐在床边，修长灵巧的指尖轻点屏幕。感冒后的他，一开口，更添几分魅惑的小鼻音。

曲调舒缓，温柔得像棉花糖在舌尖融化；意境空灵，干净得像深山里的清潭。

"在风的尽头/有一颗星球/沉默的/是你上锁了/不肯赐

予温柔的眼眸……"

一曲终了，他微微侧头，骄傲的、灿烂的笑意在颊边僵硬。

床上的肖洱，已经睡着了。


周一。

沈珺如本来想自己送肖洱去上学，可周一学校要开教研会，她走不开。于是给了钱让肖洱打车去学校。

沈珺如刚走不久，肖洱就发短信让一早等在医院楼下的聂铠上来了。

她答应过，让他陪她。

肖洱的书包昨天沈珺如已经给她带了过来。她整理好，却看见聂铠背对着自己的床，微微屈膝。

肖洱问："你在干吗？"

聂铠指了指自己的背："上来啊。"

肖洱已经站在地上，默不作声地看着他。

聂铠偏头，看见她脸上写着"你在想什么呢"。

她说："我自己能走。"

聂铠刚想反驳，又被她轻飘飘的一句话堵了回去。

"我不想被其他人发现。"

不想被发现？这意味着什么？意味着两个人之间的关系已经变得不同，变得亲密，亲密得会被人误会是那样的关系。

两人下了车在校园内走。

聂铠所思若有得，突然低头笑起来。

一瘸一拐艰难走在他前面的肖洱突然站定，回过头来。

她会错了意，以为聂铠在笑她，于是阴恻恻道："你腿要是瘸了，走路也这样。"

肖洱的负伤没引起什么人的注意，倒是柯基和哈士奇一前一后表达了来自同学的诚挚问候。

"肖大班长你腿不好的话，今天就别去送作业了，多伤身子啊。"

"对对对，今天的班会课也改成自由活动吧，你可千万别操劳了！"

肖洱还没开口，聂铠就说："作业我送。"

陈世骐眼睛瞪得像铜铃，用胳膊肘拐他："你站在哪边？"

聂铠无辜地耸肩："我没站，我坐着的。"

杨成恭正在看书，闻言顿了顿，抬头看向肖洱："肖洱，你把周总结给我，今天的班会我帮你讲。"

聂铠面色一沉，挑着眉，看着肖洱。表面上什么也没有发生，但那一瞬间，气氛陡然跌至冰点。肖洱恍若未觉，从书包里把周总结抽出来，交给杨成恭。

她说："谢谢你。"

"不用客气。"杨成恭说，"上周留的那道数学思考题，我做了挺久，步骤复杂。答案是不是根号二？"

肖洱略略回忆，说："是根号二。你不试试建系吗？用解析几何会简单很多。"

杨成恭略一思索，恍然："你是说，可以类比椭圆？"

"嗯，以形解数，以数助形。"

这一句精辟的总结令杨成恭眼前一亮。

聂铠的脸快要挂到地上去了。

"嘿，聂铠，有人找你！"

这时，一个突兀的声音从门口传来。

聂铠看过去，是一班篮球队队长徐杰，变声没变好，像公鸭嗓子。他们来往不多，也不知道徐公鸭带什么人来找他。

不过聂铠刚好不想在这里待。

他晃出去："谁找我？"

"在校门口，你去看看就知道了。"

徐杰耸耸肩，若有所指地笑起来。

"神神道道的，不去。"

"唉，别！"徐杰急了，拦住他，"我也是受人所托，帮个忙啊。"

校门口站了棵圣诞树。

一点也不夸张。一个姑娘，穿一身深绿色冬季运动套装配棕色雪地靴，手上、脖子上、衣服拉链、背包拉链，但凡能挂上东西的地方，都坠满了各种小饰品：小毛球、小玩偶、钥匙坠、铃铛串、明星卡片……就连鞋子上也拖着俩毛茸茸的线球。

一见到聂铠，张雨茜就蹦了起来，使劲挥着手："这里！"

这一动，浑身上下的小玩具群魔乱舞起来。

聂铠离她五步之遥，站定。

"你谁？"

"我是二中初中部的，张雨茜。"

张雨茜眨眨眼，美瞳占了三分之二的眼球。巴掌脸，梳着长而厚的齐刘海，头发拉得直直的，扎双马尾。

"找我干吗？"

聂铠瞥了这个踮了脚也只到自己胸口的小豆丁一眼，不甚在意。

"让我当你女朋友吧！"

姑娘人不大，声音可不小。音色尖锐、清亮，又是这么一声，引得陆续前来上学的学生频频注目。

聂铠被她这一嗓子震得耳膜发麻。

张雨茜得意扬扬，仰头看他。她爱死了这种不鸣则已、一鸣惊人的感觉。

"拒绝。"聂铠转身回去，伸手揉了揉自己的耳朵。

张雨茜不可置信地愣在原地，突然几小步跑过去，张开双臂拦住他的去路。

她一张小脸涨得通红，不依不饶道："你还不了解我，怎么就能拒绝我？"

真烦。聂铠从她身侧绕过去。

"因为你长得不好看。"

一句话，堵了她全部的后招。


"聂铠这个人啊，看着和和气气，脾气还挺大。而且，应该是不喜欢主动送上门来的东西。梦薇是这样，小太妹也是。"

这个小插曲很快就传了出去，课间，阮唐和肖洱去上厕所，她如是说。

肖洱不予置评。

"那小太妹站在校门口，可劲鬼叫了一阵子呢。"阮唐唏嘘，"听说她哥是太平路那一带的扛把子，怪不得那么气焰嚣张。"

他们路过篮球场，聂铠他们在场中挥汗。

阮唐的目光不自觉地飘过去，步伐变慢了，语气喃喃："我总觉得，那姑娘不会就这么善罢甘休。"

肖洱说："你难道担心她一个小姑娘能把聂铠怎么了？"

"我才没有担心呢！"阮唐急吼吼地辩驳。

肖洱偏头看她，突然说："唐唐，不要喜欢聂铠。"

阮唐一下子僵在原地，眼神闪躲："我没有！我怎么会……怎么会……"

"高二一转眼就过去了，唐唐，你现在成绩很不稳定。若是再在这些事情上分了心，就真的没有考上一本的希望了。"

肖洱不跟她争辩是否喜欢这个问题，只是这么说。

阮唐微微低头："我明白的。"

"其实他这么优秀的人，每个女孩都会关注吧。但是，我肯定不敢想入非非的……毕竟我这么普通，家里又有一大堆事，根本没有也不该有闲心去考虑这些。"说着，她瞥向肖洱，"你不也是。平时你对篮球赛一点兴趣都没有，却答应了给聂铠加油。"

肖洱微愕，顿了顿，才说："阮唐，我不一样。"

"嗯，你和我不一样。你也特别优秀，所以，聂铠对你跟对别人态度不同。"

肖洱轻轻拧起眉："阮唐，我不是这个意思。"

"我知道。你心里一直藏着事，你从来没有跟我说，可能是你觉得我们都不能理解你。聂铠他，或许是那个能让你打开心扉的人。"阮唐认真道，"你跟我说的话，你自己也要记得，不能因为这种事情耽误学业。小洱，你是要冲刺清华北大的人，不能被其他事情绊住自己。"

肖洱有些意外。她一直觉得阮唐大大咧咧，是一个简单的姑娘，甚至有时候还很天真。可其实阮唐的心思细腻、敏感，只是表面上乐天迷糊。

这大概与她童年的经历有关。

"我不会影响学习的。"肖洱说。

她神情淡定，说出来的话却总让人无条件信服。

天越来越冷了。

肖洱的脚伤慢慢好转。她拿了钱借给阮唐，给她奶奶做手术，这件事暂时不让阮唐那么困扰了，笑容又重新回到了女孩脸上。

加之最近都没有白雅洁和肖长业的什么消息，肖洱觉得心情也在日益变好。

后来，她注意到白雅洁这些日子常常打电话联系聂铠，让他按时回家吃饭、好好复习功课备考。

肖洱才明白过来，因为聂铠的学业繁忙起来，所以白雅洁没有精力再与肖长业联系。

果然，一切的症结都在聂铠身上。

期末考试逐步逼近。

班里扎堆聊天的人渐渐减少，大家课间也都埋着头看笔记，就连每天都要约着打台球的三人组也收敛不少。

三班是这个年级最好的班级，每次大考考完，多少双眼睛盯着排名看。在小马市这样的小城市，只有排名挤进天宁高中年级前一百，才有可能考得上一本高校。

压力不可谓不大。

金字塔尖尖上的两位大神这时候却成了最悠闲的，尤其是肖洱。

数学竞赛的成绩下来了，她获得了全国一等奖。按照政策，肖洱高考成绩只要达一本分数线便可以直接保送所有国内高校。

一本线对于肖洱而言，何其简单。

光明顶宣布这个消息的时候摸着自己的大光脑袋，笑得如同皮鞋炸线。

"肖洱同学是喜欢清华呢，还是北大呀？剩下的一年半，你可以慢慢思考啊，哈哈哈。老师本人更倾向清华啦，毕竟咱们学校建校以来还没有人考上过清华！"

每一个被繁重学业压身、没日没夜挣扎在题海中的芸芸学生，再看向他们这位瘦小孱弱的班长，只觉得像一尊金光闪闪的神。

"可怕。"

"太幸福了吧……"

"啧啧啧，幽灵修罗就是不一样。"

体育课，大多数人都自觉留在教室上自习，杨成恭却邀请了肖洱一起打羽毛球。

偌大的操场，除了他俩，只剩聂铠陈世骐他们几个在打球。

一边是成绩好，任性。一边是破罐子，破摔。

打着球，破罐子组的话题就偏了。

柯基："唉，你不觉得学委跟班长之间有点意思吗？"

哈士奇："这不是自古以来的定律吗？学习委员与班长，那真是天作之合，女才女貌啊。"

柯基："啥？女才女貌？"

哈士奇："明摆着啊，学委就是一个小白脸，成绩也不如班长。"

柯基："我记得你以前特别讨厌班长的。"

哈士奇："讨厌归讨厌，可这是事实啊。"

聂铠忍无可忍道："你们还打不打球？！"

聂铠最近越来越暴躁了，也不知道是为什么。

似乎有那么一阵子，他受了刺激想要发奋学习，但是立刻就败下阵来——他再努力，基础不扎实，也不可能在很短的时间内达到杨成恭的高度。

哈士奇心中隐约猜到缘由，却不愿深究。但愿不要是他想的那样。

班长那种人，看起来就不好相处，谁摊上谁倒霉。

"肖洱，你比上次打得好多了。"

不远处传来杨成恭的声音。

哈士奇眼睁睁看着聂铠手里的篮球飞了出去。

"砰！"

某个跑过来捡羽毛球的男孩子应声而倒。

是手滑吧，一定是手滑吧！

哈士奇愣愣地看着聂铠，再看看从地上艰难爬起，被肖洱搀扶住的杨成恭，他脑子里突然响起《动物世界》的开场音乐。

疯了，这一定是疯了。

"没事吗？"肖洱盯着杨成恭的脸看。

"没事。"

"你流鼻血了。"

"我送他去校医室。"聂铠捡了球，大步跑过来，作势要架起杨成恭的胳膊，"对不住，球飞出去了。"

"没关系。"

杨成恭不动声色地避开聂铠，面上没有什么表情。

"拍点凉水就好，我先回去了。"

肖洱抿着唇，看杨成恭一个人往回走的背影。聂铠偏着头，看肖洱目送杨成恭。

"你这是什么意思？"肖洱开口问他。

"什么什么意思？"

"你心里清楚。"

"我不清楚，你说给我听。"

纠缠不清的文字游戏，没有进行下去的必要。肖洱冷了眉眼，转身要走。

"你是不是很喜欢跟他在一起？"聂铠站在肖洱背后，低声说，"你们共同语言挺多的。你要上清华，他就去考北大？"

肖洱没有回答他，追着杨成恭的脚步也回教室去了。

聂铠在操场上站了一会儿，直到视线里那个瘦削的身影消失。

他突然一扬手，把手里的篮球狠狠砸在地上。

"砰"的一声，球高高弹起，落下，弹起，落下，最后滚远了。

少年眼里有难言的落寞，张了张嘴，声音消散在风里。

你说，想让我陪你的。

此时，瑟缩在篮球场角落的某两只——

"哈士奇，这什么情况？"

"你傻了，这都看不出来？"

"你是说，聂铠他……对班长，嗯嗯？"

"嗯你个大头，这是聂铠跟学委杠上了。啧啧啧，一个是才子，一个是俊男，搁你你选谁？"

"我喜欢女的。"

"……"


从那之后，肖洱和聂铠陷入了一种奇异的冷战状态。

事实上，他们也从来没有怎么热络过，不过就是上学一前一后地同行。

可在聂铠看来，那是肖洱默认的，他的陪伴。

如今，肖洱却与杨成恭越来越亲厚，探讨数学题、协助工作、打羽毛球……她从没有在公共场合和他这么亲近过，也从没有用那么温柔的语气跟他说过话。

聂铠觉得自己被抛弃了。

没有过错，却因为另一个人的出现，他就被冷落了。

这种滋味，真是够了。


期末考试如约而至。

2012年的寒假，冷风过境，一夜之间气温跌落冰点。

拿成绩报告单的那一天，天宁高中二年级三班内，气氛同样令人寒毛直竖。

光明顶黑着脸，把班级排名表狠狠拍在桌上。

"这就是你们考出来的？啊？你们自己看看，还能看吗？"

全班鸦雀无声。

这次的考卷是新来的市教育局局长亲自把关编写的，侧重综合素质考察。一向以"死读书、读死书"著称的天宁高中，栽了一个大跟头。

肖洱与杨成恭照例是第一、第二。

肖洱已经久经沙场，从小就参加各类学科竞赛的她，能轻松应对各种类型的试卷。而杨成恭则酷爱阅读，手边永远陪着一本百科全书。

不管怎么改变试卷，重点高中的学生都会满足这样一个定律：优秀的永远优秀，垫底的一直垫底。陈世骐就觉得这次考试跟平时没什么两样。

中游的学生名次却发生了天翻地覆的变化。

聂铠进了年级前二十。

这是史无前例的。

但也能说得通。他从来就不是读死书的学生，基础知识也许不够扎实，但胜在综合素养达标。

光明顶当众表扬了聂铠。

放学后，阮唐嘀嘀咕咕，说真奇怪，聂铠平时年级前一百都够呛，怎么这一次进步这么大。

阮唐排名起伏不大，完全能够交差，看起来心情不错。

肖洱心里隐有奇异的预感，这让她觉得有些烦闷。

"小洱，你最近都没跟聂铠说过话，你们是不是吵架了？"阮唐突然偏头问她，"还有啊，他过生日你都去他家了。怎么你过生日，也没见他有什么表示？"

肖洱的生日是1月2日，恰好在元旦假期内。

其实很多同学都不知道她的生日，更别提送礼物了。可阮唐心思细腻，即便前段时间大家都在紧张地备考，她也注意到了这细微的不同。

肖洱一时不知怎么回答她。

好在对方是阮唐，立刻就自顾自地说了下去："难道，就像书里写的那样，他为了跟你有更多的共同语言，要封闭自己两年，发愤图强，专心学业了？哇，怪不得这次进步这么大。"

阮唐语气里隐有羡慕，但也只有羡慕。

"好浪漫噢，就像小说情节一样。"

肖洱："……"

姑娘，以聂铠的实力，他这次纯属瞎猫碰上死耗子了。

正式放了寒假，沈珺如也就闲了下来。

肖洱往常最喜欢这个时候，母亲每天都在家里，准备丰盛的晚餐，然后一家人会在堪称温馨的氛围下一同用餐。

等到肖长业放年假的时候，他们还会接上姥姥，抽一些时间去短途旅行。

就像所有正常、幸福的家庭一样。

可是今年，白雅洁回来了。肖洱莫名地神经紧张了数日，终于，她不想见到的事情还是发生了。

白雅洁的邀约再一次被她窥见。

肖洱的日记本上又添了一笔。

> 2013年2月4日
> "小铠今年考了个特别好的成绩，我终于能放松一下了。长业，听说璞塘的梅花开得特别好，不知道有没有兴趣一起去赏梅呢。"

肖长业的回复是——

> "没问题，许久不见，甚为想念！不如，十日之后，相约梅林。"

十日之后，情人节？

肖洱轻轻哼了一声，目光里染上不屑与厌恶。

2月9日，除夕。

肖洱一家按照往年惯例，去姥姥家过年。

肖长业是孤儿，沈珺如的父亲也去世得早，肖洱在奶奶辈的亲人只有一个姥姥。她在上小学以前，父母工作繁忙，所以她一直被寄养在姥姥家。

肖洱跟姥姥关系一向亲厚。

姥姥家在小马市城郊，一个精致的小渔村。临着海，有一大片白沙海滩。

尽管肖洱家阳台就能看见大海，可那里常年游客如织，不像姥姥家附近的海滩——清澈、洁净、广阔。

年夜饭后，一家人站在村边，看村里的小孩子举着烟花在海边嬉戏。

沈珺如无不感慨："咱们小洱真是长大了，我记得几年前，她还是玩着烟花棒满世界疯跑的小丫头呢。"

肖长业也追忆道："她小时候真是活泼过了头，那时候还担心是不是多动症。现在好了，多文静淑女。"

"还是咱们教得好啊。"

"不不，教导女儿，你占头功。"

"啧啧，这么谦虚呢？"

"当然！不过，没有我，你也生不出这么好的女儿。"

"女儿还在呢……"

肖洱自然听得见他们俩在身后的"打情骂俏"，胃里一阵不适，转身回屋里去了。

春节联欢晚会刚刚拉开帷幕。

肖洱在姥姥身边找了个舒服的位置坐下，从瓜果盘里拣了几粒花生剥着吃，眼睛虽然落在屏幕中的一团热闹上，思绪却不知飞到了何处。

过了会儿，她拿出手机。

"初五，你有时间出来吗？我知道有一个地方，梅花开得很好看。"

联系人：聂铠

点击发送。

# 第六章
动情是容易的，因为不会太久

大年初五，肖长业以给朋友拜年为由，一早就出了门，沈珺如也和学校的同事有聚会。

临出门前，沈珺如问："小洱今天什么安排？"

"天气不错，和几个同学约了骑自行车去璞塘。"

知道肖洱可以保送之后，沈珺如对她的要求比从前放松了些，却仍旧习惯性地问一句："哪些同学？"

"阮唐、陈世骐还有他们带来的朋友。"

"陈世骐？我见过的吧，你们班垫底的那个同学？"沈珺如微微思索，说，"多在学习上帮帮人家。"

"知道了。"

肖洱确实不止约了聂铠，还有阮唐、陈世骐、柯岳明，并且对陈世骐说，请他多约一些同学，热闹。

陈世骐在电话里听肖洱说出"热闹"二字，有点不敢相信自己的耳朵。什么时候，肖大班长也是一个爱热闹的人了？

不过陈世骐的号召力确实强，在班里振臂一呼，响应者纷纷。最后简直发展成了班级活动，当天早晨按时赶到集合地点的，浩浩荡荡有二三十人。

聂铠来得最迟，阮唐临时缺了席。肖洱给阮唐打电话，才知道她奶奶又一次住进了医院，她必须要去陪着。

"你们好好玩啊，我就不去啦！"

"嗯。有什么事都别着急，跟我商量。"

"知道啦，你快去吧，拜拜！"

天气虽冷，大伙群情激奋。女生们叽叽喳喳的，却都围着梦薇、嘉琦。肖洱一个人孤零零站着，显得形单影只。

按计划，他们骑"城市—郊区"公共自行车，从市中心广场出发。公共自行车数量不多，好在有车后座，可以一个男生搭配一个女生。

陈世骐手比小喇叭，嚷道："咱们两两搭配，自由组合！"

嚷完了，他笑眯眯地等着来自己车后座的女生。

女生队伍里一阵嬉笑，谁都不愿意先选，你推我搡。

最后梦薇被率先推了出来。她踉跄几步，到了聂铠面前。

梦薇脸颊通红，不知是被风吹的还是害羞的。她不敢看聂铠，反倒冲推自己的嘉琦跺脚："哎呀，你们干吗呀？"

"不好意思，这个座位有人了。"聂铠低声说。

梦薇的脸色一僵，不敢相信似的看向聂铠。

就算他对自己没有什么好感，总不至于在这么多人面前叫自己下不来台吧。

"我能搭你的车吗？"

这时候，肖洱的声音悠悠传来。

"嗯……好，好吧。"

聂铠目光一凛，偏头看去，只见柯岳明的车前站着肖洱。

他面色微沉，捏在刹车上的手紧了紧。

"上车。"

这话，是聂铠对梦薇说的。

有人做了表率，很快大家都完成了"配对"。

可惜阮唐没来，人数刚巧又是单数。

于是，备受打击的陈世骐愤愤不平地一个人跨上车。

"嗷嗷嗷，为什么受伤的总是我？"

情人节的街道，是玫瑰味的。

十多辆自行车在城市的自行车道上成行驶过。

"好开心呀！我们唱歌吧！"嘉琦提议。

"唱什么？"陈世骐附和道。

"《旅行的意义》？"

"我不会唱啊。"

"找一个大家都会的！"

"那就唱《还珠格格》的《当》好了，谁都会。"

"这个好这个好！"

"当山峰没有棱角的时候……预备起！"

聂铠骑得最快，飚在最前头。梦薇的手紧抓着他的衣服，不敢再逾越一步。她知道这个座位是他留给谁的，也知道是肖洱给了自己一个台阶下。

可是，聂铠怎么会看得上她？

"班长，你坐稳点。我刚学会骑车时间不长……"

柯岳明哆哆嗦嗦的声音在风中飘荡。

"嗯，我感觉到了。"

肖洱抓着车座，保持警惕，随时准备跳车。

"班长，你别和小铠吵架了，他最近打球都不在状态。"

柯岳明车技欠佳，很快就落到了最后，趁着人少，柯岳明劝道。

肖洱没搭话。

"小铠他人真不错，我们跟他走得近，太清楚了。特仗义，会玩音乐，还帅，我要是女的吧，我都……不过我要是女的他也看不上我。那什么，我的意思是，你们俩简直就是绝配啊。"

肖洱还是没搭话。

柯岳明急了，使劲偏头，说："班长，你给个痛快话吧，你对小铠到底有没有意思？"

肖洱淡淡地瞥了他一眼。

柯岳明心里一个寒战，被她看得直发毛，声音也抖了抖："要是喜欢，你就点点头，要是不喜欢，就摇头。点头yes摇头no，行不？"

肖洱说："看前面，你要撞树上了。"

"啊啊啊啊啊！"

好在柯岳明及时扭转车头，逃过一劫。

肖洱在他身后轻声道："技术不好就专心骑，别想其他的了。"

柯岳明不再问话。

肖洱的目光却飘远了，落在最前头的那辆车上。

洋溢着欢快的歌声破风而来。

> "让我们红尘做伴活得潇潇洒洒/策马奔腾共享人世繁华/对酒当歌唱出心中喜悦/轰轰烈烈把握青春年华……"

经过两个小时的骑行，一行人终于抵达了目的地——璞塘梅林。

璞清湖是璞塘的十绝之最，色泽如同璞玉一般的清澈长湖，可泛舟、垂钓、赏花、戏水，深受当地市民喜爱。

而那片梅林就在璞清湖边。

天气是真不错，没有雨雪造成的泥泞，冬阳更是让人觉得舒适。空气干燥温暖，弥漫着梅花香。

"好美啊！"

映入眼帘的是成片的白梅，苍古清秀，姿态优雅，暗香浮动。大家一时都有些呆，只顾着眼前美景。

"路尽隐香处，翩然雪海间！"

吟诗的是梦薇，她一见到眼前美景，忍不住几步跑上前，在树下转圈，笑得眉眼俱弯。

"嘉琦，你还记得《天外飞仙》里面的香雪海吗？"

梦薇的五官，长得有些像女明星韩雪。她这么一问，立刻引来了男生们的起哄。

"梦薇，你跟她特别像！真的！"

"我觉得你更好看！"

她享受着大家的赞美，颇为自得，余光不自觉瞥向聂铠所在的地方，却没料到扑了个空。

人呢？

聂铠是在一转眼发现肖洱不见了之后，离开大部队的。

肖洱在璞塘入口处的停车场看见了父亲的车，所以一到目的地，立刻跟柯岳明说自己去上厕所，转身离开了。

梅林不大，除了被同学们占据的位置，最佳观赏点就是梅林深处的信公石。

肖洱沿着小路，往里走去。没走几步，就听见父亲的声音从信公石的方向传来。

肖洱停住脚步，她在心里静静盘算。

只要她设计让聂铠过去，"无意"中发现这一切，白雅洁就再也没有脸出现在父亲面前了。

还没有开过家长会，没有同学认识白雅洁。而肖长业，除了阮唐，也没有人认识。

所以，只要肖洱不出面，就算被其他同学发现，也没有关系。

肖洱深深吸气，在心里一遍一遍重复每一个细节。

聂铠不知道肖长业就是她的父亲，白雅洁就算再蠢，也不至于告诉他肖长业是谁。

肖长业从没给自己开过家长会，连自己在几班都不清楚，也没有过问过。白雅洁跟他碍于"道德感"，也不常聊起聂铠和自己——所以他们应该不知道自己和聂铠是同班同学。

思及此，已经没有回头的余地了。

肖洱的额角沁出一点薄汗，转身往回走，一边打着腹稿——一会儿回去，该怎么告诉聂铠，让他去信公石呢？

谁知一转身，却看见聂铠站在自己身后。

梅林深处，是肖长业侃侃而谈的声音，隐隐传出。

肖洱的心，突然凝固了。

在她预计的所有可能里，没有这一点。

如果肖长业和白雅洁看见自己和聂铠同时出现，那会怎么样？

肖洱没有设想过。

她突然觉得心慌了。

"你在这里做什——"

聂铠话音未落，突然一个清亮的女声从不远处传来。

"聂铠——你在哪里呀？"

这是梦薇的声音。

肖洱确定，这么大的声音，梅林里头一定听得一清二楚。因为就在聂铠的名字响起的一刹那，肖长业的声音消失了。

肖洱心中的弦，猝然断裂。

功亏一篑！

眼见聂铠想要回应梦薇，肖洱心头一紧，上前一步捂住他的嘴巴。紧接着，手臂将他一挽，往远离梦薇与信公石的另一处跑去。

肖洱的动作太快，聂铠猝不及防，只知道她是想躲梦薇，完全没有想到她是为了避开梅林里约会的人。

他们俩步伐大小不一致，肖洱又在不断地思考当前处境，很快就出了问题。

也不知是谁踩了谁的脚，伴随一声低低的轻呼，两人一同往地上栽去。

聂铠眼疾手快，长臂一捞，愣是在倒地前将她按在怀里。自己则横在下头，做了敦实的肉垫。

倒下的时候，他撞到了树，震落半树梅花瓣。洋洋洒洒、铺天盖地而来，落在两人的身上、头发上。

经历了方才那一场谁都不知道的心理斗争，肖洱心如擂鼓，甫一抬头，目色微乱，直直撞进聂铠的眼中。他眼角粘着花瓣，偏生出了笑意，手枕着头，觑着怀里的她。

"肖洱，承认吧。你是不是，也不喜欢我和梦薇有牵扯？"

肖洱想从他身上站起来，却被轻而易举地扯回去。

"回答我，是不是？不然你为什么不高兴，为什么不想让梦薇找到我？"

聂铠已经给了这么一个台阶，肖洱知道自己应该顺着下。

可不知怎么，她突然说不出话来。

因为这个千载难逢的好机会失之交臂，也因为刚才情绪波动得太快，有些难以快速平复。

肖洱担心自己一旦开口，会说出不该说的话来。

索性别过头去，眼睛却熬红了。

"肖洱？"

聂铠看见她的表情，一时急了，连忙把她扶起来。

"摔疼了？还是我说了什么话让你不高兴了？你，你不要哭……你一哭，我心里特别难受，比打我还难受。"

肖洱自我缓解了好一会儿，才隐去眼中那抹红。

她时常觉得自己眼角那颗泪痣长得不妥，明明很多时候，她心中毫无泪意，身体的反应却教她苦恼至极。

她淡声说："回去吧。"

"我不走。"少年一见她恢复了那冷淡的语气，低声抗拒，是耍赖的语气，"你这么长时间都不理我，明明这次是你主动约的我，却还……"

"你刚刚说的，我承认，行吗？"

肖洱截住他的话头。

"真的？！"

少年面部表情变化丰富，刚才还是委屈低迷，现在却扬眉而笑。

肖洱无奈："走不走？"

"那你拉我。"聂铠伸手。

得寸进尺吗？肖洱抱着胳膊，脸上写着：你爱起不起。

聂铠指指后背，花式撒娇："我刚刚撞着树了，站不起来。"

肖洱道："是吗？我看看是撞断了骨头还是……"

她本来只是唬他，等真的拉开他的外套，却看见他脖子后面一路延伸至背心的一大片擦伤。

他护着她，以整个后背承力，撞得不轻。她不出声了，倒真是拉他起来。

聂铠赚足了关心，一路都乐颠颠的。

"唉，你刚刚跑那儿去做什么？"

"找洗手间，迷路了。"

"进梅林之前，在一个停车场附近我看见一个洗手间，我陪你去。"

"不用了，先送你回去。"

肖洱不确定肖长业他们是不是已经走了，这时候去停车场附近，太危险了。

"怎么，心疼我？"

肖洱幽幽地看他一眼，定定地说："嗯，心疼你。"

聂铠面上一红，反倒说不出话来了。

肖洱在心里说：遇见不要脸的，果然要更不要脸。

半路碰上梦薇，她看见肖洱和聂铠，眼珠子都快要瞪出来了。最后却还是挤出个笑来，她强行打趣："你们……是不是有情况啊。"

聂铠想起方才两人的对话，认为势必要给足肖洱安全感，和梦薇划清界限。他立刻变被扶为搂，揽过肖洱的肩，还笑眯眯地对梦薇说："不要告诉别人。"

肖洱没有躲开。

梦薇的脸色变得难看极了。

他们三人一起回到大部队中。

大家伙已经把自行车锁在一边，铺开巨大的野餐布，围成一个大圈坐在四周。再把各自书包里的零食、饮料、扑克哗啦啦全都倒在中间。

有的在吃，有的在玩，有的在梅林间拍照，没有人注意到他们。或者注意到了，也没有想太多。或者想到了，也没有出言点破。

这么多人凑在一起，难免要想些集体游戏。

真心话大冒险？太俗气。

斗地主玩扑克？太局限。

捉迷藏躲猫猫？太幼稚。

"不如玩狼人杀吧。这个游戏现在在网上很火的。"陈世骐提议道。

2013年年初，"杀人游戏"还不像后几年那么普遍，懂详细规则的人不多，只有像陈世骐这种精于玩乐的人才会津津乐道至此。

"听上去不错。"嘉琦说，"介绍一下规则吧！"

陈世骐兴致勃勃地掏出一副扑克："我没带专业桌游来，就用扑克代替好了。我们现在一共有……二十七个人！哇，这么多人玩起来简直烧脑啊。好吧，现在我们来规定一下，所有拿到红桃的是平民……"

因为人数众多，所以角色复杂。具有"杀人"能力的反派角色是七名狼人，正派角色则有：十三名一般村民、一名先知、一名猎人、一名爱神、一名小女孩、一名村长、一名小偷、一名女巫。

每一个身份都代表着不同的职能，狼人的目标是让狼人及村民的数目相等。村民的目标则是宁枉勿纵，必须把所有狼人吊死。

清楚规则后，游戏正式开始。

陈世骐是主持人，负责分发扑克。

每个人都看见了自己的身份，并将扑克反扣在地上。

肖洱与聂铠紧邻而坐，谁也没有半点异常反应。

倒是柯岳明，看了手中牌后，突然嘿嘿一笑。

"柯基你笑什么？你是不是狼人啊？"嘉琦脱口道。

"我笑怎么了？我不笑难道哭啊。再说我长得这么憨厚老实，一看就是好人。倒是你，干吗反应这么快？有情况噢。"

"我才不是坏人，你少血口喷人。不信，梦薇你给我做证。"

梦薇轻笑，非常自然无辜："我没看到噢。"

"好了好了好了，游戏开始！大家保持秩序，现在还不是互掐的时候。我们现在要选出一位村长！"陈世骐出来控场。

"甭选啦，就班长好了。"

大家一致同意。

"班长，你是不是狼人呀？"柯岳明问，"你要是狼人，又当上村长我们可危险了。"

肖洱静静看着他："你猜呢？"

他猜不着，谁也猜不着。

"好了，既然没人反对，那就肖洱担任村长。村长有双倍投票的功能，如果这个角色被杀或者被投死，他必须临死前指定继任者。咳咳！天要黑了！"

大家都安静下来。

"天黑请闭眼。"

所有人都合上双眼。

陈世骐压低声音，娓娓道来。

"在许多年后，杜斯特伍德的村民也不能忘记那一天。那是一个深夜，狼人们从森林深处回到村中，随之而来的是一声声冰冷的号叫，从邻村的茂密森林中夜夜响起……"

"第一夜，狼人们开始了他们的屠杀。狼人请睁眼——"

嘉琦睁开眼睛。

与此同时，其他六位拿到黑桃扑克的人也一起睁开了眼。

他们相视而笑，开始选择目标。

"狼人请闭眼。女巫请睁眼。"

梦薇睁开眼。

"女巫，你有一瓶毒药与一瓶解药，今天晚上他（她）死了，你要救他（她）吗？"

梦薇摇了摇手指。

"你有一瓶毒药，你要毒死谁吗？"

再次摇手指。

"女巫请闭眼。爱神请睁眼。"

柯岳明睁开眼。

"你将选定一对爱侣，请将他们指出。"

他微微一笑，偷偷指了聂铠与肖洱。

"被我碰到肩膀的人，请睁开眼，看向你的爱侣。"

肖洱与聂铠睁眼。

柯岳明得意地冲聂铠挑眉。

"爱神与两位爱侣请闭眼。先知请睁眼……"

第一轮结束。天亮了。

柯岳明被杀了。

"什么？！为什么是我？"柯岳明不敢相信将近二十个好人，自己竟是第一个死掉的。

他欲哭无泪。

"这位死者，你有一句遗言，请说。"

"死都死了，还什么遗言啊！"

"好的，下面从我的右手边开始，每个人说一句辩白。"

柯岳明急了："等会儿！我有遗言！我有！是嘉琦，肯定是她杀的我！"

嘉琦道："喂，你凭什么说是我？"

"肃静！柯基你已经挂了，请去太平间躺着。"

陈世骐把他强行带走，安置在三米外的一棵树边。

"现在开始陈述。"

每个人都要辩白自己，并尝试说服别人。

游戏刚开始，前几个人都没有有力的怀疑对象，只能力证自己是清白的。

轮到嘉琦了："柯岳明陷害我，我没什么好说的。你们会明白谁是好人的，我只说一句，狼人睁眼的时候，我感觉我的左边有动静。"

她的左边坐着珊珊和陈青。

珊珊："反正不是我，我也觉得左边有风声。"

陈青："我是好人！我发誓我是好人！"

聂铠："陈青，你别激动啊。"

陈青："我没激动！我其实是小女孩，而且我知道谁是狼人，我看见了两个。"

小女孩这个角色在狼人杀人的时候可以眯眼偷看，只要不被发现并杀死。

陈青此话一出，大家都不由得看向了她。

聂铠问："噢？那你说，谁是狼人。"

肖洱淡淡发话："陈青，小女孩是不会承认自己是小女孩的。"

平地惊雷。

众人恍然，对啊，小女孩要是自己先承认了，那岂不是明白地告诉狼人下一次快来杀自己吗？

陈青脸色一变，慌了："可我真的是小女孩！我是好人。"

众人都用考度的目光审视她。

陈世骐："你的陈述到此为止，下一个。"

聂铠："谁是狼人我不清楚，不过我知道谁是我的另一半。"

暗示，强烈地暗示众人自己是被爱神选中的其中一个，非常聪明且安全的回答。

虽然他这句话不能排除自己是狼人的嫌疑，但被爱神选中这一点，已经能让他逃过最初这一轮的投票。

肖洱："我是全场唯一知道聂铠的话是真是假的人。"

明哲保身的回答，无功无过。

反正目前大家的视线都聚焦在陈青、嘉琦身上，她不需要急于跳出来。

全部陈述过后，投票开始。

参考死者的遗言和陈青"出错"的陈述，她和嘉琦成了得票最高的两位。

最后陈青以三票之差，被众人投死。

"我是冤枉的！"陈青叫怨，临终也拖别人下水，"就是嘉琦！我真的不是狼人，你们会后悔的。"

"陈青是冤死的，游戏继续。"

当然，不论她是好角色还是坏角色，游戏都会继续进行。

第二轮很快开始。

奇怪的是，这一轮结束后，没有人死去。

只有一种解释。

女巫救了人。

女巫是谁？她救了谁？

这一轮的投票，嘉琦很快被推到风口浪尖。

村长肖洱说："线索太少，我还不能做出推理。但保险起见，陈青说是你，柯岳明也说是你，我觉得先让你离场是最好的选择。"

"村长说的有道理，我也投她。"

"我也是。"

梦薇突然开口："可我觉得村长也很可疑啊，她这么冷静。"

"啊？咱们班长不是一直都这样的吗？且看吧，假如嘉琦是冤死的，下一轮无论如何都要换一个村长。"

"也对，咱们别急。"

梦薇："我保留意见。"

珊珊："你不能因为跟嘉琦关系好就包庇她，还是……你根本跟她也是一伙的？"

梦薇："我实话实说而已。"

最后嘉琦被高票投死。

"嘉琦是狼人，游戏继续。"

众人看向梦薇的表情都微妙起来。

梦薇坐立不安，说："我是不是跳进黄河也洗不清了？但是我发誓我是清白的！"

肖洱静静地打量她，说："我觉得你不是狼人，相反的，我现在猜测你是女巫。"

梦薇一惊，看向肖洱淡静的目光。

"你怎么知道？"

"我不知道，但现在，可能知道了。"

她们这一席话给了众人极其强烈的心理暗示。肖洱在为梦薇开脱，不外乎两个原因：

一，她们都是狼人。

二，她们都是好人。

而肖洱刚刚带头投死了嘉琦，那么二的可能性目前来看稍大一些。

游戏在更加紧张的气氛中继续进行。

连续四轮又过去了。

狼人又杀死了四个好人，女巫动用毒药杀死了两个人，但没有人知道那两人的身份。大家投票冤死了三个好人，吊死了一个狼人。

所以五轮下来，场面上还剩下十三人。

"啊，我好紧张！谁能透露一下到底还剩下几个狼人？！我好乱！"

陈世骐一直纵观全场，平静的表情还没有破裂，倒是"太平间"

那几个看清真相的死人，一个赛一个地号叫起来。

柯岳明："我的天呢！天呢！"

嘉琦："我整个人都不好了，我想尖叫！"

场上的人面面相觑。聂铠心中隐有猜测，目前应该还有四个狼人，七个村民。他能猜出其中两个，其他的还要再看。

"村长，你是我们的精神领袖！每次你不说话，我们总会投错，你一带头我们就能找出狼人！这一次我们都听你的！"

肖洱轻飘飘看过去："你怎么不怀疑我？"

"村长！你不要吓我！"

肖洱轻笑："怀疑我也是正常的，我投死了狼人，他们却没有报复我。"

梦薇一直默默注视着肖洱的表情。

她心中其实早已疑窦大起，肖洱说出的正是她所怀疑的。

假如肖洱是狼人，为了获得村民的信任，才故意带头投死了本来就备受怀疑的嘉琦呢？

可是……如果没有猜错，肖洱和聂铠是被爱神选中的人。

假如她死了，聂铠也会死，到底该不该用毒药毒死她呢？


第七轮开始。

"狼人请杀人。"

"太平间"传来淡淡的抽气声。

发生了什么？谁死了？闭着眼的人心都悬了起来。

"女巫请睁眼。"

梦薇睁开眼。

陈世骐指着肖洱，说："女巫，你有一瓶毒药与一瓶解药，今天晚上他（她）死了，你要救他（她）吗？"

肖洱被杀了？梦薇心中一紧。

她理应救肖洱。且不说她是无辜的，如果她不救肖洱，聂铠就会随她一同死去。

梦薇心中怀着守护聂铠的绝望心情，即便对肖洱颇有微词，在这个时候，也不能袖手旁观。

她轻轻点头，同意用解药解救肖洱。可是她心中很乱，因为她突然想到一种可能——假如，聂铠和肖洱都是狼人呢？

那么自己做的这一切，就像个笑话。

"你有一瓶毒药，你要毒死谁吗？"

梦薇摇头。

"天亮了。这一轮，没有人死去。下面开始陈述。"

陈世骐的声音有些颤抖。

聂铠："你们不能投死我，虽然我死的话，起码能拉一个狼人同归于尽。可是……"他看了一眼肖洱，"那样损失会更大。"

这句话信息含量丰富。

肖洱听懂了。

聂铠是猎人。他死的话，可以选择和任意一个人同归于尽。可他同时与她相连，他死后，肖洱也会死。

一尸三命，如今村民很大的可能是处于劣势，这不一定合算。

肖洱："我一直都很清楚自己没有死的原因。"

这句话，令聂铠眼中一亮。

轮到梦薇了，她说："我刚刚救了村长。"

不论如何，这一轮，梦薇是想和肖洱牢牢绑在一起了。

信则全信，不信则全部毁灭。

陈述完毕，投票开始。

这一次，所有人都把目光放在了肖洱身上。

肖洱说："我投给珊珊。"

"为什么是我？！"

聂铠微微皱眉，觉得有些不对劲，他看着肖洱："为什么？"

在他看来，珊珊毫无疑问是普通村民。

"游戏进行到这里，我基本已经清楚每个人的身份了。"肖洱说，"记得吗？珊珊曾说，梦薇包庇嘉琦。可我相信我推测出的梦薇的身份，所以我认为珊珊有嫌疑。当然也只是有嫌疑，我无法断定。"

"我站村长这边。"聂铠沉默，他慢慢抬手，指着梦薇，"我觉得是她。"

梦薇的心狠狠一坠，她难以置信看着聂铠："怎么会是我？"

"我相信珊珊是清白的。"他说，"梦薇如果你是女巫，为什么狼人不对你下手？要知道女巫这个角色有毒药，对狼人的威胁很大，而且她的解药会给狼人造成困扰。第二轮以后，肖洱就猜你是女巫，如果狼人相信了，那么他们会想尽方法杀死你。"

梦薇争辩："可是女巫有解药，她能自救。"

"可是紧接着的那一轮死了人啊，而且……女巫用毒药杀了人。说明你没有被狼人怀疑，狼人为什么不怀疑你？"

梦薇美目大睁，几乎快哭了："聂铠，你会后悔的。"

肖洱目色沉沉，望着聂铠："我仍然相信梦薇，并坚持自己的看法，把两票都投给珊珊。"

梦薇抓到救命稻草，略带感激地看了一眼肖洱，说："我也投珊珊。"

有了聂铠推理的这个插曲，大家有些摇摆。

最后八票珊珊，六票梦薇。

陈世骐长长地出了口气，他的声音颤得更剧烈："想听结果吗？"

珊珊死，游戏继续呗。

"珊珊被冤死，游戏结束，狼人获胜！"

什么？

聂铠睁大眼睛，梦薇也呆呆地张开小嘴，却没发出半点声音。

"班长！从今以后我唯你命是从，你说往东我绝不往西！"一直观战的柯岳明激动极了。

陈世骐扶额："肖大班长，你的脑子是怎么长的？聂铠你最后那一番话说得我都想踹你了！"

当局者仍是一头雾水。

"肖洱是狼人啊。"

"不可能，最后一轮是我救了她——"梦薇突然呆住，不可置信地看向肖洱，"她——自己杀了自己？"

不只是这么简单，肖洱从头到尾都清醒冷静，尽可能快地除去特殊身份之人，尽可能小地把狼人损失降到最低，尽可能大地利用必须牺牲的狼人来降低自己和其他狼人的可疑度。

她像一个隐形的调度，在眼锋变幻间，排兵布阵。

聂铠倒不像梦薇那样觉得遭到背叛，而是谨慎思索着每一个细节，他问："所以最后一轮，你无论如何都要杀死一个普通村民才能获胜，于是你找上了珊珊。"

肖洱道："是这样。"

"你牺牲嘉琦，是为了保住自己？"

"她那个时候已经岌岌可危，剩余价值要最大化。"

"为什么不杀我和梦薇？"

"原因有很多。首先我们需要除掉威胁最大的先知和小女孩，托你们的福，第一轮，小女孩陈青就被投死了。本来我以为你是先知，打算第二轮杀你，跟你同归于尽。可是你被女巫救了，并且我们没有遭到你的确切怀疑。这让我重新考虑起你的身份，也初步锁定了女巫的身份。确定你是猎人后，杀你变得毫无必要。"

"所以，第三轮你们杀掉了真正的先知。"

"是这样。后面那几轮大家都很混乱，狼人明哲保身，尽量减少死亡。好在，那时候你们都很信我，并且我有两票的决定权……"

陈世骐问："为什么不杀梦薇？仔细想想，要不是我是局外人，我也会觉得聂铠最后说的其实没错，女巫不应该能在你手里留到最后的。"

肖洱嘴角浮起一个淡淡的笑："村长身份敏感，安然无恙地活到最后，太可疑了。可如果是女巫救的呢，就会好解释很多。"

还有一个重要的原因——经过第二轮的试探，肖洱确信，女巫不愿意让聂铠死去。那么，她就一定会救自己。

这时候，能跟上肖洱思路的人已经寥寥无几。

目瞪口呆的众人看向肖洱的目光，就只剩下一种思想感情。

可怕。

太可怕了。

陈世骐向聂铠投去了同情的目光。

聂铠看起来却没有丝毫惊讶，仿佛他早已知道肖洱令人头皮发麻的心机和理智。他只是思索，然后发问："可还是有漏洞，假如……"

"世上哪有天衣无缝呢，算计得再好，也还要靠天时地利啊。"肖洱淡淡答道。

就像这一次，她就这么眼睁睁看着白雅洁和肖长业在自己眼皮子底下，离开了。

并且，很有可能已经打草惊蛇。

他们以后会偃旗息鼓还是更隐蔽呢？

肖洱已经不再抱希望于肖长业会收敛。

聂铠望着肖洱。她看起来仍是柔弱安静，小小的身体里却蕴藏着令人心惊的能量。极具智慧的，能让人深陷其中的，巨大能量。

他的心不再安宁。

早已不再安宁。

梦薇很难过。最后聂铠指着她说出那些怀疑的话，令她深感绝望。大家还在玩，肖洱借口去洗手间离开了。她立刻尾随而去。

肖洱很快就发现身后跟着的梦薇。她静静转身，看着梦薇。

"你有什么想跟我说的吗？"

梦薇不知怎么开口。

怎么问她？难道问聂铠看上她什么？

她的骄傲不允许。

梦薇沉默片刻，问她："刚刚玩游戏的时候，你一直没有对付我，就没有想过我会怀疑你，用毒药毒死你吗？"

"你不会。"

"为什么？"

"我一早透露过自己跟聂铠是被爱神选中的。你很清楚，我死，聂铠死。就算怀疑，你也不会轻易对我下手。"

梦薇只觉得自己在她的目光下无所遁形，她心惊得几乎窒息：

"肖洱，你这么喜欢算计人心，不怕聂铠觉得你用心险恶吗？"

"梦薇，你真是不懂他。"她轻笑，"聂铠，从来不是甘于规规矩矩走大路的人。"

梦薇蹙眉，她没明白。

"你有没有听过一个词？"

肖洱的声音轻软，这是梦薇认识她以来，听见的最温柔的语气。

"什么？"她不想去问，可下意识脱口道。

"饮鸩止渴。"

梦薇震惊当场。

饮鸩止渴。

即便她是一杯毒酒，即便她浑身带刺，即便她是一片深渊。

又如何呢。

只有她能吸引聂铠，只有她能让聂铠获得某种意义上的，平静与疯狂。

回去的时候，梦薇怎么也不肯坐聂铠的车——那是肖洱的座位。

不知怎么，梦薇竟有一些惧怕肖洱。她明明只是一个不起眼的女孩子，除了成绩好，讨老师喜欢，似乎没有什么出彩的地方。可现在，她觉得肖洱深不可测。与此同时，她隐隐生出一些担心来。

聂铠对肖洱的心，谁都看得出来。可是，肖洱呢？

"你今天高兴吗？"

回程的路上，聂铠照例飞驰在最前头，他问后座的肖洱。

"为什么而高兴？"

"你赢了那么漂亮的一局，没有成就感？"

冷风猎猎，肖洱半长不短的头发在风中飞舞。

"还好。"

确实还好，因为对手是他们。陈青等人出错太明显，几个重要的特殊角色太容易推理出，这让整个游戏的难度大大降低。

"可是我很高兴！"

肖洱微诧："为什么？"

他没直接回答，半晌，却突然说："肖洱，下次我过生日，还能一起出去玩吗？只有我们两个。"

聂铠后背宽阔，为她挡住寒风，肖洱待在他身后那一隅的安息所里，静默无声。

聂铠为自己的唐突而懊恼，冷不丁听见身后的女孩子开口说出一句话。

他猛地刹车！

一只脚踏在地上，聂铠回头紧盯着肖洱。

他发梢凌乱，目光灼热，里头像流淌着岩浆。

"肖洱，我没听清，你说什么？"

他的声音烫人。

肖洱端坐在他的后座上，安静地看着他，然后重复自己的话。

"好啊。"

乌云被撕开缺口，阳光穿透云层，天使扑棱着翅膀，鸟语花香。

肖洱清楚地看见聂铠眼里丰富多彩的情绪。

是的，多彩。

一层一层涌上来，不加掩饰。

红是快乐、白是踌躇、黄是兴奋、青是忐忑、黑是难以置信……诸如此类。

一个人，怎么能在同一时刻，拥有这么多的情绪呢。

他知不知道，现在他的脸，就像一只调色盘?

肖洱开始明白，一些艺术家为什么会在人脸上运用那么多色块来表达情感。

她似乎，看见活体的了。

# 第七章
笔下画不完的圆，眉头结不开的结

这个假期注定不太平。

外出郊游回来后，第二天夜里，肖洱接到阮唐的"求救"电话。

阮唐奶奶的病情恶化，连夜被推进了手术室。她妈妈连日操劳，因为贫血，昏倒在手术室外。

"我实在是没有办法了，小洱，我该怎么办呀？"

姑娘绝望的语气着实叫人心疼，肖洱跳下床，披上衣服说："我马上就过去。"

这个点，父母早已睡下。

肖洱带上自己的银行卡，换了鞋，悄无声息地出了家门。

其实说到底，问题的根源不过是没有钱。肖洱将银行卡给阮唐，阮唐没有拒绝，头埋得更深了。肖洱无从安慰她，只能陪她去吃一点东西。

阮唐摇头，说吃不下。

"你不吃，也给阿姨买一点回来，她贫血，我们去附近的夜宵店买点益气补血的粥。"

阮唐这才首肯。

好在手术没出岔子，肖洱陪阮唐在医院长廊枯坐到凌晨4点半，老人家才被推出来。

"谢谢你陪我，肖洱，钱我一定会尽快……"

"打住。这件事我们已经讨论过了。"肖洱说，"先想眼前事，先看眼前人。"

肖洱从医院离开的时候，天还是阴沉沉的。

路灯披着霜，萧索地放着光。

肖洱在过马路的时候，突然就想起圣诞夜。她笼着衣袖，从口袋里摸出手机，号码拨出去，响到第五声才有迷迷糊糊的应答声。

"喂？"

"聂铠。"

声音精神了。

"肖洱，这么早？你在哪里？"

"你怎么知道我不在家。"

"我听见风声了。"

肖洱也在同时听见他穿衣服的窸窣声。

"我在医院外面，阮唐奶奶的病情恶化了。"

"你找个暖和的地方等我。五分钟，不，我三分钟就到！"

深冬的凌晨，天地清冷得像天然冰柜，寒气溇溇。

呵气成雾，肖洱却觉得手心滚烫。说不清是因为手机，还是聂铠。

肖洱等了几十秒红灯，刚走过人行道不一会儿，迎面就大步跑过来一个少年。

嗯，两分十八秒。

聂铠跑得急，猛地停下来，咳了两声。他上下看她："不是让你找个地方等吗？冷不冷，你就穿这么点？"

肖洱陈述："保暖衣一套、两件毛衣、一件羽绒服，你猜我冷不冷？"

聂铠摸摸自己红红的鼻尖："你太瘦了，看着跟没穿似的。"

肖洱："……"

这么早，两人只能去24小时不打烊的便利店里小坐。两人买了点关东煮，坐在店内设立的小吧台凳上，肖洱简单跟他说了阮唐的情况。

"钱还不够？"

"不够。"肖洱摇头，"现有的钱就算不是杯水车薪，也少得可怜。"

"我这里有一些，你拿给她吧。以你的名义，别说我借的。"

肖洱没料到聂铠在这事上不仅热心，考虑得还周到。肖洱知道聂铠的家境，她没拒绝："不过，唐唐要过些年才能还上。你这笔钱……"

"我不急，反正是小时候的压岁钱，放着也是放着。"

和她一样。

"那我替她先谢谢你。"

"谢就不用了。肖洱，你这么一大早把我叫醒，总不会就是为了谢我吧？"聂铠偏头看她。

"那你想怎么样？"

"既然都出来了，今天就在外面玩吧。"聂铠说。

肖洱说："我们两个，玩什么？"

"什么都行。看电影逛街吃饭，你们女孩子不都挺喜欢的吗？"

肖洱抬头看他："你对我们女孩子挺了解的。"

聂铠被她看得浑身不自在，解释道："是哈士奇说的。"

肖洱说："我不喜欢看电影逛街吃饭。"

"……"聂铠问，"那，你喜欢做什么？"

肖洱说："找个地方打球吧。"

什么？聂铠瞪着眼睛看肖洱："找个地方打球是什么意思？"

肖洱说："字面意思。我想学打篮球，你不愿意教我？"

太愿意了！

聂铠嘴角几乎咧到耳朵根了："我一会儿就回去拿球！我们去二中球场。"

聂铠知道肖洱不愿意被人看到自己和他单独在一起，所以绝对不能去天宁高中的球场打球。

7点多，肖洱给沈珺如打了电话，说自己出门找同学玩去了。

沈珺如挺惊讶，往年肖洱不常和同学聚会的。不过细细一想也理解了，这孩子大概是一直专心学业，弦绷得太紧。现在能够保送，才慢慢放松下来了。

反正是过年，放松就放松吧。

"注意安全啊，早点回家。"

沈珺如破天荒地没有问东问西，肖洱准备的那一套说辞都没了用武之地。

她收起手机，站在聂铠家楼下等他。

这时候距离聂铠进去取篮球已经过去十几分钟了——时间有点久啊。

肖洱注意到楼前停车坪停着一辆车，车牌是"京"字打头。

北京的车？

她记得，聂秋同的主公司好像就在北京。难道，聂秋同回来了？

肖洱犹自思忖的时候，楼上传来巨大的摔门声。很快，聂铠背着双肩包，单手抓着篮球下来了。

他气息不匀，脸色也不好看。

肖洱没有立刻询问，默不作声地和他一同离开，两人一路无话。

二中篮球场是全市最大的篮球场，且全年对外开放，很多年轻人喜欢来这里打球。肖洱和聂铠去的时候，只剩下半边球场能用，不过也够了。

基本的运球和投球动作体育课老师都讲过，聂铠主要教她三步上篮。

聂铠介绍九字真言给她："一大步、二小步、三高跳。"

他一边说着，一边娴熟地运球。

聂铠今天穿了一条白运动裤，运动鞋也刷得干净洁白，因为运动脱去了黑色外套，露出里头的白色线衫。

他长胳膊长腿，又穿了一身雪白，在球场上分外扎眼。

"看好了，一大步——"

他右脚向前跨出一大步，同时接住球。

"二小步——"

紧接着，左脚跨出一小步并用力蹬地。

"三高跳！"

他右腿屈膝上抬，同时举球至头右侧上方，腾空高跳。当身体接近最高点时，修长有力的右臂向上方伸出。手腕前屈，食、中指用力拨球，通过指端将球投出。

漂亮的弧线，完美的空心球，与此同时，他的两脚落地。

"哗——好帅！"

这时，肖洱听见篮球场外有人在啧啧感叹。

聂铠捡了球，扔给肖洱："试试。"

他看起来心情好一些了，只是眉宇间仍有散不去的阴郁。

肖洱接过球，不甚熟练地拍了几下，照着聂铠刚刚教的步骤，在心里默默念口诀。可脑子转得比动作快十几倍，口诀念了无数遍，动作就是迟迟跟不上。最后没办法了，也不管规不规范，先蹦起来把球丢出去再说。

然后，只见肖大班长一溜小跑到篮球架下，奋力押腿一蹦，高举手臂猛地一扔——聂铠的篮球顺利地从篮球架上头飞跃过去，落到球场外的灌木丛中，完成了一次完美的三不沾。

聂铠目瞪口呆。

两秒钟之后，他突然爆发出惊天动地的笑声，捶胸顿足、前仰后合。

嘲笑。

肖洱阴恻恻地眯了眯眼，拳头攥了又攥。

最后，她老实地走过去捡球，慢慢走回来，把球递到他面前："再示范一遍。"

聂铠示范了三遍。

肖洱确信自己已经把他的动作完全印刻在脑中了。可她连投三次，最好的成绩是那颗篮球带出的风终于撩动了球筐下的网绳。

聂铠已经笑得不能自已，蹲在地上仰头看她，一边擦笑出的泪花一边说："肖洱，你怎么这么笨呀？"

肖洱的眉梢一跳。

聂铠的动作、扮相太过招摇，篮球场外远远地围了几个女生，冲他们指指点点。

事不关己，肖洱丝毫不受影响，默默地坚持练习。

屡败屡战，屡战屡败。

啧啧，肖洱也不是万能的啊。聂铠心情渐渐开朗，倒不是因为肖洱的笨拙，而是她的认真和坦荡。

肖洱练了将近一个小时。

快9点钟的时候，她已经能完整地还原出全部动作，并且在运气非常好的时候，球在球筐上滴溜溜转几圈，能滚进洞中。

肖洱的脸红扑扑的，满意地笑了。

"开心了？"

聂铠给她递过水去，还有湿巾。肖洱诧异，发现这些东西都是聂铠从背包里拿出来的。

两人站在球架边休息。

聂铠问："你喜欢篮球？"

肖洱说："我喜欢羽毛球。"

聂铠不解："那你干吗要学这个？"

肖洱说："你不是喜欢吗？"

聂铠喝进一大口水，低头看她发顶的旋。矿泉水顺着食道滑进胃里，沁人的凉，却很快被捂热。他喉头微动，想说什么。

不远处走过来几个人，目标明确，朝着他们俩。

"一起玩玩？"

为首的那个少年，染了一头红得发紫的长发。刘海奇长，盖住半边脸。

很显然，按照肖洱这个水平，"红刘海"一起玩玩的对象不会是她。

他在跟聂铠说话。

聂铠站在肖洱身前，上下看了几眼红刘海，然后他笑了："挺巧的。"

这绝不是一个友善的笑。

肖洱安静地打量来人：一共三个，红刘海以外，还有一个穿黑夹克的少年和一个穿羊羔绒外套的少年。看起来都不大，十六七岁上下。

红刘海和聂铠似乎认识。

"嗯，是挺巧。我跟兄弟们好久没打球了，来打一场？"红刘海的目光穿过厚重的发，落在肖洱身上，"哟，挺有闲情逸致的，带小姑娘来玩球？"

"肖洱，到边上去。"聂铠把手里的水递给肖洱，示意她走开。

有时候男生解决问题，免不了与暴力扯上关系，他们能选择打篮球而不是打人，肖洱觉得红刘海那伙人已经是讲文明树新风的典范了。

她一声不吭，拿了聂铠的水走到一边去。

观战。

红刘海不知是何方神圣，他来以后，周围几个球场打球的人都围过来，或远或近地站着。

也在观战。

原本在篮球场外的几个女生跑进来，刚好站在肖洱边上，在窃窃私语。

"那个男生是谁？他怎么惹上沈公子了？"

沈公子？那个红刘海？

"我认得他，他好像是天宁的。就是前阵子篮球赛那个，叫聂铠。"

"他就是聂铠？哈，怪不得沈公子坐不住了，这简直就是被人占山头了啊。"

"长得挺帅的……听说张雨茜那次去天宁堵校门，被聂铠羞辱了一顿。她哪是吃亏的主，一直找机会想报复回去。"

"你声音小点。"

肖洱听了个大概，猜了个大半。

红刘海大概和上次来找聂铠告白的姑娘有什么关系，替人出头呢。

球场上两方已经开战。一对三。

红刘海得意扬扬地带头站在聂铠面前，整一个大写的恬不知耻。黑夹克和羊羔绒把聂铠缠得死死的，他几乎寸步难行。

球在红刘海手里左右倒腾，玩了几个格外炫的花样。

女生群里小声惊叹："沈公子球技好像不错啊。"

"我还以为他只有脸能看呢。"

脸能看，在逗我？肖洱看着红刘海一截麦秸似的小身板、不健康的肤色——整一个面黄肌瘦的营养不良。

聂铠想要突围，那边红刘海已经一甩刘海，在三分线上起跳。

"漂亮！"

"好帅！"

有人轻呼。

肖洱目测着抛物线的走向，觉得这一幕，何其眼熟。

果然——篮球在空中华丽旋转，飞跃篮球架。

完美的三不沾！

同样华丽落地准备谢幕的红刘海身子有一点僵。

全场陡然安静。

肖洱余光瞥见隔壁球场过来看热闹的几个穿二中校服的少年，想笑又不敢笑的样子。她突然意识到，可能他们看见红刘海挑衅聂铠，围过来不是为了观战。

只是……想看个笑话、找个乐子。

红刘海桀骜消瘦的背脊仍然挺立在全场中央。

这一回，连聂铠都惊了，他轻抬左手："不打了。"

红刘海像被电击了似的，跳起来，转向聂铠："你瞧不起我？"

肖洱想，他还真是。

聂铠耸耸肩，无所谓的表情："我认输。甘拜下风。"

"聂铠！你少这么狂。"

"沈辰，你这是为谁出头？挑错了地点，也选错了方式。"聂铠说着，自顾自去捡球，"我今天还有事，没空在这里陪你磨叽。"

沈辰？

肖洱在心里过了一遍这个名字，觉得有点耳熟。

但是想不起来了。

沈辰身边的两个队友一左一右拦住聂铠。

"没那么容易放你走。"

沈辰似乎立刻就忘记了刚刚自己创造的尴尬，一副狂傲表情站在聂铠跟前。

"你想怎么样？"

沈辰伸手，慢条斯理地掸了掸身上莫须有的灰尘，强行装了一会儿之后，才说："除非你跟小茜道歉。"

敢问这种"除非你道歉否则我就不放你走"的话，怎么能有人在不笑场的前提下说出来？肖洱终于端正了态度，重新审视沈辰。

想起来他是谁了。

二中校长的公子，一个家喻户晓的——中二少年。

他的事迹无人不传诵，他的名字无人不知晓。饶是两耳不闻窗外事的肖洱，也略有涉猎。

"小茜是谁？"聂铠莫名其妙。

"你不记得？哼，还真是贵人多忘事啊你！"

肖洱简直受够了沈辰那阴阳怪气的语调，出言道："上回来学校找你的那个。"

聂铠恍然："噢，你说圣诞树啊？"

"你说谁是圣诞树！"

一个气急败坏的尖锐声音自人群中响起，一个小巧玲珑满身挂满小饰品的女孩子扑棱着冲进来。

原来她一直在这儿啊。肖洱想，没准就是她看见了聂铠在这儿打球，才找来了沈辰他们。

张雨茜站在沈辰身边，像一只花枝招展的锦鸡，她怒视着聂铠，声音掷地有声："从来都没有人说我长得不好看，也没有人像你这样对我出言不逊！沈辰是替我来教训你的，聂铠，我要你，正式向我道歉，否则我是不会原谅你的，也绝对不会再喜欢你了！"

肖洱快要听不下去了。她悲哀地发现，这个世界是有代沟的，胜过马里亚纳海沟。

但是，张雨茜和沈辰的画风倒是出奇一致。

物以类聚，人以群分，古人诚不欺我。

聂铠被两人吵得头皮发炸。原本一大早回家碰见聂秋同已经让他很不爽，好不容易拾回一点好心情，却都被搅和了。

他的脸沉下来："傻×。"

说完，他长腿一迈，朝肖洱走来。

肖洱觉得，这梁子算是彻底结下了。沈辰虽不是什么名门望族子弟，可在小小的小马市，也算是要风得风要雨得雨，聂铠就这么撕破脸……

她觉得，挺好。

人不犯我我不犯人，人若犯我人道毁灭。话糙理不糙。

两人一前一后，旁若无人地走出二中校园。

肖洱和聂铠去吃午饭。是肖洱选的地方，当地一家轻小资西餐店，价位不算高，环境幽静，适合年轻人。

他们俩坐在最里间的卡座。沙发柔软，室内有柑橘味的淡香氛气息，一道幔布帘子将卡座与走廊隔断，里头与外头，像两个世界。

"你怎么认识沈辰？"

"他妈在我妈办的舞蹈教室练瑜伽，之前跟他在饭局上碰到过，他那头红毛太好认了。"

肖洱点头表示明白："你妈妈的舞蹈教室办得挺好的。"

"又不是她自己招的人。"

言下之意，白雅洁能招到沈辰妈妈这样的学员，还要靠聂秋同的关系。

肖洱说："我妈妈也有意练瑜伽，阿姨的舞蹈教室在哪里？合适的话，推荐我妈去。"

聂铠心不在焉，随口道："就在少年宫附近，那个新华书店二楼。"

肖洱"嗯"了一声，又说："聂铠，今天，你爸爸是不是回来了？"

聂铠微顿，点了头，他其实知道她会看出来。和聪明人在一起，很多事情都不用言明。

"他回来取个证件就走……他还回来干什么？"聂铠说着，突然激动起来，"我妈太懦弱，什么都不知道争取！"

肖洱可不这么想。她呷一口柠檬水，明知故问，轻声接话："他们感情不和睦吗？"

聂铠冷笑："一年见一回，能和睦的只有牛郎织女。"

说的也是。

点了餐送上来，两人各怀心事吃着饭。气氛有点凝滞，肖洱先开口说："你这次考得不错。"

聂铠无心去想学习，随口应付："运气好。"

肖洱要的是意大利面，他点的是T骨牛排。聂铠用餐刀把牛肉从骨头上剔下来，熟练地切成很多小块，又把切好的牛排推到肖洱跟前："试试。"

肖洱用叉子叉了一块，抿进嘴里。

聂铠抬眼看了看她，突然说："你还是留长发好看。"

"你见过？"

"……"聂铠道，"我感觉的，不行啊？"

他还不想诉她初见的事情，现在这个场合，太不合适了。

肖洱的动作顿了顿，才低声说了句"嗯"。

没了？聂铠盯着她，小鹿斑比般的眼睛，水灵灵的。

肖洱被他看得心里发毛，慢慢咽下那块肉，说："那我不剪了。"

聂铠高兴起来。他心里痒痒的，又说："一会儿去看电影吧，有部贺岁档片子据说还可以。"

"什么？"

"《云图》。"

电影院里，聂铠有心嘚瑟，买的是最后一排带沙发的座位。价格比普通票贵一倍，平时没有人买，他们两个顺利承包了最后整排。

肖洱的位置靠里，她很小一只，坐在双人沙发里，整个人仿佛嵌进去了。等到聂铠落座，她鼻尖又传来他身上若有若无的淡淡茶香，清新干净。

肖洱突然想，还好聂铠不是一个令人反感的人。否则，就算是想要接近白雅洁，她也未必愿意与他这么耗着。

聂铠买了爆米花和可乐给肖洱,她午餐吃得饱饱的,也没吃几颗、没喝几口就搁在了一边扶手的置物架上。

聂铠跟肖洱搭话:"听说这电影挺难懂的。"

开场广告开始了,肖洱的声音被盖去不少,她说:"我知道。"

电影正式放映,影院慢慢安静下来。顶灯关了,只剩前头一块大屏幕发着幽幽的光。

其实肖洱已经看过这部电影了,除夕前陪沈珺如一起看的。相同的剧情没能吸引肖洱的注意力,她漫无边际地想着心事。

想着想着,就困了。昨夜几乎没有合眼,早上又打了一个小时篮球,不困才怪。

肖洱睡得很乖,都没有东倒西歪。

聂铠是在影片放了一大半实在看不懂找她说话的时候才发现的。

是他挑的电影太无聊了吗?还是她真的不喜欢看电影?聂铠有一点失落。

但是,他微微低头,凑过去,她轻软温热的呼吸扑在他脸上。

黑暗中,聂铠勾勾唇角。这样也不错。


一起去二中打篮球之后,聂铠又约肖洱去市图书馆,美其名曰去写寒假作业。肖洱没有拒绝他。

肖洱作业都已经完成了,于是去借阅小说。她站在书架边,伸手去够最高层的书,聂铠抬手帮她,无意间碰到了她的手。

在图书馆,在只有两个人的时候,触碰就生了电,颤过心田。

聂铠立刻喉头发紧,没话找话。他念着手里书本的名字:"《白夜行》?东野圭吾……日本人写的?"

肖洱点头:"推理小说。"

聂铠想起来她看《名侦探柯南》,以为是差不多性质的书,于是随口问:"讲什么的?"

书肖洱还没看完,她说:"可能,跟赎罪与惩戒有关。"

聂铠挑挑眉,没太当一回事,他同她说这些,不过是觉得这个氛围很好。

"你是说凶手心存愧疚，开始赎罪吗？"

肖洱不点头也不摇头，而是问他："你相信吗？这世界上所有的罪过，都逃不过惩罚。"她强调，"所有。"

聂铠看她说得认真，不由得道："谁来惩罚，天打雷劈？"

"假如没有天谴，也会有一个人，执行这一切。"

因与果，谁都逃不掉这个循环。

聂铠以为她说的是书的内容，就跟着她一起发散思维："那，执行这一切的人，岂不是也有罪过了？"

肖洱心中一动，望向聂铠。

"唉，'鸳鸯'相报何时了，'鸯'在一旁看热闹。"聂铠故意抖机灵道。

后来肖洱看完了那本书，她看到少年终于在阳光下死去。

她合上书本，看见坐在自己对面的聂铠伏在桌上睡着了。

肖洱枯坐了很久，似乎想了很多，又似乎只是在发呆。最后她推一推聂铠的胳膊，轻声说："醒醒，我们该走了。"

聂铠睡眼惺忪，从臂弯里抬起头来揉眼睛。他觉得有点丢人，肖洱在努力尝试自己喜欢的篮球，可是自己却没有办法在肖洱喜欢的图书馆里待上一个下午。

他歉意十足地嘟囔："肖洱，你比我了不起。"

肖洱没说话，她在还书的时候，仰头望着书脊上的三个字时突然觉得，这本书，也与守护有关。

寒假就是短暂，还没觉得逍遥了几天，就快要开学了。过年玩疯了，寒假作业没做的学生都抓紧时间在家补。肖洱的作业成了抢手货，早早就被好几个同学预约了。

今年肖长业和沈珺如没有带她出门旅行，他们说姥姥今年身体不太好，不适合出门。

白雅洁自那天之后，消停不少，可能真的是怕了。毕竟，梦薇那一声"聂铠"叫得倍清楚，她不可能没听见。只是不晓得，肖长业现在是不是已经知道，自己和白雅洁的儿子在一个班。他要是知道的话，会作何感想呢。

大概会觉得，这个世界真是小吧。

呵，有些事情，或许不是巧合，而是冥冥中自有安排呢。

比如，她注定要插手这件事情。

开学前三天，聂铠突然给肖洱打了电话。

他语气凝重，说："你最近和阮唐联系过吗？"

肖洱说："她奶奶回家休养了，我最近没见过她。"

聂铠说："柯岳明说他看见阮唐在一家酒吧打工。"

"你说什么？"

柯岳明是爱好音乐之人，比起民谣，更喜欢摇滚。他是"麋鹿"酒吧的常客，因为酒吧每周一、周三、周六的驻唱是个摇滚歌手，业余却有特色。

他就是在那里看见服务生阮唐的。

"这家酒吧挺乱的，但比起夜店要好很多。"柯岳明见到肖洱和聂铠的时候，莫名有些底气不足。

可能是面前两个人，气场都太强了。他说："我问了酒保，他说阮唐在那儿干了一段日子了。虽然只是服务生，但是毕竟那种地方，她一个漂漂亮亮的小姑娘，又是高中生，多不好……"

"那天她没看到我，我本来想去阻止，但她可能也不会听我的。我只好让小铠告诉你了，你们关系好，还是，还是劝劝她吧。万一被老师知道，可就惨了。"

胡闹。

肖洱自然明白，阮唐为什么现在去酒吧打工。她是未成年，又需要大笔的钱，想来收入高她又能去的地方也就这些不正规场所。

肖洱在心里盘算该怎么处理。她已经跟阮唐把话说到了那个份上，阮唐不是不明事理的孩子。现在她做了这个选择，可能，不是一时冲动。

肖洱让柯岳明带自己和聂铠去"麋鹿"酒吧。

柯岳明忐忑："去找阮唐？"

肖洱："去听歌。"

柯岳明："啊？"

聂铠明白肖洱的意思，她是担心这么直接过去找人，阮唐会觉得难堪。

周五，傍晚6点。

肖洱给书法课老师打了电话，说自己身体不适不能去上课了。

"麋鹿"酒吧6点以后才正式营业，可肖洱晚上不能太晚回家，除非那天她上书法课。

酒吧就在市中心那条繁华的商业街的街角巷落里。没有放肆的灯牌，就孤零零一个院子，门口立一块木板，写着"麋鹿"，歪得七零八落。院中聚集着抽烟喝酒撸串打牌的青年。

这些巷落肖洱很熟悉，她每周都要路过。不久以前，聂铠还在这里英雄救美。

她从没来过这种地方，但聂铠似乎不陌生。肖洱想起他在南京夫子庙的静吧里，自弹自唱《一生有你》。

那时候，她接近他，不过是想知道更多白雅洁的消息。怎么也不会想到，事情会发展到现在这一步吧。

但是，不能回头了。她也不想回头。

聂铠挺拔干净，穿着板型很正的长风衣，穿梭在一帮非主流中，格格不入。

肖洱跟在他身后，发现周围不少人抬眼看他。其中有个朋克装打扮的女人，肖洱觉得很眼熟。

她记忆力不错，马上就想起来，是在医院外的奶茶店见过。

那时候她身边还有一个男人，他们对聂铠指指点点。

这一次，那女人身边人不少。吵吵闹闹的，加上灯光昏暗，肖洱看不出那天的男人在不在。

他们进了酒吧，找了个角落的卡座，点了几杯鸡尾酒。

柯岳明把拉链拉到下巴，头直往里缩，语气中带着奇异的激动，对肖洱说："我们是不是不能让阮唐发现我们的身份？然后打她个措手不及？"

肖洱："……"

聂铠没听柯岳明说话，他突然开口，说了一句："真难听。"

肖洱愣了会儿，反应过来。他说的是正在酒吧中央舞台上唱歌的驻唱歌手。

肖洱心念微动，淡声接上："那你去唱啊。"

聂铠最受不得她的激将："唱就唱。想听什么？"

"《烟花易冷》。"肖洱平时听歌不多，小众的都没听过，周杰伦算是首选。

聂铠扬眉："没问题。"

也不知道他蹿上台说了些什么，很快女歌手就把话筒交给了他，还帮他去点歌机那里点歌。肖洱想，还能说什么，色诱。

这首歌配乐清浅寡淡，大半靠清唱，好在聂铠的声音条件极佳。

流行歌，可古典意味浓郁。聂铠用擅长的民谣唱法，声音清冽醇厚，咬字清晰，尾音婉转，别有一番韵味。他的演唱立刻引来在场客人的追捧。被挤下去的歌手看聂铠眼里有闪烁的光，听着听着，跟着唱起来。

"雨纷纷/旧故里草木深/我听闻/你始终一个人/斑驳的城门/盘踞着老树根/石板上回荡的是再等/雨纷纷/旧故里草木深/我听闻/你仍守着孤城/城郊牧笛声/落在那座野村/缘分落地生根是我们……"

柯岳明在肖洱耳边说："聂铠这形象，这嗓子，要是混娱乐圈，简直了。一准迷死万千少女啊。"

肖洱像没听见，随手端起桌上的蓝色夏威夷喝了一口。

柯岳明说："唉，这是聂铠的！他说你不能喝酒的，你的果汁在这儿。"

肖洱瞥他一眼："你有意见？"

柯岳明吞了口口水，噤声了。

一曲终了，很快就有人起哄让聂铠再唱。起哄的人，大多都是年轻姑娘。

聂铠忘了这次过来的初衷，唱得挺过瘾，远远冲肖洱和柯岳明挥了挥手。再朝已经化身为人肉点歌机的驻唱打个响指，报上一串歌名。

时间一点一滴流逝，人多起来，夜场开始进入小高潮。DJ帮衬着聂铠，调音打光，跟开小型演唱会似的。年轻的男女围着舞台跳起舞来——其实不算舞，充其量是左右摇摆。

聂铠在唱一首英文歌，节奏极快，而他游刃有余地把控着。Rap部分开始的时候，整个场面开始失控。

"我的天！这还是我认识的聂铠吗？"柯岳明兴奋起来，屁股难以再和沙发亲热，他站起身子，跟着身边的人一起尖叫。

肖洱的耳膜一跳一跳的。她坐在距离聂铠非常遥远的座位上，目光安静，凝望着他。

全场气氛high爆，所有人都动了起来，在聂铠的引领下扭动腰肢，会或不会的，都哼唱着。

群魔乱舞，而他是他们的魔王。

有些人，生来就属于舞台。

气氛正嗨，却有人走上舞台，一举手掀翻了聂铠手里的话筒。

跟着，一脚踹在地上的话筒上头！

毫无预兆。

"嗡"的一声，音箱发出难听而尖锐的噪音。所有人都蒙了，愣愣地看着这突如其来的变故。

肖洱猛地站起来。她看见为首的是一个男人，他身边站着刚刚的朋克装女人。

聂铠被突然打扰，有些踉跄。他很快站稳，借着酒吧里晃动的光望着来人。肖洱离得远，听不见他说了什么，看他表情，像是深恶痛绝。

来人很危险。肖洱的潜意识迅速做出判断。

"什么情况？"柯岳明怔怔的。

可是突然间，他脸色大变！

"是那天的人！"柯岳明神色慌张地转向肖洱，口齿都不太伶俐，"是那天在巷子里，欺负咱们学校女孩的人！被打跑的时候，他们说要带人来弄死聂铠！当时，当时就有那个女的！"

他话音未落，伴随着尖叫声、东西落地声，舞台那边已经开始打了起来！

"我……我，我得去帮他！"柯岳明身子直颤，他伸手去拿隔壁桌上的啤酒瓶。

肖洱厉声道："帮什么？他们有那么多人！"

柯岳明说："难道看着聂铠被打？"

聂铠确实寡不敌众，很快就被捉起来。肖洱的视线在人群中急速逡巡，她很快就看到了阮唐——正傻愣愣地站在一处，望着混乱的中央舞台。

肖洱还没有来得及出声，就见阮唐回神似的，接着大步冲了过去："有话好好说！你们干什么呢？"

"是阮唐！"柯岳明一见小姑娘跑过去，顾不得许多，也加入了战局。

笨蛋。肖洱在心里说。

她想起之前的那张名片，是那个眼镜男协警给她的，号码她存过。她立刻拿起手机。

那边柯岳明半护着阮唐，频频挨揍。

"你在这儿做什么？带她走！"聂铠一看见他们俩，怒了，吼道，"别让小洱靠近！"

阮唐一时头脑发热冲过来，这时候被东拉西扯推来搡去，偶尔身上还落上一两拳头。她怕极了，听见聂铠说到肖洱的名字，心里生出希望来。

"小洱？她也在吗？"

一截凳子腿砸过来，聂铠无暇顾及他们，急急闪避仍是挨了一下。

他吃痛，接着弹身而起，就着来人，不管不顾地挥拳反击。

一阵撕扯扭打。

丁零咣当的响声后，酒吧里客人走得差不多，酒保和工作人员都晓得寻衅之人的来头，没人敢惹。

朋克装女人见聂铠如此嚣张善战，去打一边稍显弱势的阮唐和柯岳明的主意。她以为阮唐是聂铠的朋友，便从两人后头绕过去，伸手要去扯阮唐的头发。

"哎呀！"

一声女人尖锐的惨叫。

正在缠斗的几人都愣了愣神。

一转头，看见朋克装五官扭曲半蹲在地上，一把秀发在一个小姑娘手里紧紧握着。

螳螂捕蝉，黄雀在后。

肖洱在她下手对付阮唐之前，先动了手。

"肖洱！"

聂铠气急败坏，不管不顾地就朝她跑来，却被三人同时绊住。可他们也不敢轻举妄动，只是看着朋克装和那个带头的男人。

阮唐的眼泪滚落，可怜兮兮地跑到肖洱身后去。

"贱女人！啊！放开！放开我！疼！"

朋克装没料到肖洱手劲这么大，越挣扎头皮越撕扯般的痛，她哭叫："涛哥！快来救我！"

被喊"涛哥"的男人眯眼望着肖洱，眼里神色危险："把她放了。"

肖洱伸出另一只手，亮晶晶一晃，聂铠看见她手里的碎玻璃片。

肖洱把玻璃碎片贴在女人脸颊边上。

"涛哥是吗？"她开口，声音清冷异常，在这个失控者远多过镇定者的场合，显得尤为诡异，"现在是谁在跟谁谈条件？"

柯岳明身子微颤，就是这样！就是肖洱这股可怕的镇定劲，在辩论场上所有人都面红耳赤的时候，她也是这样！

所以他们才会叫她，幽灵修罗！

"你这个疯子！你敢，你敢对我的脸做什么，我让人——啊！"

肖洱的手腕微微下沉，女人立刻不敢再说了。

"我刚刚报了警。所以涛哥你看，咱们是这么耗着等到警察过来，还是大家各退一步，海阔天空？"

涛哥突然笑了一下，盯着肖洱。

"小丫头，你觉得我怕警察是吗？"

肖洱毫不动摇，说："看来你是选择耗着了。"

涛哥不说话了，他睨着肖洱，似乎在思考对策。

肖洱面无表情，看不出情绪。

这种人最危险。

涛哥在心里说，难道是有什么来头？不然，一个小丫头片子，怎么可能这么镇定。

肖洱在心里读秒。上次眼镜男他们用了十七分钟。这一次，她给他们七分钟。

快了。

可谁知，肖洱没等来眼镜男，却等来了另一伙人。

"谁呀谁呀谁呀？敢在本小姐的地头上闹腾！还让不让人好好过寒假了？我就快开学啦！"

伴随着一声尖利而熟悉的叫唤，聂铠和肖洱看见一帮人鱼贯而入。

领头的是圣诞树。

阮唐小声在肖洱背后说："这人是我们小老板，是杜姐刚刚给她打的电话。"

肖洱的眉梢微微一动。

涛哥显然认识来人，却没怎么收敛，他笑嘻嘻地跟她打招呼："哟，小茜妹妹来了。"

"干什么干什么干什么呀？涛子，我哥不在，你就带人来欺负我是吧？"

张雨茜一进门，就抬脚踢翻了挡在她面前的一只歪腿凳子，找了一张老板椅悠然坐下。

她神色泰然，似是早对这样的场面见怪不怪。

要不是那把嗓子太独特，肖洱很难将这个小姑娘和那日二中篮球场上的小丫头相联系。不过，那任性刁蛮、为所欲为的性子，也确实不是一般环境能造就的。更何况，沈辰那样的公子哥能与张雨茜交好至此，她肯定有点来头。

"借你的场子，处理点私事，所有产生的损失，涛哥赔！"张雨茜那声毫无尊重之意的"涛子"喊得他有点不愉快，面上却仍是微笑，"这小子坏了我兄弟的好事，还打伤了他，我必须帮他出头。"

"你兄弟的好事？哈，是强抢小姑娘还是偷鸡摸小狗呀？来我看看，谁胆子那么大，连我们太平路扛把子的涛哥都敢惹？"

涛哥有些讪，说："不敢不敢，太平路还是张哥说了算。"

"呵，我以为我哥这两年不在，你们都忘了这茬呢。"

张雨茜站起来，绕到那几人面前，谁知一眼就看见聂铠站在那三人中间。

她一下子就愣了。

"怎么是你？！"

肖洱在心里说，得，现在有两拨人要同时算账了，眼镜男他们什么时候能到？

"你们认识？"涛哥的脸色有点难看。

张雨茜没答，她四下环顾，目光落在肖洱身上。她扯了扯嘴角，朝肖洱走过来。

"小妖精，怎么又是你呀。"

基本上，能喊肖洱小妖精的，这个世界上也不会再出第二个人了。

柯岳明打了个哆嗦。

张雨茜皱皱鼻子，马上就误会了聂铠和肖洱的关系，说："聂铠眼光太差，他说我不好看，原来是喜欢这样啊。"

说完，似乎心情很好的样子："那我就放心了！"又耸耸肩，"你们还僵着干吗呀，松手松手！这几个是我朋友，有没有眼力见？"

聂铠："……"

肖洱："……"

一头雾水的阮唐和柯岳明："……"

肖洱无比敬服张雨茜不同于一般人的脑回路，但她从善如流，立刻松开对朋克装的钳制。

聂铠大步走过来，从肖洱手里拿过玻璃碎片，丢得远远的，还恐吓她："这种东西以后不要乱碰。"

涛哥心有不甘，目光在张雨茜和聂铠身上来回转，似乎不打算善罢甘休。

这时候，眼镜男带着一队协警过来了。

今天的"麋鹿"酒吧格外热闹。警察一到，天大的纠纷也都散了，涛哥满面堆笑上前打招呼："误会，都是误会！"

眼镜男来到肖洱面前，询问她情况。张雨茜给她使眼色，肖洱说："谢谢你及时赶到，不过确实只是个误会。"

眼镜男没再多问，他四下看了一圈，对肖洱说："只希望这一次，我们不会因为晚来几分钟，就该处理伤人流血案件了。"

肖洱听得懂他话里的意思，多看了他一眼。年轻的协警温和尔雅，朝她简单一笑："小姑娘不要总到这种地方来，早点回家。"

协警们离开了。没多久，涛哥留下"赔偿款"，带着朋克装和一帮弟兄也呼啦啦走了。

酒吧工作人员开始打扫，处理尾声。

肖洱看着正玩着自己衣服上小挂件的张雨茜，说："今天谢谢你。"

张雨茜眨巴眨巴眼："你怎么谢我？把聂铠让给我啊？"

肖洱："……"

聂铠皱眉，说："肖洱、阮唐、柯岳明，我们走。"

"唉！站住！"

张雨茜一个跨步，拦在他们跟前。她仰头盯紧了聂铠："我这个人最讲道理，最讨厌做小三的人。聂铠，我追你的时候，是打听到你没有女朋友的。假如我知道有她的存在，我根本不会去找你！"

阮唐听她说这些话，隐约猜到张雨茜就是那天在学校门口堵聂铠的人。

"可现在我知道了啊，刚刚我帮你们，就算作我为我的失察道歉。"

也不知是不是因为她说自己最厌恶小三，肖洱竟然觉得，张雨茜说话的声音没那么难听了。

聂铠不是那么没风度的人，张雨茜这几句话一说，他也看得出来，她不是他想象中那种毫无底线肆意妄为的女孩，于是说："那好，我也为我说你傻×道歉。"

张雨茜："还有说我不好看那一句呢？"

聂铠："我保留意见。"

张雨茜气鼓鼓地："喂！"

可没一会儿，她又眨眨眼，看向聂铠："喂，听说你在我这儿唱歌了？小李还说特别好听。"

小李是原本驻唱的那个女生。

张雨茜说："聂铠，你有空过来帮我撑撑场子，行吗？"

聂铠说："我凭心情唱歌，没有义务帮你。"

张雨茜忙开条件："我这里对你们免费开放，你们可以随时来去，酒水全免，工资也好商量。"

柯岳明小眼睛一亮。

聂铠笑笑："我很稀罕？"

张雨茜不依不饶，转向肖洱："就算我请求你们，好不好嘛？"

聂铠看着肖洱。后者顿了顿，很多个答案和后果在脑海中滚过，她竟然突然有些动摇。

舞台上聂铠仿佛能发光的身影一闪而过，肖洱听见自己说："也不是不可以。"

"真的？！"张雨茜欢呼，看向聂铠，"她都同意了，你呢？"

聂铠没料到肖洱竟会答应。她看上去对这个张雨茜颇有好感。

于是他说："依她。"

肖洱接着说："不过，有个条件。"

"什么？"张雨茜歪头看她。

"开学以后，你配合阮唐的时间，让她周末来这里帮忙。"

"就这个啊，不算事！"

阮唐睁大眼睛看着肖洱。她还以为肖洱来这里看到自己，一定会狠狠地训斥自己。可没想到，她竟然……

聂铠也有些诧异，不知道肖洱心里打的什么主意。

这么一番折腾下来，时间已经不早了，肖洱必须快一点回家。几人告别张雨茜，往外走去。

"什么时候来就给我打电话啊！"她在他们身后喊。

"她怎么对咱们这么热情？"回去的路上，柯岳明不解地嘀咕。

"猎奇吧。"阮唐小声说，"我同事都说小老板古灵精怪，做事没有章法的。她平时玩得好的，都是没什么正经的人，可能是觉得小洱这样的好学生比较新奇。"顿了顿，又说，"小洱，你为什么……"

肖洱站定，看着聂铠他们："聂铠、柯岳明，你们先回去吧。我跟阮唐一起，送她去那边的车站。"

聂铠明白她的意思，是要跟阮唐单独聊聊。

"你小心点。有什么事打我电话。"

"知道了。"

他伸臂一勒，把柯岳明捞了过去："走，陪我去买点三七活血膏，打了一架哥们骨头都快散了。"

三七活血膏，他有意咬字，语气里还有点酸。像是在埋怨有些人，一点都不关心自己。

肖洱看着他们离去的背影，没有开口。她和阮唐一同往回走，漫步在长街上。

"小洱，你……怎么会愿意来这种地方？"阮唐问肖洱，又自顾自地为她找理由，"不过你都能保送了，也不用担心耽误学习。"

肖洱笑笑，说："我为什么不能来，这也不是什么龙潭虎穴。"

阮唐鼓起勇气，小声问："那你怎么不阻止我在这里打工……"

肖洱说："有用吗？你心思在赚钱上，我阻止了你，你就能全心学习了？"

阮唐不吭声了。

肖洱说："我答应张雨茜，有我的用意。"

"啊？"

肖洱已经做好打算，阮唐去酒吧打工，她就去那里陪阮唐自习。

"麋鹿"酒吧白天是静吧，人不多，所以有人在那里值班就行。她在那里，可以辅导阮唐学习。

阮唐听了肖洱的话，惊得张大眼睛。

"小洱，你对我……真的太好了。"

肖洱语气平平："像你说的，我已经能保送了，没那么紧张。而且帮你复习我自己也在巩固知识。"她停了停，说，"何况……"

阮唐秒懂，抢答道："何况聂铠也会去，对不对？"

肖洱被她说得一怔，笑了笑："算是吧。"

"那，你家人会同意吗？他们要是知道你去那种地方，肯定会生气的。"

"那就不让他们知道啊。"肖洱说，"你也不想你妈妈知道你在打工吧。"

阮唐咬咬嘴唇，"嗯"了一声。

"很好办，就说我们每周约去图书馆自习好了。"

肖洱的办法总是很多。

阮唐一面点头应允，一面想，她说出来的话，就算是谎话，也难让人怀疑呢……

# 第八章
人类的心是个无底洞，大多数人都相同

开学了。

进入高二下学期，各门课都在赶进度，希望能在下学期结束所有课程，然后抓紧开始第一轮复习。

天宁高中的惯性一向如此，在高考前要过三轮复习。学生们往往被轮得七荤八素，食髓不知味。

新学期，沈珺如收了一些学生来家里补课，周六周日没工夫管肖洱，她提出和阮唐去图书馆自习，沈珺如也没有半点怀疑。

肖洱处理学业游刃有余，每一周都带着复习资料去"麋鹿"酒吧陪阮唐，两头都能兼顾。

其他人就没有这么好的掌控力。

比如阮唐。比如聂铠。

没几个月，他们的成绩就都有所下滑。尤其是聂铠，跟坐了滑梯似的，差点一溜到底。

能不下滑吗？

他每周都来"麋鹿"唱歌，刚开始只是看心情，玩票形式，可越来越刹不住。

当一个人找对自己的位置，他就再难离开。

在"麋鹿"，聂铠和肖洱很快有了新的朋友——张雨茜和沈辰。这个世界上还真有不打不相识一说，张雨茜是自己主动黏上来的，她脾气火爆，但极有原则。说不追聂铠，就连半点暧昧也不制造。说话直来直去，开心就大笑，不开心就大叫。肖洱觉得和她相处起来很容易，不用费脑子。

而沈辰，听完聂铠的演唱后，当即欣喜地拿了另一支话筒走上台去。他说话的声音肖洱不敢恭维，但难得的是，唱起歌来竟然很带感。而且，从聂铠惊喜的目光中，肖洱读到了某种路遇知音的意味。

他们四个人常在酒吧聊天，或者玩游戏。张雨茜和沈辰尤其精于此道，会玩各类桌游，知道小马市大大小小的游乐场所。

他们斗地主、打麻将、狼人杀、梭哈、捣台球、真人CS、密室逃脱……还有附近电玩城的各类电玩。

偶尔也返璞归真，大家伙聚在一起玩真心话大冒险。

有一次，聂铠被"大冒险"抱着肖洱做了二十个蹲起。是张雨茜的鬼主意。肖洱在聂铠怀里，小小一捧，他的心跳贴在她耳畔。

极快，且有力。最后，撞得她脑子都有些蒙。

张雨茜还不满意："毫无难度，小洱她太轻啦！早知道就让你抱着她跑三千米了。"

肖洱被他放下来，还有点没回过神。

张雨茜已经一声尖叫："小洱！你——害——羞——了！"

她低声说："没有。"

那时候，她蓄起的发，已经及肩。

渐渐和他们熟起来以后，聂铠连平时也会去，背着他的吉他。

他在"麋鹿"唱自己写的歌。作业就抄肖洱的，考前敷衍地熬几个夜，学校的事很少参与。

就这么唱了段日子，聂铠竟然有了自己的听众。或者按照现在时兴的话，粉丝。

会有人因为他专门跑去"麋鹿"，他唱歌的时候，也会有一些熟面孔在下头尖叫。

肖洱浏览过一些校园贴吧。有人偷拍了聂铠的照片上传，说这是"麋鹿"酒吧的帅哥驻唱。

有图必火，下头跟帖跟疯了。从照片的角度来看，是从舞台左侧拍的。照片拍到了聂铠的整个侧身，那么长长长长的一条，斜倚在高脚凳上。他的背微微佝着，看不清表情。

聂铠在唱歌的时候，整个人的气质都会发生改变，像镀了一层金。

阮唐问过肖洱，为什么放任聂铠这么荒废。不仅如此，还跟着他一起玩闹。

都不像她了。

后半句话，阮唐没有说出口。

"是荒废吗？一个人做自己喜欢的事，应该不算荒废吧。"肖洱反问阮唐。

阮唐哑口无言，只能小声嘀咕："你真是太纵着他了。"

肖洱听在耳中，没有回答。反倒遥遥冲舞台上的聂铠微笑，举起手边的果汁。

后者接收到讯号，笑意渐起，眼角眉梢尽是风流，引来一波无脑的尖叫。

期末考前的最后一次月考后，白雅洁来了学校一趟。

那时他们正上着课，光明顶过来把聂铠叫了出去。他到下课才回来，脸色阴郁，碎发挡住前额，表情隐在里头。

那时候聂铠已经不坐在肖洱后面了，她也不好当着全班同学的面穿越半个教室去找他。

聂铠蔫蔫地趴在桌子上，不知是睡着了还是死了，一整个下午动都没动一下。

放学以后，阮唐赶着回去照顾奶奶，先走了。肖洱磨蹭到所有同学都离开后，才走到聂铠身边。

"怎么，挨骂了？"她站在他身边，淡淡地问。

没反应。

黄昏的光铺在他瘦削的背脊上，他毛茸茸的头发都被染出夕烧之色。

肖洱放下书包，坐在他身边的座位上做作业。默默无声，直到夕阳西下。

聂铠终于低声说："你累不累？"

肖洱摇头："不累。"

他又说："我妈刚才来了。"

肖洱的眉头微蹙。

"这段时间，我每天回家她都要唠叨。"聂铠语气烦闷，"她不过是希望我继承我爸那个破公司……为什么她要逼我做我不喜欢的事情？为什么她不能问问我自己的梦想是什么？"

肖洱知道原因，但她什么也没说。

她一直旁观，鲜少过问，更不会干涉。就算眼睁睁看着聂铠已经开始一点一点变得和从前不同，却也一句话没有说。

"只有你知道我要什么。"最后，聂铠轻声道，他抬起头望着肖洱，"你相信我吗？我能成为最好的歌手。最好的。"

他需要被肯定，需要有一个人来告诉他，他现在做的这一切，抗争、追逐，是对的。

他目光渴望而迫切："肖洱，是你说的，人生一旦有了可是，就会停滞不前。或者，干脆偏离原本的方向。除非目标明确、心无杂念，否则，我做的一切努力都会变成令人心酸的笑话。"

他说："我知道自己想要的是什么，现在我下定决心要去努力，你会站在我的身边吗？"

肖洱看着他，看了很久，才终于展颜轻笑："我会。"

聂铠的心得到抚慰。

她的话不多，但让他充满力量。她总带给他希望，从第一次出现在他生命里开始。

两人坐在傍晚空荡荡的教室里，谁都没有注意到教室外的人影。


期末考过去，暑假如期而至。

沈珺如想给自己放一个假，没再接家教，日日在家研究各色菜式。她闲下来，肖洱就很难频繁出门。

阮唐保证会每天抽时间温习书本，聂铠也答应她如果阮唐上晚班，他会送她去车站坐车。

肖洱安下心，在家做她的乖宝宝。

说来也奇怪，这几个月，父母的感情发生了微妙的变化。肖洱太敏感，很容易就察觉出来。

是好的变化。

比如，晚饭饭桌间的气氛。

有时候肖长业会跟沈珺如开一些少儿不宜却极其隐晦的笑话。肖洱只装作听不懂，面无表情地吃饭。心里却有一个小人，欢欣雀跃起来。

肖洱把这一切归因于白雅洁的骚扰减少。她忙于聂铠的学业，无心其他。

从聂铠的电话中，肖洱得知白雅洁常常跟踪他，想知道他成天在外头干些什么，还常常苦口婆心地规劝他迷途知返。

聂铠厌恶聂秋同，对这个母亲却狠不下心。他不正面与她发生冲突，便屡屡躲开。聂铠脑子很活络，很容易就能觉察出白雅洁的尾随。在小路上左右一拐，就能轻而易举地甩开她。

肖洱听他跟自己描述是如何机智勇敢地避开白雅洁的追捕，她一径沉默。

最后连聂铠都意识到肖洱的寡言，喃喃道："你怎么了？"

"我没事。"

顿了挺久，他突然支吾着问："你最近是不是……例假？"

肖洱："……"

聂铠说："上个月，你肚子不舒服的时候，是在10号。"

肖洱的声音阴恻恻的："那是吃坏了。"

"噢……那，那你喝点红糖水，早点休息。周五我陪你去上书法课。"

肖洱无力地放下电话，有点郁卒：不是例假喝什么红糖水啊！

那晚，肖洱做了一个梦。

并且自那晚起，这个梦像是一个魔咒，附在了她的身上。时时现形，难以摆脱。

她梦见一片陌生的海域。

广阔无边，一片死寂。没有鱼虾，没有海鸥，没有一切活物。

却有一艘船，空船。孤独的、执着的、萧索的，漂在海中央。靠不了岸，也不沉没，像要这么一直漂到沧海变桑田。

肖洱在闷热的夏夜，因梦醒来。

空调因调了睡眠模式，早已停止工作，她的背后湿涔涔的。可这明明不是一个噩梦。

肖洱打开空调。

冷风吹了一会儿，她仍觉得不舒服，顾不得穿鞋，便下床去客厅倒水喝。

路过父母卧室，她听见异常的声响。她心下诧异，下意识踮脚靠过去。

没走几步，肖洱就浑身僵直。

紧闭的门内，隐约传出父母的喘息声，和陌生而隐秘的撞击声。她赤脚踏在冰凉的大理石地面上，面红耳赤。

肖洱上一次遭遇这种情况，是13岁。

措手不及，终生难忘。

那次的经历让她觉得这件事耻辱恶心。

可是这个意外的深夜，发生的这一切令她心慌意乱。

肖洱大步走回房内，将房门紧闭。拿了手机，她穿上拖鞋，打开卧室内的门，去阳台透气。

阳台外头是黑色的海，遥远的月光凌乱地铺在海面，随波荡漾。腥咸的海风裹挟着燥热的气浪翻腾着，像看不见的手，勒住人的脖子，一寸寸收紧。

肖洱呼吸急促，细白的手指攥着睡衣领口，慢慢蹲下去。

她的手伸进睡衣口袋里，摸到手机。

"嘟——嘟——嘟——"

对方接起电话，睡眼惺忪。

"喂？"

"聂铠。"她的声音飘忽，抓不住似的。

聂铠一个激灵，翻身坐起来："发生什么事了？"

肖洱不清楚自己为什么会给他打电话，似乎，她也只能给他打电话。

她索性坐在阳台地砖上，小声说："我做梦了。"

"噩梦是吗？"聂铠心里一软，说，"乖啊，不要怕，都不是真的。"

肖洱不知道怎么跟他说。

聂铠问她："你现在出的来吗？"

肖洱摇头，突然反应过来他看不见，便说："不行。"

肖长业和沈珺如都还没有睡，她开玄关的门，会惊动他们。

"那，我陪你说说话。"

"嗯。"

"你知不知道，我第一次见你是什么时候？"聂铠沉吟一阵，说，"仔细想想。"

"2012年9月6日。"

肖洱说出口后，自己和聂铠都愣了。她对数字极其敏感，聂铠回来的那一天她记了日记，也记得格外牢。

聂铠在电话那头低低笑起来："记得这么清楚啊。"

他低沉悦耳的笑声令肖洱脸颊发烫，想解释："我……"

"不是那一天。"

肖洱怔住。

聂铠嗓音比月光温柔，划过耳畔，像情人的手指在身上游走。

他说："13岁那年，我第一次见你。在一群小屁孩中，你像个小霸王，神气得不得了。"

肖洱心上一麻，像被蚂蚁蜇了一口。

聂铠语气慵懒，如同缠绵时的低喃，他接着说："我一直没忘记你。"

天地在一瞬间失去了声音。

最后，肖洱在挂上电话以前对聂铠说："别光顾着酒吧的事，有空也看看书，否则……"

聂铠说："我心里有数。"

肖洱挂了电话，失神地望着窗外。她一直平静无波的心，在这一夜陡起波澜。

她是不是做错了什么?

周五。

肖洱接到一通电话。来电显示上有名字,是杨成恭。

看见那个名字,肖洱心里有不好的预感。她按下通话键。

"肖洱。是我。"杨成恭的声音一如既往的冷静自持,说,"我有事情跟你商量,有空吗?见一面吧。我现在在少年宫附近,你来上课之前,占用你十分钟时间。"

他们真是一类人,肖洱捏着手机,漫无边际地想。

目标明确,不喜欢废话。

肖洱猜测他会给自己带来肖长业或是白雅洁的消息,立刻做出了决定:"好,我马上过去。"

肖洱本打算出门去上书法课,聂铠要送她,两人约在他们常去的那家奶茶店外。她出门的时候给聂铠打了电话,大意是沈珺如要跟她一起下楼,让他不要送她了。

聂铠不疑有他:"好,那我先去'麋鹿',你下课了我去接你。"

"嗯。"

少年宫附近有一家果磨坊,肖洱去的时候,杨成恭坐在里面等她。

他面前的桌上摆着两份水果捞,肖洱落座,杨成恭冲她笑了笑。

她不知道该怎么形容这笑容——事实上,杨成恭最会使用的表情就是面无表情,这让他罕见的笑容显得格外突兀。

肖洱甚至觉得有一点瘆人。

不像聂铠,他高兴起来,嘴角咧到耳后根,露出全口三十二颗大白牙,肖洱都觉得再正常不过。

"你找我来,有什么事?"肖洱不打算吃东西。

一方面,她已经吃过晚餐;另一方面,她实在做不到在这种情况下,安心地吃甜点。

"肖洱,这次期末考试,你英语没我考得高。"杨成恭说,"虽然你总分仍然高过我，但是……"

"你想说什么？"

肖洱刚在心里说过杨成恭不喜欢废话，他就用实际行动打了她的脸。

这让她莫名烦躁。

"那天放学以后，我看见你和聂铠在教室里。"杨成恭不再顾左右而言他，他轻声说。

肖洱的眉梢微微扬起，她目光冷下来，望着杨成恭："噢，那又怎么样。"

"你们的关系，已经到哪一步了？"

杨成恭突然觉得眼前的肖洱很陌生，可他仍硬着头皮，迎上肖洱的目光。

"我觉得我没有必要回答你的问题，杨成恭，这是我自己的事情。"肖洱说，"还有没有别的……"

"肖洱，你接近聂铠，是有目的的。"他打断她的话。

肖洱的眼睛微微眯起，透过眼镜片，直直地盯着杨成恭。

"我知道你在想什么。"杨成恭说，他语气笃定，"聂铠的妈妈，就是那个茶室里的女人。那天我去办公室的时候，刚好看见了她。"他说，"肖洱，你其实是为了接近那个女人，是不是？"

不全是。

肖洱没说话。她看着眼前的少年，觉得奇怪。杨成恭三番五次帮她，助她从茶室后门离开、给她白雅洁的联系方式、通知她白雅洁和肖长业见面的消息……

他到底意欲何为？

肖洱做每一件事，都有原因。或者说，大多数时候，驱使她做出行动的，都是客观存在的动机。

杨成恭呢？他不像是喜欢多管闲事的人。

她说："杨成恭，你操心得是不是……有点多？"

杨成恭像是没听见她的话，他默认了自己的猜测："肖洱，我认为这件事，你应该开诚布公地找你父亲谈一谈，或者……找那个女人。而不是用这样的法子，低效且费时费力。"

肖洱微微后靠，背抵在身后的椅子上："找他们谈？然后呢？"

"你父亲不会不顾忌你的感受，那个女人，也不会想让这种事情被她儿子知道。你只需要稍微威胁她，她一定不敢再和你父亲有什么牵扯。"

肖洱冷声说："你的意思是，这些年，她跟我爸在背后搞的那些小动作，就这么算了？白雅洁就这么抽身而出，片叶不沾身了？"

杨成恭被她说得一愣。

肖洱目光冷冽，他竟从里面看到恨意。

"她做了这种事，难道不该得到惩罚？难道我妈妈她活该被隐瞒，活该被欺骗吗？！"

杨成恭细细琢磨肖洱的话，竟觉得背后有些凉意。

最初他只以为，肖洱接近聂铠，是为了进一步观察白雅洁，好阻止白雅洁与父亲见面。

可现在看来，事情好像不只是这样。

肖洱心怀仇恨，蓄意报复，她想看到白雅洁受到惩罚。

可是，她能怎么做？

白雅洁是一个成年人，肖洱却只是一介学生，她和她没有利益交叉，要怎么才能让她得到惩罚？

心念一转，杨成恭突然就想通了，脱口道："该不会……"他复又苦笑，"怪不得，聂铠最近成绩掉成那样。"

肖洱无法影响白雅洁，可是有一个人可以。

聂铠。

"肖洱……你这是何苦？聂铠他如果知道了，肯定会恨你。"

肖洱却说："他怎么会恨我？他能迈出这一步，高兴得不得了，恨不得感谢我的提点呢。再说，也不是我逼他荒废学业沉迷玩乐。"

杨成恭分辨不清肖洱这话是否出自真心。因为她说这话的时候，低着头。

他只沉默片刻，就说："你已经决定了？最后的结果，你承担得起吗？"

最后的结果？

肖洱一时失神，看向杨成恭。

杨成恭说："这样下去，聂铠他考不上大学的。"

就算上不了大学，他也不在乎。肖洱想说，可是张了张口，没说出来。

杨成恭又说："而且，肖洱，你不怕这事被你父母知道吗？"

肖洱蹙眉："他们不会知道。"

"是吗？你们在那个酒吧的照片，贴吧上可不少。"杨成恭声音淡淡的，"就算大人们很少去那里看帖子，可是，我们会看到。"

肖洱神色一凛。

"我今天会找你，还有一件事。"杨成恭说，"就在今天早上，有人拍到你跟聂铠在酒吧的照片，发到了咱们学校的贴吧上。"

肖洱特地去看了那个帖子，不像是去酒吧玩的人无意中拍到了她和聂铠，而是有意的。

楼主贴吧ID是一串随机数，等级为1，只关注了天宁高中贴吧这一个吧，像是刚刚注册的小号。

一共只发了这一个帖子，三张照片，除了第一张拍摄的是酒吧吧台。其余两张，分别从不同角度拍到了她和聂铠同框的照片。甚至第三张里，她坐在角落的座位上，端着一杯果汁，眯眼望着舞台上的聂铠。

配上的文字是："太平路23号，'麋鹿'酒吧，这位驻唱小哥好眼熟呀。"

没有提到肖洱，但照片里她的脸清晰极了，跟帖很快有人认出他们来。

"好像是三班的。那女的是不是他们班长？"

"那男的帅唉，我知道他，叫聂铠，转学来三班的。"

好在现在跟帖的人还不多，只有十来条。

这个帖子，会是谁发的？

书法课下课以后，肖洱收到杨成恭的信息。

话不多，简洁干练："肖洱，你好自为之。我站在你这一边。"

肖洱不明白他说的"我站在你这一边"是什么意思。或者，隐约间她有所猜测，却不愿深思。

肖洱慢慢走下楼，看见聂铠在少年宫外等她。

炎炎夏日，晚风燥热，他穿得清凉。

白色短袖T恤，白色加浅咖啡色条纹短裤，脚上蹬一双人字拖，露出精致的脚踝和修长匀称的小腿。他的头发细碎蓬松，像刚洗过，路灯也偏爱他，笼上一层不真实的光晕。

聂铠手里提着两杯饮料，他自己的汽水，和给她的冰奶茶。

肖洱朝他走过去，步子有些急，几乎是小跑。

聂铠朝她挥手。

肖洱顿了顿，平了心绪，脚步又缓下来。

"热不热？"聂铠把冰奶茶递过去，恶作剧似的贴在她的颊边。

肖洱无语地看他："一会儿你还去'麋鹿'吗？"

"今天不去了，唱了大半天有点累。再说，我要是太晚回去，我妈又能唠叨大半夜。"

聂铠长臂一伸，把肖洱背上的单肩包拿过来，搭在自己肩上。

两人往回走。一高一矮，两条影子在街边越拉越长。

肖洱小口抿着奶茶，说："我们在'麋鹿'，被人拍了照片，传到学校贴吧上去了。"

聂铠皱着眉，停下来看她："什么情况？"

他拿手机登录贴吧，很快就翻到那个帖子："你别慌，我找人联系吧主，把帖子撤下去。"

肖洱知道聂铠跟他那帮朋友有的是旁门左道的能耐，帖子她不担心。她只担心发帖的人。

肖洱在心里将可能做这些的人一一列举，挨个排查。

最后锁定的不过三人。

梦薇，嘉琦，还有……杨成恭。

前者被她怀疑，合情合理。

可杨成恭，肖洱还看不透他的心思，无法排除。

他们走到肖洱家小区外的时候，聂铠说："搞定了，不要太担心，大人们不会上这种地方来看帖子的。"

肖洱点点头。

"你之前心神不宁的，就是为了这个？"聂铠嘴角噙笑，"不像你啊，天不怕地不怕的小班长。"

肖洱默，拿过自己的背包："我走了。"

"等会儿。"聂铠突然说。

"嗯？"

肖洱站定，抬头看他。

她眼睛真好看。聂铠吸吸鼻子，胡乱地想。

"没事，你，你别磕着。"

肖洱："……"

目送肖洱离开，聂铠有点抓狂地揉了揉头发。

肖洱走进小区，没一会儿，身后有人叫她。

"小洱？"

是沈珺如。

肖洱心里一磕，后背僵了起来。下一秒，她不动声色地转过去，浅笑："妈，你逛超市去了？"

沈珺如手里提着两只购物袋，满满当当。

"是啊，过几天你姑姑带着你表弟从北京过来，在咱家住几天，我买点零食和冷饮。"沈珺如走过去，"你爸跟我一起去的，刚回来的时候碰到熟人聊了起来，我怕冷饮会化就先回来了。"

肖洱接过一只购物袋，顶着沈珺如审视的目光，神色泰然。

沈珺如的声音在她头顶响起："刚刚那个男孩子是谁呀？"

"一起上书法课的同学。"

"你们关系挺好的？"沈珺如用闲话家常的口气，说，"我没看清脸，不过，小伙子看上去挺帅的。"

"还好。"

沈珺如仔细辨别着女儿的神情，她说："小洱，你现在虽说已经能够被保送，高考分数达一本线就行，但也不能掉以轻心。女孩子一旦受到干扰，成绩掉得很快。你看你们班的阮唐，家里出了事情，成绩就下滑得这么明显。"

"嗯。"

"另外，妈妈不反对你跟同龄男孩子相处，就像正常朋友一样，妈妈也是很鼓励的。不过你心里要有一杆秤，有些事情，你现在还小，很容易被蒙蔽，被诱惑。不要觉得那些听起来很好听的话，就觉得新鲜，觉得感动。你要明白，现在一时冲动做出的错误决定，会给你以后带来很多困扰和麻烦。"

"……"肖洱低声说，"我明白的。"

可沈珺如还是不能放心，她说："你表弟最近来了，你多陪陪他。他功课不太好，你暑假刚好给他辅导辅导。书法课那边先停一停，反正你可以在家里练字。等到明年考完了，再去上吧。"

肖洱顿了顿，"嗯"了一声。她说不出的疲惫，现在只想赶紧回去睡觉。

偏偏沈珺如谈兴正浓，说："小洱，你中意哪所学校？北大还是清华？你既然喜欢医学，就去试试清华的医学实验班，或者北大医学院？"

看来，所有人都觉得她应该在这两所顶尖学府里挑一所。

肖洱问她："非得去北京吗？离家那么远。南京、上海也有很好的医学院。"

沈珺如说："这有什么远的，坐飞机很方便。再说，你姑姑在北京，也有个照应。"

"可离你这么远，我不放心。"

"这傻孩子，说什么胡话？我们还没不放心你，你倒担心起我们来了？"沈珺如忍不住笑起来，"你看着一直很独立有主见，怎么在这事情上想不通了？妈妈还不老呢，不需要你现在尽孝道。再说，还有你爸爸啊。"

肖洱不说话了。


没过几天，姑姑带着表弟到了肖家。

肖洱的这个表弟，不比她小多少，今年16岁，上高一。他叫王雨寒，是个十足十的文艺少年。据姑姑说，他特别爱看小说和电影，喜欢村上春树，最崇拜的电影人是王家卫和金基德。

文艺少年打扮也很文艺。王雨寒头发多而卷曲，扎了辫子，还是麻花辫。虽然不长，一小撮在脑后。

他皮肤极白，跟肖洱差不多。戴着厚厚的酒瓶底眼镜，看人的时候，微微眯起一只眼睛。

沈珺如第一眼看见王雨寒，愣了好久，才扯了扯嘴角，说："挺多年不见，我都，认不出这孩子了。"

王雨寒很有礼貌地微微欠身，也不知是什么做派，他说："舅妈好。"目光在屋里逡巡一圈，来到肖洱身上，"这位就是肖洱表姐？久仰。"

一屋子人都愣愣的。

肖洱姑姑忙解释："这孩子跟他爷爷学的，说话就这个腔调，你们别理他。"

不理也不行，毕竟是远道而来的客人。

吃过午饭，沈珺如和肖家姑姑有很多闲事要聊，她给了肖洱不少钱，让肖洱带王雨寒出门玩。

已经不是小孩子的肖洱对于"玩"这个字，真的很难把握其精髓。

"你想去哪里？看电影，还是图书馆。"肖洱想了很久，问王雨寒。

王雨寒反问："你知道这座城市最疯狂的去所吗？"

肖洱被他这个问法震撼了，过了好一会儿，才思索着问："你指的是，监狱一类的地方？"

王雨寒斜着眼睛打量了肖洱好一会儿，突然笑起来，露出微黄的牙齿——像是抽过不少烟留下的烟渍。

他说："表姐，我欣赏你的幽默。"

最后肖洱带王雨寒去了"麋鹿"酒吧。

她也不清楚自己为什么这么大胆，将他带去那个地方——如果他跟家里人说，她就完了。

可能是潜意识里觉得，这个基本算是素未谋面的表弟，不会干出这种事。

王雨寒晃悠着踏进酒吧，吹了一声口哨，伸手从裤兜里摸出烟来。他问肖洱："能抽一支吗？"

"随便。"

王雨寒看着肖洱熟门熟路地走进去，坐在角落的沙发上。路过几个服务员，他们都停下来跟她打招呼。

他勾起嘴角，吐出一个烟圈："乖乖兔表姐，我对你刮目相看。"

肖洱说："你管好自己的嘴巴就行。"

王雨寒指指自己的烟："彼此彼此。"

聂铠正在唱歌，因为沉醉其中，没有看见肖洱他们进来。

倒是本在吧台玩调酒的张雨茜看见肖洱，凑了过来："好久没见你了，今天怎么有空来？哟！还带了个小帅哥？"

张雨茜毫不掩饰自己打量的目光，盯着王雨寒看了十几秒钟，一歪身子坐在肖洱身边："不介绍介绍？"

肖洱声音淡淡的："我表弟，王雨寒。"

张雨茜伸手："嘿，艺术家，我叫张雨茜。咱们名字都有个'雨'字，缘分。"

王雨寒从烟雾里凝视张雨茜的眼睛，也伸手，说："所有的始料未及，不过这两个字。"

张雨茜呆呆地望着他，似乎没明白。

王雨寒轻笑。

肖洱起身去找阮唐，问她最近暑假作业完成情况。

阮唐在这里打了暑期工，每天晚上还要熬夜写作业，精神不济，一边打着呵欠一边跟肖洱汇报进度，又说："那是你表弟？怎么看着神神道道的。"仔细看了看张雨茜，又咋舌，"我怎么看着小老板对他那么殷勤。"

肖洱对他们没有兴趣。她问阮唐："你暑假每天都过来？"

"对呀。"

"你有没有在这里看见我们班的同学？"

阮唐有些奇怪："你怎么这么问？除了柯基和哈士奇偶尔来玩玩，其他人倒没有……唉，等会儿。"

"嗯？"

"我有天看见一个背影特别像梦薇，不过，一晃眼她就不见了。怎么了？"

肖洱摇摇头："没什么。"

如果是梦薇，倒是都能解释得通。但也很麻烦。

她没亮出底牌，肖洱还不清楚除了聂铠，她还想要什么，通过发帖又想得到什么。

或许只是单纯的发泄，希望肖洱因此惹祸上身。也或许是还有后招，要把这件事捅出去。

肖洱兀自沉思，没注意到聂铠已经结束一曲，走下舞台。

阮唐吐吐舌头，特别懂事地让开了。

"想什么呢？"

聂铠屈起手指，敲一敲她的脑袋。

肖洱听他声音有些嘶哑，跟酒保要了一杯温水递过去："我今天带表弟过来。"

聂铠大口吞着水，遥遥看去，只见张雨茜和一个打扮个性的少年相谈甚欢。

"你表弟？跟你也太不像了。"

肖洱抬眼瞪他。

聂铠做了个鬼脸，把水杯丢回吧台："肖洱，开学以后我就要过生日了，你上次说的话还算数吗？"

肖洱说："还有一个多月，你急什么。"

"我能不能提要求？"

肖洱微顿，问他："你想去哪里？"

去哪里不重要。话在聂铠脑子里过了一遭，出口却是随便诌了一个地方："去西塘吧，江南六大古镇之一。听说那里特别好看，特别有意境，特别炫酷。"

肖洱说："是吗？听上去不错。"

聂铠面上笑意渐起："你答应了？"

"到时候再说。"

他们要回家吃晚饭，不能在"麋鹿"逗留太久。4点多肖洱和王雨寒便告辞离去。

回去的路上，王雨寒一直埋头于手机，似乎正跟某人聊得不亦乐乎。

肖洱说："张雨茜？"

王雨寒不置可否，说："表姐，你那些朋友挺有意思。"

肖洱还给他一个不置可否的表情。

"不过，都不如你有意思。"

肖洱连眼皮都没抬一下："噢，受宠若惊。"

王雨寒哈哈大笑起来："你想来当我的下一个女主角吗？"

"你还写小说呢。"

"我的梦想就是成为村上春树那样的人。"王雨寒凑近了说，"所以我特别喜欢跟人打交道，所有人，在我眼里，都是一排排或工整或扭曲的文字。"

肖洱："……"

"你有秘密，表姐。"王雨寒厚底眼镜背后，眼中的光芒锐利，"你瞒不过我的眼睛。"

肖洱反问："谁没有秘密？"

"不一样。"王雨寒伸出一根手指，摇了摇，"有些人，充其量只是有些心事。"他站直身子，"在我的世界里，不是每个人都配有秘密的。"

"好啊，你说说看。"

王雨寒露出招牌表情——微微眯起一只眼睛，缓声说："你看舅妈的眼神，有怜悯。你看刚才那个男孩的眼神，有嫌恶。你看酒吧那个小服务生的眼神，有关怀。你看我和其他人的眼神，却全是漠然。"

肖洱微怔。

"让我猜猜看，发生了什么呢？"王雨寒捏着嗓子，在她耳边说。

"……"

"你别这么看着我。表姐，你现在眼里全是戾气。有没有人说过你？你的眼神，能杀人呢。"

还真有。不过，那些人所谓的能杀人，和王雨寒所说的，一定不是一个意思。

"表姐，你别对我这么设防。过不了几天我就回去了，对你没有半点威胁。你要做什么，也跟我没关系。我不过是对你这个人，呈现出来的文字，很感兴趣。"

王雨寒看着她，舔了舔嘴唇，仿佛在他眼里，她真的只是一段诱人的文字。

在这样的一个人面前，肖洱竟然奇异地放松下来。

她笑了笑："你说，人生来是不是就带着罪。"

王雨寒微微扬眉："很宗教的说法。你信什么……"

"我不信。"肖洱截断他的话，"我只是觉得，人做了恶，就要受到惩罚。"

王雨寒注视着她的眼睛："可是，人不能替天行道。"

肖洱知道他听懂了。

"或许吧。"她说，"但总能泄己私愤。"

"那你还害怕什么？"

肖洱顿了顿，低声说："我害怕会做错事，伤及无辜。"

"难免的。"王雨寒说，"如果你相信因果循环，那么每一个人承接的一切，惩罚也好，迁怒也罢，抑或是无妄之灾，都有定数。"

肖洱停下脚步，看着王雨寒。

"我真是受不了你的眼神。"王雨寒连连举手投降，"你有空该去瞧眼科，看看自己的眼睛是不是能放射某种特殊射线，$\alpha$、$\beta$射线之类，都查查。"

肖洱扯扯嘴角，消受了他这个笑话。

回了家，沈珺如问他们一下午都去了哪些地方。

王雨寒特别乖巧有礼地回答："表姐带我去了市图书馆、博物馆，还请我喝了饮料。"

沈珺如和肖家姑姑都满意地点头。

他睁着眼睛说瞎话的本事，倒不比她差。

肖洱想，不是一家人，不进一家门。

王雨寒在肖家住了一星期才走，期间他和肖洱去过三次"麋鹿"酒吧。

他们走的那天，肖长业开车，肖洱和沈珺如一起去送。他们打算坐机场大巴去南京禄口机场，再坐飞机走。

"我会想你的，表姐。跟你聊天很愉快，不像跟某些笨蛋。"

机场大巴候车厅，大人们聚在一处聊天，王雨寒深情款款地看着肖洱。

肖洱说："有没有人说过，你看着一点也不像16岁。"

王雨寒笑了一声："彼此彼此。"

"你有什么打算。"王雨寒说，"当恶魔，还是折翅天使？"

"听起来都不怎么样。"肖洱说，"我选圣母玛利亚。"

王雨寒眉眼俱笑："嘿，我真是欣赏你的幽默。"

肖洱抱着胳膊，视线里出现一个熟悉的身影。

"王雨寒，你的某些笨蛋来了。"

王雨寒眯起眼睛，也看见来人："你跟她说的？说我今天走。"

"我不告诉她，她会缠死我。"肖洱说，"才一个礼拜，你们怎么纠结成这样。"

"命中注定。"王雨寒缩缩脖子，"你还记得第一次见到她，她说我们的名字里都有个'雨'字？"

"我记得。"

"所以啊，我们只能是'露水情缘'，就算有雨，也不过终成路人。"

他歪理众多，还能自成体系。

肖洱不耽误张雨茜的时间，见她冲进来，赶紧让得远远的。

肖洱站在大人们身边，他们在说客套话——对着客人说的套话。

肖洱听得无聊，想着还不如不厚道一点，留在王雨寒那边听墙根。

最后大巴车终于来了，王雨寒跟着肖家姑姑提着行李离开了。

张雨茜眼巴巴地看着车子驶远，低头揉了揉眼睛，像是在哭。

因为早就说好，张雨茜来送王雨寒可以，绝不能跟肖洱搭讪。所以大巴开走后，她自己离开了。

回去的车上，沈珺如问肖洱："那姑娘是谁？"

"王雨寒的朋友。"

"他怎么在这里也有朋友？"

"不清楚，可能是网友。"

沈珺如说："不三不四的人，找的朋友也不三不四的。"

肖长业咳了一声，说："怎么能这么说。"

"我真是看不上他们家那个儿子。"沈珺如说，"肖洱，你以后少跟他联系，别被带坏了。"

肖洱记得刚刚母亲才拉着姑姑的手说，她特别舍不得，让她带着王雨寒常来玩。

肖长业无奈，说："没办法，小寒从小跟他们家那个搞艺术的爷爷在一起。接回来的时候已经是这样了，初中那会儿还不如现在，疯疯癫癫的，喜欢拿着摄像机到处乱拍。"

沈珺如说："搞艺术的都是疯子。"

肖洱却觉得王雨寒是她遇见过的，最通透的人。

他知道自己想要什么，他对这个世界的认知，有自己的一套理论。

最起码，他走在一条明确的道路上。

尽管，可能并不平坦。

她又想起王雨寒刚才跟他说的话。恶魔，还是折翅天使。

却不料，日后这一句玩笑，倒真是一语成谶。

# 第九章
### 为什么我连分开，都迁就着你

9月序幕缓缓拉开，意味着高二（3）班的全体同学进入毕业班。

光明顶在开学第一天，就挂上了他精心制作的高考倒计时日历表。

"这是大家在一起拼搏奋斗的最后一个年头，我希望所有人，都能好好珍惜在一起的情分。"

光明顶身为班主任，最擅长的技能之一就是煽情。

"这两年，我不停地给大家换座位，其实不只是像同学们说的那样，怕你们彼此熟悉以后就在一起讲小话。而是，希望你们不要局限于同桌，多跟每一个同学进行交流。不仅是学习上的，还有生活。一年以后，就算大家分散在五湖四海，也不要忘了一起走过的日子。"

一堂班会课，光明顶生生熬了四十五分钟的鸡汤。

最后都有人红了眼眶。

"话我就说这么多。大家都是我的孩子，我对你们最大的希冀，就是你们每一个人都不要留遗憾。"

全班都鼓起掌来。

肖洱看见聂铠趴在桌子上睡觉，没抬过头。

下了课，柯岳明来找肖洱。

"肖洱……你来一下，我，我有话跟你说。"

肖洱见他鬼鬼祟祟的，不明所以，但她还是跟了过去。

"你，你现在跟聂铠关系这么好……"柯岳明在过道里，斟酌着字句，对她说，"你知不知道他家里的事？"

肖洱看着柯岳明担心的表情，说："你指哪方面？"

柯岳明紧张地看着肖洱："你到底关不关心聂铠？他今天这么不对劲，你就没看出来？"

肖洱说："我知道，他今天睡了一天了。怎么，难道不是他写歌熬夜？"顿了顿，问他，"是他家里出了什么事？"

柯岳明狠狠叹了口气，说："这话按理我不该说，但是小铠他又不肯在你跟前示弱，这种话他肯定是不会跟你说的。"

肖洱看着他："你想说什么，直接说。"

"小铠跟他爸爸关系特别不好。"

这她早就知道了。

柯岳明凑近一点，又说："暑假你不是出不来吗？有一次小铠心情不好，跟我们喝酒，他喝多了，跟我们说……"

"说什么？"

柯岳明又凑近一点，脸都快贴上去了，他压低声音："小铠他爸爸，脾气一上来，好打人呢。"

"从小铠小时候就这样了。他爸爸一生起气来，或者喝多了酒，就打他妈妈，也打他。打得特别凶！"柯岳明说，"现在他爸爸工作忙，长时间不回来，反倒好一点了。可昨天，我们本来在外面吃饭，小铠接了一通电话，就急匆匆回家里了。陈世骐听见他打电话，好像是他爸妈在家打起来了。"

"今天，看他这样子，也不知道是挨了打还是怎么了，我跟他说话他也不理。不对劲，太不对劲了！"柯岳明忧心忡忡地说，"他平时最听你的，我只能找你帮忙来了。"

听了柯岳明的一番话，肖洱不知道作何感想。

一直以来，她都知道聂铠跟聂秋同的父子关系很差，一提到聂秋同，他整个人跟爆竹似的。

一开始，她只以为聂铠是觉得聂秋同很少回家，心生埋怨；又或者是聂铠反感他父亲对他未来的安排。却不知道，原来聂铠一直生活在这样的家庭环境中。

可是，聂秋同脾气差成这样，为什么这么多年来白雅洁要如此忍气吞声？

为了他的钱？还是其他什么？

肖洱本打算放了学找聂铠谈谈，谁知放学铃声一响，他第一个背了书包走了。

肖洱想去追，嘉琦却在门口叫她："班长，光明顶让你去他办公室一趟。"

肖洱的动作慢下来。她看了看嘉琦，偏过头又往梦薇的方向看了一眼。

这么一看，她与梦薇的视线撞了个正着。

后者急急低下头，装作没看见。

两分钟后，肖洱出现在光明顶面前。

老师们都走得差不多了，偌大的教研组办公室只有光明顶一人。他看见肖洱，摘下自己的老花镜，搁在办公桌上。

其实光明顶不老，但扛不住操心操得重，看着比实际年龄大不少。肖洱很服他，连着说话的时候也多了几分敬重。

"方老师，您找我。"

"肖洱啊，你知不知道老师为什么找你。"光明顶语重心长。

他这个语气肖洱再熟悉不过，每一次都是对着犯了事的"好学生"使用。

肖洱想了想，说："我不知道。"

"有人跟我说，你跟聂铠一起去了酒吧？"

说这些话的时候，光明顶一直注视着肖洱的脸——可能是希望从她的脸上看出不安或是心虚。

可是没有。

肖洱说："是我太浮躁，没经得住诱惑，就一时兴起跟过去了。"

她是有备而来，承认错误的态度诚恳而坦荡，就好像，她仅仅只是去了一趟酒吧而已。

179

光明顶再三打量她："只是这样？你跟聂铠……"

"我跟聂铠？"肖洱看向光明顶，"方老师，难道那个跟您告密的人，还说我和聂铠其他什么了吗？"

光明顶一愣。

"您就没问问她，为什么她知道我们去了酒吧？"肖洱微微蹙眉，"也没有跟其他同学打听打听，她和聂铠是什么关系？"

第一个问题，光明顶问过。对方是说在回家路上看见班长跟聂铠在一起，觉得奇怪，就跟了过去。

可是第二个问题，他确实忽略了。肖洱这么一提，光明顶突然就觉得可疑。因为不管怎么看，他最引以为傲的班长，不像是会跟早恋扯上关系的学生。

而且，梦薇那小姑娘，看起来也不像是没有些小心思的……

"老师。"

这时候，有人出现在办公室门口。

肖洱回头，看见杨成恭。

"什么事？"光明顶捏捏鼻梁，问道。

"您……是不是有事？那我明天再问吧。我昨天做课外题，碰到一个不太懂的问题。"

"没事，你进来吧，我这边快处理完了。"

杨成恭走进来，似是无意地看看肖洱："你也来问问题？"

肖洱说："不是。"

"行了，这件事我会再调查，肖洱，你先回去吧。"光明顶说，"不管怎么样，你都不该跟那样的孩子混在一起，这次就算了，要再有下次啊，我就要找你妈妈谈谈了。"

肖洱似是受惊，道："不会有下次的。"

肖洱离开的时候，隐约听见杨成恭在跟光明顶说话。

"老师，肖洱犯了什么事吗？"

她带上办公室的门。

"你跟聂铠关系怎么样？"光明顶见肖洱走远，他问杨成恭。

"我们做过一阵同桌，说得上话。"

"那，依你看，他跟肖洱关系怎么样？"

杨成恭略作思索："他们不太说话。有一次篮球赛，聂铠找几个女生去看，最后也只是梦薇、阮唐他们去了，肖洱没去。"

"梦薇也去了？"光明顶敏锐地捕捉到这一信息。

杨成恭说："嗯。"

"她跟聂铠关系挺好？"

杨成恭笑了笑，显得有些腼腆："这个……不好说。"

光明顶审视他的神情："有什么不好说的？"

"去年圣诞节，梦薇给聂铠织了一条围巾。"杨成恭道，"不过，聂铠好像丢在学校没带回去，最后被打扫卫生的阿姨拿走了。"顿了顿，又说，"班里同学都知道。"

这下子，孰是孰非，光明顶就一清二楚了。

梦薇对聂铠有好感，结果撞见肖洱跟聂铠去酒吧，所以心生嫉妒，告到了他这里来。

光明顶沉吟片刻："那你觉得，聂铠对肖洱是什么态度？"

杨成恭捏了捏拳头，舌头顶在门牙内侧，慢慢地磨。最后，他说："聂铠有时候可能会去骚扰肖洱。"

他用了"骚扰"这个词。

光明顶重视起来，问道："什么意思？"

"老师，您答应我，不能跟别人说。"

"你放心，我心里有数。"

"聂铠他在一家叫'麋鹿'的酒吧驻唱。他跟一帮社会青年混在一起，肖洱当然不敢跟他们犯冲。"

寥寥数句，就勾勒出一个强迫好学生去酒吧的不良少年形象。

光明顶不解："可……为什么是肖洱？"

杨成恭停了一停，望向光明顶，他缓缓开口："您不知道吗？跟聂铠关系好的那几个，就是陈世骐他们，都很讨厌班长，私下里还给她起外号，叫她——幽灵修罗。"

明白了，全都明白了。

光明顶怀揣心事，给杨成恭解答疑惑，不过几分钟就解释清楚了——本来，这也不是什么能难倒杨成恭的题目。

从教师办公楼出来，杨成恭回教室收拾书包。不意外地，看见等他的肖洱。

肖洱说："谢谢你帮我解围。"

她不会不清楚杨成恭那个时候去问问题，是为了什么。

杨成恭说："我跟方老师说了梦薇给聂铠送过围巾的事，他不会再怀疑你。"

肖洱没想到杨成恭能为她做到这一步，不由得多看了他一眼。

"你为什么总是这么帮我？"

杨成恭背上书包，说："肖洱，你是这个班……不，你是我长这么大，第一个希望同行的人。"他说，"我不希望你被我甩在身后。"

肖洱微微扬眉，说："学委，我没记错的话，你从来没有一次考过我。"

杨成恭丝毫没有动气，而是笑了笑："所以，以后也不要给我这个机会。"

肖洱有些诧异。

"我认为，你该趁早跟聂铠做个了断。"杨成恭路过她身边，说，"他现在成绩一落千丈，除非整个高三都专心学习，否则根本别想考一所好大学。他家里人，这一整年都要头疼了。"

"某种意义上，你的目的已经达成了。他妈妈现在可能吃不好睡不好，你想要她受到的惩罚，再多不过如此，何必再跟他耗着。"

肖洱声音微冷："我有分寸。"

"你得罪了小人，如果不能撇干净，就注定惹得一身骚。"杨成恭说，"梦薇若是再拿出什么照片，方老师真的告诉你的家长，或者，将你家人和他妈妈一起叫来……到了那时候，该怎么办？"

肖洱的脸色有些发白。

"你不能再去那个酒吧了，那里是一个定时炸弹，总有一天会被引爆。"

杨成恭离开前，留下这句话。

肖洱，既然你难下决断，我就帮你一把。


沈珺如进肖洱房间的时候，看见她的电脑开着。

"上网查资料呢？"沈珺如一边说着，一边把刚切好的水果搁在她手边。

她看见网页上显示的是生物知识，画着分解者、消费者、生产者，可能是某种循环体系。

沈珺如说："过一阵子我们学校组织教职工出游，国庆节那会儿。你跟不跟妈妈一起去？"

肖洱说："国庆？我记得昨晚我爸说，他国庆要去上海出差。"

"对呀，你要是不跟妈妈一起去，就只能一个人在家里了。妈妈不放心。"

肖洱几乎没有犹豫，就说："好啊，我跟你一起。"

她答应得这么干脆，沈珺如倒有些愣。

"那一会儿我打电话给唐唐。"

"怎么了，你们有约了？"

肖洱说："本来说好国庆去图书馆帮她复习功课。她成绩掉得厉害，想让我给补补。"

沈珺如有点犹豫："其实，你跟妈妈一起走的话，也不太方便。"

肖洱知道，两相权衡，沈珺如更愿意她留在这里学习。果然，沈珺如继续说："要不你去跟阮唐说说，看她那几天愿不愿意到咱们家来住。吃饭的话，要不我让你姥姥过来……"

"也行。不过吃饭问题我们自己能解决，反正你也不会出去太久，三五天的，家里也有水饺馄饨，都很方便。"

"嗯……那先这么定了，到时候临走了再安排。"

"好。"

沈珺如走出去，给她带上房门。

肖洱搭在鼠标上的手微微移动，最小化现有的网页，另一个网页露出来——西塘自助游攻略，驴妈妈旅游网。

晚上，肖洱又做了那个梦。

无穷尽的海，和海上的小船。

不同的是，起风了。

风推动波浪，荡漾开去，船只在海面颠簸摇晃。肖洱的心神也跟着颠簸摇晃。

这让她意识到一件事。

她在船里。

可是，那毫无内部结构可言的小船一眼就望得到头，空的，什么也没有。

梦里的她疑惑了。

风力越来越大，越吹越猛，肖洱被晃得快要吐了。

隐约间，她听见一个声音。

很模糊，很遥远，像在天边，又像在深海里。她根本分辨不出其中字句。

最后，她醒了过来。

手机发出白光，在枕边振动。

肖洱有一瞬间的迷糊，她甚至觉得梦里振感的始作俑者就是这手机。

可她看见来电显示上聂铠的名字，就立刻清醒了。

凌晨2点，明天还要上课，他在搞什么？

肖洱抱着手机，把头蒙进空调被里，按下通话键。

"喂。"

"肖洱。"

他声音沮丧，透着浓浓的鼻音。

肖洱一下子说不出话来。她想起白天柯岳明跟她说的那些事情，又想起杨成恭说的那些话，捏手机的手，突然就收紧了。

隔了很久，聂铠也没开口。

肖洱只好先问："这么晚了，怎么不睡？"

聂铠说："我睡不着，然后就想起你了。"

他虽然一直直来直去惯了，可肖洱还是被他这句话噎了半天。

她想了会儿，才说："噢。"

"你呢？"

"……"

"我知道了。那我回去了。"

肖洱一怔，脱口问，"你在哪儿？"

"我在你家楼下。"

"进小区要刷卡，你怎么进来的？"

"翻墙。"

"……"

肖洱跳下床，伸手拿了钥匙，捞了一件外套就往外走。她小心翼翼地合上自己卧室的门，探头观察了一会儿父母卧室动静，这才去开大门。

肖洱的心"扑通扑通"跳得厉害。也许是害怕，也许是紧张，她已经无暇分辨自己的情绪。

她只是觉得，聂铠的胆子太大了。

他怎么胆子这么大？他一定是疯了，竟然在这个时间跑到她们小区里来，难道他不怕被保安当作小偷抓起来吗？

她完全忘了，现在的自己，也和他一样疯狂。

肖洱说不清自己是怎么下楼的，只知道一晃神以后，她就站在聂铠跟前了。

头发凌乱，没顾得上戴眼镜，还穿着拖鞋、睡衣。更糟糕的是，她没有穿内衣。纯棉的睡衣非常贴身，肖洱皱了皱眉，把外套用力拢了拢。

聂铠注意到她这个动作："冷？"

夏末的凌晨，小风一吹，确实凉飕飕的。他伸手将她的小身板一捞，拉进对面楼栋的停车库里去。

这下，风吹不到了。可是，路灯的光也暗淡了，辐射不过来，两个人变成两条黑黢黢的人影。

真像做贼啊。

肖洱转着眼睛，想看看这里有没有监控设备。还真有……她缩了缩脖子，自欺欺人地想，这么黑，一定看不见。

这个动作让聂铠误会了，可是肖洱没来得及解释，他已经利落地脱下薄外套，裹在她身上。这下子不仅不冷，肖洱只觉得一股热气席卷全身，还带着那股子茶香。

肖洱深受蛊惑，最后没吭声。

脱下外套的聂铠，就剩下一件背心。很常见的款式，黑色无袖男式背心，工字型。

肖洱的目光在他身上游走。原本是无意识的，因为这里光线不足，她什么也看不清。可想起什么后，她就掏出了手机，借着幽幽的光，去看他。

"你干什么？"

肖洱指着他："你身上这是怎么了？"

聂铠浑不在意似的："小伤。嗞——"

肖洱收回戳他的手指，在手心攥了攥，也没能摆脱那股子热气。她在心里骂，这个人，怎么像团火一样。

她说："小伤？看起来，像高尔夫球棍打的。"

有几处青紫，更多的却是大片黑红，像是皮包着血。看着都疼。

聂铠愣愣的："你对伤势也有研究？"

"没有。不过这里都砸出豆芽形状了，看不出才怪，况且……你家门背后摆着那么一桶球棍。"

"那个死柯基。"他声音闷闷的，"他跟你说的？"

"啊。"肖洱漫不经心地答。

"对不起，我之前没告诉你我家的事，是因为……"

得知肖洱知晓这些，聂铠最先做的竟然是道歉。肖洱注视着他，像是想要看出他脑回路的构成。

聂铠因为说不出个所以然来，有点懊恼地挠挠头，正在兀自纠结组织语言。

"你怎么由着他这么打你？"

肖洱不关心他为什么不告诉自己，她只是问。

聂铠整个人都有一点丧气，他低声说："那天他喝多了。"

肖洱不作声，等着他的下文。

"他昨天本来在南京，酒桌上喝多了。接到我妈的电话以后，应酬完，后半夜就直接让司机开车回来了。"聂铠说，"我妈本想让他联系名师辅导班，给我补课。他听到我的成绩，一时气上头……"

"所以就打了你？"肖洱问他，可心里存了疑，聂铠不像是这么老实挨打的人。

聂铠苦笑一声："没，他打我妈。说她没教好我。"

肖洱微微吸气。

"平时他顶多脾气差，可一喝酒，就变了个人。照死里打，我妈根本没法还手。"聂铠说，"我不护着，我妈现在该去医院躺着了。"

肖洱没说话，脑子里却浮现出聂铠家那个大客厅来。在某一个凌晨，醉酒归家施暴的男人，懦弱哭泣的女人，和隔在两人中间的聂铠。

他那样的人，就是挨打，也不会求饶。只能咬紧牙关，沉默地挡在母亲身前吧。

肖洱想到这里，觉得脑子里的某一处神经，突然炸裂。

头有点疼，呼吸也不顺畅。

"那怎么不离婚？"肖洱听见自己的声音在问，"怎么不报警？"

"我妈舍不得吧，毕竟我爸清醒的时候，不那么凶残。"聂铠说，"可能他自己也有意识，所以平时躲得远远的，不回来。而且，我妈跟我明白说过，这辈子她是离不开我爸的，死也要死在聂家……"

肖洱不懂这个女人，她觉得可笑，也觉得可耻。宁可忍受家庭暴力，背着丈夫和别人苟且，也不愿维护自己的正当利益。

白雅洁和聂秋同，究竟是怎样的纠缠？

她没有兴趣，也不想关心。

肖洱只是愤怒，不明白这一切为什么最终全都落在聂铠一个人的身上。

聂铠在她头顶轻声叹息："跟你说说话，我心情好多了。"

肖洱慢慢平复心情，问他："那你会去吗？"

"什么？"

"名师辅导班。"

"去毛线。"聂铠说，"我不可能让他如意的。继承他的公司，想得美。"

"他再发火呢？"

"得了吧，一年到头就回来一两次，我妈经过上回，也不会给他随便打电话了。"聂铠说，"就是我妈那儿有点烦，其他的，我都不在乎。"

"可是，再有一年就高考了。"

"随便吧，随便上个大学。"他说，"我对这个不苛求。"

肖洱心情复杂，沉思良久终于打算开口说些什么，她的话已经到了嘴边——

可是聂铠突然道："肖洱，你家的灯亮了。"

肖洱家住在高层，说这话的时候，聂铠是仰着头的。

肖洱的心狠狠一坠，又提到嗓子眼。她也抬头去看，从她所在的这个角度看过去，只能看到客厅和厨房的窗户。

亮起的灯是厨房的。

她不记得父母有起夜的习惯，但谁知道呢。

世事往往就是这么巧，要联系你的人，可能一整天都不打电话，偏偏你放下手机去了趟厕所，他就打电话来了。

小概率事件，总会发生。

肖洱的腿有一点发软，死死盯着自己家，脑子都不会转了。

万一父母想看看她睡觉踢不踢被子，万一推门进她房间了，该怎么办？

肖洱不敢想象后果，也完全想不出应对的法子。

她脑中一团糨糊，急火攻心之下，怒气只能发泄在聂铠身上。

"你为什么要来找我？"

聂铠说："你先别急，肖洱。"

她却方寸大乱："如果我妈妈发现了，我怎么说？！"

肖洱无法设想沈珺如的表情——在得知自己的女儿半夜三更从家里跑出去，去见一个男孩子以后。

会盛怒，还是彻底失望？不管是哪一个，肖洱都无法承受。

短暂的惊恐间，厨房的灯又灭了。

一切重归于寂。

这就说明，他们没有进她房间，没有发现她不见了。

肖洱一下松了劲，差点没站稳，聂铠忙伸手去拉她，她却推开他，看向聂铠的目光也带着冷意。肖洱的后背全是淋漓的冷汗，骨子里透出后怕的恶寒。

杨成恭说得没错。

不只是"麋鹿"酒吧，这个人也是个定时炸弹，会随时引爆。

她不能再在他身边待下去。

否则，不知道哪一天，就会粉身碎骨。

"嘿，胆子这么小啊？"

偏偏聂铠还在她耳边吹了口气，带着笑说。

他根本不会明白，沈珺如的态度对肖洱而言意味着什么。像他这样的疯子，根本就不会明白。

谁都不会明白。

"聂铠，下周五是你生日。"肖洱深深吸气，压下方才心头因为一时心软而冒出的那些荒谬想法，低声说。

"嗯，怎么？"聂铠不知道她怎么突然扯到生日上去了。

"你记不记得上回二中的篮球赛，你答应阮唐，我们去看比赛，你要请她吃饭。"

后来因为肖洱住院，这事就被搁下了。

"我记起来了，是有这么回事。"

"周五你请我们吃饭，我们帮你庆生。如果你还有开party的打算，那个再说，但这是单独的。"

聂铠的眉梢一扬："你要单独给我庆生，还叫上阮唐干吗呀？"

肖洱看了他一眼："还有其他事情。"

"是不是……去西塘的事？"

肖洱不吭声，只是默默脱下他的外套，还给他："我回去了。"

聂铠耸耸肩，女孩子就是害羞，肖洱也一样。

看着肖洱的背影越来越小，最后消失在楼洞里，他才穿上外套。衣料触及肌肤，却只觉得凉。

这丫头，是座冰雕吗？


聂铠的生日如期而至。

星期五，肖洱早早跟沈珺如打了招呼，说和阮唐在外面吃。沈珺如只嘱咐了她早点回家，就忙自己的事情去了。

临放学，陈世骐不怀好意地给她递眼色："你要单独给小铠庆生？"

"怎么？"

"怪不得他拒绝了我们，那叫一个果断啊。啧啧啧，我跟柯基本来想拉他去'麋鹿'喝酒呢。"

阮唐早收拾好了书包，站在肖洱身边，听见陈世骐的话，没搭腔。

开肖洱的玩笑毫无成就感，陈世骐又转向阮唐："小唐唐你现在是彻底辞了那边的工作吗？开学以后没见你去过了。"

阮唐心情不佳，说："高三了，我还没那么混。"

"话不能这么说，我就常去啊。"

"是是是，我哪能跟你比啊。"

"唉，小唐唐你今天吃枪药了？"

肖洱已经收拾好了书包："唐唐，走吧。"

"嗯。"

她们刚走没多久，梦薇走过来，状若无意道："陈世骐，她们是去给聂铠庆生吗？"

陈世骐正愁没人跟自己说话，嘴闲得很，对方又是班花梦薇，连忙说道："可不是呢，聂铠这个重色轻友的家伙！"

梦薇咬了咬牙。

前几天光明顶把她找去了办公室，言语教育了一番。大意是让她把心思放在学习上，不要随便管同学的闲事。还语带威胁地说，假如她这几次考试再往后掉，会考虑跟她的家人联系，看看是不是她最近有什么心理上的波动。

梦薇被他说得头皮发麻，不敢多半句嘴。她算是知道，什么叫作偷鸡不成蚀把米了。

肖洱还真不是个好对付的角色。


肖洱跟聂铠约好了地方，分头前往。

是一家火锅店，在市中心。从学校坐2路车，三站就能到。

阮唐一路都闷闷不乐。等她们下了车，她再也忍不住，问肖洱："你真的要在今天吗？为什么不换个日子？"

肖洱说："我想在十一前把这些事情清一清，他的生日，不过是刚好赶上了。"

"可是……他会很难过的吧。"

"所以阮唐，这种事情不能拖。"

当断则断，当机立断。选在今天，大概更能让他死心吧。

不要纠缠，不要拖泥带水、藕断丝连。

"你不觉得，这样很自私吗？"阮唐咬咬下唇，还是说出口，"你对我都这么好，怎么不能对他也好一点？"

"你怎么能拿他跟你比？"肖洱说，"你是我唯一的朋友，他算什么。"

"……"阮唐微张着嘴，有些呆，"你和他关系这么好，难道连朋友都算不上？"

"我什么时候告诉过你，我和他是朋友？"

阮唐挠了挠头，很不能理解的样子："不是啊，你们不是……你们不是在麋鹿，玩得那么开心吗？"

肖洱扯了扯嘴角："这也说明不了什么。"

阮唐一怔，完全不明白肖洱的意思。她理解不了，只觉得肖洱的心思太复杂。

阮唐站住，迟疑道："我……我不想去了。"

肖洱看着她。

"我不想让聂铠恨我。"她小声说，"求你了，别让我去。礼物什么的，你帮我带去吧。"

"好。"肖洱点头，"对不起，没考虑到你的感受。"

"你……你不要怪我噢。"

"我不怪你。"

站在马路边，肖洱目送阮唐离去，她轻轻叹了口气。

按理说，她也不该让阮唐陪她。可是，不知道为什么，这一次她不太想一个人去面对。

肖洱在校服袖子里握了握拳头。

聂铠已经把包间号发到了她的手机上，肖洱一路畅通无阻来到包厢门口。她站在门口，不知想了些什么，兀自出了一会儿神，才推门进去。

"你一个人？"

聂铠见她身后空无一人，脸上笑意浮起。

"嗯。"

包间里面是四人座，肖洱和聂铠面对面坐着，她放下书包，说："唐唐有点事。"

"我懂，唐唐是个懂事的姑娘。"聂铠颇为赞赏道。

他们点了菜，店家服务到位，不过五分钟，就陆陆续续端上来。

肖洱不太能吃辣，他们点的鸳鸯锅。

高温之下，锅里的汤汁很快就沸腾起来。肖洱目光笔直，恍惚地想，为什么总是辣的那一锅先煮沸呢。

"发什么呆？"聂铠在她面前挥了挥手，"锅已经开了，要吃什么，往里头下啊。"

肖洱回神，不自然地笑了笑，端了最不容易煮透的笋片往锅里放。

他不满意："你放得太慢了。"

"那你来，我去一下厕所。"肖洱从包里拿了些东西，起身出去。

回来以后，肖洱发现聂铠没个章法，牛羊肉、海虹、虾滑、冻豆腐、海带……他的手能够得着的盘子，竟然都一股脑端起来丢了进去。

接着就是长久的等待。

聂铠叫了果汁和啤酒，她给肖洱倒果汁，却被她拒绝了："我也喝啤酒。"

聂铠扬扬眉："你确定？"

"嗯。"

"喝醉了别怪我没提醒你。"

肖洱幽幽地看了他一眼。

一瓶青岛啤酒，倒满了两杯，还余一点。聂铠一仰脖喝干了，把空酒瓶放在地上。

"18岁生日快乐，聂铠。"

她端起酒杯，敬他。

"嗯，祝我成人快乐。"

酒杯相碰，发出清脆的响声，洒出来一些，落进火锅里。

凉酒入喉，带一点点苦涩。

肖洱从书包里取出一个小包裹。用精美的包装纸包得漂亮精致，上面还有一个蝴蝶结。

"这是阮唐托我带给你的。还有这个，还给你。"

肖洱又拿出一张银行卡。

聂铠接过去，问："这是什么意思？"

"她在酒吧工作这些日子挣的，其实也是托你的福，你去免费驻唱，张雨茜过意不去，给阮唐偷偷涨了不少工资。"肖洱说，"刚好，问你借的那些钱都能还上。"

聂铠点头表示明白。

他把卡和包裹放在一边，笑眯眯看着肖洱："你呢，你给我什么？"

肖洱说："我刚刚去结账了，今天这顿，我请你。"

她挑的地方，原本就做好请客的打算，所以选的是全市最贵的火锅店，价格比海底捞还要高不少。

聂铠渐渐笑不出来了。

"就这个？"

"还不够吗？"肖洱抬眼看他，"这一顿饭，够阮唐在酒吧打一礼拜的工。"

"你知道我说的不是这个意思。肖洱，你怎么这么没诚意。"他心里仍有期待，"还是说，还有其他的？"

"没有。"

"朋友不是这么当的！"聂铠不乐意了，脸皱得跟包子似的。

"先吃吧。"肖洱指指他们面前的火锅，"烧开了。"

聂铠脖子一梗："你把话说清楚，不然我不吃。"

肖洱在心里叹气。不该这么早摊牌，应该等到这顿饭吃完。

可是聂铠太敏感，脾气也太暴躁。或者，是她在潜意识里不希望继续吃这顿饭，所以提前拿出了阮唐的生日礼物。

"聂铠。"肖洱慢慢地把心里酝酿许久的话，一点一点拿出来，背给他听，"我认真想过，我们不应该来往这么亲密。以免引起不必要的误会。"

她的话像一盆冷水，把聂铠泼得湿透，他的眉峰凛起，目色沉沉地看着她的眼睛。

"你说什么？"

"我们还太年轻，不应该轻易许诺。以后，会变成一个个笑话。"肖洱说，"所以那些需要陪伴的话，我希望你能忘记。"

"我做错什么了吗？为什么你要这么说？"

"聂铠，我不相信你真的能坚持梦想。"

肖洱轻飘飘的一句话，让有些急躁的聂铠安静下来。

肖洱继续说："你浮躁，骄纵，难被管束。我连朋友都不想跟你做。换言之，我这个人，自私自利惯了，但凡让我觉得不舒服或者失衡的人或事出现，我就会躲开。"

"我现在让你觉得不舒服了？"

聂铠的声音有些沙哑，肖洱看过去，竟发现他眼底有隐约的
红印。

"因为那天晚上我去找你？"他低声说，"我以后不会那么任
性了。"

"聂铠，你没必要这样。真的。"肖洱没再看他的眼睛，"你挺
好的……"

"所以你希望你身边的人是沉着稳重的……杨成恭那样？"
聂铠卸了力，靠在沙发背上："你是不是觉得我没有资格站在你
身边？"

肖洱顿了顿，说："是。"

"那这些日子，你为什么还要陪着我！"他陡然失控，大声道，
"为什么要跟踪我？给我送伤药，参加我的生日派对，让我陪你去南
京，陪你在医院聊天，陪你上学，陪你打球，陪你去图书馆？！这些
都是为什么？"

"因为新鲜。"

肖洱总有法子，三言两语就让聂铠奇迹般地冷静下来。

"你说什么？"

"因为觉得新鲜好玩，而且那时候，我家里有些矛盾，心情
不好。"

她说得这么坦荡，好像辜负一个人的信任和依赖是一件多么天经
地义的事情。

聂铠气笑起来："你骗我，你根本不像在玩。"

肖洱说："我玩游戏一贯认真，你不是没见识过。"

他当然见识过，不管是扑克还是狼人杀。

她骗人的手段恍若无人之境。只是他没想到，现实生活中，也会
有人能够做到这样。

更没有想到，自己也会落入她的骗局。

"你这里装的是什么？"聂铠指着她的左胸，"石头？还是

冰块？你对阮唐掏心掏肺，什么忙都帮，你对那些早上来抄作业的人，都那么宽容。怎么偏偏对我这么残忍？我们就连朋友都没得做吗？！"

因为你是聂铠啊。

肖洱近乎麻木地想，不知道白雅洁如果晓得，她的儿子在肖长业的女儿面前是这样一副面孔，该做何感想。

"再这么坐下去，互相伤害就没有意思了。我的主旨已经表达完全，聂铠，你是个聪明人，有些事情，不要闹得太难看。麋鹿我不会再去了，你也别来找我，让我清清静静过这最后一年。"

肖洱机械般地吐出这些字眼，看着聂铠的脸色一寸寸变得灰败。

她心里没有一点胜利的喜悦。

最初的最初，她从答应聂铠的陪伴时，就知道会有这一天。

那时候，她以为自己在狠狠甩开聂铠时，会有报复的快感。

但是没有。

在知道了很多事情以后，她甚至觉得，现在让她用曾经设想过无数遍的恶毒话语伤害那个女人，她都不会觉得有一丝报复的快意。

这个认知令她困惑。

"你会后悔的，肖洱。"聂铠喃喃，目光有些失焦，"你看着吧，你会后悔的。我才不是你说的那种轻言放弃的人。"

"我看着呢。"

肖洱起身，拿起背包。

"肖洱！"

肖洱回头，头一次能居高临下地看他。他锁骨下还有伤痕未愈，他的手指攥着她的书包带子，指节捏得青白。

"为什么非在这一天不可呢？"她听见他低语，"我今天成年了，能对自己说的话负责任，我本来有很多话想告诉你。"

他像一个被遗弃的小兽，被逼到无路可退的时候，亮过爪牙，负隅顽抗了，最后还是血淋淋地被剖开。

虚弱地、坦诚地将自己摆在她跟前。

不是乞求怜悯，只是太难维系全貌，难过得连伪装都不会了。

少年赤诚，心心念念地沉浸在一段感情里，可以不顾一切，可以疯狂无畏，但是唯独接受不了一厢情愿。

他因她烧起一把火，肖洱却毫不留情地一抬手扑灭了。

"肖洱，你不明白你对我来说意味着什么。"

在小聂铠灰暗的世界里，她是第一束光。

这世界的光亮很多，可不意味着每一个人都会遇见，如果遇见了，那第一个出现的人，就具有非凡的意义。

聂铠也不会明白，他对肖洱来说意味着什么。

初次见面，便给她带来数年战战兢兢、谨小慎微维系的家庭即将遭遇灭顶之灾的恐慌。

而后种种，他在肖洱的世界里，从来都只有一个身份——白雅洁的儿子。

是不是聂铠，没有所谓。

肖洱把书包背带从他手里抽出来。

"聂铠，别这么幼稚。"

他只是难受，特别特别难受。他宁可聂秋同再把他打一顿也好呢。

自始至终，他也没有明白自己究竟做错了什么，连改都没有机会。

"好。我不会再去找你了。"

最后，聂铠这么说。

肖洱的身影顿了顿："那很好。"

她像是等不及，一出门，就打开手机，在通讯录里删掉聂铠的名字。

确认删除联系人？

确认。


肖洱回家的时候，沈珺如多看了她好几眼："怎么了今天？"不等肖洱回应，一只手已经伸过来按在她额头上，"没发烧啊，怎么脸色这么不好？"

肖洱顺着她的话说："不太舒服，大概着凉了。"

"晚上不要贪凉，这都入秋了。"沈珺如叹口气，"身体是革命的本钱，这道理还要妈妈一再重复吗？"

肖洱摇头。

沈珺如见她实在是没精神，也不再多说什么了，让她去屋里躺着："我给你冲杯板蓝根，你作业先不急着写，明天刚好礼拜六，在家多睡会儿。"

"嗯。"

肖洱带上房门，竟真觉得头重脚轻。她一头栽在床上，连书包都没摘，睡了过去。

为了今天这一出，她昨天一整晚没有合眼。

那个熟悉的梦，在她身心俱疲的时候再次入侵。

天地变色，海像有了人性，发着脾气。巨浪滔天，船只飘摇浮沉。

肖洱好几次差一点吐出来。

她终于意识到，原来自己不在船里。

她就是那条船。


肖洱是被渴醒的。

睁眼之际，是晚上11点多。

沈珺如已经帮她脱了外套和背包，让她睡进被子里。可能看她睡得太熟，没叫醒她。

肖洱走出卧室，在厨房保温箱里看见一碗板蓝根。她一仰脖喝了下去，又给自己倒了杯水。

回屋以后，肖洱习惯性看了眼手机，皱了皱眉。

十几通未接来电。

张雨茜的，沈辰的，还有不认识的号码若干。

她看了一会儿，又放下。

可不多时，手机又振起来——张雨茜。

肖洱按下通话键，那头传来酒吧熟悉的吵闹声。

"唉！通了通了！"张雨茜的声音冲破嘈杂的背景音重围，分外扎耳，"肖洱！你怎么回事？"

"让我来说！"另一个声音急吼吼道。

手机像是换了一个人拿着，肖洱辨别出那是柯岳明的声音。

"肖洱……你是不是因为我跟你说的那些话才决定跟聂铠闹掰的？"他说，"都怪我，你不要生他的气啊。我嘴笨，我好心办坏了事……"

肖洱道："跟你没关系。"

"哎呀，拿过来，还是我来说吧！你们男生，都不懂女孩子。"张雨茜大声说。

背景音陡然消失，周围安静下来，想来是张雨茜拿着手机去了别处。

"肖洱，你老实跟我说，为什么要跟聂铠划清界限？他哪里做得不如你意了？就算你不喜欢他好了，但也不至于这么讨厌他吧！"

肖洱问她："聂铠呢？你们怎么没问他？"

你们一个个急着替他出头，他人呢？

"我们就是问不出来啊！他啊，好家伙，一过来就喝酒。往死里喝，什么话都不带说的，谁拉都不行。现在喝挂了，沙发上横尸呢。"张雨茜说，"我就猜是出事了，给你打电话你不接，这不明摆着闹掰了吗？"

肖洱没作声。

"为什么啊？你们这不好好的吗，闹什么啊？"

"没有为什么。"

"这是什么意思？你必须当面给我说清楚！"

"我不去了。"肖洱说，"以后我也不会去'麋鹿'酒吧了。跟他有关的事情，不要再打电话告诉我。"

对方一阵沉默。随后，张雨茜猝不及防突然尖叫起来："不会吧，肖洱，你跟他绝交就算了，怎么还要跟我们绝交？！你不是认真的吧？"

"我是认真的。"

肖洱挂上电话，按下关机键。随着屏幕完全变黑，她的心沉下去，沉进很深的潭水里。

透心地凉。

天开始转冷，2013年的夏天，终于要完全过去了。

# 第十章
当错过了失去了，忏悔的你

在学校的日子一天天过去，比江河汇入深海还要循规蹈矩。

聂铠遵守承诺，没来找过她。肖洱很少能得到聂铠的消息，或者能听见一些消息，肖洱也凭着强大的自制力屏蔽过去，假装没听见。

但她知道，常规意义上来说，聂铠的生活变得混乱无度。他常翘课，就是来了学校也是趴在桌上睡觉，作业很少会做，月考试卷上大片大片的空白。除了陈世骐，全班再没人跟他争倒数第一的宝座。

他不再打篮球了，因为他旧时的球搭子都进入了高考冲刺阶段，没有人能挪出大把时间陪他。

可他成了"麋鹿"酒吧的台柱子。

甚至"麋鹿"因为他，慢慢在这座城市打响了名气。越来越多的人冲着他来，在小马市的贴吧、网络论坛上，他还有一批名为"铠甲"的粉丝。

刚开始光明顶还管一管他，跟他家里人联系。但他很快就发现没有用，白雅洁根本拿他一点办法也没有。

反正聂铠自甘堕落，也不影响别人。

最后，光明顶也不再管了。索性把聂铠的座位调到最后一排，让他一个人坐一整个座位。

再后来，进入高三下学期，所有人一分钟掰成两分钟来用，每天都在厚厚一叠模拟试卷中度过，时而出现的聂铠已经不能吸引他们的注意力。

肖洱把所有精力都投入到学习中，她的成绩进步飞快。

高考前的三次全市模拟考，她在全市排名分别是第七名、第一名、第一名。

尤其是二模，数学卷子变态得令人发指，能考上110分，数学老师已经非常欣慰。

肖洱考了148分。

教育局的老师亲自致电光明顶，言谈间直指他培养了一个好学生，光明顶因此容光焕发了好几个礼拜。

可他很快就开始发愁，因为肖洱交上来的志愿表。

提前保送的志愿表比高考志愿填报早很多，光明顶看见肖洱在志愿学校那一栏填写的是南京大学。

南京大学，怎么会是南京大学？

光明顶约了肖洱面谈，可她从头到尾就一句话：我喜欢这个学校。

他犯了难，只好打电话跟沈珺如沟通。沈珺如压根就不知道这回事，一听到光明顶的话，整个人都蒙了，连声说"我一定让我家孩子赶紧改"。

那天肖洱回家的时候，沈珺如已经请了假在家里等她。她神情严肃，像是肖洱做了什么见不得人的事。

"小洱，你有没有什么要跟妈妈解释的？"她第一句话这么说。

"我成年了，所有的事情，我要自己做主。"肖洱当然明白沈珺如为何这么说话，她看着沈珺如，目光安静而笃定，"我要选择的学校、专业，我以后要选择的职业、生活，全都由我自己决定。"

"你还这么小，你拿什么来自己决定？"沈珺如眉梢吊起，气得口不择言，"送你读书，读成什么样子了？知不知道一点点尊敬父母？"

"妈，你不知道我多尊敬你。"肖洱注视着她的眼睛，语气亲昵，"你是我在这个世界上，最珍视的人啊。"

沈珺如被她突如其来的郑重弄得有点莫名。

"小洱，你怎么了？是不是发生了什么妈妈不知道的事。"

"您一直想控制我。"肖洱轻声说，"您看我的日记，打听我接触的同学，为防万一限制我上书法课，这让您觉得安心，我尽全力配合您。可是，未来不行。那是我的，我不能交给您决断。"

沈珺如心中一颤，不可置信地看着这个从来都不会反抗，一直乖巧懂事、文弱安静的女儿。她从来都不知道，自己做的那些事在肖洱眼里，是完全透明的。

"小洱……"

她不知该说些什么，仿佛这个朝夕相处的女儿，一夕之间变得格外陌生，陌生得有一点可怕。

"即便您用强权迫使我修改志愿，怎么样去过人生也是在我。您是希望我变成顶尖高校里混日子的学渣，还是南京大学医学院最优秀的那个学生呢？"

她的声音轻飘飘的，却像是一记记重锤，砸在沈珺如心上。

沈珺如终于明白，她长大了。在她浑然不知的岁月中，女儿早已经变得成熟冷静。

她恍惚间想起肖长业曾说的话，肖洱早就不是小时候活泼过了头的模样。

从什么时候开始的呢？又是怎么开始的呢？

一切都变得不可考。


肖洱的志愿最终呈送了上去，没改一丁点。

全校老师一提及此，都唏嘘不已：不知道那姑娘是怎么想的，放着清华北大不去上，怎么就要去南京呢？尤其是她选的那个专业，真是可惜了可惜了。

肖洱我行我素，两耳不闻窗外事。

只有阮唐发现她的精神一天比一天差，校服罩在她身上，也一天赛一天宽大。

"小洱，你要注意加强营养啊，你看你都瘦成什么样了？"

肖洱只是笑笑："我没事。"

只是睡不好。

她常做那个梦，汹涌的浪潮，漂泊的孤船。

每一次醒来，都在深夜。然后就是长久的失眠，她只能爬起来看书打发时间。

时间一长，自然熬不住。

等到高考完就好了。很多时候，她也这么催眠自己，恨不得把黑板边上那个倒计时的日历一口气全撕掉。

快一点考完吧。

她已经不想在这里，再停留下去。


距离高考还有一个月的时候，一个人找上了肖洱。

肖洱打死也没有想过，有生之年，自己还会和她有什么交集。

放学的时候，当她看见那个女人款款朝自己走来的时候，竟然连转身都不会了。

白雅洁。

她只在聂铠家里的照片上见过的女人。

噢不，还有13岁那年。

肖洱的背脊僵硬，直直地看着她停在自己面前。

她微微欠身，对肖洱笑："你就是三班的班长吗？刚刚你们班的同学跟我说，你是班长。"

肖洱点头。

"你叫什么名字？阿姨能不能跟你说会儿话？"

她为什么这么问自己？肖洱兀自反应了很久，才终于意识到一件事情——白雅洁根本就不知道自己和聂铠在一个班级，她甚至不知道肖洱这个人长什么模样。

她会来找自己，不过是因为她要找三年级三班的班长，而有同学给了她指引。

这算什么？

肖洱几乎要笑起来。

"你有什么事？"肖洱最终没有笑，她看向白雅洁。

她比照片上显老，身段确实窈窕，可脸上皱纹多，神情也颇憔悴。梳得一丝不苟的盘发里，有很难不被发现的白发。

肖洱不知道是不是她最近操心事太多，才导致她呈现如此老态。

可是面前的这个白雅洁，和她印象中的实在相差太多。

"我是你们班聂铠的妈妈。我这件事，本来拜托的是你们班学习委员，可是……他说他要学习，没有空帮我。"白雅洁的笑容有些局促，甚至还有讨好的意味。

肖洱对她的来意猜了个大概，也知道杨成恭当然不会答应她的请求。

果然，白雅洁继续说："你们都是同龄人，肯定比我们更有办法。我能不能拜托你劝劝聂铠，让他这一个月怎么也收收心，回来看看书，我给他找了最好的老师，安排考前突击。"

肖洱实话实说："聂铠这个程度，就算突击一个月，最多也不过考一个三流大学。"

"不管怎么样，这总要有个大学上啊。三本也行，总不能……"

白雅洁声音虚弱，厚重的粉底没能遮盖她灰败的脸色。

肖洱的拳头紧了又紧，最终别过头去："行，我帮你说说。不过，他不一定听我的。"

说完这句话，肖洱恨不得打自己几巴掌。

白雅洁像溺水之人紧抓浮木："太谢谢你了，同学。你叫什么名字？我，我一定好好感谢你。"

肖洱抬眼，声音不起波澜："我姓肖。我叫肖洱。"

"肖洱？"

白雅洁突然怔愣，目光错综复杂，想掩饰，但巨大的惊愕令她难以掩饰。

"嗯，肖洱，洱海的那个洱。阿姨我先走了。"

很久以后，肖洱想起白雅洁和她给自己留下的最后印象，就是那天，她微张着口，站在教室门口的走廊里，望着自己的惊讶表情。

仓皇的、毫无优雅可言的、悲哀的。


晚上8点。

肖洱已经在"麋鹿"酒吧所在的巷口站了很久。

205

这个时间，其他的学生要么在家里做卷子，要么在辅导班做考前突击。可她只是跟沈珺如说去同学家一起学习，就轻而易举地逃离了她的视线。

经过那天的对峙，沈珺如对她的管束一下子放松下来。肖洱不知道是因为沈珺如觉得自己已经填过保送单，不需要再担心什么，还是她突然间想通了，突然给了自己某种更深的信任。

又或者是其他，可肖洱不愿意再想了。

最近她总是觉得累，可能是睡眠不好导致的。她以前从不会这样。即便思虑甚多，即便战战兢兢地维系父母关系、保持学习成绩、完成班级工作、参加课外活动，也没觉得累。

可现在，她所有的课外活动都暂停，班级工作也因为高考的到来而被光明顶全面卸下，肖长业没再和白雅洁有什么联系也没有去过茶室……

肖洱只需要专注她最擅长的学业。

但她觉得累了，像一台高速运转的机器，突然间转得缓慢，反而容易生锈、出故障。

这个时间点，来来往往的人很多。都是年轻人，穿着打扮时尚潮流，言谈举止也大胆露骨。

肖洱听见他们在讨论聂铠。

"你就是冲着那个驻唱小哥去的吧？"

"不行吗？我就喜欢他那型的，唉，你看到那身板、那腰、那腿了吗？睡不到他，人生还有什么意思。"

"得了吧，他有伴了。"

"就他身边那丫头？好看是好看，没劲。再说现在这都什么年代了，有伴怎么了？"

几个人嘻嘻哈哈，从肖洱身边走过去了。

肖洱又在原地站了一会儿，觉得等到聂铠的可能性不大。

地上那一小撮沙土，已经被她的脚尖磨过来磨过去，成了粉末状。她叹口气，转身进了那道巷子。

人真不少，比去年这个时候多了一倍。明丽璀璨的灯光照耀下，百态面目都化为相似的迷醉，红男绿女，今宵有酒。

聂铠仍在高台上，半倚着一把高脚凳子。他戴着一顶帽子，帽檐扣得低，将眉目藏在灯光的死角里。只穿一件单薄的黑色衬衣，随意地掐在牛仔裤裤腰里。他瘦了不少，腿显得更长。

此时，聂铠在唱周杰伦的歌——《安静》。

肖洱个子不高，隐在人群里毫不显眼。她静静地站着，听完了一支又一支歌。

每一曲歌罢，听众都会起哄，吵吵着点歌。聂铠有时候听从，有时候随性。

肖洱听了四首之后，看见聂铠脱帽，轻轻摆了摆手。

她知道这个动作的意思，他今天很累了，下一场再见。做完这个动作，聂铠转身下台。点歌机切回原唱。有几个人围过去，肖洱视线里出现了一个熟悉的身影。

梦薇。

肖洱不知道这个时候在这里看见梦薇，意味着什么。

她想起刚才那几个聊天的女生，可能梦薇就是她们口中的那个伴。

梦薇此时站在聂铠身边，手里拿着聂铠的外套，正一脸笑意地同他说着什么。

聂铠听着她说话，正在喝一瓶矿泉水，没有做出回应。

几个女生等在边上，似乎想要跟聂铠搭讪，可碍于梦薇，都没敢动作。

肖洱没有上前，她离开了"麋鹿"，等在酒吧门口。

大概十分钟以后，聂铠和梦薇一起从里面出来。

"聂铠。"

肖洱叫他的名字。

两个人同时站住了。

肖洱默默地看着他，近距离之下，她突然发现，聂铠的头发长长了。他从前的头发短而清爽，整个人热气腾腾的，散发着难以掩盖的勃勃生气。

现在却柔软茂密。从合适的角度看去，竟然像个带着致郁气质的美少年。

不知道是他的歌影响了他，还是"麋鹿"影响了他。又或是，其他什么。

"你来干什么？"

"你怎么来了。"

梦薇和聂铠同时发声。梦薇几乎是下意识往前上了一步，神色愠怒。

肖洱只当没看见梦薇这个人，她直直看着聂铠，说："我找你，有点事情要说。"

"有什么话就在这里说。我是他的朋友，我有资格听。"梦薇提高了嗓音，却显得底气不足。

肖洱只当没听见梦薇的话："我在巷口等你。"

她转身就走。

"你说过，不再联系我。现在这算什么。"

聂铠一个人走出来，站在肖洱跟前，影子将她整个人都笼罩起来。

他拧着眉，不甚耐烦地看她。

肖洱说："聂铠，还有一个月就高考了。你再这么下去，很可能……"

她的话被他粗鲁地打断："你还关心这个呢？"

肖洱只停了片刻，又说："你喜欢音乐没有错。可如果只有高中文凭，你很难在这个社会立足。"

他从鼻子里哼了一声。可纵然是再不屑一顾的样子，也没有转身离开。

"聂铠，如果你现在这么荒唐行事，是因为我的……"

"你别给自己脸上贴金，肖洱，我们连朋友都不是，你就别来管我的闲事了。"他再次打断她的话，很烦躁的样子。

"我是你的班长，我有义务规劝你回到正轨之上。"

"肖洱，你总有很多理由，你做每一件事，总有很多理由。"聂铠默了一会儿，突然说，"你觉得心情不好，觉得我很新鲜，就接近我，和我做朋友。你觉得腻了，就跟我划清界限。现在呢，你又觉得当班长的责任感爆棚了？所以要来拉我一把，让我迷途知返？"

肖洱没有否认，她看着他："那么，你愿意迷途知返吗？"

聂铠像一拳打在棉花上，觉得很无力，他仿佛看见自己和肖洱之间分明的地位。

永远都是她，她在拿捏，她在主导。

可是，比他想象中要好一点。起码她主动来找他了，什么理由都好。

聂铠突然扯了扯嘴角，露出一个无所谓的表情，眼睛却紧紧盯着她："肖大班长，那你有没有义务帮我复习呢？"

"我帮你，你就会好好复习？"

聂铠脱口道："看心情。"

他说完以后，立刻就后悔了，可仍然执拗地站着，没有改口。

肖洱淡声说："那就算了，我没空。"

"肖洱。"聂铠攥着拳头，忍无可忍地叫了她一声。

"聂铠！"梦薇的声音从巷子里传来，她抱着聂铠的外套，手里拿着聂铠的手机，"你妈妈找你！"

她把手机给聂铠，聂铠背过身去接电话。

梦薇警惕地看着肖洱："班长，你不会告诉老师吧。"

肖洱瞥了她一眼："我没有你这么闲。"

梦薇被她呛了一下，脸上有点挂不住，没好气地说："你既然忙，就赶紧回家看书去。"

聂铠已经挂了电话。

他走过来，步子大，气势汹汹，面上阴晴难辨："肖洱，是我妈让你来的？"

梦薇站在两人身边，莫名就觉得他们之间有一种气场。说不清楚，明明两个人并没有激烈争吵，甚至肖洱都没有看聂铠一眼。可她仍能感受到空气中胶着的紧张气氛。

肖洱点头，眉眼清淡："嗯。"

聂铠面色僵硬，非常难看。

在某一个瞬间，梦薇觉得那个气场陡然间崩塌了。

聂铠低声说："你走吧。"

"聂铠，生活是你自己的，你搞砸了，就要自己……"

"你走吧！"

三次，今天晚上，他打断她三次。肖洱不再规劝，她已经仁至义尽。

她头也不回地走了。

梦薇不敢跟聂铠搭腔，他站在街边，浑身散发着危险的气息，目色沉沉地注视肖洱的背影。

一动也不动，看了很久。

最后，肖洱的身影完全消失在长街尽头。他转身，往巷子里走。

"聂铠？你还回'麋鹿'干吗？"

"别跟来！"

他语气暴躁。

梦薇知道他可能要去喝酒了。她在巷口站了许久，最后一跺脚，跟了上去。


很快，6月在学生的期盼和憎恶中来了。

肖洱的考场号是39，被分去二十二中。杨成恭也在那里，他在第8考场。

高考那两天，天公没作美，下了场大雨。考场外送考的家长撑起伞，人太多，伞面彼此相连，远远看去，像五颜六色的塑料大棚。

孵化着累积了十数年的希望。

沈珺如的学校被选做了考场，她被调去监考，不能送肖洱。肖长业也要出差，没法请假，为这事还挨了沈珺如几句埋怨。

正合肖洱之意。

她把高考当作一场仪式，她一丝不苟地执行每一个步骤，并不希望有人来打扰。等到仪式结束，她将跟过去的人生，做一个告别。

如果，真的可以的话。

最后一场英语考试结束，肖洱把答题卡放在桌面上等待监考员收走。

窗外雨声淅沥，夏季原本的闷热被打散不少。

肖洱神清气爽。

回家的路上，她被杨成恭叫住。

"肖洱。"他与她并肩，"最后这一次，我超常发挥了。"

肖洱心情安然："那恭喜了。"

"你呢？"

"和往常一样。"

肖洱说和往常一样，那就是发挥得很好了。杨成恭莫名地高兴，高兴之余，又有些担心："听说你之前填报的是南大。"

"嗯。"

他随着她一起走，突然说："可我想冲刺的学校是复旦大学。"

"加油。"

肖洱没听出他的弦外之意。

"不过，南京离上海很近的。"杨成恭自言自语，脚步慢下来。

可肖洱没有，她仍然朝前走。

杨成恭呆呆地看了她一会儿，肖洱的头发早就及肩，现在已经垂下不少。她的头发和她的人不像，是柔软细碎的，发尾偏棕色。

她看起来像所有的江南女子，温柔、软糯，没有半点威慑力。

可所有认识她的人都知道，事实并非如此。

这样的反差，教人无端着迷。

杨成恭的嘴角扬起微笑，又抬脚追上去。

高考后，肖洱跟沈珺如提出的第一个要求是出门度假。

当然是一百个答应，世界这么大，地点随便她挑，玩多久都没问题。

肖洱知道肖长业本事大，她想了一夜，跟肖长业提出，给她配一位有经验的导游。

"我有好几个地方想去，就我一个人。"她说，"你跟她说一下，看怎么安排最合适。"

肖长业诧异："不跟同学一起？"

"唐唐要打工。"她说，"其他的人，我没兴趣。"

肖长业想了想，又问："行，我安排。找个导游全程带着你，你想去哪些地方？"

"昆明、丽江、大理……西塘。"

"云南一线是吧，回来的时候再顺道去西塘转一转？"肖长业说。

"嗯，算是吧。云南我要多留一段日子，半个月左右。"

"没问题。"肖长业又说，"大理……是个好地方。爸爸年轻的时候也去过，你的名字，就是取自那里的洱海。美，特别美。"

肖洱没搭腔，目色却冷了一瞬。

肖长业找了当地最好的一家旅行社做私人定制，给的钱多，没别的要求，只要他闺女安安全全地去，开开心心地回。

旅行社找专门的旅游策划师，花了两整天，为她定制了一条云南深度游长线，一共十八天。旅游线路递过来，肖洱松松散散看过去，就定下了。

算算日子，等她回来的时候，高考成绩、录取分数线就都出来了。

这样很好。


云南之行很顺利，导游孙姐确实不负金牌导游的称号。两人一路玩过去，她事事安排妥当，每到一处都有专门接待的人负责，在每一个或大或小的景点，都能给肖洱普及很多有趣的知识，讲述传奇的故事。

肖洱话不多，但善于思考，偶尔发问或是接话都能让人眼前一亮。

孙姐很喜欢肖洱，她打心眼里觉得，这趟旅游做得值，甲方乙方都很欢喜。

最后一站是西塘。

孙姐已经和肖洱很熟，便问她："这样的古镇有很多，乌镇、木渎、周庄、同里……怎么对西塘情有独钟？这里近几年已经商业化得很严重，到处都是酒吧，古朴的气质都快要被磨光了。"

"酒吧？"

"是啊，咱们顺着这石板路往前走，过了前面那座桥就是一条酒吧街。再晚些的时候，乌泱泱一片全是人，都是来酒吧找乐子的。吵，太吵了。有句话怎么说，音浪太强，不摇会被晃到地上？"孙姐自我感觉幽了一默。

肖洱只是笑笑："酒吧挺好的。"

孙姐怎么也不能把这几天朝夕相处下来的安静姑娘跟那种喧闹的酒吧联系在一起，她有点诧异，问她："你想去看看？"

肖洱摇头："不去了。"

这才像她嘛。

在西塘乱逛，确实如孙姐所说，哪儿哪儿都是店铺，兜售着看上去鲜妍实际上质量低劣的小商品。

一条街没走到头，肖洱就浑身犯懒。她在心里说，打道回府吧，她已经出来得够久了。

出行以前，她有意告诉沈珺如，不管分数如何，都不要在她旅行途中告知她。现在她回去了，考试分数却成了她要知道的第一件事。

不论好与坏，凡事都要有个结果，肖洱从来不是只注重过程的人。

得知肖洱今天回家，沈珺如专门去酒店订了一桌子菜犒劳她。

肖洱刚下飞机，就接到沈珺如的电话。告知她酒店包厢号的同时，沈珺如难掩喜悦地说："猜猜你这次考得怎么样？"

沈珺如高标准严要求，在肖洱屡次模拟考试拿到全市第一的名次之后，还能用这么兴奋的语气跟她说话，结果不言而喻。

"妈妈跟你说，674分，全省第二名！跟第一名就差一分！而且你是咱们市的状元。"不等肖洱猜测，沈珺如已经说了出来。

从成绩出来到肖洱回家，这些天她可憋坏了。

其实分高分低对于肖洱上什么学校已经没有任何影响，但沈珺如觉得面上生光。

这绝对是一件光耀门楣的大好事。她已经想好要如何邀请所有的亲戚朋友，学校的老师领导，办一场轰轰烈烈的谢师宴。她已经可以展望未来的生活会是如何的幸福洋溢、叫人羡慕。

她十月怀胎、十多年来的辛苦培育，都没有白费！她最引以为傲的女儿，没有让她失望！三生有幸，阿弥陀佛！

沈珺如的人生第一次有了一种开心得找不着北的感觉。唯一的美中不足，是肖洱填报的学校。

不过大喜当头，瑕不掩瑜。

肖洱随口问："我们班其他人的情况呢？"

"你们班考得都不错的，高过一本分数线的有一大半呢。"沈珺如说，"我昨天才跟你们方老师通过电话，他说你们班那个杨成恭也特别争气，考了全省58名，可能都能考上北大。"

"阮唐呢？"

"她考得挺好，一本达线了。"

"噢，那考得不好的呢？"肖洱停下脚步，随口问。

"也有吧，听方老师说，那几个老大难的学生，有两个就考了两百来分，还想上什么大学？"沈珺如不当一回事，说道，"你爸爸去机场接你了，你快点回来，妈妈等着你们噢。"

"知道了。"

肖洱挂了电话，在原地站了一会儿，也不知想了些什么，才慢吞吞地继续往前走去。

肖洱毫不怀疑，那两个人中就有聂铠。两百多分，如果家里花些钱找找关系，也是能上三流大学的。

等候行李的时候，肖洱给张雨茜打了一通电话。

"你是说，离家出走？"

"对呀，没多久前。"张雨茜在那边打了个呵欠，"我这几天被烦死了，所有人都跑来问我驻唱哪儿去了。"

"因为什么？"

"具体的原因不知道，没人能联系上他。不过，柯岳明到酒吧来说，可能是考砸了，家里人想找关系把他送进大学去，他不答应。这不一吵起来，他就跑了。"

"……"

"我觉得也没必要上大学啊。"张雨茜说，"他这嗓子，在哪儿不能行？没准出去闯荡闯荡，一炮走红，转眼就成明星了呢。"

"没那么容易的。"肖洱轻声说。

这个世界上比聂铠嗓音条件优秀的大有人在，可真正能够熬出头的，又有几个。更何况，他所受的专业培训不多，大多数时候还靠自己摸索。这么莽撞地想要闯出一片天，真幼稚。

聂铠离家出走，白雅洁可能要急疯了吧。坐在肖长业的车上，肖洱兀自出神，可意识到自己在想什么的时候，她立刻摇了摇头。

一切都已经走上正轨，如果白雅洁不能再构成威胁，那么她还担心什么呢。

自聂铠离家出走以后，肖洱很久没有再听到他的消息。

倒是肖长业那边，肖洱偷看他的手机，得知白雅洁已经离开小马市，去各地找儿子去了。

这一下，肖洱的心彻底放回了肚中。

9月，她顺顺心心地去了南大报道。

开学当天，沈珺如和肖长业一起送她。沈珺如对南京大学的态度很不好，仿佛自己的女儿是屈尊降贵才来了这里，趾高气扬地指指点点。对这不满意，对那也不满意。一会儿嫌弃宿舍没有空调，一会儿惊呼校园绿化不够，当着已经来了的另一个室友的面，肖洱和肖长业都有点尴尬。

肖长业先忍不住了："行了，你少说两句。"

"我真是搞不懂，你分数比杨成恭高那么些，怎么他晓得去报北大，你就来了个南大？北京多好啊，你怎么就喜欢这里？"沈珺如终于还是说出了心中的不满。

原本在得知肖洱的好成绩时，她是开心了很久。可得知杨成恭被北大录取后，沈珺如心里不是滋味了，她越想越觉得心里不舒服，恨不得马上去教育局把肖洱的志愿表拿回来重新修改。

肖洱淡声说："我高兴。"

沈珺如道："你这孩子，真是越来越不尊敬大人了。"

肖洱没再回嘴。她也觉得高考后，自己对待沈珺如的态度有了改变。很多时候，她面对母亲的专制和蛮横，不再像从前那般忍让。

仿佛每个孩子青春期必经的叛逆，在她身上，到了今天，才慢慢有所体现。

肖长业对沈珺如使眼色："你这个人啊，总是要求孩子尊敬你，你什么时候尊重过孩子了？"

沈珺如被他说了一顿，立刻道："我这么多年，辛辛苦苦地培养她，难道我不希望她好吗？"

"这是两码事！"

两个人又吵起来。

肖洱脑子有些发炸："爸，你们什么时候回去？"

"过一会儿就走了。"

"走的时候把门带上。"

沈珺如和肖长业终于走了，肖洱站在空荡荡的宿舍里，和那位一个人来的室友大眼瞪小眼。

对方先笑起来："挺头疼不是？我没让我爸妈来就是怕这种情况。"

肖洱抱歉地笑笑："我是肖洱。"

"如雷贯耳。"那姑娘吐了吐舌头，"早就听说这一届咱们省前两名都来了南大，一个去了天文学专业，一个来了医学系，我们这等学渣压力山大啊。"说罢一笑，"我叫聂西西，以后咱们就是舍友了，多关怀学渣！"

肖洱有点愣，她说："你是说，那个省状元，也来了南大？"

"嗯嗯，你不知道吗？全省第一那个，675分，程阳。"聂西西说，"不过，咱们天文系多牛掰啊，他来这里也实属正常。"

言下之意，肖洱就有点奇葩了。

聂西西自知失言，赶紧补救："我的意思是，他就是南京本地人，可能就不愿意跑远了。"

程阳。

肖洱对这个名字有印象，她很快就想起来在哪里听过。只是，这世界上同名同姓者不计其数，她不能确定是不是就是他。

好不容易收拾妥当，肖洱浑身疲倦，半靠在床上休息时，连续接到两通电话。

阮唐和杨成恭。

阮唐和杨成恭最后都去了北京的大学，他们买的车票比肖洱晚两天，现在还没离家。

两人商量好似的，打电话来的说辞也相当一致——是否安顿好了、感觉怎么样、以后回家要常联系云云。

肖洱一一应答。

杨成恭在挂掉电话之前，沉吟片刻，说："肖洱，有件事我要告诉你。"

"嗯？"

"白雅洁找到聂铠了，就在前两天。"

"噢。"肖洱很想告诉他，以后聂铠的事情不要再跟自己说了。

可她太累，没说出口。

于是杨成恭继续道："聂铠好像在外面吃了些亏，情况不太好。"

"你怎么知道的？"

肖洱警惕起来。

这些日子慢慢放松的弦，又一次本能地绷了起来。

杨成恭说："就是昨天，她和你父亲又约在了茶室。我亲耳听见的。"

肖洱捏着手机，只觉得捏着一块冰坨，一寸寸寒意沿着手臂直攻入心房。她突然觉得暴躁，想要跳起来，想要大声喊叫，想要骂脏话。

她到底要怎么做？永远待在肖长业身边盯着吗？就在昨天？在她和沈珺如去商场挑选拉杆箱、生活用品的时候？

难道高考前这段日子，肖长业和母亲之间的和睦都是假的吗？难道是肖长业为了不让她分心，才有所收敛吗？

为什么她才刚刚离开，就要听见这样的消息！

"白雅洁现在精神状态也不好，我听她那口气，像是聂铠跟人打架，被拘留了。"杨成恭说，"虽然他被他爸保释了出来，但父子俩又大吵一架，差一点断绝父子关系。"

"行了我知道了。"肖洱无力道，"没有别的事了吧？"

"肖洱，你不要太难过。"杨成恭说，"我听叔叔的意思，没有那么想要插手管。他还说最近他们公司挺忙的，我觉得，可能他和白……"

肖洱挂了电话。她呆坐在宿舍很久，久到聂西西觉得她都快变成一尊雕像了，肖洱才慢慢起身。

"肖洱，你要下去吃晚饭吗？我跟你一起！"

肖洱摇头："不是。"

"那……"聂西西最会察言观色，看见她的表情，没再问了，赔着小心道，"那你自己小心一点噢。"

肖洱走出宿舍区。

临近开学，宿舍区外街道两边全都是卖被子、褥子、拖鞋、浴篮等生活必备品的小摊子，还有很多勤工俭学的学长学姐在做兼职售卖。

肖洱穿过一片吆喝声，来到转角处一家书报亭边。

"小同学，买点什么？"

店主大姐带着新买的塑料发夹，笑容热情无比。

"我打个电话。"

店主有点讶异，大学生现在哪个不配有智能手机？怎么还到这来打电话。不过她仍然热情地把座机推过去："打吧打吧，省内两毛，省外三毛。"

肖洱掏出手机，调出白雅洁的电话号码——那还是当初杨成恭给她的。

高考后，她换了手机，却没忘把电话号码转存过来。

店主更奇了，看着这小丫头明明有手机却不用。可能是没电话费了吧，她漫不经心地想着。

电话很快通了。

"喂。"白雅洁有气无力的声音传来，"你哪位？"

"你为什么这么贱？"

肖洱搜刮尽她能想到的恶毒词汇，说出口。

对方愣了愣，突然笑出声："找到我的电话不容易吧？"

肖洱心里一突。

"我是不知道你是哪里的阿猫阿狗，随便找个电话亭给我打电话。我啊，哪能贱得过你。起码我是原配，你呢？你缠着秋同，想要拆散人家家庭，无非是为了那两个钱。俗不可耐！不过我告诉你，别做白日梦了，你休想他会跟我离婚。"

肖洱蹙眉，很快想明白过来，白雅洁是把她当作聂秋同在外面勾搭的女人了。从她的语气来看，接到这种电话，不是一次两次了吧。

肖洱微微冷笑，她低声说："白雅洁，你自己又好到哪里去？你就没有勾引过有妇之夫？没有介入过别人的家庭吗？"

"你是谁？你知道些什么？"白雅洁的声音一哽，不太稳了。

"你别管我是谁。我知道你做的丑事，你最好小心一点。"肖洱冷声说，"狐狸尾巴藏得再好，也还是一身骚。"

她"啪嗒"一声挂了电话，看向早已经目瞪口呆的书报亭店主："多少钱？"

"六、六毛。"

肖洱付了钱，转身往回走。

店主吞了口口水，摇头感叹：这年头的小姑娘，真是深不可测，深不可测。

那个夜晚，肖洱的船险些在风雨中覆灭。

虚空中，若有若无地飘来一个声音。

肖洱，你怕不怕？

我不怕，我有什么可怕的。

可是，你为什么要哭泣？

肖洱，你恨不恨？

我不恨，我只是不甘心。

可是，你为什么要发抖？

他说，肖洱，这雨和风，是你的眼泪你的战栗。

这一切的孽，皆由你造。

那个声音缠绕在她心间，蛊惑她的心神，可她拿他一点办法都没有。

开学后的第一个周六，肖洱就回了家。

沈珺如有些纳闷，不过女儿回家，她总归高兴。晚饭时候，细细询问了所有课程进度以后，她才说："这样也挺好，学习不紧张的话，放假可以抽空回来。"

肖长业在一边听了，却说："女儿都上大学了，时间该自己支配。趁着大一不太忙，可以多在社团学生会历练历练，不用着急着往家里跑。"

"女儿想家难道不好吗？"

眼看着两人又要拌起嘴，肖洱沉下脸："你们是不是只有在我高考前才能收敛点？那会儿，都是装的吗？"

两人皆是一愣。

沈珺如尴尬地笑笑："你说什么呢？"

肖长业也不自然："行了，吃饭吃饭，吃饭的时候不要说那么多话。"

吃完饭，肖洱只说了声"我出门有点事"，就离开了。

"唉，这么晚你去哪儿？你的同学有回来的吗？"

肖洱没回答。

"这孩子，怎么一上大学，完全跟变了个人似的。"沈珺如嘀咕，"是不是发生什么事了？"

肖长业不以为意："你以前压她压得太紧了，现在可能有点反弹过度。"

"我那还叫紧啊？你是没看到我们教研组老王家女儿，都看成那样了，结果还是跟他们班一个男孩子搞早恋，现在只勉强考了个三本。"

"所以说！施加太大压力会有反作用的。"

"到底你是搞教育的还是我是搞教育的？你能有我明白得透彻吗？"

肖长业一挥手："我跟你没法沟通。"

沈珺如冷哼："对，你就跟你那初恋情人有法子沟通。"

"沈珺如！"

沈珺如扬扬眉梢："行，我不提。一提起她，你看你那表情。"

肖长业怒气冲冲地关门进卧室了。


肖洱去了"麋鹿"酒吧。

聂铠不在，高台上一个不认识的女生在唱歌。

她没想来找人，只是觉得烦，来这里喝酒。

认识肖洱的店员告诉张雨茜肖洱来了酒吧，后者拖着沈辰一起颠过来找肖洱叙旧时，她已经喝到第三杯。

"噢哟，我看到了什么？"张雨茜夸张地张大眼睛，说，"肖洱？这还是你吗？你在这儿干吗来了，买醉？"

肖洱神思清明，可因为喝了酒，眼波流动间，平添一抹艳色。

她说："你们是来陪我喝酒的吗？"

"是呀是呀，陪人喝酒解闷什么的，我最擅长啦。"张雨茜笑眯眯地凑过去。

"你们喝，我不奉陪了。"

沈辰表情语气都别扭，一扭身，到一边去了。

"嗨，别管他。"

张雨茜开了瓶黑方，又提来一瓶冰红茶，熟练地调匀加冰。

"怎么了？"

"还能怎么，这个小心眼还在怪你跟聂铠还有我们这帮朋友翻脸了呗。"张雨茜说，"不过话说回来，你高考那阵跟我们断绝往来是挺可气的。但毕竟是特殊时期，也情有可原。"

张雨茜这个暴脾气这么偏向自己，肖洱有点不适应。她说："张雨茜，你是不是想问我王雨寒的事啊？"

张雨茜被她精准地拿捏住，笑得有点尴尬："被、被你看出来了噢？"

酒精的刺激让肖洱面上的表情丰富起来，她潋滟一笑："挺久了，你们还在联系？"

张雨茜的眼睛水洗过一样明亮，她说："我现在可是他的准女友。"

"准？"

"嗯，等他明年高考完就转正。"

"……"

张雨茜畅想着自己和王雨寒的未来规划，没注意到肖洱的目光渐渐发直。

第五杯酒下肚，她听见肖洱在自己耳边问："你之前说你讨厌小三，有原因吗？"

"怎么没有！你怎么说起这个？你一说起这个，我一肚子火啊。"张雨茜捋起袖子，说，"我哥跟我嫂子，就是被一个男的第三者插足。气死我哥了，分分钟找人去剁了那男的命根子。"

肖洱有点没反应过来，"啊"了一声，难得迟钝："然后呢？"

张雨茜的表情有点伤感："然后我哥被判了好几年，现在还在里头蹲着呢。"

肖洱喃喃："可我再生气，也不能拿刀去砍人啊。"

"什么？你说什么？"

她摇摇头："没事，有点头疼。"

张雨茜其实听见了，并且会错了意。她捂着嘴，看向肖洱："你该不会想砍梦薇吧？难道你当初和聂铠闹翻那件事，跟她有关？！"

她越想越觉得不对劲，突然一拍桌子："原来是这么回事！"

肖洱眼前有点模糊，看见张雨茜突然拿出手机打电话，她下意识想去拦，可是手上没有力气。

最后，整个人趴在张雨茜身上，不动弹了。

她喝醉了。

"聂铠，你猜猜看，现在谁在我身边？"电话一接通，张雨茜欠揍的声音就飘了过去。

"不猜。"

"唉唉唉！你别挂电话啊！"张雨茜急了，"我保证，你挂了电话就会后悔的！"

"干吗？"

"肖洱现在醉倒在'麋鹿'了噢。"张雨茜把声音拖得长长的，"醉倒之前，你猜她跟我说了什么？她说她想拿刀砍梦薇。"

"什么意思？"

聂铠此时正在家里，他的左胳膊还打着石膏，额角的缝线还没拆。

"哟哟哟，紧张了？"张雨茜窃笑。

"你再说一句废话，我明天就把你那儿拆了。"

"哎呀，开个玩笑！你真无趣。"张雨茜不敢再逗他，忙说，"当初肖洱突然跟你划清界限，是不是挺离奇突然的？而且那天，你在'麋鹿'喝多了，最后是梦薇跑来照顾你的。"

"你想说什么？"

"你说有没有可能，肖洱是迫于什么压力，不得不远离你呢？她那么一个好好学生，可能是怕家里人骂，或者老师责备之类的？"张雨茜积极调动大脑，开启脑补模式，"本来还可以解释，可没想到，你一转脸就跟梦薇搭上了，她肯定不会再理你了啊。这说明，肖洱对你肯定有超出朋友关系的好感！"

对方沉默。

张雨茜很难有说话被聂铠听进去的时候，非常有成就感。开脑洞无罪，加上她本来就不喜欢梦薇，于是再接再厉，煽风点火。

"而且那个梦薇我一看就觉得是个会搞小动作的女生，我见得太多啦！没准就是她跟老师告的密。要不，怎么往上凑得这么及时？"

聂铠挂了电话。

他脑中穿起一根线，有一些细节令他无法忽视，他立刻给梦薇打过去。

"喂？聂铠！你最近怎么样？"梦薇在宿舍接到聂铠打来的电话，还处于难以置信中。

谁知对方在下一秒，就劈头盖脸问出了她最不愿意回答的问题："那时候是不是你告诉了光明顶，我跟肖洱去酒吧的事？"

"聂铠？"

"还有。"聂铠的舌头在嘴里顶着牙齿，慢慢地磨，"当初，贴吧那篇帖子，是不是你发的？"

梦薇心下一凉："你、你怎么会知道？是肖洱告诉你的？聂铠，你听我说！"

电话挂了。

聂铠心中惊痛，掀起难以言表的悔恨。他跳下床，不顾白雅洁的反对，推门跑了出去。

他真是个傻×！

聂铠以最快的速度赶去"麋鹿"酒吧。

张雨茜和沈辰还不知道聂铠离家出走那档子事，眼看着他浑身带伤地跑过来，直冲肖洱而去。

两个人面面相觑，都有点发蒙。

"不是告诉过你们，不要让她喝酒吗？"聂铠声音阴沉。

他一副大爷现在很不爽的样子。

"嘴长在她身上，我们怎么管得住？再说了，也不知道是谁惹得她不开心。"张雨茜反驳回去。

不过，看在聂铠满脸伤的分上，她的声音不那么尖锐了，又凑过去问："我说聂铠，你这是，怎么着了啊？你什么时候跟人打架了？怎么不叫上沈辰啊？"

沈辰的红刘海下，一张标致的脸也有些傻。不过好在他还晓得电灯泡招人烦，于是伸胳膊把张雨茜拽走了。

酒吧里，肖洱曾经常坐的这个角落——不起眼，却能清楚地看见舞台的角落。只剩下他们两个。

聂铠很久没有看见肖洱。刚刚跑过来太急，直到现在他才意识到目前的状况。

准确地说，是两人的差距。

她是这一届的市状元，天宁高中挂横幅恭贺的对象。

而他呢？高考落榜，却自以为是，背着吉他去闯天下，结果还没开唱，就被人打趴下了。最后还要靠父亲的关系才能从派出所出来。

彻头彻尾的失败者。

不过短短一年，两个人之间的差距竟然拉得如此之大。

聂铠坐在肖洱身边，伸手捂住脸。

他这些日子，究竟做了些什么？！他还有什么资格来这里找她？

聂铠神思烦乱的当口，身边的人有了动静。他偏头去看肖洱，后者迷糊着坐起身子，有一点摇晃。

"肖洱。"聂铠伸出完好的一只手扶住她。

肖洱以为自己梦见聂铠了，她从没有梦见过他。

这个梦里，他身上带着伤，目光里也是满满的悲伤。

怎么会这么难过？

肖洱不解，她伸手去碰他的脸颊："你怎么搞成这个样子？"

话一说出口，肖洱就悟了。这不是梦。梦里，她是不能这么开口说话的。

肖洱指尖颤了颤，眼睛很久才有了焦距："聂铠？"随之而来的，是眼中的冷淡，她缩回手，"我要回家。"

聂铠被她神情的转变狠狠烫了一下，他说："肖洱，我都知道了。"他急切地想要表明心意，"我知道那时候是梦薇挑拨……知道你是没有办法。我、我跟她根本没有什么，我只是……"

"你在说什么？"肖洱皱眉，"你别在我跟前晃，很烦。"

她几乎不沾酒的人，却混了好几种酒喝，这时候全凭自制力在撑着。可是眼前的景象，已经重影三层，变得模糊不清了。

"都是我不对，肖洱。"聂铠鼓起勇气，一把拉过她的手，"我们重新做朋友，好吗？"

说这句话的时候，聂铠都不明白自己是怀着什么样的心情。

大概是，带着绝望的孤注一掷。将自己剩下的那部分，还能够燃烧的心，捧到她跟前。

肖洱反应了很久，似乎是听进去了。她笑起来，明媚却冷冽，随手抄起身侧的酒杯，将满杯的酒泼向他。

　　"就凭你现在这个样子？"她将满腔对白雅洁的怨毒，毫不保留地发泄在他身上，"你、做、梦、呢。"

　　酒水顺着聂铠额角滑下，滴落在他左臂石膏上。辛辣的酒精泅过裸露在外的伤口，疼痛锥心刺骨般袭来。

# 第十一章
## 你知道天总会黑，人总要离别

周日下午，肖洱坐车回学校。

聂西西看见她回来，笑眯眯地打招呼："回家的感觉怎么样？"

肖洱答不上来。

那一晚之后，她在自己家卧室醒来，是张雨茜把她送回去的。

第二天，沈珺如跟肖洱对峙了半天，最终把错因归结在她结交的不良少女身上。

"我可认得出来，这姑娘是上次跟王雨寒眉来眼去的那个吧。"沈珺如冷声说，"让你不要跟他们这种人搞在一块，你就是不听。我说你怎么最近这么反常，交友不慎，交友不慎！"

沈珺如一贯是个善于把她认为的罪恶掐死在摇篮中的人，于是针对这次恶性事件，她很快做出反馈。

"放寒假之前，你给我待在学校。我不定时去查岗，你哪儿也不许乱跑，也不要回来，听到没有？"

肖洱看着沈珺如一脸严肃的样子，突然觉得悲哀。

为自己，也为她。

她以为这样能管得住一个人格健全的成年人，简直像一个笑话。自己为了母亲自以为是地斗争这么多年，更像一个笑话。

这样的日子，什么时候是个头？

肖洱不知道，这样的日子，很快就迎来了终结的那一天。

升入大学的第一个国庆，七天假期。

还没放假的时候，高中班群里就有人吆喝开来，要回小马市聚一聚。

沈珺如之前一时气急，说了那样的话，这时候也不免有些后悔。

"回来吧，我给你买了大闸蟹。"末了，她又补充，"这次不许再去那种地方喝酒，像什么话。"

肖洱也没想再去"麋鹿"。

那次酒醉以后，她并没有如同书里说的那样，喝断了片什么也不记得。

相反的，她记得清清楚楚。记得她泼过酒后，聂铠眼里的灰败暗淡；记得他最后把她交给张雨茜时，在她耳边低语的那一句。

他说："肖洱，要是能回到一起去璞塘的那天，我愿意用一辈子都不能唱歌来交换。"

她也记得，听见这句话的时候，自己心里泛起的涟漪。

大伙都在国庆回了小马市。

同学会在陈世骐的大力操持下，热热闹闹地办了起来。地点定在一家KTV，先唱歌后吃饭，所有同学会必走的流程。

到了点，该到的都齐了，大家谁也没心思唱歌，急着叙旧，一个个都像是多年不见的老朋友。陈世骐没考上三本，上了专科学校，现在在学做司仪。

大家忙着安慰他："我觉得你一准行，想想看，那时候咱们一起玩狼人杀，那么复杂的规则，你条顺理清地主持下来，绝对有天赋！"

这时候，谁都咧着一张善良的笑脸。

肖洱去的时候，阮唐已经到了。短短一个月，这姑娘已经烫了头发，还学会了一点化妆。气质提升，像变了一个人。

再环顾开去，肖洱发现几乎所有女生都有不同程度的变样。

只有她，打扮、言谈、行为，还和高中相差无几。

大家见了她，还是带着闪躲的意味。

"肖大班长，你这威信树立得刻骨铭心啊。毕业挺久了，还是余威不减。"陈世骐捏着嗓子假意恭维道，"你现在还是班长吗？"

是，班长兼团支书。

肖洱点头。

"哈哈，看来你一辈子都要当班长了。一会儿你必须代表咱们班，走一个！还有还有，学委呢，他也要走一个！"陈世骐四下张望，却没看到杨成恭。

"怎么搞的，班长，跟你有关的两位怎么都不在啊？"

肖洱皱眉："跟我有关？"

"都毕业了！这就不是秘密了吧，谁不知道杨成恭喜欢你啊。"嘉琦在一边阴阳怪气地说，"就是有的人故意装作不知道罢了。"

肖洱循声一扭头，先看见了梦薇，就坐在嘉琦身边的沙发上。她更漂亮了，碎花连衣裙衬得她肤色格外白皙。

"就是，还有聂铠，当时你俩处对象那会儿，我们可都被蒙在鼓里，要不是刚刚梦薇说起，谁都不知道还有这一出呢。"陈世骐摇头晃脑地说，"不过班长你也太不称职了，光顾着自己一个人优秀，怎么没拉聂铠一把呢？"

陈世骐的话肖洱听在耳中，惋惜与嘲讽兼具。他明明早就知道，却故意这么说，不过是为了让肖洱难堪。

"陈世骐！"梦薇冲他瞪眼，这个大嘴巴，就是讽刺肖洱，也别拉上她啊。

陈世骐一副混世魔王样，最不怕的就是担当搅屎棍的重任。

阮唐有点担忧地看着脸色不太好的肖洱："要不我们去趟厕所？"

肖洱刚要摇头，KTV包间门被推开，杨成恭气喘吁吁地走进来。

他直奔肖洱："刚给你打电话怎么不接？"

可能是音乐声太大，没听见。肖洱刚要解释，杨成恭已经一把拉住她的胳膊："跟我来。"

看着两人出门，陈世骐唯恐天下不乱地吆喝起来："什么情况？学委和班长，真的要狼狈为奸了吗？！"

柯岳明原本一直冷眼旁观，可眼看着陈世骐说话越来越不上道，有点没忍住。

"行了你，少说几句会死？"他把陈世骐拉到一边。

后者梗着脖子："我就是看不惯肖洱怎么了？小铠那时候成什么

样子了，她连吭都不吭一声，还能安心复习。要我说，小铠没考上大学，就是她害的。"

柯岳明叹口气："小铠都没怪她。"

"那是他心地善良。要是有人敢这么玩弄我，看我整不死她。"

"杨成恭，你先放开。发生什么事了？"

走廊上，肖洱抽出自己的胳膊，审视着杨成恭的表情。

他极严肃，前所未有的冷静："肖洱，你答应我，这件事你听过以后，不要马上做出回应。我不想你一时冲动做出什么……"

"是不是白雅洁又去见我爸了？！"肖洱立刻意识到了什么，厉声截断他的话，"他们这次又说了些什么？"

她的神色狰狞，杨成恭竟在一时间不知道该不该把这个消息告诉她。

太惊人了。

最初听见的时候，他简直难以置信。

"你说啊！"肖洱急了，紧紧盯着他。

"今天，他们确实又在那里见面了。"杨成恭深吸一口气，不敢看肖洱的神情，他低下头，轻声说，"我听见……我听见白雅洁跟你父亲说，她……"

"她……怎么样？"

肖洱隐约有了一个可怕的猜测。

可是这个猜测太过惊人，她不敢相信。

所有的希望都被寄托在杨成恭身上，他带来的这个消息，可千万不要是她所想的那个才好。

杨成恭心一横，说出口："她怀孕了，两个月。"

他声音明明不大，肖洱却觉得耳中"嗡"地响了一声，她眼前一黑，脚下发软，差点栽倒在地。

她第一次痛恨自己的聪明。

杨成恭赶紧去扶她。

肖洱的身子发凉，眼里裹了冰凌。

"她不要脸！"肖洱颤声哀号，"他们都不要脸！"

她哭了，脸上是绝望而扭曲的痛苦神情。

杨成恭没见过肖洱流泪。他的心难过得无以复加，想劝又不知从何劝起。他无法体会，一个人苦苦维系了多年的东西，一朝倾塌，是一种什么感觉。

"我警告过她！我警告过她！"

肖洱胡乱地喊叫着，眼泪糊了满脸。

好在KTV隔音效果不好，整个走廊都是各种鬼哭狼嚎的歌声，她的声音才不那么突兀。

杨成恭难以感同身受，可看见肖洱的样子，仍觉得心揪了起来。

"两个月，8月份，在我开学前。"肖洱念叨着，眼睛空荡荡的，"那时候白雅洁不是该满世界找聂铠吗？那个时候……"

那个时候肖长业出过差！

或许就是那时候，她无助、无依、无靠，而肖长业送去了贴心的温暖。

"他们怎么能这样？啊——"

肖洱抱住脑袋，猛地蹲在地上。她太难受了，郁结之气堵在胸口，她的骄傲、小心翼翼、努力，在这一刻灰飞烟灭。

为什么要逼我？

为什么要逼我？！

"肖洱！你别这样，冷静一点！"杨成恭握着她的肩膀，说，"早知道你会这样，我不该告诉你的！"

肖洱已经听不见任何声音。

她再度抬起头的时候，杨成恭看见一双赤红的眼睛。

"肖洱……"

他想说安慰她的话，可是喉咙突然哽住，什么也说不出来。

接着，他听见肖洱默默念起一串数字。

像是电话号码。

杨成恭心里暗道不好，他说："肖洱，你别冲动。"

肖洱木木地抬头看他："杨成恭，你陪我找个电话亭去，快点。"

"你要做什么？"

"事情已经走到这一步了，我还能怎么办？你让我怎么办？！"

"你要把事情捅出来？你考虑过后果吗？"

不重要了，后果都不重要了。他们敢把事情做到这一步，肖洱什么也顾不上了。

她低声说："难道，你想让我管白雅洁肚子里的孩子叫弟弟或者妹妹吗？"

肖洱跌跌撞撞地跑出KTV，杨成恭捏了捏拳头，跟了过去。

杨成恭不知道她把电话打给了谁。因为她实在是言简意赅，声音冷漠得像是从地狱爬上来的恶鬼。

杨成恭有那么一瞬间觉得这个时候的肖洱，已经疯狂了。

她不知道自己在做什么，仇恨将她完全支配，她的行为，几乎像是在索命。

对着听筒，肖洱说："白雅洁怀孕了。"

就这么简简单单的六个字，杨成恭却无端觉得寒意自脚底窜起。


一直到国庆假期结束，肖洱也没有再听说过白雅洁的消息。

她没跟肖长业说一句话，返校那天，也没让他送自己。不过，肖长业并没有发现肖洱的半点异常，可能是他自己无暇顾及这一切了吧。

肖洱见他吃饭的时候常常默不作声，戒了很久的烟也又抽了起来。她心里知道原因，只觉得他自作自受、咎由自取。

谁都要为自己的行为付出代价，没有人能逃得过惩罚。

肖洱的心被一层层坚冰牢牢包裹，冷得透彻了。

她坐上回南京的巴士，慢慢远离小马市。一个声音在心里呐喊，不要回来，不要再回来了。要是没有沈珺如，她真的宁可永远不再踏足这片土地。

聂西西觉得国庆回来后的肖洱很反常。

虽然，这位大学神一向不太正常。

可是，她偶尔起夜上厕所，总能看见肖洱坐在床上发呆是怎么回事？

"肖洱？"有一次，她忍不住问肖洱，"你坐那儿干吗呢？"

灯已经熄了，聂西西只能看见黑暗中更暗的一道身影动了动："没事，我刚刚……做了个梦。"

噢，原来是做噩梦了。

"梦和现实都是反的，别怕啊。"

"嗯，谢谢。"

聂西西爬上上铺去，爬到一半又觉得不对劲。

做噩梦？每天晚上都做噩梦？

会不会是一种病啊？

又一天，聂西西在床上被尿憋醒了。

她躺在床上默默地瘪嘴，真讨厌自己极其优秀的新陈代谢功能。

不想下去上厕所……

这时候，她听见下铺传来一声惊呼。

"闭嘴！"

聂西西一个激灵，条件反射地躺床上装死。

什么情况？

她紧闭着眼，感受着下铺的动静。

是……说梦话吗？还是又做噩梦了？

隔了一会儿，聂西西慢慢睁开眼。

四下寂静，只有小倩倩轻微的鼾声。

她看见下铺的床头充电台灯被打开了，肖洱下了床，给自己倒了一杯水。

倒了水，却不喝，只坐在床边的凳子上出神。

这是……梦游？聂西西听老人说，梦游的人不能被打扰，不然她会死掉的。

她赶紧屏息，假装熟睡。

"喂。"

下铺传来肖洱极小的声音。

聂西西心中一颤，打电话吗？没听见手机振动啊。

我的老天，还真是……梦游啊。好可怕，她梦游不会对自己做些什么吧？要是对自己做些什么能不能反抗啊？反抗了要是打扰到她梦游，她出了什么事自己算是正当防卫吗？

聂西西就在这忐忑和不安中，再一次睡去了。

清晨5点，她一下惊醒，哇哇哇叫着"憋死了憋死了"，猛地翻身起床，一个箭步冲向厕所。

释放完毕，聂西西才浑身舒爽地回了宿舍。

这么早，她们都还没起吧。

聂西西往肖洱床上看去，却是一愣。

肖洱的床铺整整齐齐，人却不见了。


肖洱赶去海边的时候已经是12点半。

出租车上，司机师傅也在谈论这个事件。

"昨晚出的事，今早那家人报了失踪。刚巧渔民下海的时候，发现了尸体。听说媒体、警察、死者家属都赶过去了。"

肖洱一直没吭声，她指节青白，攥成拳头，微微地发着抖。

事发地已经被警方用封锁线隔离开。

围观的人很多，肖洱笔直地站着，她一眼就看见封锁线里面，一个毫无生机的女人静静躺在沙滩上。

白雅洁。

她离得不算远，甚至，她都能看见白雅洁修长的脖颈上，戴着的项链。

看成色，像是铂金的，似乎是肖长业送的那一条。

海浪声滔天震地，裹挟着人们的议论声汹涌进肖洱的脑中。

"好像是个富商的老婆，搞舞蹈的，在文化宫那边的舞蹈教室当老师。我儿子他朋友，就在那里练瑜伽。"

"我知道她，在太平路那一块住着，家里条件不要太好噢。还有个儿子，长得老帅了。噢哟，怎么这么想不开的啦。"

"谁知道呢，这种富贵人家，尽出些乱七八糟的事。"

"妈！"

隐约间，肖洱听见一个熟悉的声音。

她心神俱颤，模糊的余光里，聂铠翻越封锁线，飞快地奔跑至女人身边。

他"扑通"一声跪了下去，似乎想抱起女人，又不知从何下手。

最后一双手死死揪住了自己的头发，他佝偻着背，胸腔里发出野兽般的哀号声："啊！"

"真是作孽，留下个小崽子多可怜。"

"唉，刚刚我打听到情况了，你们猜怎么回事？这女的在外面偷人，还搞大了肚子，被她男人发现了，一顿好打都不肯讲那情夫是谁。最后从家里跑出来，跳海了。"

"啧啧啧，我就说，这种人家乱得很。你看这女的都这样了，也没见他家男人。"

肖洱耳中一阵轰鸣，身后有人往前挤着看热闹，她没站稳，一下子跪倒在地。

海风腥咸，直涌入鼻腔。

她胃里翻江倒海地闹腾，腰一弯，伏在沙滩上，剧烈地干呕起来。


肖洱病倒了。

她不知道是怎么回到家里的，可姥姥刚给她开了门，她就不受控制地向前栽去。

浑身冷汗，手脚冰凉，额头发烫，还伴随着无意识的痉挛。

姥姥大惊失色，赶紧给女儿女婿打电话。

沈珺如离得近，先回了家，马上把肖洱送去了医院。

医院里，沈珺如担心地拉着肖洱的手："妈妈在这儿呢，没事的，打了点滴很快就好了。"

不会好了，永远也不会好了。

高热令肖洱神志不清，她哀声道："对不起，对不起……"

像是只会说这三个字了，她不断重复，不停地说着。

对不起，对不起，对不起。

可是没有用，她知道的，没有用了。

人死了，一尸两命。

是她害的。

短短的时间里，肖洱的嘴唇上已经泛起一圈白皮，却仍不肯停止低语。沈珺如见她一直说胡话，忧心得不知道怎么办才好。

她打电话给肖长业，也没有人接，急得她只能在女儿病床前来回转悠。后来想起什么，她拿出电话，打给肖洱的舍友聂西西。

"阿姨，您说什么？肖洱回家了呀，啊，她生病了？"

"同学，我们家小洱是不是在学校出了什么事？她这一回来就发高烧，烧到四十度！还一直说胡话，我不知道发生了什么。"

聂西西心下一阵担忧："这么严重？！她在学校特别乖啊，每天除了上课就是去自习……不过阿姨，肖洱她有梦游的毛病您知道吗？"

沈珺如心一沉："梦游？"

聂西西回忆起昨天夜里半梦半醒间的一切，肯定地点了点头。

"嗯，梦游。她嘴里说着奇怪的话，凌晨3点爬起来倒了杯水，但又不喝，而且还假装自己在打电话，说了声'喂'，又没了下文。"

沈珺如被她说得头皮一阵发麻："行，行……我明白了，谢谢你啊。"

"不用客气。阿姨，可能肖洱压力比较大吧，毕竟很多状元或者成绩特别好的人，总会给自己太大的心理压力。"聂西西体贴地说，"您多跟她聊聊天，放松放松吧，小洱的病假我帮她请。"

挂了电话，沈珺如觉得腿有点软，她挨着一张椅子，慢慢坐下去。她失神地看着病床上的肖洱，怎么也不愿意承认，她现在已经变得连自己这个做妈妈的都不敢认了。从前那个乖巧懂事，安静温柔的女儿去哪儿了？

小洱，到底出了什么事，为什么不跟妈妈说啊？难道，真的是妈妈给你的管束太多压力太大吗？

她把脸埋进手掌心，肩头轻微耸动。

肖洱在病床上躺了五天。

体温时高时低，断断续续，每天都要烧好几回。她吃了退烧药、打了点滴，血常规和尿常规正常，可就是不见好转。

沈珺如都快急疯了，肖长业这几天茶饭不思，也形容枯槁。

肖洱姥姥年岁大，想到以前村里头的说法，把沈珺如拉到医院走廊去，小声说："我看咱们小洱这个，可能不是病。"

"妈，你说什么呢？"

"我是说，她是不是碰到什么脏东西，然后吓到了。"

沈珺如脸色发白，被她的话惊到："这……这都什么年代了，妈，咱不能信这些。"

肖洱姥姥心里着急，觉得死马当成活马医，当天就去当地香火最旺的庙里求了一把香灰，回来撒在肖洱的病床前。

说来也奇，从第七天开始，肖洱竟真的不再发烧了。

虽然仍旧咳嗽不断、食欲不振，但慢慢地，能下地走路了。只是精神不济，且不愿开口说话，见了谁都是一副无动于衷的表情。

肖家姥姥认为肖洱能好转是自己的功劳，不肯让肖洱再住院，说是要接她去庙中还愿。

"妈，就算您不撒那一把灰，小洱也会好的。"

"好什么啊！你这个做妈妈的，到底关不关心自己的女儿。"姥姥瞪着她，"我都不说你们，成天忙工作，到底花了几分心思在女儿身上？你别跟我说你培养的她，是小洱自己自觉，你除了限制这个限制那个，让她学这学那，还做过什么？"

沈珺如被母亲一番话说得一声不吭。

肖长业只得出面圆场："妈，您看这样，要不过两天等小洱能恢复正常饮食了，我开车送你们去庙里小住几天？"

"这还差不多。"

沈珺如瞪他，肖长业对着她挥挥手，示意她别在这个时候犯毛病。

"你干吗呀？那种地方根本没用，你什么时候也信这种东西了。"

一转身，就剩沈珺如和肖长业两人的时候，她怒声道。

"璞塘那个龙泉寺在山里，富氧，空气质量好，小洱现在这个身体状态，去那边休养休养有什么不好？"

"可是小洱的精神现在出了问题啊。"沈珺如说，"她出现过梦游！而且你看看她这些天，像个傻子一样，问她什么都没声没息的。"

"那你想要怎么样？嗯？"肖长业低声问，"难道你要把她送去精神病院？"

沈珺如身子一僵，看向他："你在说什么？我是那种人吗？这是我女儿我能把她送去那种地方吗？"她说着，声音染上了哭腔，"你知道我这些日子怎么熬过来的吗？我女儿那么优秀、漂亮，现在成了这个样子，我比谁都心疼！"

"你到底是在乎她的身体，还是她的优秀漂亮？"

"啪"的一声脆响，沈珺如一巴掌打在了肖长业的脸上。

"肖长业，你把我当成什么人？！"

肖长业捂着侧脸，神色阴郁地望着沈珺如："你是什么人，你自己心里清楚。"

"你把话说清楚！"

沈珺如气得浑身发抖，碍于这是医院走廊，虽是角落，也没敢大声说话。

"我问你，白雅洁是怎么死的？"

肖长业声音原本还好好的，说出"白雅洁"这三个字的同时，却露出难以抑制的悲痛之音。

沈珺如浑身一震，抬手指着自己："你怀疑我？"

她像一只炸了毛的猫，怒视着肖长业："你这些年跟那个女人勾勾搭搭，我都睁一只眼闭一只眼不去管你，现在你闹出这种丑事，反倒来怀疑我？"

肖长业气急败坏，声音嘶哑："那件事除了你没人知道！"

"爸，妈。"

这时，肖洱轻飘飘的声音从两人身后传来。

沈珺如和肖长业皆是浑身一僵，回头看去，肖洱正穿着病号服，表情麻木地望着自己。

长时间卧病在床，肖洱已经瘦得脱了形，走过来的时候幽灵一般，谁也没注意到。

她皮肤极白，更衬得一双眸子黑沉沉的，目光缓慢地在面前的一男一女身上游移，神情惨淡。

"姥姥叫你们进去，该吃午饭了。"

她最后开了口，声音轻得犹如鸿毛。

沈珺如和肖长业同时感到了恐惧，他们仔细观察肖洱的神情，试图看出什么异常。

可是没有，她依旧安静寡言、冷淡疏远。

两人心里发毛，不知道肖洱是否听见了他们的对话，更不知道她听见了多少。

最后，只能心存侥幸地想，小洱应该……听不懂吧。

在成年人肖想的世界里，孩子总是单纯无知得像一张白纸。

可这个世界残酷，战乱之国，8岁的孩子已经可以举起武器保卫家园；偏远地区，10岁的少年都能够扛起养家重任。

环境使然，人一旦获得一个契机，会成长得飞快。

夜深了。

医院病房熄了灯，陪床的姥姥已经进入沉睡。

肖洱从床上坐起来。

她的身体极度缺水，数日的高烧将她整个人都掏干了，以至绝望到了极点的时候，她连哭都哭不出来。

从沈珺如打肖长业那一个耳光开始，肖洱就听见了他们的对话。

她很难形容自己的心情。

是恨吗？可是，恨谁呢？

肖洱只觉得荒凉。

她想起梦里那只船，她怀念起那只船来。

将近十天，肖洱没再梦见她的船。

因为它早被大海吞没了，连同她一往无前的勇气，和对未来所有的期许。

肖洱爬上飘窗，拉开窗户。

病房位于医院住院部的十三楼，高处夜寒，风正凛冽。

肖洱站在飘窗上，大半个身子露在外面。

她轻而单薄，摇摇欲坠。

夜幕下，长街两侧是星星点点的暖色灯光，间或夹杂着红与绿。

是交通信号灯。

肖洱凝视着某一处，那是医院大门外的人行横道。

她忽然想起2012年的圣诞夜，小马市的初雪。

人间夹在天地当中，风霜雨雪飘摇。

只有一个人，穿过灯火，朝她走来。

肖洱低头去看。

仿佛真的还能看见，少年乌黑的脑袋上落了雨雪，在灯下亮晶晶地闪着光。

他仰起头冲她笑了。

洁白的牙齿，一双清澈的眼，熠熠生辉。

肖洱扯了扯嘴角，手握着窗框，慢慢蹲下身子。

夜黑得像是没有明天，但总会有明天。


学校那边，沈珺如特地去了一趟，帮肖洱办了一个月的休学手续。

10月下旬，肖洱和姥姥坐上肖长业的车，去了璞塘的龙泉寺。

龙泉寺在半山腰，被一片青翠竹林环抱其中。上山要走很多阶石阶，肖洱和姥姥都爬得吃力，一个是体虚，一个是年迈。

两人走走停停，终是赶在午饭前到了寺内。

很朴素的一座寺庙，这是龙泉寺给肖洱的第一印象。

龙泉寺因泉得名，始建于隋唐，鼎盛于明清。一千多年兴衰更迭，饱经战火。千年古刹，如今早已式微，不若当年风貌。只是山中还留有终年流水不枯的龙泉，位于龙谷之端，泉水酷似龙口垂涎而出，汇成涓涓细流，潺缓而下。

人们相信，有山有水的地方，是有灵性的。

只是何为灵性，没给出具体的说法。

姥姥拿着身份证去办理挂单手续，肖洱坐在寺内石凳上等候。

龙泉寺没什么大名气，但在小马市还是很受欢迎的去处。香客不少，也有游人，难得的是都安静规矩。穿僧袍的僧人和挂单的义工各司其职：洒扫庭院、引导游人、更香添火……

一方小天地间，一切的存在都自然得体，井井有条。

负责接待肖洱和姥姥的是一位年轻义工，30岁左右的女人。五官画在脸上似的，少棱角，极清淡。

她领着两人去住宿处，很简单明净的小房间，只两张单床，一张茶几。

茶几上挂一幅卷轴，两个大字：自在。

姥姥双手合十，说了一句："感念。"

女人也不发一言，只轻轻颔首，转身离去了。

下午，两人用过斋堂的斋菜后，姥姥带肖洱去敬香还愿。

龙泉寺前，是一棵树龄逾百年的雀舌黄杨，两旁立宋、清碑刻各一块。

寺内供有观音佛像，肖洱从姥姥手里接过燃香，学着她的样子，俯低身体，供养诚心。

一切都很静谧、妥帖，无纷争、少杂念。

让人心生温柔。

有云游至此的修行者，寺内常住，在一旁翻阅经书，看起来竟不足30岁。偶尔有进香之人向他寻求解惑，他便放下书，提点一二。

肖洱走过去，她不言，他便也不问。

卿且自在。

肖洱说："小师父，为什么人们总说，众生皆苦？"

搁在经书上的手指微曲，神色从容的小师父抬头望向肖洱。

他目色清明，没有流露出任何异样的情绪，他说："佛说四法印，诸行无常、有漏皆苦、诸法无我、涅槃寂静。"

肖洱道："听上去很拗口。"

小师父没再跟她说晦涩难懂的原文，他用白话，尽可能简明地同肖洱说众生皆苦之意。

佛家讲苦，是由众生自己的业感报应而来，众生的业感，是由无始的无明覆障而来。众生由于无明之惑的烦恼，而造生死之业，由于生死之业，而感生死之苦，正在感受生死之苦的生死之间，又因生死而造无明之惑。

就这样，由惑造业，由业感苦，因苦生惑，惑、业、苦三者，连成一个生死之流的环状，头尾衔接周而复始，永无了期。

肖洱听得入神。

小师父说了一通，问她："明不明白？"

肖洱实话实说："不明白。"

小师父淡淡地笑："那，你是如何看这句话的？"

"因果循环，报应昭彰。"她低声说，"我的业障，大概很多吧。"

小师父顿了顿，似是还想开解。

肖洱的手机在口袋里振动起来。

她歉然一笑，拿了手机走到外头去接。

张雨茜打来的。

"喂。"

"肖洱，你再不来，聂铠他就要死了。"

那一天，阅经的小师父看见女孩子飞奔离去的身影，轻轻摇头，叹了口气。


距离白雅洁自尽，已有半月。

在医院期间，肖洱屏蔽了所有人的来电，这是今天她离开医院后接到的第一通电话。

她沿来时的路下山，站在公路上很久才拦了一辆的士。

"去哪儿？"

"太平路，'麋鹿'酒吧。"

见到肖洱从出租车上下来的时候，张雨茜有点不敢认。

什么样的人能在短短十几天，瘦成这副德行？张雨茜以为聂铠已经做到极致了，没想到分分钟又看见一个。

姑娘文化课基础不扎实，不知道使用形销骨立这样的词语，所以她戳着肖洱的锁骨，眉头紧紧皱起："扎手！怎么搞的？"她问，"聂铠他家里出了事我倒是能理解，难道你家里也……"

肖洱径直走进酒吧里去。

"唉！"张雨茜有点抓狂，"一个两个都拿我当空气，我存在感这么低吗？"

酒吧没有营业，里面空空荡荡。

肖洱的目光逡巡一圈，看见坐在沙发上的沈辰，她走过去。

沈辰身边，聂铠烂醉在角落里。他似乎睡熟了，四仰八叉地躺在地上，身上搭着一件薄外套。

各种混在一起的酒味、烈性香烟的烟味，伴随着呕吐物的臭气，组成糜烂的气味，扑面袭来。

光线晦暗，肖洱抿着唇，一眨也不眨地看着聂铠：他身上真脏，穿着的衣服还是那天在海边她看见的那身。下巴上是青色的胡楂，眼下的黑眼圈极重。

"好多天了，醉生梦死就是说他这样的吧。"沈辰说，"喝到吐，吐完了，接着喝。"

谁都没那么大本事，能坦然背负一条人命。

肖洱问："没人管他？"

"手机响过，被他扔了。"沈辰不知道肖洱清楚事情始末，他说，"他妈妈去世了，自杀的。闹得很不好看，上了报纸。他爸找到我爸，想托人把这事压下去，所以，我也算了解了内情。"

"他妈妈找了一个小三，还不小心怀了孕。有人告密给他爸，结果他爸气不过，把她关在屋子里殴打，逼问男方身份。后来他妈妈就……"

肖洱面无表情，像没听见沈辰的话。

她蹲下身，伸手去掏聂铠的裤兜，很快取出一把亮晶晶的钥匙来。

"帮个忙。"

"嗯？"

"帮我把他抬上出租车。"

"你要带他去哪儿？"

"去他家。"

肖洱平静得不可思议，这让沈辰更加摸不透她。他不确定地问："肖洱，我能把聂铠放心交给你吗？"

肖洱的动作顿了顿。

"你不会像上次那样……"

上次，是哪一次？还是说，每一次？

"不会。"肖洱摇摇头，"不会了。"

沈辰不知道该不该相信肖洱。可事到如今，他还能寄希望于谁？

沈辰帮着肖洱把聂铠弄上车，肖洱也坐进去。

"肖洱，你们好好的啊。有什么事情给我打电话！"张雨茜还是不放心，追着车喊了几嗓子。

"行了，就你热心。"沈辰讽刺她，"热脸贴人家冷屁股。"

张雨茜抬脚踹他："说什么呢你？我只是……觉得肖洱怪怪的。"

"怎么怪？你还以为她喜欢聂铠呢？屁嘞！她要是喜欢聂铠能在这种情况下失踪这么多天？梦薇的学校在湖南，知道消息以后都大老远从学校跑回来看他了。"沈辰说着，摇头，"搞不懂聂铠，放着梦薇不要，偏偏犯贱。跟你一样，觍着脸倒贴王雨寒。"

"唉，沈辰你最近是不是皮痒了？！"

盛庭佳苑。

肖洱把聂铠拖进电梯。确实是拖，他烂醉如泥，死狗一样。她根本扶不起他，只能拽着他的两只胳膊，倒退着往里走。

在这个过程中，肖洱很冷感地想起了狗拉雪橇。

电梯停在十六层，肖洱把他拉出去。

掏钥匙开门的时候姥姥的电话打了进来。今天下午，她的突然离去吓坏了老人家。

"你去哪里了呀？"

"我有些事。"

"你现在身体要紧的呀，还有什么事情要做？我让你在寺里多跟菩萨交流交流，感念他的保佑，不好随便跑掉啊。"

肖洱的余光落在地上的聂铠身上。

"姥姥，这就是菩萨的启示。"

"什么什么？"

"不要担心我。"肖洱说，"您安心在龙泉寺住下，事情结束了，我会去找您。"顿了顿，又说，"姥姥，别告诉我妈。如果，您不愿看到我一直躺在医院的话。"

挂了电话，肖洱直接关掉手机，她拉开房门，打开客厅的灯。

一室惨烈，满屋狼藉，现场的一切都预示着这里发生过怎样激烈的打斗。装饰用的花瓶、红酒瓶在地上碎得稀里哗啦，猩红的液体已经干涸，只在地板上留下蜿蜒的痕迹。沙发、电视柜歪七扭八，门背后的高尔夫球杆桶倒下来，旁边有几绺长发。

没有人打扫，白雅洁离世后，可能聂秋同连家都没有回过。聂铠也没回来过。

肖洱怔怔地站了一会儿，弯腰继续把聂铠往里拾掇。

避开地上的碎玻璃碴，她把他拖去卫生间。

这一路过来，聂铠的T恤和裤子已经被磨坏了。反正她没打算留着，肖洱帮他把衣服裤子一件件脱下来，全都丢进了垃圾桶。

只剩一条内裤。

聂铠就这么赤条条地躺在浴室洁白的瓷砖地面上，蜜色的皮肤细腻平实，上面纵横交错着淡淡的伤痕，新的旧的都有。

他总是弄得一身伤，又总是一副浑不在意的样子。

"聂铠。"肖洱叫他，伸手拍了拍他的脸颊，她说，"你醒醒，我力气不够。"

毫无反应。

要不是他轻微起伏的胸膛，肖洱真觉得这是一具尸体。

肖洱叹了口气，凝神想了一会儿。

她跨过他的身体，打开莲蓬头调试水温。温度调得差不多了，她堵住浴缸的漏水口，打开位置较低的温水龙头放水。

然后摘下莲蓬头，对着地上的聂铠喷洒。

聂铠的身子下面很快积起水来，肖洱把花洒放回去，伸手挤了一些沐浴露，涂在浴缸边缘。

她挽起衣袖，回身半蹲，细细的两条胳膊从聂铠腋下穿过，扣住他的琵琶骨，然后一点一点往浴缸的方向挪。借助聂铠身下水渍和浴缸边缘沐浴液的润滑，摩擦阻力大大减小，聂铠很快就被肖洱拖拽进了浴缸。

他的身子一滑进去，肖洱顿时松了口气。

今晚这么一番折腾，她累得两眼发花，脸色苍白，挨在浴缸边上半天没缓过劲来。

可还没完，这不过是个开始。

浴缸里的水位慢慢升上来，肖洱眼看着没过聂铠的水从清澈立刻变浑浊。

"……"

他身上是有多脏。

肖洱拉开漏水塞，让水流循环起来。因为不方便，索性自己也坐进浴缸里。肖洱将聂铠的脑袋搁在自己腿上，一只手立在脑门上防止水流进他眼里，另一只手持花洒，一点一点冲洗他已经油腻打结的鸡窝头。

换了差不多三浴缸的水，打了四遍洗发液，肖洱才把他那一头乱毛洗干净。

多久没剪过，都能梳辫子了。

肖洱抑制住去屋里找剪刀剪他头发的冲动，环顾一圈，伸手够了一只挂在墙壁上的浴花。

真正浩大的工程，现在才开始。

他带着伤，肖洱不能用力，只能攥着浴花沾了沐浴液，一小块一小块地擦拭清理，神情专注，像对待一件亟待修复的艺术品。

好在她一直都有足够的耐力。

但不能避免地，清理到一些地方的时候，还是会弄疼他。

聂铠终于贡献了今晚的第一个反应，他皱起了眉头，无意识地伸手挡了一下："滚。"

肖洱不动声色地拍开他的手，继续进行清洁工作。

聂铠一切反应皆出自本能，被打开的时候，他下意识整个人缠了上来。两条湿漉漉的、还沾着泡沫的长胳膊紧紧箍住了肖洱的小身板。

只轻轻一带，她整个人就被拖进了浴缸里，浸了个透湿。

肖洱没料到这个变故，冷不丁沉进水里，呛得连连咳嗽。她在他怀里挣动，想要爬起来，还要防着他呛水被淹死，不能把他往下按，一番扑腾异常艰难。

他们已经在浴室待了近一小时了，本就不宽敞的空间蒸腾着热气。

缺氧、潮湿、闷热。

聂铠在这异动中缓缓睁开了眼。

肖洱一抬头，跟他四目相对。

潜意识里已经在四处搜寻视线能及处的硬物，希望能挑一件趁手的砸晕他。

聂铠神色不甚清明，头疼得快要炸裂。当他看见怀里的肖洱时，断定了这是一个梦。

两人在浴缸里纠缠。他赤身裸体，她衣衫尽湿，长发水藻一样铺散开，脸颊发红，眼里蒙着水雾。

聂铠潜意识中满是疑惑。他常梦见肖洱，但没哪一次，有这么大的尺度。

"聂铠，你松手，放开我。"

该死的。肖洱在心里说，怎么偏偏这个时候醒了。

我又不傻。聂铠微微眯眼，胳膊一紧。

肖洱喘不上气了。她奋力推他，可聂铠劲大，几乎纹丝不动。

他的声音沙哑，埋首低声说："我很想你。"

肖洱不动了。

湿漉漉的脑袋拱进她的脖间，一股不同于花洒出水的热流顺着肖洱的脖颈滑进她的衣领内。

烫而黏稠。

肖洱放弃了所有挣扎。她慢慢抬起手，环抱住他光裸的背脊。

十多天了，他第一次放纵自己在梦里流出泪来。

初时，他哭得极压抑，浑身力气都集中在死死握着肖洱肩头的两只大手上，像要挤碎她，揉进自己身体里。

两人都瘦了太多，凸起的骨头硌着对方，两个尖锐却相似的灵魂在这一刻紧紧相拥。

肖洱在窒息与挫骨的疼痛中沉默，忍不了了，就咬住嘴唇，吭也不吭一声。

她轻抚着聂铠颤抖的身体，触感细腻却坚硬。

像他这个人。

在某一个时刻，聂铠终于撤了手上的力，不再压抑。

声如鬼哭，暗哑难听。

"妈，我对不起你啊妈！"

他语序颠倒，混乱不清。

"你骂我吧，骂骂我，不要不说话，妈妈，我不再唱歌了！"

"不再离家出走了，我全都听你的！"

"你回来啊妈！你走了我就没家了……"

直到声嘶力竭，直到嗓子哑得说不出一个字来，聂铠才慢慢停歇。他的头抵在肖洱肩上，沉沉地睡去了。

肖洱把聂铠收拾妥当又拖回卧室，看着他湿淋淋的内裤，肖洱微微偏头。

伸手，往下一拽，扯了床上的薄毯子就势一裹。两只手指捏着那一小团布料，面无表情地丢进垃圾桶。

手脚并用把聂铠弄上床，肖洱转而去收拾客厅。最后忙完了，她瘫在沙发上，连小拇指都抬不起来了。

也不知道是什么撑着她，非要一丝不苟地做完这一切，才放任自己昏睡过去。

这一晚，肖洱没有做梦。


聂铠怎么也没有想到会在自己的卧室里醒来。

这个地方，他一辈子都不想再回。

可能是喝多了，自己找回来的。聂铠揉了揉额角，从床上坐起来。

可是——他掀了掀被子，发现自己一丝不挂地躺在被子里，顿时困惑起来。

什么情况?

昨天……他做了个梦。难得的是,不仅没有忘记,还记得很清楚。

浴缸,肖洱,他抱着她哭了。

聂铠起身下床,随手在柜子里拣了一条内裤穿。去上厕所的时候,下意识抬眼看了一眼浴缸和毛巾——有人使用过的痕迹。

不会吧?

按下抽水马桶的按钮,聂铠皱着眉头往客厅走,下一秒,却生生愣在原地。

窗明几净的客厅——绝对不是他收拾的。沙发上有人,他的视线挪过去。

肖洱。她蜷缩成很小的一团,像某种猫科动物,皮毛柔软,爪牙却锋利。

聂铠的舌头在干裂的唇上缓慢舔了一圈,他终于意识到一件事——这一切都不是梦。

是她把他带回了家,是她在这里陪了他一整个晚上。

怎么是她,竟然是她。

聂铠大步走过去。走到一半又顿住,他捏了捏拳头,转身回卧室囫囵地套上干净上衣和裤子,又飞快地冲出来。

聂铠伸手去触碰“睡熟”的肖洱,掌心传来的触感却令他大惊失色。她身上穿着的衣服,全都是湿的,而她的身子,烫得吓人。

“肖洱!”他叫她的名字。

即便处于昏睡,肖洱也神经紧绷,聂铠这么一叫,她便有了意识。

“你怎么这样睡在这里?”

肖洱接着他的力气坐起来:“我昨天,太累了。”

聂铠当然明白发生了什么。

她气若游丝,全凭一口气撑着,看着聂铠:“你酒醒了?”

“嗯。”

“那,我先回去了。”

"这样怎么走？你在发烧，我送你去医院。"

"不去。"

聂铠的动作停下，他看着肖洱，眼神疲倦，眼皮有些浮肿。

"你昨天为什么来找我？谁给你打电话让你来找我的？你……"

后面的话，他没说。

你为什么要管我？为什么要照顾我？为什么在我以为自己已经失去了一切，已经葬在了绝望的深渊里时，你还伸出手，一点一点将我刨出来，带回人间？你不是，早就不要我了吗？

"聂铠，我不会丢下你不管。我到昨天才来找你，是因为……"她低着头，碎发落在耳边，神情看不清楚，"因为我生病了。"

说完这句话，她停了一会儿，才自言自语似的补充："不过，我会好的。"

她抬头，漆黑的眸子看向聂铠，声音小得像说给另一个自己听："我会好的。"

聂铠无法形容自己的心情。

他看着肖洱的眼睛，心里翻涌过去很多情绪。最后，只留下一个念头——就算这一次是她另一个一时兴起，他也无法抗拒，不愿抗拒，不是吗？

喉结上下滚动，聂铠低声说："那也还是要去医院。"

"你帮我买一点退烧药。"肖洱说，"给我干净的换洗衣服，我洗个澡。"

聂铠照做了。他按照药店店员指导买了退烧药和温度计，回来的时候，还买了早餐。

路过一家书报亭，他掏出钱来。

"软中华。"

老板弯腰从玻璃柜里取烟。

"算了。"聂铠说，"一瓶矿泉水，一瓶橙汁。"

入秋了，八九点的太阳和煦得恰到好处。

聂铠拎着大小塑料袋走在街道上，步伐是连日来少有得轻快。

图书在版编目（ＣＩＰ）数据

肖洱的船：全2册 / 粥小九著. -- 南京：江苏凤
凰文艺出版社，2018.7
　　ISBN 978-7-5594-2236-1

　　Ⅰ. ①肖… Ⅱ. ①粥… Ⅲ. ①长篇小说－中国－当代
Ⅳ. ①I247.5

中国版本图书馆CIP数据核字(2018)第118320号


书　　　　名　肖洱的船（全二册）
作　　　　者　粥小九
选 题 策 划　北京记忆坊文化
责 任 编 辑　姚　丽
特 约 策 划　暖　暖
特 约 编 辑　诗　杰　朱　雀
责 任 监 制　刘　巍　江伟明
封 面 绘 图　三　乖
封 面 设 计　80零·小贾
版 式 设 计　段文婷
出 版 发 行　江苏凤凰文艺出版社
出版社地址　南京市中央路165号，邮编：210009
出版社网址　http://www.jswenyi.com
印　　　　刷　环球东方(北京)印务有限公司
开　　　　本　880毫米×1230毫米　1/32
字　　　　数　516千字
印　　　　张　17
版　　　　次　2018年7月第1版，2018年7月第1次印刷
标 准 书 号　ISBN 978-7-5594-2236-1
定　　　　价　56.00元（全二册）

影视版权抢订热线　　010-57194853
江苏凤凰文艺版图书凡印刷、装订错误可随时向承印厂调换

记忆坊出品

# 肖洱的船

下｜ROLLING IN THE DEEP

粥小九——

著

江苏凤凰文艺出版社

JIANGSU PHOENIX LITERATURE AND
ART PUBLISHING, LTD

# 目录
CONTENTS

253 ｜ 第十二章　恐怕没以后，不自觉留退路

280 ｜ 第十三章　回到那一刹，岁月无声也让人害怕

305 ｜ 第十四章　无心人与多情客，皆是我

331 ｜ 第十五章　清冷面目温热魂魄，心声中沉默

357 ｜ 第十六章　还是情浅缘深，一辈子怨偶

385 ｜ 第十七章　人世的流言，谁爱谁评断

414 ｜ 第十八章　山有木兮木有枝，半首越人歌

441 ｜ 第十九章　道理谁都懂，爱透了还要嘴硬

476　|　第二十章　故事已经说完，懒得圆满

499　|　后　记　聂铠

505　|　后　记　肖洱

513　|　后　记　程阳

518　|　番　外　医院

521　|　番　外　七夕

528　|　番　外　封麦

# 第十二章
恐怕没以后，不自觉留退路

肖洱从浴室里出来，脸色不太对劲。

聂铠拿了还没拆封的白色T恤和内衣裤给她，可是……

肖洱的例假一向很准。倒不会很痛，只是前三天血量极大。她抽了很多卫生纸垫在内裤上，可稍一动作，便血涌不止。

聂铠还没回来，因为走得急，他的手机还放在客厅的茶几上。

肖洱想了想，慢慢地往白雅洁的卧室走。

可能是因为聂秋同几乎不回家，白雅洁的卧室看起来像一个单身女人的房间：巨大的衣柜，摆满了护肤品的梳妆台，极女性化的床上用品。

肖洱一眼就看到墙上挂着的白雅洁的艺术写真照，言笑晏晏，媚眼如丝。

很美而有魅力的女人。

她步子有一点打飘，急急低下头，去床头柜的抽屉里翻找。肖洱没找到卫生巾，却找到了其他的东西——一本极简单的笔记本，黑色皮套。

可能最初不是用作日记本记录生活的，上面只偶尔写着几行字。凌乱无章，像是备忘录。

最早的日期是2012年。

女人的字迹娟秀，有时候是摘抄的美文好句，有时候是简单的日程安排，有时候是随性的感悟，不一而足。

2012.12.24

"平安夜，生日，有点无聊。儿子送了香水，真好闻。"

2012.12.25

"惊喜，喜欢那条项链，迟到的生日礼物。"

肖洱的身子僵硬，半跪在地板上，翻阅笔记本。

时间来到2013年。

2013.1.12

"在超市遇见了如如，说话还像以前那样咄咄逼人。"

肖洱呼吸急促，她极力忍住不去思考白雅洁所说的"如如"是指谁，指尖颤抖，慢慢往后翻页。

这时，大门被关上的声音传来。

聂铠回来了。

肖洱猛地合上笔记本，往抽屉深处胡乱一塞，匆匆推上抽屉。她站起身子，一时贫血，眼前发黑，步伐不稳，没法很快走出去。

可是聂铠已经过来了。他看见肖洱脸色惨白、略带仓皇地站在白雅洁卧室里，有一点发愣："你……怎么在这儿？"

可下一秒，聂铠就看见有什么从他给她的宽大运动短裤里流出来，颜色非常鲜艳，顺着肖洱白皙的小腿缓缓爬行。

是血。

聂铠一下子蒙了，也在一瞬间明白肖洱为什么会出现在这个房间。

他的声音发涩："你先去……处理一下。我帮你找。"

肖洱神思混乱地坐在马桶上，用毛巾蘸了水，一点一点擦拭血渍。

浴室的门被敲了几下："我开门了，东西给你……我不看。"

"嗯。"

门打开一个小缝，卫生巾被塞进来。肖洱伸手接过来，门一瞬间就关上了。

肖洱从卫生间出来，把自己的几件衣服晾到阳台。

"我来，你去喝药。"

聂铠从她手里接过盛衣服的盆子，偏了头没看她。

他看起来，有一点紧张。

"谢谢。"

肖洱往餐桌的方向走，聂铠在她身后补充："还有热豆浆和馄饨、烧卖，你多少吃一点。"

"好。"

她穿着他的衣服，既大又长，而她只是极细的一条，背影更显得骨感嶙峋。

聂铠心绪不稳，深呼吸了几下，低头去挂衣服，却一眼瞥见盆里她的衣物——纯白色的，三角的，看起来质地柔软的，内裤。

几分钟后，聂铠一脸血红地坐在肖洱对面，一言不发，埋头吃早餐。

"聂铠。"

肖洱实在没什么胃口，强迫自己吃了半碗馄饨，喝完豆浆以后，才开口。

"嗯？"

她垂眸，目光聚焦在餐桌边缘："以后你打算怎么办？"

"能怎么办？"

"三条路。"

聂铠挑眉。

肖洱说："第一条路，混吃等死。你不缺钱，你爸……也不会不管你。第二条路，去找工作。听说，你已经试过，具体结果如何，你自己心里比谁都清楚。第三条路……"

聂铠打断她的话："肖洱，你来找我，不是为了讽刺我的吧？"

肖洱没停，接着说下去："第三条路，复读重考。你还有八个月的时间，我不能保证让你考进名牌大学，但你按我说的做，一定会比现在好。"

聂铠有点不耐烦："就算上了大学能怎么样？"

"不能怎么样。"肖洱平静地说，"可是，这是你母亲的心愿。高考前，她来找过我，她比谁都希望你能考上大学。"

聂铠不说话了。

她很清楚说什么样的话能让他听进去："你自己想想，我不逼你做任何决定。"

"我就算考上，她也回不来了。"聂铠突然低声嘀咕了一句。

"嗯，不管你做什么，她都回不来了。可是，你不这么做，连清明节坦然站在你母亲墓碑前的资格都没有。"

"别说了。"

肖洱声音微微扬起："聂铠，她是怎么样的一个女人我现在无法断言。但她对你无可挑剔，起码，她是一个非常合格的母亲。她这么走了，你怎么能选择逃避？"

"别说了！"他"噌"一下站起来，"肖洱，你不是我！这些天发生了什么，你什么都不知道！"

我知道。否则，我怎么会站在你面前。可肖洱一个字也没说。

"你不要以为你来找我，就是救世主，就可以对我的事指手画脚！"他语气急促，"我的事情我自己会处理，我……我不需要你的怜悯。"

肖洱看了他一眼："好。"

她说"好"，然后站起身，去玄关穿鞋："再见。"

肖洱推门出去了。

聂铠颓然坐下，抓着自己的头发，狠狠地揪了揪，他也不清楚事情怎么就成了这样。

他没想要赶走她，他怎么可能想要赶走她。他明明知道她说的都对，是对他好。

可他还是气走了肖洱。

因为他不知道为什么肖洱总在这种时候出现，是她再次觉得新鲜了，还是她觉得他可怜？

他总不会蠢到以为肖洱对他余情未了。

可他不敢问。他怕万一问了，这一切再也无可挽回，那该怎么办。

客厅的欧式大钟钟摆轻微摇晃，时间一点一滴流逝。不知又想了些什么，聂铠狠狠在桌子上砸了一拳，一个箭步冲向玄关。

没顾得上换鞋，他猛地拉开大门，却一下子被眼前的画面钉在原地。

肖洱抱着膝盖，正蹲在他家门口。

看见门开了，她微微仰头看他。

少年傻了眼。

她扶着墙站起来，笑了笑，像是在解释："聂铠，我走不动了。"

他盯着她，听见自己的声音在空荡荡的走廊里飘散。

"肖洱，你这一次留下来，我就不会再让你轻易走了。"

他知道她明白自己是什么意思。

肖洱还是那个笑容，虚弱，却坚定，像暗夜里盛放的一株苍白蔷薇。她说："我走不动了。"

聂铠当她同意了，于是大步走过去，一弯腰打横将她抱起来，用后背顶开门，进屋去了。

他抱起了她，才觉出不对劲来："你怎么瘦成这个样子？"

上一次在医院，他也抱过肖洱。

轻，但没这么吓人。

现在怀里的人，让聂铠心里生出隐隐的担心来，担心她会被一阵风吹跑，就再也回不来了。

肖洱说："你不也是。"

聂铠脚下一顿，想起今天他起来的时候身上什么也没穿，脸上不由得腾起热气，口中嘀咕："流氓。"

十八年来，第一次获得这个外号的肖洱："……"

聂铠往里走，突然意识到什么："你不用回家？"

肖洱闭上眼，很困顿的模样："不用。"

"你家里人不知道你回来了？"

"知道。"

"那……"

"我不想提他们。"

聂铠想起什么，眼神暗了暗，没再说话。不难想到，她的家里出了事，她来找他，或许她心情不好，也或许是拿他当作能挡风雨的港湾。

聂铠在心里叹气。

这样，也总好过她怜悯他的处境。

肖洱在聂铠的床上沉沉睡过去，聂铠摸着她的额头，还是觉得烫，跑去浴室拧了小毛巾过来搭在她脑袋上。

睡着的样子真乖啊，不戴眼镜的时候，清秀标致得让人移不开视线。

也不是，怎么样都好看。聂铠挠挠头，突然笑了笑。

肖洱一觉睡到晚饭的点，她看见聂铠在白雅洁的卧室里打包东西。他把所有白雅洁的遗物都装进纸箱中，用胶带封好，摞在一起。

床头柜已经被他清空了，聂铠正在打包最后一只箱子，一转头看见肖洱："你醒了？桌上保温桶里有汤，我刚叫的外卖。"

"你这是要搬家？"

聂铠点头："把东西都送去南京。这里，估计会被卖掉。"

"你父亲……"

"我跟他断绝关系了。"

肖洱微怔。

聂铠面不改色地收拾着："我妈会出事，他脱不了干系。我没他这个爸爸。"

"因为妻子的背叛而发怒，他的反应太过激了。"

"你是不是看了新闻？"聂铠说，"不是真的。他们谁都不知道真相。"

肖洱目色冷凝，看向聂铠。

聂铠把箱子叠上去，有些疲惫地坐在床板上："我妈是在外出找我的时候，被人给欺负了，才会意外怀孕。她根本没有出轨。可那个人，根本不听她的解释。"

肖洱没料到聂铠会给出这样的答案："是你妈妈跟你说的？"

"嗯。"聂铠抬手揉了揉眼角，"她离开前……给我留了很长的信。"

因为如此，聂铠才会对自己更加自责吧。他会觉得，母亲会出事是由自己一手造成的。

肖洱不明白，为什么白雅洁宁可让儿子产生这样的自责，甚至不惜告诉他自己被人侮辱了，也不愿承认自己劈腿和别人在一起。

人之将死其言也善，白雅洁究竟是怎么想的？

是为了以自己的死刺激儿子好让他发愤图强，还是爱得太深，不惜一切代价也要保全肖长业的名声？

肖洱隐约觉得，那本笔记里可能会有答案。只是，她现在看不到了。

视线微转，肖洱注意到聂铠把自己的吉他和其他与音乐相关的东西都打包起来了。

"你不打算再……"

"我不会再唱歌了。"他语气冷淡，却坚定。

"这样也好。"肖洱安静了片刻，才缓声说，"你现在，首先应该把心思放在学习上。"

"你会陪我吗？"

"嗯？"

"我会认真看书，拼命学习。你会陪我吗？"

肖洱眼里涌起一丝不易察觉的情绪："你打算复读了？"

"你先回答我。"

"嗯。"她说，"直到你不再需要我的那一天，我会在你身边。"

她一直都是这么严谨的人，就连许诺，也要加上前提条件。

"如果，我后半辈子，都需要你呢？"

"那就陪你后半辈子。"肖洱凝神答道。

夜色凄然。

"那就好。"聂铠轻轻舒了口气，不知是说给谁听，"我会去复读，好好念书。以后，我会好起来的。"

希望如此。他会一天一天好起来，她会陪着他，看他一天一天好起来。

尽管，她已身在炼狱。


肖洱又在聂铠家留宿了一晚，第二天，她去了龙泉寺。

姥姥真的没有跟沈珺如"告密"。肖洱小的时候，还很调皮，常常干一些"坏事"，比如在小朋友家玩得彻夜不归，都是姥姥帮忙瞒着。

很多年了，姥姥觉得这个外孙女很多年没有再让她操过一点心，乖得不像个正常孩子。

这一次，肖洱却难得请她"帮一回忙"，肖家姥姥竟然都没有追究她究竟去了哪里，就答应了下来。

肖洱回去以后，姥姥也没有追问，因为肖洱看起来气色好了很多。在老人家心里，孩子的安全健康比什么都重要，至于去了哪里做了什么，又有何妨？

何况，她从来也不是一个拎不清的孩子。

她在龙泉寺安安静静又住了三天。晚上早早入睡，早晨早早起来，去参加晨间的诵经会，白天就帮着寺院里的义工做一些力所能及的杂事。吃寺庙在后山种的时蔬，饮山涧清泉。

肖洱的身子一天天好起来，睡眠质量也与日俱增。

肖长业开车带着沈珺如来接肖洱的时候，发现她真的看上去有生气了不少。

"我就说，来这里休养些日子会好吧。"

沈珺如不想跟肖长业搭话，她打开车门，把一老一少迎上车。

"小洱，住得还行吧？"

"嗯。"

"一会儿回家妈妈给你做好吃的。"

"不了，我今天就回学校了。"

沈珺如一愣："妈妈给你请假请到下个月中旬，不着急的。"

"课程落下太多了。我这个专业，第一年不打好基础，以后很难学好。"肖洱说，"再说，我已经全好了。"

听她说学业可能会落下，沈珺如有一点犹豫。

"也不急着这一两天吧？"

"我在网上订过回南京的票了。"肖洱说，"两小时以后发车，你们把我送去长途汽车站就行。"

不知道为什么，自从肖洱住院以来，沈珺如每次跟她说话都觉得心里发虚。这时候肖洱提出这个要求，她也就应了下来。

"真的没事吗？要不，妈妈送你过去？"

"有人来接我。"

沈珺如想问是谁来接，可看着女儿一脸心不在焉地望向窗外的神情，又忍住了。

肖长业把肖洱送到长途汽车站，沈珺如也下了车，带她去附近的超市买了一大堆吃的和补品。

她一路把肖洱送到长途汽车上："平时不要亏待自己，该吃就吃，把身体养好。有什么困难或者觉得不舒服，要立刻跟妈妈说，听到了吗？"

"嗯。"

快发车了，司机在催促无关人员下车，沈珺如伸手抱了抱肖洱："小洱，妈妈是爱你的。"

肖洱的背脊有一些僵硬。

沈珺如感觉到了，她突然有一点伤感，叹口气道："放了寒假就早点回来。"

"妈妈再见。"

沈珺往外走，坐上肖长业的车。

"女儿大了，不要什么都跟着管。"肖长业出言道。

沈珺如懒得理他，打开手机翻通讯录，拨出电话。

"喂，是肖洱的同学吗？"

"嗯？阿姨您好！我是聂西西。"

接下来的对话，沈珺如十分热情洋溢："如果我们家小洱有什么异常或者你发现什么不对劲，一定要立刻告诉我噢。"

"真是太谢谢你了，阿姨都不知道说什么好，有空的话一定要来我们家玩啊，阿姨给你做好吃的。"

连肖家姥姥都听不下去了，等她挂了电话，姥姥脸色不悦道："这是监视！做你的女儿，也是倒了八辈子霉。"

沈珺如说："妈，您看您说的，我是为了谁？这是防患于未然，万一小洱出了什么事，你们哭都来不及。"

姥姥抱着胳膊，不搭理她了。

长途车上，肖洱不知想了些什么，看着窗外兀自出神，连身边坐了人都不知道。

"这么多吃的。"

肖洱一怔，偏头看去："你怎么……"

他不是前两天已经搬去了南京吗？他不是在南京南站接她吗？怎么会出现在这里？

聂铠靠在她身边座位的椅背上，斜眼觑她："傻眼了？"

肖洱迅速收回目光："你坐了前一班车回来的？"

"对啊，不然我飞回来啊？"聂铠打了个呵欠，懒洋洋地说，"好困。"

困就睡吧。

座位前后间距小，聂铠腿太长，简直无处安放。肖洱往里缩了缩，给他的腿腾地方。又摘下自己的围巾，叠了几道，成一个小枕包的模样，垫在他脑后。

聂铠全程看着肖洱，后者做这一切却自然极了。

"怎么不睡？"聂铠灼灼的目光很难不让人注意到，肖洱问道。

聂铠："已经在做梦了。"

肖洱："……"

聂铠说："一会儿我请你吃晚饭。"

"我回学校还有很多事情。"

肖洱是班长，走了这么多天，班级事务肯定都给了副班长顶替。

"有什么事也不在乎这半天。"聂铠说，"再说，你不是要跟我去买书吗？"

在龙泉寺那几天，肖洱给聂铠制定了详细的复习计划，并且列下了复习用书的书单。

买书的事刻不容缓。

肖洱只好答应他。

其实每一科目肖洱列出的练习册都不多，但扛不住六科齐上阵。吃过晚饭后，从南京某家新华书店出来的聂铠，手里的塑料袋提手都快要崩断了。

"这些都是要做完的吗？"

"嗯。"

"……"

肖洱见他吃力，伸手拦了出租车。

肖洱道："师傅，去……"

聂铠抢白："去南大仙林校区。"

"你家离得更近，你不用先送我回去。"

"谁先送你回去了？"

说罢，他将手里的书往副驾驶上一丢，拉着肖洱坐进后座。

等到了地方，肖洱看着一起下车的聂铠，不知道他葫芦里究竟卖什么药。

直到聂铠带她穿街走巷，去了学校边一栋简陋的民居楼，肖洱才渐渐明白过来。

她跟着他上了三楼。

聂铠跺了跺脚，声控灯开了，他掏出钥匙，打开房门。

一间约四十平方米的老房子，一厅一室一厨一卫，再搭一个全封闭式阳台。低配置简装修，除了老式空调、冰箱、洗衣机，没一件像样的家用电器。

家具也少，一张双人床、一张书桌、一张餐桌、三把椅子，外加客厅的一张长沙发、一张矮茶几。都是木制的，除了沙发上垫了灰蒙蒙的软垫，其他几样都光秃秃，看着就寒碜。

肖洱站在客厅，环顾一圈，说："你租的？"

"嗯。"

聂铠把书扔在沙发上，走向客厅一角——那里放着三个巨大的行李箱。

肖洱说："为什么？"

聂铠语气不太好，随手从阳台抄过一只矮板凳，打开行李箱："我不是告诉你了吗？我跟那个人断绝关系了。"

除了拎出来的这三个箱子，他在这个世界上一无所有。

肖洱默了一会儿，问他："这里租金多少？"

聂铠扯了扯嘴角："我有钱。"

"不是断绝关系了吗？"

"我跟他借的。"聂铠说，"三年期，到时候连本带利还。"

"借了多少？"

"反正够，你别管。"

估计也没多少。

他还真是有孤注一掷的勇气。肖洱在心里说，一个坐大巴都嫌弃座位脏的处女座，现在却租了这样的屋子。

转念又想到晚上聂铠带她吃的必胜客。

都没钱了，摆什么阔啊，少爷。

肖洱把手里提着的沈珺如给她买的东西，分门别类放进冰箱和厨房的食品柜里。

聂铠在客厅大声喊："都带走，我不要。"

肖洱从厨房转出来："你的意思是让我每天下了课再回一趟宿舍，把这些陆续带过来？"

聂铠一愣："你每天都过来啊？"

肖洱淡声拆穿他："不然你为什么把房子租在这儿？"

就算屋子破，可大学城附近的房价，不会低到哪里去吧。

聂铠脖子一梗，继续收拾行李。他昨天晚上才搬过来，一大早又跑去接肖洱，还没来得及布置家里。

肖洱走过去，放倒另一只行李箱："密码。"

"你回去吧，我自己来。"

"密码。"

"102。"

"没买床垫？被子呢？床单被套也没有。"肖洱翻完了聂铠的全部行李，面对空荡荡的双人床板，说，"你要这三箱衣服和鞋有什么用？"

聂铠道："我也没想那么多，谁知道这房子什么都没有。"

"你昨晚怎么睡的？"

聂铠朝客厅沙发努了努嘴。

肖洱佩服自己的好脾气，她对聂铠说："走吧。"

"去哪儿？"

"拿被子和垫子给你。"

聂铠一怔："你给我了你盖什么？"

肖洱说："所有正常人，在入住新居前，都会起码准备两床被子和褥子。"

聂铠："……"

聂西西看见肖洱推门进来，颇为热情地跟她打招呼："小洱！你回来了！”

肖洱被格外热烈的她弄得不甚自然："嗯，拿点东西。"

"你的身体都好了吗？"

"都好了。"

"那就好！"

于是，在聂西西莫名关切的注视下，肖洱拖出最大的那只收纳箱，从里面抱出一床被子一床褥子来。又打开中号抽屉型收纳盒，取出崭新的一套床上四件套。

临走了，她又绕回来，把自己床上的枕头也顺走了。

这是什么情况？

有了小洱妈妈的叮嘱在先，聂西西脑中警铃大作，一下子从上铺爬下来，紧张兮兮地盯着肖洱，问道："小洱小洱，你这是去哪里啊？"

肖洱说："捡了只流浪狗，去搭个窝。"

啊？

"那……要帮忙吗？"聂西西挠挠头，半晌，冒出一句，"不过我有点怕狗，可能不太敢靠近。"

"不用，他怕生，我一会儿就回来。"

肖洱出去了，聂西西有点纠结地坐在凳子上，这个行为，究竟算是正常还是不正常呢？

流浪狗……拿点旧衣服不就好了。不过，她们学校有那么大的流浪狗吗？

聂铠在肖洱宿舍楼下等她。

不多时，肖洱就下来了。

尽管天色已晚，路灯忽明忽暗，她还是很好认。因为整个脑袋都被高高的被褥挡住了，步伐不太稳，聂铠赶紧上前一步接过来。

"再有半个小时宿舍门禁，我要回去了。"肖洱说，"明天满课，5点20分放学。"

"嗯。"

"被子在箱子里压了挺久，你明天记得拿出去晒。"

"好。"

好像没什么要交代的了，肖洱说："你走吧。"

聂铠从被子里伸出一只手，摊开，一小片亮晶晶的，是钥匙。

"给你。"

肖洱抿了抿唇，从他手心里捡起钥匙："早有预谋。"

聂铠的脸埋在被子里笑。

是啊，早有预谋。

可有人也心甘情愿，不是吗？


大一的基础课程多而繁杂，肖洱缺了半个月的课，必须争分夺秒地补回来。

数学是她的强项，理解起来不难，临床医学的基础科目多需要背诵，也不难。

只是需要时间。

肖洱从没觉得时间这么不够用过。

她还是早晨5点就起床，洗漱铺床，听听力、背单词，6点整准时下楼去食堂买早餐。

豆浆、包子或者其他。

两份，打包。

送去301，6点半，跟聂铠一起吃早餐。

301是聂铠租的房子，刻在钥匙上，小小的数字，肖洱很快就叫习惯了。

7点到7点半，她抽查聂铠背单词和古文，布置接下来一整天的学习任务。7点半离开，去上课。

如果当天是满课，就放了学去301。

肖洱往往一周去一趟超市，在冰箱里囤满下周要用的各类食材，每天下午去给聂铠做饭。

要做两顿，因为他第二天中午还要吃。

最初肖洱也不会做菜，在手机里下了APP，跟着学，没多久也做得有模有样。

她不让聂铠插手任何事。

他所有需要做的，就三件事，吃好、睡好、学好。

聂铠给她买菜和早餐钱，她收了，转眼就打回他银行卡上。

聂铠气得直瞪眼，在她跟前发脾气："肖洱，我不是被你包养的！"

肖洱知道他心里不痛快，尤其是这几周，他的努力完全不见成效。

每一个处于复习中的学生都将经历很多次这个阶段。

做了无数套英语卷子，可是阅读理解、完形填空还是一错一大把；背了很多化学方程式，可还是做不好化学推导题；数学卷子简单的题目容易粗心，难的题目又做不出来，分数就那么点，七扣八扣就没了。

投入与产出的不成正比，会慢慢磨去人的信心耐心，何况聂铠现在压力这么大。

肖洱不跟他计较，只说："聂铠，我愿意的。你以后好好对我。"

从她嘴里听见情话简直难如登天，于是这句稍显温存的话，已经能在一瞬间抚平聂铠当下的暴躁。

他耷着脑袋坐在沙发上，声音低沉："我不想你这么累，你完全没有必要……"

他知道肖洱每天给他做晚饭、辅导他的功课以后要赶在门禁前回宿舍，回了宿舍还要洗澡洗衣服、做作业、复习自己的功课，往往入睡已经是12点以后。

他知道肖洱的身体每况愈下，她吃不多，又熬得凶，风一刮真的就能摔倒。

他却在肖洱每天变着法做的饭菜调理下，慢慢恢复了从前的健康。

"我不累。"

这是实话。肖洱只觉得高速运转的生活，让她清醒而充实，没有时间去考虑所有不愿记起来的琐事。身体疲倦，但精神时刻集中。

而且，她每天都睡得很安稳。

"我不学了。"聂铠迅速做决定，"我去打工，肖洱，我不能让你这样对我！"

"你去哪里打工？去打什么工？高中学历，在这座城市一个月挣两三千块钱？"肖洱冷声道，"扣去房租水电，你还剩多少？"

"我不会一直这样！"

肖洱说："噢，看来你也知道你不会一直这样。"

"……"

"还有七个月，你都忍不了吗？"

聂铠手撑着太阳穴，终于说出心里的担忧："我怕我考不上。"

"怕什么？"

"你不是没看到！我每天除了吃和睡，一门心思扑在那些书上！可是结果呢？该错的还是错！而且我的脑子已经不会转了！甚至以前不会错的题目都开始犯浑！这么下去，我拿什么去考试？"

"真不学了？"

"不学了，我不是这块料！"

"你忘了你妈妈跟你说的话吗？"

"……"聂铠颓然地抱着脑袋，"我没忘，我没忘！"

肖洱抬眼看他："我不逼你，你想清楚。真的不学了，就把那些书都包好，明天卖给收破烂的，还能卖十几块钱，够你吃一顿午餐了。"

她收拾书包，开门："饭在锅里，我先回去了。"

肖洱头一回回来这么早。

聂西西正趴在上铺看韩剧，见肖洱推门进来，诧异道："今天没在图书馆自习呀？"

她们一直默认，肖洱每天晚归是因为在图书馆自习。

"嗯。"

短短半学期，肖洱在整个医学院已经闻名遐迩了。

本来嘛，她身为"屈尊"而来的超高分考生，已经备受瞩目。又那么全能，兼顾班级活动和学业，期中考试全年级第一。关键是连书法都写得那么好，长得也不赖。

简直神迹一样。

已经有很多人托关系来打听肖洱，想要结识她的人更不在少数。光是聂西西接手的委托都有十多个，可传达到肖洱这里，一律一笑而过。

真的是一笑而过，聂西西觉得肖洱那表情像是连听都没听进去，她只好回复人家："我们肖洱一心向学，没工夫交朋友。"

医学院就那么大，不多时，肖洱"高岭之花"的称号就传了个遍。

高岭之花，总好过幽灵修罗。

聂西西在肖洱妈妈例行问话的时候，把这些事无巨细地告诉了她，后者倒像是挺高兴："喜欢学习挺好的，反正她还这么小，交男朋友太早了。"又问，"小洱还梦游吗？"

"不啦！她现在也不起夜了。"

聂西西总觉得自己应该找个时间告诉肖洱，她妈妈很关心她的生活。因为她实在是太冷淡了，聂西西从没见过她主动联系家里人。可每次看见肖洱淡得像要化去的眉眼，到嘴边的话就咽了回去。

还是别说了吧，万一让她知道自己像个小间谍，大家在一起多尴尬呀。

可聂西西不是能藏得住话的人，不跟肖洱说，她可以跟别人说。一来二去，道听途说了几轮，事实就面目全非了。

有一天，聂西西甚至在吃饭的时候听人说，那个医学院的大神精神上有一点问题，可能有自闭症。她妈妈没办法了，找人时刻看着她呢。

"你说什么呢？肖洱是我们班长，也是我室友，我们交流正常着呢。"聂西西愤愤地转头训那人，"你听谁说的？"

"我听市场营销的乔乔说的啊，她是我闺密，她就是听你们院的人说的。"

聂西西不说话了。她告诉的人中，也有人是乔乔的闺密来着。

这话的源头，没准是她自己。

她有点郁闷，也有点对不起肖洱。可是一想到肖洱很少跟人八卦，更不会有机会听到这些八卦，就放心了些，反正她的出发点是好的，又没有害她。

这天是周五，11点半才熄灯。肖洱已经晾好了衣服，坐在床上对着电脑处理积累的作业和班级事务。

"小洱。"聂西西从地上铺探下头来，"还有一礼拜就到圣诞节了，咱们班有没有什么活动啊？"

肖洱说："班里没有，院里倒是有一个联谊晚会。通知我正在编辑，明天就发。"

"联谊呀？"

"跟哪个院？"

一说起这个，其他几个早早上床的舍友都感兴趣地问道。

"也许是管理学院。"肖洱说，"具体没确定，也有可能有好几个院一起。"

"唉，你会去吗？"

肖洱下意识摇头："我就不去了。"

"要是有天文系我就去。"聂西西懒懒地躺回去，抱着笔记本继续刷韩剧，嘴里念叨着，"天文系那个程阳简直是我本命，那个笑容简直了。"

有人嗤笑一声，说："你本命不是都教授吗？"

"哎呀，都教授离我太遥远啦。要是程阳能看我一眼，我干吗还想着都教授啊，哈哈哈。"聂西西嬉笑着，想起什么似的，又伸出头去，"小洱，你还记得程阳吗？就是咱们省状元，高你一分的那个。"

"记得。"

"你不知道！他长得超帅的！我本来以为这种男的肯定很丑啊，结果有一天在BBS上看到照片，啊啊啊！我当时就死了。而且啊，他就住在我们对面宿舍楼！可惜我很少能见到他。"

帅？肖洱从回忆里拣出程阳的脸。

老实说，不如聂铠。

她不再参与聂西西的花痴对话，抓紧时间埋头工作。

11点半，准时熄灯了，肖洱的工作也只剩一个尾声，想到明天是双休没有课，她轻轻缓了口气，关电脑。

爬上床，肖洱才从搭在床架上的外衣口袋里摸出手机。

好几通聂铠的未接来电，还有短信。

——你生气了吗？

——肖洱，我们谈谈。

——我在你宿舍外面。

最后一条是一个小时前发来的。

12月了，天寒地冻的，他不会真的还在楼下吧？

当然会。

肖洱心里比谁都清楚他的倔脾气。思及此，她摸下床，取了外套往外走。

"小洱，这么晚了你干吗去？"聂西西戴着耳机看剧，感觉宿舍门开了，连忙问。

"去楼道背书。"

这么拼啊。聂西西吐了吐舌头，又不是考试周，也只有肖洱能干出这种事了。

肖洱她们宿舍在二楼。

走廊最尽头，窗户外面有一块伸出去的平台，下头是一块草坪坡。肖洱刚来学校的时候，聂西西就吐槽过这边的安保设施，说要是有人从这坡上爬进来怎么办。

理论上可行。

BBS上也有帖子探讨，该如何在门禁之后回到宿舍的小窍门。真的有不少人试过，实践上也是可行的。

肖洱爬上窗户，小心地踏在窗外平台上。

有风吹过，她俯下身子，坐在平台上，用脚去够下面的土坡。

这时候，肖洱看见自己的脚尖上出现了一枚红点。

是一个红色的光斑。

光斑在移动，很快就来到肖洱的裤子上、衣服上，像是小时候玩的那种"红外线激光灯"照射出的光斑。

肖洱抬手挡住脸，顺着光柱看过去，光源来自对面宿舍楼三楼，自东向西的第五个宿舍。

黑暗里，宿舍阳台上的红色激光，格外醒目。

肖洱掏出手机，打开手电筒，对着光源处晃了晃。

对方知道她发现了自己，却没有关掉灯，反倒颇为挑衅地在她脸上晃了几下。

肖洱有一点恼，却深知自己现在无法跟那人计较什么。她的手撑着平台，一跃而下，随后关了手电筒。

激光笔没再跟着她，而是直直地打向空中，不知道又瞄准什么去了。

肖洱从坡上下去，一眼就看见路灯下的聂铠。后者看见她从宿舍后头绕出来，满脸惊愕。

惊愕归惊愕，他本能地冲她跑了过来，上下看她："你爬窗户出来的？没受伤吧？"

肖洱没好气地拍开他的手："你知道我们门禁后不许外出，为什么还这样？"

触手冰冷，他在冷风里站了很久了。

聂铠说："我站着反省呢。"

肖洱"噢"了一声："反省的结果呢？"

他揉揉冻得通红的鼻尖："我今天说了很多气话，我太急躁了。"

"还复读吗？"

"嗯。"

肖洱在心里轻叹，他倒是比她想象中明白得快。

这样的情况，早在肖洱建议他复读之初她就考虑到了。本来以为，还要有很多天的拉锯战，没想到他能这么快想通。

她说："你想清楚就好。"

还太早，有些话，肖洱还不能说。因为她深知，聂铠还没到最后冲刺的时候。

他现在面临的压力，还算不得压力，只能靠他自己消化。

"肖洱，你别那么累。饭我能自己做，你不用每天来回跑。"他说，"否则，我受不了。"

肖洱仰头望着他："聂铠，你帮我买一辆自行车吧。你不是想还我钱吗？帮我买一辆自行车，能节省时间，我每天可以多睡一个多小时。我也能骑车运动，锻炼身体。"

聂铠想了一会儿，答应了。

"那，我先回去了。"一想到还要原路爬回去，肖洱有点头疼。

"你为什么对我这么好？"聂铠蹙眉，轻声问，"除了我妈，没有人比你更好。"

肖洱低着头，停顿了很久，才说："我对你好，不好吗？"

聂铠喉结一滚，想说的话却没说出来。

"好啊。"他只这么说，"你回去吧，我看着，小心一点。"

肖洱在他的托扶下，原路返回。聂铠看着她的身影消失在视野中，慢慢地转身往回走。

他现在，还有资格问她愿不愿意做自己的女朋友吗？少年摇了摇头，唇角牵起一抹苦涩的笑意。

想什么呢。


12月是学校的文化活动月，事多而杂，肖洱又一次收到班主任传唤的微信时，已经有点头大。

她挨去办公室，到了那儿，发现一起被叫来的还有文艺委员苏曼。

班主任："院里圣诞那个联谊晚会你们听说了吧？"

苏曼："嗯，通知今早班长发下来了。"

"是这样，这个晚会院里有领导要过来看。"班主任跷着二郎腿，双手交叉扶着膝盖，对她们说，"每个班都要出三个节目，你们让同学们准备一下，今天晚上之前把节目名单报给我，然后监督他们好好排练。"

苏曼迟疑："老师，圣诞节市中心有焰火活动，很多同学都打算去那里……何况我们班愿意展示才艺而且拿得出手的人，本来就不多……"

"你跟肖洱一人出一个，剩下一个节目都找不到？"班主任说，"没让你们表演得像花一样，能体现正能量就行。"

三个节目。苏曼和肖洱对视一眼，纷纷从对方眼中看见了"呵呵"两个字。

从办公室出来，苏曼第一时间在班群里发了班主任的通知，却毫无反应。

"我跳个舞是没问题，班长，你要出什么节目啊？写个书法？"

"在圣诞节目中写书法，是不是有点奇怪。"

苏曼哭笑不得："奇怪又有什么办法，咱们班刚开学那个中秋晚会一办我就知道，班里没有人好这口。有表演才能的屈指可数，愿意上台演出的，没有。"

挺头疼的，肖洱和苏曼边走边排查班里的每一个人，试图能找到可以拉来顶包的种子选手。

最后筛选出三粒金种子。一一打电话去问，一个说要见女朋友，一个宣称自己生病了，一个支吾了半天说"我唱歌很水的，要不你去找陈向荣吧，他会说单口相声"。

最后忙活了几个钟头，陈向荣总算在苏曼的软磨硬泡中答应了表演相声。

"班长，我的任务超额完成了，最后还有一个节目，交给你啦。"苏曼最后望向肖洱，"真找不到，就劳驾你亲自出马写书法了。反正连相声都有了，也不在乎多贡献一个国粹类节目。"

肖洱只好把三个节目报给班主任。

"书法？太枯燥了，领导前几天才说了，学生搞联欢，要有个学生的活泼样子，不要太严肃！"班主任一下子否决，"肖洱，你再想想其他节目。真不行，跟艺术班借几个人也可以嘛。"

"知道了。"

晚上，肖洱照常在301给聂铠做饭。

做了这么久，最拿手的还是番茄炒蛋。简单，下饭，又有营养，简直是菜鸟厨师的福音。肖洱对着一锅红红黄黄，漫无边际地想，还有谁能抓来表演节目呢？

"再烧下去，汤汁就熬干了啊。"聂铠闲闲的声音从她身后飘过来，抬眼觑着肖洱，说，"发什么呆呢？"

肖洱随手关了火，望着聂铠。

这目光……聂铠感觉自己仿佛是陷阱里的小羊羔，无意识地后退半步："你想干吗？"

肖洱说："聂铠……救场如救火。"

"不行，我说过了我不会再唱歌的。"听了肖洱的叙述，聂铠耸肩，一脸冷淡地背过身去。

肖洱握着锅铲盯着他的背脊看，说："真的不再唱？"

"真的不再唱。"

"噢。"一声低落的应答，她还真的不再劝，"过来，吃饭吧。"

聂铠的心被捅了下。他低头看肖洱的表情——没有表情。

"你不高兴？"

"没有。"肖洱把筷子递给他。

才怪，明明就语气沮丧啊。聂铠心里猫挠似的："我发过誓，我这辈子都不会再……"

"聂铠，以后不要轻易发这样的誓。"肖洱说，"不准的。"

"为什么？！"

"唱歌对你的意义，就像这个对人的意义。"肖洱指了指桌上冒着热气的米饭，"你既然是对着你妈妈发下的这个誓言，倘若她不答应，就做不得数。"肖洱说，"她，当然是不会答应的。"

"你怎么知道？"聂铠微微扬声，语气激动，"她恨透了我唱歌，恨不得把我的吉他给砸了。"

"可她应该有很多次机会能砸你的吉他吧。"

"……"

"她砸了吗？没有。"肖洱说，"她恨的，不是你唱歌，是你的盲目。"

聂铠微恼："你怎么说都对，反正我不会帮你去唱的。"

他语气有些冲，说完后连饭也不吃，摔门进屋了。

脾气真差，一点就着。

肖洱叹了口气，坐在桌前的椅子上，一粒一粒地挑饭吃。食不知味，她索性放下碗筷，从书包里拿书出来温习。

手表走针指到9点整，饭菜都已经凉透，聂铠的房间还是没有一点动静。

真是个倔脾气。肖洱过去敲门，说："饭菜自己热了吃，我先回去了。"

没反应。

肖洱走到玄关，打开门，又关上。

关门的声音刚一响起，聂铠卧室的门就开了。

聂铠沉着脸大步往餐桌走，却在看见玄关处的肖洱时，一下子刹住了脚步。

他的脸色更难看了，转头就要往回走。

"聂铠。"她在他身后叫他。

他像是没听见，但步伐不自觉慢下来。

"你别跟我冷战，我不喜欢冷战。"她低声说，"小时候，我爸妈怕给我造成坏影响，从来不争吵，总是冷战，可我什么都知道。"

聂铠的心像被一只冰凉的手狠狠握了握，疼得一哆嗦。

偏偏她还在说："你要是不愿意我这么对你，往后我们就两清。

可你不要……"

聂铠竟然觉得她的声音听上去很伤心，刚刚满脑子的怒气，瞬间就烟消云散了。

这世上总有一个人克着另外一个人，没法，没治。

聂铠回身又走过去，意外地，看见肖洱微红的双眸。

他心下一颤，声音都乱了："对、对不起，是我不好，你不要哭。我愿意你这么对我，你这么对我我很高兴，我不想跟你两清，我……"

肖洱终究没落下眼泪，只是对着他，慢慢张开了双臂。

拥抱的姿势，或者，其实是绝望的姿势。

仿佛身后是万丈悬崖。

如果没有人来拉她一把，她大概就会仰身倒下去了吧。

聂铠脑子一蒙，愣在原地。

肖洱小声说："其实，我也什么都没有了，聂铠。"

你看看我，站在你面前的我，除了这个人，什么也没有。我信奉的所有，早就已经化为一片荒芜。茕茕孑立，形影相吊。

聂铠，要不是还有一个你，我甚至不晓得自己为什么还要存在。

聂铠回过神来，眼中划过一丝沉痛，他上前一步，伸手拥过她来。力道有些猛，她撞进他怀里。

"我再也不会不理你，再也不跟你冷战了好吗？"

"嗯。"

"我答应你，答应你的要求，只要你不再这么难过好吗？"

"嗯。"

"你能不能告诉我，你家里究竟发生了什么事？"

摇头。

"你要我拿你怎么办才好？"

一声长叹。


聂铠还是来了圣诞晚会助唱。

表演开始的时候，肖洱远远坐在大礼堂靠后的不起眼座位上。

聂铠背着自己的吉他，唱一首粤语歌，陈奕迅的《浮夸》。

一开口，满场的气氛就被点燃。

大家都不是傻子，什么样的表演能够打动人，一眼就看得出来。唱到最后，他低调谢幕，已经满场尖叫。

肖洱一点都没怀疑过他带来的"明星效应"，这也是，她想要的结果。聂铠这些日子太压抑了，往后，他还会更加压抑。如果没有一个让他发泄的法子，他只能走向疯狂或者永远沉默。

更何况——肖洱捏了捏手中那只纸袋。

她借口说怕他耽误时间，要帮他去"那个家"拿吉他。聂铠答应了，因为他原本也存着芥蒂，不愿再踏足那个地方，便把钥匙丢给肖洱。

而肖洱帮他拿到了吉他，也拿到了自己想要的东西——白雅洁的笔记本。

肖洱沉静地望着台上被几个姑娘堵住的少年，在心里轻说，肖洱，要论心机，你怕是难逢敌手了吧。为了目的不择手段，不管是以前还是现在，你都改不了这个习惯呢。

她想起那天晚上，那个拥抱。

肖洱，哪一天，你演着演着，就该把自己也搭进去了。

这么一想，不由得又笑了笑。

不是早已经搭进去了吗？

"他这么受欢迎，你很高兴？"

蓦地，一个陌生的男声从左边传来。

肖洱微愕，转头去看——一个陌生人。

或者不是。

那人眉宇间透着股熟悉感，肖洱迟疑："你是，程阳？"

# 第十三章
回到那一刹，岁月无声也让人害怕

肖洱对程阳的认知除了省状元之外，就只是两年前在南京考全国数学竞赛的时候，短暂的一面之缘。

他是聂铠曾经的同学，两人关系很好。

"那天晚上，在你宿舍楼下和你见面的人，就是小铠？"

程阳的问话令肖洱诧异。

不过转念之间肖洱就想明白了，她反问："那天晚上，在宿舍阳台用激光笔的人，是你？"

程阳挑挑眉，不否认："我原本在观测天体，没料到看见了你。我本来还以为，是个小偷。"

肖洱记起来，程阳是天文系的。天文望远镜也确实配有激光校准目镜。

程阳说："他现在在念哪个专业？怎么来了南京，也不联系我。"

肖洱听在耳中，轻声说："你不要去找他。"

"为什么？"

"说来话长。"

"那你长话短说。"

"下次吧，你别跟来。"

肖洱拿出纸笔，写下自己的联系方式给程阳，却没看他，缓缓起身往聂铠的方向走。

程阳展开纸条，目光却在触及她的名字时，有了些微的怔忡。

肖洱？

那个高考只比他低了一分却坚持学医的……医学院高岭之花？

怎么会是她？

那一边，聂铠早已经被来搭讪的女生闹得不胜其烦，正到处搜寻肖洱的身影。

这时看见肖洱朝自己走来，连忙抽身而退。

"唉？你还没告诉我们你是哪个专业的呢。"

"同学同学，你有没有兴趣加入我们大艺团？"

聂铠单肩背着吉他，坚硬的侧脸轮廓在对着肖洱的时候，竟然有一瞬软化。他对那些问话充耳不闻，只对肖洱说："我还有两张卷子没做，先送你回宿舍，我就回去。"

"走吧。"

他们一前一后在众目睽睽中走出去。

大家一时都有些愣，好久才有人喃喃："刚才那个女生，是不是医学院的肖洱？"

"是、是啊，是我们班班长。"苏曼也在人群中，她说，"我想起来了，这个节目，就是班长拉来的外援。"

"那个男生，是她男朋友？我天，真帅啊。"

"这我不清楚，不过他应该不是我们学校的。"

聂西西今天也来了联谊会，她目睹着这一切，此时从后头跑到前面来，拉过苏曼，紧张兮兮地问："怎么回事？"

"你不是班长同宿舍的吗？你都不知道我怎么会知道？"苏曼之前被聂铠无视，还有点介怀，语气不是很好。

聂西西被她说得有点蒙。

对啊，她怎么都不知道？

晚上聂西西回宿舍以后，看见肖洱已经洗漱好上床了。她踌躇了片刻，才挪过去问她："小洱，今天那个唱歌的大帅哥是谁呀？"

她这话一问，宿舍其他两人的声音瞬间就小了下去，看起来，每个人都很好奇。

肖洱自然不打算告诉她们实情，只随口说："一个表弟，今年高考。"

"噢——"聂西西一听她说是表弟，立刻莫名放下心来。

和她一样放心的，还有另外两个舍友。其中一个说："他也太酷了吧，你看到没，那几个大艺团的学姐，被迷得不要不要的。"

聂西西赶紧补充，毫不吝惜夸赞："我今天看到他我都惊呆了，尤物，什么是尤物，这就是啊！"

"西西，今天你男神也在，你这么夸别人不好吧。"

"你不懂，男神当然还是男神，但是……啧啧啧，这个不一样嘛。"

肖洱微微蹙眉，她不喜欢她们用这种口气讨论聂铠，但也说不上来为什么不喜欢。

"小洱，你表弟叫什么啊？能加个微信不？"聂西西笑眯眯地问。

"不能。"肖洱回绝。

"……"聂西西没想到虽然冷清但一向挺好说话的肖洱会这么不留情地决绝。

她嘟了嘟嘴："别这样子嘛，就交个朋友而已啦。"

肖洱说："等他高考完吧。"

聂西西眨眨眼："也对，考试比较重要啦。"

她爬上上铺去，跷着二郎腿，在几个外班闺密的微信群里发消息："特大内幕，你们猜今天晚上那个惊艳全场的帅哥是谁？！"

夜深人静，肖洱拿着白雅洁的笔记本坐在走廊尽头，借着走廊的灯一页页翻阅。

白雅洁不是一个喜欢写长篇幅日记的人，她的很多语句都很零散。有时候没有逻辑，可能只是当时心里想到什么就写了什么。

可是肖洱看得懂。

沈珺如在她的笔下，名为"如如"，原来她们一早便已相识。

越往后翻，肖洱的心越是冰凉。

一切都与那日肖洱在医院听见肖长业和沈珺如争吵的内容不谋而合——沈珺如从来都知道白雅洁和肖长业之间的藕断丝连。她不过是选择了睁一只眼闭一只眼，放任自流。

肖洱嘴唇颤抖，她看见有一天白雅洁的笔迹被不知名液体洇开。

可能是眼泪。

肖洱看见日期，是她在学校门口的电话亭打给白雅洁的那一天。

日记里写道："要是从来都没有你，我会是全世界最幸福的女人！我恨你，我恨你！你为什么要抢走我的长业！为什么！你才是一个不要脸的东西，用肚里的孩子胁迫他娶你，你知不知道你把我害成什么样了？今天又有一个贱女人打电话来了，就跟当初的你一样！"

肖洱伸手堵住嘴巴，背部佝偻，缓缓从凳子上滑下去。胃里一阵翻涌，她觉得恶心，可吐不出来。只能攥着拳头，一下一下击打着胸口。

她的眼睛被什么蒙住了，一切都变得模糊不清。

窗外有什么飘进来，落在颈边，凉丝丝的。

是雪，初雪。

又是一年圣诞夜的初雪。

可是爱与恨，是与非，早已经变得面目全非、鲜血淋漓。

她真的，背上了最深的罪孽。

肖洱坐在冰冷的地面上，哭一阵，笑一阵，无力耷拉下的手垂在身侧，笔记本跌落在地。

聂铠，我还有什么脸面再见你。

谁能来教教我啊。

我还能凭什么，留在这个地方。

没有人能告诉她，月光冷得像是被冰水浸泡过。

她所有的骄傲，终于在这一夜，付之一炬。

很久以后，肖洱慢慢恢复了一点知觉。

她跌跌撞撞，把笔记本放回宿舍，半点留恋也没有地转身离去。

回到走廊尽头，翻窗户，摸索着跳下去。

肖洱在风雪里，举步维艰。可她什么也顾不得，只知道如果现在她不做点什么，她一定会死在这冰天雪地里。

太冷了，十八年来，肖洱从没觉得这么冷过。

连血管里的血液，都流动得缓慢起来，心脏泵血的速率也慢下来。

如果不做点什么，一定会结成冰，一定会的吧。

肖洱恐惧地攥着心口，突然没命地跑起来。

在这个冬夜，空荡荒凉的街面，只她一人疯了般奔跑。

扫在脸颊上的冰雪割得她生疼，脆弱的耳朵很快就红肿起来，可比起心脏停搏的恐慌，这一点痛算不了什么。

比起聂铠受过的这一切，她这么一点痛，算得了什么。

是她亲手把他推进地狱的。

肖洱喘着粗气，手撑在墙壁上。

因为长时间没有声响，走廊的声控灯熄灭了。

她这才意识到，自己来到了301门前。

聂铠。

聂铠。

她踉跄着走过去，抬手拍门。

目光近乎疯狂的执着，仿佛天大地大，她却只有这一个去所。

"谁！"

被惊醒的聂铠语气颇为不善，猛一拉开门，不料一团涔涔寒气直扑而来。

他穿着睡衣，头发蓬松凌乱，身上带着被窝里的余温。

因为肖洱的叮嘱，他每天睡前都喝一大杯牛奶，甚至身上还有一点点奶香。

她就这么不打招呼，一下子冲进他怀里。

发着抖，手指不知道哪来的力气，死死攥着他的衣服。他想看看她的脸，也没法动作。

"聂铠，让我留下来。"

她小声呢喃，声音包着一层水似的，仿佛在求救。

让我留下来，好吗？

我已经没有其他留下的理由了。

聂铠任她抱着自己很久，直到身上的热气都被她吸走了，才摸到背后，握着她冰坨似的手。

"肖洱。"他声线不稳，极力压制着询问的念头，安抚她，"先进去。"

她卸了力，任他摆布。

聂铠抱起她时，才发现她整张脸和耳朵红得像是醉了酒。眼中布满血丝，眼泪糊在脸上，竟然结成了细碎的冰，双唇已经发紫，无意识地颤动着。

结合她现在的状态，他心道，大概是冻伤了。

带上房门，聂铠将肖洱抱进卧室。小心地脱下她湿淋淋的鞋子、外衣外裤，被细软面料的衣服包裹着的女孩子身子消瘦，仍能看得出凹凸身线。

聂铠的动作顿了顿，深吸了口气，将她放进被子里裹好。

室内温度高，肖洱很快感到整张脸肿胀刺痒起来，她微微蹙眉，下意识伸手去挠。

"别碰。"

聂铠立刻阻止，把她的胳膊强行裹紧在被子里。

他转身跑去浴室，很快拧了热气腾腾的毛巾过来。坐在床边，聂铠摘掉肖洱的眼镜，拂开她的碎发，用热毛巾轻轻捂着她的脸颊。

"会有点疼，你忍忍。"

聂铠伸手去搓揉肖洱红肿的耳朵，触手的肌肤细腻柔软，温度高得吓人。

他不自觉放轻了动作，跟她解释："要揉开了才能好，不然生了冻疮，有你疼的。"

可肖洱一言不发，只张着眼睛，望着他。

聂铠被她看得心里直发软，眼神都不知道该往哪里放。手下轻捻的皮肉越来越烫，他咽了口口水，发现嘴唇干涩。

不要这么看我。

你这么看我，会让我很想……亲你。

可是这时，肖洱从被子里探出手来，轻而易举就抓住他的睡衣领子。接着往下轻轻一拉，微扬下巴凑过去。

唇贴着唇。

她的，清冷凉薄，有雨雪的冷冽。

他的，干燥柔软，是动情的温热。

一把火轰然烧起。

毛巾转凉，被聂铠丢在一边。

他的唇一点一点，吮吻着肖洱的脸颊，舌尖不知餍足地舔舐着她红扑扑的肌肤。最后来到颈边，吻落在她的耳朵上。

不知什么时候，被子已经散开，两人在被中紧紧相贴。她细白的手指扣着他的肩臂，在他细密的亲吻中发颤。

温度不断攀升，像是没有上限，意识在这样的燥热中不断蒸腾。

少年初识情欲，无可发泄，不敢发泄，饶是身体坚硬得快要炸裂，也只能捧着她，一遍一遍吻过。

他声音哑得不成样子，在她耳边一声声叫她。

"小耳朵，小耳朵……"

肖洱，小耳朵。

他最初认识她，便只知道这个外号。

他的声音诱人至此，肖洱心神微荡，猝然战栗，轻哼出声。旋即，合上一双水光潋滟的眸子，沉在他怀里。

这样也好。

他既是一把火，自己就做柴，全都给他。

能让他光焰明亮，她烧得一干二净、灰飞烟灭也好。

衣衫半褪，聂铠的大掌抚上她柔软的腰肢，终于猛地回过神思来。

明明她体温微凉，他却被烫了似的缩回了手。

"不行。"

他自言自语，狠狠捏了捏拳头。

跟着，跳下床，飞也似的跑进浴室里去。随后，肖洱听见浴室传来哗啦啦的水流声。

她侧身躺着，突然笑了，眼泪顺着脸颊落在枕头上。

浴室里，冰冷的水击打在身上，可是没有用。

聂铠低声嘟囔了一句什么，伸手握住自己，上下动作。

好一会儿，才泄了力气。

他冲去手中的黏稠，头抵在浴室内的墙壁上，微微喘着气。眼中明暗不定，不知道在想着什么。

聂铠从浴室出来回到卧室的时候，肖洱已经睡着了。她睡得很熟，脸颊和耳朵还是红彤彤的，连他伸手触摸她也没反应。

聂铠看了一会儿，捞过那条毛巾，又去沾了热水拧干。

回来以后，便只是半蹲在床边，给她的冻伤处一点点活血轻揉。

一室寂静。


聂西西在第二天一早又接到了肖洱妈妈的电话，她担心被舍友听见，赶紧去了走廊。

肖家妈妈现在打电话来的频率越来越低，基本上大半个月才打来一次，可能是因为肖洱确实没做什么出格的事情，她慢慢放心了。

"小洱一直都很乖，阿姨你放心好啦。"聂西西语气甜甜，"阿姨啊，小洱不是有一个今年高考的表弟嘛，长得真好看。"

沈珺如有一点愣，今年高考的表弟？

她很快反应过来："你是说王雨寒是吧，小洱跟你说的吗？嗨，那孩子，尽喜欢整一些旁门左道的东西。"

唱歌也不算旁门左道啦，多帅啊。聂西西想着，嘴上又和沈珺如客套了几句才挂上电话。

她笑得贼兮兮，掏手机继续在群聊里头发道："锵锵锵锵！我知道那个帅哥的名字了噢，嘿嘿！"

八卦完，聂西西推门回了宿舍，却看到其他两个舍友神秘兮兮的表情。

"怎么啦你们俩？"

"班长书包还在呢。"

聂西西偏头看去："在啊，怎么了？"

"班长难道没有去早自习？她早自习的话，不可能不带包的。"

聂西西一愣："对噢。"

可是不是早自习，肖洱会去哪里呢？

"我今天起得早，6点多班长床就空了。"其中一个舍友说，"我摸了摸她的床，冰凉的，就像一晚上没有人睡一样。"

不会吧。

"其实班长每天晚上都去走廊背书，一大早又在我们醒之前就走了，谁也不能确定她是不是每天都在宿舍睡觉呢。"

"你这是什么意思？"聂西西皱眉望去，"她不在宿舍睡，还能去哪儿？"

"谁知道，我就这么一说，你当我脑洞乱开好了。我只是觉得她很古怪。"

聂西西咬了咬唇，心里划过一丝不确定。


天亮了，肖洱在聂铠的床上醒来。

外头天寒地冻，可这里和煦如春。

她又闭了闭眼，不想起床……

"醒了？"聂铠已经起床，换了毛衣长裤，看见肖洱揉眼睛，便问，"有没有哪里难受？"

肖洱摇头。

他嘴角带着青涩的笑意，突然附身在她额头上印下一吻："早安，小耳朵。"

肖洱身子微顿，望见他眼里的些微忐忑。她扬扬唇角，放松身子，说："早安，聂铠。"

聂铠眼底的不安消散，笑意更浓："我买了生煎和豆浆，快起来吃。"

仿佛一夜之后，换了人间。

"聂铠。"吃早餐的时候，肖洱说，"昨天，我知道了一些事情，关于我爸妈的。"

聂铠正在给她倒豆浆，闻言，放下杯子，耐心地看着她。

"我妈妈怀了我，以此来要挟我爸当时的女朋友，拆散了他们原本的姻缘。"

她声音很轻，事不关己地说着，可眼里尽是无望。

"我父母都有错，唯一无辜的人，是我爸爸的女朋友。可是很多年以后，我得知父亲跟那个女人有联系以后，却做了很多难以转圜的错事。"她以手掩面，"聂铠，我怎么才能……"

怎么才能赎清这满身的罪孽。

聂铠走过去，将她拉进怀里。

"嘘。"他说，"既然不能转圜，就不要太介怀。谁年轻的时候没有做过几件后悔莫及的事情，可是肖洱，生活总是要继续。你伤春悲秋的时候，难免会错过太多，太多……不该忽视的风景。"

他的声音低沉，握着她肩头的手掌温厚。

"比如说，我。"

肖洱张了张口，后头的话，却半个字也说不出来。

他的下巴轻轻搁在她的头顶上："一起毕业吧，肖洱。"

肖洱微顿，立刻就明白了他的意思。

肖洱念临床医学，五年制。聂铠这么说，是想要考南大吗？

以他现在的程度，要想考上南大……恐怕，是要拼命了。

她心里有什么在悄无声息地化开。

"好，一起毕业。"

无论如何，聂铠，我也要让你考上这所大学。即便不是为了我自己，也为了，那个人。


那天以后，肖洱明显感觉出聂铠的变化。

从前他也拼，但是盲目而武断，拼时间拼精力。可现在，他把更多心思放在如何高效地完成对知识构架的搭建上。

其实高中的知识不过就是那么多，翻来覆去地变着花样出题，核心归结在一起，几张A4纸就能列得完。

寒假前，肖洱就把她总结出的几张A4纸拍在聂铠面前："我回家的这些日子，你把这些吃透。"

学生时代，能够把厚厚的一本书读薄的人很少，这需要具备掌控整体架构的能力；读薄以后，能够在心里将其还原成一厚本的更少，这需要具备超强的记忆力和理解能力。

刚好，肖洱这两者都具备。

所以她能够游刃有余地去处理每一门课。

聂铠不笨，他很快就发现其中的奥秘所在。良师在侧，越过第一个瓶颈之后，他的进步飞快。英语基础本就很好的他主攻数学和理综，短短两个月后，理综已经能考出240分的好成绩。

虽然这成绩还不够格上南大，但已经让人充满希望。

"你要放二十八天假？"

"嗯。"

"谁规定的，寒假怎么放这么长？"

"……"

聂铠接过肖洱写满了字的几张纸，顺势拖过她的手，不情不愿地说："过个好年……早点回来。"

肖洱任他拉着，叮嘱道："每天三餐都要按时吃。牛奶喝完了去买。"

"嗯。"

"炒菜的时候小心油渍，右边燃气灶有点问题，用左边的。"

"嗯。"

"有不会的题目，拍下来发给我。"

"嗯。"

"我……尽量过完年，就回来。"

聂铠终于扬起脸来，笑道："好！"

肖洱："……"


一直到考完试，离开南京回家，肖洱也没有跟聂铠说过自己和程阳见面的事。

在圣诞之后，程阳单独约过肖洱出来面谈，她也只是简单说了聂铠的情况，告诉程阳，他现在需要静心学习，如果你想见他，就等到他6月高考结束。

"我也可以帮他！论成绩，肖洱，我可不比你差。"

程阳得知聂铠家里发生的意外，深表遗憾的同时，强烈表达了他的心意。

"省状元，聂铠是个骄傲的人。"肖洱看着他，语气淡淡，说，"你现在对他的关怀，只能起到反作用。"

"我们以前关系特别好，我会不了解他？"程阳没听进去肖洱的话，半眯了眼说，"再说，你能在他高压学习的时候，还让他去帮你唱歌，可见你也没多把他的学业放在心上。"

肖洱不是没意识到程阳语气夹枪带棒的排斥意味，只是她不清楚，为什么程阳对着自己火药味这么浓。

她说："你们两年多没见了，有很多事情，你都不懂。"

"我只知道他是我兄弟。"程阳皱眉，"他不会为了一个女生，枉顾我们之间的感情。再说——"程阳望着肖洱，"你怎么知道我们两年多没见？"

肖洱微顿。

"上一次，我去小马市找小铠，他身边的女孩子还不是你呢。"

"梦薇是吧。"肖洱平心静气地说，"是他的前女友。"

梦薇给程阳留下的印象可比肖洱好太多，他看着这个谈不上惊艳的瘦弱姑娘，哪里能跟梦薇比？

"肖洱，我不会给他带去困扰。"程阳坚持，"你只需要告诉我小铠现在住在哪里就行了。"

"那没什么可谈的，我不会让你去见他。"肖洱起身，顿了顿，又说，"程阳，你不想毁了他，就不要轻举妄动。"

她离开了。程阳看着肖洱离去的背影，莫名觉得不爽。

很不爽。

肖洱。当年全国数学竞赛的时候，他就记得这个名字，虽然不知道她到底是谁。可他记得清楚，因为高了他几分，结果他只能拿到全国二等奖。

而后，几次大型的统一模拟考，他都密切关注着这个名字。考试结束后，第一时间就会托在教育局工作的父亲查分数排名。

一模，他胜，两人打成平手。

二模，他败，败得彻底，他引以为傲的数学竟然只考了132分。而她，148分。他父亲亲自致电肖洱的班主任，好一番夸赞。

三模，仍是他败。

好在高考他扳回一城，以一分之差险胜于她。

程阳自己心中组建的五场战局，两胜三负。

他迫不及待地想要见到这个人，这个叫作肖洱的，不知道是女孩还是男孩的对手。

如果他是男孩，他一定要与他成为莫逆；如果她是女孩……有什么能比棋逢对手的爱情更让人向往呢？

天知道程阳得知那个叫作"肖洱"的人选择进入南大时，他有多兴奋。

一进大学，他就托人多方打听，想与她结识。智者、英雄间的惺惺相惜，他相信她不会不懂得。

可肖洱似乎对此毫无反应，不论他借了多少人之口向她抛去橄榄枝，她都无动于衷。

程阳自视狂妄，从没想过会遇到一个比他还要骄傲的人。

好啊，你不拿我当回事，我也不再主动去找你。这么想着，他便真的没有再主动过。

直到，那一次联谊。

直到，她递过来那张纸条。

原来，肖洱就是小铠的女朋友。

原来，早在几年前，他们就有过一面之缘。

恍然大悟之际，程阳心里竟然生出一丝不甘来。

于是，对着她，竟也是百般挑剔为难。

她不让他去见小铠，他便偏要去。


肖洱回家的第一个晚上，就接到聂铠的电话。

她坐在阳台的摇椅上，膝盖上放了一只Kindle，正在看书。她拿起电话，声音不自觉软下来。

"聂铠。"

"小洱，番茄炒蛋，要加多少盐？"

"我走之前，不是手把手教过你了吗？"

"那天做的是两个人的量，现在是一个人，才不一样。"

肖洱刚要反驳他，一个人的量就减半，你连这么简单的常识都不知道吗？

话到嘴边，却秒悟到了聂铠的意思。

她说："你其实已经吃过了吧。"

聂铠："哼，吃过了又怎么样。"

肖洱："那很乖。"

聂铠："嗯。我是很乖，你要是回来，我更乖。"

肖洱陪他扯了一会儿皮，问过了他这几天的安排，才准备挂上电话。

临了，他还是忍不住问："肖洱，你想不想我？"

不等她回答，他噼里啪啦地说起来："你今天一走，我就开始想你了。我下去买牛奶的时候，对着小区里的狗，都喊你的名字。"

肖洱："……"

噢，那还真是谢谢你的想念。

挂了电话，肖洱抬手，摸到自己上扬的嘴角，才意识到整个聊天过程，自己都是一副不受控的微笑表情。

像中了某种魔咒。

高中毕业后的第一个长假期，大家自发地回母校看望老师。

当初班里的同学根据关系远近，自然地分成若干个小团体，陆陆续续地回了学校。

肖洱自然是与阮唐一起，约好了时间去帮光明顶和其他老师改改卷子誊誊分，减轻一点他们的工作负担。没想到她们去的时候，杨成恭也在，正帮着化学老师整理高一的试卷。

化学老师王清摸着脑袋冲他抱怨："现在带的这个班噢，真是头疼！没一个像样子的，是我带过最差的一届！"

杨成恭浅笑："王老师，您当初也这么说我们班的。"

王老师一愣："是吗？"

阮唐和肖洱对视一眼，不由得露出笑意。

"肖洱，阮唐！你们来啦。"教语文的奚老师最先发现他们，亲切地唤道，"我和你们方老师昨天还在说，你什么时候回来呢。"

肖洱是全天宁的骄傲，所有老师最津津乐道的对象。

肖洱和阮唐在办公室打了一圈招呼，听说光明顶办公室搬去了楼上，又上楼去了。

两个小姑娘刚一走，王清突然笑了，说："我说呢，这小子今天突然说要来帮我改卷子。原来还打了别的主意？"

他说的是杨成恭。

杨成恭清秀的面庞染上一丝绯红，却很坦荡，说："老师，我明天后天还来帮您。"

奚老师也笑起来："你们两个很登对啊，原来你对肖洱也有意思？还不抓紧？"

杨成恭笑笑，说："我加油。"

"可不是要加油吗？"王老师凑过去泼冷水，"你看你，已经不占任何方位优势了，一个北京一个南京，异地恋不是那么好谈的。"

是这个理，奚老师身临其境地替他头疼起来："这还真是个问题，杨成恭，你就说你决心坚不坚定？要是真想追，包在你王老师身上了。"

"唉唉，怎么就包在我身上了？"

"你不是一直号称是化学王子、把妹高手吗？"

"你看看你，少教坏小孩子。"

"哈哈哈，他们才不是小孩子，这一个个都比咱们高出一个头了。"

摆脱了"师与生"这一关系的束缚以后，平日里严肃板正的老师们都变得可爱起来。

杨成恭不知在想什么，沉默不语。

王老师又问："唉，你别怪我八卦啊，我之前听你们方老师讲你们班那个聂铠，是不是对肖洱也挺有好感的？"

奚老师第一个反对道："那小子哪有杨成恭优秀？连大学都没考上，一天到晚不知道在想什么。"

"老师，我、我先去看看肖洱。"杨成恭把手头的东西整理好，有点待不住，便说。

"知道你心急，去吧去吧。"

杨成恭这边刚带上门，王清却挑挑眉，说："奚老师，话不能这么讲，聂铠不见得以后就不如杨成恭。"

"那他还不是靠自己的爹多？"

"这一点上，我跟老方的想法一致。聂铠是个可塑之才，什么时候扳回正道上，没准能走得比谁都远。"

王清眼中闪着精光，嘿嘿一笑，又拿了笔继续埋头批阅试卷了。

在光明顶办公室寒暄了一阵子，到了午饭时间，肖洱一行人才告辞离去。

杨成恭一路上碍于阮唐，言语间都有躲闪，阮唐实在看不下去，嚷嚷道："我去上个厕所，杨成恭，你有话就快点说。"

杨成恭投以感激的微笑。

阮唐一走，他立刻直入主题："肖洱，那件事你听说了吧。"

他神情紧张，说的是白雅洁跳海之事。他也是放了寒假回到家以后听茶室里的几个姐姐闲聊时说起，才得知这件耸人听闻的消息的。

"嗯，听说了。"

"这件事情不怨你，你不要给自己太大的压力。"

肖洱扯扯唇角："不怨我？怎么可能不怨我。"

杨成恭皱着眉头，帮她分析："或许你在其中起到了一个催化剂的作用，但是肖洱，就算没有你，他们这样不健康的婚姻状况，迟早也会出现问题，你明白吗？"

"你不必这样为我开脱，杨成恭，我心里明得很。"

"肖洱！当局者迷旁观者清啊。"

"够了，你为什么要跟我说这些？"肖洱瞥过去，"杨成恭，我是否负疚，我有没有压力，与你关系不大。"

杨成恭的脸憋得通红，目光炯炯，他说："肖洱，你这么聪明，怎么可能不知道我对你，我对你……"

肖洱却依旧是那副寡淡的神情："杨成恭，你也不笨。你怎么会不知道，我现在没有任何心思去考虑这种事情。"

"你是不是觉得我在北京，和你隔得太远？"杨成恭说，"是，我原本是想冲刺复旦，可是我也没有想到我能考这么高的分。肖洱，我承认填报志愿的时候，我没有把你放在第一位，可是，我也需要考虑我的未来，我父母的希冀……"

肖洱挥挥手，没有了谈兴："你没有做错。"

这世上能有几个人，能真的做到不顾一切，能在面对诱惑的时候坚持初心呢。

杨成恭突然缄口，他看着肖洱，目光在发颤。有一句话，他藏在心里很久，可是他不敢问。

他怕一问出口，他就输了。

为什么，肖洱要放弃全国最好的医学院校，执意选择去南京读书？唾手可得的大好前途，就这么轻易抛弃，她为什么要选一条更加崎岖艰难的道路？

他想，他可能是知道答案的。

肖洱虽然看上去平静淡漠，可他很清楚，她心里藏着那么多疯狂。就像浩浩深海，表面风平浪静，深处却暗潮汹涌。

这让她生出异于常人的吸引力，所以他才难以忘怀。

杨成恭突然颓然地想，这样一个人，或许，根本看不上平淡无奇的他吧。

"肖洱……"他突然沉声说，"如果我来找你呢？"

肖洱没明白他的意思。

"你给我几年时间，我会来找你的。"他说道，眼中满含期许，"你能不能，等我几年？"

"杨成恭，我以为我已经是个很偏执的人了，你为什么……"

"我认为这很值得。"他坚持道，"在我足够优秀到能站在你面前的那一天以前，我不会主动联系你的。"

他突然燃起斗志，满怀信心："你等我。"

肖洱细细打量着他。她突然觉得，杨成恭说这番话，与其说是对她的执迷不悟，倒不如说是给自己找一个奋斗的理由、能坚持下去的借口。

他是这样，那她呢？

他们可都是擅长自说自话、自导自演的人啊。

她对聂铠百般纵容、千般关照，究竟是赎罪，还是给自己一个走下去的理由呢。

天知道。

阮唐从厕所出来的时候，杨成恭已经走了。

"他回家啦？"阮唐左右望望，"小洱，学委神道道地跟你说什么呢？该不会真让陈世骐那大嘴巴说中了，他……想追你吧？"

肖洱摇摇头："没那回事。"

"算了，不管他。小洱，你可答应了下午陪我去逛街的！"

"嗯。"

午饭过后，肖洱陪同阮唐在小马市中心商场闲逛。

"我现在在给三个人同时做家教，用不了多久，钱就能还上啦。"阮唐很久没有见到肖洱，一路叽叽喳喳，话特别多，"我奶奶身体好转不少，我妈妈也升职了，小洱，我觉得上了大学以后，一切都好了起来！"

"那很好。"

"我妈妈都不知道要怎么谢你才好呢，要不是那时候你拿钱出来，我们家没准真的就只能卖房子了。"阮唐一把挽住肖洱的胳膊，说，"她说我能认识你，跟你做朋友，真是上辈子修来的福气！"

"别光说我了，肖洱你现在过得怎么样？上次国庆同学聚会，你急急忙忙走了，我还没好好跟你聊天呢。"

肖洱笑笑："我还和从前一样。"

阮唐一下子停下来，回身审视肖洱，神情严肃："小洱，你这样是不对的。"

"嗯？"

"上大学了呀！没有人规定不许穿短裙短裤，没有人规定不许烫头发染头发化妆啦！你难道就不想有一点改变吗？"她说，"你看你还跟高中时候一个打扮，一点都不像个青春靓丽的大学生！你明明皮肤这么白这么嫩，五官又精致好看，怎么就不愿意拾掇拾掇自己呢！"

说到后来，阮唐已经是一副痛心疾首的模样。

肖洱被她一本正经的样子逗笑了："我只是没有时间。"

她说的是实话，阮唐却一点也不信。

"怎么可能！我天天带家教都有时间，你会没有？"她不死心，继续诱惑肖洱，"我发誓，你要是稍加打扮，一定比梦薇还好看。"

听见梦薇的名字，肖洱的脚步慢下来，她看了阮唐一眼："是吗？"

一个小时后。

"等会儿，我看看啊……隔离霜、粉底液、粉饼、散粉、眉笔、睫毛膏、睫毛夹、眼线笔、腮红、唇膏、化妆刷，唔，还有最最重要的隐形眼镜，一会儿我们去眼镜店买！"

阮唐带着肖洱在一楼的丝芙兰转了一大圈，很快购物篮里就堆得满满的。她比导购小姐还兴奋，转头对肖洱说："我真是迫不及待想看见你变身之后的样子了！"

阮唐真没想到肖洱会答应她的"改造计划"，她美滋滋地想，真是太幸福了，太幸福了！这比玩"奇迹暖暖"还要有满足感！

于是，原本是陪阮唐来逛街的肖洱，最后自己买了大包小包的化妆品和衣服，又把阮唐带回了家。

阮唐报考的专业是新闻传播。她们学院和艺术文化学院相邻，平时来往也甚为密切，如何化妆打扮，简直是她们几个院姑娘的入学必备技能。

"这个，这是隔离，在你抹完水和乳液之后用的，用完以后你再上粉底液，上粉底的时候要用这个刷子……"

阮唐手把手地教肖洱，她和肖洱认识这么久以来，第一次有机会能为她做些什么，简直恨不得把自己会的所有技巧一股脑全都告诉她。

"慢点说，我给你倒水。"肖洱去客厅接水过来给她。

阮唐"咕噜咕噜"喝下大半杯，眼泛精光："来吧！咱们先实

299

操，实践出真知！"

肖洱心中微动，突然说："唐唐，我真羡慕你。"

羡慕你活得坦荡自在，无拘无束；羡慕你开心的时候就大笑，难过的时候就大哭。

阮唐一愣，傻笑："啊？我有什么好羡慕的？噢噢噢，我晓得了，你一定是羡慕我有你这么好的闺密是吧？"

肖洱浅笑："来吧，我交给你了。"

"好嘞！哈哈哈！"

等到阮唐穷尽自己毕生所学，把肖洱改头换面地装扮了一番之后，她已经夸张地捂住嘴巴，大喊大叫："我要喷鼻血了！"

肖洱对着穿衣镜发愣。

她不知是该感慨人类发明了琳琅满目的化妆品，还是该赞叹阮唐的化妆技术炉火纯青、鬼斧神工。不过不论是哪桩，但凡审美正常的人，都能轻易比较出优劣。

"我这还只是心机裸妆，啧啧啧，小洱，哪天我给你画一个烟熏妆，绝对亮瞎人眼！"

"这样挺好的。"肖洱轻笑，说，"阮唐，你真厉害。"

"妈、妈呀，你别冲我笑，我遭不住……"阮唐往后退几步，"小洱，你怎么不早点打扮打扮！简直太女神了！"

肖洱："你过了啊。"

"一点都不！你不信自己的长相，还信不过我的审美？要不然，今晚我们去试试水？"

什么也阻挡不了阮唐嫁女儿般的热切心情。

当晚，阮唐就把肖洱往"麋鹿"酒吧带，她一路上简直开心得要起飞："刚刚过去那个人！我发誓他在偷看你！"

肖洱有点后悔答应她了……

刚一迈进酒吧大门，阮唐就对着吧台边坐着聊天的几人高声唤道："茜茜、沈辰！看我带谁来了？"

沈辰叼着烟，张雨茜脸上本来正挂着笑，他们闻声转过身来。和他们一起的，还有一个女孩子，这时候也回了头。

烟掉了，烫着手，沈辰"嚓"地跳下吧椅，表情痛苦而别扭。

另一个女孩阮唐她们也不陌生，正是高中同班同学，梦薇。她神情古怪，打量着肖洱，不知在想什么。

而张雨茜脸上的笑容一寸寸僵硬，难以置信地脱口道："我天。"

几人围坐在一起，张雨茜好久都没缓过神来，沈辰也是，眼神控制不住地往肖洱脸上瞟。

其实倒不是多么美若天仙，只是这前后反差过大，实在让人难以置信。

只有梦薇没看肖洱，似乎完全没有看出她的变化。

"行啊你！"张雨茜一把拍在阮唐肩上，"什么时候给我整一套这个？"

阮唐得意扬扬，摇头晃脑地说："拿钱来，我开班授课！"

"成交。"

打扮变了，比白水还淡的脾气却跟原来一样。肖洱在那儿不声不响地坐了会儿，张雨茜和沈辰终于意识到——这果然还是肖洱。

"唉，就你们来了，你们班那俩呢？"初时的新鲜过去，张雨茜熟稔地问，"哈士奇和柯基，他们也该放寒假了吧。"

"不清楚啊，我还没见到他们。"阮唐吃着果盘里的水果，说，"我们算是回来得比较晚的了，他们可能早就回了吧。"

"那，聂铠呢？他现在在哪儿，怎么样了？"张雨茜看向肖洱，问道。

阮唐一愣："聂铠？"

高考之后，她就没再听过聂铠的消息了，一个学期过去，她几乎都快忘了这个人。

可张雨茜这么一提，她便想起来，聂铠当时是没考上大学的……

肖洱言简意赅："在复读。"

"你们见过？"

张雨茜问这话，还是因为梦薇在所以留了余地的。要不然她大概会问，你们现在是不是在一起了。

肖洱拣了一粒圣女果放在口中，点了头。

阮唐说："他是不是还在小马市啊？"

"你不会不知道聂铠家里出的事吧？"张雨茜推推她，"她妈妈去世后，他就搬走啦。"

阮唐有点蒙。

"你现在跟小铠是什么关系？"沈辰从来没有碍于谁在这种概念，他看着肖洱，把张雨茜没问的话问了出来，"我爸说，聂铠跟他爸说了老死不相往来以后，就跑了。他是不是跟你在一起？"

梦薇的身子微不可闻地一僵。

阮唐也有点紧张，不过更多的是迷糊，她盯着肖洱。

情绪各异，或者，各怀鬼胎，但几个人的目光都落在她脸上。

肖洱皮肤莹白，不知是妆容衬托还是酒吧灯光的渲染，她看上去竟然格外娇俏明媚。肖洱轻轻点了头，说："是，我们在一起了。"

"你是认真的吗？"梦薇再也装不了漠然，脱口问她。

肖洱的神情晦暗不明，她说："我当然是认真的。"

"肖洱，你已经伤害过聂铠一次，如果这一次你再……我不会放过你！"

她站起来，居高临下地撂下这句话，一扭身走了。沈辰叫了她一声，嘟囔了句什么，也追了过去。

张雨茜对着他们的背影做了个鬼脸，回头拍拍肖洱："干得漂亮！反正我看好你们！"

又有熟客到来，张雨茜过去招呼，只留下阮唐和肖洱坐在座位上。

阮唐拉着肖洱一个劲追问，肖洱只好跟她简单地说了聂铠家发生的事情，又道："他来了南京，打算复读。所以，我帮了他。"

阮唐隔了好久，才从这个消息中回过神来，却立刻担忧地说：

"可你说你们在一起了？小洱，你到底是怎么想的啊？你别犯糊涂啊，你要搞清楚自己到底是不是真的喜欢聂铠，假如你不喜欢他，最后真的很伤人的。"

"唐唐——"肖洱上半身微倾，靠在了阮唐身上，"不要问我了，不要问。"

阮唐感觉得到肖洱的微微战栗，她在那一刻，恍惚间竟然觉得肖洱在哭。

可是，怎么可能？她从来不会哭的，从来没有事情能够难倒她。

但为什么，今天的她这么反常，不仅任自己摆布，还很依赖似的靠在自己身上？

为什么，这样的肖洱会让她觉得，很可怜，很脆弱？

这两个词，怎么会出现在她的身上呢。

阮唐心慌了，她张开手臂抱住肖洱："我不问了，你不想我问，我就一个字也不问了。"

"唐唐，如果有一天，你发现我不是一个好人。如果有一天，你发现我和你想象中的根本不一样……"肖洱在阮唐怀里轻声呢喃，"如果到了那一天，你千万不要来见我。"

我能忍受辱骂与唾弃，能承受指责与惩戒，我只是不愿见到这么信我、善待我的你，失望气愤的眼神。

所以到了那一天，我只求你走得远远的，就当你从来没有我这个朋友。

"什么意思？小洱，你说这话是什么意思？"

"你答应我。"

"我……好，我答应你，可是你能不能说清楚？"

肖洱从她怀里抬头，痴痴地望着她，眼角竟真有泪花。她靠过去，在阮唐颊边轻轻一碰。

"认识你，我很高兴，真的。"

阮唐彻底傻了。

她心里隐有不好的预感，强烈而分明地存在着，可是她同时也深刻地明白，她什么也不能做，也什么都做不了。一切的一切，都像是走在既定的轨迹上。肖洱她能一眼看到最后，可是别人都处在云雾中，所以她坚定、沉着，而他们无措、慌张。

阮唐心里生出无可言说的惧怕来，她担心哪一天，回到小马市以后，就再也见不到肖洱了……

因为今天她的行为，她的语气，像是诀别。

# 第十四章
## 无心人与多情客，皆是我

5月，聂铠再一次的停滞不前，就出现在5月。

距离高考还有二十天。

寒假过去以后，他一直心态良好，成绩稳步提升。可到了5月，距离高考之日越来越近的时候，一切都发生了微妙的变化。

他现在的程度，超常发挥也不过能上630分，距离南大的分数线还差一截——何况，他未必就能超常发挥。

这样的水准一直没有得到突破，他已经连续三个星期没有任何进步了。

聂铠陷入了前所未有的焦虑和自我怀疑中。

迫近的考期伴随着巨大的压力，让他心力交瘁。失眠、暴躁，他浑身都是压抑的戾气。就连对肖洱说话的语气都越来越不耐烦，在家里来来去去的动静都极大。

这一切都被肖洱看在眼中。

早在聂铠第一次出现这样的情绪时，她就知道，这一天必将来临。

他需要一场发泄。

她思考着对策，带他一起去楼下慢跑、打篮球，可是聂铠比她想象中更加难以掌控。他不言不语，把情绪都收进心里，流露出一星半点的，却尽是火药味。

直到那一天，肖洱提前下课，拎着鸡蛋和蔬菜去了301，在楼道里闻到了淡淡的烟味。

她在门外站了一会儿，才掏钥匙开门。

聂铠坐在书桌前发呆、转笔。

肖洱站在他身边，平静地说："你抽烟了。"

指尖的笔"吧嗒"一声掉落在桌面上。

"抽了多久了？"

聂铠长腿一踹，身体随着椅子一起往后一滑，椅子脚摩擦在地面上发出刺耳的声音。

他说："我心烦。抽烟能让我看得进去书。"

"你现在看进去了吗？"

"……"

"聂铠，你现在的成绩上重点高校完全没有问题。"肖洱淡声开口，却处处都在刺激他，"如果你打算在南京上大学，其实有很多其他选择。比如东南大学、河海大学、南京邮电大学、南京财经大学都可以……"

"我为什么上不了南大？！"他腾地站起来，俯视她，"肖洱，你不能这么小看我。"

"那你预备我怎么看你？"肖洱抬头直直地看他的眼睛，"聂铠，我难道能要求你给我考个省状元回来？"

肖洱不过是想刺激他发出心里的一把火，没料到这句话一说出口，聂铠却古怪地笑了。说不清那是什么意味，似乎是失落，又像是挫败。

"你笑什么？"肖洱心里一顿。

他长长地吸了一口气，半晌没呼出来，重新坐回椅子里去："你走吧。"

满屋寂静，落针可闻。

他还从来没有说过这样的话。

让她走？

"聂铠，你再说一遍。"她没注意到，自己的声音在微微发颤。

"我说让你……"

聂铠扬声，却在一抬头看见肖洱发红的眼眶时生生刹住了。

他心里放了台绞肉机似的，疼得要窒息。

聂铠狠狠扭过头："肖洱，我一点都不想耽误你。"

"耽误不耽误的，你说了不算。"肖洱说，"我拿学校一等奖学金和国家奖学金，这说明我能做到兼顾学习和你。"

他嗤笑一声："是，你们这么厉害，可我要拼了命，才能卡着分数线上你们纡尊降贵选择的学校。"

肖洱没有忽视他说的"你们"。

你们，是指，她和谁？

肖洱心头一动，说："程阳来找过你？"

这个名字一说出口，她注意到聂铠浑身紧绷了一下。

他眼中有敌意，有妒忌，更有不甘。

"你跟他认识？"聂铠半抬眼，看向肖洱，"你怎么知道他来找过我？"

"我一提到省状元，你就要赶我走。"她说，"不是程阳来找过你，还能是谁。"

肖洱垂在身侧的手一点点攥成拳头——程阳，你想干什么？

肖洱问聂铠："他都跟你说了什么？"

聂铠闭了闭眼，没有正面回答她："没什么，叙旧。"

程阳是寒假的一个午后跟他偶遇的，两人一起去吃了顿晚饭。

他没跟程阳说自己的境况，也没什么可说。倒是程阳，将两人分开后的人生，竹筒倒豆子似的讲给他听。

教科书式的成功人生。

"省状元？牛掰啊。"聂铠毫不违心地赞他。

"凑合凑合，我倒是很佩服我们学校另一个姑娘，跟我一届的。"程阳说，"我觉得她比我强，强很多。"

"想追人家？"

"当然想。"

"靠，上啊。"聂铠说，"你这条件，什么姑娘追不到？"

"我还不够优秀，不好意思往人跟前凑。"

"程阳，这不像你啊。"聂铠惊道，"什么人能让你承认自己不够优秀？"

"说起来，她好像就是你转学后的高中毕业的，你听说过这个人吗？她的名字叫肖洱。"

聂铠不说话了。

后来，程阳常常来找他，常常跟他说起肖洱。

聂铠从另一个人，另一个爱慕肖洱的少年口中得知肖洱的机会不多。正是这样，却让他更加清楚而明确地看到自己和肖洱的差距。

鸿沟一样。

初时，他尚能强压下心头不适，当作什么都没有发生。可时间一长，少年心头积压的不悦与委屈日益膨胀，复读的压力便是最危险的发酵剂，将所有的负面情绪变成一团黑黢黢的火药粉末。

只待一朝点燃，便一发不可收拾。

而这一切，肖洱都不知道。

"怎么，聂铠，你受刺激了？"肖洱说，"才这么一个人跟你说了几句话，你就受刺激了？省状元算什么，明天我把中科大少年班的孩子拉到你跟前来，你是不是就不活了？"

"肖洱，你不用使激将法。"聂铠无所谓一笑，"我是受刺激了，我觉得挺没意思的。反正我也不可能考一个状元回来，还有二十天，我的成绩也不可能在短短二十天有什么突飞猛进。所以，就这样吧，就像你说的，南京大学这么多，上哪所都行，干吗非得是南大。"

肖洱凝望着聂铠的侧脸。

她知道聂铠说的话不是发自本心，可是他现在已经用厚重的壳把自己包裹起来了。

因为程阳说的那些不知道究竟是什么的混账话！

她费尽心思，照顾呵护了几个月的聂铠，眼看就要采收硕果，怎么能被他三言两语妖言蛊惑？

肖洱心底冒起一股火，恨不能现在就把程阳揪到面前。

可是她不能。她深知，现在的重中之重，是聂铠。

"你跟我走。"肖洱伸手去拉他。

"去哪儿？"聂铠皱眉，不耐地挥手。

没挥开，她牢牢攥着他。那漆黑的眸子望着他，像无边的黑洞，让人无法不沉沦。

"你跟我走。"肖洱不知哪里来的力气，把聂铠往外头拖。

他不再挣了，怕伤了她，也怕他挣开了，两人真的再没有以后可言。

肖洱带着聂铠离开301，坐上出租车去南京南站，又买了回小马市的长途汽车票。

"你这是做什么？"

临时买的票，两人坐在大巴的最后一排，聂铠叹口气，问肖洱："你在我身上花那多工夫，何苦呢？"

肖洱摇头："不苦。"

聂铠微顿，将头扭向另一侧，不看她，也不让她看见自己眼里的不舍。

两人默默无声。

车子开动，车后头颠簸剧烈，肖洱抬手，轻轻顺着胸口。她坐在窗边，想要开窗透透气，无奈窗户扣得太死，她用力去推也纹丝不动。胶着之时，聂铠伸手过来，挺轻巧地就把窗户打开了。

5月的晚风，吹得人有些凉意，可肖洱已经不难受了。等到车子上了高速，不再那么颠簸，肖洱竟然有了困意。

她陷入浅眠之中，却意外觉得周身包裹着暖意。

熟悉的温暖，会是谁？

还能是谁。

她潜意识里有了判断，于是放任自己，沉入更深的倦怠中。

不知过了多久，车体一个猛烈的震颤惊醒了肖洱。

原来已经下了高速。

她从深眠中被拖回现实，本能地皱了皱脸，耳边立刻传来轻柔的安抚声。

"别怕，没事。"

伴随着这一声的，是一只宽厚的大掌在背心轻缓地摩挲。

肖洱这才发觉，自己正侧坐在聂铠的腿上，被他搂抱在怀里。

他环抱她的姿势就像抱着褪褓里的婴儿。耳侧便是他的心跳声，沉稳有力。肖洱似是只被惊扰了一秒，很快又合上眼，泰然入睡。

聂铠垂头看她，剥去不安与暴躁，只剩下满眼的温柔。

公路上一辆夜车，带着两人渐行渐远了。

从小马市长途汽车站出来，已经是夜里11点多了。

肖洱在路边拦下出租车，两人坐进去。

肖洱说："师傅，去石林海滩。"

聂铠周身一紧，下一秒就要拉车门："我不去。"

"好，你下车，我自己去。"

"肖洱！你别逼我。"他大声道。

"我逼你又怎么样？！"她的声音比他还大，"师傅，开车！"

石林海滩是白雅洁被打捞上来的地方。

聂铠眼圈发红，怒视着肖洱。肖洱不甘示弱，也回望着他。

车里气氛剑拔弩张，司机师傅半句话没吭，把两人拉去了石林海滩。

大晚上的，海滩一个人都没有，不要出事才好。好心的司机开走车前，心里隐隐担忧。

一下车，肖洱便不管不顾，朝海边跑去。

"肖洱！"

聂铠在她身后叫她，肖洱也像是没有听见。她一边跑，一边脱下鞋子，随手丢了。

脚丫子很快就接触到冰凉的海水，肖洱一刻不停，往深海处继续迈步。

风很大，海浪声掩去世上所有杂音。海水浸没肖洱的脚踝、小腿、膝盖、大腿。

聂铠疯了似的从后头追上来，在海水淹没肖洱胸口前一把攥住她的胳膊。

"肖洱！你站住！你疯了吗？！"

肖洱哆嗦着，枉顾聂铠的钳制，冲着不知名的地方大声吼道："白阿姨！你听得见吗？我把聂铠带来了，你听得见吗？！"

她哭起来，声音哀戚："如果你听得见，请你保佑他，不要悲伤，不要害怕，不要妄自菲薄，不要放弃梦想，不要踌躇不定，不要在深夜惊醒，不要——担心我会离开他。"

狂风骤起。

浪头扑打过来，聂铠摇晃了一下，紧紧抱牢肖洱才没让她被浪卷走。

于是，聂铠没有听见肖洱最后的那句话。

她说："我愿献祭我自己，请你保佑他。"

天和地，月光以外，只有海，和他们。

聂铠在肖洱的声嘶力竭中，听到胸怀中激荡着的一份感情在呐喊、在咆哮。

又一个浪头扑来。

他们被冲散，双双落入海中。

肖洱自小在海边长大，水性极好。只是她心神疲倦，便放任自己顺着海浪来回漂流荡漾。

像回到了小时候，无忧无虑，每天都和一帮好伙伴来海边捡螃蟹、洗海澡。

"小耳朵，快来呀！"

他们在笑。

"小耳朵，快来呀！"

他们在叫。

她高兴起来，冲他们跑过去："等等我，我来了！"

五感均被海水封锁，肖洱在一步步靠近的窒息中，触摸到了一个从未得见的世界。发着光的、奇异的世界，朝她打开了一扇门，她懵懵懂懂地伸出手去。

　　"小耳朵！"

　　伴随一声急切的呼喝，一只手掌自她身前穿过，托住她的下颌，将她的嘴鼻抬离出海面。

　　只一瞬间，肖洱就清醒了过来！

　　也在那一瞬间，肖洱的四肢恢复了生机。她迅速调整姿势，奋力地游动，配合聂铠的动作，往岸边去。

　　两人瘫倒在沙滩上，身上湿了个透，沾满细碎的沙石。

　　肖洱咳了几声，聂铠已经狠狠揽过她来，低头咬住她湿漉漉的唇。唇齿之间，凶狠地纠缠，很快有血丝自唇角溢出。肖洱眼睛酸痛，立刻就尝到温热的咸味。

　　最后，也分不清是谁的眼泪、鲜血还是海水，一片腥咸。

　　聂铠摸索着肖洱瘦弱单薄的身子，每一处，都要确认完整才能放心。

　　她就这么一小点，什么时候突然消失了，那该怎么办？

　　刚刚眼看着她被海水吞没的那一瞬间，他脑中一片空白。铺天盖地的害怕，在顷刻间就将他四肢百骸噬咬得生疼。

　　"小耳朵，我受不了。"他紧紧地抱住她，声音哽咽，"你不要出事，我受不了。"

　　肖洱抬手，抱住他的后背，喃喃："多傻，我几乎是在海边长大，怎么会……怎么会有事。"

　　可有什么办法，他倾尽全力，爱上一个姑娘。

　　犯了傻，疼了心，拼了命。


　　他们在附近找了一家旅店住下。

　　无视旅店老板异样的眼光，湿漉漉的两人拿了房卡进屋。

　　聂铠说："你先去洗一下，衣服晾出去，明天应该能干。"

肖洱站在浴室里："一起吧。"

聂铠一顿："啊？"

她不是在开玩笑，神情坦然："我说，一起吧。"

热水开了，狭小的浴室里布满水蒸气。

肖洱除去衣物，赤条条地站在水下。

柔软如海藻般的长发垂直在胸前，少女姣好的身姿在温水的冲刷下泛着粉红。

聂铠踏进浴室，目光执意不肯落在她身上。

肖洱抱着胳膊，看他脱衣服。

他褪下长裤，肖洱这才注意到聂铠的腿受了伤。可能是撞上了某处礁石，小腿被割破了一个不小的口子，流了一腿的血。

最后一条内裤，他想了很久，才慢慢脱去。

全过程中，聂铠一直别着头，动作也不自然。

肖洱看着他："怎么，你还想让我帮你洗？"停了停，说，"也不是没帮过。"

"不……嘶——"

热水淋过来，流过伤处，聂铠低声抽气。

"疼？"

"嗯。"

"刚刚也没听你说。"

他是一路抱着肖洱来的这家旅店，跑得倒是虎虎生风，没半句痛呼。

聂铠咬着唇角，不吭声了。

肖洱也不作声，拿着花洒，在他身上来来回回。

聂铠从没觉得，水流击打在身上，是这么让人心痒的感觉。

"聂铠，长久以来，你都像是在一间黑屋子里，只有一把锹。"

肖洱突然开口，清淡的声音钻进他心里。

"你要想从屋子里出去，能做的就只有不停地挥动铁锹，把墙壁凿穿。"她说，"你很努力，挥洒汗水，为了得见天日，不停地凿墙。你用所有的方法来做这一件事，不管是蛮力也好技巧也罢，你唯一的目的就是出去。"

聂铠渐渐被她的话所吸引。

"可是日积月累的努力之后，你眼前仍是一片漆黑。是，你凿下很多墙灰和石块，这让你觉得自己的努力是有用的。可是你看不到结果。你慢慢发现，不管你怎么努力，这间屋子可能都无法凿穿。这种猜想令你感到绝望。"

"聂铠，这时候，你要怎么办呢？"她说，"是丢下铁锹，永远在黑暗里沉湎，还是在期限到来之前，努力到最后一刻，搏一个可能性？"

聂铠喉头微动，他当然听得懂肖洱的话外之音。

"你有没有想过，自己再凿一下，或许就能看见光了？"她循循善诱，"量变到质变，有时候，真的就只差那最后一下。"

肖洱在这样的时候来给他说大道理，聂铠不知该作何反应。但他不得不承认，她说的每一个字，他都听进去了。

她真是一个极其善辩的人，一旦发起攻势，让人毫无招架之力。

"我明白你的意思。"他低声说，"我明白了。"

"你不够明白。"

肖洱站在他身后，突然放开手，花洒跌落。她的身体贴上来，环抱着他，温温软软的两团，抵在他光滑的脊背上。

聂铠深吸一口，不意外地，身子有了反应。

肖洱的声音像从天边传来："如果你明白，怎么会去嫉妒程阳？怎么会觉得自己不如他？聂铠，我没有告诉过你，但这不代表，你不好。"

她语气惨然，在聂铠看不见的地方，肖洱面目空洞。

"如果遇见的不是你，我都不知道自己现在会在哪里，都不知道……是否还有存在的意义。"

聂铠觉得呼吸困难，两人这样的姿势，像是一种甜蜜的折磨。

肖洱说的话，更像是强劲的催情剂，在空气中播撒，他心火愈旺，身体仿佛干涸的农田，裂出沟壑。

他无法思考她话中深意，甚至无法思考下一步该如何打算。

身体的某个部分，胀出了棱角，他捏着拳头忍了又忍，难耐的声音自发紧的喉咙深处溢出："肖洱……你先……出去吧。"

肖洱沉默了片刻，松开环抱他的手，自他身后绕出。

聂铠刚松了半口气，却见这姑娘在自己身前站定。下定决心似的，她转身抬头看他。

聂铠被那道目光深深蛊惑，那是他从没见过的目光——专注、炽热、虔诚。

和她一贯冷静淡然的性子相去甚远，聂铠从没想过，肖洱会用那样的眼神凝望自己。

他身子微顿，在心中纳罕。

可下一秒，脑中全部的思绪全都停摆，心脏也在那一刹那收缩静止。

因为肖洱——她蹲下身子，将他含住，动作生涩，却笃定。

聂铠在那一瞬间，听见确切的爆炸声。来源于心底，来源于脑中。

她的每一点试探，都化作他喉间发出的难耐呻吟。语不成调，想阻止，却又舍不得。

连月来的一切不甘、暴躁、焦虑，积攒而成的莫名怒气、抱怨，统统都在这一夜，被她亲手抹去。

肖洱。

肖洱……

她似乎永远都能轻而易举地让他平静，让他疯狂。

他没能坚持很久。

最后的时候，聂铠猝然推开她去，汗水顺着昂扬的脖颈滑下。

肖洱同样满头大汗，无措地贴着墙壁站着，近乎痴傻地望着在情欲中挣扎的聂铠。

今晚的聂铠，令她深受其惑。

肖洱在每一刻，都很清楚自己心里在想什么。

可是今晚，她乱了。她觉得自己的心蒙上了一层雾气，再也看不分明。

聂铠将她带往海岸时的紧张，聂铠暴虐地噬咬她时的后怕，聂铠忍着腿伤带她离开时的沉默。一桩又一桩，钩子似的剜进她心里，一想起，就扯出血肉来。

好像如果不做些什么，胸腔里那颗千疮百孔的脏器，会在顷刻间四分五裂。

这个少年，在日益的相处中，早已从最初模糊的印象，一点一点变得轮廓清晰、棱角分明。

他是聂铠。

早已不只是白雅洁的儿子。

两人穿着旅馆的浴袍从浴室出来。

聂铠在洗手池搓洗衣服，让肖洱先去吹头发。

肖洱一言不发，把头发打理好，就抱膝坐在自己的那张床上发呆。

她的眼镜遗失在海里，视野模糊，只能看见聂铠在阳台和浴室间穿梭，把衣服全都晾出去，最后坐在自己对面的床边。虽然看不分明神情，但他似乎有话要说，好几次正襟危坐望着她，却又偏过头去了。

"很晚了，睡吧。"

最后，肖洱这么说。

聂铠迟疑片刻，才慢吞吞地点了点头，往被子里钻。肖洱也搭上被子，伸手关了灯。

黑暗中，所有的感官变得敏锐。

肖洱听见聂铠的呼吸声，绵长、安稳。

她在等待。

终于，在某一个时刻，肖洱听见寂静中他的声音传来。

"肖洱，你怕不怕。"

"怕什么？"

"怕你跟着我，会受委屈。"

"你呢？"肖洱说，"你怕你会受委屈吗？"

"傻不傻，我是男人，我怕什么。"

"你不怕我就不怕。"

两个人绕口令似的说着话，心却前所未有地安定。

肖洱渐渐困顿，都没顾得上驱赶突然从隔壁床蹦跶过来的聂铠。

同床共枕，相拥而眠。

"我不会让你受委屈的。"

"嗯。"

"我会拼到最后一刻，去考南大。"

"嗯。"

她的意识飘远，只记得睡着以前，聂铠咬着她的耳朵，小声说了一句"谢谢"。

谢谢你，肖洱。

谢谢你来了。


2015年6月7日。

肖洱摊开日记本，在下头写上。


    *"聂铠，高考加油。"*


这天是周日。聂铠因为学籍所在地不在南京，要回到小马市考试。

早在考试之前，他便同肖洱说，不要送他。

"好，你放心去，我不送你。"肖洱这么答他。于是，聂铠独自背着包离开了，肖洱信守承诺，没有去送。

6月7日当天，聂西西起床的时候，意外发现肖洱还在宿舍。

怪事了。她惊讶地问："今天不去早自习？"

肖洱似有些心不在焉，说："今天不去。"

不去……就不去吧。

聂西西照例过自己的周末：上网、刷剧、叫外卖、聊天。

只是，下铺的肖洱今天着实奇怪，她居然从行李箱里拖出一只很大的化妆包模样的包来。

咦？化妆包？

聂西西探过头去看。等到她看见肖洱打开那只包包，露出里头花样繁多的工具和物件时，聂西西不能淡定了。

"我的天，肖洱，这些都是你的？"

肖洱"嗯"了一声。

"深藏不露啊……你竟然会买化妆品？！"

聂西西用一种"你会化妆吗"的表情看着肖洱。转眼认清那些化妆品的牌子之后，又目瞪口呆地换成了暴殄天物的表情。

肖洱还是不咸不淡地"嗯"了一声。

聂西西爬下去，在她的包里翻翻拣拣，果然，全是大牌子。

肖洱打开折叠化妆镜，按照寒假时阮唐教的那一整套，挨个挤出隔离霜、粉底液……配套使用不同的化妆刷、化妆海绵在脸上涂抹。

聂西西问："肖洱，你今天有约会吗？"

肖洱道："没有约会。"

那为什么要化妆啊？！

聂西西不信，一直密切关注着肖洱的一举一动。

可是，她眼睁睁看着肖洱画完了一个全套妆容，结果连个正脸都没见到，肖洱就拿着卸妆乳液去洗手间了……

这是什么意思？

聂西西目瞪口呆："肖洱，你就是画着玩玩？"

肖洱擦着脸，对她笑笑："嗯，复习一下。"

复习？

聂西西沉浸在不可思议里，没想到肖洱倒主动找她搭话："西西。"

"啊？"

"这个，好看吗？"

她手里不知什么时候提着一条白裙子，放在自己胸前比画。

聂西西吞了口口水："你穿？"

"我穿。"

夭寿了……

无袖修身款白色超短网球裙加上——肖洱？

"好看是很好看……"聂西西打量她，小心翼翼地问，"肖洱，你真的不是要见什么人吗？"

"要见的。"她点头，"明天。"

"喜欢的人吧？"八卦无罪，聂西西脱口就问。

肖洱"唔"了一声，脸不红气不喘："是。"

这么坦荡，倒让聂西西有点措手不及："你、你什么时候谈的恋爱？我怎么都不知道？"

肖洱淡淡地瞥她一眼："因为我没有告诉你。"

我没告诉你，你当然不会知道。

聂西西被噎了一下，讪讪地笑："这……多久了啊？咱们学校的吗？长得好看吗？我有没有见过？"问完了，还挺有自知之明地挠了挠头，"我问题有点多啊，我就是……关心关心嘛，哈哈哈。"

肖洱一时沉默。

聂西西看她那副生人勿近的模样，心里发怵，忙想改变问话方式，迂回前进。

不料，肖洱已经淡声开口："从第一次在一起开始，两年多。可能是我们学校的。长得好看。你见过。"

聂西西："……"

这句话的信息量真大啊……

聂西西还想组织语言开始第二轮发问，那边肖洱已经折叠好网球裙，她自言自语："好看就好。"

随后，她整理了化妆包里的东西，连着裙子一起放进双肩包里。

聂西西看这架势，问："你要出去？"

"嗯。"

"你不是没有约会吗？"

肖洱背起双肩包："我今天确实没有约会，可我也确实要出去。"

这两者，矛盾吗？

不是不是，事情发展得有点诡异啊。聂西西本着"关怀舍友"的使命感，问道："你要去哪里呀？去见男朋友？他在哪儿啊？你晚上还回来吗？"

这一次，肖洱没有像刚刚那样挨个作答。她一只手搭在宿舍门把手上，回头说："聂西西，我妈特别喜欢把人当作提线木偶来控制，还总是冠以很多堂皇的理由，让你心甘情愿来做这个傀儡……如果她问起你这件事，你就告诉她，我希望不再有下一次了。"

她打开门出去了。

聂西西石化般坐在床上，她只觉得后背起了鸡皮疙瘩，一层层叠上寒意。

被洞悉的寒意。

原来，她一直都知道。

那天晚上，肖洱没有回来，第二天也没来上课。

聂西西抱着手机发了半天呆，也没敢打电话给沈珺如。

同寝室的人见她这么魂不守舍，不免多问，她便噼里啪啦把所有事情都说了出去。

"我好心帮着肖妈妈关心肖洱，可是她一点不领情不说，那眼神、那语气，就像我是个间谍似的。我这下好啦，猪八戒照镜子，里外都不是人了！我就想帮帮她嘛，也捞不到好处，我真是冤死了啊！"

"哎呀，那你别管不就好了嘛。班长本来就怪怪的，她们家的事，别瞎掺和。"

"可是，我答应肖妈妈了呀……"

"你真是圣母心啊，做人别那么善良，反被别人欺负了。你本来也没有义务管这档子事！听我的！"

聂西西感受到同伴的支持，稍稍放下心来。

"那……好吧。可是肖洱去见男朋友一晚上没回来，不会出什么事吧？"

"能出什么事，我们都是成年人了……不过，班长真是不鸣则已一鸣惊人，悄没声的，就跟男朋友过夜去了。"

"我也没想到，她说那男的是我们学校的，我还见过！"

"我去，太劲爆了，谁啊谁啊？"

"不知道，没问出来。她说长得好看着呢。"

"呵呵，不能吧。"

"情人眼里出西施，这都不懂。前天王薇还在朋友圈发自己跟男神的合照呢，我呕，那厮样还能叫男神？"


6月8日，小马市，二十二中。

校园里终于响起了考试结束的铃声。

肖洱站在接考生的家长群里，伴随着那悠长的一声声铃响，听见身边同时传出松了一口气的声音。

"终于结束了……"

下午5点整，最后一门外语试卷上交，意味着这一年的高考正式落幕。

肖洱昨天就已经来了小马市，她没有联系聂铠，也没有回家，只是找了一家酒店入住。

今天一早她便起床洗漱，戴上隐形眼镜，细细地画好淡妆，换上那条裙子。然后，她像每一个送考的家长一样，按时来到聂铠考试的学校门口等待。

按时来，也按时走，没有让聂铠看见自己。

她说过不送他，却没有说过不来接他。

肖洱仗着身形优势，在人群中穿梭，最后找到最显眼的高地站定。很快，黑压压的一片脑袋密密麻麻地布满视野，自教学楼涌出，快速往校外移动。

千万种面容，在她眼里都化作相似的样貌。

只有一个人不同。

肖洱凭借有利地形，马上就在遥遥的人群中看见了聂铠——几乎就在他刚踏出教学楼的那一秒钟。

他高得很突兀，整个人的气质也与周围格格不入，一头乱毛不规整地炸裂着——昨晚大概没有睡好。

面无表情，单肩背着包，一只手伸进去掏着什么，很快，摸出一块手机来。

他低下头，开机，等待，并不急着往外挤，只随着大流龟速挪动，手指却在屏幕上快速戳着。

肖洱的手机响起来——聂铠来电。她抬手挂断。

少年将手机贴在耳边的动作顿了顿，不可置信地拿到眼前——确实被挂断了。

不甘心，重拨。

肖洱嘴角有了笑意。

再次挂断。

他们的距离越来越近了，肖洱清楚地看见聂铠高高地扬起眉梢，眼神危险，脸上出现了极其不爽的表情，就连嘴巴也紧紧地抿起。

他似乎"哼"了一声，把手机丢回包里去。然后，他踢踏着脚，拉着一张生无可恋的脸走出校门。

人畜莫近的神情，不知道的，以为这孩子考砸了。砸得还很厉害……啧啧，好可怜。

大家颇有眼色地主动给聂铠让出一条通行道来。

聂铠低头看路，完全不顾四周投来的同情目光，只觉得路好像突然变宽了。

他走到肖洱眼皮子底下的时候，她终于笑出声来。

"聂铠。"

他一个激灵，突然抬头，发现肖洱就站在距离他半米不到的台阶上。

肖洱。

肖洱？！

聂铠一时没能控制好面部肌肉和内心的情绪，于是两人大眼瞪小眼，面对面僵持了好一会儿。

肖洱率先打破僵局，她轻声说："聂铠，我来接你。"

还真是她？

肖洱见他还在发呆，伸手在他眼前晃了晃："那，走吧？"

聂铠回过神来，上上下下看了她十几秒，才像个傻子似的答话："噢。"

肖洱多看了他一眼，似乎对这个反应有些讶异，她慢慢敛了神色，从高台上跳下来，走在他前面，淡声问："晚上想吃什么？"

熟悉的问话。

过去的几个月，他几乎每天都能听见这一句话。

聂铠心里一动，被触动了某个开关似的，突然大声喊："肖洱！"

肖洱的耳膜遭了罪。她微拧着眉回头看他，却撞上少年完全舒展开来的眉眼。

笑容，花一样在那张英俊的脸庞上粲然绽开。两排整齐的白牙晃得人眼晕，他眼里涌动着满天星辰似的光华。

反射弧还真是……长啊。

肖洱一个念头没转过来，只见他一矮身子，长臂在她小腿弯处一揽。来不及发出惊呼声，肖洱的双脚就在一瞬间腾了空，立刻长高了一米多。

是的，他把她抱起来了。

这样的抱法，让肖洱在顷刻间想起来小时候和爸爸去动物园看猴子的场景……她有些重心不稳，手胡乱按在聂铠肩头，紧紧揪住了他的T恤。

肖洱小声骂："聂铠，神经病啊你……"

他的脸贴在她的小腹上，仰着头看她，得意得很，大声笑起来："是啊，我神经病！"

你不用承认这种事……

站得高看得远，肖洱这下能看见整个学校外的人行道上，所有家长考生向自己行的一道道注目礼。

肖洱深深吸气，暗自庆幸自己还好穿了最厚实的安全裤……可这一拨人，她丢脸丢得实在是很没诗意。

聂铠抱她跟玩似的，毫不费力，甩开步子快速往外走。

不，是跑。

没人会跟神经病一般见识，所以，路更宽了。聂铠畅行无阻，很快就冲出了人群。

他问："咱们住在哪儿？"

"放我下来。"

"咱们住在哪儿？"

"……"

得到确切的地址之后，聂铠更不肯放手了："离我考场这么近，你是不是昨天就过来了？"

"嗯。"

他的脑袋拱在她的腹部，灼热的触感，烧得她整个人都有点晕乎。

"也不早说，我昨晚一整夜没睡好。"

"怎么没睡好？"

"考得太顺手了，想告诉你。"

肖洱笑起来。

"你在笑？"他很少听见肖洱的笑声，觉得新奇，大声问。

"我为什么要笑？"

他原地转了个圈。

"因为我们要做校友啦！我们要一起毕业啦！"

肖洱差点没被他甩出去，情急之下抱住了他的脑袋。

"这么有自信？"

"那是！这卷子，理综我能考280分给你看。"

他将她放下一点，笑意盈盈的眼便全落入她眸中。

"低头，肖洱。"他气息有些不稳，"我想亲你。"

夕照璀璨，少年笑容清澈绵长。

肖洱在妆容的衬托之下，眉目温柔妩媚。她的手扶着他的后脑，缓缓低下头去。

车水马龙，街边行人频频驻足。

年轻真好。

肆意妄为，不顾后果。

肖洱预订的那间酒店房间，布置得格外精致小资，干净且有格调。海滨城市的精品酒店，甚至设计成海洋主题，连床上铺的都是深蓝色床单与被套。

聂铠单手抱着肖洱从酒店电梯出来，大步走到房门口。

刷卡，进屋，关门，取电，拉窗帘。他随手丢掉背包，呼吸急促，问肖洱："开空调吗？"

"不用。"

"可是一会儿……会很热。"

顶灯没开，只有玄关处亮一盏贝壳形状的小灯，室内光线昏暗，肖洱的声音轻而缓："比你还热？"

聂铠的心狠狠一颤。

她微微弯腰，对他说："在右边的床头柜抽屉里。"

聂铠心中了悟，心漏跳了半拍。喉咙着火似的干涩，他不由自主地咽了口口水。

他终于将她放下，横放在被子上。她的裙子她的人都是雪白的，在身下布料颜色的衬托下格外扎眼好看。像海的女儿，像白雪公主，像童话里的安琪儿。

聂铠胡思乱想，总之，像一切美好的事物。

他拉开抽屉，掏出一小片东西搁在枕边。随后，俯身覆上她。

"你怕吗？"

肖洱躺在他的阴影里，目光是前所未有的温柔，她说："我不是说过吗？你不怕，我就不怕。"

开始流汗了。

聂铠微微弓身，一下子脱去上衣，露出线条流畅的肌肉与腰线。

肖洱目不转睛地望着他，这样的角度，令她的目光显得格外虔诚。

"聂铠，我今天好看吗？"

"你每天都好看。"他低头吻住她，低声呢喃，"今天，更好看……"

他的动作生涩，力度掌握不好，握住她柔软细嫩的腰肢时甚至有些鲁莽，肖洱几次被弄疼了，却只是咬牙忍着。

他身上不再有最初的茶香，却仍旧热气腾腾的，汗水滴落在肖洱光滑的皮肤上，她闻到空气中男人蓬勃的气息。

耐心的前戏之后，两人的身体都做好了准备。他掐着她的腿，试了很多次都没有进去。

太紧了。两个人都绷得汗水淋漓，疼痛不已，可谁都没有喊停。

那天从小马市回去后，高考前的最后这一个月，他们都按捺下所有的性子，铆着劲攻克最后的难关。两人凝成一股绳子，绷成同一根弦，他们在小黑屋里扛起铁锹，坚持到最后一刻。

他们都知道，这一切结束的那一天，他们都需要一场发泄。

身体上的，灵魂上的。

肖洱半张着嘴巴，快速地换气，目光直直落在天花板上，身体却尽量放松，配合着他。

聂铠一只手伸过来，难耐地摸着她汗湿的头发，又送到她嘴边。

"疼的话，咬我。"

他说完这句话，身下重重地一耸，全数挤了进去。

肖洱猛地大睁双目，尖锐的疼痛让她浑身痉挛般的弹动了几下，一声闷哼没发全，她死死地咬住了自己的嘴唇。

接受一个人，最初原来是一件这么疼的事情。

聂铠精力充沛，虽然经验不足，但本能驱使，仍旧变着法地探索着肖洱的身体。

比起读书更甚，孜孜不倦。

她一直没吭声，初时的疼痛渐渐消散，跌入陌生的知觉里。不算太好，身体内部被强行撑开，让她感到极度不适应。可肖洱什么也没说，手紧紧揪住身下早已被汗水浸湿的被单，脸色越来越白。

蓝色的被单似海水，在他的动作下漾起波澜，她是跌宕其中的船。

而他，将沉入海底的她打捞上来，成了全新的掌舵者。于是她舍弃自由，由他支配，任他摆布。

一直到，他弃船的那一天。

最后的时候，少年发出一声畅快的叹息，紧紧将她抱在怀里。

身体黏腻得像某种软体生物，肖洱累得连手指都抬不起来。她听着他极快的心跳，很久以后才慢慢缓下来。

聂铠垂首浅吻她的额头："疼不疼？我抱你去洗澡。"

肖洱摇头："睡吧，明天再说。"

说完这句话，她便睡死过去。

肖洱比聂铠醒得早。

他最后还是开了空调，却担心她受凉，仔细将她裹在被子里，自己牢牢抱紧了她和被子。

肖洱的身体从里到外都极难受，尤其是昨天睡觉时，连隐形眼镜都没有摘。

她从被子里伸出手，把聂铠轻轻掀开，自己慢吞吞地捞了衣服从里头爬出来。

每动一下都是煎熬。

肖洱扶着墙挪进浴室，站在镜子前，她看见自己身上惨不忍睹的痕迹——她是很容易显色的肤质，平时一点点碰擦都能肿起老大一块。此时她的腰侧、大腿、胸口多处青紫肿大，顶端还有细密的血丝，稍一触碰就疼得头皮发炸。腿根有干涸的一点血迹，身体内部也在叫嚣着难言之痛。

这具身体，真的很弱啊。

肖洱摇头轻叹，低头取下隐形眼镜。

"肖洱？你起来了。"

聂铠的声音自浴室外传来。

"嗯。"肖洱打开花洒调试温度。

这家酒店有浴缸，她第一天来的时候已经仔仔细细地洗刷清洁过，在这个时候，肖洱感到了自己之前的举动之明智。她是没精力完成一场淋浴了。

外头静了片刻，聂铠的声音再次传来："我……想上厕所。"

肖洱随手抽了一条浴巾裹住自己："进来吧。"

他在里头如厕，肖洱便去外面等。

不多时，他就出来了，从背后环抱住她，亲昵地蹭她的脖子。

他又问："昨天，你真的不疼？"

光线晦暗，她又如此配合，除了喘息声，没有一点痛呼。聂铠想当然地将这一切归功于自己的技术高超、自学成才……

"不疼。"

"那，舒服吗？"少年迫不及待地追问。

肖洱笑笑："嗯。"

他在她耳边低声笑起来："那……再来一次？"

肖洱顾不得皱眉，就已经被他一把抱起。

"聂——"

话音未落，身上一凉，浴巾已经被他扯下来，肖洱看见聂铠的脸色在一瞬间黑了个彻底。

"我……干的？"他声音不稳，抬手去摸她身上可怕的伤痕。

"噢，我自己掐的。"

这个时候了，她居然还在冷幽默。

"你怎么不说？"

他竟然有些哽咽，目光落在她的腿间，同样的触目惊心。

聂铠眼圈发红："我下手这么没个轻重，你一点都不舒服，为什么不说？我还以为……我还以为你很喜欢……"

肖洱有一点无措，她静静地望着少年，不知道他突然这样难受是为哪桩。

她抬手摸摸他的头："你感觉好，就好。"

"不是这样！"聂铠倾身上来，双手捧住肖洱的脸，他一字一顿地重复，目光恳切，"不是这样。"

肖洱望着他，她心中有奇异的触动。

不知道是从什么时候开始，当她重新看待聂铠此人时，常常不能从他身上移开自己的目光。

他幼稚却执着，莽撞又怜惜；他脾气很硬，心里很软；他的眼神专注而明亮，里头是她。

聂铠轻声叹气，将她抱起走去浴室。浴缸里已经接了半缸水，他抬脚踏进去，小心避开她的伤："一会儿我碰疼你，要告诉我。"

肖洱怔愣地看他，很久才慢慢低下头去。

"嗯。"

水流潺潺，肖洱倚在他宽阔的肩上。聂铠的动作轻得不像话，一点点洗去她身上的血渍、汗渍，还有苦苦经营多年的骄傲。

连肖洱自己都不知道，她抬头凝望聂铠的那一瞬间，眼里盛满的，是贪恋。


肖洱与聂铠又在小马市逗留了一天。

次日早晨，她才和聂铠回到南京。

高考结束，肖洱她们也快要进入期末考试月，医学院的期末考试一直都是重体力项目，为了不挂科，所有人早早做起了熬夜背书的打算。

只有肖洱，因为不需要再每天盯着聂铠的功课，她反倒轻松很多。

329

于是，晚上11点熄灯之后，肖洱她们宿舍极其罕见的，只有她一人入睡了。

剩下三人焦头烂额地在台灯下啃书。

"班长故意的吧……平时都熬夜，偏偏我们开始熬夜了，她就早睡。"

"呵呵，不这样，怎么能显示出她比我们优秀呢？"

聂西西一脸困顿地从书本里抬头，看了两个小声议论的舍友一眼，没吱声。

前两天，肖洱不在宿舍的时候，她们三个谈论起肖洱来。

聂西西这才知道，原来肖洱这么不得人心。

其他两人给出了一致差评：肖洱冷漠、不近人情、循规蹈矩、长得不够好看、没有女人味、一点不可爱。

"我觉得她这种性格，没有男生会喜欢的。"

"对啊，可能一开始会觉得她特别优秀，但到了后来……只会无趣吧。除非是那种学术型书呆子，可能才会喜欢她吧。"

"我也觉得！真想看看她男朋友长什么样，反正我脑补的就是那种戴眼镜的宅男，就跟隔壁专业第一名那种似的，少白头，用脑过度的学究派。"

"哈哈哈，跟我想的一样，我猜没准就是他。"

聂西西说得不多，可是她在心里默默赞同。

就算肖洱在某些方面优秀得让人咂舌，但是这个世界多公平啊，没有人喜欢她。

这样的认知，令聂西西觉得安全而备受鼓舞。

而后，她是彻底对肖洱不抱有任何好感了。人善被人欺，她想，我干吗要那么顾及她？

# 第十五章
## 清冷面目温热魂魄，心声中沉默

星期四，肖洱照例起早，不过比往常推迟了半个小时出门。

即便是这样，她也几乎算是整栋宿舍楼里最早出来的学生。

推开宿舍大楼的门，肖洱一眼就看见聂铠站在不远处等待。目光一错，又看见他身边还站着另一个人——程阳。

肖洱脚步微顿。之前因为程阳，聂铠深受影响那一次以后，她就在学校警告过程阳。

高考以前，她希望他不要再去找聂铠。意外的是，那次他爽快地答应了，笑容却令她看不分明。他说："好啊，那我就等高考后再找他。"

所以现在，程阳又出现了。

肖洱隔着一段距离，冷眼打量着程阳。老实说，有的时候，程阳会让她想起杨成恭，让人摸不清他心里究竟在打什么主意。

可他们又是完全不同的。

程阳个性倨傲，总是一副胸有成竹天下在握的样子。而杨成恭，却是心机深沉谨小慎微。

某种程度上来说，杨成恭和她很像。

这样的相似，令肖洱对杨成恭的警戒心大大降低。而对程阳，却抱着十二分戒备。

肖洱看得出，他看自己的眼神里有强烈的胜负欲与征服欲。可自己与他的全部交集，不过是最初数学竞赛结束后的匆匆一面。为什么时隔多年后再次相逢，这个少年却变得这么叵测？

人心总是难以估摸。不可能每一个人都像聂铠，清澈干净，爱你的时候，就把一整颗心毫无保留地双手奉上。他的爱情，像他的人一样赤诚坦荡。

想起这些，肖洱不免唇角含笑。

肖洱叫他的名字："聂铠。"

两个男孩子同时回头。聂铠大步跑过来，赶在肖洱与程阳正式见面前小声解释："他就住你们对面宿舍楼，看到我在等你才过来的。"

肖洱"嗯"了一声，目光淡淡地落在没挪窝的程阳身上。

程阳冲她挥挥手："早啊，嫂子。"

肖洱微愕。

"我刚告诉他，我早就跟你在一起了。"聂铠说。

事实上，在告诉程阳这件事以前，聂铠还有些忐忑——毕竟程阳当初告诉他自己暗恋肖洱的时候，他没能和盘托出全部真相。没想到当他怀着歉疚的心情，将肖洱就是自己女朋友的消息告诉程阳时，他仅仅是惊讶了一小会儿，就说："怪不得我之前跟你说她的时候你表情这么古怪。"

"抱歉啊兄弟，我那时候复读，心里比较烦。"

"说哪儿的话，朋友妻不可欺，看来我要换下一个目标了！"

聂铠心宽，对程阳没有半点防备，甚至还有些歉疚，只拍拍他的肩膀。

"回头兄弟帮你物色。"

"一言为定。"

话虽如此，聂铠到底也没有告诉肖洱，程阳跟自己说过他一直暗恋着她。

"我们去吃早餐，你来吗？"站在肖洱身边，聂铠扬声问。

"我才不当电灯泡。"程阳耸肩，"先回去了。"

聂铠笑笑："算你有眼力见。"他一手揽过肖洱的肩，顺手摘下她的书包背在自己身上，"去食堂？"

"嗯。"

两人越走越远，程阳望着他们背影的目光却迟迟没有收回来。

笑容僵硬在脸上，慢慢变得有些凉薄。

想不通，怎么也想不通，肖洱怎么会选择聂铠。

他不过一介纨绔，仗着家里有钱罢了。连这么简单的高考都能落榜，她会选择他，总是有原因的吧。

可是，是什么原因呢？

聂铠记挂着肖洱身上还有他的"杰作"，让她老实找了个座位坐着，自己去拿餐具打饭。

跑前跑后，殷勤百倍。他把两碗豆浆放在她面前，郑重其事道："肖洱，以后这些事情都交给我。"

肖洱："……"

时间还很早，周围几乎没有人，聂铠凑过去轻声问："你身上好点没？"

肖洱动作微顿，强行不动声色："嗯，好多了。"

"往后我真的会注意。"他马上表态。

肖洱在桌子下面踹了他一脚。

"你一会儿去上课，我打算到附近的酒吧街去找份兼职。"聂铠也觉得这个地点聊这种话题稍有些不妥，挠了挠头，说，"现在到9月还有将近三个月，我把学费赚回来。"

"嗯。"肖洱说，"注意安全。"

聂铠不免想到自己当初离家出走那一次，脸色稍有些郁闷，说："我会注意的。肖洱，我都想清楚了，考上南大，我要选英语专业。一方面，我现在还没有想好以后究竟要做什么，这是基础学科，方便转行当；另一方面，我英语底子好，学这个的话，我也能多用点心思在音乐上。"

肖洱沉思片刻，突然开口说："聂铠，你有没有想过，不考南大，去考国内最好的音乐学院？"

他一愣，继而脱口而出："不，南大是前提，肖洱，你别想赶我走。"

"聂铠，不要这么幼稚。到底是我重要，还是你的人生更重要？"

"当然是你重要。"

聂铠理所当然的回答让肖洱的劝说难以进行下去。

"我的意思是……"

"你为什么来南京？"聂铠突然问。

肖洱沉默。

他目光恳切而炽热："你明明有更好的选择，为什么来这里？肖洱，不是我自恋，你在做选择的时候，心里有我。

"在哪里学习很重要吗？你没有去顶尖大学，就不能成为顶尖的医生？我没有去音乐学院，就不能成为最棒的歌手？谁规定的？

"再说，肖洱……我能到今天这一步，全是因为你。你不能在共患难后，就把我推开。"

肖洱突然觉得词穷了，她甚至不敢抬头面对聂铠的眼神。

他面前摆着一条坦途大道，可是他偏偏要选择另一条，因为她站在那里。

肖洱听见自己的声音，颤抖而哀凉："聂铠，不是每一个人，都能陪另一个人一直走到最后的。"

"可你答应过的。"

"……"

聂铠握住她的手："我知道，我知道。肖洱，你走得很快，你一直走在所有人前面。可是没关系，你大胆地走吧，我会来追你。"

他曾经崩塌的信心早已在她的精心呵护下，一点一点重新筑成。少年坚不可摧，他说："我跑步很厉害，走不过你，我就跑。"

他会错了意，可是肖洱仍然心头震颤。她慢慢从他手心抽回手来："这件事我们再商量好不好？"

再怎么商量也只会是这一个结果，聂铠埋头吃饭，嘀咕："好啊，反正我说什么也不会放开你的。"

良久，肖洱才慢慢开口说："咱们省，是6月末7月初填报志愿吧？"

"嗯，是啊。"

还有二十天。

肖洱很久没说话，聂铠抬头在她眼前挥了挥手："发呆呢？想什么？"

她回神，笑了笑，说："晚上想吃什么？我去买菜。"

"你傻啦？我都考完了，这种事情，包在我身上。"

她脱口说："我想做。"

聂铠神色古怪，拉长声音重复她的话："真的？你想做？"

没个正经。肖洱低头吃饭。

"唉，你脸红了。"

"没。"

"你真脸红了。"

"聂铠。"

聂铠举手投降，眼里笑意盈盈。

两人并肩从食堂大门走出去的时候，刚好碰上聂西西她们进来吃饭。尽管只见过一面，可她们对聂铠都不陌生。

对视一眼，肖洱选择了无视。

虽不在意旁人的看法，但她自小敏感细腻，身边人的态度变化她心里一清二楚。在那次她和聂西西挑明以后，聂西西分明已经站在了另外两位舍友身边。

不敌对不交好，大家形同陌路保持安全距离，对谁都不坏。

可肖洱刚一走远，这边聂西西已经和另外两人坐在座位上叽叽喳喳起来。

"看到没，那天来唱歌的！"

"就是你说的那个，肖洱的表弟？"

"他不是刚高考完吗？可能带过来吃顿饭。"

"这么近距离看，人真是帅啊，不过我觉得他跟肖洱长得一点都不像。"

她们的声音不小，隔了两张桌子，刚刚也才来到食堂吃早餐的程阳听了个十成十。

这几个人，看起来和肖洱关系不错。可她们为什么说，聂铠是肖洱的表弟？

他探究的目光在三个女孩子脸上逡巡一圈，最后落在了聂西西身上。

吃完饭，几个女孩子嬉嬉闹闹地端着餐盘往餐具回收处走，聂西西只顾着说话，没料与身侧站起的少年撞了个正着。

"哎哟——"

聂西西手中的餐盘、筷子、勺子一下子全都摔在了地上。

她瞪着眼睛望过去，却在下一秒愣在原地。

"程、程、程阳？"


晚饭时，聂铠兴致颇高，跟肖洱讲自己下午面试的三家酒吧。

"一家格调高，一家钱多，还有一家综合条件最好，主要是离咱们学校近。"他说，"所以我打算明天去和第三家签约。"

他一口一个咱们学校，像是自己上南大已经是板上钉钉的事了。

肖洱心事重，饭菜入口也味同嚼蜡。

聂铠终于注意到她情绪不高，问她："怎么了？"

肖洱摇摇头："没事，快考试了。"

"考试对你来说也有压力？"聂铠抻了抻胳膊，说，"吃完饭我来洗碗，你去床上躺着，一会儿我给你松松骨头！"

两人在一起生活的时间说长不长，说短也不短。虽不是朝夕相对，可也足够摸清对方的喜怒哀乐。聂铠这话一说，倒真像是两人已经知根知底地相处了很久，老夫老妻一样。

聂铠像有用不完的劲，哼着歌，围着围裙在厨房洗碗。肖洱抱着胳膊，站在门口看他。

他浑然不觉，擦干手上的水解围裙的时候，才看见肖洱。

"好啊，偷看我。"

他喜欢极了现在两人的状态，尤其是肖洱目不转睛望着自己的眼神，叫他格外受用。聂铠一弯腰，伸手就抄起她来。

仗着身高优势，他总是这么对她，随随便便就抱起来，像对待一只布偶娃娃。

聂铠将她面朝床铺，平摊在床上。

"小主请好吧，今儿小聂子给您服务。"他捏着嗓子说，跟着单膝跪上床，大手顺着肖洱的肩颈开始按摩。

肖洱闷在枕头里低笑，她看不见他，却能感觉到他手掌在身上各个关节按揉时扎实的触感。

力度适中，掌心温热，熨帖舒服，她很快就放松下来。

"舒服吗？"他轻声问。

"嗯。"她声音有些慵懒，说不出的娇憨。

聂铠起了坏心思，伸手在她肚皮下一铲，将她整个人翻过来，然后凑过去亲她。

肖洱饭后有漱口的好习惯，唇齿间是清新的柠檬味。他吮着她的小舌尖，手下也不闲着，顺顺利利地从她的衣摆下滑进去。

他的手实实在在触到肖洱皮肉的时候，后者却下意识地僵住了。

第一次的记忆实在深刻且不美好，腰侧的掌印甚至还有残留，肖洱睁眼看着聂铠，目光里有了本能的胆怯意味。

聂铠停了下来："害怕了吧。"

肖洱顿了顿，摇头，慢慢放松身体："没关系。"

聂铠看着她有些发白的脸，听着她纵容忍让的语气，心里酸胀得快要溢出什么来。

他低喃："你到底有多喜欢我？"

聂铠低头含住她的耳垂，用唇瓣细细地磨。

小耳朵，你怎么能这么好？

为什么在我一无所有跌落谷底的时候，能够披荆斩棘站在我面前？

为什么这个世界上还会有一个你，事事为了我考虑？

我究竟，何德何能？

肖洱受不住地缩了缩脖子，眼里氤氲起一些雾气，终于小声地说："聂铠，你轻一些。"

他的心软得一塌糊涂。

自己真是浑蛋，第一次，竟然仗着她的无限包容，予取予求，就没了尺度。

"我知道。你不要怕。"

他一边说着，一边将她的衣衫除去。却不脱自己的，只跪在她身边，轻而缓地亲吻她的每一寸肌肤。到了锁骨之下，他照顾着她的情绪，轻轻含吻那两小点。

肖洱的喘息声渐重，细白的手指攘着他的肩背，想推开，又无力。

"疼吗？"

不疼，可是……肖洱微微战栗，搅动风云的始作俑者却又转移了目标，缓缓向下移去。

肖洱从没有过这么窘迫的时候，当他小狗似的拱在她最脆弱的地方，将头彻底埋进去，舌尖肆意游走时，和前一次截然不同的体验，让肖洱惊慌无措。

"聂铠……"

她想让他停下，可是声音一出口，连她自己都惊觉出那股子入骨的媚意。

这不是她。

肖洱在理智与欲望的本能中挣扎。

聂铠却在她徘徊犹疑的当口，加入了手指。

天平瞬间倾斜，她脑中有什么微微炸裂，口中溢出难耐的轻吟声。

她到底是叫不出其他字眼，末了也只能哀哀地唤他的名字。

"聂铠……"

聂铠，聂铠。

情动的时候，她说得最多的，也不过是这两个字。

她的掌舵人，却能翻云覆雨，将她抛上最高的浪头。

他强忍着自己叫嚣已久的欲念，耐心抚慰着她。

直到某一刻，他的手指感受到一股猛然紧缩的力量，掌下的姑娘陡然哼出声。紧接着，湿滑的液体淋漓而出。

潮起潮落，骤雨方歇。

他将她先送到彼端，好让她不再害怕，不再忧虑。

当我爱上你，我愿意舍弃我自己。

"聂铠……"她无助惊慌的模样真叫他心疼，聂铠挨过去，紧紧搂住她的小身板。

他声音喑哑："我在呢。"

肖洱也不知为什么，偎在他怀里，就这么哭了出来。

"别、别哭，我又弄疼你了？"

聂铠手忙脚乱，吓得什么念头都不敢有了，只想拨开她仔细察看。后者却八爪鱼一般，紧紧吸在他身上，纹丝不动。

仍是哭着。似乎是委屈，似乎是难过，似乎是焦虑。

她哭得叫他心碎。

聂铠，你不该这样。

谁都贪恋温存。明明还没有到那一天，为什么我却一眼就看得到结局。我设定好的结局，现在却不愿往下走了。

怎么办？

演惯了圣母，都忘了自己骨子里，还是一只恶魔啊。

他甚少能见到她将自己软弱的一面暴露给他看，每每遇上，就觉得心神俱裂。

说不上原因，像一种魔咒。仿佛他们注定彼此羁绊，相互制衡，从第一眼开始，从那之后的每一眼开始。

聂铠哄了她许久，后者才慢慢平复心情，只是一双眼肿得核桃似的。

"傻不傻，哭什么？我哪里让你不满意了，你尽管打我好了。这么个哭法，你自己也受不了。"

聂铠将肖洱裹在毯子里，开了空调，又去拧冷毛巾来给她敷上。肖洱摸索着，找到聂铠的手，牢牢握住了。他心里微动，反握着放在唇边亲了亲。

"我很后悔，聂铠。"半晌，肖洱轻声开口，"我真的很后悔。"

"后悔什么？"他不明所以。

肖洱抿着唇，翻身又抱住他的腰。

对不起，聂铠。

她这依恋的模样，给了他提醒。

聂铠问她："你是不是后悔当初甩了我？"他的手在她的发上摩挲，轻声嘀咕，"你这后悔是对的，你不知道，那时候我每天多难过。喝很多酒也不顶事，唱歌的时候，满脑子都是你。就不愿意去学校，生怕一看到你，就忍不住想去找你。"

肖洱低声问："那梦薇呢？"

"……"聂铠气不过，伸手掐一掐她的小脸，看她那小可怜样，又心疼，转而摸了摸，"想拿来气你呗，结果你好像半点反应没有。你那时候，是被学习迷了心窍，又胆子小，梦薇在老班那边一打小报告，你一害怕就退缩了是不是？我能理解，所以我一点都不怪你。"

他的误会很深，从来都以为事情就是自己看到的样子。

"现在你愿意陪在我身边，我已经很高兴。所以不要觉得后悔和内疚，肖洱，你在我跟前，可以永远骄傲任性。"他低头，与她脸颊碰脸颊，"你就是我未来的媳妇儿，我什么都依你。"

肖洱轻轻吸气，抱着他的手臂也慢慢收紧了些。

还有二十天。

就再……多留二十天吧。


可惜，日子过得那样快，留着留着，就留不住了。

尽管聂铠一有空就来学校找肖洱，两人能真正相处的时间也不多。即便不多，两人走在一起，还是被聂西西撞见过好几次。

"你们说，肖洱那个表弟怎么成天黏着她？"午休的时候，聂西西在寝室里说。

"我今天在图书馆又看见他们了，那个男生就坐在肖洱边上，而且，还总是盯着肖洱看。怪怪的。"

"就是就是，我都没见过肖洱跟她男朋友在一起。"

聂西西心里存疑，还想问什么，手机响了，是一个陌生号码。

"喂？"

"喂，是聂西西同学吗？"

听声音是个男生。

"啊，我是，请问你是……"

"我是天文系的程阳，前些日子在食堂不小心碰了你。当时向你要了联系方式的，还有印象吗？"

"……"

"不知道你有没有时间出来一起吃个饭呢？"

聂西西挂上电话的时候，舍友点评她："你现在的模样宛如一个智障。"

"谁能来捏我一下？我不是在做梦吧……"聂西西瘫在床上，眼望虚空，"他要和我吃饭，他居然要请我去吃饭！"

受宠若惊，被天上掉下来的馅饼砸中也不过如此。

那可是男神，她觊觎许久的男神！

聂西西花了四个小时盛装打扮，摇曳着出门了。

一直到晚上9点多，宿舍门被人猛地推开。聂西西难掩面色潮红，晃了进来。见肖洱不在，她身子一歪就坐在了她的床上。

"哟哟哟，这是怎么了？"

"喝酒啦？行啊你，头回跟男神出去吃饭就玩这么大。"

聂西西贼兮兮地笑，食指与大拇指尖捏在一起："就一点点……红酒。"

"你这一杯倒的架势,红酒也够呛。"

"没办法,我们去吃西餐。"聂西西抱着床柱子,眼神有些迟钝,说,"我跟程阳说了我不会喝酒,他说他不会欺负我,会保证安全地送我回来。"

"真的啊?他是不是真对你有意思?"

聂西西想了想,痴笑:"我也不知道啦,不过我们聊了好久好久,跟聊不完似的。"

"啧啧啧,快说说,都聊些什么了?"

"嗝……我、我记不大清了。"

"就她那一激动起来就管不住的嘴,又喝了酒,估计连她家小区楼下那窝狗叫什么都说了。"

聂西西的头有点发昏。

都聊了些什么呢?她只记得程阳对自己真的很耐心,什么都愿意听,就连她说到宿舍里的事他都很感兴趣的样子。肖洱的事她不过随口一提,他也怕她冷场,陪着问了几句。

聂西西倒下去的前一刻,还在想:嗯,程阳家教真好啊。


高考成绩下来那一天,沈辰和张雨茜从小马市来南京看聂铠和肖洱。

聂铠考了673分。听上去很高,但是今年试卷简单,省理科状元708分,整体平均分都比去年高出30分左右,他这个成绩其实也不那么吓人。

"不管怎么样,好大学是没跑了!"

在聂铠现在工作的酒吧,四个人聚在一桌,举杯庆贺。

没说几句,聂铠就接了个电话,他挂了电话后说:"一会儿有个朋友过来,之前他去过'麋鹿',你们认识。"

张雨茜问:"是不是那个程小帅啊?"

沈辰也有印象:"他打牌贼精,一会儿一定要再战三百回合。"

确实是他。

肖洱对程阳的到来没有任何反馈。相反的，其他人显然热情高涨。

张雨茜吆喝："来来来，斗地主啊！"

"五个人，斗明暗地主吧。"

"好！"

明暗地主，顾名思义，有两个地主。两副牌，除去一张大王一张小王，剩下的牌里，谁抓到剩下那张大王便亮出来，公布自己的明地主身份。而另一个拿到剩下小王的人，则需要默不作声地保护明地主先逃完所有牌或者自己出完所有牌，才能获胜。

游戏的精髓之处在于如何不动声色地和明地主配合，配合的同时还要放烟幕弹迷惑其他人。稍不留神，就会自相残杀。

他们五个，全是人精，一起动心眼的时候，满场风云诡谲。

偏偏好几轮明暗地主都恰好落在肖洱和程阳手里，两个人玩游戏的时候，都透着股认真劲。脑子活络，于是格外默契，很快就联手放倒了其他三人。

沈辰不满："靠，不跟你们这种学霸玩了。"

程阳摊手，笑容意味不明："主要还是嫂子杀伐果断。"

张雨茜瞥见聂铠突然有点僵硬的面庞，瞬间就悟出点什么，一边洗牌一边笑盈盈地拉家常："唉，小铠、小洱，你们这下好啦，一起在南京念书，出双入对的，我和我们小寒寒只能天各一方。"

肖洱问："你们还在一起？"

"什么叫还在一起？"张雨茜说，"我们现在，正式在一起了！"

肖洱又问："他考得怎么样？"

"他考中戏戏文系啊，妥妥的。"张雨茜耸肩，"我觉得自己任重而道远。"

肖洱也觉得张雨茜跟之前不太一样了，她现在说话成语、典故一个接一个，很有些浪子回头的意思。

爱情的力量，还真是个谜。

沈辰口气埋怨，幽幽道："她现在天天往学校跑，连酒吧也不回了。"

聂铠笑，捶了捶沈辰的肩："你寂寞了？来这里找我啊。"

"喊。"沈辰颇嫌弃地看了聂铠和肖洱一眼，"谁要来看你们啊。"

聂铠："你们这不是来了吗？"

沈辰："哼，又不是来看你们，不信问她。"

张雨茜笑眯眯，低头看了看手机，说："他今天的飞机，过会儿就到啦。"

他？

聂铠和肖洱面面相觑，随后恍然。

得，今晚还真是热闹了。

没一会儿，王雨寒就找了过来。他还是那副很艺术的扮相，不同的是，麻花辫更长了。

张雨茜第一个看见他，激动地挥舞手臂："寒！"

肖洱："……"

聂铠："……"

沈辰："……"

王雨寒大步走过来，先对着肖洱张开双臂："亲爱的表姐，此去经年，甚是想念。"

肖洱面色一僵，象征性地跟他抱了抱。

程阳没见过王雨寒，听张雨茜在边上噼里啪啦一通介绍，算是明白了过来。

原来，肖洱的表弟本尊，在这儿呢。

六个人明暗地主是玩不起来了，聂铠找酒吧老板拿了三国杀来。桌游这种东西，最能消磨时间，几轮下来，就时近午夜了。

大家兴致正浓，纷纷要求转场再战。

聂铠订了邻近的KTV包间刷夜，带着他们去了。一直闹腾到凌晨3点，才有了偃旗息鼓的意思。

张雨茜先挨不住，睡了过去。接着是沈辰。

肖洱靠在聂铠怀里，两人没一会儿也迷迷糊糊地闭上了眼。

程阳半靠在角落里，看上去像是闭目养神，目光则若有若无地落在肖洱身上，明暗不辨。

不知过了多久，肖洱被憋醒了。她喝了不少酒和饮料，从聂铠身上爬起来。

聂铠迷瞪着眼，问："怎么了？"

"你继续睡吧。"肖洱回身摸摸聂铠的脸，小声说，"我去厕所，很近。"

聂铠"唔"了一声，下意识扬扬下巴。

肖洱左右看看，低头亲了亲他。他满意了，一歪头又睡下。

屋里光线很暗，隐约能看出东倒西歪的几个人影。肖洱摸索着往外走，好像踢到了什么人，不过也没有大动静。她不甚在意，开门出去了。

从洗手间出来的时候，肖洱看见王雨寒站在厕所外的走廊抽烟。

肖洱走过去："没睡？"

王雨寒瞥她："等你。"

肖洱心里一滞，静静地看他："有话说？"

"给我一支烟的时间。"王雨寒吐出烟圈，淡淡地说，"表姐，我近来听说了一些事情，觉得你可能有点兴趣。"

"什么事？"

"我妈说起过舅舅舅妈以前的事。"王雨寒道，"表姐，你早都知道了吧？舅舅背着舅妈在外面有个一直联系的女人？"

王雨寒的妈妈是肖长业的亲姐姐，这种事谁都偏帮自家人，自然不会告诉沈珺如。

肖洱点头："我知道。"

"那你知不知道，那女人，原本是你爸爸的女朋友，是舅妈突然介入，才……"

"我知道。"

王雨寒目光微动，轻叹："她是个学舞蹈的，肖家看不上她。可舅妈生在书香世家，又是老师，自然更受长辈喜欢。加上那时候她又怀了孕，一切都顺理成章了。"

肖洱感到手心一阵刺痛，才发觉自己的指尖已经深深嵌进了肉中。

"舅舅那时候很痛苦，我妈受家人安排，出面扮了黑脸让那女人拿钱滚远些。那女人也要强，没拿钱，吞安眠药寻死。结果被送去医院洗胃，没死成。后来一个人跑了，碰到一个商人，条件不错，对她好，就匆忙嫁了。"

王雨寒耸耸肩，三言两语总结了白雅洁的前半生。

他又说："我妈良心过不去，觉得自己做了件错事，一直没断了打听那女人的消息。"

肖洱如鲠在喉，连话也接不上。

"商人家境好，那女人生活得不错，还生了个儿子。遭人妒忌，也遭老天妒忌。"王雨寒顿了顿，说，"婚后没几年，那商人出了场意外。治了半年，外伤是好了，却落了终生残疾。"

他用说故事的语气，轻描淡写道："男性功能障碍，不举，算是废了。"

肖洱犹如一尊石像，动弹不得。她缓了很久，才慢慢说："所以，性情大变，常年离家在外，喝多了酒会动怒动粗，其实……"

其实是自卑。

而白雅洁从来都知道原因，她默默忍受，照顾的是聂秋同那颗自尊心。

肖洱心神俱震，长久以来一直不明白的事情也有了解释。

为什么白雅洁临死也不愿意告诉聂铠，自己出轨的事实。不是为了保护肖长业，不是为了刺激聂铠发奋。

其实，是为了聂秋同。

一个男人，在商场叱咤风云，在家里说一不二。却在床上萎靡不振，致使他的妻子暗地寻欢。这样的丑事若是让他的儿子知道，他该如何自处。

到了最后一刻，白雅洁考虑的，竟然还是聂秋同在聂铠跟前的颜面。

王雨寒说下去："商人对曾经绝望的女人来说，恩同再造，她怎么也不会主动提出离婚。可是，几年后，她偶然得到了舅舅的联系方式。"

常年的压抑生活，让女人无法再坚持下去。就算明知是飞蛾扑火，也只身赴约了。

"那时候，舅舅跟我妈说，他要离婚，要去照顾他最爱的女人。"王雨寒说，"可是表姐，那时候你才一丁点大，谁都知道离婚这件事会对你产生多大的影响。"

"所以，他们就瞒着我妈，开始了地下恋情？"肖洱低声问。

"没瞒住。舅妈太聪明，没多久就发现了。"王雨寒说，"正因为她太过聪明，指望把所有事情都攥在自己手里，宁可睁一只眼闭一只眼，暗地里给那女人施压，也不肯把事情挑破，闹到不可收拾的地步。"

"可她没想到的是，自己的女儿，意外发现了这一切。"

王雨寒说完了自己听来的故事，开始合理推测，他镜片后的目光黑沉沉地直视着肖洱。

"更没想到的是，她这个女儿，心思深重得令人发指，居然借机去接近了那女人的儿子。步步为营，伺机报复，终于搅和得人家家破人亡，前途惨淡。"

肖洱头有些晕，脚下虚浮，勉强扯出一些笑来："你猜得不错。"

王雨寒说："表姐，你跟舅妈很像。以为什么事情都能掌握在自己手里，可惜……聪明反被聪明误。你是不是也没有想过，自己会喜欢上聂铠？会一脚掉进自己挖的这个坑里，爬都爬不上来？"

肖洱不再看他，目光望向一边："那又怎么样呢？我不说，聂铠什么都不会知道。"

王雨寒嗤笑："但愿如此。"

烟抽完了，两人一前一后地回了包间。

他说了一个故事，她听了。其他的，像是什么事都没发生过一样。

可是，就在肖洱关上包间的门不久后，与走廊相接的男厕所里，走出来一个人。

包间里，王雨寒打开手机的手电筒，四下找了一通。

肖洱在他身边轻声说："别找了，程阳不在。刚刚我踢到了他，他在我后面去了男厕。"

"谁都逃不过你的算计。"王雨寒哼笑，抵在肖洱耳边轻声说，"你从我这里得知整件事情始末，还不够伤心难过？非要把我找过来，给他又把整件事复述一遍。我说，除了能在你这里多插几把刀，还能有什么好处？"

他的手指敲敲肖洱的胸口。

"有的。"肖洱的声音几不可闻，"他会告诉聂铠。"

"疯子。"王雨寒点评，"这种事情，从第三个人嘴里说出来，只会让当事人的愤怒呈几何级数递增。表姐你不会不懂，他说了，聂铠会恨毒了你。"

"我知道。"

"我就不明白了，你为什么要把自己置于这样的地步？谁年少无知的时候，没犯点错呢？更何况就算没有你，白雅洁那种女人最后落得一个凄凉下场，也都是她咎由自取。"王雨寒皱着眉头，说，"你的做法或许偏激了些，但她的死不能全怪在你头上。"

"可是聂铠呢，被我纠缠上以前，他单纯得就像……"

"肖洱！"王雨寒压低声音，打断她的话，"谁都会成长。"

"可是这代价，未免太高了。"

"……"

"我舍不得拖着他一直在小黑屋里扛铁锹啊。"

肖洱凉凉一笑，说了一句王雨寒听不懂的话以后，转身往聂铠躺着的地方走去。她步伐缓慢，甚至有些不稳，但最后还是走到他身边。

王雨寒眯着眼看，肖洱的手放在聂铠的手上。后者几乎是本能地握住了，跟着长臂一捞，把她圈进怀里，不知道在她耳边嘟哝了句什么，下巴蹭着她头顶，安稳地睡下了。

王雨寒说不清自己是什么心情。

他自以为游戏人间，落到这件事上，也抱着看戏演戏的心态。看着看着，却兴味索然。

表姐，我诚心地希望你遇见的下一个人，能看透你那颗七窍玲珑心，其实不是坚冰雕成的。

其实，也和很多姑娘一样，是颗玻璃心呢。

如果……能有下一个人的话。


第二天一早起来，包间里就剩下四个人。

王雨寒走了，程阳也不在。

王雨寒随性惯了，除了张雨茜哭嚷着要一个交代以外，谁都没有多问他的去向。

而程阳——聂铠揉着睡眼惺忪的脸环顾一圈，给出的解释是，他今天有课。

肖洱没吭声。

她太清楚了，程阳今天只会去一个地方——小马市。

他不是那种听了墙根就头脑发热把所有事情都抖出来的人。他会去求证，尽己所能找出证据来，好让自己一旦发动攻势，对方就毫无招架之力。

程阳，你能为了你这个兄弟，做到哪一步呢？

肖洱淡淡地想，凭你的本事，大概都能猜到吧。

程阳不负所望。

他手握聂西西提供的第一手资料，又联系了之前通过聂铠认识的梦薇。

梦薇所在的学校不算好，典型的开学迟放假早，6月中旬就已经回了小马市。

程阳在小马市见到梦薇，倒还能沉得住气，把自己知道的和推测的一点点拿出来和她对。

转学去天宁的聂铠，只和聂铠亲近的肖洱，以及两人突然闹掰，又莫名其妙地在一起……林林总总的细节严丝合缝地对上他全部的猜测。

梦薇不知道程阳的用意，只看着他脸色慢慢沉下来，沤了墨汁一样。

"怎么了？"

他冷哼："肖洱，我还真是对你刮目相看。"

梦薇如坠云雾，看着程阳。

"梦薇，接下来我跟你说的事情，你都记着，但不要告诉别人。"程阳冷声道，"小铠现在还蒙在鼓里，以为他心心念念喜欢的那个人，是个多无辜纯洁的小丫头呢。"

不晓得过了多久，手边饮料里的冰块早就化了个干净。

梦薇终于听完程阳的一番叙述，她脸色发白，连嘴唇都在颤抖。

"杨成恭……"她不知想起什么，突然尖叫道，"杨成恭！这件事杨成恭一定或多或少知道什么！同学会的时候，他神色慌张地把肖洱叫走了，最后谁都没有回来！算算时间，没过多久，白阿姨就出事了。"

"你冷静点，把话说清楚。"程阳沉声说，"杨成恭是谁？"

她斩钉截铁道："我们班学习委员，他暗恋肖洱。"

"是吗？他和肖洱走得近？他家是做什么的？"

"不算近，但谁知道是不是有什么来往。"梦薇说，"他家开茶室的，比较偏。"

开茶室的。

程阳心里有什么一闪而过。

他记得，从前上学的时候，聂铠身上就总有股子茶香，据说是她妈妈特别喜欢烹茶。

程阳猛地一下站起身。

"你去哪儿？"

"去那间茶室。"

"去那里能做什么？杨成恭这会儿还在学校呢。"

"找证据。"


是夜，整个学校都在宿舍里准备期末考试。

还有三天就要开始的考试刺激了每一个待考学生的神经。

咖啡、台灯、黑眼圈，考前三宝，谁都不少。

聂铠今天上晚班，到后半夜才休息。

肖洱照例在11点上了床。

几个舍友当她是空气，照旧背书，也不压着声音，宿舍里嗡嗡嗡一片。

她今天心绪不稳，总也睡不着，硬生生躺了两个小时。

冥冥中像在等着什么。

最后，她等来了一通电话。

那头很静，似乎有风，聂铠的声音劈风而来。

"肖洱，你给我出来。"

这一天终于还是来了。

肖洱设想过很多次，所以真正面对的时候，她出乎意料的平静。

肖洱揉了揉脸，从床上坐起来，拣了件外套就披着出去了。

她熟门熟路地翻窗户，面无表情，机械地完成所有动作。

聂铠等在楼下。

夏夜，聂铠穿一件款式简单的衬衣，在风里一鼓一鼓的。

他们隔了十多米。

肖洱走得不慢，可这路，长得叫人胆寒。

她终于来到他跟前，说："你找我。"

说这话的时候，肖洱不意外地看见聂铠通红的眼睛。

猜到了和看到了，到底还是两回事。

肖洱的心骤然紧缩，仿佛细密的针尖对着最软的地方，楔进去。

她很庆幸，自己不需要亲口把这一切说给他听。

从一开始，她就明确地知道，自己做不到。所以多费了些神，让程阳做了传音筒。

"肖洱，我今晚听说了一些事情。"聂铠低声说，"我不相信他，我相信你。"

他向她走了一步，伸手要抱她。

"你告诉我，都是假的。我就当成没听见。"

肖洱在一瞬间，红了眼眶。她微微偏头，问："你知道什么了？"

"上个礼拜我们换窗帘的时候，你说以后家里想要装抽纱的。"聂铠不回答她的话，他说，"甚至就在昨天，我们还商量好，坐游轮环太平洋旅行，去看全世界的海。"

"聂铠，你知道什么了？"

肖洱快说不下去，他固执的、泛着光泽的眼睛让人难以招架。

"程阳跟我说，他听见你跟王雨寒的谈话了。"聂铠伸出手，捧着肖洱的脸，朝向自己。

他的手很冰，在发抖，手心有细密的冷汗。

"你告诉我，这不是真的，都不是！你告诉我我就信！我马上就跟程阳绝交！"他冲她咆哮，顾不得仪态，唾沫横飞。

肖洱抬手去碰他的胳膊，声音却沙哑得可怕："聂铠，我很抱歉。"

"别道歉！别道歉！肖洱！我求你别跟我道歉！"

他陡然崩溃，哪里痛似的，痛得弯了腰。五官皱在一起，眼里布满血丝，干号道："你一道歉我们就完了啊！"

肖洱被他的模样骇住，抬起手捂住自己的脸，呜咽的声音仍是溢出来。

"你别这样。"

你别这样。

我想过千百种你的模样。

愤怒的、冷漠的、颓废的。

独独不该是这样。

"你让我怎么相信？他跟我说，你爸跟我妈暗地里搞上了！他跟我说，你为了拆散他们，为了报复我妈，才来接近我！"聂铠大声道，"我把那崽子打得满地找牙，他也不肯收回这混账话。肖洱，他为什么把脏水往我妈身上泼、往你身上泼？他喜欢你，想挑拨离间是不是？"

肖洱狠狠咬自己的舌尖，疼出泪来。

薄弱的理智，也慢慢回笼。

她低声说："程阳说的是真的。"

"你骗我！"聂铠吼道，"你跟我在一起是因为我对你好，因为我懂你！"

"不是！"肖洱哀声道，"我跟你在一起，是因为你是白雅洁的儿子。"

"肖洱，闭嘴！"

"她不知廉耻勾引我爸爸，我接近你，只想看看那女人究竟是什么货色！"

"你闭嘴！"

"后来我看到了，他们瞒着我妈妈频繁约会，我用苦肉计也不能阻止。只能兵行险招，从你下手，聂铠，你知道白雅洁多重视你，你被我拿捏住，她马上方寸大乱！"

"闭嘴！"

"我以为你没考上大学，一切都该结束了。可她怀上了我爸爸的孩子！我气不过，打电话把这件事捅给了聂秋同。"

啪！

一声脆响。

聂铠眼看着自己抬手，一掌扇了过去。

他的手极大，能单手拿住篮球。一掌盖过去，肖洱整个人都摔在了地上，脑子轰鸣半晌也没有回过神来。

左半个脑袋都疼得发炸，肖洱却意外地冷静了下来。

她慢慢爬起来，走到聂铠面前。

他发着抖，赤红着眼睛，冲她吼道："这就是你害死一个人的理由吗？你明知道，你明知道我爸一气上来会失去理智！再说，我妈就算做了天大的错事，也轮不到你来插手！还有，听说我妈跟你爸是一对苦命鸳鸯？那你怎么不让你爸也去死，去陪我妈啊？！"

肖洱面上惨败无光，在聂铠的诘问下，她无法言语。

谁都知道，不全是她的错。

可谁也都知道，全是她的错。

事情不因她而起，却因她而落得一个最难以转圜的结局。

白雅洁的死，肖洱无论如何难辞其咎。

聂铠看见肖洱半张脸肿了起来，自己的右掌心也微微痛起来。他狠狠捏了捏拳头，压下声音问她："后来你又为什么来找我？"

"你妈妈生前最大心愿，是看见你有出息，考上大学。所以，我去找你，帮你复读。"

月光寡淡，凉薄的风渐起。

聂铠的心一寸一寸凉透了。

他今晚听了太多东西，多到他几乎以为这是程阳在跟他分享某个八点档电视剧的剧情。

因为太荒唐了。

而最最荒唐的是，这竟然是真的。

可笑啊，这一切，居然还是经由一个外人之口传到自己耳中，他竟成了最后一个知道真相的人。

等到所有已成事实的真相铺天盖地而来的那一刹那，他除了被活埋，连一点反抗的余地都没有。

最后的挣扎，也被肖洱的一番话，抹得干干净净。

肖洱说完这些，差不多耗干力气。她沉默地站着，也不开口了。

只剩下静候审判。

"我居然真以为你爱我。"

不知等了多久，肖洱听见聂铠的一句喃喃。

她鼻尖一酸，微微仰头，忍了回去。

他自嘲一笑，问："要是程阳不说，你预备什么时候告诉我真相？"

肖洱不言。

"肖洱，你怎么想的？"

聂铠的手伸过来，捏着她的下巴，强迫她抬头看自己。

"你跟我上床，朝夕相处，那些时候，你是怎么想的？"

她从他眼里看出了绝望。

肖洱缓声说："聂铠，人做错了事，要慢慢还的。"

只要你要，只要我有，就都拿去当作补偿。

可我除了自己一无所有。所以，身体，和心，全都给你。

聂铠嗤笑，甩开她的下巴。

开始，他笑的声音很小，后来越来越大。到最后，已经笑得直不起腰来，笑得癫狂，满面通红。

肖洱看着他笑，心疼得下一秒像要四分五裂。她第一次觉得，一个人的笑容，可以这么刺眼。

聂铠好不容易才停下来，呛了风，有些咳嗽。

他说："你知道现在，我是怎么想的吗？"

肖洱说："你恨我，恨我伤害你的家人，恨我蒙骗你的感情，恨我没有告诉你这一切。"

"是。"他一字一顿道，"我恨不得活剐了你。"

她从没听见过他用这样的声音说话，像从阴间爬上来的鬼魅。

风从地底蹿上来，卷起他的衣摆，向两边夸张地腾开，像鹰翼。

肖洱知道，聂铠变得不同了。

人的成长，或者说蜕变，除了从量变到质变，还有一种很神奇的方式，蛮横、快速。

是一种剧变。

就像她当年撞见白雅洁和肖长业，就像聂铠在一夜之间听见所有真相。

他像看着一只怪物，冷漠地俯视着她，说："肖洱，你听好了，我不可能原谅你，永远不可能。"

"好。"

他的手指攥成拳，落在身侧："我们分手。"

"好。"

他深深呼吸，说："这一次，你不要指望我还会因为你而颓唐下去，我永远都不会再像曾经那个傻×一样软弱。"

"那很好。"

她的脸色发白，黑得发亮的眸子盯着不知道哪一处虚无的空间。

"最后，我衷心地希望，我们再也不要见面。否则，我不保证我会不会一失手，掐死你。"

肖洱单薄的身子在风中摇晃了一下，很快又站稳了，目光在极快闪烁之后变得漠然。

只是，那一贯微微上扬、仿佛不可侵犯的头颅，有些许低垂。

她抿起唇角，不再开口了。

聂铠面朝她倒退了几步，眼里交错着种种情绪。可再多的情绪，也多不过滔天的憎恶。

最后，他转身，大步离开了。

一场审判落下帷幕，比预期快很多。

她没被发配去过奈何桥，而是重回阳间，做行尸走肉。

肖洱慢慢蹲下身子，抱住自己，手心早就被自己抠得鲜血淋漓。

她说不清噩梦结束了，还是开始了。

# 第十六章
### 还是情浅缘深，一辈子怨偶

肖洱没有想到，9月初会在新生开学典礼上看见聂铠。

2015级，英语系，聂铠。

她以为他不会报考南大，毕竟——他已经没有报考南大的理由了。

他明明说过，希望永不再见。

可他来了，竟然来了，还是来了。

聂铠上台表演，独唱。

肖洱坐在遥远的大二学生方阵的某一角，只看得到摄像机拍摄后投影在大屏幕上聂铠的脸。

两个多月不见，他更峥嵘。不知去哪里染了一头栗色的发，烫成最流行的造型，穿质地精良的衬衣长裤，像聂西西喜欢的韩剧里走出的男主角。

可舞台还是他的舞台，在酒吧的锻炼使他的控场能力越发沉稳。饶是下头几千人集体躁动，也仍然一副我自风流的模样。

苏曼先发现不对："这人好眼熟，肖洱，他该不会是你那个表弟吧？当时唱《浮夸》的那个！"

一石激起千层浪，肖洱迅速成为全班妹子目光的活靶子。

"不是。"肖洱摇头，"我不认识他。"

众人扼腕叹息。

聂西西也怀疑，但他叫聂铠。她隐约记得，肖洱的表弟是叫王雨寒来着。

聂铠一唱成名，在后台被迷妹们包围了。

主持人程阳的风头一时被盖了个干净，他却不恼，半靠在门边上说："唉，各位学妹，要下手就趁早，他还是单身噢。"

一句话换来一阵尖叫。

聂铠没半点表情，原本坐在凳子上抱着吉他调音的他，抬头瞥了来人一眼，眼神刀子一样冷硬。

妹子们齐齐打了个怵。转瞬间，眼里的火光更盛。

这、么、冷、静、呀？我、喜、欢！

"聂铠聂铠，你是什么时候开始唱歌的呀？比好多歌手唱得还好。"

"你真没有女朋友吗？那你喜欢什么样的女孩啊？"

叽叽喳喳，吵吵闹闹。

后台除了那群妹子，其实还站着其他节目的演员，以及之前作为学生代表上台发言的陶婉。

聂铠侧头看过去："喂，你是这届第一名？"

陶婉穿着简单的及膝白裙子，娃娃领、五分袖，鼻梁上架着一副无框眼镜。存在感很低，默不作声的时候，很难被发现。

她陡然间听见聂铠低沉的搭讪声，周身一紧，连手上拿着的发言稿都掉在了地上。

陶婉连忙弯腰去捡，眼前却慢慢出现一片阴影。

聂铠蹲下身子，目光沉沉地看着她。

"唉，我问你呢，你是这届的第一名吗？"

少年五官精致，骨相极美，陶婉霎时间红了脸，声音细如蚊吟："嗯，我是。"

聂铠看了她一会儿，伸手帮她捡起发言稿，在另一只手上掸了几下，递还给陶婉。

他长腿一迈，来到她身后，手搭在她肩头，牵牵唇角，露出一个笑来。众妹子还没从他突如其来的笑里缓过来，就听见他缓缓开口道："想知道我喜欢什么样的姑娘？喏，我就喜欢……学习成绩好的。"

全场傻眼。

这算什么择偶标准？

只有程阳似笑非笑，目光看不分明。

他隐隐有点担心。

这两个月他常陪着聂铠，半个字也不提从前的事。聂铠却比他想象中坦然很多，他提起肖洱，会毫不避讳自己的恨意，也没有如程阳所想的那样，因为情伤痛苦沮丧。

甚至，他还非常直白地告诉程阳，以后就要找一个成绩优秀乖巧懂事的女朋友。

程阳就这么看着聂铠，以一种强硬的姿态，生生将肖洱那一页，揭了过去。

几乎没有过渡期。

程阳不懂他为什么最后选了南大，这意味着他必然会与肖洱相遇。

是他真的不在乎了？还是有别的打算？

程阳怎么也不会认为是前一种。

他叹口气，心想，那可是聂铠啊。他爱一个人，就像野兽一样，能把自己拥有的全部捧到爱人面前。同样的，他恨一个人，也能在一瞬间，亮出锋利的爪牙。

陶婉在妹子们炽热的目光逼视中变得身体僵硬，她的胸腔里擂鼓般发出咚咚声。接着，她听见聂铠在自己耳边嗤笑了一声。

仿若一道惊雷，直劈在心间。

下一秒，他的手从她肩上离开，搭上一旁看热闹的程阳的肩膀："走吧。"

她猝然抬头，紧盯着聂铠的背影，目光淬火一般亮。


"晚上去酒吧吗？"

聂铠背着吉他，和程阳走在学校的林荫道里。

"不去，明天再唱。"聂铠懒懒地说道。

忽地，不知看见什么了，聂铠脚步慢下来，眼神变得冷漠危险。

程阳诧异，顺着他的目光看去，旋即无奈——就知道，他们总会遇上。

林荫道尽头，一个拖着行李箱的男孩子，站在肖洱身边。两人说着话，看那男孩的表情似乎很开心。

那个男孩程阳没见过，聂铠却熟得很。

他低声骂了一句，摘下吉他，随手丢给程阳，大步走过去。

"聂——"

程阳微微蹙眉，也跟了上去。

五分钟前，肖洱听见杨成恭在身后叫自己名字的时候，也愣了很久。她转过身，就看见拖着行李箱满头是汗，却难得笑得开怀的杨成恭。

"你不是……"

你不是在北大吗？

"我觉得像，还真是你！"杨成恭抬手擦了把汗，"呼，南京真是火炉一样热。肖洱，我申请了一学期的交换生！没想到，刚来就看见了你。"

肖洱哑然，为什么要申请来这里？

"肖洱，我比预期更早。"他难掩欣喜，"比预期更早来到这里了。"

肖洱安安静静将他望着，说："杨成恭，如果你是因为……"

她话没说完，视线里陡然出现一条长腿。

跟着，杨成恭的行李箱遭了殃。

聂铠几步走过来，抬脚就将杨成恭的行李踹翻。在杨成恭还没有反应过来发生了什么的时候，聂铠揪住他的衣领，一拳头砸了上去。

"聂铠！"

肖洱叫他，却被他转头露出的狠戾神情刺痛了眼，一时停在原地。

"你给我闭嘴！"聂铠面上结了冰霜，吼道。

他说得很狠，伴随着这句话，他将手里的杨成恭朝肖洱站的方向用力一搡。

杨成恭跟跄着一头栽过来，将肖洱整个人给压倒了。

程阳这时候才抱着吉他跑过来，看着倒在地上的一男一女和浑身戾气的聂铠，一时竟不知该如何处理。

肖洱先站起来，她胳膊蹭在地上，掀起一块油皮，全是血渍。

她笔直地站着，说："他没有做对不起你的事，你不要冲他撒气。"

这一来一去，短短几秒钟，杨成恭便明白过来事出何因。

他爬起来，挡在肖洱身前。

"聂铠，你妈和肖叔叔在我家茶室约会，你妈妈的电话，你妈妈怀孕的消息，全都是我告诉肖洱的。"他呼吸不稳，说，"你想发泄是吗？你找我就行，不要跟她一个小姑娘一般见识。"

这两个人，现在争着来担责、当英雄了？

聂铠差点气笑起来，指着杨成恭的鼻子道："你有什么资格让我不跟她一般见识？嗯？"

杨成恭挺胸抬头，毫不相让："聂铠，我不会让你伤害肖洱。"

聂铠冷哼。

"你为她出头倒挺积极啊。"他的目光在肖洱白生生的脸上掠过，音如鬼魅，"可她未必领你的情呢。"

聂铠站在原地，冲她勾勾手，说："肖洱，你过来。"

"肖洱！"注意到身后的动静，杨成恭难以置信地大声说。

"杨成恭，这事和你没有关系。"肖洱在他身后低声道，"你不要管，你这么做，我不会感激你。"

她说完绕过他，走到聂铠身边。

"哈，听到吗？她这个女人，就是这样的，利用你的时候啊，千般好万般好，一转眼，她连句谢谢都吝啬。"

聂铠认真地笑起来，像戏台上唱念做打那一套，说不出的虚假，说不出的刺耳。他的手抬起来，用力掐在肖洱细白的脖颈后，狠狠晃了晃。

"唉，肖洱，你骗了多少人？你告诉我，你到底骗了多少人？！"

肖洱身子轻，被他这么一晃，差点没站稳。好在他手劲极大，掐住了她的脖子，就像鬼索，难以挣脱。

"聂铠！你放开她，不然我就报警了！"杨成恭的脸憋得通红，大声道。

这三男一女的闹剧，在学校主干道上上演，没几分钟，就远远近近聚集了很多围观群众。

聂铠和程阳全校知名，肖洱在医学院也无人不晓，陡然闹这么一出，还真是劲爆啊。

"报，去啊！"聂铠厉声道，"杨成恭，你以为你这是英雄救美呢？屁！"

他突然就笑了笑，揪着肖洱，凑近杨成恭，压低声音说："学委，你以为你很了解她？"

杨成恭攥了拳头，冷声道："起码，我比你了解她！"

聂铠又开始笑，雪白的牙齿刺得人眼疼。

"天真。"他评价，随后，吐出几句话来，"杨成恭，你跟她接过吻、睡过觉吗？你知道她在床上最喜欢哪种姿势吗？"

杨成恭瞳孔骤缩，不能置信地看着他们。

"别摆出一副痴呆的表情。"聂铠抬手拍拍他的脸颊，"可不是我强迫她的。"

程阳眼看着周围人越来越多，还有人拿了手机出来偷拍。

他咳了几声，介入他们："小铠，差不多行了，影响不好。"

"说得好像我在乎一样。"聂铠冷笑，低头问肖洱，"我高高在上的肖洱，你在乎吗？"

"你……高兴就好。"

她已经被他掐得说不出话。可他在问她，于是从喉咙里艰难地挤出几个字来。

从他出现的那一刻，肖洱就一直是这不痛不痒的神情。被羞辱的时候不生气，被打骂的时候不伤心，像个傀儡娃娃，没血没肉。

聂铠看见她这个样子，说不出的愤怒。可他不能愤怒，他一旦愤怒，就输了。

"你想让我高兴？"

聂铠把她提到跟前，两人的脸不过几厘米的距离，肖洱甚至能感受到聂铠的呼吸。

她说："嗯。"

"简单。"

聂铠手一松，肖洱往后趔趄两步，勉强站住了。

聂铠睥睨肖洱，语气轻佻："今晚去酒吧等我啊。"

"好。"

他不再看她，迈着长腿走了。

程阳也想忽视，可他看见肖洱脖间的几道深紫色伤痕，捏了捏拳头，还是走过去。

"今晚聂铠不会去酒吧，你不用去等。"

肖洱像没听见，蹲下身帮杨成恭扶起他的行李箱，低声说了句"对不起"。

随后，罔顾周围人的各色眼光，她慢吞吞地往宿舍区走去。


晚间，肖洱依约出现在那家酒吧。脖子上系了薄薄的丝巾遮住伤痕，她安静地坐在能一眼看见舞台的角落里，像在"麋鹿"的时候一样。

这家酒吧次日清晨6点打烊，肖洱枯坐着，一直等到6点才起身离开。

回学校的时候，经过食堂，她迎面碰上去教学区上早课的程阳。

程阳拦住了她，神色古怪："唉，你昨天真去酒吧了？等了通宵？"

其实不需要她回答，肖洱的神色憔悴，一眼就能看出来熬了夜。

肖洱没说话，从他身边过去。

"你很讨厌我，不想搭理我是不是？"程阳说，"你恨我把那些事抖搂给聂铠？"

"我不讨厌你。"

"少装了。肖洱，我那天都听了个一清二楚，你喜欢上聂铠了，所以你根本就打算一直瞒着他。"

"我没打算瞒他。"肖洱轻声说，"我只是，不能自己告诉他。"

程阳一愣："你这是什么意思？"

"我要是自己告诉他，会狠不下心，会给自己找各种辩解的理由。我担心自己的诡辩，让聂铠心软。"肖洱低声说，"可你不一样，你一直看不惯我。把这个把柄给你，你带着拯救聂铠的正义感和对我的厌恶，会把这件事直白、残酷地摊在他面前。"

"那天……那天你是故意让我听到的？"

程阳不笨，马上就反应过来。

"我在那之前，跟王雨寒通过气。他答应帮我以后，我让他把要来南京的消息告诉张雨茜。张雨茜、沈辰都来了南京，你没道理不来跟他们聚一聚。"肖洱不否认，轻描淡写道。

"我要是真的不来呢？"程阳不甘心，问。

"为什么不？你都旁敲侧击去跟聂西西打听我了，这种和我有关的场合，你当然要来。"

"你知道我接近聂西西？她跟你说的？"

"不，是你挑错了人。跟她去吃饭的事，隔天全院就都知道了。"肖洱顿了顿，继续说，"退一万步，你真的不来，我也能找机会让沈辰担纲你的角色。他向着聂铠，也觉得梦薇更适合他。"

程阳心神微震，不声不响地望着这个单薄羸弱的姑娘。良久，他才慢慢开口："就算你原本就无意瞒他，肖洱，我也不会在聂铠那里帮你说好话。更加不会告诉他你为他安排的这些事。"程阳说，"他从前爱你，全心全意地爱你。现在恨你，也认真地恨着你。这对他来说，是一件好事。"

肖洱明白他的意思。

聂铠简单直接，分明的爱恨在某种程度上令他轻松。恨意什么时候随着时间消散了，肖洱和他都能得到解脱。

可若有一天，爱与恨再没了边界，他们将永堕深渊。

只是，他们都忽视了一个问题。

聂铠已经不是从前的那个他。

当他开始隐藏情绪，露出那样的笑容时，他就已经不再是简单、直接，捧着心送到心爱的姑娘手中的那个聂铠了。

"他高兴就好。"

肖洱还是这句话。说完以后，她径直离去。

回到宿舍，肖洱直觉气氛不对。聂西西探头探脑地看她，欲言又止。

肖洱早上三四节有课，下午体育课结束后还要去校医院实习。顾不得问她，肖洱洗了脸以后就上床补觉。

刚躺下，宿舍门被人敲响。

聂西西："进来。"

文艺委员苏曼推门而入："班长在吗？"

聂西西努了努嘴示意。

肖洱坐起身，看着苏曼："有事吗？"

苏曼扬扬手中的一枚U盘："班主任不是要你做班级活动的公众号推送吗？这是照片素材，我给你送过来了。"

她们本来说好，今天上课的时候苏曼给她送素材。

偏要提前亲自送到宿舍来。

肖洱点点头，接过来："谢谢。"

说完后，她并没有再躺下去，而是静静望着苏曼。

苏曼仿佛被一眼看穿心事，有点心虚地笑了笑："肖洱，你看没看到咱们学校论坛和贴吧啊？"

"没有。"

"我是有点担心你啦……你没看那正好，可千万别看啊。"

聂西西闻言，插嘴道："其实你刚回来的时候，我也想说来着。你不看就行了，这种符实的传言，你别当真。"

苏曼连忙说："是啊是啊，她们什么也不懂，也不认识你，就说你私生活不检点什么的，真是太荒唐了。"

说这话的时候，她的眼神没少往肖洱身上飘。

"不过小洱，你之前说你有男朋友，是不是他们说的那个来交流的北大高才生啊？"聂西西止不住好奇，"你说我见过你男朋友，可是我没见过他呀。"

肖洱淡淡看她们一眼："谢谢你们来告诉我发生了什么。"又说，"我跟他们没关系。"

"你不是和聂铠、高才生一个高中毕业的吗？怎么会没关系……"苏曼脱口道，在看见肖洱质疑的目光以后立刻解释，"是有个帖子上面说，你们是一个高中的……"

肖洱笑笑："是吗？还有什么？"

苏曼支支吾吾："就……一些有的没的。"

聂西西："她们说你跟聂铠在一起之后劈腿北大高才生了……所以聂铠特别生气什么的。小洱，不是这样的吧？"

肖洱："她们？"

苏曼："啊……那下面有好多人都跟了帖，说得有鼻子有眼的。但我知道肯定不是真的，因为她们说你在别人跟前装高冷，在男人跟前就装柔弱，还有人说你不喜欢理人是因为有自闭症、抑郁症什么的。"

听到抑郁症这个词，聂西西脸色一时有些不好。

肖洱在大学，除了处理公事，几乎从不与人来往。哪里来的这些人，能把她的琐事说得有鼻子有眼却东倒西歪呢？信息的源头，稍想一下就知道是身边这几个日夜相对的人。

肖洱该不会深究，然后把账算到自己头上吧？

聂西西暗忖，自己也没有大错，只是喜欢八卦了一点而已，都是她们乱传的。

再说，要不是肖洱自己奇怪，在学校闹这么一出，别人也不会乱嚼舌根的。而且医学院那么多人呢，怎么大家光骂她绿茶婊，不骂别人？

这么一想，聂西西放下心来。反正，要是肖洱真的发火，她就打电话给肖洱妈妈好了。

可谁知，肖洱一点都没有发火，反而异常迟钝似的"噢"了一声，就继续上床睡了。

聂西西百思不得其解，和苏曼两相对视。

肖洱还真是心大啊。这种事摊到谁的头上，都会受不了吧。

帖子上有他们几个人在学校闹得不可开交的照片和小视频，各种揣测和论调说得仿佛自己才是当事人。

可真正的主人公，居然连看一眼那帖子的兴趣都没有？

苏曼有点尴尬，本来是义愤填膺想帮肖洱排忧解难纾解烦恼的，现在看来倒像是多管闲事，她撇了撇嘴，小声说："那我先回去了。"

聂西西礼貌地冲她摆摆手："拜拜啊，多来咱们宿舍串门啊。"

苏曼的尴尬稍缓，笑了笑，离开了。

还是聂西西这样的人比较好相处，她不由得想，也怨不得肖洱出了这种事，班里没一个人站出来帮她发声。


下午，体育课。

肖洱这学期选修的是初级篮球课。

聂西西最初刚知道她选这门课的时候，着实惊讶了一阵子。就她那小身板，到底是她打篮球还是篮球打她？

初级篮球课与中级篮球课都分在下午五六节，老师不同，分处学校篮球场两侧。

选中级篮球课的学生多为男生，都身怀球技，借上课来打球的。

相比之下，选初级篮球的就多为女生，且几乎都是宿舍一起结伴而来，借上课来聊天以及看中篮男生打球的。

整队以后，肖洱凭借体型优势，站在队首。

老师在前头背着手讲上课规矩，诸如不许佩戴手表、穿牛仔裤等，下头则自顾自地窃窃私语着。

"天文系的程阳在中篮队里呢。"

"他不是聂铠的兄弟吗？怎么聂铠没选这门课？"

"不清楚……不过不错了，要聂铠真选了这节中篮，咱们还能抢得上这门初篮吗？我们外院别的不多，迷妹最多了，小铠铠简直是我们院男人颜值的巅峰。"

"得了吧，你们院就那么几个男生。"

肖洱也看见了程阳，他站在队尾，穿一身宽松的运动服。

热身运动照常是先绕操场跑三圈，初篮学员和中篮学员一跑起来简直天壤之别，简直是"正规军"VS"逃兵"。

到第二圈的时候，原本在后面跑的中篮班就超上来了。

肖洱眼睁睁看着程阳迈大步从自己身边跑过去，跑过去也就罢了，还特地回头来，嘲笑似的挑挑眉："你选这门课？算盘怕是没打好吧。"

说完，不等肖洱回应，就跑远了。

他以为自己选篮球课，是为了能见到聂铠吗？

肖洱失笑。

肖洱身体弱，三圈下来有点扛不住，撑着膝盖直喘粗气，她隐约听见后头的议论声。

"刚程阳打招呼那女的，是不是有点眼熟？"

"是不是贴吧上那个？"

"绿茶妹妹？我看像……"

"我去，不是吧。"

肖洱没想到那个帖子已经火到能让自己被认出来的地步，感叹互联网强大之余，对聂铠展出的吸粉魅力颇为首肯。

能在短短几日，让学校里大多数人记住姓名，除了校长以外，可能也没谁了吧。

老师在第一节课就言明，最后期末考试考三步上篮。一分钟之内，两边篮球架来回运球上篮，三个及格，五个满分。

第一节课先练基本功，运球。

所有人排成相对的两排，面对面练习。

肖洱拿着篮球，她的位置刚好在球架下，不知想起了什么，倏忽笑了笑，格外认真地拍起球来。

倒是其他女生，关注点多放在篮球场另一侧，叽叽喳喳说着小话。

一来二去，初篮老师对认真练习的肖洱青睐不少，甚至亲自指点她的动作。

一堂体育课结束，肖洱去取书包。她这学期申请了去校医院实习，除双休日外，每周还要去两个下午。

走出篮球场，肖洱看见等在外面的程阳，于是站定。

程阳身上全是汗，皮肤比聂铠要白，书生气也更多些。

"唉，我说，你知道昨天聂铠为什么不去酒吧吗？"

肖洱以为程阳很不愿意自己与聂铠再有瓜葛，所以她摸不清程阳的心思，不知道他为什么要特地跑来告诉自己聂铠的消息。

可即便如此，她还是问："为什么？"

程阳的表情有一丝古怪，他说："昨天傍晚我和小铠约了打球，不少女生来看他。"

这很正常，肖洱想。

"打完一场以后，聂铠说要教她们三步上篮。"程阳观察着肖洱的表情，说，"说谁投得好，请她去吃夜宵。"

肖洱的表情有一丝凝滞："然后呢？"

"然后，有一个看着很不起眼的妹子，走过来。"

"投进去了？"

"不，她很认真，但投了个三不沾，球都扔飞出去了。"

"噢。"

"小铠后来跟她去吃夜宵了。"

肖洱想笑笑，没笑出来，抬手拢了拢头发："你想来告诉我什么？"

程阳说："别把自己当成小铠的独一无二，总有人会替代你。他可能不会忘记你，但会慢慢被治愈，被别人治愈。"

肖洱没接话。

程阳看着肖洱，她应该很伤心，可是他没从她的表情里读出半点挫败。他叹口气，说："这话我也送给你。"

别把聂铠当作独一无二，会有人代替他，你总会被另一个人治愈。

"谢谢你的好意。"肖洱半垂着眼，"不过我不需要。"

程阳的面色僵硬："肖洱，你要一直是这副德行，会被所有人孤立的。"

"那也要看我是不是在乎。"

她还会害怕被孤立吗？

程阳噎住。他是看到校园帖子上那些奇怪言论，才生出了同情心，可这个女人……总是一副寡淡的样子。

她从不接受旁人的审判评度，除了聂铠。

"狗咬吕洞宾。"

他心底不悦，低声嘀咕，转头就走了。


肖洱按部就班地生活，仿佛又回到高考前的那段日子。她见不到聂铠，可耳边几乎断不了他的传言。

不同的是，如今传闻中的聂铠，是一个神迹般的存在。

学校几年前就跟风举办的好声音类歌唱大赛到今年已是第三届，聂铠参加海选的时候，直接获得了晋级总决赛的通行证。

院级篮球比赛，他身为外院为数不多的男同学，身兼队长与教练等数职，拉起一支球队来。艰苦锻炼了半个月，竟也破天荒地进了前三名。

史无前例啊史无前例！

真可谓是整个外院男子球类竞技运动历史上的一项重大突破。

聂铠居功至伟，说他是外院男子的精神领袖，当之无愧。

短短一个月，聂铠以一种绝对高傲的姿态，火速地在这所学校站稳了脚跟。

在这个书信传情已经显得矫情而落伍的时代，聂铠仍然能不定时收到来自全校各院的情书。女生的、男生的都有。

他的微信号被舍友漏出去，马上就人满为患。

随便发的一条朋友圈，下头点赞者直逼四位数。

他这把火，以燎原之势，灼热了不知多少人的心。

聂铠的生日转眼就到，他驻唱的那家酒吧老板歇业半天，为他办生日party。

当天所有受邀来宾，酒水全免。

一早到的，除了聂铠几个室友和球队队员，还有程阳。

汪玉东是聂铠球队的后卫，环顾一圈，凑上来说："聂铠，你老板够可以的，弄这出成本不低啊。"

程阳说："谁沾谁的光还不一定，这次大家知道了聂铠在这儿驻唱，往后往这边跑的人不会少了。"

倒也是，尤其是那帮头脑发热什么都干得出来的妹子，简直拿出追星的架势对待聂铠。

这么一想，大家都坦然起来，去吧台拿已经调制好摆出来的鸡尾酒喝。

傍晚7点，大家陆陆续续到了。

聂铠邀请的人不多，无非是平时打交道的朋友。但扛不住朋友的朋友，滚雪球一样，最后来酒吧的人比预计多了一倍还不止。

汪玉东他们几个最会张罗，也喜欢凑这种热闹。大话放出来，让聂铠一边歇着好好当寿星公，所有来客安排、礼物接收等事宜他来搞定。

聂铠也就跟程阳到一边坐着喝酒去了。

唱台上聂铠两个舍友扭在一起唱情歌助兴，一手拿麦克风一手举着啤酒瓶，情到浓时，还来了个交杯。

他们深情地合唱："手牵手，跟我一起走，过着安定的生活……"

是的，两人唱的是《今天你要嫁给我》。

程阳乐不可支，捶桌子笑："聂铠，你舍友太搞了。"

聂铠也笑笑，跟他碰了碰杯，目光却落在远处的一个身影上。

一个姑娘，是一个人来的。

穿一件娃娃领上衣，样式简单；下面是休闲中裤，裤腿收在膝盖处，露出一截小腿。

整个人看着格外乖巧柔弱。

程阳顺着他的目光望去："哟，这不是上次那个妹子吗？"

聂铠皱眉，反问："我认识她？"

程阳瞪他："靠，还真贵人多忘事？那个新生代表啊，后来你还请她吃夜宵的。我记得叫……叫陶婉。"

噢，是她啊。这么巧。

两人说话的当口，那姑娘也看了过来。

她目光水亮笔直，一眼就看见了聂铠。陶婉似乎有话说，想往这儿来，不过很快就被兢兢业业当迎宾的汪玉东拦住了。

"欢迎欢迎，哈哈！给小铠的礼物放我这里就好了，去那边签个名。美女是小铠的朋友？还是谁带来的？哪个院的啊？"

陶婉签了名，可手里捏着薄薄的一封信，怎么也不愿给汪玉东，小声道："我自己给他。"

汪玉东见怪不怪，知道可能是情书之类的，便努了努嘴："小铠在那边呢。"

姑娘点点头，径直走过去了。

汪玉东连瞅都不瞅一眼，这种相貌的妹子一抓一大把，聂铠肯定看不上。

陶婉站在聂铠面前，手心微微发汗。她的声音有些发软，绵绵糯糯的：“聂铠，生日快乐。”

聂铠还坐在座位上，抬头来望着她。他嘴角噙笑，只一点点弧度，眼睛里没有什么神采，这让笑容显得莫名凉薄，偏偏声音清朗好听：“你来了。”

有什么爬上心头蜇了一口，陶婉屏住呼吸，被他这副模样摄住，半晌没动静。

于是还是他先开口问：“那是给我的？”

陶婉回过神来，意识到他说的是她手里的东西。她连忙把信封递给他，眼里有懵懂的期待：“是，生日礼物。”

又是薄薄的一封信，牛皮纸封。

聂铠捏在手里，呼吸莫名有些发紧，他问：“里面是什么？”

陶婉不懂聂铠为什么突然用这样的眼神看自己，探究、冷漠，却又……绝望。

她有点害怕，小声回答：“两张票……”

“谁让你过来的？！”

他突然把信封拍在桌面上，大声道。他的声音凶狠，表情也是。

陶婉一个哆嗦，差点就哭出来了。

程阳莫名其妙，出言提醒聂铠：“你怎么了？”

聂铠从桌面上又捡起那个信封，捏在手里，在陶婉面前狠狠晃动：“她叫你来的是不是？说啊，是不是？！”

陶婉被吓狠了，眼泪被逼出来，连连道歉，哽咽道：“对不起，没有人叫我，是我不请自来……我马上就走。”

程阳看不下去了，挡在姑娘跟前，说：“聂铠，你发什么疯呢？”又从他手里抽出那信封，拆开来，“什么东西啊，值得你动这么大怒？”

聂铠的目光紧盯着程阳的手，没猜错的话，这应该是……

程阳抽出两张演唱会门票。

“Eason的演唱会门票啊！你不是也打算托人买内场票吗？”

居然不是。

聂铠一怔，慢慢冷静下来。他目色复杂，甚至，还有些落寞和不甘。

陶婉捉摸不透聂铠的心思，只以为自己好心办坏了事，惹他生气了。

"对不起，我……我还是先走吧。"

她的手绞着衣角，转身小跑着离开了。

"唉，这票可不便宜。再说，她做错什么了，你就这样对人家？"程阳用脚踢聂铠，"还不去追？"

聂铠愣半晌，才拔脚跟了过去。

陶婉一出酒吧大门，泪水就争先恐后地飚了出来。

她抽泣着，也不走了，头抵在酒吧边的路灯柱子上，小声哭起来。

她想过，聂铠或许不会在乎她的礼物，或许直接就无视了她。可是没关系，慢慢来，她也没有奢望一份礼物就让聂铠对她高看一眼。

她喜欢他这种事，本来就与他无关。

可为什么他会这样生气，发了那么大火，好像自己曾经做过什么对不起他的事情。

姑娘越想越委屈，哭得直打摆子。

"喂，你别哭了。"

好一会儿，身后传来一个低沉悦耳的声音，是聂铠。

陶婉身子一僵，猛然转身。

聂铠正半靠在路灯旁的墙壁上，不知站了多久，目色沉沉地看着自己。

她满脸泪痕，担心不好看，立刻捂住了脸，心跳快得要飞出来。

"你、你怎么出来了？"

聂铠在口袋里摸了阵子，说："没带纸。"

陶婉愣愣地说："我带了。"

"噢，那你自己擦擦。"

陶婉："……"

"我没请你过来，也没别人带你来。"聂铠开口，陈述的语气。

陶婉脸一红："嗯。"

"那怎么过来了，还送我这么贵重的礼物？"聂铠说，"票不好抢吧？"

是不好抢，她压根就没抢到。

陶婉是从朋友那儿听说有人买了但是去不成，联系到以后买来的。好像是一个学姐，人很客气，还给她抹了零头没收。

陶婉轻声说："你喜欢吗？"

聂铠笑起来："当然。"

陶婉舒了口气。

可她没想到，下一秒，聂铠就贴上来。

聂铠比她高很多，往跟前一站，手搭在她头顶的灯柱上，连灯光都遮了个完全。她连呼吸都忘了，一眨也不眨地抬头呆望着他。

"我就请你吃顿夜宵而已，干吗……对我这么好？"

他说话的时候，一点一点地低下头来。说最后几个字的时候，嘴唇已经来到了陶婉的耳边。

"嗯？"

最后这一声，陶婉差点听得腿发软。

"我、我……"她语难成句，说不出完整的话。

两个人的姿势实在太过于暧昧，以至陶婉下意识认为，聂铠就要吻上来了。

最后，他却撤了回去。

陶婉大口呼吸，脸憋得通红，神色不定地仰头看他。

"两张票不是吗？一起去看吧，到时候我去接你。"聂铠从裤兜里摸出手机来，递给她，"电话号码。"

陶婉觉得这一切都不真实极了，可又实实在在地发生着。她脑中混乱，只能按照他吩咐的，把自己的电话号码输进去。

"走吧，去喝酒。"聂铠拿回手机，笑笑，"会喝吗？"

"嗯，会一点。"

"别担心，醉了我送你回去。"

陶婉心神一荡，按捺住心头的悸动，跟着聂铠回了酒吧。

结果陶婉没事，聂铠却喝了个酩酊大醉。

"真乱来，谁灌都喝。"程阳挥手，帮他喝退剩下来敬酒的人，"差不多行了，东子，你招呼招呼。"

"嘿哟，来嘞！你们别光灌我们寿星啊，他那嗓子值钱得很。来来来，小爷我奉陪到底。"

聂铠确实乱来，十多种洋酒、啤酒一起混着喝，不醉才怪。

陶婉陪在他身边，给他倒了点温水喂到嘴边。

"聂铠，喝点水啊，慢点啊。"

聂铠就着她的手，喝进去一些。

可之前喝的都是冰酒，温水下了肚，这么一刺激，胃又受不了了。他神智还算清醒，难受劲一上来，晓得自己会吐，马上大步往洗手间跑。

搜肠刮肚地吐完一通，聂铠眼冒金星。漱了口又用冷水抹了把脸，缓了好久他才走出洗手间。

陶婉就等在外面，神色担忧地看他。

"还好吗你？"

聂铠不走了。

"聂铠？"陶婉伸手在他眼前晃晃。

"过来，让我抱抱。"

聂铠半倚在洗手间外的洗手台边，伸手，说道。

灯光自他的头顶打下来，他长而密的睫毛上有水珠，亮晶晶的。

陶婉的心彻底软下来，她几步走过去，抱住了聂铠的身子。比想象中要瘦，却很有力量，抱着很踏实。

聂铠任她抱着，抬手轻轻捻着她的耳朵。

"什么时候打的耳洞？"

耳垂上的耳钉硌了他的手，聂铠问道。

陶婉小声说："没多久呢。"

"疼吗？"

她点点头："刚开始有一点，后来就不疼了。"

他的大手绕到她脑后，低声说："没关系，亲亲就不疼了。"

跟着，吻就落下来。

陶婉脑子一蒙，却仍然仰头去承接他的亲吻。

他很会接吻，而她是个新手，没几下，陶婉就无法呼吸了，脑子一片空白，心脏超负荷地跳动。

她被他轻而易举地推到阴影里的墙壁上。聂铠的手从衣摆下面一路摸上来，伸到她背后去解内衣扣。等到他的手覆在她胸口时，陶婉受不了地轻呼："啊……不要。"

听见她的声音，聂铠的动作骤然停下，他分辨着她的情绪。

陶婉面色绯红，身体也微微发烫，怯生生地回望他。

女孩子在这种时候，总是矜持的不是吗？

聂铠却迟迟没有动作，他贴着她，隔了很久很久，才说："陶婉？"

"嗯？"

聂铠抬手，狠狠揉了把脸。手在墙壁上一撑，他猝然离去。似乎是因为酒醉，他脚步有一点打飘，跌跌撞撞地扶着墙走开去。

他往外跑，程阳和汪玉东见了，都想拦着。

"唉唉，我说少爷、寿星公，你往哪儿去啊？"

"别管我。"

他说着，挥开几人的手，健步如飞，冲了出去。


巷子里很黑，聂铠摸索着走进楼洞。

从6月底退租那一天起，他再也没来过这里。可他今天神志不清，反倒熟门熟路地找了回来。

301，301。

聂铠站在房门口，因为酒醉而有些发红的眼睛紧紧盯着门牌号。

脑子里一片混沌，他无法思考其他。

可恍惚间，好像又明白过来什么。

他再也不可能回去301了。

退租了，屋子是别人的。不属于他，只属于某段让人不堪回首的回忆。

聂铠的头抵在房门上，慢慢半蹲下去。

他想起屋子里的一桌一椅，想起厨房流理台，又想起卧室的床和窗帘……最后，他终于想起一个人的名字来，心里起了恨意，拳头也一点一点攥紧。

"肖洱，肖洱！"

他发了狠地怒吼，拳头砸在门框上，发出"咣当咣当"的声音。

门框上有突出的木刺，很快就划破他的手，流出血来。

肉体这么脆弱，只消几个动作，就能受到伤害。

比之更甚的是心，几句话就做得到。

聂铠砸到第五下，房门突然开了。

屋里的灯光和走廊不同，走廊的昏黄，屋里的明亮。

聂铠记得当时客厅灯泡坏了，肖洱买了节能灯来让他换上。

他站在桌子上，仰着头换灯泡，有点不满地问她："为什么要换这种冷光灯？我喜欢偏黄色系的灯，有温馨的感觉。"

她在下面说："那个看书伤眼睛，等你考完试了咱们就换回来。"

可现在也没有换回来。

聂铠的思绪沉浸在回忆里，半晌晃过神来，依稀看见眼前站着的人。

瘦而清减，一双深潭般的眼睛，笔直地看过来。

肖洱听见有人砸门，叫自己的名字。

没料到真的是聂铠。

"聂铠，生日快乐。"

她有些愣神，站了许久，也看了他许久，才轻声说。

像做梦一样。

聂铠发现自己认识肖洱以后，常常会有这样的感觉。

他以为自己早已经见识过她的冷漠和疯狂，却一次又一次觉得自己还不够了解她的冷漠和疯狂。

他搬走了，她却把房子租了回来。

如果他今天没有来，他将永远不会知道她把房子租了回来。

聂铠也不知道自己在想什么，他推开她，闯进了屋里。

所有的陈设还和以往一样，他的目光被餐桌吸引。

餐桌上放着一只蛋糕，两副餐具。

肖洱的声音从他身后传来："蛋糕还没有切，你要吃吗？"

聂铠站在客厅当中，听着她平静无波的声音，脑中千万思绪纠缠在一起。

头疼着，他抬手去揉。

想不明白，怎么也想不明白。

"手怎么了？"

肖洱看见他手上的新伤，马上明白过来，这是刚才那阵响动的代价。

她从厨房拿了干净毛巾过来给他擦拭，语气淡淡的："以后如果生气，用脚踹，别用拳头砸。"

聂铠挥开她，指着桌上的蛋糕："肖洱，你什么意思？"

"你今天过生日。"

"我问你，你准备这些是什么意思？！我过生日跟你有什么关系，你做这些给谁看？"

肖洱本来就白，在冷光灯下，更显得脸色煞白。

"你不是来了吗？"

准备这些的时候，她确实没想很多。

可他来了，这一切就在一瞬间变了味。

"你在这儿等着我呢？肖洱，你是不是觉得我忘不了你？你是不是觉得，论玩心眼，我根本什么也算不上？你是不是觉得，你随随便便设下一个套，我就会颠颠地钻进来？"

"我没有。"

"没有？没有你这是什么意思？！把301租下来，等着看我狼狈回来的样子？你算准了我会回来！"

怒火攻上心头，聂铠冲到餐桌边，一扬手把蛋糕甩在地上。

奶油四溅开去，上头铺就的水果也滚得到处都是。

肖洱不阻不拦，看着他发酒疯。

事实上，从开门的那一刻起，肖洱的目光就没有从他的身上离开过一秒钟。

她低声说："你还愿意到这里来，我很高兴。"

"肖洱！"

聂铠吼她，大跨步过去堵她的嘴。

他已经恼羞成怒，仿佛被剥光了供人品评。

他低下头，狠狠地咬她，咬那张总说出凉薄之语的嘴唇。

"我真恨不得活剐了你。"他尝到血腥味，低声恨恨道。

酒精烧脑，少年只凭着一股意气支配着行动。

他这么说了，好像就必须要这么做。

聂铠将肖洱压在客厅的墙壁上，伸手去扯她的衣服。

她没半点抗拒，明明完全是一副逆来顺受的姿态，聂铠却觉得她的目光里充满了得意的张狂。

她似乎看透了他，知道他没法真的伤害自己。

不，不，他不能让她如意。

他动作粗鲁，几次用了蛮力对她。

肖洱咬着牙，半声也不吭，刺目的灯光下，她白皙的身子上很快被弄出深深浅浅的痕迹。

没有亲吻，没做任何润滑，聂铠捞起她的一条腿，握着自己急急地冲了进去。

干涩、紧绷，刮擦的疼痛令肖洱浑身发颤。可他半点也没顾忌，紧紧捏着她的腰和腿根，发了狠地往里捅。

肖洱的后脑撞在墙上，发出"咚"的一声响。她眼冒金星，后背渗出细密的冷汗。

聂铠被那一声闷响惊得顿了顿，低声骂了一句，抬手将她整个人托抱起来。

肖洱从没试过，和他这么深地彼此嵌入。

这样的深度放大了所有感官的敏锐度，疼痛被无限放大，每一点细微的动作都能让两人深刻铭记。

比第一次痛百倍。

像刻在骨头里，这种痛，没人能忘记。

生理的反应令人避无可避，肖洱的眼角终究滑下泪。

无声的，温热的。

"肖洱，你的心呢？"

他咬在她的左胸，身下仍在不停地冲刺，嗫嚅着问她。

给你了啊。

她将他望着，艰难地抬臂，紧紧抱住他的身体。

夜的长度难被衡量，肖洱被他多番摆弄，从客厅到卧室。

最后在她耳边低吼着出来的时候，聂铠低声呢喃："我怎么才能跟你两清，肖洱？"

我欠你的，还干净了，就两清了。

可是这世上最难决断的，莫过于如何还清人情债。

她张着眼，看卧室的天花板，老旧的屋顶漏水，天花板上残留着斑驳的痕迹。

明明早就难以维系，奈何苦苦支撑至今。

奈何。

谁也说不清。

天蒙蒙亮，聂铠先一步醒过来。

头疼欲裂，他抬手盖在脸上，注意到自己手背上贴着创可贴。聂铠怔愣了一会儿，昨夜发生的一切在一瞬间涌进脑中。

他移开手，往身边看去。

果不其然，看见蜷缩成一团，乖觉地睡在身边的肖洱。

她呼吸浅，面色微红，眉心轻轻皱着，是不舒服的模样。

聂铠探手去试她的体温，谁料一碰到她，后者便瑟缩了一下。

接着，惶惶然张开了眼。

她觉浅，睡得也不安生，眼里布满血丝。

聂铠和她对望一眼，脸就沉了下去，掀开被子下了床，一言不发地穿衣服。

肖洱沉默地看着他。

"我昨天喝多了。"

"我知道。"

"肖洱，你别在这里待了。没意义，我不会因为你这样，就原谅你。"

"我知道。"

"昨天……"他想说什么，话到嘴边又咽了回去，最后说道，"以后我不会见你。我已经遇到合适的人了。"

肖洱微怔，似乎明白他刚刚提起"昨天"二字是想要说什么，于是轻声回答他："昨天的事，我不会跟任何人说。"

聂铠捏着T恤的拳头紧了又松，一股无力感袭上心头。

就这样吧，时间长了就好了。

他匆匆套上衣服，头也不回地走了。

房门被摔上，发出"哐当"一声响。

肖洱恍若未闻，一动不动地坐在床上，雕塑一般。

不知过了多久，床头的手机接连响了几声——微信提示音。

肖洱恍惚了一会儿，伸手取手机过来。

聂铠发来红包。

肖洱瞳孔微缩，浑身坠入冰窖一般寒凉，只觉周身血液倒流。

她盯着微信红包上自带的"大吉大利，恭喜发财"那几个字，终于克制不住地伸手堵住嘴巴。

他把羞辱做到了极致。

他让她见识到，那个曾经以全部温柔待她的少年，一旦狠起来，也有往人伤口上大把撒盐的残忍。


聂铠和陶婉最终在一起的消息传来，已经是10月末。

肖洱在校医院实习的时候，听见几个女孩子讨论校级篮球赛。

她们说到外院主力聂铠，和他那个学霸女朋友。

陶婉，2015级金融系新生，开学典礼上代表新生发言的那个。

"学霸的爱情也是够拼的了，听说陶婉双修了聂铠的那个专业，去教务处跟他加上了一样的课，天天陪着呢。"

"可不是吗？形影不离跟老妈子似的，上课帮做笔记，期中考前帮忙整理复习资料，输给她反正我是没话说。"

"啧啧啧，聂铠除了帅点，会唱歌打篮球，有什么好啊。"

"姐们你要求够高的啊，这三样我未来男票但凡能占一样我就满足了。"

肖洱默不作声，坐在电脑后头帮忙做归档工作。

那帮姑娘走后，护士长林姐抬手揉揉太阳穴，叹道："这些年轻小丫头，叽叽喳喳，麻雀似的。"

说完她们，不免把话题扯到同龄的肖洱身上。这姑娘稳重，林姐跟她处久了，说话也亲近许多："小洱，你就没打算在大学谈个恋爱？"

肖洱轻笑，摇了摇头。

"我看那个经常来找你的小伙子就不错。清秀斯文，跟你还挺像。"

她说的是杨成恭。

经过那一次与聂铠闹得不愉快后，杨成恭消失了一段日子。但不知从什么时候起，他又开始来找肖洱了。

尽管肖洱几次跟他挑明，他也仍然是那副不进不退的模样。

物以类聚，人以群分。

肖洱遇上的，都是一帮死心眼的。

只不过杨成恭的死心眼，与聂铠当初不同。

聂铠像钻头，只知道盯着一个方向，"突突突"地使蛮力，撞上南墙也不晓得回头。

杨成恭却是清流，润物细无声，遇到阻碍就绕道，指望天长时久，水滴石穿。

见肖洱没什么反应，林姐笑了笑，不再拿她开涮。

今天工作做完得早，肖洱临走时，林姐递过来两包红糖姜茶。

"小洱，这个你拿着，我们这边发的，还多得很，给你两包。"林姐说，"这不月末了，我记得你生理期眼瞅要到了，你这小身板，多喝点补补。"

肖洱的身形顿了顿，从林姐手上接过东西来："谢谢林姐。"

"跟我客气啥！"

肖洱把姜茶放进书包里，离开了。

从校医院出来，肖洱没有往宿舍走，而是径直出了学校南门。

南门一条街以外，是一家药房。

肖洱在药店门口站了好一会儿，不知道在想些什么，直到店员探头看她了，她才推门走进去。

"要点什么？"

穿白大褂店员语气亲切。

肖洱站在柜台跟前，声音不太稳："请给我一支验孕棒。"

# 第十七章
### 人世的流言，谁爱谁评断

12月是学校的文体活动月。

肖洱和苏曼身上照例摊了很多琐事，忙活了十来天，到中旬才算放松下来。

苏曼虽和肖洱没有什么感情，但她跟她共事的时候，得心应手。又是女孩子心性，宿舍和学院楼之间的来回路上，不免跟她闲聊起来。

"班长，你最近气色好了不少，看起来胖一些了。"她说，"有什么开心事吗？"

肖洱淡淡地笑："也没什么。"　　.

苏曼难得见她这样笑，不由得问："噢噢，我猜猜，是不是今年圣诞夜有人约了？"

圣诞夜有人约，通俗来说就是有男朋友了。

"没有啊，今年圣诞不是还要和去年一样办联谊晚会吗？"

"也对，我们压根走不开。"苏曼撇嘴，想起什么，又说，"对了你知道吗？今年联谊会，报上去的节目有聂铠的歌！"

"我知道。"

"他11月份不是去参加那个南京赛区的歌唱大赛海选了吗？听说晋级了，1月初的时候就要去上海参加30强晋级赛。"

"嗯。"

"上回我听几个人说啊，聂铠还是个富二代。他爸来咱学校找过他，开的是奔驰。"

肖洱微顿："他爸爸来找过他？"

"是啊是啊。"苏曼会错了意，跟她强调说，"他爸在北京开公司的，这要一插手比赛，投个赞助什么的，聂铠稳进前三啊。"

"是吗？"

以他的脾气，要是聂秋同真的插手，他恐怕会中途弃赛吧。

不过聂秋同会来找他，父子俩的关系可能也没有那么僵了。

总归，聂秋同难言的苦痛是个男人就深有体会，聂铠就算怨怪他，也不会刻意为难他。

两人走到宿舍区，苏曼看见杨成恭站在食堂外头，等人似的。

她嘻嘻一笑："班长，有人找你来了，我就不打扰啦。"

肖洱还没反应过来，杨成恭已经走到她面前。

"一起吃饭吧。"

杨成恭我行我素，每天来等她。

他不提聂铠，不提任何能让肖洱想起从前的事。只说学业，南京的天气，日常的活动，最新的电影，优秀的读物等。

一来二去，肖洱不再排斥与他共同进餐。

两人同进同出，虽半点亲密姿态也没有，落在旁人眼中，俨然已是一对学生情侣。

他们去了三餐。

最近肖洱的食量越来越大，往常只能吃二两米饭，现在要吃三两。而且每一餐都荤素搭配，饭后喝汤吃水果。

杨成恭觉得这是一件好事。

肖洱从前思虑过重，在饮食上常常不顾饥饱，体态削弱，很容易生病。她现在有这个意识，要对自己好一些，这说明她慢慢地想开了。

想开了好，人总不能面朝回忆倒退着往前走。

正是饭点，食堂人多。杨成恭让肖洱先去找座位，自己拿了两人份的餐盘去打饭菜。

肖洱接受了这个提议，拿着两人的书包找空座去了。

不承想，冤家到底路窄，碰见聂铠一行人。

聂铠不常在食堂吃饭，所以在此之前肖洱从没碰见过他。

他们一大帮子人，男生居多，嬉嬉闹闹从门口走进来。聂铠在最前面的当中走着，被众星拱月似的。

这么多随行的人，肖洱只认识程阳一个。噢不，聂铠身边那个拿着他外套的小姑娘，她也见过。

那是他的新女朋友，陶婉。

三个月没见，聂铠换了个发型。紧跟时尚，头发喷了定型梳上去，露出额头来。

发色倒没变，还是栗色。这颜色很适合他，令他看上去神采奕奕，在人群中都能发光。

他跟记忆里那个窝在301，埋头在一大堆试卷中的少年早就不是一个人了。

肖洱却还是肖洱，沉默地立在一旁时，存在感几无。

聂铠看见她了，眼神淡漠，从她头顶上掠过去。

程阳多看了她一眼，终究也没停顿半分。

在他们这些人将要从肖洱身边走过去的时候，杨成恭端着满满当当的两个餐盘回来了。

他挺高兴，说："小洱，今天有你很喜欢的山药。"

话音刚落，就看见聂铠阴沉沉的目光。

杨成恭安静下来，架空聂铠的强烈存在感，往肖洱身边走。

"等会儿。"

聂铠长臂一伸，把杨成恭拦下了。

他这么一停，身边跟着的一伙人都停了下来。

自打那一年，聂铠在天宁高中的篮球场上，拿球狠狠砸了杨成恭的那一天起，这两个人一遇上，火药味就十足得浓。

每一回，还都声势浩大。

聂铠的舌头抵在牙上，一点点地磨动，目光在杨成恭和肖洱脸上打了几个转，才嗤笑道："你们到底还是苟且到一块去了啊？"

这种人，不能同他闹。杨成恭吃过一次亏，深知和聂铠较真下去，只会落得一个狼狈收场的结局。

他不动怒，把餐盘就近放下。

"聂铠，君子动口不动手。我知道你不是君子，但不巧，我是。所以，不奉陪了。"他礼貌地抬一抬手，做出一个退让的姿势，随后来到肖洱身边，"我们走吧，今天去外面吃。"

肖洱点头，跟着杨成恭往外走。

"站住！"

聂铠断喝一声，脸色难看极了。

这一声没惊着别人，吓了陶婉一跳。她没见过聂铠这么凶狠的模样。

"小铠……你别这样，我有点怕。"她拉拉他的衣袖，小声说。

聂铠没听见似的，盯着那一男一女的背影，重复道："我说站住。"

杨成恭回头来："聂铠你究竟……"

"我跟你说话了吗？爱滚滚。"聂铠伸手指着肖洱，"我说的是你。"

肖洱并不意外，她对杨成恭笑笑："你先去外面等我。"

那笑容，落在聂铠眼里，刺目而扎眼。

说不清原因，但这笑令他不爽，非常不爽。

杨成恭出去了。

肖洱："你……"

刚说一个字，她就被聂铠整人个拖了过去。

不只是拖到身边，而是当着全食堂数百个学生的面，聂铠一路将她拖到食堂侧门外的走廊去了。

陶婉莫名，想跟过去却被程阳拦住了。

陶婉眼圈发红："她是谁？"

程阳扯一边嘴唇："嫂子，我不信你没在BBS上搜过聂铠，那个人，你肯定知道。"

陶婉噤声。

是，她知道。那个人是肖洱，聂铠放言说恨不得生吞活剥的人。

可是为什么，她心里这么不安定。

"嫂子，别瞎担心。"程阳淡声说，"他们过去有再多瓜葛，现在、以后，也不会有了。"

陶婉担心的不是这个。

只是在看见肖洱真人的时候，看见她的模样，陶婉隐约觉得自己和她，哪里很像。

这种情节，书里可太多了。

难忘旧人，不能相守，就找一个形似或者神似的，来代替。

念头一旦成型，就在心里疯狂地生长起来。

陶婉越琢磨，越觉得不对劲。她何德何能，能被那么多人众星拱月般捧着的聂铠看上。

最初的时候，聂铠对她突如其来的关注，也显得格外可疑。

假如是真的呢，他真的只是因为自己和那个女生很像，自己能承受吗？

陶婉明确地知道，自己不能。


肖洱一只胳膊被聂铠攥着，另一只手防备地横在肚子上。

聂铠直把她拽到没人的地方才松开手。

"肖洱，我就说一次，你给我听好。"他气息不稳，指着她，语气冰冷，"你不许再跟他见面。"

肖洱似乎愣了愣。出乎聂铠意料的是，她唇角又溢出一个笑，语气竟然轻松起来。

"好，我答应你。"

聂铠刚刚是气疯了，如今回味了片刻，明白过来："你不会是以为我吃醋了吧？"

肖洱不语，似乎是默认。

"你休想。"聂铠冷哼，"我就是看不惯你们俩搁我眼皮子底下，狼、狈、为、奸。肖洱，我明白跟你说，我这人心眼屁大一点，你们害了我妈，我就见不得你们任何一个人好过。"

听见他提起白雅洁，肖洱不再笑了。她不笑的时候，有一种天然清冷的虚弱感。

他过去，就是迷惑在这种虚弱感带来的保护欲里。

聂铠深吸一口气，不去看她，说："你要是再和他在一起，你就等着他进医院躺着吧。"

"我没跟他在一起。"肖洱说，"往后也不会。你连我们走在一起都见不得，我就不和他走在一起。"

"我凭什么相信你？"

肖洱说："杨成恭只交换一学年，下学期我会办理休学。"

为什么要办理休学？

聂铠没料到她会这么说，张了张口，最后也没有问。他只哼一声，转身回食堂去了。

肖洱注视着他的背影，直到看不见了，才从侧门离开。

杨成恭没等到肖洱，给她打了电话。

"肖洱？"

"聂铠不希望我们在一起，以后你别再来找我了。"

"肖洱！你为什么要任他摆布？你是自由的，你不要把自己放在这么卑微的地位上去，你该为自己谋划未来，如果你永远被他牵制，那你还怎么活下去？"

杨成恭一听，急了。他不能眼睁睁看着自己几个月的努力就这么白费了，肖洱才刚刚变得开朗一些，怎么就又碰上那个妖孽！

"我不是自由的。"肖洱打断他的话，说，"早就不是了。"

"肖洱，你听我说……"

肖洱抬手挂了电话。

她缓步往宿舍楼走。

肖洱神情严肃，她在思考。其实杨成恭有一句话说得不错，她该为自己谋划。

已经快三个月了，再有些日子，肚子显出来，她就不能再在学校待下去了。

事实上，自从两个月前，她确定自己怀孕了以后，就做好了下学期瞒着家里人办理休学手续的打算。

肖洱没跟任何人说过自己的打算，她知道不管自己告诉谁，只会换来一句——你这个疯子。

可她非常清醒。她甚至想过，等到生下孩子以后，就回去和沈珺如、肖长业摊牌。

她不会告诉他们孩子的父亲是谁。

可能沈珺如会暴怒，会因为耻辱而举家搬迁。但没关系，时间长了就好了。真的不行，她就带着孩子搬出去住。

这孩子的到来，像是天意，肖洱相信冥冥中的指引自有安排。

何况，没有人会放弃生的希望，不是吗？

肖洱走着，突然停下来。

有一个人，有一个人不会认为她疯了，他应该会帮自己。

她需要人帮助。头几个月，或许她还能自己料理，可临近妊娠，会出现意想不到的变故。

如果身边没有值得信赖的人，会很危险。

这么想着，肖洱摸出手机来，调出通讯录。

手指轻划，最后停在王雨寒的名字上。


下午，陶婉一个人坐在图书馆复习。

聂铠今天在酒吧驻唱，而她还要写两人份的作业，没空去酒吧陪他。

微积分课本上密密麻麻的方程和公式，直扰得她头昏眼花。

陶婉长吁一口气，索性放下手里的笔，走到窗边放松眼睛。

聂铠和肖洱，究竟是什么关系？真的是如帖子上说的那样吗？

她觉得不像，聂铠处理起异性关系来得心应手，不像是会为了一个女孩子耿耿于怀很久的人。程阳一定知道真相，可是他那个人太精明，不愿意说的话，自己无论如何也不可能从他嘴里套出话来。

好烦啊，也不能直接去问聂铠。他脾气不好，贸贸然去问，他生气了该怎么办呢。

要不，直接去问那个姑娘？她会说吗？

不问问怎么知道呢。

陶婉起了心思，就很难再压下去。

没过几天，她就辗转找到了肖洱的同学，要来了她的微信号。

陶婉输入手机，却意外地发现，自己曾经加过这个人。

怎么会？！

陶婉盯着那个实诚的网名"14级临床"，很久很久，才醒悟过来——这就是当初那个卖给自己陈奕迅演唱会门票的"红娘"学姐。

陶婉被这个事实震得半晌没有缓过神。

怎么回事，难道是巧合吗？

就是再笨，陶婉也不会相信有这样的巧合。

她为什么要把票卖给自己？她怎么知道自己会送礼物给聂铠？她还知道多少？

那一整个下午加晚上，陶婉都处于神思游离的状态。

图书馆快要闭馆前，她终于拿了主意。

在自己反悔以前，她飞快地打开对话框，输入一段话以后，立刻点击发送，并且把手机丢回书包里以保证自己不会点击撤回。

"肖洱学姐，我是陶婉。我想你一定已经知道我了，有些事情我想跟你聊一聊，约个时间吧。"

陶婉从图书馆一路小跑出来，一口气跑回宿舍。站在宿舍门口，她气喘吁吁，才伸手去摸手机。

肖洱回复了，内容简单明了。

"25号，晚会结束后，大学生活动中心三楼休息区。"

她答应了。

陶婉紧盯着肖洱的回应，脑中千回百转满是纷乱的思绪。

肖洱收到陶婉微信的时候，人在301。

王雨寒也在。

本来为了补充必需的营养，她最近几个月偶尔会自己去超市选购食材，然后去301做饭吃。

很多孕期使用的物品不能出现在宿舍，她不厌其烦地一遍一遍往301跑。

有聂铠当初给她的自行车，反正也方便。

而王雨寒则是在那日接到肖洱电话后，不远千里从北京跑来看她的。

他此时正坐在客厅沙发上，神色复杂地看着正捧着一盘水果吃的肖洱。

他说："表姐，你比我想象得还要偏执。"

"你阻止不了我。"

"我知道，我也不打算阻止你。"他表明态度，"这么说吧。我理解你，可我不赞成你的做法。"

肖洱不作声。

王雨寒嗓子有点发痒，想掏烟出来抽。肖洱意识到他的小动作，用警告的眼神制止了他的下一步行动。

王雨寒举手投降："我不抽。"

肖洱说："这几个月我还能应付。寒假时间短，衣服穿得多，我注意一些，也不会被发现。"又说，"但是到了下个学期，我必须要办理休学。"

"表姐，生之前，我相信以你的心智，兜牢了没什么问题。关键是，生下来之后呢？孩子要上户口吧，没有准生证，怎么办？"

"我会跟他们摊牌。"肖洱平静地说，"你知道的，未婚妈妈，也不是不能开具证明给孩子落户。"

王雨寒说："舅妈可能会被你气死。"

肖洱淡声说："她最好有那么脆弱。"

王雨寒沉默半晌，又问："你有没有想过，万一这孩子生下来，有一天被聂铠知道了，他是什么想法？"

肖洱平静地说："他不会知道。"

王雨寒挑眉："别，别立这种flag，这天底下最难说清的就是血脉相连。何况，你根本拒绝不了聂铠的靠近。"

"那好，退一万步说，他知道了。"肖洱说，"以他对我的态度，你以为他会认吗？"

"啧啧啧，表姐。"王雨寒摇摇手指，"你或许了解聂铠，或许擅长琢磨人心，但这件事你一定说错了。"

肖洱安静地看着他，最后轻叹口气："好吧。我承认，这件事结果如何我没有把握。可没有把握，我也是要这么做的。这个孩子我要留下来，这是我的第一个孩子，当然，也会是最后一个。"

王雨寒看得出她眼里的不顾一切。

她不像是个不计后果做出决定的人，但如今她偏执至此。

可能连她自己都没有意识到，对聂铠多年来复杂的情感，一旦与爱掺和到一处去，就变得一发而不可收。

她看起来不像是一个喜欢拖欠别人的姑娘，连寻常人都不愿意拖欠，何况是她的爱人。

"话都到这一步了，我还有不帮你的理由吗？"王雨寒苦笑，说，"表姐，我其实有点担心你。你老实告诉我，当初事情刚刚发生的时候，你有没有寻过短见？"

肖洱微微吸气，她在一瞬间，就想到医院的那个飘窗，想到聂铠遥迢的笑颜。

"知道了。"不等她回答，王雨寒就低声道，"要不是聂铠，你活不到今天吧。"

"嗯。"

他似有些失神，不知想了些什么，才站起来说："我会帮你，但你要答应我，不管发生什么事，不要放弃活着。"

肖洱说："谢谢。"

她的手搁在小腹上，脸颊上浮现出难以掩饰的轻软笑意。

"我自然会好好活着。"

"孩子生下来以后，我建议先放在我这边。你和舅舅舅妈沟通的时候，为防止误伤，最好别带着那孩子回去。"

肖洱想问，沈珺如难道还会一气之下对自己的孩子做什么吗？

可她看着王雨寒严肃的表情，竟然问不出口了，只轻声答："好。"

沉重的话题过去，肖洱偏头看他："他出生以后，你就是他的舅舅。给他起个名字吧。"

王雨寒瞥她一眼，没好气道："我起名很随便的。"

"没关系，随便一点好养活。"

"他大概六七月份出生吧？"

"嗯。"

"那就叫'夏生'。"

"……"

"我都说了，我起名很随便的。"

肖洱轻笑，眉眼温柔："聂夏生，挺好的。"

还真是一孕傻三年啊。

王雨寒深呼吸了几次，仍觉得胸口烦闷，只好丢下句话："我出去抽两支烟再回来。"

就推门出去了。

王雨寒24号那天走，肖洱送他上了机场大巴。

"表姐，寒假见！"

和肖洱约好寒假见的王雨寒只以为往后有一场旷日持久的硬仗要打，却没有料到，事情很快就面临难以捉摸的转折。

状况急转而下，而他一直以来的担忧，差一点就成了现实。


12月25日，圣诞。

遇见聂铠后，肖洱记得生命中的每一个圣诞。

今年的这个，她同样永生难忘。

今年的雪来得很早，初雪早早就在12月初降临南京。从平安夜那日开始，更是下起了一场多年不遇的鹅毛大雪。

一夜之间，学校的花草树木、高楼建筑，都披裹上皑皑银装。最厚的地方，白雪能没过脚踝。

江南城市，很少能见到这么大的雪。南方的同学纷纷表示很兴奋，在操场上打雪仗堆雪人的不计其数，北方来的同学表示excuse me？这样的小雪花也能引起群情激奋？

无论如何，因为这场雪，圣诞的气氛被渲染到了极致。

在大学生活动中心布置联谊会会场的各院学生会成员忙活得格外有干劲。

肖洱去的时候，电梯已经人满为患。她转道走楼梯，还没进去，就看见几个小干事吵吵闹闹地挤在那处。

"要死啦要死啦，这可是重要道具！"

"还不是怪你，走路不看路。"

"别骂我了，快捡吧！"

肖洱叹口气，只好重新去电梯外排队等候。

这一年的圣诞联谊会比往年热闹太多，聂铠要来唱歌的消息放出去以后，平时白送都没人要的入场邀请券，在短短几天内被洗劫一空。

贴吧上出了直播帖提前盖楼，会场内微信墙上不断刷屏，主人公都是聂铠。

聂铠平日里出手大方，人缘也好，一起喝酒打球唱歌的狐朋狗友更是多。于是，到了这种场合，好事的兄弟们闹闹哄哄跑来撑场子了。

汪玉东是人来疯重症患者，在人家布置会场的时候就率领兄弟们扛着LED灯牌过来了。

肖洱刚好也在。

灯牌相当扎眼，没通电之前看不见上面的字。

等电梯的时候，肖洱听见几个外院的女孩子凑到汪玉东边上问："东哥，阵仗挺大啊？"

汪玉东自豪地拍拍灯牌："晓得不，我们铠哥进入全国歌唱选秀比赛，到时候我就是后援军团团长，要把这个扛到现场去。现在拉过来，试试看效果，也让你们先展一眼。"

"这上面写的啥？"

"听好了。"汪玉东眼睛放光，微微昂头蓄势，随后气沉丹田，抑扬顿挫地念出来，"聂铠聂铠，一生挚爱！'撒浪嘿哟'！"

肖洱微微抿唇，不意外地听见周围一片"噗噗"的吐血声。

"什么鬼……东哥你这样真的OK？"

"你不懂。"汪玉东说，"我这个'撒浪嘿哟'是韩文，到时候是用韩语打出来的。这样也能促进国际交流啊，哈哈哈。"

又是一阵"噗噗"声。

肖洱低头轻笑。聂铠身边总有这类活宝，能免他孤独寂寞。

这样很好，起码他喝酒的时候有人陪，他唱歌的时候有人鼓掌。

联谊会在晚上7点正式拉开序幕。

这场联谊的策划做得很棒，语言类节目也都活色生香。

文新院的恶搞类小品《再见一帘幽梦》更是花了大心思，道具一上场，演员话还没说，就迎来一阵掌声鼓励。

"哇，真是一帘幽梦啊。"聂西西一脸惊呆的表情，拍着手说，"这么大一张珠帘串起来，得要多长时间啊。"

苏曼说："我之前来的时候，他们还在后台赶工呢，因为她们院一个小干事把几条珠帘弄洒了。你是没看见，那一帮人在楼梯间趴着捡珠子的场面。"

苏曼要唱歌，是本场最后一个节目。她正在补妆，也不忘了插话。

过了一会儿，苏曼补好了妆，坐到肖洱身边来，她有点紧张，说："我的节目就在聂铠后面，肖洱，我想早点上去跟他合唱一曲，你说这个想法是不是有点大胆？你从前不是聂铠的同学吗？以你对聂铠的了解，他会不会不答应啊？"

肖洱说："不会。"

可苏曼不这么想，她忐忑极了："可人家女朋友还在下面坐着呢，是不是不好啊？万一他拒绝我，我会尴尬死的。"

肖洱浅笑："苏曼，机会不是什么时候都有的，你不把握好，就会失去。失去了，你再后悔也无济于事。"

苏曼表情纠结，连小品也没看，一直在座位上扭着身子，把身边一圈人的意见都征集了个遍。

所有人都支持她，可她还是不安。

"你们啊，站着说话不腰疼。"苏曼小声说，"他唱歌那么好，我一定会紧张的，啊啊啊，算了算了。"

"你是不是傻呀，聂铠是什么人谁都清楚。他这条件，未来可是要做大明星的。"聂西西说，"你快去，我们给你拍照。万一以后聂铠火了，见一面都难，你这照片不知道有多稀罕！"

苏曼心动了，但还是要拖着人陪自己。她看向最靠谱稳重的肖洱，无辜地眨眼："小洱，好班长，你陪陪我嘛。"

肖洱答应了。

苏曼放心不少，暗自想，肖洱看似冷漠，其实很少拒绝别人的求助。不管是期末考前问她借笔记复印，还是平时借个生活用品，她都不会说"不"。

而且她一点也不斤斤计较。

上回苏曼用了聂西西的粉饼忘了把粉扑清洗干净，都被念叨了几句。

可苏曼上回见聂西西用肖洱的粉底液，当成自己的似的用了大半瓶。她多问了几句，聂西西却振振有词说反正小洱也不用，化妆品开封一年内不用完对皮肤不好的。

肖洱就在一边，也没半点在意的样子。

苏曼漫无边际地想，肖洱这种性子，谈起恋爱，会是什么样的呢？

帖子上说，她跟聂铠……苏曼甩甩头，想什么呢？

快到10点，聂铠的压轴节目才终于登台亮相。

肖洱在后台陪着苏曼，聂铠正在台上唱歌。

《假如爱有天意》，李健的歌。

他在公共场合很少唱李健的歌，甚至连纯正的民谣曲风的歌也很少唱。尽管他曾经说过，他最喜欢的就是李健。

苏曼和其他工作人员、表演人员都堵在通往舞台的过道里，抻着头看聂铠。

肖洱离得远，隔着人群，遥遥地望着他，目光温柔缱绻。

她的手轻轻搁在小腹上。怀孕三个月，胎儿已经初具人形。

肖洱想起她在书上看见的图片，宝宝的眼睛、手指、脚趾，在这个时候已经清晰可辨，一部分骨骼开始变得坚硬，显出关节的雏形来。

这个宝宝很乖。肖洱原本还担心最初几个月会有孕吐等不适症状，可是没有。

相反的，她食欲不减反增，睡眠质量极好。

他熨帖地陪伴着肖洱，令她安心。

林姐信佛，以前在闲聊的时候她说到过，怀孕时不闹腾的孩子跟母亲有上一世的缘，是投胎来报恩的。

报恩吗？

看来她上一世，是个积德行善的好人啊。

肖洱失神地想。

不知道到了下辈子，她和聂铠，又会以什么面目出现。

聂铠的后援团声势惊人，一曲罢了，外头轰然响起一阵能掀翻屋顶的叫好声。

苏曼鼓足勇气冲上舞台。

这时候，肖洱的手机发出响声。

陶婉发来了微信。

"学姐，我在三楼等你。"


那晚，肖洱没有看最后一个节目就上了三楼。三楼几乎没有人，安静，适合聊天。

她和陶婉聊了很久。

肖洱倾诉欲不强烈，全程几乎都是陶婉在说。

她有些激动，说话的逻辑感不强，肖洱听了很久才慢慢理出她话里的中心思想——她想说，自己是独一无二的。

陶婉列举了很多事例，来阐述自己和那些追求聂铠的女生非常不同，表达聂铠对自己的好是因为她很特殊。

可肖洱一眼就看出她的心虚。尽管如此，她仍然不打扰陶婉的自说自话。

只是在手表指针指到10点20分的时候，肖洱好言提醒："联谊会应该已经结束了。宿舍10点半门禁，你最好加快一下速度，或者，直接说重点。"

陶婉一愣，惊觉自己刚才噼里啪啦说的那一大通，根本对肖洱毫无影响。她咬着牙，说："你为什么要把演唱会门票卖给我？"

肖洱说："不是给你，是给聂铠。"

"我是说！你怎么知道我会把这个当作礼物送给他？"陶婉有一点失控。

肖洱陈述："我上了人人，看到你的主页分享，找到你最常浏览的校园BBS版块，发现你在BBS的头像和人人一样。点进去以后，看到你开了帖子问怎么挑选合适的生日礼物。就申请了小号留言，透露给你他喜欢Eason，以及Eason要来南京开演唱会。"

陶婉不可置信地看着肖洱："可、可为什么是我？"

"那天你投篮没有投进去，一个三不沾。"肖洱淡声说。

陶婉心里一颤，追问："这两者有什么关系？"

你会去投篮，说明你对聂铠不是没起心思啊，傻姑娘。肖洱说："你看起来像是循规蹈矩、眼高于顶的乖女孩，可你甘心与那些小女生一起做这种尝试，还不够说明问题吗？"

陶婉愣愣地看着肖洱，半晌才冒出一句："你好可怕。"

肖洱笑笑："所以啊，一定不要像我这样。"

陶婉咬咬嘴唇："我为什么来找你，其实你也能猜到吧，那你为什么还要听我说那些话？"

"本来不清楚，但你说完那些以后，猜了个大概。"

"你说说看。"

肖洱抬眼看看手表："姑娘，你是真的不打算回宿舍吗？活动中心一会儿都要关门了。"

陶婉执意拦在她跟前，眼圈微红："我可以翻窗户进去，你告诉我。"

肖洱听见"翻窗户"三个字，一时有些发怔，隔了会儿，喃喃："其实我们有些地方还真的挺像。"

一语中的。

陶婉抬手捂住嘴，哽咽声立刻溢出来，连话都不知道要怎么说了。

肖洱听见她哭，微微蹙眉，说："你陪在他身边，不能这么软弱。"

陶婉蒙蒙地望着她。这话，她听程阳说过。

那时候她吃醋，见不得聂铠在酒吧和另一个女孩子玩大冒险输了喝交杯酒，当着他那帮兄弟狠狠哭了一鼻子。

聂铠没去安慰她，甚至表情不是很好看。

后来，程阳就这么对她说。

"我不明白。"陶婉止不住眼泪，低声啜泣，"如果真是这样，为什么聂铠不直接跟你在一起呢？你真的劈腿了吗？你不喜欢他了吗？可你明明还千方百计给他送生日礼物。"

她很伤心。人生的第一次爱恋，却落得这么一个下场，陶婉觉得再没有比她更悲哀的人了。

肖洱从口袋里取出纸巾递过去，她平静地说："他是我第一个爱上的人，也是最后一个。"

"可你们为什么不在一起？如果他都能找一个我来做替代品，为什么不和你在一起？！"陶婉很崩溃，哭花了妆，脸蛋上有黑色的痕迹。

她似乎想起什么，突然说："肖洱……你是不是就是小耳朵？"

肖洱微怔，可陶婉已经有了答案。

怪不得聂铠对她的耳朵情有独钟，不让她戴耳钉耳环。他不常亲她，但常常摩挲她的耳朵。陶婉悲凉而心痛，声音嘶哑："原来是因为你啊……"

可姑娘到底心地善良，哭了好一通，竟然开口说："你们是不是有什么误会？肖洱学姐，我把聂铠还给你吧。有什么误会，我帮你们解开……呜呜呜……"

看戏的时候，最受不了男女主角因为误会分离，却还彼此相爱。陶婉不希望自己眼睁睁看着这种事发生，尽管，自己已经觉得心疼得快要死掉了。

姑娘觉得，自己大概尝够了爱情的酸甜苦辣，心悸、心动、心痛。

往后，她再也不敢随便爱一个人，就这么主动了。

不，还是不像啊。肖洱打量她，淡淡地笑，又抬手帮陶婉擦眼泪，轻声说："如果我是你，就不会这么做。"

陶婉似懂非懂。

肖洱说："很喜欢他吧？"

她顿了顿，又要哭了，狠狠地点头："喜欢……"

肖洱说："你不该担心我的存在。既然我能够被人替代，这说明……"停顿片刻，她继续说道，"说明我不够重要。如果我是你，明确地知道自己喜欢他，就会拼尽全力，把自己变成无可替代。"

她说的似乎有道理，陶婉迷茫地望着肖洱。

肖洱见她这表情，说："还是舍不得离开聂铠吧？"

陶婉被说中心事，哑口无言。

"舍不得，就不舍。"肖洱淡声说，"别留遗憾。"

其他的，她不再说了。

可陶婉分明还想知道肖洱和聂铠之间的往事。只是，她话还没说出来，手机就响了，是聂铠打来的。

陶婉看了肖洱一眼，接起电话。

"喂，聂铠……"她鼻音很重，糯糯地开口。

"你哭什么？"

陶婉被聂铠问得一蒙，不知道该不该说自己和肖洱在一起。

"算了，你现在在哪儿，我怎么没看见你？"

聂铠以为陶婉又吃醋了，因为晚上他接受了苏曼提出的合唱建议，两人唱了一支情歌。

"我还在活动中心呢。"

"还在？那里已经没人了，我们最后走的，管理员已经要关灯锁门了。"

什么？陶婉急了，连忙说："我、我去厕所了。"

"你快点出来，别被锁在里头了。我们在足球场这里。"

"嗯，好……"

像是响应聂铠的话，陶婉这边刚挂断电话，顶上的大灯一下子灭了。

整栋楼陷入一片黑暗中。

"唉唉唉！师傅！这里还有人！"陶婉扯着嗓子喊了一声。

没有人应答。活动中心太大，三楼本来就很少有人，更何况今天二楼有活动，所有人都集中在二楼。管理员排查过后，就没有再上楼去看。

"别喊了，快一点下楼。"肖洱比她冷静，立刻说。

陶婉急忙去按电梯，可电梯现在仍停在一楼。

"走楼梯，电梯太慢了。"肖洱说着，打开手机的手电筒，"楼梯间有应急灯。"

陶婉以前听说过有人被锁在活动中心，很担心自己跟肖洱今晚被困在这里出不去了。

这么冷的天，万一真被困在里面，冻也要冻死了。

她跟在肖洱身后，步伐急促，借着楼梯间不算亮的灯光和肖洱的手电筒光，飞快往楼下走。

快到一楼了，陶婉隐约听见活动中心大门合上的声音。

"唉！还有人，师傅！"

她急促地喊道，没料到脚下突然一硌，似乎是踩上了什么东西。

那是坚硬却圆润的，一颗珠子。

"啊！"

陶婉只来得及发出一声惨叫，整个人就向后仰倒了。

她凭借本能，手忙脚乱地要扒住扶手。可是光线昏暗，她一把捞了个空，整个人向楼梯下栽去！

肖洱听见身后的声音，未来得及做出反应，只觉得背心被什么狠狠撞上。

整个过程不超过一秒钟。

天旋地转，手机在空中抛出一道弧线，连带着手机发出的光也在半空中划出一个光亮的不规则图形。

然后，整个世界都失去了声音。

那晚的雪很大。

后来肖洱再回忆起这一夜，就只记得满天飞舞的雪花。洁白轻盈，所以更衬得天空漆黑沉重。

天地空洞，无我无他，肖洱仿佛陷入一场再也无法醒转的梦魇。

她丢了自己，丢了一切。

甚至在事发以后，很久很久，都不知道这些事是怎么发生的。

如果非要追究原因，可能不得不提及那部名为《再见一帘幽梦》的小品，也不得不提及肖洱在楼梯间撞上的那些莽莽撞撞的小干事。

他们将道具用的珠帘洒落，却遗漏了一颗串珠没有捡起。

而陶婉踩了上去。

于是，她和肖洱一起从楼梯上摔了下去。

灾难在最初的时候，就已经现出端倪。可它善于蛰伏，像最狡猾的野兽，躲在暗处，看准时机才会扑腾而出。

一击即中。

巨大的声响吸引了正在锁门的管理员，他循声赶来。

陶婉差不多整个人压在肖洱身上，她挣扎着爬起来。除了脚踝有些痛感，身上其他地方竟然没有什么特别不适。

可是肖洱……

"肖洱学姐！"她连忙去扶肖洱。

肖洱没有失去意识，相反的，身体的疼痛令她清醒万分。她慢慢站起身子，咬紧牙关，可连牙床都在发颤似的。

"你伤到哪里了？要不要去医院？"陶婉慌忙掏手机，说，"我打120！"

这时候管理员打开了灯，匆忙跑了过来。

"怎么还有人啊？快点快点，有事没有啊，我要关门了！"

灯光骤亮，陶婉看见肖洱面色苍白地蜷缩着，手紧紧压在肚子上。肖洱穿了很多衣服，陶婉看不出来明显的伤势，这让她更加担心："你、你别吓我啊。"

"我没什么事，没伤到骨头。你先走吧……"豆大的汗珠从肖洱的额角滚落，她说，"聂铠在外面等你。"

"真的没有事吗？可你的脸色看起来很吓人。"陶婉自己确实没受什么伤，也不好判断肖洱的情况，只是担忧地问。

肖洱摇头："你不想让聂铠知道你和我见面了吧？"

陶婉沉默。

"那就走吧，我有事会自己去医院看。"她说，"好歹，我也是学临床医学的。"

肖洱这么说，陶婉只好作罢。

她再三确认，问她是否真的没事，肖洱也只是摆摆手。于是，把肖洱扶出活动中心之后，陶婉就一步三回头地离开了。

陶婉消失在视线里后，肖洱捂着腹部，慢慢往校门外移动。

谢天谢地，活动中心距离学校校门不算太远。

夜晚11点，她站在风雪里，在马路边打车。

雪花飘洒，落在肖洱的脸上，竟然分辨不出。

她的面色愈加苍白了。

不知过了多久，肖洱几乎快要一头栽倒在雪地里时，才终于有一辆空车经过。

她艰难地挪过去，坐进车里，费了九牛二虎之力，开口说："去安宁诊所。"

安宁诊所是附近的一家私人诊所，24小时都有医生值班，不需要挂急诊就能立刻得到治疗。

肖洱最初进行产检就是选择这里。

她认识这家诊所里的一位医生，叫谭君，那是她的某一届直系学姐，主攻妇产科。毕业后和丈夫一起开了这间诊所。

因此，肖洱来这里进行某些检查不需要出示太详细的证明。

肖洱是通过林姐认识的她，两人在微信上聊过病理，彼此都很尊敬对方。甚至肖洱后来告诉她自己要去进行产检，她也没有流露出半点异样的神色。

坐在车后座上，肖洱一语不发，颤抖着伸手去摸裤管根部。

她穿着一条深黑色长裤，里面还有一层羊毛裤。可是现在，一路走过来，两层裤子都被黏稠的液体浸透了。

肖洱深吸了一口气，在眼前慢慢展开手掌。

一片猩红。

她明明没有晕血症，可看见手上的血，仍觉得头晕目眩。

安宁诊所今夜的值班医生是一个年轻的实习生，肖洱认得她，叫苏瑜。上回产检的时候，谭君给自己介绍过她。

苏瑜看见肖洱捂着下腹推门走进来，连忙迎了上去："肖洱！你怎么这时候来了？"

"谭君姐呢？"

"她和姐夫去过圣诞节了……"

肖洱的腿直发软，两眼一黑，终于再也站不住，一下子瘫倒在地。

她拉着苏瑜的手，强撑着最后一点神智，一字一顿地说："跌落楼梯，多处外伤，出血量大。疑似先兆流产或不完全流产。"

说完这些，她才合上眼，身子软绵绵地倒了下去。

肖洱到诊所时，子宫出血已经在200毫升以上。心动过缓，血压下降，发生昏厥和抽搐。

　　苏瑜没有自己一个人处理过这种情况，在巨大的压力之下，她强迫自己镇定。

　　她先给谭君打了一通电话，然后立刻将肖洱抱进里屋，准备手术。

　　谭君离得不远，很快就赶了过来。

　　部分胚胎已排出体外，肖洱身下鲜血淋漓。

　　谭君神情冷峻，迅速换衣服做前期准备进入手术室。

　　她们诊所常常接待年轻的女孩子，谭君一个月有时候能排到近一百例人流手术，她非常熟练。

　　谭君很快就结束了一切。

　　托盘上摆着从肖洱身体里取出的死胎。只一点点，初具人形的死胎。

　　谭君给肖洱打了点滴，简单处理了她胳膊和腿上的外伤，送进病房里去了。她的手插在外褂口袋里，默默望着病床上肖洱毫无血色的脸。

　　她这么谨慎的人，怎么会从楼梯上跌下来？

　　谭君对肖洱印象很深。她常与人打交道，从没见过这么好看的眼睛。这姑娘情绪很不丰富，可一双眸子出奇的亮，喜怒哀乐不露在面上，写在眼里。

　　谭君想起肖洱第一次过来做产检的时候，她眼里涌动的星星点点的喜悦。

　　可现在，孩子没了。她应该会很伤心，可能，再也看不到那样喜悦的神情了。

　　谭君静静地站了一会儿，才推门出去。

　　第二天，肖洱醒得很早。

　　自打醒来，她就直勾勾地盯着天花板。

　　苏瑜进病房看了好几次，也试图跟她搭话，可是肖洱没听见似的，没一点反应。

"怪吓人的。"苏瑜在谭君跟前嘀咕。

谭君正在翻阅病例，听她这么说，叹了口气，起身去了病房。

肖洱仍是那个样子躺着，双目无神，脸色灰败，像一具空壳子。

"还疼吗？"谭君走过去问她。

没有反应。

谭君拿出手机："昨天那个胚胎，我照下来了。我想你会想看一眼。"

肖洱的眼珠动了动，她轻轻偏头，看向谭君。

谭君把手机递过去，她以为肖洱看到那个死胎会哭。哭出来，她会好受很多，谭君原本是这么打算的。

可是没有。

肖洱捏着手机的指节发出诡异的响声，她喉头微动，嘴巴张合，声音喑哑难辨。

可意外地，谭君竟然听出她说了什么。

她说的是："现世报应。"

现世报应，一命抵一命。

肖洱只住了一天的院就要离开。

谭君本就不是八卦之人，只要不危及性命，去留随意。

她按常规嘱咐肖洱："忌食生冷辛辣，忌饮酒，增加营养。一个月内不要同房。注意下体清洁，可淋浴。适当保暖，十天后来复诊。"

可她好像也没听进去，说了一句"诊金我回去后打给你"，就要离开。

谭君忍了又忍，终究多了句嘴："没有人来接你？你这裤子，能走吗？"

血迹干涸在裤子上，虽从外边看不出来，但穿着到底不舒服。

肖洱摇头，声音微弱："没关系……"

"我送你。"

谭君起身拿了车钥匙，不由分说道。

肖洱沉默了一会儿，接受了她的好意。肖洱让谭君把自己送回了301。

谭君没想到肖洱一个大二学生，竟然自己在外面还租了房子。诧异归诧异，终究什么也没有问，只是在离开前，又重复了一遍医嘱。

肖洱送走谭君，慢慢脱掉身上全部的衣服。她赤着身子走进浴室里，打开花洒，任水流自头顶流下。

昨晚她摔下去的时候，身上受了不少伤，有淤青肿大、挫伤擦伤。水流划过，痛得身体微微战栗。

肖洱从浴室出来后，一头栽进卧室的床上。

一觉睡到27号下午。

可能是发烧了，肖洱一直觉得口渴。可她不愿醒来。

她做了一个很奇怪的梦。

梦到一座巨大的水晶宫殿，四周皆泛着莹白的光彩，还有流动的水泽。她在宫殿内，外头有五彩缤纷种类繁多的生物：珊瑚丛、海葵、各种鱼儿……只是宫殿的形状古怪，上下一样宽，看不出结构。

她在原地留下记号，就沿着墙壁一直走一直走，走得快要累了，才摸到一处墙角。于是换了方向继续走，这一次没多久就又有一处墙角。

肖洱爱上这个游戏，她贴着墙一边观赏外头的鱼群，一边慢慢地前进。

两长两短，肖洱走回了原点。

她有些发怔，在脑中勾画这座宫殿的模型，长方体的水晶宫殿……在她有限的认知中，从不曾见过这样的宫殿。

这是个问题，肖洱开始深思，可越想，越觉得不对劲了。什么样的宫殿，会没有门窗、没有桌椅、没有所有应该有的东西呢？

她的背脊爬上一股凉意，突然意识到了什么。

或许，这根本就不是什么宫殿，这是沉在海底的一座水晶棺材啊。

她心里有了这个念头，立刻恐慌起来。伴随着她的恐惧，原本空荡荡的棺材里，似乎有了其他事物。她定睛看去，下一秒浑身一震，堵住了嘴巴——那是一团血红色的、初具人形的胎儿尸体。

肖洱的腿一软，跪了下去。她眼圈发红，不忍心多看一眼，只垂着头，低声呢喃：对不起，妈妈没能保护好你。

可是，耳边突然响起一个久违的声音，曾经飘荡在无尽的海面上，折磨了她无数个日夜的声音：你以为，这是你的孩子吗？

你以为死在海里的这个，是你的孩子吗？


肖洱在极端的惊惧里醒来。

瞳孔微微放大，冷汗淋漓，她仰面躺在床上，发根尽湿，止不住地喘着粗气。

她手脚冰凉，关节剧痛。大出血加上长时间的不进食、不进水，肖洱的身体如同蝉蜕一般，单薄而脆弱。

加上她浑身毫无血色，整个人像是从冰冷的深海棺材里刚刚爬上来的。

有那么一瞬间，肖洱觉得自己会死在这张床上，不管是渴死饿死还是休克而死。

可她最终还是爬了起来。

如果结局已定，肖洱希望，所有事情都能有一个妥善的收尾。

她的腿脚像是萎缩了似的，使不上力气，连走路都打飘。稍有大幅度的动作，眼前就一片漆黑。贫血带来的体虚，伤痛带来的寒战，迫使肖洱微微佝偻着腰，如同古稀老人般蹒跚地在屋子里行走。

只是去冰箱里取一瓶矿泉水，就耗去她大半体力。

她喝得很慢，每吞咽一下都要花费很大力气似的。目光也呆滞迟钝，望着虚空中的某一个点，半天也挪不开。

喝完400毫升的水，肖洱花了一个小时。

想打电话叫外卖，可是手机早就不知丢到哪里找不到了。

肖洱只好换了衣服，带上钱，下楼去买食物填肚子。

距离小区最近的是一家馄饨店。

肖洱挨到门前，居然看见了正在买馄饨的陶婉。

她买了三份，两个大份一个小份，都打包带走。

这个时候她在这里买馄饨，大概是要送去一条街外的酒吧给聂铠他们。

陶婉也看见了肖洱。她很惊讶，快步迎上来，说："学姐，我好几天没看见你，发信息也不回，我好担心你出事呢……"

肖洱说："我的手机可能丢在活动中心了。"

"你脸色太差了，是不是不舒服啊？"陶婉说，"去医院了吗？吃药了吗？"

她脸上的关心半点掺不了假。

陶婉比之自己，干净洁白得像没有被踩过脚印的雪地，她善良而温柔，即便面对一个曾认作为潜在威胁的人，也不吝惜关怀。

肖洱望着她，在心里说，她总有一天，会变成聂铠的不可取代。

自己呢，差一点又要成为破坏一切的元凶。

若真的生下孩子，如王雨寒所说，在未来的某一天被聂铠知道了，那他身边的姑娘到那时又该如何自处？

肖洱，你就承认吧，你自私得近乎残忍。

孩子没了，对所有人都是一桩好事啊。

他的存在，本身就是罪恶，除了你，没有人会盼望这个孩子活下来。

陶婉觉得眼前的肖洱和那天与自己在三楼交谈的学姐，几乎是两个完全不同的人。她形容不好那种感觉，只是潜意识里觉得，现在的肖洱，看起来不太好。

陶婉还想说什么，聂铠打来了电话。

"喂，小铠。"

"你在哪儿？"

"你唱完了？汪玉东刚刚让我出来买几份馄饨，我一会儿就回去啦。"

"告诉过你多少次，别让他们瞎支使你。"那边的少年脾气不太好，声音很大，肖洱听得一清二楚。

陶婉有一点抱歉，微微别过身子，小声说："好啦，知道了。"

可他还是很暴躁地说："你脚不是崴了吗？乱跑什么？"

"哎呀，也没什么大事。"

"行了，你在原地不要动，我去找你。"

陶婉轻吐舌头，笑容微微扬起。

肖洱静静站在一旁，她确切地感知到胸口里生生的痛意。

可因为最近这几日，身体承受的各种超越生理极限的痛苦太多，她已经很能忍了。所以，心揪成一团，脸上也不过是个麻木平静的神色。

陶婉挂上电话的时候，她和肖洱点的馄饨都快要出锅了。

她回头看着肖洱，脸上还有一点红晕，说："学姐，我想过了，既然我真的很喜欢他，就应该牢牢把握住。这样就算以后失去了，也不会觉得后悔。"

肖洱点点头，声音干涩："你想清楚就好。"

"不过，我有个不情之请……"

"你说。"

"你还是比我更了解他一些。"她轻声说，"能不能，帮帮我呢？我真的不想看见他难过，只想让他一直开开心心的。"

肖洱看见女孩子的眼底满是期许。

陶婉比自己更有资格爱他，谁都比自己有资格。肖洱在这一瞬间觉出了自己的悲哀。

她把人生过成了什么样子，才会到头来，连爱一个人的资格都没有了。

肖洱微微低头，掩去了自己唇角苦涩的笑意："好。"

说话间，聂铠就到了。

肖洱不愿这副模样见他，更不愿被他发现什么不对劲，便端着馄饨走到店里最角落的地方，背对着店门埋头吃馄饨。

"你来啦。"陶婉很默契地不拆穿肖洱，微笑着对来接自己的聂铠说，"给你买了大份的，三鲜馄饨。"

"嗯，走吧。"聂铠把钱付了，拎起三份馄饨，对陶婉说，"自己能走吗？"

陶婉吸吸鼻子，仰头软声说："那我要是说不能走，你背不背我呀？"

聂铠闻言，面上微微一僵，到底还是半蹲在了陶婉跟前："上来吧。"

肖洱安静地坐在角落里，仿佛一尊石塑的雕像，只是面前的馄饨碗里，起了涟漪。

她以为自己已经深陷在最绝望的沼泽里了。

可是还不够，老天还要让她再尝试嫉妒的滋味。

# 第十八章
山有木兮木有枝，半首越人歌

2015年的最后几天，肖洱一直待在301，直到能正常下地走路了以后才回了学校。

鉴于她经常夜不归宿，宿舍里谁也没有多问原因。

进入大二，课程比大一还要繁多，接近考试月的时候所有人都开始焦头烂额起来。

肖洱重新买了手机，暂停了去校医院实习，每天按时去图书馆复习功课。

她原本话就少，现在更是独来独往，一径沉默。

2016年1月2日，是肖洱20岁生日。

这一天，聂铠去了上海参加30强晋级赛，网络上有直播，校园论坛上有观看链接。

陶婉陪聂铠去了上海。赛后，她发微信告诉肖洱，聂铠顺利晋级了。

很快，肖洱就在朋友圈看到陶婉发的庆功宴照片。

一大桌子人，聂铠坐在主席位上，笑得玩世不恭。汪玉东在他身后举着那个夸张的灯牌，笑得后槽牙都能看见。另外几个肖洱叫不出名字来的，勾肩搭背，比着剪刀手做背景墙。

程阳没有去，可能是要备考。

肖洱从那一天起，清醒地意识到一件事——聂铠不再需要她了，不管是学习、生活，还是身心。

她迅速地瘦了下去，原本好不容易养出的一点点婴儿肥也消失无踪，又回到了不管穿多少件毛衣也看起来清瘦消减的模样。

该去复诊的那天，肖洱因为有课没有去。谭君给她打电话，可肖洱设置了静音没有接到。

她没有接到，就代表她不愿意接。

肖洱害怕回到那个地方，她把自己塑封在身躯里，无欲无求，也不再对未来抱有期许。

是被掌舵人舍弃的一条孤船，安静地漂泊在海面上。

只等一阵风，或是一阵海浪。


1月8日，周五。

肖洱选的初级篮球课今天期末考试，考女子800米、男子1000米和三步上篮。

体育课一贯都会在专业课期末考前几周开始考核，为了女生考虑，尽量让她们避开生理期。

800米在学校足球场跑，两圈。

和其他人一样，肖洱脱去厚重的外套，只穿一条厚运动裤和黑色羊毛卫衣，在草地上做热身训练。

程阳他们班也过来考800米，就在肖洱班后面不远。程阳平时基本只在体育课上才能看见肖洱，上节体育课撞上元旦小长假没上成，他已经有半个月没见到肖洱。

远远看过去，程阳微微蹙起眉头。她怎么瘦成这样了？像个小柴火棒。

热身结束，所有人都去起点排队。

体育老师脖子上挂着个塑料哨子，捏着手里的秒表，喊起来："各就各位，预备，跑！"

初篮班女生占了一大半，莺莺燕燕，像放飞的小鸟，扑腾着全冲了出去。

程阳班几个好事的男孩子在后头打赌谁跑第一。

"程阳，10块钱，赌不赌？我赌绿衣服第一，屁航赌黄衣服。"

程阳的手插在裤子口袋里，远远地看着跑道。半晌，他慢吞吞地摸出10块钱来："我赌，黑衣服那个。"

"啊？"

"我赌她，倒数第一。"

那人抬眼望去，"靠"了一声，没收程阳的钱："这人来搞笑的吧，她是在跑步还是在散步？"

散步倒不至于，可是肖洱的速度也实在是……太慢了。

程阳观察她的姿态，只觉得怪异。她似乎已经用尽全力在跑了，可是，她的身体根本跟不上她的意志。

是生了什么病吗？

肖洱一跑起来，就觉出了不对劲。

她没料到身体休养了一个多礼拜，仍旧这么扛不住。改成慢跑也没有办法不喘粗气，脚像踩在棉花上一样，虚浮不定。心脏跳动得极其剧烈，可呼吸跟不上节奏，她很快就因为缺氧而大口急促吸气。

一圈下来，她的脸色已经跟死人似的，全凭一股劲在慢慢往前挪腾。

小腹慢慢汇集起一股难言的痛意，眼前阵阵发黑，到了最后半程，肖洱调动全部的精力，也只能勉强控制自己不左脚踩右脚把自己绊倒。

她是倒数第一不说，而且落了倒数第二小半圈。甚至最后，她整个人都是歪歪扭扭地跑过来的。到了终点，她再也站不住，"扑通"一声跪在了地上。

肖洱眼冒金星，手指抠在地上的人造草皮里，额角渗出虚汗，顺着下巴滴进草地里。

刚跑完步，不该马上蹲下或者坐下，应该慢慢步行缓解。

可是没有一个人来扶肖洱，其他人三两结伴，连目光都没有投过去一秒。

程阳远远看着，眉头越皱越紧。

"该我们跑了！程阳，你到哪儿去？"

程阳一愣，反应过来的时候，发现自己竟然无意识地往肖洱的方向走了好几步。

他长长呼了口气，心里有些抓不住的烦躁，返身往起点处本班同学集合的地方跑去了。

体育老师登记成绩的时候，有点恨铁不成钢："你平时练习都挺认真的啊，怎么跑成这个样子？不及格啊肖洱，一会儿三步上篮投不好，你这科可就要挂了。"

肖洱慢慢从地上爬起来，头重脚轻直发晕。她用指甲在手心狠狠地掐，勉强站稳了，轻声说："三步上篮我不会丢分的。"

说这话的时候，姑娘的眼里闪过几点亮光，脸上难得平添了几分柔和。

体育老师誊完成绩，把大家往篮球场带。

路过教学楼的时候，肖洱拿了纸进去上了趟厕所。

下腹坠痛难忍，短裤上有一点血迹。肖洱不清楚这是因为流产导致生理期紊乱还是其他什么原因，虽然她从前几乎没有生理痛，可不能保证往后不会有。

肖洱没有带卫生巾，只能先叠了几张纸巾垫在裤子上。

随后，她慢慢往篮球场挪去。

程阳跑完1000米，拿着矿泉水在喝，目光却落在远远的篮球场上。

他心里隐有不好的预感。

程阳的第六感一向很准，就像他当初发觉肖洱和聂铠之间的不对劲一样。

教中级篮球的这位老师一向磨蹭，登记个分数也花了十分钟。等到他把全班带去篮球场的时候，远远还隔着十几米，程阳听见一阵惊呼。

他下意识就觉得与肖洱脱不了干系。

程阳拔腿就跑，箭步冲进篮球场内，果然看见肖洱倒在地上，篮球滚落在她身边甚至还没多远。

初篮的老师吓了一跳，刚要上前探个究竟，却见一个身影飞快地冲进场内，扶起肖洱的上半身。

"喂！肖洱？"

程阳手下的身子仿佛没有重量，她双目紧闭，眉心皱起，身体微微蜷起，手紧紧按在下腹。

她并没有失去意识，却已经痛得说不出话来。

没有得到回应，程阳马上就把肖洱打横抱了起来。

"啊！是血！"

一旁围观的其他学生看见肖洱被抱起之后，空荡荡的裤管里，顺着小腿流下了黏稠的血液，都惊叫起来。

程阳心里一惊，偏头看去，果然在肖洱倒下的地方，地上已经印了些发黑的血痕。

体育老师小跑过来："怎么回事？是不是生理期？"

"我先把她送去校医院。"

程阳没有停留，说罢便头也不回地抱着肖洱跑开了，只留下其他人莫名其妙地面面相觑。

程阳一阵狂奔，拿出比刚刚跑1000米还足的架势，寒冬里生生跑出了一脑门的汗。

肖洱在他怀里跌宕轻颤。

她的意识游离，完全不知道发生了什么。全部的感官都被疼痛侵蚀，唯一残存的理智里，她只记得自己没有丢聂铠的脸。

她在刚刚的三步上篮考试中得到了满分。

最后投完那一下以后，她长舒了一口气。

可身体，就怎么都撑不住了。她看着篮球进筐，耳中一阵尖锐的鸣响，自己重重地摔在了地上。

程阳到了校医院，刚好被值班护士看见。

"这不是肖洱吗？"

值班护士也是实习生，她认识肖洱，连忙从护士台走出来。

"怎么回事？快快，把人抱过来。"

"她突然昏倒了。"程阳喘着粗气，说道，"跑完800米以后就不对劲了。"

护士瞥见肖洱脚踝处的血迹，下意识判断是经血。她立刻领着程阳去林姐那里，后者一眼看见肖洱这个模样被抱过来，也马上站了起来。

"出什么事了？"

林医生经验老到，拿了手电筒翻着肖洱的眼皮照了照，觉出不对劲来。

她把程阳赶出去，给肖洱做检查。

程阳在走廊里踱步。他心绪不稳，思维混乱，指尖还留着肖洱身上衣料的触感，他捏了捏指腹，漫无边际地想了很多东西。

莫名烦躁的情绪令他焦虑。

程阳等了十多分钟，却好像等了很久。林医生一出来，他就大步走过去，匆忙问道："医生，肖洱……她怎么了？"

林医生一言不发，上下打量程阳。她紧紧抿着唇，脸色很不好看。

程阳被她那严厉而带着诘责的目光扫射得有点架不住："医生，她……很严重吗？"

林医生语气不善，冷冰冰地说："你说严重吗？小洱才多大？她身体本来就不好，再出这种事，你是想要她的命吗？！"

"你们小年轻，做事都不走脑子的啊？我先骂你，等她手术以后，我连她一起骂！"

程阳被训得摸不着头脑，但他敏锐地捕捉到"手术"二字。

"她要手术？"

林医生说："做人流的时候，医生没告诉你们要去复查吗？现在没清干净，子宫大出血，要马上手术！"

她撂下话，立刻联系护士安排手术去了。

人流？子宫出血？

程阳脑子一蒙，一时没能反应过来林医生话里的意思，还站在原地发怔。

林医生安排好，一回头看见他还站在那儿："傻站着干吗？去填表缴费！"

"医生，你是说……她之前，怀孕了？"程阳听见自己干巴巴的声音幽幽响起。

"怎么？你不知道？难道这孩子跟你没关系？"林医生审视着程阳的情绪，问道。

程阳艰难地吞咽口水。

不，他不知道。而且他确定，聂铠也不知道。

在他们谁也不知道的情况下，肖洱怀了孕，自己去做了人流手术。

她一个人，又一次默默扛下了这一切。

程阳心里的某一处突然疼起来。

在某一个瞬间，他觉得聂铠和自己都很混账。

尤其是自己。

清宫手术结束得很快，林医生不负责妇科，也在外头等待。

她看着肖洱被送去病房，一边陪着走一边深深叹气，对身边的程阳说："这丫头性子冷，心肠却软。她在我这一个学期，我再清楚不过。"

程阳一声不吭地听着林医生说话，目光却紧盯着行动病床上的肖洱。

肖洱已经恢复意识了，却不愿意睁眼，微微偏着头，拳手还攥着搁在枕边。

上一次在安宁诊所，她在昏睡的状态下接受了手术。

可这一次，进了手术室后，她慢慢变得很清醒。清醒地感知到自己被两个护士将双腿架起张开，冰冷的器械伸进身体里。

那医生手不轻，上下动作的时候，肖洱觉得自己像砧板上被划开肚子的鱼。

残留在子宫里的血肉被吸出体外，她的心也被绞碎，从身体里被带走了。

胸腔里空空荡荡，她再也没有了当初忍痛的坚强和一往无前的勇气。

她躺在手术台上的时候，眼泪自己就流了出来。

已经到极限了，她知道自己到极限了。

她丢了自己本来的面目，模样变得连自己也看不分明。

可老天像是觉得不够，接二连三把她往绝路上逼。

"我是不明白你们这些孩子到底成天在想些什么。"看着肖洱被安置进病房里，林医生手插口袋站在门外对程阳说，"她之前受了外伤导致流产，居然没有好好休养！我告诉你，小洱这身子必须好好调理，不然以后出现什么后遗症那是要拖一辈子的！"

外伤导致流产？难道不是肖洱自己决定流掉孩子？

程阳心里一惊，面上毕恭毕敬道："您放心，我会好好照顾她。"

林医生听他这么说，默认了他就是肖洱的男朋友，语气又重了些："我虽然是个外人，也不好插手你们的私事。但我同样曾经是她们学院的老师，我不能看着她糟蹋自己的身体，要是你们不能好好解决，我就只能联系她的家人了。"

程阳明白林医生说这话是对肖洱的关心，他连连点头，连半句话都没有反驳，也没有推脱责任。

林医生最后叹了口气，挥挥手："先这样吧，你们好好聊聊，我晚点再来看她。"

目送林医生离开，程阳推门进了病房。

他有些踟蹰，轻手轻脚地搬了凳子放在床边坐下，想了想，又给她倒了杯水晾着。

床上的肖洱没有动静，程阳也没有想好怎么开这个口。他低着头，脑子里想着心事，手指无意识地拨弄手机。

等到回神了，却发现自己正在百度"流产后如何调理"。

程阳唇角溢出一丝苦笑，关了手机，手撑着额角深深呼吸。

孩子跟自己一点关系也没有，肖洱也跟自己八竿子打不到一起，他为什么要来操这份心？

或许从一开始，他就有私心啊。

程阳一直看不分明，自己对肖洱是什么态度。

最初可能是受了强烈的胜负欲支使，加上主动抛出橄榄枝被漠视的愤怒，才令他对肖洱格外上心，并且一心想要在她面前刷足存在感。

后来知道她是聂铠的女朋友，他心里强烈的不适感更甚。

以至费尽心思，想要找到肖洱的缺点漏洞。

好像这样，就能让自己心里的妒忌减到最低。

程阳，这女人品行恶劣、城府极深，你就是得不到，也无所谓呢。

好像这样，就能这么安慰自己。

可再之后呢？程阳在一个人的时候，曾屡次梳理整件事情脉络。

他不敢保证，如果这件事发生在自己身上，是不是会做得比肖洱更残忍。

他们只看到肖洱伺机接近聂铠，实施报复用心险恶；只看到肖洱明知聂秋同有家暴倾向，还将白雅洁怀孕的事告发给他，促成了这一切的发生。却不曾设身处地地想过，对于肖洱而言，她所做的这一切，又错在了哪里？

且不说，肖洱在告密时根本不知道白雅洁将因此投海自尽。就算她知道，难道白雅洁不该为自己犯下的过错受到惩治吗？

更何况，肖洱真如自己所想的那般，是个品行恶劣、自私自利的姑娘吗？

如果真是那样，她何必觉得愧疚，何必像现在这样，被一条人命压得形销骨立、连气都喘不过来。

程阳虽是旁观者，却也看得清朗——肖洱爱上聂铠以后，做的哪桩事不是为了他？

她这么骄傲清高，却为了聂铠变成保姆和家教，陪着他日夜复读。为了他的前途，在填报志愿之前，费尽心思让他知道真相，自己为未来做决定。其后，又为他小心翼翼，忍了所有的诘责和委屈。

谁又站在肖洱的角度考虑过这一切。

聂铠只知道把丧母之痛与被欺骗隐瞒的愤怒加诸她身，他被恨蒙蔽了双眼。可自己呢，明明有时间看得清，却因为一点点私心，眼看着两人势同水火了，也隔岸而观。

事情发展到这一步，谁能说谁是受害者呢？

都是自食其果罢了。

"程阳。"

不知一个人胡思乱想了多久，程阳听见床上的肖洱叫他的声音。

他一个激灵，立刻站起，俯身去看她："我在。"

肖洱安静地看着他："你不会告诉他，是不是？"

程阳的嗓子有一点堵。她受了这么大的罪，可第一句话竟然还是问他会不会告诉聂铠。

她难道不晓得心疼心疼自己吗？

"医生说你是因为外伤流产，是什么时候的事？怎么受的伤？"程阳凝声问。

"你向我保证，不会告诉聂铠。"

"你不告诉我，我就告诉他。"

肖洱轻叹口气，说："圣诞那天，我不小心从楼梯上摔了下来。"

"圣诞……楼梯？"

程阳立刻就想到那天很晚，陶婉一瘸一拐从活动中心出来找聂铠的情景。

怪不得陶婉那么晚才出来……他扬声，声音有些颤抖："你那天跟陶婉在一起？！她可什么也没说。"

"是我不让她说的。"肖洱说，"聂铠讨厌我，不会想看到陶婉跟我有什么牵扯。"

"然后呢？谁送你去的医院？"程阳捏紧了拳头，低声问。

肖洱目光有些游移，有后怕的痛意，她小声说："我打车去的啊。"

程阳闭了闭眼，眼里有了热意。他想起那晚，他们一大帮子人一起回去。汪玉东打伞，陶婉被聂铠背着走了一路，还打车送去附近的医院挂急诊检查有没有伤到骨头。

他比谁都记得清楚，那天的雪有多大，那天的车有多难打。

可是肖洱，在那样的天气里，拖着那样的身子，自己一个人打车去医院堕胎。

程阳无法想象那个画面，更不敢去想，这姑娘究竟有多大的意志力，才能做到这一切。

那个时候，她是什么心情。她多疼，多难过，多孤独。

又有谁会过问。

怎么会有这种人？

程阳觉得呼吸困难，心疼得难以抑制。

肖洱洞悉一切，知道每一个选择的后果。她往往，都选了最损己利人的那个。而这份隐藏在沉默背后的善意，很少会有人发现。

慧极则伤，慧极则伤！

很多时候，程阳不愿意深思，不愿意了解接近肖洱，不过是因为……他怕近一步，再近一步，自己会沉进她淡静无波的眼里，然后被她心里那一把疯狂的火烧成灰烬。

"我告诉你了，你也要答应我。"

肖洱半晌没听见程阳的回应，便说道。

"我要是不答应呢？"

半晌，程阳说道，声音有些倔强。

为什么这么宠着聂铠？为什么什么也不让他知道？为什么所有的一切都要你一个人来扛？

这个孩子会存在，他难道没有责任吗？

"程阳，你不能不讲道理！"

肖洱难以置信地看着程阳，她很激动，声音嘶哑，眼眶微微发红。

看吧，只要是涉及聂铠的事，她总能被轻易撩动。

程阳没注意到肖洱情绪反常，他抑制住心头的躁动，冷声说："我不讲道理，你又能如何？聂铠是我兄弟，他有权知道真相。"

"啊——"

意外地，程阳听见肖洱哀哀地低鸣。

陡然一声，像是哀号，像是悲怆，像是崩溃。

程阳吓了一跳，他看过去，竟然看见肖洱张着口，大口大口地呼吸。她目光笔直而荒凉，直望着天花板，还挂着点滴的手攥起拳头一下一下砸着床板。

"肖洱？"

程阳急了，连忙去按住她的手。她像是突然受了刺激而发疯，扭动着身子，不安而烦躁。

他没有想到肖洱方才已经处于崩溃边缘，被他几句话一逼迫，就猝然失去了理智。

到头了，这个姑娘能承受的已经到极限了。

程阳自责而心疼，手脚并用，牢牢环抱住她的身子。又伸出一只手，在她背后一下一下顺着气。他温声安抚道："我不告诉他，我不会告诉他，刚刚都是我不好，我骗你呢。"

肖洱听不见似的，在他怀里挣扎，可是他抱得紧，她完全挣不动。

"肖洱，肖洱，肖洱！"

程阳喊她的名字，可是肖洱失了心智，听不进去。

连护士都冲了进来，看见两人在床上纠缠，惊得半天没反应。

"叫医生来！"

"啊，好、好，我马上去！"

林医生先赶了过来，一见此情景，她立刻过来帮忙压住肖洱。

"拿镇静剂过来！"

"唉，好！"护士答应着转身就走。

"等会儿！"

林医生不知想起什么，一手抄过床头柜上放凉的水，朝肖洱泼了过去。

肖洱被冷水一激，竟然慢慢停下了挣扎。

反抗的力量减小了，程阳喘着气，惊疑不定地看看林医生，又看看怀里的肖洱："这是怎么回事？"

"创伤后应激。"林医生狠狠瞪了程阳一眼，"你说了些什么刺激了她？"

程阳哑口。

林医生从床上下去，拿干净毛巾来给肖洱擦脸，又把被她挣掉的点滴处理掉，重新给她打点滴。

肖洱睁着眼，目光少了焦距，安静得像个洋娃娃，乖乖被程阳抱着。

针头戳进手背的时候，她觉得不舒服，皱皱眉头，低声在程阳耳边说了一句："聂铠，我好疼啊。"

不知道说的是打点滴很疼，还是其他，但这不像是正常时候的肖洱会说出来的话。

程阳的心狠狠一揪。

果然，不再闹腾以后，肖洱也并没有恢复正常。

自那句话以后，她窝在他怀里，哭了起来。只是掉眼泪，不说话，好像是很委屈，又好像是为了验证，自己真的很疼很疼。

"这么哭可不行。"林医生自言自语道，"小童，还是拿一针镇静剂过来。"

小童闻言，拿了镇静剂过来。

林医生让程阳卷起她的衣袖露出胳膊。

肖洱怯生生的，躲着藏着，不肯就范。

程阳嘴里哄劝着，瞅准时机，一把抓住她的胳膊。

肖洱慌了，哭着喊："为什么要这么对我啊？"

冰凉的针头扎进她细细白白的小胳膊里。

程阳心有不忍，别过头去。眼圈红了又红，终究忍了回去。

打了镇静剂，没过多久，肖洱止住了哭泣。

她慢慢变得很乖，神思恍惚，有些困顿的模样，像个打瞌睡的小孩子。

程阳帮她整理好床铺，等着药效全部起来，好让她安安稳稳睡一觉。

他看着她，眼皮一点一点打架，最后快要合上，又挣扎着睁开，看向自己。不，程阳很清楚，她不是在看自己。

果然，肖洱轻轻抬手，似乎要摸他的脸，又不敢，慢慢放下了。

她声音轻得几乎能漂浮起来："为什么要这么对我啊……我真的，罪无可恕了吗？"

这句话，不知是对着聂铠，还是对着谁说的。

她的眼角滚下泪水，终于闭上了眼，陷入沉睡。

肖洱睡得不太好。

她做了很多梦，在梦里去了很多地方，还说了很多话，比醒着的时候还要疲惫。

入夜以后，她就发起烧来。

程阳整宿地陪着她，给她的额头敷上降温毛巾，看着点滴是否需要更换。偶然也跟她说说话——虽然知道不会有回应。

"你说你二模是怎么考那么高的分的？你知不知道，我那时候真是恨你啊，这个名字压了我整整一个高三。"

夜很深，程阳的声音很低沉。

"不过，高考我还是赢了。"

除了那几次考试和后来的针锋相对，他与肖洱所拥有的回忆少得可怜，和"美好"两个字沾边的，完全没有。

他的叹息声渐起，给肖洱更换毛巾。

"要是你碰到的人是我，也不会受这么大的罪了。"

要是你能早一点被我遇见，该多好。我能懂你，能与你并肩而立，能因为你就是你而无所顾忌地爱你。也能，好好疼你。

可你怎么偏偏就碰上了他。

不过，真的是这样吗？

程阳想起什么，又苦笑。

肖洱更早就认识了杨成恭，可结果呢？

或许这世间的相遇，从来都不在于早晚，而在于对错；这世间的懂得，从来都不在于对错，而在于深浅；这世间的爱恋，从来都不在于深浅，而在于因果。


结束30强晋级比赛以后，距离下一场全国30进18的比赛还有一个月。

在这期间，有一家上海经纪公司的"星探"与聂铠联系。

听那话头，似乎是打算跟他签经纪约。

聂铠去跟那人见了几面，最后却谈崩了。没别的原因，聂铠一心想做歌手，对方却看中他的样貌气质，想要包装他往影视圈方向进军。

他的拒绝令一众好友颇感遗憾。

汪玉东扼腕叹息："只差一点，小铠，你只差一点就能变成大明星了！"

聂铠笑笑，无所谓的样子。

只有陶婉松了口气。

假如聂铠真的进入了那个圈子，变成万众瞩目的艺人，那自己就真的和他不再是一个世界的人了。

从上海打道回府，得知期末考试只剩下半个月时间的众人在唉声叹气中互道珍重，各回各家复习去了。

陶婉预约了图书馆的座位，开始给自己和聂铠制定复习计划。这方面她很擅长，聂铠虽然配合度不高，但她把重点整理好送到他跟前，聂铠也难以推辞，就挂着耳机背起来。

事实上，陶婉跟聂铠接触后发现，他看上去放荡不羁，游走在规规矩矩的生活之外。可每天他的生活，也不过围绕写歌唱歌、吃饭睡觉、打球游泳这几件事情展开。

说到游泳，陶婉有一点头疼。

如果说聂铠最喜欢什么运动，那么篮球当仁不让是排在第一位的，第二就是游泳。

就连隆冬腊月天，聂铠每个礼拜也雷打不动地往学校游泳馆跑，一游就是两小时，期间几乎不休息。

可陶婉不会游泳。她是个十足十的旱鸭子，不仅不会游泳，小时候意外落水的经历令她对水有一种天生的畏惧。

即便是聂铠提出要教她，陶婉也不敢。

所以每一次，只能坐在一边，和其他花痴迷妹一起欣赏他美好的肉体。

陶婉不喜欢别人用那种语气讨论自己的男朋友，这令她越来越讨厌游泳馆那个地方。

于是，这一天，当聂铠提出要去游泳的时候，陶婉下意识拒绝了。

"我就在图书馆复习吧，毕竟快考试了。"

聂铠顿了顿，自己走了。

陶婉觉得自己又惹他不高兴了。每次她不能满足聂铠提出的要求的时候，她都有这种恐慌，可恐慌之余又觉得无力。

她已经在努力改变自己，尽可能地去配合聂铠。为了他，她第一次翘课、去酒吧，做很多从前想都不敢想的事情。

可是，聂铠好像总不满意。

陶婉叹口气，伸手打开自己和肖洱的对话框——要问什么呢？

她真的落到这个地步了吗？要事无巨细地向男朋友的前女友学着如何讨好他？

陶婉烦躁地退出微信，也无心继续复习了。

打开电脑，登上学校BBS，本是想看看有关聂铠的话题，却意外发现一条曾经的热帖被更新，顶上了头条。

"扒一扒抹茶味临床绿茶妹妹脚踩的几条船！"

下面的评论数比她上一次看的时候翻了两倍。

陶婉四下看了看，周围的人都埋头于自己的事情中，她戳进去，点击只看楼主。

最新的那几条更帖令她瞠目结舌。

"石破天惊的消息！我一个在校医院实习的朋友说，绿茶妹妹做过人流！而且那天陪她去的还是天文系草啊！绿茶妹妹手段简直深不可测！"

"我说谎就是畜生，现在她还在住院，好像是做了什么事没流干净。啧啧啧，估计是刚流完又忍不住做了。"

她怔怔地看着那几条爆料，脑中一片空白。

肖洱，怀了程阳的孩子？

还是说……

陶婉不敢继续脑中的另一个猜测，尽管在这个猜测有了苗头以后，她就更倾向于相信了。

她想起圣诞那天，肖洱捂着下腹，古怪的反应。

就是那一天，她就是在那一天流掉了孩子！

她对帖子楼主的这个爆料深信不疑，并且被巨大的震惊淹没了。

那个孩子是什么时候的事？该怎么办？

万一聂铠知道了，该怎么办？

陶婉心慌意乱地收拾东西，背上书包就往图书馆外跑。

她要去找聂铠，不能让这件事传到他耳朵里！

聂铠在离开图书馆以后，直接就给程阳打了电话。

"喂？"

彼时，程阳正站在肖洱病房外。他的语气疲倦，像是宿醉未醒，像是长久未眠。

这两天，他一直陪着肖洱。

她再次醒来后，到现在没说过话，也没有再出现过应激反应。肖洱异常乖觉，会吃程阳送到床边的饭菜水果，会安静地听他给自己说一些天文方面的趣事。

他给她讲天上的星座，讲日月星辰的变迁。

她常常听着听着，就睡着了。

她的精神头不好，程阳打死也不承认是自己讲得无聊。

他们相处得还算和谐。

程阳不知道，肖洱的事情已经通过某个人的嘴巴传了出去。而且一传十十传百，借由传播媒介，在这个学校成了一个人尽皆知的丑闻。

"哟，学霸熬夜复习了？"聂铠说，"去不去游泳？"

程阳喉头发紧，想骂他。无知是幸福的，同样，也是可恶的。

可话到嘴边，又硬生生咽了回去。肖洱现在这个状态，如果聂铠知道了来找她，恐怕会一举毁了她。

程阳于是缓声道："你先去，我马上就到。"

陶婉匆匆回宿舍拿了泳衣，赶去游泳池边找聂铠的时候，程阳刚从男更衣室换了衣服出来。

她心急如焚，看了看游泳池另一头的聂铠，又看了一眼程阳。心道不好，脑子一热，竟然眼一闭跳进了泳池里！

陶婉没学过游泳，更别提跳水。只听得"扑通"一声，溅起巨大水花。

姑娘脑子被拍蒙了，进到水里以后才觉出害怕来。她拼命地挥动四肢，可是仍觉得身体发沉，池底有怪物似的，把她一个劲往下拖拽。

救命！

陶婉狠狠呛了三口水，才感到有人来救她。

聂铠，是他！陶婉依靠本能，四肢并用，缠在他身上。

聂铠费了不少力，终于把陶婉从水里捞出来。陶婉隐约听见聂铠的声音，在耳边炸："小耳朵，小耳朵？！"

他在这么喊的时候，陶婉确切地感受到了聂铠的紧张。

很快，她被平放在泳池边的地砖上，一边咳嗽，一边睁开了眼。

聂铠清楚地看见陶婉的模样，他的身子微不可闻地一僵，面上露出一个难以自控的惊讶表情。

陶婉目睹着他神情的变化，心疼起来。

她所认识的聂铠，不是一个情绪外露的人。可是在某些时候，他的狂喜、愤怒、暴躁、惊惧，却又是那么一览无余。

她悲哀地发现，自己为了成为他的不可替代，所做出的种种努力，像是一个笑话。

或许，他的理智告诉自己应该忘记肖洱，也确实一直在这么做着。可是她爱着的聂铠，是个性情中人。

他只会爱上、铭记住与自己一样疯狂执着的人啊。

程阳站在一边，看着这一切的发生。

他亲眼看见陶婉慌张地往水里跳，看见陶婉的落水令聂铠方寸大乱；他亲眼看见聂铠不顾一切地游过来，听见聂铠口里大声喊着"小耳朵"。

在水下待久了，人难免会与现实出现短暂的脱节。聂铠的神情，像是沉浸在某一段刻骨铭心的回忆里。

程阳一动不动。

他一直以为，聂铠单纯直接，爱一个人、恨一个人，明明白白。

现在他却觉得，在那一段情到浓时便戛然而止的爱情里，苦苦挣扎的人，不止她一个。

她爱得像是信徒。

他却让自己看起来像一个纨绔。

他们看起来遥不可及，可程阳在这一瞬间，意识到两人之间，竟然多不出一个空间容纳第三个人。他准备的一肚子话，没了半点诉说的欲望。

程阳转身走了。

陶婉的余光瞥见程阳离去，她微微松了口气。

"小铠……"她小心翼翼地望着聂铠，鼓足勇气，说，"你教我游泳吧，我愿意学了。"

欲望是罪恶的，爱欲尤甚。

谁不是在这里头苦苦挣扎，却故作洒脱、故作无辜、故作冷漠、故作狠毒呢？

聂铠失神片刻，站起身来："下次吧。"

他看起来很无助。可是她呢？她的无助谁来体会？

"聂铠！"陶婉坐在地上，仰头哀声唤他，眼圈发红，"你还想让我怎么样呢？"

池水顺着她的脸颊流下，像是眼泪。

陶婉说："我要做到什么地步，你才能让我彻底取代她。"

聂铠的身子微震，他停下，低头看陶婉："你说谁？"

陶婉被他的目光骇住，身子发冷，轻轻颤抖着说："你心里很清楚。"

他蹲下来，平视着她，说："我不清楚，你说。"

陶婉受够了他这样装傻的样子，她大声说："就是那个肖洱啊！聂铠，你真当我是傻子吗？！我这么容忍你，还不是因为我爱你！"

聂铠的眼神渐渐变得危险，他看向陶婉，短暂的几瞥，随后淡声说："你忍不了，就滚啊。"

陶婉被他这傲慢的口气气得浑身发凉："聂铠！你再说一遍，你再说一遍！"

她是为了谁才急急忙忙赶过来，是为了谁，才一头往水里跳，是为了谁，才鼓起勇气要学游泳？

可这个人，居然用这么漫不经心的口气说，让她忍不了就滚？

聂铠不耐烦地挥挥手："我不喜欢一句话反复说。"

旁边三三两两有了看热闹的人，陶婉脸颊涨得通红。

她从小到大，何曾遭人这么羞辱过？！

陶婉眼看着聂铠就要转身离开，已经顾不上其他了，她凄声道："聂铠，你知不知道，最初我能走到你身边，还要拜她所赐啊……"

聂铠的脚步微顿。

陶婉泪流满面："演唱会的门票是她卖给我的，她告诉我，在你身边不能软弱，要努力变成你的不可取代。"她的声音极低，"可是聂铠，她明明已经是你的不可取代了。"

"她不是。"聂铠捏着拳头，否定道。

"她是！"

"她不是！"

"就是！"

两个人像小孩子吵架一样，红着眼你一言我一语，争论着。

陶婉完全没有意识到自己的幼稚行径，只是在这争吵中慢慢丧失了理智。她堵住耳朵，大声回击道："我不听！聂铠，小耳朵是她吧，你总……"

聂铠暴跳如雷："闭嘴！"

"你心虚了！"陶婉面红耳赤，什么也顾不得了，她语速加快，噼里啪啦地说，"你根本就没有忘了她，你们甚至还上了床！"

聂铠大步走回来，一弯腰揪起她的胳膊来："你说什么？谁告诉你的？！"

他不相信肖洱会把这种事告诉别人。

"真是你的孩子……"陶婉感到绝望，胳膊被他捏得生疼，心里更痛，她脱口而出，"她连孩子都打了，学校论坛上都传遍了！"

这话一出，陶婉自己也怔住了。

她咬着唇，眼泪不受控地汹涌而出。

她也不知道怎么会变成这样。在她出门前，还想着千万不能让聂铠知道这件事；在她看见程阳时，还想着千万不能让程阳告诉聂铠。

可最后，居然是她说出了这一切。

她无限悲凄地闭上眼。

自己和聂铠，怕是走到尽头了吧。


冬日午后，阳光轻软。肖洱安静地坐在病床上看书。

是程阳给她找的书，图多字少，像给小孩看的画本子，难道是怕她费脑子吗？

程阳刚刚说他出去一趟，问她有没有什么想吃的，他给她带。他只是例行问话，似乎没指望她回应，肖洱却贡献了这几天以来的第一个回答。

她说奶茶。

她很久很久没有喝过奶茶，不知道为什么，突然就很想念。

"那个不健康的，等你养好了身子以后再喝吧。要不我去给你买杯现榨果汁？"

被拒绝了，肖洱平静地接受程阳的好意。

这时，手机在床边轻响，阮唐来电。

肖洱看着那个名字，有一瞬间的恍惚，好像那已经是前尘往事里的人。

她接起电话："唐唐。"

"小洱！你查一下账户噢！我今天把钱都给你打去啦，哈哈哈！"阮唐的声音兴奋，她说，"本来要到下个月才能结清的，可是！我教的那个孩子他考了90分！他妈妈一高兴给我发了个大红包，哈哈！"

肖洱轻牵唇角："是吗？这么好。"

"对呀对呀，就是可好啦。"

阮唐似乎正坐在公交车上，肖洱听见报站名的声音，她问："刚回学校吗？"

阮唐说："不是啦，我妈来了，她说要安排我见个人。她恋爱了，要带我去见那个叔叔和他的孩子们呢。唉，恋爱中的女人就是这么没有智商。不过听说，那叔叔的孩子都是超级大学霸呢！有一个还是我们隔壁大学的直博生！我天，这是什么概念啊！"

她一打开话匣子，就没完了，可是肖洱愿意听。

阮唐过着生机勃勃的人生，令她心生温柔。这个世界对单纯善良的姑娘，也会充满善意。

阮唐从母亲怎么认识那个叔叔开始说起，一直说到自己以后估计要和两个学霸哥哥同处一个屋檐下。

"哇噢，我想想就觉得很炫酷啊。到时候，我把你也介绍给他们，你们一定有很多话可以聊！"阮唐最后这么说，又意犹未尽道，"小洱，好久都没联系你啦，你呢，过得怎么样？还跟聂铠在一起吗？"

你过得怎么样？

我过得不太好。

肖洱声音轻轻的，说："我跟聂铠分开了。"

"怎么回事？又分开了？！"阮唐说，"跟杨成恭有关吗？我听说他去你们学校做交换生了。"

"跟他无关。唐唐，过阵子，我想去北京。"肖洱说，"期末考试结束以后，你急着回家吗？"

"你要过来！太棒了！快来快来！我一时半会儿不会回去的！"阮唐激动起来，说，"我要带你去好多地方玩。你知道吗？我第一次去逛故宫，什么都不懂，看那些讲解都烦死了。我就想啊，要是你在我身边，肯定能把那些都介绍给我听……"

阮唐畅想着肖洱来以后她们要去哪些地方玩，结果华丽丽地坐过了站。

"啊啊啊！小洱我坐过站了！"发现以后她忙不迭道，"先不说了，我们晚点再从长计议！"

肖洱"嗯"了一声，面上带着久违的笑容，慢慢挂了电话。

如果可以，真想一直跟她生活在一处。那个活力四射的姑娘，让人看着就会觉得心生勇气啊。

肖洱与阮唐聊了整整四十分钟，所以，聂铠的电话一通也没打进去。

聂铠不知道通话为什么一直难以接通，焦急等待的过程中，他想起陶婉说的校园论坛。他从前没登过，也不知道肖洱的"事迹"早就被人发在了上面。

如今一页页翻阅，看着陌生人的莫名指责与谩骂，聂铠心里蒸腾起一股难以言状的怒气。

直到最后那几条映入眼帘……

聂铠捏着手机的指节"咯咯"地响，眼神暗了一度。

长腿几迈，他朝校医院的方向大步走去。

程阳去买了鲜榨西瓜汁。

回医院的路上，远远看见一个疾行的身影，那是他再熟悉不过的兄弟。

程阳心下一慌，也顾不得手里的东西了，骂了一句什么，飞快地冲了过去："聂铠！"

临到了他身后，程阳一声大喝，伸手去抓他的肩膀。

聂铠心里有气，听见身后传来程阳的声音，挥拳就向后方砸去。

程阳堪堪避开，不免一个趔趄，他厉声道："你发什么疯？！"

聂铠："程阳！你背着我都干了些什么？！"

程阳被吼得莫名，连日来积压的愤怒一起爆发。他挺身扑上去，一拳打在聂铠的下巴上，也大吼道："聂铠！你还有脸问我，你都对肖洱做了些什么？！"

聂铠听见肖洱的名字，晃了晃神，被程阳一把揪过衣领来。

两人鼻尖对鼻尖，程阳压低了声音，说："聂铠，你适可而止吧，放过肖洱！"

"你把话说清楚，那帖子是谁发的？她真的去堕了胎？你怎么会跟她在一起？！"聂铠不依不饶，反手揪住程阳的衣服，怒气冲冲道，"你让我放过她，谁来放过我？！"

程阳蹙眉，从他的话里捕捉到自己不知道的信息。

"什么帖子？"

程阳也是那帖子的"受害者"之一，聂铠姑且相信他毫不知情。他伸手掏出手机，递了过去，没好气道："自己看。"

两人都放开对方，但谁也没理谁，各自坐在校医院门口的长廊上默不作声。

程阳快速地浏览着帖子，直到拉到最后，怒不可遏地吼了一句："这是谁发的？！"

聂铠在等待程阳看帖子的过程中已经慢慢冷静下来，他的手撑着头，低声说："到底是怎么一回事？那孩子……"

程阳把手机丢回给他："肖洱不想让我告诉你。为了这事，她差点没疯了。"

聂铠微怔。

"你知不知道，这孩子不是她打掉的。"

程阳没料到自己在跟别人说起这件事的时候，竟然会替肖洱感到委屈，他哑着嗓子，说："圣诞节那天你还记得吗？她也从楼梯上摔了下来，跟陶婉一起。后来……"

程阳没想刻意渲染情绪，是怕自己把控不住。于是只好极简约地，将自己为什么会把肖洱带来校医院以及他所知道的一切，都告诉了聂铠。

但平铺直叙，这事实也格外残忍。

聂铠脸上结了一层冰霜，没半点表情。

男人在心痛到一定程度的时候，往往就如此迟钝。

"我猜，她原本是想瞒着所有人偷偷把孩子留下来，可是没留住。"程阳苦笑，说，"聂铠，她还清了吧。她现在身败、名裂，一命抵一命，该还清了吧。"

聂铠沉默了很久，才慢慢站起身。他的身形有一丝摇晃，迈着步子往医院大门走去。

"站住。"程阳上前拦住他，"她现在情绪和身体状况都不稳定，你不能见她。"

"我想看看她。"

聂铠失神许久，突然嘀咕了一句。

"聂铠，你们还纠缠得不够吗？"程阳大声道，"还是说，你要逼死她才甘心呢？"

"我没想纠缠。"聂铠说，"我从没想过要跟她纠缠！"

他的脸上显出痛苦的神情，恼怒地揪着自己的头发，说："你不知道，我带陶婉打篮球、去图书馆、吃海底捞、坐大巴、去夫子庙……我就指望着，带她做所有我和肖洱一起做过的事，以后回想起来，这里才会没有那个女人的脸。"

"我就想把她从脑子里抠出去，憎恨、漠视，怎么都行，就是不要再跟她纠缠下去。"

"我忘记她，需要太久的时间。"他轻声说，"可记起来，一秒钟都嫌多。"

程阳没料到聂铠说出这么一番话来。他凝视着聂铠的脸，说："我只看得到，你仗着肖洱对你低眉顺眼，几乎是赶尽杀绝。"他顿了顿，又说，"平心而论，你真的觉得你母亲的去世，全部罪过都要怪在肖洱、杨成恭身上吗？"

"你以为我没有想过吗？！"聂铠眼圈发红，突然攥着拳头大声道，"我告诉你，就在你跟我说出这一切的那天晚上，我还对自己说，肖洱她有苦衷，我妈也有错！这件事只要能有一点转圜的余地，我就不会离开她。"

"可是呢？程阳，你知道她是怎么说的？"

聂铠将拳头砸在自己的心口，一下一下。

"她接近我，第一次是为了报复，第二次是为了赎罪！"

他表情难辨喜悲，低声呢喃："没有一次，没有一次是因为爱我。"

不，她很爱你。可她的爱，绝望而沉重。

程阳的喉咙一哽，话到了嘴边却没有说出口。

事到如今，再将爱恨牵扯进来，恐怕只会徒增烦恼。更何况……程阳暗暗捏了捏拳头。

聂铠终究不会是肖洱的良人。

"可我不明白，她为什么想要留下这孩子。"聂铠苦笑道，"我想问问她，为什么想要留下我们的孩子。"

一个女人愿意殚精竭虑地谋划，为一个男人生孩子，还能有什么原因呢。

偏偏，他身在其中却不自知。或者，压根不敢猜测那是因为爱。

聂铠这么一个骄傲自负的人，落到肖洱跟前，却什么都不能确定。

程阳冷眼看着聂铠，半晌才说："你起码要等她身体好转了，才能见她。"

聂铠的脚步缓下来。

"程阳，你喜欢她吧。"聂铠背对着程阳，说，"最初你找到我，跟我说起肖洱的时候，你就喜欢她啊。一直到今天，你还是没有如你所言那般，觉得她心狠手辣、城府深沉。"

程阳微愣，出神半晌。

"啊……"良久，他才承认道，"我仍旧觉得她心狠手辣，不过不是对别人，是对自己。我也依然觉得她城府深沉，可是她对所有待她好的人，都心生温柔。"

肖洱对别人的狠，从来都留有余地，就是对白雅洁，也是一步步被逼到了绝境，才有那致命一击。

但她对自己，不论是对学习生活的规划安排，还是对是非对错的贯彻，都严苛得令人咂舌。

聂铠的身子微微一僵，心口密密匝匝地缠绕着纠结的痛意。

这个世界上，不只是他一个人懂她。而且，那个人，还能毫无顾忌地陪在她身边。

程阳接着说："聂铠，我当你是兄弟，所以这话我明着说了。无论从哪方面来看，我都比你更适合小洱。"

聂铠无法反驳。

一场感情，落得如此下场，他们都无法再经受一场磨皮削骨的重逢。

所以各自放下介怀，各自找寻真正的陪伴与安慰，才是最应该的不是吗？

# 第十九章
道理谁都懂，爱透了还要嘴硬

肖洱出院的那天，程阳来接她。

聂铠最终没有去医院找肖洱。

关于聂铠的事，程阳一个字也没有提。至于是担心刺激肖洱还是出于私心，他也说不上来。

肖洱和他走在学校主干道上，路过的学生频频侧目。连程阳都觉得不自在，肖洱却无动于衷。

她步子不大，速度也不快，但走得很稳当。程阳不知道她在想什么，一路想着如何开口，却又不知从何说起。

很快就到了宿舍门口。

程阳这才说："过几天就期末考了，别熬夜复习……"顿了顿，又说，"明天我给你买早餐吧，别去食堂吃了，没什么营养。"

肖洱站定，沉静的一双眸子看着他："程阳，我很感激你。"

她淡声开口，薄薄的面皮上因为气温过低而显出一些细小的红血丝来。

"这世界上有很多有营养的东西，或许现在的我很需要，但是……"她微微垂眸，"但是我一直很清楚我想要的是什么。"

程阳一愣，立刻就明白过来肖洱的意思。

需要和想要，从来就不是同一个概念。

她又说："住院费和其他费用，刚刚出院的时候我已经转账给你了。谢谢你遵守诺言，没有告诉聂铠；谢谢你不计前嫌，把我送去医院。"

"小洱……"程阳立刻说，"我承认之前我对你是有一些成见。可是，可是我……"

他有一点急促，词不达意，显然是被肖洱这番明显要划清界限的话惊呆了。

"别来找我了。程阳，没有意义。"肖洱说。

她不笨，对于程阳态度的转变，她看得一清二楚。

可惜，她看得更清楚的，一直都是自己的心。

程阳身子僵硬，拳头搁在身侧，紧了又松，松了又紧。他说："不是聂铠，就不行吗？你太固执，撞上南墙也不肯回头，只会害了自己。"

"我知道我想要的是什么。"她轻声重复。

程阳一怔，终于听懂了她的言下之意——不是聂铠，也不会是你。爱情的局，他还没踏足，就已经被宣判失格。

他失笑，声音有一点不稳："我明白了。"

肖洱牵牵唇角，说："那么，再见。"

"再见。"

肖洱转身，进了宿舍楼。

宿舍门发出一声轻响，肖洱慢慢走进去。

几个舍友正在背书，这时候都抿着唇角，偏头打量肖洱的神色。谁也没吭声。

最后还是聂西西先开了口："你回来啦。"

"嗯。"

"你这几天……"

"有点事。"

"小洱……我们都知道了。"

肖洱抬头，看着聂西西："知道什么？"

聂西西小声说："就是，你去打胎的事……"

肖洱的神色一僵，冷冷地望过去："怎么知道的？"

聂西西被她的眼神看得发怵，一时竟然说不出话来。

"在校园论坛上的……"另一个舍友说道。

肖洱脑中微微一炸，似有什么抓不住，她立刻去拿手机。

"小洱……你别担心，现在已经没有了。"聂西西看着肖洱有些乱了方寸，立刻说。那帖子她们全都看到了，但是不知道为什么，几天前，论坛上有关肖洱的八卦消息在一夜之间消失得干干净净。

没有了？

肖洱脸色发白，开门出宿舍，手指在手机上轻点。电话打过去，很快，对方接通了。

"他知道了？"肖洱开门见山，凝声问。

一阵沉默，对方稍显急促的呼吸声传来。

聂铠真的知道了。肖洱立刻确定了这件事。

程阳迟了半拍的解释传来："小洱……你听我说，聂铠他……"

肖洱挂上电话，无力地靠在窗台边。

他知道了，可是没有来找自己。是觉得这个孩子不重要，是觉得他们之间无话可说，还是觉得愤怒？气她原本打算留下孩子？气这件事可能会被陶婉知晓？

所以他找人把那些帖子全都抹了个干净。这样的事情，他从前也没少干过。

肖洱想了很多，想得脑子都疼起来，才慢慢走回了宿舍。

聂西西眨眨眼，似乎还想问肖洱什么。但话在嘴里一转，最终什么也没有说，抱着课本继续背书去了。肖洱腹中孩子归属问题尚待斟酌，聂西西不相信她像帖子说的，会和程阳男神也有一腿。

但肖洱作风不正已成事实。规规矩矩人家的小女孩，怎么会惹出这种事？

聂西西深觉，自己幸好没有跟肖洱成为朋友。

否则一不留神被牵扯进这些槽乱事里，那真是活见鬼了。

傍晚，沈珺如打了电话来，肖洱去走廊接电话。

沈珺如最近忙着毕业班的琐事，许久没联系肖洱。可因着肖洱这边临近期末了，所以再忙也抽时间打电话过来问问情况。

肖洱轻言简语地回答着，最后说："妈，放寒假以后我直接去北京一趟。"

女儿上大学了，趁寒暑假出门旅游是再正常不过的事，沈珺如说："去找阮唐玩吗？去多久？"

"嗯。十天左右。"

"也去你姑妈那问声好吧。"

"好。"

"别跟王雨寒那孩子走得太近，他不学好的。"

又叮嘱了几句日常生活方面的事宜，沈珺如刚要挂上电话，却听肖洱叫她："妈。"

"嗯。"

"你以前……是因为什么爱上我爸的？"

沈珺如一愣，肖洱没头没脑的一句话让她心里犯了嘀咕。尽管如此，她还是回答："那个年代，有什么爱不爱的，觉得大家比较合得来就这么在一起了呗。"

"你真的爱过他吗？"肖洱换了问题。

"……"沈珺如狐疑道，"小洱啊，你是不是谈恋爱了？"又说，"谈恋爱这件事，妈妈不是反对，只是你才上大学，一切都要以学业为主。不能因为感情，耽误了你的未来，知道吗？"

"妈，您可是教语文的，请正视我的重点。"

"你这孩子……"沈珺如轻叹，说，"你还太小了，不知道爱情最终都会变成亲情。我和你爸啊，奔着结婚去的，过日子啊，爱不爱的，没那么重要。"

肖洱没再问什么。

彤云蔽日，枝稀叶消。天气预报说今晚有雨。

肖洱收拾了一些书本，离开宿舍去301。

在小区车棚锁自行车的时候，大风刮过，细小的雨丝打在她脸上。

天色难看得像明天就是世界末日。

肖洱紧了紧衣领，快步走进楼洞里。还没踏上台阶，亮光一闪，接着，一声骇人的惊雷在外头炸响。

肖洱身子一震。

与雷电相呼应，很快，密密匝匝的雨珠自天际狠狠砸向人间。

肖洱回头望着身后的雨帘，整个世界的面目模糊不清。

她记得聂铠讨厌雷雨天。不是害怕，只是讨厌。

他喜欢艳阳天，天朗气清，晴空万里，阳光再灼热也会兴高采烈地抱着篮球或者吉他出门跑疯。

摊牌前那段极短暂的相处日子，肖洱陪他在大太阳下打球，差点中暑，他只好带她去旁边小卖部买冰镇绿豆汤解暑。

两个人一高一矮，站在大树树荫下，抱着一大一小两杯绿豆汤。

蝉鸣和风声都在枝头。

他喝得比她快，如牛饮水，咕嘟几口就见了底，然后就来抢她的。

她嫌弃地推开他冒着汗的大脑袋："想喝自己再去买。"

"买的哪有抢的好喝？"

聂铠不依不饶，把嘴巴凑过来亲她，舌尖一拨就把管子从她嘴里夺了过去。他得意扬扬，一口喝了半杯才还给她。

"就你这小肚子，喝半杯就够了。"他说，"一整杯冰的下去，又该肚子疼。"

结果那晚，他拉肚子拉到半夜，整个301都弥漫着某种微妙的气味。

肖洱想笑，几次被聂铠凌厉的目光堵了回去。他窝在肖洱怀里振振有词："我拉肚子才不是因为抢了你的绿豆汤，是因为晚上那碗小馄饨太辣了！"

肖洱："嗯，太辣了，明天我们去找小馄饨老板理赔。"

聂铠："理赔什么？医药费吗？"

肖洱："精神损失费。"

聂铠："噢？我这样也能获赔精神损失费？"

肖洱忍着笑："是赔给我，不得不忍受一晚上这难得清新的空气。"

聂铠炸毛，一扑腾就把她撂倒："肖洱！"

"嗯？"

他眼里有懊恼，立刻就变成坏笑，整个身子都凑过来蹭她："听说过一句话吗？如入芝兰之室，久而不闻其香，即与之化矣。"

芝兰之室？闻其香？

流氓有文化了，就这么不要脸啊。

又一声惊雷划过耳际，肖洱从回忆里惊醒。

她很少回忆那段时光，因为每次一想起来，就觉得软弱。

软弱，是她的死敌。

肖洱背过身，心绪不稳，她慢吞吞地往楼上走。走到二楼，她就闻到一股浓烈气味。

夹杂在潮湿空气里的，烟味、酒味。

她的心漏跳了几拍，手搭在楼梯扶手上，很久都没有动作。等到肖洱终于鼓足勇气，走上三楼，看见坐在301门口，背靠着大门睡熟的少年时，湿气还是氤氲进眼里。

聂铠手边伴着几个歪歪扭扭的酒瓶和数不清的烟蒂，他下巴上有浅青色的胡楂，眼下有深深的眼圈。

他在这里待了不止一夜。

外头是滂沱大雨，里头是一方悲喜天地。

肖洱立在原地，一直看着聂铠的脸，直到声控灯悄然暗淡。

"聂铠。"

她唤他的名字，灯光悠然亮起，他没有醒来。

如此重复，光影明灭。

肖洱就站在那里，手里捏着钥匙，目色温柔宁静。不敢上前，不舍离去。

有时候会觉得恍惚，不知道他们两个人怎么就一步一步走到了今天这样的境地。

他炽热滚烫，温暖她也灼伤她；她冷静清醒，成就他也颠覆他。

最后他们都伤痕累累，走得上气不接下气，却仍然念着对方的名字，舍不得扬长而去。

肖洱想起他们的初遇。

"你叫什么名字？"

"聂铠。"

"凯旋的凯？"

"铠甲的铠。"

原来是从你叫什么名字开始，后来，有了一切。

不知过了多久，灯光再一次湮灭。

肖洱慢慢朝聂铠走过去，蹲下身子。她的步伐极轻，靠着聂铠，他一点反应也没有。

她伸手去拉他的手，头一点一点靠近，然后，倚在了他的胸口。

黑暗令人的感官敏锐，肖洱听见他安稳的心跳，闻到他身上复杂的气味，感知到他手心的温热。

雨一直下，肖洱闭上眼睛。那就请一直下吧。

老旧的筒子楼，处处都有渗水的可能。冰冷的水滴自天花板上落下，滴落在聂铠的脸颊上。他轻轻皱眉，想要抬手在脸上蹭蹭。意外地，手没抬起来，似乎被什么挡住了。他不舒服地抖了抖肩膀，慢慢张开眼睛。

一片黢黑。

有什么东西依偎在自己身边，小只的、带有毛发的……某种生物。

聂铠思绪迟钝，反应了片刻，想起来自己在301外面。他抬起另一只手，在门上敲了敲。

灯亮了。聂铠朝怀里看去。

肖洱睡得很香，恬然安静。她很少能睡得这么沉，连聂铠的动静都没有将她弄醒。

聂铠神色难辨，垂目看了她许久，才缓缓支起上半身，从她手里挖出301的钥匙。

然后，他抱起肖洱，开门，进屋。

他摸到顶灯拉绳，打开灯了，一室暖黄柔柔晕开。

聂铠一怔，抱着肖洱的手不自觉微微收紧。

聂铠揉着太阳穴，在厨房烧热水的时候，肖洱自卧室清醒过来。

愣了愣神，她走出去。走到餐桌边，看见聂铠的背影，肖洱就站住不动了。

她说："聂铠。"

那道背影一顿。

"你知道了？"肖洱说，"到这里来，是有什么想问我的吗？"

聂铠说："我跟陶婉分手了。"

肖洱心下一震："为什么？"

"你难道不清楚吗？"

"……"

"演唱会门票，是你卖给陶婉的。你还给她出主意，把我的喜好告诉她。"聂铠声音嘶哑，低声说，"你这么乐见我们在一起，怎么还偷摸着把孩子留下？你不知道有这个孩子的存在，我身边留不住任何人吗？"

肖洱语气艰涩："对不起。"

世事多变，她本打算瞒着所有人生下孩子。可谁知道现在所有人几乎都知道了这个孩子的存在，她还害得聂铠与陶婉分手。

她又一次，因为自己的自作聪明办了一件极其荒唐的事情。

她又一次，因为自己的擅作主张，伤害了聂铠和他身边的人。

他的语气不似从前般暴躁，肖洱却没有一次如现在这般觉得聂铠的话锥心刺骨。

只要她还在他身边一日，就不可能真正令他快乐幸福。

这个道理，她终于了悟。

聂铠又问："这一次，你又是怎么想的？留住这孩子，为了报复，为了赎罪，还是为了补偿？"

肖洱咬着唇，说："孩子已经没了，说这些还有意义吗？"

聂铠的拳头按在流理台上，手背上隐约有暴起的青筋："有没有意义，你说了不算。"

"我没打算留下孩子。"良久，肖洱轻声说。

"你胡说！"聂铠猛地转身，眼圈微红，盯住她说，"9月20日我们做了，你不可能到10月还发现不了。可你到12月还没有……"

"最佳人流时间是受孕后的52天左右，也就是到11月下旬。可是，那个时候即将到来的活动月各种事堆积在一起，我根本走不开。何况我那时候身子不显，也不会被发现……"肖洱思路清晰，说道，"所以我就打算在12月底去把孩子打掉，这样元旦小长假还能休息。可谁知道会在联谊晚会后出了那场意外。"

说这些的时候，她的目光落在别处，脸色青白。

她总结道："没有那场意外，我也不会留下他。"

肖洱曾是校园最佳辩手，不是因为气势多么咄咄逼人，而是在辩论场上不论面对什么样的突发状况，她都能迅速冷静下来，并且立刻逻辑清晰、滴水不漏地进行反击。

就好像，她早有此准备。就好像，她真的早做了万全的打算，根本不打算留下孩子。

聂铠张了张口，发现自己完全没有理由去反驳，他反倒冷静下来。

"也对。"他自言自语，语气落寞凉薄，"你没有留下那孩子的理由。"

最后一点点希望被她亲手掐灭，聂铠心灰意冷。他颓然靠在流理台边，目光钝刀子一样割过来："既然这样，肖洱，我们两清。"

肖洱身子一僵。

"程阳说得对，你现在已经身败名裂。一命抵一命，你还清了。"他说，"往后，你不需要再打着赎罪的名义，在我身边出现。"

肖洱口干舌燥，说不出话了，她浑身升腾起一股无力感。

"我妈的事，我不再恨你，也不会去找你父亲。"

一直期望的话从他嘴里说出来，可是肖洱并没有感觉到轻松。

"往后，你是自由的。"他轻声说，"你选程阳也好，杨成恭也罢，我不会再插手。"

肖洱心下一疼，脱口说："那，我们呢？"

"我们？"聂铠凉凉地笑，指了指桌上肖洱的钥匙，"我连钥匙都没了。"

所以，也就回不来了。

肖洱一言不发，无措地站着。

不知为什么，聂铠也没走，目光若有若无地落在正在煮水的水壶上。

水很快开了，聂铠倒出一杯热水，剩下的装进暖水壶里。他把水杯放在餐桌上："喝点热水吧。"

他语气稀松平常，带着些许倦意。

肖洱有点蒙，伸出手就要去拿杯子，却被聂铠"啪"一声拍开。

"开水。你想什么呢？"

她"嗯"了一声，默默收回手，没了动静。

肖洱这个低眉顺眼的样子，他看着是真的生气。

生气，却又心疼。

一想到她躺在医院里受那些罪，自己不在身边，就觉得无端难受。

这难受跟他对她曾欺骗自己而生出的恨意无关。

他低头看着她。聂铠想起刚转学去天宁高中的那天，他从她身边走过，看见她头顶小小的发旋。

那个时候，谁能想得到此后纠缠。

他轻轻叹口气："肖洱，找个人照顾好你。"

肖洱说："我能照顾好自己。"

聂铠说："你只能照顾好别人。"

你总能把身边的人照顾得很好，却单单忽视了你自己。

他又说："程阳很早以前就喜欢你。高中几次模考，他一直跟你较着劲，要不是……要不是我们的事，他早就会追你。"

"程阳在健康完整的家庭里长大，他顾家且温厚，也一直都很优秀，除了有点要强骄傲，没什么大的缺点。"聂铠说，"以前在班里，他可比我更受欢迎。"

"别说了，聂铠。"肖洱说，"我是什么样，我自己知道，何必去祸害他。"

"他不会……"

"聂铠！"肖洱急急打断他的话，声音微颤，"你走吧。"

她说着，从玄关的立柜里取出一把雨伞，塞到他手里："你走吧，聂铠。"

再留下去，肖洱不知道自己还会说出什么话来。

她竟然赶他走。聂铠手里拿着伞，不知道想了些什么，唇边溢出淡淡苦笑。他站在门边，最后回头看着肖洱，低声说："就算我们没有未来，我也从没有后悔过。"

即便后来我们都遍体鳞伤，可我也没有后悔遇见你，也没有后悔爱上你。

肖洱心神一震。

聂铠说完这句话，拉开大门，大步走了出去。

肖洱看着他的背影，眼泪终于再也藏不住，顺着脸颊滚落。她的肩头微耸，细白的手指扣在门框上，暴出细小的青筋。而后，细微的呜咽声自胸腔里传出。

倾盆雨下，聂铠离开了。

他现在每走一步，两人之间的距离，真的就会多一步。

肖洱想起什么，突然跳起来，箭步冲回卧室，拿起什么塞进怀里，然后飞快地冲出房门。

家里只有一把伞，她没遮没挡地跑进雨幕之中，朝小区外跑去。

可是短短的间隔里，聂铠已经走得没有影踪。

肖洱失神落魄，发根尽湿，在小区门口的马路边四下仓皇地望着。

"聂铠——"她用力大喊道。

没有人给她回应，风雨声和路边店铺巨大音箱里的歌声将她的呐喊掩去一大半。

老天常常这么作弄她。

不远处的馄饨店还没有打烊，老板在蒸腾的热气里朝她喊："小丫头！快进来躲躲雨！"

肖洱感到绝望，她慢慢蹲下，掩面而泣。


   "当天边那颗星出现/你可知我又开始想念/有多少爱恋只能遥遥相望/就像月光洒向海面/年少的我们曾以为/相爱的人就能到永远/当我们相信情到深处在一起/听不见风中的叹息/谁知道爱是什么/短暂的相遇却念念不忘/用尽一生的时间/竟学不会遗忘……"


音箱里传来李健的歌声，是聂铠在圣诞晚会上唱的《假如爱有天意》。

声声入耳，声声入心。肖洱心神俱颤，她觉得害怕，也觉出自己其实脆弱至极。

再理智的人，也总有软肋。

何况是她，她从来就不够理智。

蓦地，一股大力袭来。

肖洱的胳膊一疼，整个人被提起来。

头顶是一把巨大的黑伞。目光下移，聂铠怒气冲冲看着她，棱角分明的脸绷得极紧："肖洱！我警告你，你再作死别怪我……"

他突然刹住，只因看见肖洱满面泪水，或者是雨水。可聂铠看见肖洱满是水泽的双眼，心突然就疼起来。

本能一样，一点办法也没有。

肖洱的表情极其无助悲伤，猛地看见聂铠似乎还没有缓过神来。可她的身体先于理智做出了最直接的反应——她一下子扎进他怀里，手指攥着他的衣角，泣不成声。

聂铠身子一顿，展臂揽住她："肖洱，你这是……"

他也哽咽，话说不下去。

她呜咽道，像个认错的孩子："聂铠，对不起，对不起。我不想骗你，我一点也不想骗你。"

她说："我说了谎……我不该说谎，说谎的代价我承受不起，对不起，聂铠，我不应该骗你。你不要走，我让你走，是不想听你把我推给别人，我不是真的想让你走……"

她的话失去逻辑，颠三倒四。

可是他听出极其强烈的痛苦，她在颤抖，不知是因为冷还是因为什么，她揪着他衣服的手指发出"咯咯"的响声。

"聂铠，你恨我吧，你还是恨我吧……你别让别人来照顾我，我能照顾好我自己。"

她语无伦次，手指发颤，伸进口袋里掏出什么，放进聂铠握着伞柄的手里："这个给你，聂铠，你别走了就不回来……"

聂铠感到掌心被塞进一块坚硬冰凉的东西。

一把钥匙。301的钥匙。

聂铠眼圈狠狠一红。他哑着嗓子问她："能有多难，肖洱，跟我承认一句你爱我，能有多难？"

能有多难。

你只要告诉我，你爱我，我们又何必跌跌撞撞，走到这一步。

尽管心里隐有猜测，可离开301的时候，他真的以为自己应该死心了。要不是她把钥匙放进他手里，他真的会以为，她如她口中说的那样，冰冷漠然。

"你以为我从前是傻子，现在也是吗？"他低头问她。

"我问过王雨寒了。"聂铠轻声说，"肖洱，我本以为你会很委屈，我本以为你会怨怪我。可是你宁愿骗我，也不肯让我有一点点负疚感。"

"到底是你真的不爱我，还是你已经爱得连自己都能随便出卖了呢？"

肖洱心里一磕，没料到聂铠来301问她的话，只是一个试探。他识破了她的谎言，也难过于她的谎言。

肖洱目光颤抖，抬头看聂铠的眼睛。少年眼眸澄澈，他低下头，在她的脸颊边轻吻，尝到了她的泪水。

"告诉我，肖洱，告诉我，你做那些事，是因为你也在挣扎。告诉我，你对我说那些话的时候，你心里也很难过。告诉我，你爱我，像我爱你这样爱我。因为我是聂铠，因为你是肖洱。告诉我，你再也不可能爱上别人。"

"如果你认为自己是一个祸害，就只祸害我一个人吧。"

他的吻慢慢转移到她的耳垂边，他的声音温柔而痴妄。

肖洱的手慢慢搂上他的脖子，她偏过头，主动去亲他。她终于向他展示自己全部的软弱和顾虑。

她说："聂铠，我爱你。"

她哭道："可我敢告诉所有人，唯独不敢告诉你。"

她生性凉薄，独为爱偏执。这世上真有这样的人，爱得像一场不留后路的祭奠。

爱情是她最后的底牌，如果连这都被否定，她就真的落到绝境中了。

聂铠想起王雨寒在电话里跟他说的话：

"我表姐那个人，她能对你掏心掏肺地好，但你不把她逼到头了，她绝对不可能把心掏给你看。"

王雨寒说："尤其是，她心里还有伤。"

聂铠喉头微动，还想说什么。

不远处馄饨摊老板吆喝起来："小伙子，你馄饨好了！"

五分钟后，聂铠一手拎着馄饨，一手拎着肖洱回了301。

他把馄饨放在桌上，剥下她湿漉漉的外衣丢到一边，又把她往浴室提。

"我自己来。"

她眼睛肿得像胡桃，头发凌乱潮湿，狼狈极了，却仍旧小声嘀咕。

聂铠像没听见，调好水温以后，拿着花洒往她头上淋："闭眼。"

肖洱不反抗了，她闭上眼睛，任他摆布。

聂铠除去她全部衣物。肖洱突然有一点瑟缩，忍不住伸手挡了挡下身，顿了顿，才慢慢移开。她小声说："聂铠，我不喜欢医院。"

"我梦见自己在海底的棺材里，和我关在一起的，还有一个血淋淋的死胎。"

"聂铠，我也不喜欢噩梦。"

聂铠眼神一暗，手下动作更轻，他哑着嗓子说："以后不会了。"

她相信了。"以后不会了。"她呢喃，一点一点，完全放松自己，交给他。

聂铠给她仔细洗完，吹干头发，抱去卧室床上。整理被子的时候，他突然说："肖洱，你看，我也能照顾好你。而且你还爱我，这世上没有比我们更合适的人。"

他很介意程阳那句话，所以不断重复："我们是天生要相爱相杀的，所以你只能在我身边。好的坏的，我们都一起担着。你听到没有，无论如何，不要自作聪明，随便把我推开。"

无论如何，不要。

肖洱答应了他。

聂铠说："你答应了，骗人的话……"

肖洱说："骗人就让我永远葬身海底。"

那个时候，她预见不到将来，所以她以为自己的承诺一定能够作数。


聂铠和肖洱在301一直待到期末考前一天。

有肖洱帮着他复习，聂铠对于期末考的到来毫无紧张感。

只是，当他们回到学校参加考试，同时出现在考场外的时候，每一个对他们的八卦有一点点了解的人，都惊呆了。

流言疯了一样四下流窜。

绿茶妹妹真是好本事，居然到最后，还能和聂铠在一起！

最惊讶的莫过于以汪玉东为首的一帮兄弟，他们不认识肖洱，只认陶婉一个嫂子。

没料到从上海回来，短短几天以后，嫂子就换人了。换人就算了，偏偏这人声名狼藉，还曾经做过对不起聂铠的事情。

"长一张老实人的脸，怎么尽干狐狸精的事？"汪玉东很不满意，私下里嘀咕，"这件事肯定有蹊跷，聂铠心思单纯，不要被骗了！"

"反正我觉得小婉温柔可爱，跟聂铠特别配。可这女的，跟好几个男的不清不楚。论手段，小婉哪搞得过她？"

"东哥，要不想想办法？"

"先看看情况，我改天联系小婉，问问到底怎么回事。"

流言传到肖洱几个舍友耳中，更是引起一场议论。谁都没想到会是这个结果，肖洱顶着漫天飞的流言恶语，居然还能没事人一样回到聂铠身边。

如果说此前宿舍里还有人和肖洱说上两句话，这件事一出之后，她就被确确实实地孤立了。聂西西跟其他几人之前还讨论过，肖洱这般行事作风极其不讨喜，做人要做到她这个份上简直是太悲哀了。

可就是她们口中这个悲哀的肖洱，偏偏成了她们心目中男神般存在的聂铠的女朋友。

考完最后一门回到宿舍，聂西西一声不吭。

她刚刚在回来的路上看见肖洱和聂铠了。他帮肖洱背着书包，那么轻的包，她也好意思让别人背。装柔弱嘛，平时那股子劲哪儿去了。

两人没有什么过多的交流，可肖洱的手在聂铠手里攥着。聂西西看得清楚，他在帮肖洱细细搓揉生了冻疮的手指。

周围人多，都若有若无地往他们两人身上瞟。聂西西发现，肖洱虽承受骂名，更多的，却是众人艳羡的目光。这艳羡，让聂西西觉得浑身不自在。

回宿舍后没有多久，聂西西接到一通电话，是肖洱妈妈打过来的。

她已经很久没有打过电话给她，彼端，女人温和的声音传来："今天你们考完试了吧？之前我就想给你打电话，担心影响你们复习。"

聂西西说："阿姨，你有什么要问的吗？"

沈珺如沉吟，说："小洱是不是有男朋友了？"

宿舍没有别人，聂西西望着窗外，听见自己轻声说："是呢，小洱是交了个男朋友。"

"你们认识吗？是个什么样的男孩子？"沈珺如心道果然，立刻又问，"小洱和他怎么认识的，现在两人感情怎么样？"

"他在我们学校可是校草级别的。"聂西西说，"他们好像是高中同学，现在感情好着呢，小洱现在基本不回宿舍住了。"

沈珺如一愣，心漏跳了几拍："你说不回宿舍住，是什么意思？"

"他们应该同居了吧，我也是听别人说的。"聂西西说。

沈珺如心底一凉，有些站不稳，她急切地问："那男孩是谁？小洱同学，难道是杨成恭？"

"他叫聂铠。"


1月底，学校开始放寒假。

肖洱按照原计划去北京，聂铠也在酒吧请了半个月假，陪她一起。

最近聂铠精神状态不好，可能是连着几天考试，熬夜复习的原因。

这是两人第一次一起远途旅行，可是全部行李加在一起，也只是一只18寸行李箱加上一只背包。从南京南站出发，乘G104次高铁，不过4小时09分就到了北京南站。

通过检票口，肖洱一眼就看见靠在一边立柱旁等候的王雨寒。后者也看见他们，慢吞吞走过来。

站定，他上下打量两人。

聂铠跟他打招呼："表弟，好久不见。"

肖洱："……"

王雨寒从鼻子里"哼"了一声，不接受这个称谓。他转身带路："走吧，先去吃饭。"

刚到北京，他带两人去吃地道的老北京火锅。

铜锅里热气袅袅，王雨寒跷着二郎腿望着对面俩人。

"我说，你们翻篇啦？"

肖洱不置可否。

餐厅里不能吸烟，王雨寒招手让服务员送上来两打啤酒往桌上一拍。

他和聂铠没有什么可废话的，都在酒里。

两个人一直喝到晚餐前，服务生几次过来往锅里添汤汁。啤酒瓶堆得到处都是，肖洱本来还有闲情逸致帮他们把倒了的瓶子扶正，后来索性随他们去。

王雨寒已经神思模糊，挨到聂铠身边来，一把攥着他的手，大着舌头说："我这个妹妹跟了你，你要是不好好对她，别怪我，别怪我……对你不客气。"

聂铠小鸡啄米似的点头，目光发直，粗声说："哥，肖洱……肖洱不是你姐吗？"

肖洱："……"

最后，喝大了的两个人兄弟似的互相搀扶着出去了。

肖洱结完账，拖着行李箱追过去。

华灯初上，王雨寒负手而立，站在大马路边大声说着什么。肖洱走近了，发现他在吟诗。

聂铠倚着电线杆，不舒服地垂着头。

肖洱走过去，伸手摸摸他滚烫的面颊："难受吗？"

聂铠抬手覆在她手上，低低地"嗯"了一声："想吐。"

"能忍住吗？"肖洱说，"一会儿再吐好不好？"

聂铠想了想，点点头。

餐馆附近就有酒店，肖洱打了预订电话，叫来一个酒店服务生。

服务生把诗性大增的王雨寒往酒店里头带，肖洱一只手拉着聂铠，一只手拉着行李箱，慢吞吞地往酒店里走。

聂铠酒品尚好，不会轻易发疯，他乖乖地跟着肖洱进了房间。肖洱在浴室清洗浴缸、调试水温，聂铠趴在马桶上吐。

吐完以后，整个人掉了半条命。他倚在水箱边，蔫了吧唧的。

浴缸里放着水，肖洱按下抽水马桶按钮，又去拉聂铠。

她力气比从前小多了，完全拉不动。只好蹲下来跟他打商量，哄小孩似的："聂铠啊，自己能不能起来？"

聂铠懂事地点头："能起来。"

"能不能自己脱衣服？"

"能。"

"能不能自己洗澡？"

"能。"

这么乖，肖洱轻笑。

聂铠蒙着眼看她："你笑了。"又低声叹，"我喜欢看你笑，可你很少冲我笑。"

肖洱默，轻声说："你给我一些时间。"

"可没关系……"聂铠没听进去她的话，甚至不知道肖洱就在她面前，他自顾自道，"我晓得你什么时候心里是高兴的，你不笑我也晓得。"

"你跟我在一起的时候，是高兴的对不对？"他轻声说，"可我还是担心，小耳朵。"

肖洱看着他沉浸在自己的世界里，不再打扰。

他说："你的父母知道我是谁的话，不会愿意看到你和我在一起，我担心你受委屈……更担心你因为担心我受委屈而自作主张又一次推开我。"

肖洱听懂了他绕口令似的低语，心软得不可思议。

其实不只是肖长业和沈珺如，聂秋同知道的话，也不会赞成。

他们选择在一起，就注定了不会被祝福。

"我前些天梦到我妈了。"酒精令人无法维系理智，聂铠的手遮住脸，语气悲哀，"她浑身都是水，她在哭，她说她不原谅你。她说如果没有你的存在，她本可以成为一个幸福的女人。"

如果沈珺如当初没有以怀孕为由强行介入两人之间，可能一切都会不同。

肖洱身子微微发抖，说："聂铠……"

"我跟她讲道理，可是她不肯听我的。她说我和你在一起，就是背叛了她。"聂铠无助道，"我不知道该怎么办，小耳朵，我怕在梦里看到她。"

他说："我好几天没睡了，一闭眼我就看见她湿淋淋地站在水里。你不知道，我是看着她被打捞上来的，在那个海滩，她浑身都被泡白了，我用尽全力叫她，她也没有半点反应。"

他的背微微佝偻，痛苦地说："我想和你在一起，为什么就这么难？"

肖洱把他抱进怀里，她唇角颤抖，却只能说："聂铠，会过去的，拜托你忍一忍，会过去的。"

那一晚，他们两个都没有睡好。

肖洱不知道梦究竟如何形成，如果是日有所思，是内心最深处阴霾的无限放大，那么是不是聂铠对她也有芥蒂。

如果不是日有所思，而真的是冥冥中有某种牵引与安排，那么是不是意味着他们的爱情真的有一天要走到穷途末路。

肖洱在思虑之中入了梦，她也梦到白雅洁。

她第一次清晰地梦到白雅洁。

白雅洁还像两人初次在学校见面时那样打扮，焦虑而彷徨。肖洱看着她，白雅洁说："同学，你是谁？"

"我是肖洱。"

她笑起来："肖洱，肖洱，这是我和长业孩子的名字，你凭什么占用了去？"

肖洱说："上一代的恩怨，我不需要承担。我犯下的罪孽，也已经还清。"

她们其实谁都没有说话，自始至终一直相对而立，可这些对话像是刻在肖洱心里。

仿佛不是一场梦，而是实实在在地发生了。

白雅洁听了肖洱说的话，表情变得讥诮，她说："你真的还清了？"

肖洱的声音不那么坚定了，可她还是说："一命抵一命。白阿姨，聂铠他已经原谅了我。"

白雅洁很久都没有说话，似乎是肖洱提起聂铠的名字令她失神。就在肖洱以为自己将她说服的时候，白雅洁却又幽幽开了口："一命抵一命，肖洱，你自己也知道？"

"你这是什么意思？"肖洱变得慌乱，"你还想让我怎么样？！"

"你如果觉得自己还清了，怎么还会梦到我？"

肖洱猛然惊醒，后背冷汗淋漓。聂铠睡在她身边，不知道梦到什么，也皱着眉。

肖洱轻声叹息，翻身钻进聂铠的怀里。

"我以后一定会做一个好医生，会救很多人的性命，我保证。"她轻声呢喃。

所以，允许我自私一次，留在他身边吧。

吃饱喝足又睡了一晚，该落实游玩地点了。

肖洱坐在床上，笔记本电脑搁在膝头，正在查阅北京知名景点。

聂铠的脑袋枕在她大腿上玩手机，炸乱的头发时常挡住肖洱视线，她不得已，只好一只手按住他的头发，一只手在键盘上敲击。

王雨寒靠在门边，揉着宿醉疼痛的脑袋，说"不到长城非好汉是一句鬼扯"。

"老子上次去长城，差点就交代在那儿了。"王雨寒说，"体力劳动不适合我这种文艺工作者。"

聂铠也没打算带肖洱去那里，她身体还需要慢慢调理，剧烈运动能避免就避免。

故宫、颐和园不能免俗，还是要去溜达一圈；南锣鼓巷、三里屯、798是王雨寒的主场，他负责全陪……

王雨寒继续说："清华北大什么的，没啥好玩的，我们学校更没什么好看的。进门还要我给你们借学生卡，甭去。"

"我脑子有坑才往学校跑。"聂铠哼哼道，换了个姿势，问肖洱，"腿麻吗？"

肖洱想摇头，又听见聂铠嘀咕："麻了我换另一边。"

她在旅游分类网站查询地点，滑动触控板的手慢慢停下来。

肖洱有些诧异："龙泉寺？"

不晓得算是缘分还是其他，北京竟也有一所名为龙泉寺的寺庙。

王雨寒听见她念叨这个名字，说："在凤凰岭，这寺庙最近跳得很。据说里面硕士、博士扎堆，很多僧人都是清华北大毕业的。2011年的时候，就成立了龙泉动漫制作中心，做静帧动画、3D动画之类。"

肖洱听得认真，聂铠颇诧异，抬一抬头，说："你对这个有兴趣？"

肖洱笑笑："有一点。"

聂铠想歪了，一下子坐起身，捧住肖洱的脸，严肃道："你该不会想要出家吧？"

肖洱："……"

聂铠以为她默认，大惊失色，连连后退，上下警惕地打量肖洱。

肖洱没好气："我说……"

"肖洱，千万别，我观察过了，你剃光头不好看的。"聂铠一本正经道。

玩她呢。肖洱随手抄起一边的枕头丢过去，被后者一把截住，笑嘻嘻蹭过来："肖洱你要是成了小尼姑，我就去你隔壁当小和尚，每天敲木鱼唱歌给你听。"

肖洱愣了愣，竟然下意识脑补了这样的情景。

而且觉得，还挺萌。

话是如此，肖洱还是想去龙泉寺看看。

聂铠依她，前三天逛遍了北京城，第四天，王雨寒开车过来接两人去龙泉寺。

"今天你可要跟我回家，我妈自你来第一天就念叨让你来家里住。"王雨寒说，"我总不能告诉她你一直跟聂铠在外头住吧。"

"不是让你跟姑妈说，我住在同学宿舍吗？"

"那也不能老是打扰别人啊。"王雨寒说，"不管怎么样，今天你就是去意思一下也得过去了。"

肖洱看看身边坐着的聂铠，满脸写着"我不乐意"。她抬手捏捏他的手掌，说："我吃过晚饭就回来。"

聂铠挑挑眉，答应了。

王雨寒在后视镜里看他们俩，沉默片刻，说："你们这么下去，什么时候是个头？表姐，你打算什么时候跟舅舅舅妈摊牌？"

肖洱顿了顿："不急。"

"舅妈那个性子，要是反对，不知道要干出什么事来。"王雨寒说，"你最好做好准备。"

肖洱不语，聂铠轻轻握着她的手。

"别怕。"

"嗯。"

他们去得早，正赶上龙泉寺的诵经会。

一行人在义工们的指引下换上鞋套，慢步走进经堂。

经堂很大，前来诵经的也有百来人。人头攒动，却寂静无声，落针可闻。

他们依次坐在蒲团上，有人传递来经册和经稿，上书《大佛顶首楞严经》诵经仪轨。

王雨寒不是第一次来，手腕上还套了串念珠，以眼神示意他们跟着领头的僧人诵经。

"炉香乍热。法界蒙薰。诸佛海会悉遥闻。随处结祥云。诚意方殷。诸佛现全身。南无香云盖菩萨摩诃萨。"

诵经和尚的声音极好听，低沉醇厚，借由音响在经堂四处飘荡。

一不留神，就入了人心。

肖洱凝神静气，轻言附和。旁人亦是如此，很快经堂中便响起众生之音。

请圣，供养，皈依，观想，诵经，忏悔，回向，发愿。

肖洱只听得见自己的声音。

"至心忏悔肖洱与一切众生，从无始以来，迷失真心，流转生死，六根罪障无量无边，圆妙无上佛乘，无以开解，一切所愿，不得现前，我今持诵大佛顶首楞严经，以此善根，发露黑恶，过去现在未来，三业所造，无边重罪，皆得消灭……"

过去现在未来，三业所造，无边重罪，皆得消灭。

信仰不能帮人开罪，但总是给人以勇气，不是吗？

离开龙泉寺，聂铠先行回了酒店。王雨寒载着肖洱回家。

"我妈自从我上大学以后，就再也不上班了，天天在家琢磨吃的。今天你有口福了。"

王雨寒带着肖洱从停车场进了电梯，很快来到家门口。

他抬手敲门，没一会儿就有人响应。

门一开，肖洱和王雨寒都愣了。

沈珺如站在玄关望着两人，似笑非笑的，说："回来啦。"

王雨寒身子一凉，面上倒还挤出个笑来，说："舅妈，你……什么时候来的？"

"四天前就到啦。你说你一天天也不着家，舅妈来想看看你都看不到。"沈珺如说，"愣着做什么，快进来。"

她知道了，肖洱在心里说。否则，沈珺如不可能不告诉她一声就跑到北京来。

至于她怎么知道的，知道了多少，肖洱还不清楚。

她跟在王雨寒身后，慢慢换了鞋子进屋。

王雨寒给她递了个询问的眼神，肖洱轻轻摇头。王雨寒微不可闻地叹了口气。

进了屋，肖洱跟厨房里正忙活的姑妈打了声招呼。后者多看了她几眼，欲言又止，客套道："先去吃点水果，一会儿饭菜就好了。"

"谢谢姑妈。"

肖洱走回客厅，沈珺如看着她，状若无意，说："这几天都跟阮唐在一起呢？去哪些地方玩了？行李还在阮唐那边？"

她这副内心笃定偏还要做询问模样的姿态，肖洱再熟悉不过。

她垂目站在沈珺如跟前："妈，你都知道了。"

沈珺如说："知道什么？"

肖洱说："我交了男朋友，我是和他一起来北京的。"

肖洱的态度和沈珺如预计的不一样，这让她准备好的一套说辞没了用武之地。

她顿了顿，才说："妈妈说的话有没有用？"

肖洱沉默。

"我本来想给你留个面子，不在别人家不当着你弟弟的面让你下不来台，但是肖洱，你做的事情太让妈妈寒心了。"沈珺如皱着眉头，说，"你才多大一点？就跟男生同居？你知不知道妈妈听到这些的时候，就跟挨了别人一大巴掌似的！"

她说着，抬手在自己脸上拍了拍。

"我把你养这么大，你一直都是最优秀的。结果现在呢！肖洱，你到底是怎么了？！你怎么变得跟那种不三不四的小丫头一样了！"

王雨寒在边上说："舅妈……这都21世纪了，你怎么思想还这么守旧……"

"没你的事。"沈珺如冷声道，"到屋里去！"

王雨寒抱臂看着她："这是我家。"

沈珺如被他一噎，瞪着眼睛看王雨寒。

气氛剑拔弩张。

肖洱淡声说："妈，我没有活成你希望我活成的样子，不代表是我的错。"

沈珺如深深吸气，冷哼，说："你少在那边自以为是，以为自己有点小想法不得了了？肖洱，我告诉你，今天我要是不拦住你，你后悔的日子还多着呢！"她说，"聂铠是吧，你光看见他长得好，你知不知道他是个什么东西？"

肖洱被沈珺如的口出恶语惊得一怔。

"我告诉你，肖洱，他因为打架闹事进过派出所，要不是他爸把他捞出来，不知道要走多少弯路。"沈珺如数落道，"你们是高中同学，这些我不说你都知道，他整天跟什么人混在一起？嗯？地痞流氓！天天在酒吧瞎混的人，靠吃家里喝家里过日子，连这南大还不知道是靠什么手段上的，就这种人，你看上他什么？他以后能有什么出息？"

肖洱脸色渐渐发白。

沈珺如见自己的话收效甚好，又连珠炮似的说："就说说他怎么偏上赶着要跟你在一起？肖洱，他那种小流氓，不过图一时新鲜，玩你这种干净清白的小丫头罢了！而且——"

话及此，厨房门突然被打开。

"珺如，饭菜好了！"

沈珺如被猛地打断，似有所悟，急急顿住，胸口起伏不定，没往下说。

肖洱看了一眼姑妈，又看了看沈珺如："怎么不继续说了？"她说，"你是不是还想说，聂铠接近我，别有企图。"

沈珺如和王雨寒母亲都是一愣。

肖洱说："你不是语文老师吗？怎么一直避重就轻，不肯把你最大的担心说出来？"

沈珺如看着肖洱淡漠的样子，突然喉头发紧。

"聂铠是白雅洁的儿子，你是不是以为他知道了什么你和我爸一直辛苦隐瞒的事情，所以他来找我了？"肖洱说，"妈，从来就不是你想的那个样子。"

"你知道……"肖洱姑妈喃喃道，突然想起什么似的，对着王雨寒道，"你告诉她的？！"

"她早就知道了。"王雨寒说，"从聂铠第一天，进入她视线的时候。"

沈珺如的心狠狠一坠。

"妈，事实和你以为的，恰好相反。"肖洱轻声说，"我才是别有企图的那一个。"

"你……这是什么意思？"沈珺如脑子一片空白，呼吸不畅，颤声问道。

"什么意思……"肖洱脸上露出悲哀的笑意，"不然你以为，为什么聂秋同会知道白雅洁怀孕，为什么白雅洁会投海自尽？"

沈珺如在她说出那句话的一瞬间，心跳都仿佛静止了。她眼前的这个女孩子，不是她女儿，而是一个陌生可怕的魔鬼。她有些站不稳，微微摇晃。

"你这孩子！你别瞎说！"肖洱姑妈赶紧去扶，大声说。

"妈，是我啊，是我告诉了聂秋同！"肖洱的心一横，抬眼直视沈珺如，她眼有水光，说，"我13岁，13岁的时候，就看见我爸跟白雅洁在一起了。"

"我以为你是彻头彻尾的受害者。"她说，"我以为我在保护你，我以为我是个执剑的正义使者！"

"可是呢……"肖洱低头看自己的手，"我不过是个刽子手。"

"小洱啊，你听姑妈说，这事情说来话长。"

"是！说来话长！"肖洱斩钉截铁道，"可是这么长的时间，为什么没有人为自己做的错事负责任？！"

沈珺如坐在沙发上，仍止不住发抖，她说："我有什么错？！我为了这个家，为了你，我忍气吞声睁一只眼闭一只眼，你到头来要怪我？"

"妈，你介入别人感情，我爸婚内出轨，你假装什么都不知道，你们没有犯错吗？"肖洱的声音低下去，她说，"别把为了我挂在嘴边，我也曾以为自己为了别人，做了一件又一件自作聪明的蠢事。"

"为了谁，你自己心里清楚。你不过是为了满足自己心里的控制欲。"

她在说沈珺如，也在说自己。

王雨寒看着肖洱这般，半句话也插不上。如果沈珺如和肖长业，但凡能早一点意识到自己所做的错事，一切也不会一发不可收拾到这个地步。

所以一切过错经过年月的发酵，不断累积变质，最后统统压在肖洱一个人的头上。

很久都没有人说话，肖洱的眼泪终是落下来。

她笔直地站在客厅当中，眼前失神的女人是她的母亲，可是她们可能永远都不能像正常母女那样相处了。

事实上，她们之间的关系也从不像真正的母女。

从很小的时候，从一点一滴的小事开始，她们就彼此猜忌，互相隐瞒防备。两个个性如此相像的女人，即便深爱对方，也无法和平共处。

"小洱啊，那你既然，早就知道……怎么还跟那个聂铠……"良久，肖洱姑姑说道。

沈珺如已慢慢安静下来，她似乎一下老了许多，眼神都迟钝了："她想补偿。"

肖洱轻轻摇头："不，我爱他。"

沈珺如唇角浮现一个冷笑。

她想起肖长业。她曾以为他只是为了补偿白雅洁才没和她断了联系。

可是他说，他爱她。他这一生，只爱这一个人。

"我不会同意你们在一起的。她缠着你爸我不管，可他儿子休想把我女儿拖死。"沈珺如看也不看肖洱一眼，说，"你还是我女儿一天，我就不会允许你跟他在一起。不只是我，你爸也绝对不会答应。"

在肖洱说话前，沈珺如又道："你别以为你现在翅膀硬了，我管不了你。肖洱，有本事你就跟家里脱离关系，别上学了，也别要这个家了，就跟那小子走吧。我和你爸死了以后被一把火烧成灰，你也别来看我一眼。"

肖洱的唇角被自己咬出血来。

"为什么要我做这种选择题？"肖洱说，"你不是我妈妈吗？为什么这么逼我？"

"你不是我女儿吗？！为什么这么逼我？！"

沈珺如再也维持不了平静，近乎歇斯底里地厉声吼道。

话已至此，便无法再沟通了。

肖洱慢慢从随身的背包里拿出手机和钱包放在客厅桌面上。

"银行卡、现金、手机，电子账户的密码您知道的。其他的您还有什么要留下的，我都给您找来。"肖洱轻声说，"学我还是要上的，钱不用您出。您和父亲我依旧有义务赡养，也会去看你们，哪怕您闭门不见。"

"肖洱！"

一声尖锐的厉喝。

"小洱！你知道自己在做什么吗？！"肖洱姑妈也急了，叫道。

肖洱回身，说："妈，我从前有一本日记本，是专门写给您看的。书桌一拉开，最上头那本练习册才是我的日记本。您得空了，不妨看看。"

她说完，缓步离开了。

沈珺如两眼发直，按着胸口坐下。

肖洱姑妈赶紧去推王雨寒："傻站着干吗？！把人找回来啊！"

王雨寒不动弹，说："舅妈，你们这就是逼着肖洱跟家里决裂。"

他妈妈先反驳道："你说的这叫什么话，那男孩能有她亲妈重要？！"

王雨寒笑笑："那要看，你怎么判断一个人重不重要了。这道选择题，选项看上去是舅妈和聂铠，实际上……"他没说下去，语气低了两度，叹道，"表姐只是想活着。"

"噢，你的意思是她没了那聂铠活不了了？矫情！就你们这帮孩子，懂什么？屁大点事就觉得要死要活的，就觉得是为爱情献身了？"

"对，你们懂。懂柴米油盐生活琐碎，自己身处俗世，就可以理所应当地蔑视相信爱情的人。看了一些身边的人和事就觉得自己阅历丰富，可以划定别人的生活轨迹了？"王雨寒说，"总有人不一样的……总有人会走不一样的路。你可以泯然众人，但你得承认，很多人跟你不同，包括你女儿。"

"你……"他妈妈自知说不过自己这个儿子，连连摆手，"滚滚滚，爱上哪儿待哪儿待着去，别在这儿给你舅妈添堵！"

"舅妈，你怎么不跟我妈学学？你但凡有她这一点包容，表姐也不至于如此。你觉得她这性子是怎么养成的？我看十之八九，是拜您所赐。"

一个沙发枕飞了过来。

"我说你还没完了？！"

王雨寒用手挡下抱枕，撇撇嘴，往门口移动。

"得，我走，我走还不成吗？"

门"砰"的一声合上了。

王雨寒妈妈连声道："珺如，我这儿子嘴上没遮没拦惯了，你别往心里去啊。"

沈珺如从肖洱离开后就一直没吭声，双眼直勾勾地盯着地板，眼里充斥着血丝。

这时候，肖洱放在桌上的手机突然亮了起来。

聂铠来电。


王雨寒没费什么劲就追上了肖洱。

发现她的时候，她正坐在小区花坛边的长椅上发呆。

王雨寒绕到她面前，不意外地看见她满面的泪水。他在她跟前站着，沉默了半晌，才笑笑，说："表姐，这时候甭一个人扛了。这一份委屈，哭给另一个人听以后，就只剩半份了。"

肖洱没说话。

聂铠最近的压力也很大，她不想在他面前这么失态。

王雨寒见她没反应，又说："你是不是不想告诉聂铠？怕他因为担心你，做什么违心的事？"

肖洱摇头："我不会再瞒他任何事。"她说，"再说，就算我告诉了他，他也只会和我站在一起。"

王雨寒一愣，嘴角的弧度渐渐柔和。

他陪了她许久，肖洱终于恢复平静，站起身来。

"谢谢你。"

"没什么好谢的。"

"那，祝你和张雨茜……"

"别别别，你可别哪壶不开提哪壶。"

肖洱笑笑："当我没说。"

"什么时候走，送送你们？"

"明天去见见同学，可能待不了太久。你为我们做的够多了，不用送了。"肖洱轻声说。

"往后有什么需要帮忙的，尽管开口。"王雨寒说，"学费什么的……就当我借给你，你以后再还。"

肖洱抬头看他："别担心了，回去以后我去接一些实习和家教，再说还有奖学金。"

也对，肖洱就算靠自己，也不至于落到个狼狈的境地。王雨寒却无端觉得心中焦躁，他的脚无意识踢着花坛台阶，说："那，我送你回酒店。"

"嗯。"

王雨寒开车送她，目送着肖洱下车。她背影纤细，在北京萧索的风里尤其显得单薄。

"表姐！"

他心里有什么抓不住似的，降下车窗，忍不住大喊。

肖洱站定，转过身来。

风拂起她的长发，她抬手去遮。王雨寒似乎这一刻才发现，肖洱的头发竟然已经这么长了。

王雨寒几乎看不清她的五官了，肖洱在他的视线里，只剩下一个消瘦的轮廓。

他喊道："你是我见过，最酷的那段文字！"

初见的时候，他就跟她说过，这个世界在他的眼里，不过是一段段各色各异的文字。

肖洱似乎没有回应，可是王雨寒知道她笑了。

他也笑起来，随手扯了根烟点上，用只有自己能听见的声音说：

"所以，给我好好活着啊。"

肖洱走进酒店房间。

意外地，没看到那个家伙跷着二郎腿，以王雨寒亲授的"北京瘫"姿势横尸在沙发上玩手机，也没躲在窗帘后头抱着吉他一边遥望雾霾一边写歌。

她里外找了一遍，行李衣物都在。

怪了，人呢。

肖洱下楼，找到那天送王雨寒回房间的服务生借电话。拨过去，关机。

服务生对他们几个印象很深，看见肖洱神色凝重，不由得道："你是不是在找那个高高的短发小伙子？"

"你见到他了？"

"就没多久前，他急匆匆拿着手机跑出去了。表情可不太好看，我还以为你们吵架了呢……"

肖洱想到什么似的，明白了过来。

该把手机卡拔了的。

她把手机还给服务生，重新回了房间。

晚些时候，下起薄雨，细细一层铺展开，城市笼上更深的阴霾。

聂铠还没有回来。肖洱坐在沙发上，抱着聂铠的吉他，学他的样子，伸手拨弄吉他弦。

咚咚当当，吉他发出令人不愉悦的怪叫。

他擅长的，篮球、音乐，都是她的短板。肖洱浅笑，不急，往后有很多机会会慢慢学。

夜色愈深，不晓得过了多久，门突然被打开。

聂铠带着一身湿气进了屋。

他看见肖洱，定在原地。有片刻的诧异，剩下的，就全是心疼。

肖洱望着他："你回来得有点晚。"

聂铠喉头发紧。他有一肚子话要说，可什么也说不出了。

沈珺如接了他的电话，跟他说了很多他不想听的话。他急疯了，要跑去找肖洱当面说清楚，可他只见到沈珺如和另一个陌生的女人。

　　两个人的话字字带刃，割到人心里都能滴出血来。

　　他只想见到肖洱。

　　"小伙子，你觉得小洱更看重她的家庭，还是你？她为了什么接近你你不是不知道，现在她同样可以为了家人放弃你。"

　　"你们让她当面跟我说，我不信。"

　　"就算现在她一时执迷不悟，往后她想清楚了，也不会和你长久的。"

　　"让她来找我！"

　　聂铠终于觉出不对劲来，他起身离开，说："我会一直留在北京，见不到小洱我不会走的。"

　　那时候，他只以为，是沈珺如太过强势，把小洱关了禁闭才拿到了她的手机。

　　可没想到，他在回到酒店之后看见了肖洱。

　　联系到沈珺如的话，他顷刻间就明白了为什么手机在沈珺如那儿，肖洱做出了什么样的选择。

　　肖洱不问聂铠发生了什么，她完全猜得到，沈珺如就算无法干预，也一定要尽最大的力气给两人造成最大程度的心理阴影。她轻轻放下吉他，拿起手边早备下的干毛巾走过去。

　　"聂铠，低头。"

　　她把毛巾兜头盖在他脑袋上。

　　聂铠的头低得更深，直吻住她的唇。肖洱尝到他脸颊上滑落的雨水。

　　雨水，雪水，血水，海水。

　　他们的爱，一路走来，总是潮湿而冰冷。

　　所以，只有抱得更紧了，才能汲取到温暖。

　　她沉在吻里。聂铠身子倾斜，雪白的毛巾从他头上滑下，挂在肖洱头顶，像冥婚的盖头。

他在她耳边喘息，说："我们会在一起。"

他说："我们会有抽纱窗帘。"

他说："我们会坐游轮环游太平洋。"

他说："我们会有很长的以后。"

她都答应了。

# 第二十章
## 故事已经说完，懒得圆满

　　第二天，聂铠与肖洱在北京见了阮唐。

　　她看见聂铠和肖洱又一次同框，嘴巴张得能吞下一只鸡蛋。

　　"你们又双叒叕在一起了？！"

　　"……"

　　几人找了一家静吧闲聊。

　　阮唐有点遗憾，说："本来想让你见见我那两个学霸哥哥的，绝对一个比一个奇葩。可惜现在他们一个去冬令营了，还有一个在实验室里忙。"又很难过地说，"小洱，我们以后可能不会常常见面了。我妈跟我说，她打算搬过来，今年10月就跟那个叔叔结婚。"

　　肖洱说："没关系，想见面总会有机会。"

　　"嗯！说的也是！你学医，以后念硕士、博士或者工作总会过来的；聂铠他想做歌手，北京也有很好的发展平台。你们总会过来！"阮唐乐观极了，大眼睛忽闪忽闪，"唉，对，小洱，今年寒假咱们班的同学要一起组织出游，你报名吗？"

　　肖洱还不知道这件事，诧异地看了看聂铠。

　　"噢，陈世骐组织的，他前两天还跟我说过，让我帮着喊人，我没来得及回他。"他说，"好像是要出海，去东南亚哪个海岛上露营。"

　　阮唐连连点头："嗯嗯！哈士奇不是在学司仪吗？认识了不少做会展、婚庆之类的人。他这一次是联系到一家游轮公司的负责人，那边说只要他给出的报名人数达到一百个，就能跟主办方申请到很大的优惠。"

聂铠说："靠谱吗？这单生意听起来，哈士奇像是个被忽悠来搞销售的。"

阮唐愣了愣，她没想过这一层："啊？哈士奇介绍的，怎么会不靠谱啊……"

聂铠笑笑："行吧，我问问他详细情况。"又看看肖洱，"你有兴趣吗？"

陈世骐想拉一百个人报名，肯定想方设法联系曾经的所有同学，可是就算是这样，他也没有通知肖洱。

肖洱没吭声，却看见阮唐一脸期待的表情。她说："挺好的，你不是一直想坐游轮出海旅行吗？可以啊。"

"行，那我帮哈士奇转发一下。"聂铠低头拨弄手机，很快把哈士奇发给自己的推送转到朋友圈。

响应者众多，等到肖洱和阮唐两杯奶茶喝完，聂铠消息下的评论数就已经破百。

陈世骐很快发来消息："兄弟你太给劲了！就刚刚来我这儿报名的就有三四十人。"

聂铠问他："够一百吗？"

陈世骐："还不够……不过看你这势头，很快就能到了。"

"我说，一百个人，你抽多少？"

陈世骐半天没回，没一会儿，他的电话就打过来了。

聂铠出门去接，几分钟以后才进来。

"怎么样？"阮唐问他，"不会真的不靠谱吧？"

聂铠笑道："又不是泰坦尼克，别担心。"

聂铠倒不是苛责陈世骐赚朋友钱，他问那一句不过给他敲敲警钟，大家都是老同学，挣钱归挣钱，别做得太过。

阮唐开心起来："那你们会去吗？"

聂铠："嗯，会去。"

"太好了！"

事实上，聂铠别有目的。

一来，他很久没见从前那帮兄弟，也知道他们对肖洱颇有成见；二来，聂铠想让汪玉东他们正式见见肖洱。所以想借此机会把大家聚到一起，讲个和。

毕竟……以后都要常常打交道的。

他坐下来以后就开始联系汪玉东他们，让大家该办护照办护照，该买桌游买桌游。

肖洱在心里把他的意图猜了个七八分，也不拦着。

汪玉东挂了电话以后，越想越不是滋味，晚上跟几个同城兄弟吃饭的时候合计起这件事来。

最初，他是不太看好聂铠和陶婉，觉得那姑娘太普通了配不上聂铠。可是后来大家相处起来都挺融洽，而且陶婉对聂铠是真好，简直就是亲妈。不只是对他好，连带着他们这些人都深受其惠。

所以，现在冒出来的肖洱到底是什么情况？

"我看是小铠跟陶婉之间有什么误会了，不然不可能这么快分手换人啊。"

"没错，我赞同。那个肖洱名声差得很，水性杨花的，可能是真有什么手段。上次咱们不就讨论过这事吗？不是说好要找个机会帮帮小婉吗？"

大家都只认陶婉这一个嫂子，且纷纷认为这次出海游玩是一个特别好的契机。

不管有什么误会，一碰头大家摊开来一说，什么都解决了。

汪玉东一拍手，说："行，我负责把陶婉约出去。"

"她肯去吗？"

"就说咱们约的她不就成了，再说，要是她心里还有铠哥，还肯给铠哥机会，肯定会去的。"

春节，肖洱没有回家，沈珺如也没有半点联系她的意思。倒是肖长业，在肖洱回南京后没多久给她打了一通电话。

肖长业只字不提往事，只打亲情牌，两人没聊几句，那边传来沈珺如的声音。

没等肖洱听清楚她说了什么，电话就被切断了。那之后，肖长业再没打过电话来。

这件事，肖洱没有跟聂铠提。

他们一起出行的钱是聂铠付的，用的是他参加比赛的"10强基金"。

肖洱没拒绝他。她自己已经在南京找到了一份工资很不错的家教单辅工作，每周六日上班。两个人的物质生活过得不算艰难，可没有父母亲情的日子，谁都不知道能坚持到哪一天。

肖洱能明显感觉到聂铠对聂秋同态度的软化。

年初一聂秋同开车来找他希望能见一面，聂铠带着肖洱去了。聂秋同对肖洱这个名字没有半点联想，两人也半个字都没有提及白雅洁。甚至因为肖洱成绩优秀，曾经帮助聂铠复读，聂秋同对她与聂铠在一起这件事颇为赞赏。席间数次向肖洱表达希望她能在学习和生活上多多帮助聂铠的想法。

这不是一个称职的丈夫，但他对自己唯一的儿子，确然操碎了心。

聂铠做不到听他的安排生活，做不到与他平心静气地相处，可同样的，他也做不到真就这么一刀两断老死不相往来。

聂秋同显然很明白这一点。他不再对聂铠进行任何方面的施压，更不再逼迫他继承自己的公司，他尊重他的所有选择，甚至早就提出只要聂铠愿意进军娱乐圈，他愿意大力扶持。

只要聂铠还能认他这个父亲。

这样的退让姿态，任谁都不忍心再恶言恶语地拒绝。

聂秋同不愧是个成功的商人，他比谁都晓得以退为进的道理。

相比之下，沈珺如的态度强硬得让肖洱忍不住怀疑，自己是不是真的是她的亲生孩子。

年后，肖洱陪聂铠去上海参加晋级赛。

赛前三天，又一家北京的演艺经纪公司负责人找上门来，肖洱和聂铠一起去约好的酒店见面。

对方极擅言词，嘴皮子上下翻腾得飞快。两人刚一落座，他就来斟茶，一杯茶还没见底，他已经把聂铠未来十数年的发展规划都说了一遍。

聂铠面无表情，看着手上那份协议书。与之前他拒绝的那份大同小异，都不是让他专心做歌手，而要接一些综艺通告。

不同的是，这家公司尊重创作，对于艺人歌唱方面的培养和训练相当专业。他所提到的老师和公司前辈，也都是德艺双馨的楷模级人物。

肖洱看得出，聂铠心动了。

最后，聂铠对对方说自己需要考虑考虑。

回去的路上，聂铠对肖洱说："我打算接受他的提议。"

肖洱说："如果你认为合适，我会支持你。"顿了顿，又说，"其实，很少有人能够笔直地走向目的地。谁都免不了要走一些弯路，明智的人，不会一门心思只认死理。"

他说："我会尽量少走弯路。"

有你在我身边，我会一直很坚定。

签约过程并不复杂，公司给聂铠配了一名经纪人青青，她师承任和平工作室的金牌经纪人秦谣，手上带出来过好几个艺人。

肖洱抽空检索研究了一下任和平工作室，不免有些诧异。

在业内，这算是一家非常有名气的经纪公司了。他们极少签约刚刚入行的新人，一般接手的都是已经在各行各业小有成绩的艺人。

譬如如今的影帝初阳，当初被任和平收归麾下时，已经有过"当红小鲜肉"的称号；譬如粉丝围起来可绕地球一圈的全能艺人云梵，在被任和平签约前也已经在韩国男团中有过出色表现，并且累积了上万的中国粉丝。

可是聂铠……

肖洱注意到，这家工作室本部在北京。她心念微动，在搜索引擎上同时检索"任和平""聂秋同"两个人的名字。

在财经版块看过一系列的新闻后，肖洱顿时悟了。聂秋同到底还是想动用自己的力量，为聂铠保驾护航。只是这一次，他默默站在了聂铠身后，并且很显然，聂秋同不打算以此向儿子邀功。

肖洱没有拆穿聂秋同的好意安排，陪同聂铠继续投入到晋级赛的赛程安排中。

赛前，青青姐从北京赶来助阵。她身后有一整支经验丰富的宣传策划团队，聂铠这一次的比赛，比前几次加在一起的声势都要浩大。

肖洱亲眼见识到传媒的力量。与比赛有关的话题登上热搜榜，看似是节目宣传，可是热搜物料都是以聂铠为亮点的视频或是图集。

这些当然都是青青精心准备的"见面礼"，最大限度地宣传聂铠，同时最大限度地降低网友的排斥感。

在看过那些看似不经意的宣传物料以后，大家都"主动"地发现了这么一个长相、身材、声音条件俱佳的参赛者——聂铠。

信息爆炸时代，一个人占据热门，迅速蹿红，只需要一夜时间。

一夜过去，聂铠火了。

情理之中。

几乎每一个认识聂铠的人，都没有觉得太过惊讶。

他生来属于舞台。

闹这么一出，聂铠的歌唱功底被舆论造势的威力加成，没有什么波折地进入了大赛总决赛。

寒冬即将过去，春天总会到来。一连几天，聂铠的心情都很好。

哈士奇那边，有聂铠这么一插手，原本希望渺茫的出海游玩活动更加顺风顺水地开展了起来。截止到报名最后一天，已经有超过250人前来参加。

主办方得知哈士奇拉到聂铠来参加出海露营活动，大喜过望，给哈士奇发了个大红包，还说要给他颁发本年度最佳销售的奖状。

开船当天，哈士奇身穿价格不菲的帅气西装，神采奕奕地站在码头亲自迎接他的金主们。

天气不太好，肖洱查了天气预报，在行李中特地加了雨伞和露营时可以使用的防潮垫。

当她和聂铠一起出现在哈士奇面前时，后者明显呆了。

虽然报名时已经知道肖洱和聂铠的事，可亲眼看见还是觉得不可思议。

这冲击感……

肖洱还跟从前一样，安静淡然，跟他打招呼时也和往日没什么分别，似乎完全没把他当初的刁难放在心上。

聂铠以拳擂他的肩："穿得人模人样，怎么表情还跟个傻狗似的？"

哈士奇一顿，忙笑开了，从他手里接过行李箱，亲自带路。

"大明星，你现在帅得我一脸老血，表情管理不当是当然的。"

肖洱走在两人身后，总觉得心里隐隐有些抓不住的不安。

可能是天边乌云密布，海上风浪颇大，让人心慌。

也可能，是别的什么原因。

三人刚进船舱没多久，又一行人说说笑笑来了。

都是聂铠在大学交的那帮朋友，有另一半的，基本都拖家带口。

汪玉东身边站着一个瘦瘦小小的女孩子，带着白色围巾，眉眼安然。

是陶婉。

肖洱和聂铠的房间在顶层的头等船舱，算是哈士奇看在聂铠的面子上特别安排的。

他们和阮唐约了下午茶的点去娱乐厅的酒吧，就先钻进了自己的房间。

"聂铠，我总觉得要出事。"肖洱靠在门边，看着聂铠把行李放好，喃喃道，"这船上人太多了，你现在曝光量大，万一……"

聂铠误解了肖洱的担心，他说："你是不是不想被拍到？那这样，一会儿你跟唐唐走一起，我离你们远一些。"

肖洱摇头："你的经纪人不是告诉你，最好不要在出道初期公开恋情吗？"

聂铠说："我谈恋爱犯法了？谈恋爱会影响我唱歌吗？"

肖洱说："就连我都知道，娱乐圈的年轻男明星如果有女朋友，恐怕会开罪不少女粉丝。"

聂铠："那我就争取多吸引男粉好了。"

肖洱："……"

"等到了法定年龄，我们就结婚。"聂铠走过去摸摸她的小耳垂，低声说，"肖洱，你真不用想那么多。只要我们在一起，什么事情都好解决。"

顾家好男人人设，应该也不错。肖洱下意识地为聂铠谋划，觉得这确实不算什么问题，她慢慢放下心来。

外头风浪大，船舱内晃得厉害，聂铠拉着肖洱去床上坐着："晕吗？要不要休息一会儿？"

"还好。"肖洱不由得看向窗外，"这种天，也没法搞篝火晚会了。可能露营都会取消，更别提海钓了。"

"没关系，大家都在，还怕没乐子找吗？"聂铠说话的时候，手机响了一下，他打开来瞄了一眼，是汪玉东发来的微信，问他在哪里。

肖洱离得近，刚好看见了，于是说："要不你先去打个招呼？"

"2点左右，都到娱乐厅那里的酒吧去碰面吧。"

聂铠知道汪玉东他们对肖洱的态度，也晓得肖洱不愿让自己难做人。他回了两句话，就把手机放在一边，揽过肖洱往后倒，毛茸茸的脑袋直往肖洱的脖间蹭。

他蹭得她直发痒，肖洱忍不住缩起脖子来，伸手推他："别闹……"

"就闹。"聂铠得寸进尺，手从她衣服下摆伸进去，摸她腰间软肉，一边说，"还有两个小时呢。"

肖洱脸上微红，说："大中午的……"

"中午怎么了？"聂铠不依不饶，手下动作不停，没一会儿就把她从衣服的束缚里解放了出来，他黏上去，跟她起腻撒娇，"我还没试过在船上……"

"船上有什么特别的，也就是瞎晃荡。"肖洱嘀咕，身体却不自主地跟上了聂铠的节奏。

"就是要，晃啊。"

聂铠咬上她的耳垂，低沉悦耳的声音让她的心底起了涟漪。


这"江南之星"游轮能载客400人，现下已经满员不说，甚至还多出一些"编外人员"来。聂铠突然红起来，吸引了一些闻风而来的小八卦娱乐杂志记者，走了后门托关系上了船。

主办方高兴还来不及，恨不得借他们之笔、借聂铠如今的一点名头，帮自己的游轮大大造势。

是以，某娱乐头条的记者一到，便受到了工作人员的热情接待。更是有专人一路领着，逐一介绍游轮的各项服务设施。

"虽然我们'江南之星'号游轮不是新型游轮，但硬件设备均是去年才经过全面翻新改装的。另外我们的船长卢顺文先生年年都是优秀员工，他带领的团队，不论是安全、服务还是各项指标均是第一！"

专门探查小道消息的记者先生有点尴尬，赔笑了几声，说："请问客舱在哪儿呢？"

"噢！说到客舱，我们'江南之星'经过改装以后，可谓是……"

"行了行了，我只是想问问，聂铠住在哪个房间？"

"这，您说的，是哪个聂铠？"

"我自己参观行吗？不劳驾了。"

记者先生不堪叨扰，溜之大吉。

这游轮实在是大，记者先生上上下下转了好几圈，眼看都已经下午3点了，也没有找到目标人物。他有些沮丧，最终顺着楼梯和标牌指引来到游轮中巨大的娱乐厅。

谁料刚一进门，就被一抹栗色吸引了过去。

聂铠在这儿！

记者先生心中一阵狂喜，就近找了个视角好的座位坐下，点了一杯青啤，拿出手机来随时准备拍照。只是没一会儿，就发现有什么不对。

聂铠身后站着两个女孩子，身前也站着一个。

他们周围，还围了一圈人，似乎在争执些什么……

时间回到半小时前，聂铠和肖洱从头等船舱下到娱乐厅所在的二层，看见已经等在那里的众人。

除了阮唐和陈世骐以外，很多熟面孔其实都是聂铠的大学同学，他们彼此相熟，凑到一起以后马上组了局玩桌游、打台球、玩扑克或是开黑。

偌大的娱乐厅好不热闹。

阮唐本来有些落单，看见肖洱马上迎了过来："小洱！你们终于来了。你脸怎么这么红呀？"

肖洱："……"

聂铠挠挠头，说："暖气开大了。"

阮唐不疑有他，"噢"了一声，说："那咱们坐窗边去吧，还能吹吹风！"

阮唐拉着肖洱往窗边走，聂铠闲闲地跟在她们身后。

窗边座位附近聚集着一帮人，正在玩狼人杀。参与者有十多个，当中主持的正是陈世骐。

路过他们身边，阮唐忍不住放慢了脚步，在一边观战。她想起什么似的，说："我现在还记得你当年在璞塘的那局狼人杀，简直了。"

肖洱笑笑，也停下来围观。

她们站在一男一女身后，面前的女孩子戴着白围巾，她们都没看见她的脸，但阮唐小声附在肖洱耳边说："她刚刚看牌来着，我瞄到了，是一张女巫卡。"

对面坐着的一圈人都是聂铠的朋友，汪玉东也在，聂铠驻足看了一会儿，弯腰问身前的肖洱："想玩吗？"

他的声音极富特色，话一出口，前排的姑娘就转头来看他。可最先进入她视野的人，是肖洱。

四目相对，那姑娘先愣住了。

"陶婉？"

肖洱微愕，偏头看向聂铠。但她很快就想明白，不会是聂铠把陶婉叫来的。

"东子，你这是什么意思？谁让你把她带来的？"

聂铠拦在肖洱跟前，语气不善，对面前的陶婉与汪玉东发脾气。

阮唐不认识陶婉，自然不懂为什么聂铠在一看到那个白围巾女孩之后那么激动。

汪玉东搁下手里的身份牌，站起身，说："小铠，人确实是我带来的。这件事你处理得实在是让我们都看不过去，你跟小婉之间到底有什么误会，摊开来说不好吗？"

他的目光落在他身后的肖洱身上，继续道："当局者迷旁观者清，我们也是为你好。"

聂铠气极反笑："为我好？你这是为我好？！"

陶婉拉拉汪玉东，示意他别那么冲，她低声说："聂铠，不是这样的，我来这里，没有想拆散你和学姐。我只是……"

她说着，声音有些哽咽，眼里有了泪花。

陶婉望向肖洱，语气真诚："学姐，我真的不是来抢聂铠的。"

阮唐看这情势，身怀数百本言情小说套路的她心里立刻有了底——原来是情敌，啊不，狐媚子！

她瞬间了悟，怪不得有一阵子肖洱和聂铠闹掰了，保不准就跟这个女孩有关。

她立刻横眉冷对，帮着肖洱说："那你来这里干什么？别跟我说，你只是想聂铠了。"

还真是。

汪玉东跟她说的时候，她便是这么打算的。只远远地，远远地看他几眼就好，可是没想到……陶婉被阮唐问得哑口无言，她本就不是善辩的女子，眼泪一瞬间就下来了。

而后，她推开看热闹的人群，飞快地跑开了。

"小婉！"

汪玉东一见这情形，明摆着就是肖洱那一边仗着聂铠让陶婉下不来台，心中对肖洱怒气更甚："聂铠，人是你追来的，现在莫名其妙就甩了她，你不打算为此给个说法吗？"

他说完，竟也随着陶婉跑开的方向追过去了。留下不知是何滋味的知情人士，和一帮吃瓜群众面面相觑。

阮唐因汪玉东的话，心头也起了怒意，她气势汹汹地对聂铠道："那是什么人？你追过她？"

肖洱阻拦道："唐唐。"

"聂铠你别以为自己长得帅、会唱歌就了不起了，就可以花心成这样！"阮唐怒气冲冲，急于为肖洱出头，"我们家小洱不喜欢说什么，不代表她能任你欺负。"

她说着，拉住肖洱的手腕："我们走！"

肖洱没反抗，被阮唐带走了。

倒是靠在门边的记者先生将这一切纳入眼底，心潮澎湃，觉得自己能收获一个重磅花边新闻回去！

两人顺着船边扶栏走着，茫茫海面上风极大，两人走得都不太稳当。

天气还是这么糟糕，今天晚些时候似乎还有雨。

这一趟出来，怕是不会那么顺利。

"小洱呀，不是我说你，你就是太宠着聂铠了，才让他这么肆无忌惮。我这么做，是为你好，别让他以为你好欺负啊。否则万一以后他真的进了那个圈子，诱惑那么多，最后伤心难过的还是你。"阮唐一路絮絮叨叨，"那个女生到底是怎么回事？听那个男生的话头，聂铠和她还有过一段？"

"嗯，他们在一起过。"

"靠！太过分了！"阮唐狠狠捶了一下栏杆，疼得直甩手。

肖洱没好气，拉过她的手轻轻揉着："有原因的。"

"有什么原因？！我看聂铠就是一个花花公子！"阮唐说，"虽然有时候我不太懂你为什么对他若即若离，但是从始至终，你就只对他一个人不一样。可你看看他，高中的时候，你们分开以后他就找了梦薇，现在又是这个人。小洱，他身边可从来不会断了人陪。"

肖洱不说话了。

有原因的。没错，是有原因的。

只是看见他和梦薇在一起的时候，看见他和陶婉在一起的时候，她心里也不是没有想过——聂铠从来不缺人陪，他也没有拒绝。

她没有资格去介怀计较这些事。她也确实，没有过问过聂铠他们的事。没有过问过，在她不知道的时候，他们的感情，是如何一步一步加深。没有过问过，在那些时候，聂铠是不是也会动心，是不是，也想过要就这样一生一世。

尽管不问，却怎么也不可能做到欢欢喜喜地接受。

所以，看见陶婉站在聂铠一众兄弟身边，俨然一个正牌大嫂模样时，她还是没可能笑出来，没可能和善地说出息事宁人的话。

所以，阮唐说出那些话、拉走她，她也听之任之，没有真切地拒绝。

"唐唐，她是个干净清澈的女孩子。"肖洱突然轻声开口，"也全心全意地喜欢聂铠。"

阮唐没听清她的话，追问了一句："什么什么？"

肖洱眼里有什么一闪而过："要是我一直没有回去，或许，就是她了。"

"什么意思？"

肖洱垂头轻笑："没事，一个可笑的假设。"

两人没走一会儿，聂铠很快就追了过来。

阮唐臭着脸，强行想让聂铠觉得自己脸上写着——我在替我们家小洱生气呢！

"肖洱，我不知道她会来。"聂铠气息不匀，颇有些焦急地望着被阮唐护在身后的肖洱，他说，"阮唐，你让我跟她聊一聊。"

阮唐悄悄打量肖洱的神情，觉得这个架子还没摆够，怎么也要让聂铠多着急一会儿，便把头一扬："没门！"

在几人的视线死角，尽忠职守的记者先生潜了过来，悄悄拿起手机录起了视频……他颇为兴奋地想，要是有朝一日，聂铠真的大火，那么这段视频资料一定千金难求！

角度很刁钻，手机屏幕里两女一男的动作都拍得清楚。

只是，怎么觉得有些晃？

记者先生刚欲查看手机的状况，船体突然一个剧烈晃动！

他还没来得及发出一声惊呼，整个人就被甩了出去，一下子撞在了船边的栏杆上！

而且在撞上的那一刻，他清清楚楚地感觉到，这艘轮船，整个倾斜了一下。

按理说，船在海上行驶，有轻微颠簸摇晃是完全正常的。可是方才，这船身倾斜的角度，也太诡异了吧！

另一边，剧烈晃动发生的时候，聂铠先察觉不对劲，一个揉身扑了上来做了肉垫挡在肖洱与栏杆之间。

她站不稳，便扑在了聂铠胸口。

可阮唐就没这么好运，她离栏杆本就近，意外来袭，一个恍神居然一下子从栏杆上翻了出去！

只听"扑通"一声，她便落了水。

"唐唐！"肖洱惊声呼道。

"找人拿救生设备！"

情急之下，聂铠慌忙嘱咐道，立刻动手脱去了厚重的外套，翻身纵入海中。

肖洱明白此时自己该做什么，马上转身离开去找工作人员。一转身就看见目瞪口呆倒在地上的记者先生，却只以为是普通游客，她也顾不得许多，从他身上跨了过去。

那是这场灾难的开端。

后来的新闻报道，是这么播报这场灾难的：

"2016年3月1日约15时28分，一艘从南京出发的'江南之星'号客船在东海海域沉没。据长江航务管理局最新情况，出事船舶载客458人，其中宾406人、旅行社随行工作人员5人、船员47人。

"经过调查，载有458人的'江南之星'号沉船，是因其所属的船务公司为扩大载重量而改装船体，破坏了船体的稳定性。在通过急流时，操作不熟练的舵手进行了急转弯，致使船体左倾，船舶失稳，最终沉没。

"翻沉事件备受关注，而船只翻沉，船长先于民众获救，更是让船长卢顺文饱受质疑。据公司员工表示，卢顺文几乎年年都是优秀员工，他带领的团队，不论是安全、服务还是各项指标均为第一，没有发生过重大海难事故。此次事故，作为船长，发生意外的时候居然独自逃了，全然不顾乘客的安危，这到底该被谴责吗？

……"

肖洱返回寻找工作人员的路上，才知道出了事，落入海中的游客竟不止阮唐一人。

船舱内一团乱麻，娱乐厅内更是桌椅倾倒，到处是从桌上掉落的餐具。

船上的广播是工作人员例行的耐心安抚："尊敬的各位乘客，前方突遭急流，可能会有些许颠簸。请晕船的乘客及时……"

肖洱在嘈杂的人群中看见陈世骐，连忙上前想说明情况。谁知陈世骐率先一步将她拉到身侧，低声说："快跟我来！"

肖洱不明所以，被他一路拉到一处角落去。她问："怎么回事？！"

"先拿上这个！"陈世骐不由分说，塞过来三套救生衣，"那边已经乱了套了，游客都在争抢救生衣。拿上这个，给聂铠、唐唐和你。"

肖洱问他："发生什么了？"

"说不好，船长动用救生船跑了。"陈世骐说道，他的表情沉郁，"天气恶劣，我担心这船……是我对不起你们，我也没想到会是这样！我们已经报警了！"

现在不是问责的时候，肖洱拿过救生衣，立刻就往回跑。

陈世骐还不放心，在她身后喊道："就算有救生衣，也别轻易掉进海里了！这么冷的天，快下雨了，海里会冻死人的！"

似乎印证了哈士奇的说法，在肖洱往回跑的时候，天边开始降雨，风更大了。

船身在某一刻，突然狠狠向左倾斜，而后，再也没有回正。

好在肖洱所处的位置，本就是整艘船的最左侧。

肖洱时刻警惕，在晃动突如其来的那一刻死死抱住身边的扶手才勉强站稳。

唐唐……她咬着牙，颤巍巍站起身，顶着风雨，四肢并用，往阮唐落水处奋力爬去。

等她快到的时候，远远就看见阮唐和聂铠浑身湿漉漉地歪在地板上。

聂铠的外套裹在阮唐身上，看见肖洱抱着救生衣赶来，连忙问："怎么回事？"

"说不好，这船，可能要沉了。"

肖洱说着，把救生衣发给他们一人一件："唐唐，你怎么样？"

阮唐冻得发抖，嘴唇惨白，不忘给她比了个"OK"的手势："还……还好，我……大一就报了游泳的选修课。"

什么时候了，也就她还有心情开玩笑。

肖洱看着聂铠穿救生衣，自己也抖着手穿起来。

短短一会儿，他们明显感觉到水位的上涨。

不，不是水位上涨，是船在下沉！

"这船肯定配有救生船。"聂铠说，"穿好以后就跟我来。"

在一个左倾严重，并不断下沉的船上行进，是一件何其艰难的事。何况天气还如此恶劣。

聂铠拽着肖洱，肖洱拉着阮唐，三个人一步一步地往船中侧移动。

阮唐："我……们，现、现在就像在演《泰坦尼克号》……"

聂铠："话都说不完整就少贫。"

阮唐："肖洱，你、你治治他。"

肖洱："我保留意见。"

聂铠说："其他人呢？都安全吗？"

肖洱："我没看见，娱乐厅里面的，大多数都疏散了。"

他们本身所处的位置，距离船中侧就不远，没过多久就到了救生船所在处。

那里已经聚集了不少人。

船两侧都有救生船等救生设备，可一侧陷落，可想而知，救生船根本就不够。人群中气氛早就剑拔弩张，工作人员根本无法维持秩序。

一艘救生船刚放下，就有远远超过承载人数的游客往下头跳，最后一半都落进了冰冷的海水里。

一时间，呼救声、吵闹声、哭喊声混杂一片。

阮唐早就傻了眼，此时瑟缩在肖洱身后半个字也说不出来。

聂铠一眼看见人群中的汪玉东，后者穿着救生衣，正非常着急地想要跟一个抢着上船的人讲道理。

聂铠捏了捏肖洱的手。

肖洱轻声道："你去吧，当心一点。"

他闻言，迅速往人群中心走去。

肖洱看着聂铠和汪玉东在极短的时间里会合，两人大声地喊着："老人、孩子、女人先走！"

"滚开，你是谁，男女平等懂不懂？！"

说话的人被拎了出来，聂铠狠狠给了他一拳。他怒吼道："不想全死在这儿，就给我排好队！南大的男人，全站出来，维持秩序！"

阮唐在肖洱身后抖了一抖，不只是因为冷，还是因为别的什么。

肖洱心神微微战栗，她隐约想起很久以前。

真的很久了。

在阴冷巷落之外，那个少年，目光清澈，说他可以不是一个英雄，但总要做一名勇士。

南大的学生不少，配合着工作人员，总算是暂时压制住了躁动的人群。

肖洱和阮唐也被排在队列里。快轮到她们上船了，还剩两艘救生船。可剩下排队的人，两条船远不够承载。

肖洱听见他们几个在商量把救生圈捆在一起，又听见汪玉东四下张望后说："你们谁看见陶婉了？"

聂铠一愣，说："你不是追出去了？"

汪玉东说："她说要自己静静，进房间了。我就没……"接着一顿，大喊，"糟了！她该不会还没出来吧！"

肖洱心中一个咯噔。

果然，聂铠立刻道："她不会游泳！"

他刚说完，对上肖洱的眼神，却也顾不得太多，马上说："小洱，你先上船，我去去就来。"

"我和你一起。"

"你给我在这里待着！"

肖洱被他的怒吼震得没再反驳，她说："好。"

看着他迅速离去，肖洱隐约觉得有什么不对劲。

汪玉东在一边说："小铠对嫂子还是有情的。"

阮唐心里有气，可人命关天，她也不能说什么。

很快，队排到她们，阮唐先下去了。

肖洱却迟迟没有动作，目光紧盯着聂铠离去的方向。

阮唐急了，喊道："小洱，快下来啊！"

"我说，你下不下去？"汪玉东不耐烦道。

肖洱心头一个难以挥散的隐约念头突然有了具体形貌。

她听见自己的声音喃喃："陶婉没有救生衣怎么办？"

她没有救生衣的话，聂铠一定会把自己的给她。

"喂，你……"

汪玉东话没出口，就看见肖洱跌跌撞撞朝聂铠走的方向追了过去。

陶婉觉出不对劲的时候，是第一次船体猛然倾斜。

她本在床上哭泣，却被狠狠摔下了床。头磕在门上，肿了一个大包。她踉踉跄跄出了门，却发现客舱里的客人们都疯了似的四下乱逃。

甚至有人说，船要沉了。

怎么可能？

她原本没太当一回事，可当工作人员手中的救生衣被哄抢一空的时候，她意识到事情不太对劲了。

其实很多客舱里面就有救生衣。可是事发突然，很多人根本就不愿意冒险回到房间去拿救生衣。

陶婉艰难地回到自己的房间里，拿到了一件救生衣。

她突然想到聂铠。

万一，他没有怎么办？

陶婉只犹豫了一秒钟，就到隔壁房间拿了另一件救生衣。

可她没有想到的是，在情急之下，人和鬼之间的差距，只有一线之隔。

第二次船身倾斜前不久，她刚刚扒住客舱外走廊的扶手。有一家三口从她身边经过，女人抱着哭叫的孩子。这时，女人用方言喊了一句什么。

她没听清。却眼睁睁看见当家的男人大步走过来，抢走了她携带的两件救生衣，给自己的妻儿裹上了。

陶婉想抵抗，可就在这个时候，第二次倾斜发生了。

她一声惨叫，身子却不听使唤，顺着走廊地板向下滑去。直到她拼命抓住走廊边固定的垃圾桶，才没有一滑到底。

好在船体尚未达到90度倾斜，她尚能支撑。可凭借她的臂力，要想往上爬，简直是天方夜谭。她只能死死抱住那个救命的垃圾桶，等待人来救援。

可是，真的会有人来救她吗？

脚下慢慢传来的湿意提醒她，开始进水了。

陶婉开始绝望。她不会游泳，一旦陷进水里，死路一条。她真的……不想死在这里。

聂铠，她是为了聂铠才来的。

"聂铠！聂铠！"绝望之下，陶婉颤声大叫道，"别丢我一个人在这里！我不想死！"

刺骨的海水一点一点吞噬她的脚踝、小腿……她快要没有力气了……

陶婉哭起来："妈妈！妈妈救我！"

大腿被海水浸没的时候，泪眼蒙眬中，她看见一个人。

聂铠，是聂铠！聂铠来救她了！

她大声叫道："聂铠！我在这里！！"

我在这里啊，聂铠！

聂铠离开的时候，扯了一卷麻绳带在身上。

这时候，他迅速将绳子系在腰上，另一头绑在船身左侧的扶栏上。随后，他慢慢朝陶婉所在的方向爬去。

两分钟后，聂铠拉住了陶婉，迅速将自己身上的救生衣套在她身上。

"还有力气吗？"

陶婉已经哭得双眼发肿，此时两手发软，一点劲也使不上了。

聂铠叹口气，说："抱住我，不要松手能不能做到？"

陶婉点头，连忙紧紧抱住他的身子。

聂铠带着树袋熊一样的陶婉，一点一点，攀着绳子，往上移动。

不知过了多久，两人终于够到了左侧护栏栏杆。

聂铠解开绳索，说："快走吧。"

可就在这时，船舱里进水量达到了一个临界点。

整个船身由原本的大幅倾斜，变为彻底的90度倾斜，并以比原来快很多的速度下沉。

"啊！"

陶婉刚松了一口气，突经此变故，手不由得一松，一下子掉进了来时的深渊！

"陶婉！"

接连救了两个人，聂铠的力气也已经用去大半。

可他还是在一瞬间就跳了下去。

聂铠！

在聂铠跳下去的那一刻，肖洱也已经赶到。

眼看着原本已经快要得救的两人，一个接一个掉进海水里，她连叫都叫不出声了。

突然的再次倾斜没有对肖洱产生影响，因为她早就预见可能会出现这样的情况，在来的时候，就已经将自己和栏杆用救生衣活扣绑在一起。

可是聂铠……

聂铠或许擅长游泳，但要说到在海里的水性，他一定比不上从小就在海边长大的肖洱。

何况，他已经很累了。

肖洱加快步伐，来到两人掉下去的正上方。她看见扑腾挣扎在水面的陶婉，却独独看不见聂铠。

肖洱的心狠狠一沉。陶婉穿着救生衣，可刚刚她看见掉下去的聂铠没有穿！

肖洱脑中"轰"的一声，一个声音一直在说，淹死一个人很快的。

很快的，只要呛上一口水，很容易就会在水里晕厥过去。

肖洱的动作快过脑中的可怕想法，待她反应过来，已经脱去了救生衣和厚外衣挂在栏杆上，"扑通"一声扎进了水里。

海水真冷。初初下海的时候，肖洱忍不住打了个寒战。她用力挥动四肢，在水下费力张开眼睛辨物。

聂铠，聂铠。

聂铠你在哪儿？！

没过多久，她就发现了聂铠。

似乎是因为脚被船壁的栏杆卡住，难以挣脱又呛了水，此时他正紧闭双眼，软绵绵地有下沉之势。

肖洱知道想要沉入水下，没有专业设备帮助，就只能尽可能吐干净自己身体内的气体。

她极快地钻出水面，深深吸了一口气，又快速吐出。

随后，重新沉了下去。

肖洱记得一切进行得很顺利，她把昏迷的聂铠带出水面。

水已经进得很深了，水面几乎与船左侧的扶手相平。

唯一让人庆幸的是，船下沉速度较慢，不会产生额外的巨大吸力。

肖洱伸手够到她挂在扶栏上的救生衣，细细穿回聂铠的身上。

完成这一切，她再也没了气力，甚至连抱住聂铠，也再做不到。

时间很快，但又像是过得很慢。

肖洱记得最初，她半个身子趴伏在栏杆上，看着昏迷的聂铠和不知是呛了水还是吓昏过去的陶婉，一起随水流越漂越远。

而后，船彻底沉了，连扶栏也慢慢没入海水里。

她奋力踩水，又换用最省力的姿势，确保自己不沉下去，并能够坚持最久的时间。

可是太冷了。这鬼天气，就算救援的船只到来，也不知道要到什么时候。

雨水狠狠砸下来，她失去了面目，也失去了最初的信心。

手脚一点一点麻木了，她没有力气了。

可我真的很想跟你一直走下去的。

聂铠。

最后这一次，我好像，又骗你了。

被海水彻底吞没的那一瞬间，肖洱想。

肖洱啊，你当初说什么来着?

你说，骗人的话，就让我永远葬身海底。

腥咸的海水，无孔不入，肖洱在水中难受地蜷起身子。

她想起很多。

这一生，最快乐，最痛苦的时光，都和他有关。

可这一生，怎么就快要结束了呢。

她神思微微回笼，奋力挣扎，似乎想要摆脱海水的束缚。

可冥冥中，似乎又传来一个声音。

令她四肢百骸犹如千斤重。

肖洱，一命抵一命。

一命抵一命。

你的孩子，和你，谁都逃不过。

恍惚中，另一个细若蚊吟的声音却在说，不，不是这样的。

她已经洗刷干净，全身罪孽，已经除去。

失去意识的最后一刻，肖洱想起曾经，她失魂落魄，站在海中大声嘶喊。

她说："白阿姨，请你保佑聂铠。我愿献祭我自己，请你保佑他。"

深海，是一切缘起，是一切缘终。

我愿献祭我自己，请你保佑他。

原来，结局，早都已经写好。

【全文完】

# 后记
聂铠

聂铠在一片嘈杂声中醒来。

他浑身冰冷，身子几乎没有知觉。眼睛胀痛，勉强睁开一条缝，只看得见一线天。

是一把伞。

他轻轻转动眼球，看见撑伞的人，穿着救生衣，救生衣里头是海军的作训服。原来是在船上，马达"突突突"的声音震耳欲聋。

还有很多人在他身边，聂铠听见大小不一的啜泣声，他努力偏了偏头，发现这只船正往岸边开去。

被冻坏了，以至聂铠的思绪都有些迟钝，还没有理清事出何故，直到一个小小的身影映入他的眼帘。

"聂铠，你醒了！"

陶婉嘴唇发紫，身上裹着不知是谁的军大衣。目色泫然欲泣，一双小手往他脸上抚去。

几乎是一瞬间，聂铠就立刻反应过来，发生了什么。

一场海难。

他竭力抬起上半身，四下看去："肖洱呢？"

他的嗓音有点糟糕，他只顿了一瞬，扬声大喊："肖洱？"

陶婉被他吓了一跳，怯生生地说："她不在这只船上。"

聂铠一愣，突然想到什么，松了口气："噢对，她先走了。"

陶婉似有什么话要说，神色不定，最后咬了咬唇角，什么也没

499

有说。

他们很快就到了岸上，那里已经有很多已被转移过来的游客正在等待救援。

原来，事故发生以后，在相邻海域进行军事训练的一支海军分队接到了通知，便立刻赶去了事发现场进行紧急救援。

现在把大家都集中在距离附近市区最近的岸边，等待当地各大医院、救护站派遣救护救援车辆。

聂铠一上岸，就在面目狼狈的所有游客里搜索肖洱的身影，可惜未果。

他倒是看见正在一位军官身边排队领取热水的阮唐。她正背对着他，只一个人，身旁没有肖洱。

聂铠心里突然觉得不安。

"阮唐！"他大步走过去，一把捞过她的胳膊，"肖洱呢？她不是和你一起的吗？"

阮唐被他惊得一个趔趄，反应过来以后，眼眶瞬间就红了："聂铠！你回来了？小洱……小洱没和你在一起？！她、她去找你了呀！"

聂铠脑子一蒙，揪着她的手捏得更紧："你说什么？"

阮唐不敢喊疼，一五一十说道："我们本来是要一起上船的，可是小洱突然嘴里念叨着什么，然后就跑掉了……我离她很远，也没有听清，只知道她是往你走的方向跑的。"

她说着，看见谁了似的，抬手一指："那个人，他当时在小洱身边。"

被她指着的是汪玉东，后者连忙说："她自己不下船的，我劝过了，可她……她突然说……"

聂铠心中的不安更甚，一步一步走向汪玉东，双眼被海水泡得血红，瞪着他："说什么？"

汪玉东被聂铠的表情骇了一跳："她……她说，'他没有救生衣怎么办……'"

救生衣？

聂铠心底一凉，低头看向自己身上的救生衣。

他原本没甚在意，以为是被救上来以后，海军官兵给他穿的。

可是……他颤着手，在身上摸索，很快摸到了救生衣上配置的塑料哨子。

当时三件救生衣是肖洱拿来的，她给自己留的那一件上的哨子，是缺了一半的。

他想跟她换的时候，肖洱却说："别浪费时间了，再说我的水性比你好太多。"

而聂铠此时手里攥着的哨子，确实缺了一半。

锋利的裂口扎在掌心，刺得他生疼。

聂铠脚步不稳，几乎是跑着去岸边，拉过正在疏导人群的军官："还有救援船吗？啊？后面还有是不是？！"

那人看了他一眼，很清楚是怎么回事。

有很多人丧生在冰冷的大海里，而岸上，有他们的亲人。

他低声说："你乘坐的救援船是最后一艘。"顿了顿，又说，"我的战友们正在出事地点打捞……我是说，搜救全部失踪人员。"

聂铠的眼神微变，望向一边。

刚刚送聂铠他们来的救援船只停在岸边，现在上面没有一个人。

那位海军军官立刻看出了聂铠的企图，在他扑向救生船的同时迅速出手，一把制住了他。

"你冷静点！同志，你要相信我的战友们！"

"放开我！你放开我！"聂铠被他钳制住，一动也不能动，他目眦欲裂，望着茫茫海面，哀号道，"还给我！"

所有岸上的人都被此时歇斯底里的聂铠吓到，纷纷投来关切的目光。

隔了很久，他渐渐不再挣扎，那位军官叫人绑紧了救生船，才慢慢松开他。

聂铠垂头跪在地上，头发凌乱，脊背佝偻。

陶婉心疼极了，拿着自己分到的干毛巾走过去。

"聂铠……没准，没准学姐一会儿就回来了。"她说，"你也不想她回来的时候，看见你这个样子吧……"

聂铠对她的话置若罔闻，仿佛沉浸在自己的世界里，不住地呢喃。

陶婉蹲下来，凑头去听。

"还给我吧，求你，把她还给我……"

他一生中最重要的人，全都葬身于海里，而他竟然无能为力。

第一次，肖洱来到他身边，带着赎罪的莫大勇气，将他从最深的地狱里拖回来。

这一次，要怎么办呢? 还有谁能把她带回来?

陶婉插不进去话，只能守在他身边。

她细白的手指紧紧攥着毛巾，有些话，她不知道应不应该说。

那个时候……她在意识涣散间，看见肖洱脱去救生衣一头扎进水里，救上聂铠后，给他穿上了自己的救生衣。

然后她听见肖洱说："要是活下去的话，找个简单干净的姑娘。"

后面，好像还说了什么，可是陶婉已经体力不支，昏了过去。

可是陶婉知道，不论怎么样，肖洱是回不来了。

救护车陆续从市区赶来，这起事件非常严重，引起政府领导重视，理所当然要来此地慰问探看。与此同时，当地的媒体记者也一窝蜂地赶了来。

一时间，岸边人头攒动，吵闹得仿如市集。

持续的时间也不长，半个钟头左右，救护车呼啦啦地载着伤者走了。

跟拍的媒体记者也都随着领导离开。

原本热热闹闹的海岸静如停尸间，几乎没人注意到聂铠还待在岸边。他怎么也不肯上救护车接受治疗，执意要留在这里等待肖洱。

陶婉和阮唐都没有走，陪在一边。

事发到现在这么久了，就算是一个壮汉穿着救生衣，也会被冻死。

何况，肖洱本身就体弱，还……

他们都猜得到结局，只是在等一个宣判。

最后，搜救队回来了。

他们带回了很多具尸体，都套着裹尸袋，随着快艇上了岸。

连一个活着的人都没有。

"发现16具尸首，还有其他失踪人员，持续搜救中。"

当初白雅洁就是这样被打捞上来的。

被海水泡得浑身肿胀，五官难辨，白生生的皮肤里都像是注了水。那个时候，聂铠跳过警戒线，扑在她身边的时候，怎么也不肯相信，那是他的母亲。

"同志，你……"

走过来一个军官，开了口又止住。

有些事情，说破了更伤人。

"我不看……"

聂铠突然站起来，半点也没把目光放在那些亟待辨认身份的尸体上。他往离开岸边的方向笔直地走着，两条腿像是不会打弯，以一种非常古怪的姿势朝前迈步。

口中只是喃喃地重复着："我不看，我不会看的……"

阮唐则"哇"的一声哭了出来，跑去那些尸体边上，一个一个翻检。

"小洱，小洱！"

陶婉左右看看，最后跺了跺脚，追着聂铠走了。

聂铠漫无目的地走，却走得异常坚定，好像离开了那个海岸，肖洱就能重新站在他面前。

聂铠想起自己最后跟肖洱说的话。

他说，你给我在这里待着。

她说好。

这是他们最后的对话，没有半点温情可言。

事实上这一天，肖洱没准还在生他的气，虽然她一直淡漠，但他知道她心里不舒服了。

可他还没有来得及哄哄她，没来得及抱抱她。甚至最后，他扔下她，为了一个她可能会介意的女人，头也不回地扔下了她。

她也只是说，好。

聂铠无法想象，在那个当下，他焦急地喊出"陶婉不会游泳"，然后立刻离开的时候，她是什么心情。

他更无法想象，肖洱只身前去救他，把救生衣脱给他后，一个人在海里目送他们远去的时候，她是什么样的心情。

他常常会忽视这个姑娘的情绪，她看起来那么冷静果断，让人总是忘了，她只是个姑娘。

只是一个，同样被命运苛责过的姑娘而已。

被辜负的时候会伤心，被忽略的时候会难过。

可是这一次，她的心情，他永远都不会知道了。

聂铠走着，突然狠狠地栽倒在地上。

陶婉快步抢上前去，只看见他的手紧紧压在心口，衣服已经被揪得变了形。

可他的眼睛仍是睁着的，直直望着某一处天空，没有半点神采。

# 后记
肖洱

时间自肖洱失去意识的那一刻开始，就没有了重量。

而后种种，算得上是她命中造化，也算得上，是另一场磨难的开始。

那一天，天气糟糕透顶，岛上本是没有人出海的，即便海产品是这座岛上原住民的全部经济来源。

偏巧，老铁家的男人隔些日子要去城里给儿子开家长会，顺便带他去医院做激光矫正视力的手术。

这一走就是十多天，捕鱼的旺季眼瞅着就要过去了。他只好抓紧了时间，约上邻居王海一同出海，也算互相有个照应。

是他们先发现的肖洱。

离得很有些距离时，王海就举了个望远镜，说，老铁，莫不是我眼花了，前头一艘大船眼看要沉了。

老铁接过望远镜看了一阵子，立刻让王海给他在附近驻扎军里当值的儿子挂了个电话报备情况。

随后，和王海两人往出事的地方赶去。

可惜他们发现得太晚，还没真正接近，整艘船已经完全没顶了。

"慢着慢着！那边有个人！还在划水！"

此时，王海却在望远镜里看见了一个极小的头颅，在海面上，一上一下，浮浮沉沉。

老铁加足马力，朝那个方向驶去。

他们的船不大，全速前进也不见得多快。

每一次，王海觉得她就要被海浪吞没的时候，那个倔强不屈的小头颅就又会冒出来一点点。

他的心也随着她一同浮浮沉沉。

坚持住啊，就快到了。

差不多还有五十米的时候，一个浪头拍过去，那颗小头颅，彻底没了声息。

王海心里一窒，一下子纵起来，脱去厚重的外衣外裤，说："我捞她去！"

他跃入海里。

肖洱的情况很不好。

她的面色青紫肿胀，眼球结膜充血，口鼻内充满泡沫；肢体冰冷，脉搏细弱，甚至呼吸与心跳也间歇性地停止。

现在把她送去市区医院，最乐观估计也要不少于两个小时的时间，无异于送死。

老铁和王海迅速做了决定，把肖洱带去邻近的那座海岛。

他们家那儿虽没有最健全的医疗设备，但岛上的私人诊所里有经验丰富的大夫，最主要的是，她能立刻得到治疗。

于是，半个小时后，肖洱便躺在了岛上唯一一家私人诊所的病床上。

大夫做了急救措施，肖洱开始出现呼吸和气哽，以及不间断地轻微抽搐。大夫便吩咐他们立刻将人转移到大型医院去。

她还没有脱离困境。

实际上，溺水后的48小时是最危险的。因溺水而发生的并发症肺炎、心衰等，都能在这一时期发生。

王海与老铁火速将肖洱转移，终于在那天日落之前，将肖洱送到了当地的大医院。

与此同时，他们也得知了这场巨大的灾难事件。


肖洱第一次清醒，是在事发后的第三天。

她身上插满了管子，没力气支配四肢。气管或许是出了什么问题，发不出声，她只能动一动眼珠。

余光里，她看见沈珺如和肖长业，还有姥姥。

肖洱极目望去，搜索不大的病房，再没别人了。

眼神暗了暗，某一处器官微微发疼。

后来，肖洱才知道自己没有被搜救队找到，最初几天，一直算在失踪人口里。因为病重，父母封锁了她的消息，没有让媒体记者靠近一步。

很多人，大概包括聂铠在内，都以为她已经死了。

肖洱在医院住了很久，渐渐对自己的病情有了大概的认知。

溺水造成的脑部长时间缺氧，导致脑、脏器等多处水肿。呼吸系统、泌尿系统、肾功能失调，更糟糕的是，记忆力开始下降。

肖长业一直在积极奔走，联系国外权威专家，要把肖洱送去接受最好的治疗。

沈珺如不再反对她的任何选择，甚至在肖洱可以勉强开口发声以后，就把手机给她。

"你要联系谁就联系吧，妈妈是管不了你了。只要……"她轻声说，"只要你好好活着。"

她的态度转变很快，可肖洱清楚地记得，刚醒来的时候，沈珺如哭肿的眼睛。

面对手机，肖洱没反应，像是已经忘记前尘往事。

沈珺如觉得诧异，甚至私下里偷偷问她的主治医生，肖洱是不是得了失忆症。

"不会，记忆力减弱并非失去从前的记忆。她的心理状况，目前来看各项正常。"

医生的否认让沈珺如觉得困惑。

转念一想，或许是发生了什么事，让肖洱看清了那个男孩的真面目，所以心灰意冷了。

毕竟，自己的女儿出了这种事，身为男朋友的聂铠，却好端端地回到了岸上。

甚至就在不久前夺得了什么破歌唱比赛的冠军。

沈珺如想起那天肖洱看决赛直播的时候，她的表情一直很冷淡。

这样好，早一些看清了，就不会受更大的伤害。

肖洱走了。

肖长业联系到美国一家私人疗养院，将肖洱送去那里做治疗与休养。

那里离斯坦福大学极近，肖长业的意思是，如果肖洱身体好一些了，可以考虑申请来这里继续攻读学士学位。肖洱没有拒绝他的提议。

时间过得很快，起码，肖洱是这么想的。

她在美国的疗养院待了快一年，身体到底是慢慢好了起来。

虽然某些遗留下的隐患，还是无法根治。

但已经很好，她学会了知足。

认识了很多朋友，最早认识的，是负责照顾她的护工简。简是西班牙人，骨子里带着一股西班牙女郎的自由与热情。

两人初识的早些时候，她就喜欢瞒着主治医生汤姆，偷偷带肖洱去各式各样的聚会。

狂欢的、肃穆庄严的、浪漫的，种类繁多。

每一次被抓到，汤姆都要严肃批评她，说："你不该叫简，你该叫杰瑞！"

肖洱喜欢汤姆的美式幽默，肖洱也佩服简对聚会的狂热喜爱。

一开始，聚会的小伙伴们管肖洱叫作"神秘的东方女人"。后来，在美食派对上，肖洱做了个简单的可乐鸡翅以后，就被奉为"掌握神秘力量的东方女人"。

他们没心没肺的样子，让肖洱慎重考虑起肖长业的建议。

于是，在国内的大学办了一整年的休学后，肖洱申请了斯坦福大学的交换留学。

因为需要本人回国办理手续，肖洱在2017年3月初回到南京。

在南京禄口机场领取行李箱的时候，肖洱看见头顶上巨大的广告牌。

男明星手里捏着几支口红，目光魅惑，深深凝视镜头。这是聂铠接的代言。

很久没有他的消息了，也没想到回来以后，第一个迎接自己的会是他的广告牌。肖洱没挪开目光，仰望着PS下脸上没有半点瑕疵的聂铠的脸。

白，白得不像是记忆中那个少年。

肖洱其实没打算瞒着聂铠自己还活着的消息。

事实上，在美国，自她从汤姆口中得知自己的身体有明确好转，并且以后会恢复得像正常人一样的那天开始，她就给聂铠打了电话。

可是，是个空号。

能记得的号码就那么几个，她又打给阮唐。

她还活着，阮唐又惊又喜，在电话那头狠狠哭了一通。最后，她抽抽搭搭地回答她，那件事以后，聂铠就走了。

"走了？"

"嗯，退学了。谁都联系不到他，大概是专心致志做明星去了。"

肖洱沉默，阮唐接着说："要不我想想办法看能不能……"

"不用了。"

阮唐咬咬唇，想起事发当天聂铠的反应，说："他可能……"

他可能也不太好。只是后来陪着他的一直是陶婉，阮唐不想提起这个女人。

"他唱歌决赛的那天，最后上去送花的女孩子，是不是陶婉？"

阮唐没料到肖洱这么问，支支吾吾说："是吧……可是……"

可是半天，也没有后文。

这就是了，肖洱没再多说，再寒暄几句就挂了电话。

她出了事，活要见人死该见尸。可他还真的一转头，就能继续过自己的人生啊。

肖洱的行李到了，她默默低下头，搬下箱子。

滚轮在地上发出轻微的响声，肖洱没有再回头。


北京，某公寓。

陶婉打开房门，外头站着一个穿着西装的中年男人和一个女人，男人手里提了一只箱子。

女人看了陶婉一眼，没打招呼，直接对身边的男人说："陆医生，请进。聂铠在里头，把自己锁了两天了。"

她是聂铠的经纪人，今天早些时候接到陶婉来电，说聂铠的情绪又不对劲了。

陆医生问："他怎么会这样？"

陶婉咬着唇，说："也没……没什么……"

"到底发生了什么？！"

陶婉声音低下去："他看见了一段视频。"她说，"一个娱记上传到微博上的视频，是……去年他在那艘船上无意中偷拍到的，说是纪念'江南之星'遇难者一周年。视频里面……有那个人。"

青青的脸色变了变，和陆医生对视一眼便大步朝里走。陶婉跟着两人往里走，忍不住说："陆医生，您是国内心理治疗的顶尖专家，为什么他还会出现这种情况？"

陆医生顿了顿，语气不甚很好，说："心理干预就像是排洪，只能疏导，不能堵死。何况……"他偏头深深看了陶婉一眼，说，"你当初跟我说，你是聂铠的女朋友，而那个死去的女孩是他曾经的女友？"

陶婉被他看得心里一怵，硬着头皮说："嗯。"

为了给聂铠做心理干预，陆医生给他做过简单的催眠治疗。

事情的真相或许不是如此。可是他也知道那个时候，能拯救这个少年的法子，只剩下这一个。所以仍旧拿了陶婉和聂秋同两人提供的照片，反复地，让聂铠相信，他最爱的人仍然在他的身边陪着他。

离开的那一个，像天边的云。没有具体形貌，风一吹，总会散的。

可惜，谎言圆得再好，爱一个人的本能，也没有人能忘得掉。

陆医生拿着陶婉递过来的备用钥匙，开了门。

卧室是空的，落地窗却开着。屋里一片狼藉，聂铠在离开之前，似乎把房间翻了个底朝天。

"聂铠！"陶婉仓皇地看向青青，"怎么会这样？！他会去哪里？"

没有人回答她。


手续不好办，前后耽搁了一个礼拜。

最后一天，从学校行政辅楼办完所有手续走出来，肖洱遇见了程阳。

确切地说，是远远看见。

程阳的手臂被一个女孩子挽着。女孩笑容甜美，说着什么，一路蹦蹦跳跳。

程阳看见肖洱了，他的目光惊了一瞬，连那个姑娘都注意到了，朝肖洱的方向看了一眼。

"看什么呢？"

"啊？没……没什么。"

他们都是聪明人，都知道怎么避免把自己处于尴尬境地。于是没打招呼，他错身离开了。

肖洱继续往外走，她还要赶今天下午的飞机。

从学校南门出去，她预订了Uber去机场。

等待的间隙，她听见路边小卖部外的音响在放歌。

是水木年华的《一生有你》。


"因为梦见你离开/我从哭泣中醒来/看夜风吹过窗台/你能否感受我的爱/等那老去那一天/你是否还在我身边/看那些誓言谎言/随往事慢慢飘散……"


肖洱面无表情地站着。

一首歌也就三四分钟，很快跳掉，熟悉的旋律借着音效很劣质的音箱传出。

　　"在风的尽头/有一颗星球/沉默的/是你上锁了/不肯赐
　　予温柔的眼眸/在雨的尽头/有一颗星球/孤单的/是你上锁了/
　　不肯放下戒备的心口……"

司机师傅到了，服务态度极好，打开后备厢后，下了车去接肖洱手边的行李箱。

可姑娘抓得死紧。

"我说……"

"师傅，对不起啊。"她轻声说，"我可能，暂时还走不了。"

肖洱回到301。

她该回来看看，即便她已经丢了钥匙。

可就算，只在门外看看，也该回来。

做个告别，或者诀别，都不失为一个缓解心悸的好法子。

肖洱踏上楼梯台阶，走廊里阴湿腐朽的气息浓烈。听说这里已经搬空了，上头的批文已经下来，很快这儿就要被拆掉。

新事物，新感情，新的人生，会以摧枯拉朽之势，代替熟悉的旧时光。

肖洱的手指抚上301门上锈迹斑斑的把手。

聂铠，聂铠，聂铠。

最爱的时候，最恨的时候，最痛的时候，都是你。

几分钟后，肖洱慢慢起身，拉着行李箱，一阶一阶地下去。

"吱呀——"

然后，她听见门被打开的声音。

# 后记
程阳

大三那年转学以后，肖洱再次回到母校的契机是一场座谈会的邀约。

值得一提的是，那是一场关于心理学的座谈会，主题是"医生与心理保健"。

那一年，她32岁，是两个孩子的母亲。

肖洱虽然主修的是外科，却持国家二级心理咨询师的资格证书，且在华东地区心理咨询这一领域颇具权威。

座谈会进行得很顺利，到了答疑环节，肖洱随机挑了几个台下学生起来提问。

前两个都问得中规中矩，到了第三位，画风就开始偏离正轨了。

那是一个少年，像是刚从实验室赶过来，还穿着白大褂，他的脸涨得通红，抱着组织座谈会的干事递过去的话筒，半晌憋出这么一句话来。

"肖老师，我怎么才能像您那么牛掰？"

哄堂大笑。

肖洱看向他："你怎么定义牛掰？"

"就是……学术和工作以及生活都处理得那么……"少年脸更红了，"您是让我当着这么多人的面夸您吗？"

又是一阵大笑。

肖洱也轻轻笑起来，说："看来我的计划被拆穿了。"

气氛比之前活跃很多，台下不断有人插话。

"肖老师聊聊您在南大的事吧。"

"肖老师您丈夫真的是传闻中的聂铠吗？"

"肖老师你当初为什么会去专攻心理学？"

……

肖洱只谈了些无关痛痒的往事，因共鸣众多，下头提问的声音此起彼伏，越发嘈杂。

工作人员压不住场子，有些急，示意肖洱所剩的时间不多，后者便极简练地收尾道："我曾经和每个人一样，冲动幼稚，自以为是。一路走来，如果真的要说有什么忠告，或者说经验之谈，我只能说——不要被生活奴役。"

散会之后，肖洱没和其他几个教授去学校安排的酒店吃饭，而是自己在校园里转悠。

角落里大捧的绣球花开得欢喜，快十年了，篮球场翻新过不知道几轮，再也看不到当年的半点影子。

"肖洱。"

有人叫她的名字。

在工作场合，已经很多年没人这么叫她的姓名。

肖洱打眼看去，却是西装革履的程阳。

肖洱觉得该说一句"好巧"作为寒暄的开头，但是用脚趾头都能想得到，这样的巧遇是程阳的刻意为之。她于是看着程阳，示意他先进行来意陈述。

"我来听你的座谈会，想找你聊聊，所以跟着你来了这里。"程阳不躲不闪，大大方方地表明来意，"这些年，我一直在关注你。"

肖洱点点头，觉得他这个说法没有什么不妥，示意他继续说。

程阳看了她一会儿，似乎在斟酌怎样开口，最后说："你和以前不一样了。"话音刚落，立刻补充，"自然，是好的变化。"

肖洱说："可你打量我的目光，还跟以前一样。程阳，我们专注的行业离得千里远，可你好像从来不愿意放弃把我当作你的假想敌。"

程阳有些局促地收回目光，顿了顿，又看向她的眼睛，伸出双手摊开，是坦白的姿态："我在你这个心理学大师眼里，自然无所遁形。"

两人顺着学校主干道慢慢地走，肖洱说："我没有透视眼，顶多也只是习惯于观察分析。"

"这些年过得很好吧。"程阳说，"你现在比以前……柔软很多。"

"嗯。"

"我过得不太好。"他低声道，"三年前，我和前妻离婚了。"

程阳的话匣子一打开，就好像收不住。

他说了很多，这些年的境遇，和前妻如何相识，如何成婚，如何产生矛盾，又是如何一步步走向破裂。

"她从前是一个很独立的女人，坚强果断，我最初看见她与人据理力争的时候，都觉得她美得不得了。可后来，尤其是结婚以后，她越来越……越来越需要我，所有的事情，事无巨细都要来问我的意见。肖洱，这不是我最初喜欢的她。"

话至此，肖洱总算明白了程阳的真实来意。

她很快调整了一下情绪，说："你们离婚已经三年了。"

"啊……是这样。"

"距离你上一次见到你的前妻，应该不超过半年吧？"

"是的，就在两个月前。"

肖洱轻声说："她现在，是不是又变回了当初那个让你欣赏留恋的模样？"

程阳顿了片刻，不做声了。

肖洱并不发表意见，留他一个人发酵情绪。

两人快走到道路尽头的时候，程阳才说："我只是想知道，是不是我有问题。我隐约记得，你即便是同聂铠在一起的时候，也不会是一副没了主心骨的模样。我只是觉得她的人生应该有自己的轨迹，不该全都系在我身上，你看你，即便有家庭，也半点不耽误学术与事业发展。"

手机振动声响起，肖洱站定，拿出手机发了些什么，才又同他说："刚刚的座谈会你也听了。很多人都在问我，为什么主攻外科的同时还要去选修心理学。"

程阳说："你一直走得很坚定，自然有自己的理由。"

肖洱却笑着摇摇头："那个时候，聂铠不太好。"

这段往事她很少提起，哪怕过了这么些年，再谈起来都有些艰涩。

"海难过后，因为一些误会，他当我死了，一度很消沉，甚至有过轻生的念头，在家人安排下接受了很长时间的心理干预。再见到我的时候，连我的名字都叫不出来。"

肖洱对待往事一贯重拿轻放，事实上，当时的聂铠岂止是不好。

那一天，在301外，肖洱看见突然出现的聂铠，还来不及诧异，下一秒就被他死死抓住胳膊。

可他神情痛苦，脖间青筋都暴了出来，张嘴却哑然，无论如何也叫不出她的名字。只知道抓紧了她，不能放她走。

于是肖洱察觉出事情不太对劲。

她当即取消航班，留在南京，又辗转陪他去了北京，联系上他的主治医生。

"如果没有心理干预，他极有可能罹患非常严重的抑郁症，我很感激那位医生。"肖洱说，"面对心理疾病，治疗并非一朝一夕，所以最好的办法，是我自己能学会如何治愈他。"

"如你所见，我花了很大心思去学习心理学的知识，研究他的病症，没有任何其他目的，只为了聂铠能有一天看着我，叫出我的名字。"肖洱说得很平静，"我从20岁，等到28岁，不算很容易。尤其是早几年的时候我在国外求学，而他的通告排得很满，每年只有短短十几天与他共处。"

好在，他忘了很多事，独独记得不能忘记她。

程阳没料到她与聂铠还有这么一段，一时间什么话也说不出来。

"我没有你想得那么坚定，谁都没有办法从一开始就知道目的地在哪里。即便是知道，也没有办法决定自己会途经什么风景或者坎坷。"

所以停留与牵绊，无法预料。

"回到你的问题上，程阳。"肖洱说，"你究竟是想在我这里获得疑惑的解答，还是只想通过我，让自己坚信你因你前妻现状而产生的那些悔意是庸人自扰？"

程阳久久没能回答她这个问题。

直到一辆车悄然停靠在两人对面街边，车窗降下来，后座儿童座椅上坐着个顶着一头小乱毛的聂小朋友，扯着嗓子一口嘻哈风非常有节奏地喊她："哟哟，妈妈，妈妈，快看过来啊！"

肖洱完全笑起来，露出了程阳几乎不曾见过的神情，她说："这是我的大儿子。小的那个走路还不利索，没带过来。"

程阳心头一时很不是滋味，撇去妒忌，更多的是不甘。他并没打算上前去，只是伸手与兼职司机的聂铠先生打了个简单的招呼。

"今天就聊到这儿吧，程先生。"肖洱说，"下一次我们就按分钟计费了。"

她脚步轻快，与他道别后走向马路对面。

"在聊什么？"聂铠看着肖洱系好安全带，才发动车子。

"聊我的名字。"聂铠顿了顿，瞬间了悟，轻哼一声，无赖道，"你的名字是我的，你的名字是我的名字。"

"哟哟，爸爸，爸爸，你在说绕口令吧？"

肖洱："聂小朋友，你说话一定要加'哟哟'吗？"

"爸爸说我们嘻哈族还可以加'切克闹'。"

# 番外
医院

聂铠和初阳成为朋友是在2020年。

初阳是聂铠在娱乐圈的第一个真正意义上的朋友。

初阳是演员，他是歌手，两人合作一部电影时第一次相识，初阳是男主角，聂铠是主题曲演唱和创作者。

这部电影令初阳在那一年获得了演艺事业的最高荣誉，成为人人妒羡的影帝，而他也因此获得了更高的曝光量。

众多电视剧、真人秀、综艺邀约纷至沓来，聂铠却全都推了个干净，一时间把圈内大大小小导演、制作得罪了个遍。

他却无所谓，没到期就以身体不好为由与任和平工作室和平解约，专心写自己的歌，办自己的演唱会，不声不响地出了第一张专辑、第二张专辑。

圈内于是传闻，他是个太有个性的艺人，仗着自己是个有背景的富二代，仗着有些才华，有恃无恐。一来二去，倒也吸引了不少粉丝。

2022年，12月。

圣诞节聚餐的时候，初阳有意给他介绍圈内最棒的几个音乐制作人。

聂铠也谢绝："我一路走过来，单打独斗惯了。"

不需要帮持，也不需要寻求依靠。

"也不想找个女朋友？"

聂铠不作声，于是初阳也不再提。聂铠入行八年以来，几乎从无绯闻，狗仔也极少能拍到他的行踪。

除了家和工作室，可能他去的最多的地方就是医院了。当然这也正常，艺人工作量大，身体常常吃不消。

倒是他的妻子——初阳曾经的经纪人秦谣多说了一句："小铠，你进这个圈子，为的是什么？"

为的是什么？可能是，只有这一条路，能最快地证明自己，证明自己有足够的勇气和力量面对所有困难，迎接最辉煌的成功，接近曾经的梦想。

聚会结束，几人说说笑笑往外走，初阳和聂铠去取车，秦谣站在路边回微信。路上忽地一阵喧哗，聂铠和初阳回头看，马路上横冲直撞过来一辆失控的电瓶车，眼看就要撞上秦谣。

初阳脸色霎时就变了，聂铠离得近，也不至于关心则乱，他立刻弹起身直奔过去，伸手就将秦谣拽开去！

又想起秦谣正有孕在身，觉得不解气，随后一脚踹在电瓶车上，将车主暴力地扯了下来，又狠狠补了一拳。

活该车主倒霉，栽倒在地的时候头磕在了路边石阶上，血流如注，一下子就昏了过去。

秦谣后怕之余看着眼前一幕倒是又好气又好笑："聂铠，你手再重一点把人打残了，我就是千古罪人了。"

聂铠耸肩，斜了初阳一眼："我算是手轻，打人的要是他，指不定出什么事。"又说，"我下手有分寸，人一会儿就醒了。"

这桩事本该到此为止，可不知聂铠想到些什么，突然嘀咕一句，过去扶起了那个车主往自己车里塞，转头对两人说："我还是送他去趟医院。"

不等初阳夫妻发出质疑，就带着肇事者兼受害者一溜烟离开了。

初阳诧异，看看秦谣："他转性了？再说，最近的医院应该往北，他是不是走反了？"

秦谣笑笑："我倒觉得……是有什么猫腻。"

聂铠开了一个小时的车，把电瓶车车主送到城南的第二医院。

下了车，揪着那人轻车熟路直奔外科。

站在走廊上，聂铠远远看见一抹白色的身影，便不走了。

车主已经有一些转醒，正迷迷瞪瞪地坐在聂铠身边的地板上，看着陌生的周围景象以及身边正向自己靠拢的护士和陌生的男人。

"肖医生，这个病人还有那个男的是突然闯进来的，看着也没大事，是不是带去缝几针就行了？"

"我去看看。"

肖洱还是一副清淡模样，手插在白大褂口袋里，淡静地望着来人。

聂铠没出声，垂眸看她。

肖洱半蹲下身子，检查车主的伤口："这里怎么弄的？"

"他……他把我从车上拽下来，磕的。"

"这里呢？"

"他……他打的。"

肖洱站起身，重新看向聂铠："他说是你打的？"

聂铠不解释原因，点头说"是我"。

"哪只手打的？"

聂铠把右手伸出去。

肖洱仔细看过了："不疼吧？"

"不疼。"

"那就好。"

肖洱的手重新插回口袋，让护士把车主带下去缝合伤口。

旁边没人，聂铠这才取下脸上的口罩和头上的帽子，伸了手凑过去搓揉她的指尖："肖医生，外面真冷。"

肖洱身子顿了顿，轻声说："我还有两个小时才下班，你先去我办公室坐一会儿。"停了停，又道，"保温桶里还有一些粥，你饿的话可以喝。"

聂铠勾了勾唇角："老婆，别太累，我等你回家。"

# 番外
七夕

肖洱确定怀孕是在9月下旬。

她和聂铠结婚时就已经去医院详细地检查过身体，肖洱的身体条件不适合受孕，即便勉强怀上，生产时大出血的概率也大。

聂铠坚持不让肖洱冒这种风险，于是两人商量着领养了聂小朋友。

肖洱也没想到这个孩子会来得这么突然。

原本她只以为是自己生理期紊乱，跟妇科的李医生聊了几句，顺便去做了个简单的检查，却被告知自己已经怀了两个月的身孕。

平时聂铠都很注意，措施也都到位。加上近几个月，聂铠都很忙碌，也就是七夕那天特地从意大利飞回来与她共度……

想到那晚，肖洱不禁抚了抚额。

是了，就是那晚。

那天，三楼骨科的赵医生在下班前晃来他们科室，将一束红玫瑰放在肖洱办公桌边："肖医生，七夕快乐！我在威斯汀预留了两个座位，不知道有没有兴趣一起？"

这个赵医生，自打肖洱进这家医院就隔三岔五来找她"闲聊"，后来肖洱有意戴上结婚戒指，甚至把聂小朋友带来医院，他都没什么反应。

科室聚餐的时候，肖洱无意间听到其他医生八卦，说赵医生在背地里说她故意戴婚戒，把儿子带来是为了考验他，其实根本已经离婚了，要不然怎么一直都见不到肖医生的丈夫本人呢？

肖洱顿时觉得这个世界上有很多人的脑回路都无比清奇，难以捉摸。

是以，面对赵医生的七夕邀约，肖洱只笑了笑，说："我答应了儿子，陪他去做陶艺。"

"我陪你们一起！"赵医生连忙说，"其实我是在儿科任职过几年的，最擅长跟小朋友打交道。"

肖洱回绝的话还没说出口，外头便进了新的病人。

"我不打扰你，你先忙。"

赵医生忙道，自来熟地在屋里找了把椅子坐下，随手抄起桌上的一份报纸看了起来。

眼看快要下班，病人越来越少，赵医生才又找肖洱搭讪："肖医生有什么忌口的食物吗？"

肖洱假装没听见，扬声对着门外道："下一个。"

这是最后一个病人了。

赵医生丝毫察觉不到她的淡漠似的，凑上前又问了肖洱一遍。

这时候，戴着口罩的聂铠从外头推门走进来。肖洱眼中一亮，不自觉就带上了一些笑意。

赵医生这厢还在卖弄自己的人脉："威斯汀的主厨跟我熟，你有什么喜欢的不喜欢的就告诉我，我找人安排。"

聂铠请了假，从意大利千里迢迢赶回来陪肖洱，又担心自己引起围观给肖洱带来不好的影响，一直忍到她快下班了才挂了她的号来找她。这时候一推门，居然看见一个老男人在跟她搭讪？

聂铠眉头微扬，余光一瞥，又看见桌边的一大捧玫瑰花，顿时不爽起来。

醋意横生的男人往肖洱面前一坐，闷声闷气道："肖医生，你下没下班？还给不给我看病？"

肖洱忍着笑，一本正经地问诊："哪里不舒服？"

"我三十多个小时没睡了。"

赵医生一听，不由得道："失眠？失眠挂外科干吗？"

"我乐意！"聂铠没好气道，"肖医生，你管不管？"

肖洱笑不出来了，看着聂铠眼下的暗色和眼里的倦意，她也猜得到他是为了能请到假提前赶工。

于是收拾东西，准备和聂铠回家。

赵医生还当她是不愿搭理这个没事找事的病人，也站起来，倍殷勤地说："先去车库，我去开车。"

肖洱自打聂铠踏进这屋子，目光就没从他身上挪开过一秒，这时候才反应过来屋里还有一个人。

她偏头瞥了赵医生一眼，说："我们有车。"

我们？赵医生不明所以，刚想开口，却见那个戴口罩的"病人"从肖洱手上接过她的包，侧头对肖洱说："停车位真难找，我刚在停车场晃了半天才找到。"

肖洱淡声说："一会儿我来开，你先休息。晚上想吃什么？"

聂铠意有所指地说："就威斯汀好了，我让青青给我定个位置，再开间房。"

"不回家吗？"

"晚点回，让青青去接聂小朋友做陶艺吧，他太耽误事……"

后面的话赵医生没有听到，因为他看见那个"病人"握着肖洱的手，无名指上戴着和肖洱同款的婚戒。

肖洱开车，聂铠一路上脸都臭臭的。

到了酒店，饭菜也吃得没精打采。肖洱也不解释，他心里郁闷，更不愿意问。

肖洱先吃完了自己那份，看他盘中还剩了一大半，说："不合胃口？"

聂铠："哼。"

小孩子脾气。肖洱在心里想，偏不哄他，要等他自己来问，于是说："那就结账吧，你太累了，先去睡一会儿。"

聂铠："……"

两人去了酒店的套房，聂铠先去洗澡，出来后半声不吭就往床上倒。本来是要拿出一副跟肖洱摆臭脸到底，等她先服软的架势，无奈实在太困，几乎沾了枕头就睡着。

　　肖洱从浴室出来，聂铠已经沉于梦乡之中了。

　　肖洱给他盖好被子，自己也钻进去，熟门熟路地把自己放进他怀中，鼻尖是熟悉的气味，她轻轻叹口气。

　　两个月也只能回来两天，还要摆脸色，真不讨喜。

　　越想越生气，抬脚就要踢他，膝盖一提就碰上他那处硬挺。

　　肖洱动作一顿，反应过来时已经被聂铠死死扣在怀里动弹不得。

　　"你醒了？"

　　他的下巴压在她的头顶，低声说："能不醒吗……"

　　肖洱想说话，已经被聂铠整个人翻过去趴在床上，他整个人都罩在她身上，密密实实，压得她有些透不过气。

　　"聂铠。"

　　她叫他的名字，却被他探下去作弄的手惹得呼吸不畅。

　　"怎么对我那么坏？"聂铠的语气带一点点委屈，也带一点点恨，低低地在她耳边说，"我赶回来见你，碰到其他男人找你搭讪、送你玫瑰，自然不高兴。你还不哄我，要我先跟你服软才行，怎么这么不讲道理？"

　　肖洱心里软成一片，身体也一样，偏偏顶着他说："就许你身边莺莺燕燕，不许我身边有人近水楼台？"

　　"你存心气我！我哪还有什么莺莺燕燕？"聂铠手下带了点惩罚的意味，看着肖洱周身战栗不已，才给她一点甜头，复又压低了身子，说，"今天一定要你先求饶。"

　　聂铠知道她最受不了这样的姿势，大掌却强硬地从浴袍下摆伸进去，托住她的小腹，将她抬起一些，方便自己沉入她的身体里。

　　肖洱轻声闷哼，脑中一片空白："聂铠……"

　　他尚存的理智逼迫他抽离自己，抵着她问："是安全期吗？"

　　肖洱脑中一片混乱，点了点头。

聂铠于是放下心来,完全不像是三十多个小时没睡,翻来覆去折腾了许久都没有放过她。

最终是肖洱体力不支,说话声音都发颤:"老公,我错了……"

女人在床上的心机,又叫情趣。

聂铠因着这句话,兽性大发,终于低吼一声尽数给她。

也就是那一次,明明不在肖洱推算的排卵期内,却偏偏中了头奖。

肖洱拿着化验单,抱臂站在医院走廊沉思。

留还是不留?告不告诉聂铠?

肖洱遇事,拿主意一向很快,这一次却犹豫了很久。

帮她拿定主意的,是一场噩梦。

肖洱很久不曾梦到那片海,那片埋葬着她全部罪孽的海。

梦里只有她和那片海。

风云变色,天地混沌,波涛汹涌,仿佛下一秒就要将她吞噬,将她和她腹中的孩子一并吞没。

肖洱惊恐地抱着自己,退无可退也没有放弃护着自己的腹部。

她在惊悸中醒来。

肖洱决定留下孩子,就算最后是一场性命相搏,她也要留下这个孩子。

她没有告诉聂铠。

可是这一次,事情没有那么顺利。

肖洱的孕期反应非常严重,几乎吃什么吐什么,但凡闻到一点点油腥味都受不住地反胃。

科室主任看了都觉得心疼,建议她办理停职,在家里休养。

"好,我把近期排的几台手术做完就去申请停职。"肖洱答应了。

"孩子父亲怎么也不来陪你……"想了又想,主任还是问道,"万一你一个人在家出了点什么事,也没个人照应。"

"我请了保姆。"肖洱说,"没关系的,我自己能照顾好自己。"

"那天三楼的小赵还来找我，说是让我给你丈夫打个电话，不能让你这么一个人撑下去。"主任说，"你别看小赵有一点没皮没脸的，他是真关心你。"

"我知道了。"

可肖洱我行我素，半点也没有通知聂铠的打算。

事实上，即便她告诉了聂铠，他也不可能整日陪着她，不过是多一个人担心。何况，聂铠未必愿意她冒险生下孩子。

肖洱第一次昏厥，是在一台持续了六个小时的手术之后。

她体力不支，晕倒在手术室外的走廊里，被护士长发现后立刻送去了妇产科。

赵医生听到消息后，第一个跑去了病房。

院里很多人都知道他对肖洱的心思，主动跟他说起肖洱的情况。

"家属没来？没有人去联系吗？"赵医生有点生气，说，"她丈夫不管她吗？"

没有人能回答他的问题。

晚些时候，肖洱一直没有醒，她的手机却接到一通电话。

没有备注姓名，只一串数字。

赵医生看见了，本来没打算管，但手机不屈不挠地响着。他最终还是鬼使神差般伸手去接了。

反正他在肖洱眼已经如此不堪，也不妨多这一条。

他按下接听键，那头传来一个好听的男声："肖洱，一个好消息，一个坏消息，想听哪一个？"

赵医生记得这个声音。

肖洱醒来的时候，正对上聂铠微微发红的眼睛。

病房里只有他们，肖洱突然有一点紧张，喃喃："你知道了。"

"不然你预备瞒我到什么时候？！到你临产那天？再打个电话喊我来见你最后……"他说不下去，眼圈狠狠地红了又红，"你怎么这么狠？"

聂铠是真气啊。

气她出了什么事都习惯自己一个人拿主意，一个人扛；更气自己，明知道她的身体不适合受孕，还随着性子那么对她。

"对不起……"肖洱低声说，"我打算到三个月，稳定以后再跟你说。"

"肖洱。"聂铠深深吸气，隐去暗哑的嗓音，极力保持平静，"我……"

肖洱伸手，有些害怕地紧紧握着他的衣袖，生怕他说出什么不好的话来似的："聂铠，怎么样都行。只要孩子是健康的，你不要让我打掉她。"

她很少有这么软弱的时候，声音虚弱胆怯得几乎在颤抖。

"我不想再躺在手术台上，被人生剥开一次。"

聂铠终于明白，这个孩子于她而言意味着什么。


聂铠决定留在她身边。

他叫青青把自己接下来大半年还没签约的行程推了个干净，陪着肖洱办好离职手续，又请了最好的家庭医生定期来给肖洱做检查，请了营养师来给她做三餐。打算等肖洱的身体稳定一些后，就带上她和聂小朋友去度假。

最初的日子不是很好过，她夜里睡得浅，梦又多，常常冷汗淋漓地醒来。揪着他的睡衣领子，好半天才记得松手。

聂铠这才知道，自己不在肖洱身边的日子，她并不如表现出的那么坚不可摧。

那个时候，他就已经想好，如果这一次肖洱能够平安，他愿意退圈转幕后，给她所有欠缺的陪伴。

进入12月后，肖洱的身子倒是慢慢好转起来，噩梦也少了许多，身体的各项指标都渐渐趋于正常。

他们一家三口的清迈之旅，也正式被提上日程。

# 番外
封麦

　　娱记第一次拍到聂铠和他的妻儿，是因为一次偶然。

　　那时候他们一家三口在清迈度假，那位幸运的娱记先生也在。

　　娱记先生是在酒店整理照片的时候发现的不对劲，白天他只是在路边拍景，没料到镜头扫到了熟悉的身影。

　　他将照片放大很多，仔细辨认。照片里聂铠正一边蹲在地上给一个女人系鞋带，一边抬头同她说笑。两人身边站着一个半人高的小孩子，一头淡金色的卷发，依稀可见他手里拿着一只冰激凌。

　　女人和孩子都背对着他，看不分明，只有聂铠的笑容清晰。

　　狼血沸腾的娱记先生立刻将照片传回国内主编手里，第二天又带上最好的设备，在昨天拍到聂铠的那条街道上蹲了一天。

　　功夫不负有心人，傍晚时分，他又看见一家三口出门散步。

　　金发孩子皮肤雪白，被聂铠扛在肩上，他一只手扶着孩子的腿，一只手牵着身边的女人。

　　清迈的旅游淡季，中国游客很少，聂铠没有做任何面部遮挡。

　　娱记先生假装拍风景，拼命按快门。

　　等他们靠近了，才故作无意地东看西看，余光却死死锁定从自己身边走过的几人。

　　这一看，竟然让他发现女人微微隆起的小腹。

　　他心里一阵"扑通"狂跳，恨不能立刻抓起相机来拍个够。可又担心被发现，才忍了又忍，别过头去假装观赏身旁的建筑物。

"爸爸，让我下来自己走吧。"小朋友软软糯糯的声音传来，"妈妈和妹妹走累了，你抱她们。"

聂铠把白白嫩嫩的小朋友放下来，后者跑到肖洱跟前，踮起脚附耳贴在肖洱的肚皮上："妈妈，妹妹为什么还不跟我说话？"

肖洱想了一会儿，说："唔……因为她现在还只是一个没有成型的胚胎，五官还没有发育完。而且，也不一定是妹妹。"

聂小朋友："啊？"

聂铠："你妈妈的意思是，妹妹现在还需要休息，再过几个月就能跟你说话啦……"

聂小朋友："原来是这样呀！那我不打扰妹妹休息。"

聂铠炫耀地看着肖洱："跟小朋友说话，还是我比较在行。"

肖洱嗤之以鼻："欺骗小朋友是不对的。"

聂铠说："小朋友的世界需要童话，童话都是假的。"

肖洱还想说话，余光却扫到什么，顿了顿，声音微微压低："路边那个人，刚在偷拍我们。"

一分钟后，被制服的娱记先生被迫删除了相机里的所有照片。

聂小朋友吸着鼻子，看着聂铠和某个怪叔叔交涉："妈妈，他们在干什么？"

肖洱想说，聂铠在威胁那人删掉照片，念头转了几转，开口说："爸爸在跟他跳舞。"

"我最喜欢跳舞了。"聂小朋友跑过去，浅棕色的大眼睛眨巴眨巴，"爸爸，也带我跳一个吧？"

聂先生摆平娱记，一手牵着没跳成舞有点遗憾的聂小朋友，一手牵着刚刚学会给孩子讲童话故事的老婆，继续散步回酒店了。

"聂铠，我心里有点不安。"晚上，肖洱对聂铠说，"那个人不像是普通游客。"

这个孩子有多来之不易，聂铠和肖洱都很清楚。

最初，医生几乎已经判了她死刑，说以她的身体状况，孕育新生命的概率小得可怜。所以机缘巧合之下，他们选择领养了聂小朋友。

她腹中现在的这个孩子，是个意外。

怀孕初期，肖洱常常做噩梦。她经不起再失去一个孩子的打击，无论身心。

其实肖洱说的话聂铠很清楚，他在娱乐圈这些年，也不是白白混出来的，拿到那人相机的一瞬间，聂铠几乎就能断定他是个娱乐记者。

他为了不让肖洱曝光在摄像机下，这些年明里暗里和这些人打过太多交道，可也只能宽慰肖洱，说："没关系，照片都删干净了，也没有云备份。明天咱们就走，他找不到咱们。"

话是这么说，那天半夜，聂铠却悄悄离开了酒店。

白天他和那个娱记"交涉"的时候，就悄悄约他半夜出来详谈。

两人在街边的酒吧碰面，聂铠开门见山："你跟了我们几天？照片不止那些吧，你想要多少钱，开个价。"

娱记先生早就为这场会面做足了准备，也和国内的编辑部通过气，便将之前拍到的照片给他看，同他谈判："这些已经传回国内了，不过，事情也都是好商量的。"

幸运的是，这是国内一家娱乐杂志的记者，不是专做狗仔的团队，所以开出的条件也并非那么难以接受——让聂铠免费接受他们的专访。

能谈得妥对两方都有好处，尽管厌恶这样的采访，聂铠仍然没拒绝。

"我们的同事、同行都曾跟过你很久，可是什么也没发现，你们是什么时候结婚的？"

到底是好奇，记者先生问道。

聂铠说了一个日子。

"这么早？！这不可能！"记者先生脱口道，意识到自己的失态，笑了笑，说，"那……那个白人孩子是怎么回事？"

聂铠笑笑，招手结账："那不是白人孩子，他只是生病了。"

生了白化病的孩子，被父母抛弃，却像小天使一样来到他们身边。

聂铠回到酒店，肖洱还睡在床上。

他们入住的这家酒店顶层有玻璃屋顶，月光温柔得不可思议，轻轻搭在她身上。

聂小朋友睡相不好看，四仰八叉地躺着，腰上的儿童毯摇摇欲坠。

聂铠给聂小朋友盖好毯子，才轻手轻脚地上床，肖洱细白的胳膊就从他背后围上来，轻声说："你答应了他什么？"

聂铠知道瞒不过她。他转过身把她揽进怀里，低头轻吻她的发，带一点撒娇的口气："一个讨厌的采访，不过，我搞得定。"

肖洱放下心来，说："我不担心被曝光，可是聂小朋友需要童话。"

"我知道。"他说，"有我在，不会让任何人伤害你们。"

软肋在怀，身披铠甲，他已经在岁月的洗练中变得越发坚韧。


对方很有契约精神，真的没有曝光照片。

聂铠回国录制专访那天，肖洱也去了。只不过戴着口罩，和助理站在一起，没有人注意到她。

采访聂铠的是一位美女主持人，名叫陶婉。

她是聂铠仅有的一个绯闻女主角，在聂铠出道初期，常常形影不离地陪着他，很多记者都以为那是他的初恋女友。

直到后来的一天，一段"江南之星"上的视频被人发布出来，大家才知道聂铠的初恋另有其人，并且已经离世。

所以聂铠多年来一直独来独往，被很多粉丝认作是难忘旧人，更觉得他魅力无穷。

事实上，那次之后，陶婉不再和聂铠同行。

她去考了播音主持证，转了行当，很少提及聂铠。

这些年，所有的人和事都在变，她也一样。

时隔多年，如今杂志社安排陶婉来做采访，自然也是觉得话题性足够。

不过聂铠本人就是话题，他答应专访的这个消息泄露出去以后，就已经被热议了一波又一波。

　　等到采访双方面对面坐在拍摄场地——一间装修成客厅模样的屋子里时，陶婉才意识到，坐在对面的这个事业成功、气质迷人的男人，是自己年少时遥不可及的梦。

　　尽管她曾以为自己拥有他，可是不过自欺欺人。

　　陶婉收起情绪，跟他握手："很久不见，过得还好吗？"

　　聂铠笑笑，笑意没入眼："过得很好。"

　　"听说，你结婚了？"陶婉微笑着问，"是肖洱学姐？"

　　聂铠不否认。

　　照片被按了下来，但秘密按不住，圈内人现在差不多都知道聂铠隐婚了。只是，大家都不知道女方是谁，陶婉心里却有数。

　　当年聂铠失踪以后，她就知道他是去找肖洱了。

　　她也早就知道，肖洱没死。

　　是她动了私心，瞒下这件事，告诉聂铠的心理医生，篡改了事实的真相。

　　所以后来，知道聂铠可能记起肖洱后，连一声招呼都没有打，她就在那场根本也不存在的角逐里落荒而逃。

　　往事不堪回首。

　　陶婉轻轻吸气，跟摄像老师比了个手势，采访开始。

　　前期是中规中矩的采访，陶婉问他这些年写歌的心路历程，问他的成长背景。

　　聂铠回答她早就准备好的官方答案。

　　陶婉的心却越来越不平静，虽然采访稿早已烂熟于心，但她仍然忍不住一次又一次去看。

　　最后就连助理都忍不住远远给她暗示。

　　陶婉心中微微一顿，目光微错，却看见聂铠助理身边不起眼的身影，和口罩外一双淡静清冷的眸子。

　　她居然来了。陶婉的心狠狠一颤。

这么多年，她和无数人一样，在职场拼命，在爱恨里摸爬滚打，接受时间给自己那颗脆弱的心铸造盔甲。

她也很少回首，以为这样会更无畏。

可事到临头了，她知道不是这样。

往事住在心里，年复一年地噬咬某一块血肉，钻出一个小孔。

风灌进去，让人疼得战栗，盔甲再坚固也挡不住。

她脱口问："聂铠学长，你知不知道，你以前对我很好，所以我在大学的时候就很仰慕你。我们同进同出，别人还当我们是男女朋友呢，能说说那时候你对我的看法吗？"

她说出这些话的时候，还晓得要维持着开玩笑的语气。

"是我不够优秀吗？怎么等了你那么久，也不跟我表白。"

此问一出，摄制组和编辑部的工作人员皆是一惊。

聂铠面不改色，直视着摄像头，也是微笑："我对你的看法啊，我觉得你学习成绩很好，很优秀。"

陶婉一怔。

聂铠继续说："当然，我的妻子，是最优秀的。"

这是什么情况？！

主办方给聂铠经纪人使眼色，后者只是示意他们少安毋躁。

陶婉脸色微微发白："妻子？众所周知，聂铠先生可是一位钻石单身汉啊。怎么，今天是要在咱们节目上公开吗？"

她语气兴奋夸张，表情却没有丝毫欣喜。

"是，借由这次采访，我也想跟一直以来支持我的朋友们说一声抱歉。"聂铠微微欠身，诚恳道，"我已经结婚了。并且，经过很长时间地慎重考虑，我决定从这次采访结束后，正式封麦，退出娱乐圈。"

他说："了解我的人可能会知道，我的家庭并不圆满幸福。所以我很珍惜现在拥有的一切，也希望能尽我最大的努力保护好他们，不让他们被打扰、被曝光。从前我是公众人物，这一秒以后，我只是普通人，如果有人仍然想要借由曝光我的家庭隐私来获取关注与利益，我会追究到底，绝不姑息。"

采访之前，没有人知道他打算从此隐退，就在他事业的巅峰期。

可是聂铠团队所有人表情淡定，显然是早就做好了这个打算。

陶婉有些坐不住，勉强笑道："你这么一说，我就更加羡慕嫉妒聂夫人了，真不知道是哪个幸运的女人，能让你为她封麦退圈。"

"关于事业与家人的取舍，对我而言，前者不足为虑。"聂铠语气温柔，却不是对着陶婉，"是我，何其有幸，能遇上她。"

采访结束，聂铠和随行人员依次离开。

杂志社的人一边热烈讨论着这一期采访会引发多大轰动，一边无限粉红地嫉妒着聂铠的妻子。

只有陶婉，失了魂似的坐在座位上。


半年后，肖洱顺产，在南京生下一个女孩。

生在盛夏。

于是，叫她聂夏生。

图书在版编目（CIP）数据

肖洱的船：全2册／粥小九著. -- 南京：江苏凤
凰文艺出版社，2018.7
ISBN 978-7-5594-2236-1

Ⅰ. ①肖… Ⅱ. ①粥… Ⅲ. ①长篇小说－中国－当代
Ⅳ. ①I247.5

中国版本图书馆CIP数据核字(2018)第118320号


书　　　名　肖洱的船（全二册）
作　　　者　粥小九
选 题 策 划　北京记忆坊文化
责 任 编 辑　姚　丽
特 约 策 划　暖　暖
特 约 编 辑　诗　杰　朱　雀
责 任 监 制　刘　巍　江伟明
封 面 绘 图　三　乖
封 面 设 计　80零·小贾
版 式 设 计　段文婷
出 版 发 行　江苏凤凰文艺出版社
出版社地址　南京市中央路165号，邮编：210009
出版社网址　http://www.jswenyi.com
印　　　刷　环球东方(北京)印务有限公司
开　　　本　880毫米×1230毫米　1/32
字　　　数　516千字
印　　　张　17
版　　　次　2018年7月第1版，2018年7月第1次印刷
标 准 书 号　ISBN 978-7-5594-2236-1
定　　　价　56.00元（全二册）

影视版权抢订热线　　010-57194853
江苏凤凰文艺版图书凡印刷、装订错误可随时向承印厂调换